이효석 단편선

메밀꽃 필 무렵

책임 편집 · 서준섭

강원대학교 국어교육과와 서울대학교 대학원 국어국문학과 졸업.
현재 강원대학교 사범대학 국어교육과 교수.
주요 저서로 『한국 모더니즘 문학 연구』 『감각의 뒤편』 『문학극장: 현대 문학 작품 읽기』
『한국 근대문학과 사회』 『생성과 차이』 등이 있음.

한국문학전집 33

메밀꽃 필 무렵

이효석 단편선

초판 1쇄 발행 2007년 11월 30일
초판 17쇄 발행 2023년 10월 10일

지 은 이   이효석
책임 편집   서준섭
펴 낸 이   이광호
펴 낸 곳   ㈜문학과지성사
등록번호   제1993-000098호

주   소   04034 서울 마포구 잔다리로7길 18(서교동 377-20)
전   화   02)338-7224
팩   스   02)323-4180(편집) 02)338-7221(영업)
전자우편   moonji@moonji.com
홈페이지   www.moonji.com

ⓒ ㈜문학과지성사, 2007. Printed in Seoul, Korea

ISBN 978-89-320-1822-5 04810
ISBN 978-89-320-1552-1(세트)

이효석 단편선

메밀꽃 필 무렵

서준섭 책임 편집

문학과지성사 한국문학전집 33

| 차 례 |

| 일러두기 |

1. 이 책에 실린 작품은 이효석이 1925년부터 1942년까지 발표한 작품 중에서 선정한 단편소설 19편과 수필 1편이다. 각 작품의 정확한 출처는 주에 명기되어 있다.

2. 이 책의 맞춤법은 1988년 1월 19일 문교부 교시 '한글 맞춤법'에 따르는 것을 원칙으로 하였다. 단 작품의 분위기에 영향을 준다고 판단되는 방언이나 구어체 표현, 의성어, 의태어 등은 그대로 두었다.

　　　예) 서울이니 놀라웁단 말이다.

　　　　　달팽이같이 오므러쳤다.

3. 원본의 한자는 가급적 한글로 바꾸었으며, 작품 이해에 도움이 될 만한 한자는 그대로 두고 괄호 안에 넣었다. 반복적으로 등장하는 한자어는 최초에만 괄호 안에 한자를 병기하고 후에는 한글로만 표기하였다.

4. 대화를 표시하는 「　」혹은 『　』는 모두 "　", 대화가 아닌 강조의 경우에는 '　'로 바꾸었다. 책 제목은 『　』로, 노래 제목은 「　」로 표시하였다. 말줄임표 '··' '··' '······' 등은 모두 '······'로 통일하였다. 단 원문에서 등장인물의 머릿속 생각을 표시하는 괄호는 작은따옴표('　')로 바꾸었고, 작가가 편집자적 논평을 붙인 부분은 괄호 ((　)) 안에 표시하였다.

5. 외래어 표기는 1986년 1월 7일 문교부 고시 '외래어 표기법'에 따라 바꾸었다. 단 작품의 분위기에 영향을 준다고 판단되는 경우에는 원본을 그대로 살렸다. 그리고 일본어의 경우에는 원문대로 표기하고 미주에서 일본어 원문을 표시하였다.

6. 과도하게 사용된 생략 부호나 이음 부호는 읽기에 편하도록 조정하였다.

7. 당시에 검열로 삭제된 것으로 짐작되는 부분은 원문대로 ○, × 등의 표기를 그대로 두었다.

8. 책임 편집자가 부가적으로 설명이나 단어 풀이가 필요하다고 판단한 경우에는 미주로 설명을 붙여놓았다.

도시都市와 유령幽靈

어슴푸레한 저녁 몇 리를 걸어도 사람의 그림자 하나 찾아볼 수 없는 무인지경인 산골짝 비탈길 여우의 밥이 다 되어버린 해골덩이가 똘똘 구는 무덤 옆 혹은 비가 축축이 뿌리는 버덩[1]의 다 쓰러져가는 물레방앗간, 또 혹은 몇백 년이나 묵은 듯한 우중충한 늪가!

거기에는 흔히 도깨비나 귀신이 나타난다 한다. 그럴 것이다. 고요하고 축축하고 우중충하고. 그리고 그것이 정칙일 것이다. 그러나 나는 아직도 그런 곳에서 그런 것을 본 적은 없다. 따라서 그런 것에 관하여서는 아무 지식도 가지지 못하였다. 하나 나는 ──자랑이 아니라──더 놀라운 유령을 보았다. 그리고 그것이 적어도 문명의 도시인 서울이니 놀라웁단 말이다. 나는 그래도 문명을 자랑하는 서울에서 유령을 목격하였다. 거짓말이라고? 아니다. 거짓말도 아니고 환영도 아니었다. 세상 사람이 말하여 '유령'이라는 것을 나는 이 두 눈을 가지고 확실히 보았다.

어떻든 길게 말할 것 없이 다음 이야기를 읽으면 알 것이다.

*

동대문 밖에 상업학교가 가제 될 무렵이었다. 나는 날마다 학교 집터에 '미장이'로 다니면서 일을 하였다. 남과 같이 버젓하게 일정한 노동을 못 하고 밤낮 뜨내기 벌이꾼으로밖에는 돌아다니지 못하는 나에게는 그래도 몇 달 동안은 입에 풀칠을 할 수 있었다. 마는 과격한 노동이었다. 그러므로 하루라도 쉬어본 일은커녕 한 번이라도 늦게 가본 적도 없었다. 원수같이 지글지글 타 내리는 여름 태양 아래에서 이른 아침부터 저녁때까지 감독의 말 한마디 거스르는 법 없이 고분고분히 일을 하였다. 체로 모래를 쳐라, 불같은 태양 아래에 새까맣게 타는 석탄으로 '노리'[2]를 끓여라, 시멘트에다 모래를 섞어라, 그것을 노리로 반죽하여라 하여 쉴 새 없는 기계같이 휘돌아쳤다. 그 열매인지 선물인지는 알 수 없으나 우리들이 다지는 시멘트가 몇백 칸의 벌집 같은 방으로 변하고 친구들의 쨍쨍 울리는 끌 소리가 여러 층의 웅장한 건축으로 변함을 볼 때에 미상불 우리의 위대한 힘을 또 한 번 자랑하지 않을 수 없었다——어리석은 미련둥이들이라……(1행 약)…… 어떻든 콧구멍이 다 턱턱 막히는 시멘트 가루를 전신에 보얗게 뒤집어쓰고 매캐한 노린 냄새와 더구나 전신을 한바탕 쪽 씻어 내리는 땀 냄새를 맡으면서 온종일 들볶아치고 나면 저녁 물에는 정

8

말이지 전신이 나른하였다. 그래도 집안 식구들을 생각하고 끼닛
거리를 생각하면 마지막 힘이 났다. 일을 마치고 정신을 가다듬
어가지고 일인 감독의 집으로 간다. 삯전을 얻어 가지고 그길로
바로 술집에 가서 한잔 빨고 나면 그제야 겨우 제 세상인 듯싶었
던 것이다.

술! 사실 술처럼 고마운 것은 없었다. 버쩍버쩍 상하는 속, 말할
수 없는 피로를 잠시라도 잊게 하는 것은 그래도 술의 힘이었다.

그날도 나는 술김에 얼근하였었다. 다른 때와 같이 역시 맨꽁무
니에 떨어진 김서방과 나는 삯전을 받아 들고 나서자마자 한길
옆 술집에서 만판 먹어댔다.

술집을 나와 보니 벌써 밤은 꽤 저물었었다. 잠을 자도 한잠 너
그러지게 잤을 판이었다. 잠이라니 말이지 종일 피곤하였던 판에
주기조차 돌아놓으니 사실이지 글자대로 눈이 스르르 내리감겼
다. 김서방과 나는 즉시 잠자리로 향하였다.

잠자리라니 보들보들한 아름다운 계집이 기다리고 있는 분홍
모기장 속 두툼한 요 위인 줄은 알지 마라. 그렇다고 어둠침침한
행랑방으로 알라는 것도 아니다. 비록 빈대에는 뜯길망정 어둠침
침한 행랑방 하나 나에게는 없었다. 단지 내 몸뚱이 하나인 나는
서울 안을 못 돌아다닐 데 없이 돌아다니면서 노숙(露宿)을 하였
던 것이다. (그래도 그것이 여름이었으니 말이지 겨울이었던들 꼼짝
없이 얼어 죽었을 것이다.) 따라서 세상에 못 볼 것을 다 보고 겪어
왔었다. 참말이지 별별 야릇하고 말 못 할 일이 많았다. 여기에
쓰는 이야기 같은 것은 말하자면 그중에서 가장 온당한 이야기의

하나에 지나지 못한다.

어떻든 김서방——도 이미 늦었으니 행랑 구석에 가서 빈대에게 뜯기는 것보다는 오히려 노숙하기를 좋아하였다——과 나는 도수장[3]께를 지나서 동묘[4] 앞까지 갔었다.

어느 결엔지 가는 비가 보실보실 뿌리기 시작하였다. 축축한 어둠 속에 칙칙한 동묘가 그 윤곽을 감추고 있었다. 사방은 고요하였다.

"이놈들 게 있거라!"

별안간에 땅에서 솟은 듯이 이런 음성이 들렸다. 나는 깜짝 놀라——는 대신에 빙긋 웃었다.

"이래 보여두 한여름 동안을 이런 데루 댕기면서 잠자는 놈이다. 그렇게 쉽게 놀래겠니."

하는 담찬 소리를 남겨놓고 동묘 대문께로 갔다. 예기한 바와 다름없이 거기에는 벌써 우리 따위의 친구들이 잠자리를 차지하고 있었다. 그래도 꽤 넓은 대문간이지만 그 속에 그득하게 고기 새끼 모양으로 오르르 차 있었다. 이리로 눕고 저리로 눕고 허리를 베이고 발치에 코를 박고 드르렁드르렁 코를 골고.

"이놈들 게 있거라!"

"아이그 그년……"

"이런 경칠 자식 보게."

엎치락뒤치락 연해연방 잠꼬대 소리가 뒤를 이었다. 그러면 이쪽에서는

"술맛 좋다!"

하고 입맛을 쩝쩝 다시는 사람도 있었다. 그 바람에 나도 끌려서 어느 결에 쩝쩝 다시려던 입을 꾹 다물어버리고 나는 어이가 없어 웃으면서 김서방을 둘러보았다.

"어떡할려나?"

"가세!"

"가다니?"

"아 아무 데래두 가 자야지."

김서방 역시 웃으면서 두 손으로 졸린 눈을 비볐다.

"이 세상에선 빠른 게 첫째야. 이 잠자리두 이젠 세가 나네그려. 허허허."

하면서 발꿈치를 돌리려 할 때이다. 나는 으레 닫혀 있어야 할 동묘 안으로 통한 문이 어쩐 일인지 반쯤 열려 있는 것을 발견하였다. 나는 앞선 김서방의 어깨를 탁 쳤다.

"여보게 저리로 들어가세."

"어데루 말인가?"

김서방은 시원치 않은 듯이 역시 눈만 비볐다.

"저 안으로 말야. 지금 가면 어델 간단 말인가. 아무 데래두 쓰러져 한잠 자면 됐지."

"그래두."

"머. 고지기⁵한테 들킬까 봐 말인가? 상관있나 그까짓 거 낼 식전에 일쯕이 달아나면 그만이지."

그래도 시원치 않은 듯이 머리를 긁는 김서방의 등을 밀치면서 나는 안으로 들어갔다. 중문 턱까지 들어서니 더한층 고요하였다. 여러 해 동안 버려두었던 빈 집터같이 어둠 속으로 보아도 길이 넘는 잡풀이 숲 속같이 우거져 있고 낮에 보아도 칙칙한 단청이 어둠에 물들어 더한층 우중충하고 게다가 비에 젖어서 말할수 없이 구중중한 느낌을 주었다. 똑바로 말이지 청 안에 안치한 그림 속에서 무서운 장사가 뛰어 내닫지나 않을까 하고 생각할때에 머리끝이 쭈뼛하여지는 것을 어찌할 수 없었다.

거진 옷을 적실 만하게 된 빗발을 피하여 앞뜰을 지나 넓은 처마 밑에 이르렀다. 그 자리에 그대로 푹 주저앉아 겨우 안심한 듯이 숨을 내쉬었다.

그때이었다.

"에그 저게 뭔가 이 사람!"

김서방은 선뜻 나의 팔을 꽉 잡았다. 그의 가리키는 곳에 시선을 옮긴 나는 새삼스럽게 놀라지 않을 수 없었다. 별안간에 소름이 쪽 돋고 머리끝이 또다시 주뼛하였다.

불과 몇 간 안 되는 건너편 정전(正殿)⁶ 옆에! 두어 개의 불덩어리가 번쩍번쩍하였다. 정전의 탓이었던지 파랗게 보이는 불덩이가 땅을 휘휘 기다가는 훌쩍 날고 날다가는 꺼져버렸다. 어디선지 또 생겨서는 또 날다가 또 꺼졌다.

무섭 잘 타기로 유명한 왕눈이 김서방은 숨을 죽이고 살려달라는 듯이 나에게로 바짝 붙었다.

"하 하 하 하……"

나는 모든 것을 다 이해하였다는 듯이 활연히 웃고 땀을 빠지지 흘리고 있는 김서방을 보았다.

"미쳤나 이 사람!"

오히려 화기가 버럭 난 김서방은 말끝도 채 못 마쳤다.

"하하하 속았네, 속았어."

"⋯⋯"

"속았어 개똥불을 보고 속았단 말야, 하하하."

"머 개똥불?"

김서방은 그래도 못 미덥다는 듯이 그 큰 눈을 아직도 회동그랗게 뜨고 있었다.

"그래 개똥불야 이거 볼려나."

하고 나는 손에 잡히는 작은 돌멩이를 하나 집어 들었다. 그리고 두어 걸음 저벅저벅 뜰 앞까지 나가서 역시 반짝거리는 개똥불을 겨누고 돌을 던졌다.

하나 나는 짜장[7] 놀랐다. 돌을 던지면 헤어져야 할 개똥불이 헤어지긴커녕 요번에는 도리어 한군데 모여서 움직이지도 않고 그 무슨 정세를 살피는 듯이 고요히 이쪽을 노리고 있지 않은가!

나는 또 숨을 죽이고 그곳을 들여다보았다. 오—그때에 나는 더 놀라운 것을 발견하였다! 꺼졌다 또 생긴 불에 비쳐 헙수룩한 산발과 똑똑지 못한 희끄무레한 자태가 완연히 드러났다. 그제야 "흥 흥" 하는 후렴 없는 신음 소리조차 들려오는 줄을 알았다.

"에그머니!"

나는 순식간에 달팽이같이 오므러쳤다. 그리고 또 부끄러운 말이지만 겨우 정신을 차렸을 때에 나는 동묘 밖 버드나무 밑에 쓰러져 있는 내 자신을 발견하였었다. 사실 꿈에서나 깨난 듯하였다. 곁에는 보나 안 보나 파랗게 질린 김서방이 신장대[8] 모양으로 벌벌 떨고 있었다.

밤이 이슥하였는데 집으로 돌아가기도 무엇하니 나머지 밤을 동대문께 가서 새우자고 김서방이 제언하였다.

비는 여전히 뿌리고 있었다. 뒤에서 무어가 쫓아오는 듯하여 연해연방 뒤를 돌려보면서 큰 한길에 나섰을 때에는 파출소 붉은 전등만 보아도 산 듯싶었다.

허둥허둥 동대문 담 옆까지 갔었다.

고요한 담 밑에는 아무것도 없었다. 모든 것을 집어삼킨 캄캄한 어둠 밖에는——물론 파란 도깨비불도 없다.

"애초에 이리로 왔더라면 아무 일두 없었을걸."

후회 비슷하게 탄식하고 어디가 어디인지 분간할 수 없어서 "에라 아무 데나" 하고 그 자리에 푹 주저앉았다. 하자——

나는 놀라기 전에 간잎[9]이 싸늘해졌다. 도톨도톨한 조약돌이나 그렇지 않으면 축축한 흙이 깔려 있어야만 할 엉덩이 밑에——하나님 맙소서!——나는 부드럽고도 물큰한 촉감을 받았다.

뿐이 아니다. 버들껑 하는 동작과 함께 날카로운 소리가 독살스러운 땡삐[10]같이 나의 귀를 툭 쏘았다.

"어떤 놈야 이게!"

나는 고무공같이 벌떡 뛰었다. 그러고는 쏜살같이——그 꼴이야말로 필연코 미친놈 모양이었을 것이다——줄행랑을 놓았다.

김서방도 내 뒤에서 헐레벌떡거렸다.

"제발 사람을 죽이지 마라."

김서방은 거의 울음 겨운 목소리로 부르짖었다.

"이놈의 서울이 사람 사는 곳이 아니구 도깨비굴이었던가."

나 역시 나중에는 맡길 데 없는 분기가 솟아올랐다.

그러나 또 한편으로는 한없이 어리석고 못생긴 우리의 꼴들을 비웃고도 싶었다. 잘 알지는 못하지만 세상에 원 도깨비나 귀신 치고 몸뚱아리가 보들보들하고 물큰물큰하고——아니 그건 그렇다고 해두더라도 "어떤 놈야 이게!" 하고 땡삐 소리를 치다니 그게 원…… 하고 의심하여볼 때에는 더구나 단단치 못하게 겁을 집어먹은 것이 짝없이 어리석게 생각되었다. 그렇다고 그 자리에서 또 발을 돌려 그 정체를 탐지하러 갈 용기가 있었느냐 하면 그렇지도 못하였다.

하는 수 없이 보슬비를 맞으면서 시구문[1] 밖 김서방네 행랑방까지 가지 않으면 안 되었다. 가제나 덕실덕실 끓는 식구 틈에 끼어서 하룻밤의 폐를 끼쳤다——고 하여도 불과 두어 시간의 폐일 것이다——막 한잠 자려고 드러누웠을 때에는 벌써 날이 훤히 새었었으니까.

이렇게 하여 나는 원 무엇이 씌었던지 하룻밤에 두 번씩이나 도깨비인지 귀신한테 혼이 났다. 사실 몇 해수는 감하였을 것이다. 그러나 대체 누구를 원망하면 좋았으리오? 술 먹고 늑장을 댄 내 자신일까, 노숙하지 않으면 아니 된 나의 운명일까, 혹은 도깨비나 귀신 그것일까, 그렇지 않으면 그 외의 무엇일까…… 나는 이제야 겨우 이 중의 어느 것을 원망하는 것이 마땅하다는 것을 똑똑히 깨달았다.

어떻든 유령 이야기는 이만이다. 하나 참 이야기는 이로부터다.

*

잠 못 자 곤한 것도 무릅쓰고 나는 열심으로 일을 하였다. 비는 어느 결에 개어버렸던지 또 푹푹 내리쬐는 태양 아래에서 시멘트 가루를 보얗게 뒤집어쓰고 줄줄 흐르는 땀에 젖어가면서.

그러는 동안에도 나는 전날 밤에 당한 무서운 경험을 머리 속으로 되풀이하여보지 않을 수 없었다. 도깨비면 도깨빈가 보다 하고만 생각하여두면 그만이었지마는 그래도 그것을 그렇게 단순하게 씩 닦아버릴 수는 없었다.

'대체 원 도깨비가……'

하고 요리조리로 무한히 생각하였다. 하나 아무리 생각한다 하더라도 결국 나에게는 풀지 못할 수수께끼에 지나지 못하였다.

하는 수 없이 나는 점심시간을 타서 친구들에게 그 이야기를 하였다. 모두들 적지 않은 흥미를 가지고 들었다.

"머 도깨비?"

이층 꼭대기에 시멘트를 갖다 주고 내려온 맹꽁이 유서방은 등에 메었던 통을 내려놓기도 전에 눈을 휘둥그렇게 떴다.

"내가 있었더라면 그까짓 걸 그저……"

벤또를 박박 긁던 달랭이[12] 최서방은 이렇게 뽐냈다.

그러나 가장 침착하게 담배를 푹푹 피우던 대머리 박서방만은 그다지 신통치 않은 듯이

"그래 그것한테 그렇게 혼이 났단 말인가…… 딴은 왕눈이 따위니까."

하면서 밉지 않게 싱글싱글 웃으면서 김서방과 나를 등분으로 건너보았다. 그리고

"도깨비 도깨비 해두 나같이 밤마다야 보겠나."

하고 빨던 담배를 툭툭 떨더니 이야기를 꺼냈다.

"바로 우리 집 옆에 빈집이 하나 있네. 지금 있는 행랑에 든 지가 몇 달 안 되어 모르긴 모르겠으나 어떻게 된 놈의 집이 원 사람이 들었던 집인지 안 들었던 집인지 벽은 다 떨어지구 문짝 하나 없단 말야. 그런데 그 빈집에 말일세."

여기서 박서방은 소리를 한층 높였다.

"저녁을 먹구 인제 골목쟁이를 거닐지 않겠나. 그러면 그때일세. 별안간 고요하던 빈집에 불이 하나씩 둘씩 꺼졌다 켜졌다 하겠지. 그것이 진서방(나를 가리켜 하는 말이다) 말마따나 무엇을 찾는 듯이 슬슬 기다는 꺼지고 꺼졌단 또 생긴단 말야. 그런데 그런 불이 차차 늘어가겠지. 그리곤 무언지 지껄지껄하는 소리가 나자 한쪽에서는 돈을 세는지 은방망이로 장난을 하는지 절걱절걱하다간 또 무엇을 먹는지 쭉쭉 하는 소리까지 들리데. 그나 그뿐인가. 어떤 날은 저희끼리 싸움을 하는지 씨름을 하는지 후당탕하면서 욕지거리, 웃음소리 참 야단이지. 그러다가두 밤중만 되면 고요해지지만 그때면 또 별 괴괴망칙한 소리가 다 들려오데."

박서방은 여기서 말을 문득 끊더니

"어때 자미들 있나."

하고 좌중을 둘러보면서 싱글싱글 웃었다.

"정말유 그게?"

옹크리고 앉았던 달랭이 최서방은 겨우 숨을 크게 쉬면서 눈을 까불까불하였다.

"그럼 정말 아니구 내가 그래 자네들을 데리구 실없는 소리를 하겠나."

하면서 박서방은 말을 이었다.

"하나 너무 속지들은 말게. 그런 도깨비는 비단 그 빈집에나 진서방들 혼난 데만 있는 것이 아닐세. 위선 밤에 동관이나 혹은 종묘께만 가보게. 시글시글할 테니."

나의 도깨비 이야기를 하여 의심을 풀려던 나는 박서방의 도깨비 이야기로 하여 그 의심을 더한층 높였을 따름이었다. 더구나 뼈 있는 그의 말과 뜻있는 듯한 그의 웃음은 더한층 알지 못할 수수께끼였다.

"그럼 대체 그 도깨비가 무엇이란 말유."

"내가 이 자리에서 길다케 말할 것 없이 자네가 오늘 저녁에 또 한 번 가서 찬찬히 살펴보게. 그러면 모든 것이 얼음장같이……"

할 때에 박서방의 곁에 시커먼 것이 나타났다.

"무슨 얘기 했소."

일인 감독의 일할 시간이 왔다는 것을 고하는 듯한 소리였다.

"오소오소 일이 해야지."

모두들 툭툭 털고 일어났다.

나도 하는 수 없이 박서방에게 더 캐묻지도 못하고 자리를 일어나서 나 맡은 일터로 갔다.

*

그날 저녁이다.

결국 나는 또 한 번 거기를 가보기로 작정하였다. 물론 김서방
은 뺑소니를 치고 나 혼자다. 뻔히 도깨비가 있는 줄 알면서 또
가기는 사실 속이 켕겼다. 하나 또 모든 의심을 풀어버리고 그 진
상을 알려 하는 나의 욕망은 그보다 크면 컸지 결코 작지는 않았
다. 나는 장차 닥쳐올 모험에 가슴을 벌떡이면서 발에다 용기를
주었다.

"그까짓 거 여차직하면[13] 이걸로."

하고 손에 든 몽둥이—나는 만일의 경우를 염려하여 몽둥이 하
나를 준비하였던 것이다—를 번쩍 들 때에 나는 저절로 흘러나
오는 미소를 금할 수 없었다. 도깨비를 정복하러 가는 유령 장군
같이도 생각되어서. 사실 한다 하는 ×자 놈들이면 몰라도 무엇
을 못 먹겠다고 하필 가난뱅이 노숙자들을 못살게 굴고 위협과
불안을 주는 유령을 정복하여버리는 것은 사실 뜻있고도 용맹스
러운 사업일 것이다—고 나는 생각하였다.

어떻든 장차 닥쳐올 모험에 가슴을 벌떡이면서 발에다 용기를
주었다.

어두워가는 황혼 속에 음침한 동묘는 여전히 우중충하였다.

좀 이르다고 생각하였으나 나오기를 기다리면 되지 하고 제멋

대로 후둑후둑 뛰는 가슴을 가라앉히고 아직도 열려 있는 대문을 서슴지 않고 들어섰다.

중문을 들어서 정전 앞으로 몇 발짝 걸어갔을 때이다.

전날 밤에 나타났던 정전 옆 바로 그 자리에 헙수룩하게 산발한 두 개의 그림자가 있었다. 그러나 나는 벌써 어리석은 전날 밤의 나는 아니었다.

"원 요런 놈의 도깨비가……"

몽둥이를 번쩍 들고 사실 장군다운 담을 가지고 나는 그 자리까지 달려갔다.

하나!

나의 손에서는 만신의 힘이 맺혔던 몽둥이가 힘없이 굴러 떨어졌다. 유령 장군이 금시에 미치광이 광대 새끼로 변하여버렸던 것이다.

"원 이런 놈의……"

틀림없던 도깨비가 순식간에 두 모자의 거지로 변하다니! 이런 기막힌 일이 어디 있단 말인가.

다음 순간 그 무엇을 번쩍 돌려 생각한 나는 또다시 몽둥이를 번쩍 들었다.

"요게 정말 도깨비장난이란 것야."

하나 도깨비란 소리에 영문을 모르는 두 모자는 손을 모고 썩썩 빌었다.

"아이구 왜 이럽니까."

이건 틀림없는 사람의 목소리였다.

"나가라면 그저 나가라든지 그래 이 병신을 죽이시렵니까. 감히 못 들어올 덴 줄은 알면서도 헐수할수없이……"[14]

눈물겨운 목소리로 이렇게 사죄를 하면서 여인네는 일어나려고 무한히 애를 썼다. 어린애는 울면서 그를 붙들었다.

역시 광대에 지나지 못한 나는 너무도 경홀한[15] 나의 행동을 꾸짖고 겨우 입을 열었다.

"아니우 앉아 계시우. 나는 고지기두 아무것두 아니니."

"네?"

모자는 안심한 듯한 동시에 감사에 넘치는 눈으로 나를 치어다보았다.

"어젯밤에 여기에 아무것도 나오지 않았소?"

무어가 무언지 분간할 수 없는 나는 이렇게 물었다.

"네? 나오다니요? 아무것도 나오지는 않았습니다. 그리구 단지 우리 모자밖에는 여기 아무것도 없었습니다."

여인네는 어사무사하여서[16] 이렇게 대답하였다.

"그럼 대체 그 불은?"

나는 그래도 속으로 의심하면서 주위로 눈을 휘둘렀다.

"무슨 일이나 생겼습니까. 정말 저희들밖에는 아무것두 없었습니다. 그리구 저희는 저질른 것두 없습니다. 밤중은 돼서 다리가 하두 아프길래 약을 발르려고 찾으니 생전 있어야지유. 그래 그것을 찾느라구 성냥 한 갑을 다 거 내버린 일밖에는 아무것도 없었습니다."

하고 여인네는 한쪽 다리를 홀떡 걷었다. 그리고 눈물이 그 다리

위에 뚝뚝 떨어지기 시작하였다.

나는 모든 것을 얼음장 풀리듯이 해득하기는 하였으나 여기서 또한 참혹한 그림을 보지 않으면 안 되었다. 그의 훌떡 걷은 한편 다리! 그야말로 눈으로는 차마 보지 못할 것이었다. 발목은 끊어져 달아나고 장딴지는 나뭇개비같이 마르고 채 아물지 않은 자리가 시퍼렇게 질려 있었다.

"그놈의 원수의 자동차…… 그나마 얻어먹지도 못하게 이렇게 병신을 맨들어놓고……"

여인네는 울음에 느끼기 시작하였다.

"자동차예요?"

"네, 공원 앞에서 그놈의 자동차에……"

나는 문득 어슴푸레한 나의 기억의 한 귀퉁이를 번개같이 되풀이하였다.

달포 전.

어느 날 밤이었다──.

그날도 나는 이유 없이──가 아니라 바로 말하면 바람 쏘이러 ──밤 장안을 헤매고 있었다. 장안의 여름밤은 아름다웠다.

낮 동안에 이글이글 타는 해에 익은 몸뚱아리에 여름밤은 둘없이 고마운 선물이었다. 여름의 장안 백성들에게는 욱신욱신한 거리를 고무풍선같이 떠다니는 파라솔이 있고, 땀을 들여주는 선풍기가 있고, 타는 목을 식혀주는 맥주 거품이 있고, 은접시에 담긴 아이스크림이 있다. 그리고 또 산 차고 물 맑은 피서지 삼방이 있고, 석왕사가 있고, 인천이 있고, 원산이 있다. 그러나 그런 것은 꿈에도 못 보는 나에게는 머루알빛 같은 밤하늘만 치어다보아도 차디찬 얼음 냄새가 흘러오는 듯하였다. 이것만 하더라도 밤 장안을 헤매는 것은 무의미한 일은 아니었다. 게다가 무엇보다도 거리 위에 낮 거미 새끼같이 흩어진 계집의 얼굴——은 사뤄분 냄새만 맡을 수 있는 것만 하여도 사실 밤 장안을 헤매는 값은 훌륭히 될 것이었다.

그러나 장안의 여름밤을 아름다운 꿈으로만 생각하는 것은 큰 실수이다. 거기에는 생활의 무거운 짐이 있다. 잔칫집 마당같이 들볶아치는 야시에는 하루면 스물네 시간의 끊임없는 생활의 지긋지긋한 그림이 벌려져 있었다. 거기에는 낮과 다름없이 역시 부르짖음이 있고, 싸움이 있고, 땀이 있었다.

그러나 아무튼지 간에 가슴을 씻겨주는 시원한 맛은 싫은 것은 아니었다. 여름밤은 아름다웠다. 그런고로 나는 공원 앞 큰 한길 옆에 사람이 파도를 일으키면서 요란히 수물거리는 것은 구태여 볼 것 없이 술김에 얼근한 주객이나 그렇지 않으면 야시의 음악가 깽깽이 타는 친구를 둘러싸고 있는 것이려니 생각하고

"홍 여름밤이니까!"

혼자 중얼거리면서 무심코 그곳을 지나려 하였다.

그러나 사람들의 수물거리는 품이 주정꾼이나 혹은 깽깽이꾼의 경우와는 달랐다. 그리고 무엇보다도

노자 노자

젊어 노자
먹구 마시구
만판 노자.

하는 주객의 노래는 안 들렸다. 그렇다고 밤 사람을 취하게 하는 '아름다운' 깽깽이 노래도 들려오지는 않았다.

"그러문 대체——."

나의 발길은 부지중에 그리로 향하였다.

"머? 겨우 요술꾼 약장수야!"

나는 거의 실망에 가까운 어조로 이렇게 중얼거리고 대수롭지 않은 듯이 발길을 돌이키려 할 때이다. 사람들의 수물거리는 틈으로 나는 무서운 것을 보았다.

군중의 숲에 싸여서 안 보이던 한 채의 자동차와 그 밑에 깔린 여인네 하나를 보았다. 바퀴 밑에는 선혈이 임리[17]하고 그 옆에는 거지 아이 하나가 목을 놓고 울면서 쓰러져 있었다. "자동차 안에는" 하고 보니 아니나 다를까 불량배와 기생 년들이 그득하였다.

"오라질 연놈들!"

"자동찰 타니 신이 나서 사람까지 치니."

"원 끔찍두 해라."

이런 말마디를 주우면서 나는 어느 결에 그 자리를 밀려져 나왔었다.

"그래 당신이 그……"

나는 되풀이하던 기억의 끝을 문득 돌려 이렇게 물었다.

"네, 그렇답니다. 달포 전에 그 원수의 자동차에 치어가지구 병원엔지 무엔지를 끌구 가니 생전 저 어린것이 보구 싶어 견딜 수 있어야지유. 그래 한 달두 채 못 돼 되루 나오지 않았어요. 그랬더니 이놈의 다리가 또 아프기 시작해서 배길 수 있어야지유. 다리만 성하문야 그래두 돌아댕기면서 얻어먹을 수는 있지만……"

여인네는 차마 더 볼 수 없는 다리를 두 손으로 만지면서 울음에 느꼈다.

나는 그의 과거를 더 캐물으려고도 하지 않았다. 아니 묻지 않아도 그의 대답은 뻔한 것이었다.

"집이 원래 가난했습니다. 그런 데다가 남편이 죽구 나니……"

비록 이런 대답은 안 할지라도 그 운명이 그 운명이지 무슨 더 행복스러운 과거를 찾아낼 수 있었으리오.

나의 눈에는 어느 결엔지 눈물이 그득히 고였었다. '동정은 우월감의 반쪽'일는지 아닐는지는 모른다. 하나 나는 나도 모르는 동안에 주머니 속에 든 대로의 돈을 모두 움켜서 뚝 떨어지는 눈물과 같이 그의 손에 쥐여주었다. 그러고는 아무 말 없이 부리나케 그 자리를 뛰어나왔었다.

*

이야기는 이만이다.

독자여, 이만하면 유령의 정체를 똑똑히 알았겠지. 사실 나도 이제는 동대문이나 동관이나 종묘나 또 박서방 말한 빈 집터에 더 가볼 것 없이 박서방의 뼈 있는 말과 뜻있던 웃음을 명백히 이해하였다.

그리고 나는 모두 나와 같은 운명을 가진 애매한[18] 친구들을 유령으로 생각하고 어리석게 군 나를 실컷 웃어도 보고 뉘우쳐보기도 하였다.

독자여, 뭐? 그래도 유령이라고? 그래 그럼 유령이라고 해두자. 그렇게 말하면 사실 유령일 것이다. 살기는 살았어도 기실 죽어 있는 셈이니!

어떻든 유령이라고 해두고 독자여 생각하여보아라. 이 서울 안에 그런 유령이 얼마나 많이 늘어가는가를!

늘어간다고 하면 말이다. 또 되풀이하는 것 같지만 첫 페이지로 돌아가서—.

어슴푸레한 저녁 몇 리를 걸어도 사람의 그림자 하나 찾아볼 수 없는 무인지경인 산골짝 비탈길 여우의 밥이 다 되어버린 해골덩이가 똘똘 구는 무덤 옆 혹은 비가 축축이 뿌리는 버덩의 다 쓰러져가는 물레방앗간, 또 혹은 몇백 년이나 묵은 듯한 우중충한 늪가!

거기에 흔히 나타나는 유령이 적어도 문명의 도시인 서울에 오히려 꺼림 없이 나타나고 또 서울이 나날이 커가고 번창하여가면 갈수록 유령도 거기에 정비례하여 점점 늘어가니 이게 무슨 뼈저린 현상이냐! 그리고 그 얼마나 비논리적 마술적 아지 못할 사실이냐! 맹랑하고도 기막힌 일이다. 두말할 것 없이 이런 비논리적 유령은 결코 있어서는 안 될 것이다.

그러면 어떻게 하면 이 유령을 늘어가지 못하게 하고, 아니 근본적으로 생기지 못하게 할 것인가?

현명한 독자여! 무엇을 주저하는가. 이 중하고도 큰 문제는 독자의 자각과 지혜와 힘을 기다리고 있지 않은가!

깨뜨려지는 홍등 紅燈

1

"여보세요."

"이야기가 있으니 이리 좀 오세요."

"잠깐 들어와 놀다 가세요."

"너무 히야까시[1] 마시구 이리 좀 와요."

"아따 들어오세요."

"여보세요."

"여보세요."

"여보세요."

......

저문 거리 붉은 등에 저녁 불이 무르녹기 시작할 때면 피를 말리우고 목을 짜내며 경칩의 개구리 떼같이 울고 외치던 이 소리가 이 청루[2]에서는 벌써 들리지 않았고 나비를 부르는 꽃들이 누 앞에 난만히 피지도 않았다.

'상품'의 매매와 흥정으로 그 어느 밤을 물론하고 이른 아침의 저자[3]같이 외치고 들끓는 '화려한' 이 저자에서 이 누 앞만은 심히도 적막하였다.

문은 쓸쓸히 닫히었고 그 위에 걸린 홍등이 문 앞을 희미하게 비치고 있을 따름이다.

사시장청 어느 때를 두고든지 시들어본 적 없는 이곳이 이렇게 쓸쓸히 시들었을 적에는 반드시 심상치 않은 일이 일어났음이 틀림없었다.

2

몇백 원이나 몇천 원 계약에 팔려서 처음으로 이 지옥에 들어오면 너무도 기막힌 일에 무섭고 겁이 나서 몇 주일 동안은 눈물과 울음으로 세상이 어두웠다. 밤이 되어 손님을 맡아가지고 제 방으로 들어갈 때에는 도살장으로 끌리는 양이었다. 너무도 겁이 나서 울고 몸부림을 하면 어떤 사람은 가여워서 그대로 가버리고 어떤 사람은 소리를 치고 주인을 부르고 포악을 부렸다. 그러면 주인이 쫓아와서 사정없이 매질하였다. 눈물과 공포와 매질에 차차 길든다 하더라도 일 년 열두 달 하루도 안 내놓고 밤새도록 부대끼고 나면 몸은 점점 피곤하여가서 나중에는 도저히 체력을 지탱하여갈 수 없었다. 그러나 병이 들어 누웠을 때면은 미음 한 술 은커녕 약 한 첩 안 달여주었다. 몸 팔고 매 맞고 학대받고…… 개나 도야지에도 떨어지는 생활을 그들은 하여왔던 것이다.

사람으로서의 대접을 못 받아오는 그들이 불평을 품고 별러온 지는 이미 오래였다. 학대받으면 받을수록 원은 맺혀가고 분은 자라갔다. 비록 그들의 원과 분이 어떤 같은 목표를 향하여 통일 은 되지 못하였을망정 여덟이면 여덟 사람 억울한 심사와 한 많 은 감정만은 똑같이 가졌던 것이었다.

유심히도 피곤한 날이었다.

오정 때쯤은 되어서 아침들을 마치고 나른한 몸으로 층 아래 넓 은 방에 모였을 때에 누구의 입에선지 이런 탄식이 새어 나왔다.

"우리가 왜 이렇게 고생을 하는가."

말할 기맥조차 없는 듯이 모두 잠자코 있는 가운데에 봉선이라 는 좀 나어린* 창기가 뛰어 나서며 말하였다.

"너나 내나 팔자가 기박해서 그렇지 않으냐. 그야 남처럼 버젓 한 남편을 섬겨서 아들딸 낳고 잘살고 싶은 생각이야 누가 없겠 니마는 타고난 팔자가 기박한 것을 어떻게 하니."

무엇을 생각하는지 한참이나 잠자코 있던 부영이라는 나이 찬 창기가 이 말에 찬동하지 못하겠다는 듯이 항의를 하였다.

"팔자가 다 무어냐. 다 같이 이목구비를 갖추고 무엇이 남만 못 해서 부모를 버리고 동기를 잃고 고향을 떠나 이 짓까지 하게 되 었단 말이냐. 이렇게 많은 사람이 왜 모두 그런 기박한 팔자만 타고났겠니."

"그것이 다 팔자 탓이 아니냐."

"그래도 너는 팔자구나…… 아무리 생각해도 나는 팔자 밖에 우리를 요렇게 맨들어놓은 무엇이 있는 것 같더라."

경상도 어느 시골서 새로 팔려 와 밤마다의 울음과 매에 지친 채봉이가 뛰어 나서면서 쉰 목소리로 외쳤다.

"내 세상에 보다 보다 × 팔아먹는 놈의 장사 처음 보았다. 문둥이 같은 놈의 세상!"

눈물 많은 그는 제 입으로 나온 이 말에 벌써 감동이 되어 눈에 눈물이 글썽하였다.

부영이가 그 뒤를 이었다.

"그래 채봉이마따나 문둥이 같은 놈의 세상! 우리를 요렇게 맨들어논 것이 기박한 팔자가 아니라 이 문둥이 같은 놈의 세상이란다."

"세상이 우리를 기구하게 맨들었단 말이냐?"

봉선이는 미심한⁵ 듯하였다.

"그렇지 않으냐. 생각해보려무나. 애초에 우리가 이리로 넘어올 때에 계약인지 무엇인지 해가지구 우리를 팔아먹은 놈은 누구며 지금 우리가 버는 돈을 푼푼이 뺏어내는 놈은 누구냐. 밤마다 피를 말리우고 살을 팔면서도 우리야 돈 한 푼 얻어보았니?"

"그야 그렇지."

"한 사람이 하룻밤에 적어도 육 원씩만 번다고 하여도 우리 여덟 사람이 벌써 근 오십 원 돈을 버는구나. 그 오십 원 돈이 다 뉘

주머니 속에 들어가고 마니? 하루에 단 오 원어치도 못 얻어먹으면서 우리 여덟이 애쓰고 벌어서 생판 모르는 남 좋은 일만 시켜주지 않았니."

한참이나 있다가 봉선이가 탄식하였다.

"그러고 보니 우리가 멍텅구리가 아니냐?"

"암 그렇구말구. 우리는 사람이 아니구 물건이란다. 놈들의 농간으로 이리저리 팔려 다니며 피를 짜 놈들을 살찌게 하는 물건이란다."

"니 정말 그런고?"

"생각해봐라. 곰곰이 생각해보려무나 안 그런가."

"그럼 우리가 멀건 천치 아이가."

"천치란다. 멀건 천치란다. 팔자가 기박하고 이목구비가 남만 못한 것이 아니라 이런 천치 짓을 하는 우리가 못났단다."

"……"

"우리가 사람 같은 대접을 받아왔나 생각해봐라. 개나 도야지보다도 더 천하게 여기어오지 않았니."

부영이의 목소리는 어쩐지 여기서 떨렸다.

"먹고 싶은 것 먹어봤니, 놀고 싶을 때 놀아봤니, 앓을 때에 미음 한 술 약 한 모금 얻어먹었니? 처음 들어오면 매질과 눈물에 세상이 어둡고 기한이 되어도 내놓지 않는구나."

어느덧 그의 눈에는 눈물이 돌았다. 그러나 떨리는 목소리로 여전히 계속하였다.

"저 명자만 해두 올 때에 계약한 돈을 다 벌어주지 않았니. 그리고 기한이 넘은 지도 벌써 두 달이 아니냐. 그런데두 주인은 어데 내놓나 보아라. 한 방울이라도 더 우려내고 한 푼이라도 더 뜯어낼려고 꼭 잡고 내놓지 않는구나."

이 소리를 듣는 명자의 눈에는 눈물이 괴었다. 기어코 참을 수 없이 그만 울음이 터져 나오고야 말았다.

채봉이도 따라 울었다.

나어린 봉선이는 설움을 못 이겨서 몸부림을 치면서 흑흑 느끼기까지 하였다.

이렇게 하여 이윽고 각각 설운 처지를 회상하는 그들은 일제히 울어버리고야 말았던 것이다.

부영이만은 입술을 징긋이* 깨물고 울음을 억제하면서 말 뒤를 이었다.

"우리는 사람이 아니다. 이 개나 도야지만도 못한 천대를 너희들은 더 참을 수 있니, 꾸역꾸역 더 참을 수 있겠니?"

"……"

"이 천대를 더들 참을 수 있겠니?"

"참을 수 없으면 어이하노."

채봉이는 눈물 섞인 목소리로 한탄하였다.

부영이는 한참 동안이나 대답이 없었다.

그러다가 마침내 그는 좌중을 돌아보면서,

"울지를 말아라. 울면 무엇 하니."

하고 고요히 심장에서 울려내는 듯이 한마디 또렷또렷이 뱉어냈다.

"울지 말고 우리 한번 해보자!"

"무얼 해보노?"

"우리 여덟이 짜고 주인과 한번 해보자!"

"해보다니 어떻게 한단 말이냐?"

눈물 어린 얼굴들이 일제히 부영이를 향하였다.

"우리 원이 많지 않으냐. 그 원을 들어달라고 주인한테 떼써보자꾸나."

"우리 원을 주인이 들어준다디?"

채봉이 생각에는 얼토당토않은 듯하였다.

"그러니까 떼써서 안 들어주면 우리는 우리 할 대로 하잔 말이다."

"우리 할 대로?"

눈물에 젖은 눈들이 의아하여서 다시 부영이를 바라보았다.

"모두 짜고 말을 안 들어주면 그만이 아니냐. 돈을 안 벌어주면 그만이 아니냐."

"그렇게 하게 하겠니?"

"일제히 결심하고 죽어도 말 안 듣는데 제인들 어떻게 한단 말이냐."

"옳지!"

"그렇지!"

그들은 차차 알아들 갔다.

마침내 부영이의 설명과 방침을 잘 새겨들은 그들은 두 손을 들고 기쁨에 넘쳐서 뛰고 외쳤다.

"좋다!"

"좋다!"

"부영아 이년아, 니 어디서 그런 생각 배웠나."

"그전에 공장에 다니던 우리 오빠에게서 들었단다. 그때 공장에서도 그렇게 해서 월급 오르고 일 시간 적어지고 망나니 감독까지 내쫓았다더라."

"니 이년아 맹랑하다."

"우리도 하자!"

"하자!"

"하자!"

수많은 가냘픈 주먹이 꿋꿋이 쥐이고 눈물에 흐렸던 방 안은 이제 계획과 광명에 활짝 개어 올랐다.

이렇게 하여 결국 그들은 어여쁜 결심을 한 끈에 맺어 일을 단행하게 되었다. 이때까지 이 세상에서 받아온 학대에 대한 크나큰 원한과 분이 이제 이 집 주인과의 대항이라는 한 구체적 형식으로 표현되었던 것이다.

처음인 그들은 일의 교섭을 부영이에게 일임하였다. 부영이는 전에 오빠에게서 들은 것이 있어서 구두로 주인과 담판하기를 피하고 오빠들의 예를 본받아서 요구서 비슷한 것을 작성하기로 하였다.

여덟 사람 입에서 나오는 수많은 조목 중에서 대강 다음과 같은 요구의 조목을 추려서 능치는 못하나 대강 읽을 줄 알고 쓸 줄 아는 부영이는 한 장의 종이를 도톨도톨한 다다미[7] 위에 놓은 채 그 위에 연필로 공을 들여서 내려 적었다.

一. 기한 넘은 명자를 하루라도 속히 내놓을 일.

一. 영업 시간은 오후 여섯 시부터 새로 두 시까지로 할 일. (즉 두 시 이후에는 손님을 더 들이지 말 일.)

一. 낮 동안에는 외출을 마음대로 시킬 일.

一. 한 달에 하루씩 놀릴 일.

一. 처음 들어온 사람을 매질하지 말 일.

一. 앓을 때에는 낫도록 치료를 하여줄 일.

이렇게 여섯 가지 조목을 적고 그다음에 만약 이 조목의 요구를 하나라도 안 들어주면 동맹하여 손님을 안 받겠다는 뜻을 간단히 쓰고 끝에 여덟 사람의 이름을 연서하고 각각 제 이름 밑에 지장을 찍었다.

다 쓴 뒤에 부영이가 한번 읽어주었다. 제 입으로 한마디 한마디 떠듬떠듬 뜯어들 읽기도 하였다.

다 읽은 뒤에 그들은 벌써 일이 다 되고 주인이 굽실굽실 꿀려오는 듯하여서 손을 치고 소리 지르고 한없이 기뻐들 하였다. 전에는 생각지도 못하였던 합력의 공이 끔찍이도 큰 것을 처음으로 안 것도 기쁜 일이었다.

뛰고 붙고 마음껏 기뻐들 한 끝에 그들은 제비를 뽑아서 공을 집은 사람이 요구서를 주인한테 가지고 가서 내기로 하였다.

3

"아 요런 년들."

"아니꼬운 년들 다 보겠다."

"되지못한 년들."

"주제넘은 년들."

주인 양주는 팔짝팔짝 뛰면서 번차례로 외치면서 방으로 쫓아왔다.

"같지 않은 년들 이것이 다 무어냐?"

요구서가 약 오른 그의 손끝에서 바르르 떨렸다.

"너희 할 일이나 하구 애초에 작정한 돈이나 벌어주면 그만이지, 요 꼴들에 요건 다 무어냐?"

한 사람 한 사람씩 노리면서 그는 떨리는 손으로 요구서를 쪽쪽 찢어버렸다.

"되지못한 년들, 일일이 너희들 시중만 들란 말이냐? 돈은 눈곱만큼 벌어주고 큰소리가 무슨 큰소리냐?"

분은 터져 오르나 주인의 암팡스러운 권막에 모두들 잠자코 있는 사이에 참고 있던 부영이가 마침내 입을 열었다.

"당신이 그럼 우리를 사람으로 대접해왔단 말요?"

"이년아 그럼 너희들을 부잣집 아가씨처럼 대접하란 말이냐?"

"부잣집 아가씨구 빌어먹을 것이구 당신이 우리를 개나 도야지만큼이나 여겨왔소?"

"그렇게 호강하고 싶은 년들이 애초에 팔려 오기는 왜 팔려 왔단 말이냐?"

"우리가 팔려 오고 싶어 팔려 왔소?"

"그러게 말이다. 한껏 이런 데 팔려 오는 너희 년들이 무슨 건방진 소리냐 말이다."

"이런 데 팔려 오는 사람은 다 죽을 거란 말요. 너무 괄세 말구려."

"요 꼴들에 괄세는 다 무어냐 같지 않게."

"같지 않다는 건 다 무어야?"

"아, 요런 년 버릇없이."

팔짝 뛰면서 그는 부영이의 따귀를 잘싹 갈겼다.

순간 약 오른 그들의 얼굴에는 핏대가 쭉 뻗쳐올랐다.

"이놈아 왜 치니?"

"무슨 재세로 사람을 함부로 치느냐?"

"너한테 매여만 지낼 줄 알았드냐?"

"발길 놈아."

"죽일 놈아."

그들은 약속한 바 없었으나 약속하였던 것같이 일제히 일어서서 소리 높이 발악을 하였다.

"하, 같지 않은 것들."

주인은 '같지 않아서'보다도 예기치 아니한 소리 높은 발악에 기를 뺏겨서 목소리를 낮추고 주춤 물러섰다.

"이때까지 너희들 먹여 살린 것이 누구냐. 은혜도 모르고 너희들이 그래야 옳단 말이냐?"

"은혜? 같지 않다. 누가 누구의 은혜를 입었단 말이냐?"

"배가 부르니까 괜 듯만 싶으냐. 밥알이 창자 속에 곤두서니까 너희들 세상만 싶으냐?"

"두말 말고 우리 말을 들어줄랴면 주고 안 들어줄랴면 그만이고 생각대로 하구려."

"흥, 누가 몸이 다나 두고 보자. 굶어 죽거나 말거나 이년들 밥 한술 주나 봐라."

이렇게 위협하면서 주인은 방을 나가버렸다.

"원 나중엔 별것들 다 보겠네."

한쪽 구석에 말없이 서 있던 주인 여편네도 중얼거리며 따라 나갔다.

4

이렇게 하여 주인과 대전한 지 사흘이었다.

식료는 온전히 끊기었었다.

사흘 동안 속에 곡식 한 톨 넣지 못한 그들은 기맥이 쇠진하였다.

오늘도 명자는 이층 한구석 제 방에서 엎드려 울기만 하였다.

며칠 동안 손님을 안 받으니 몸이 거뿐하기는 하였으나 그 대신 배가 고파서 견딜 수가 없었다.

"공연히 이 짓을 했지, 이 탓으로 나갈 기한이 더 늦어지면 어떻게 하나."

고픈 배를 부둥켜안고 엎드렸다 일어났다 하면서 그는 걱정하였다.

이 생각 저 생각에 설워지면 품에 지닌 사진을 몇 번이고 몇 번이고 꺼내 보았다. 사진을 들여다보면 그는 재없이[8] 한바탕 울고야 말았다. 그러나 눈물이 마를 만하면 그는 또다시 사진을 꺼내 보았다.

이 지옥에 들어온 지 삼 년 동안 그 사진만이 그의 유일한 동무였고 위안이었다. 그것은 정든 임의 사진이 아니라 그의 어렸을 때의 집안 식구와 같이 박은 것이었다. (그의 집안은 그때에는 남부럽지 않게 살았던 것이다.) 아버지 어머니가 뒤에 서고 그는 어린 동생들과 손을 잡고 앞줄에 서서 박은 것이다. 추석날 읍에서 사진장이가 들어왔을 때에 머리 빗고 새 옷 입고 박은 것이었다. 벌써 칠 년 전이다. 그 후에 어찌함인지 가운이 기울기 시작하여 집에 화재가 난다 땅이 떠내려간다 하여 불과 사 년 동안에 가계가 폭삭 주저앉았던 것이다. 그리하여 삼 년 전에 서리서리 뒤틀린 괴상한 연줄로 명자가 이리로 넘어오게까지 되었었다. 고향을 끌려 나올 때에 단 한 가지 몸에 지니고 나온 것이 곧 이 한 장의 사진이었다.

어머니 아버지가 보고 싶을 때마다 동생들이 생각날 때마다 그는 사진을 내보고 실컷 울었다. 집도 절도 없는 고향에 지금 아버지 어머니가 있을 리 만무할 것이다. 그릇 이고 쪽박 차고 알지 못하는 마을을 헤매고 있을는지도 모른다. 그러나 그것도 저것도 고향에 가야 알 것이다. 얼른 고향에 가야 그들의 간 곳도 찾아낼 수 있을 것이다.

이렇게 생각하는 그는 하루도 몇 번 사진과 눈씨름하면서 얼른 삼 년이 지나 계약한 기한이 오기만 고대하였다. 그러나 삼 년이 지나 기한이 넘어도 주인은 그를 내놓으려고 하지 않았다.

이 생각 저 생각에 분하고 원통하여서 오늘도 종일 사진을 보며 울기만 하였다.

사진 보고 생각하고 울고 하는 동안에 오늘 하루도 다 가고 어느새 밤이 되었다.

명자는 눈물을 씻고 일어나서 커튼을 열었다.

창밖에는 넓은 장안이 끝없이 깔렸고 암흑의 거리거리가 층층의 생활을 집어삼키고 바다같이 깊다.

그 속에 수많은 등불이 초저녁의 별같이 쏟아져서 깜박깜박 사람을 부르는 듯하였다.

명자는 창을 열고 찬 야기[9]를 쏘이면서 시름없이 거리를 내려다보았다.

그 속은 어쩐지 자유로울 것 같았다. 속히 이곳을 벗어나 저 속에 마음껏 헤엄쳐볼까 하고도 그는 생각하였다.

매력 있는 거리를 한참이나 바라보다가 그는 다시 창을 닫고 커튼을 쳤다.

새삼스럽게 기갈이 복받쳐왔다.

그는 그길로 바로 곧은 층층대를 타고 내려가 층 아랫방으로 갔다.

넓은 방에는 사흘 동안의 단식에 눈이 푹 꺼진 동무들이 맥없이 눕기도 하고 혹은 말없이 앉았기도 하였다.

"배고파 못 살겠다."

명자는 더 참을 수 없어 항복하여버렸다.

말없는 그들도 따라서 외쳤다.

"속 쓰리다."

"배고프다."

"이게 무슨 못 할 짓인고."

"×을 팔면 팔지 내사 배곯구는 몬 살겠다."

누웠던 부영이가 일어나서 그들을 진정시키려고 쇠진한 의기를 채질[10]하였다.

"사흘 동안 굶어서 설마 죽겠니. 옛날의 영악한 사람은 한 달이나 굶어도 늠실하였다드라."

"옛날은 옛날이고 지금은 지금이 아니냐."

"지금 사람이 더 영악해야 하잖겠니. 저희가 아쉬운가 우리가 꿀리나 어데 더 참아보자꾸나."

부영이가 이렇게 말하면,

"죽든지 살든지 해보자!"

"더 참아보자!"

하는 한 패와 그래도,

"못 살겠다."

"못 견디겠다."

"배고파 죽겠다."

하는 패가 있었다.

"그다지도 고프냐?"

부영이는 이제 더 달래갈 수는 없었다.

"눈이 뒤집히는 것 같고 몸이 뒤틀리는 것 같아서 못 살겠다."

"그럼 있는 대로 모아서 요기라도 하자꾸나."

부영이는 치마춤을 뒤지더니 백통전을 두어 닢 방바닥에 던졌다.

"자 너희들도 있는 대로 내놓아라. 보자."

치마춤에서들 백통전이 한 닢 두 닢씩 방바닥에 떨어졌다.

그것은 손님을 받을 때에만 가외로 한 닢 두 닢 얻어둔 것이었다.

볼 동안에 여남은 닢 모인 백통전을 긁어모아서 부영이는 채봉이에게 주었다.

"자, 너 좀 가서 무엇이든지 먹을 것을 사 오려무나."

채봉이는 돈을 가지고 건너편 가게에 나가서 두 팔에 수북이 빵을 사 들고 들어왔다.

5

"년들 맹랑하거든."

하루도 채 못 가 항복하리라고 생각한 것이 사흘이나 끌어왔으니 주인은 놀라지 않을 수 없었다. '년들의 소행이 괘씸'하기도 하였으나 애초에 잘 달래놓을 것을 그런 줄 모르고 뻗대온 것이 큰 실책인 듯도 생각되었다. 하룻밤이 아까운 이 시절에 사흘 밤이나 문을 닫치는 것은 그에게 곧 막대한 손해를 의미한다. 더구나 다른 누보다도 유달리 번창하는 이 누이니만치 손해는 더욱 큰 것이다. 숫자적 타산이 언제든지 머릿속을 떠날 새 없는 주인은 한 시간이 아까워 견딜 수 없었다. 더구나 밤이 시작됨을 따라 밖에서 더욱 요란하여지는 사내들 노래를 들으려니 한시도 더 참을 수 없어서 그는 또 방으로 쫓아왔다.

"얘들 배 안 고프냐?"

목소리를 힘써 부드럽게 하였다.

"우리 배고프든 안 고프든 무슨 상관이오."

용기를 얻은 봉선이는 대담스럽게 톡 쏘아붙였다.

"공연히 그렇게 악만 쓰면 너희만 곯지 않느냐? 이를 때에 고분고분히 잘 들으려무나. 나중에 후회 말구."

"우리야 후회를 하든지 말든지 남의 걱정 퍽 하우."

이제 빵으로 배를 다진 그들은 쉽게 넘어가지는 않았다.

"제발 그만들 마음을 돌려라."

"그럼 우리의 원을 들어주겠단 말요."

"아예 그런 딴소리는 말고 밥들이나 먹고 할 일들이나 해라."

"딴소리가 다 무어요. 우리의 원을 들어주겠느냐 안 들어주겠느냐 말요."

"자, 일어들 나거라. 벌써 사흘 밤이 아니냐?"

"사흘 아니라 석 달이래도 우리는 원을 이루고야 말 테예요."

"글쎄 너희들 일이 됐니. 밥 먹여 살리는 주인한테 이렇게 대드는 법이 세상에 어데 있단 말이냐?"

"잔소리는 그만두어요. 우리의 원을 들어주겠으면 주고 싫으면 그만이지 딴소리가 웬 딴소리요."

부영이가 한마디 한마디 또박또박 캐서 들이밀었다.

"너희 년들 말 안 들을 테냐?"

누그러졌던 주인은 별안간에 빨끈하였다. 노기에 세모진 눈이 노랗게 빛났다.

"얼리니까" 괜 듯만 싶어서 년들이."

"아따 얼리지 않으면 어떻게 할 테요. 어떻게 할 테야?"

"그래도 그년이."

"그년이란 다 무어야."

"아, 요런 년."

주인은 팔짝 뛰면서 부영이의 볼을 갈겼다. 푹 고꾸라지는 그의 머리통을 뒤미처 갈기고 풀어진 머리채를 한 손에 감아쥐면서 그는 큰소리로 그들을 위협하였다.

"이년들 다들 덤벼봐라."

그러나 악 오른 것은 그만이 아니었다.

동무가 이렇게 얻어맞고 창피한 욕을 당하는 것을 보는 그들은 일시에 똑같이 분이 터져 올랐다. 전신에 새빨간 핏대가 쭉 뻗쳤다. 그러나 너무도 악이 복받쳐서 한참 동안은 벌벌 떨기만 하고 입이 붙어 말이 안 나왔다.

"이년들 다들 덤벼라."

놈은 머리채를 징긋이 감아쥐면서 범같이 짖었다.

"이놈아 사람을 또 친단 말이냐."

"너 듣기 싫으면 피차 그만이지 왜 사람을 치느냐."

"몹쓸 놈아!"

"개 같은 놈아!"

맥은 없으나마 힘은 모자라나마 그들은 악과 분을 한데 모아 일제히 놈에게 달려들었다. 놈의 옷자락도 붙들고 놈의 따귀도 치고 놈의 머리도 들고 놈의 다리에도 매달리고 놈의 살도 물어뜯고 그들은 악 나는 대로 힘자라는 대로 벌떼같이 놈의 몸에 움켜붙었다.

나이 찬 몸에 힘이 좀 부치기는 하였으나 원체 뼈대가 단단하고 매서운 사나이라 놈은 몸에 들어붙은 그들을 한 손으로 뿌리쳐 뜯기도 하고 발길로 차서 떨어뜨리기도 하면서 여전히 부영이의 머리채를 휘어잡은 채 이 구석 저 구석 넓은 방 안을 질질 몰고 다녔다.

밑에서 밟히고 끌리는 부영이의 입에서는 피가 흘렀다. 이리저리 끌리는 대로 넓은 방바닥에 핏줄이 구불구불 고패를 쳤다.

이윽고 한쪽에서는 분을 못 이기는 울음소리가 터져 나왔다.

"몹쓸 놈아 쳐라."

"너도 사람의 종자냐?"

"벼락을 맞을 놈아!"

"혀를 빼물고 꺼꾸러져도 남지 않을 놈아!"

"사람을 죽이네!"

"순사를 불러라!"

그들은 소리를 다하고 악을 다하였다. 나중에 주인 여편네가 기겁을 하고 쫓아왔다.

옷이 찢기고 멍이 들고 피가 흘렀다.

그것도 저것도 다 헤아리지 않고 그들은 온갖 힘을 다하여 이를 악물고 놈과 세상과 접전하였다.

6

"문 열어라."

"자고 가자."

밤이 익어감을 따라 문밖에서는 취객들의 외치는 소리가 쉴 새 없이 높이 났다.

"다들 죽었니."

"명자야."

"부영아."

"채봉아."

문 두드리는 소리가 새를 두고 흘렀다. 그래도 안에서 대답이 없으면 부서져라 하고 난폭하게 한참씩 문을 흔들다가는 무엇이라고 욕지거리를 하면서 다른 곳으로 가버렸다.

이렇게 한 떼 가버리고 나면 다음에 또 한 떼가 나타났다.

"문 열어라."

"웬일이냐 사흘이나!"

"봉선아."

"채봉아."

"봉선아."

방에서는 모두들 맥을 잃고 누웠었다.

극렬한 싸움 뒤에 피곤——하였다느니보다도 실신한 듯이 잔약한 여병졸들은 피와 비린내와 난잡 속에 코를 막고 죽은 듯이 이리저리 눕고 있었다. 분이 나서 쌔근쌔근——하지도 못하였던 것이다. 그러기에는 너무나 기맥이 쇠진하였었다. 말없이 죽은 듯이 그들은 다만 눕고 있었다. 그러나 그들은 한 사람도 아직 그들이 졌다고는 생각하지 않았다. 잠시 피곤할 따름이다. 맥이 나면 놈과 또다시 싸워야 할 것이다——고 그들은 생각하고 있었다.

"봉선아."

"내다, 봉선아."

"너 이년 나를 괄세하니?"

"봉선아."

"봉선아."

밖에서 부르는 소리가 하도 시끄럽기에 봉선이는 일어나서 방을 나가 문을 열었다.

"봉선아, 너 이년 나를 몰라보니?"

하면서 달려드는 사내는 자기를 맡아놓고 사주는 나지미였다. 그러나 봉선이는 오늘만은 그를 반가운 낯으로 대하지 않았다.

"아녜요. 오늘은 안 돼요."

하면서 그를 붙드는 사내를 밀치고 문을 닫치려 하였다.

"안 되긴 왜 안 된단 말이냐? 사흘이나."

사내는 그를 붙들고 놓지 않았다.

"주인 녀석과 싸우고 벌이 않기로 했어요."

"주인과 싸웠어?"

사내들은 새삼스럽게 그의 찢긴 옷, 헝클어진 머리, 피 흔적을 자세히 들여다보았다.

"자, 다음날 오구 오늘들은 가세요."

"아니, 왜 싸웠단 말이냐?"

"주인 놈이 몹쓸 녀석이라우…… 우리 말을 들어주기 전에는 우리가 일을 하나 봐라."

"주인이 몹쓸 놈이어서 싸웠단 말이냐?"

봉선이는 주춤하고 뜰을 내려서서 목소리를 높였다.

"사람을 굶기고 그 위에 죽도록 치고…… 주인 놈이 천하에 고약한 놈이지 지금 저 방에는 죽도록 얻어맞고 피를 토한 동무들이 죽은 듯이 눕고 있다우."

하면서 방을 가리키는 그의 눈에는 눈물이 핑 돌았다.

봉선이의 높은 목소리에 이웃집 문전에서 떠들고 흥정하고 노래하던 사내와 계집들이 한 사람 두 사람씩 옹기종기 이리로 모여들었다.

봉선이는 서러워서 견딜 수 없었다. 맡길 곳 없는 설움을 이제 이 많은 사람 앞에서 마음껏 하소연하여보고 싶었다.

그는 뜰에 올라서서 두 손을 들고 고함을 쳤다.

"들어보시오! 당신들도 피가 있거든 들어보시오! 우리는 사람이 아니오? 우리가 사람 같은 대접을 받아온 줄 아오? 개나 도야지보다도 더 천대를 받아왔소. 당신네들이 우리의 몸을 살 때에 한 번이나 우리를 불쌍히 여겨본 적이 있었소? 우리는 개마도 못하고 도야지마도 못하고, 먹고 싶은 것 먹어봤나 놀고 싶을 때 놀아봤나 앓을 때에 미음 한 술 약 한 모금 얻어먹었나. 처음 들어오면 매질과 눈물에 세상이 어둡고 계약한 기한이 지나도 주인놈이 내놓기를 하나, 한 방울이라도 더 우려내고 한 푼이라도 더 뜯어낼려고 꼭 잡고 내놓지 않는다. 우리는 사람이 아니다. 사람이 아니구 물건이다. 애초에 우리가 이리로 넘어올 때에 계약인지 무엇인지 해가지고 우리를 팔아먹은 놈 누구며, 지금 우리의 버는 돈을 한푼 한푼 다 빨아내는 놈은 누군가? 우리는 그놈들을 위해서 피를 짜내고 살을 말리우는 물건이다. 부모를 버리고 동기를 잃고 고향을 떠나 개나 도야지마도 못한 천대를 받게 한 것은 누구인가. 누구인가?"

그는 흥분이 되어서 그도 모르게 정신없이 외쳤다. 며칠 전 부영이에게서 들어두었던 말이 이제 그의 입에서 순서는 뒤바뀌었을망정 마치 제 속에서 우러나오는 말같이 한마디 한마디 뒤를 이어서 쏟아져 나왔던 것이다. 장황은 하나 그는 이것을 다 말하지 않고는 배길 수 없었다. 그는 여전히 흥분된 어조로 계속하였다.

"다 같은 이목구비를 갖추고 무엇이 남보다 못나서 이 짓을 하게 되었나. 이 더러운 짓을 하게 되었는가. 남처럼 버젓하게 살지 못하고 왜 이렇게 되었는가? 우리의 팔자가 기박해서 그런가. 팔자가 무슨 빌어먹을 놈의 팔잔가?"

사흘 전에 부영이에게 반대하여 팔자를 주장하던 그가 이제 와서 확실히 팔자를 부정하였다. 그는 벌써 사흘 전의 그는 아니었다. 사흘 후인 이제 그는 똑바로 세상을 볼 줄 알았던 것이다.

 "이 문둥이 같은 놈의 세상이, 놈들의 농간이, 우리를 이렇게 기구하게 맨들지 않았는가?"

 봉선이가 주먹을 쥐고 이렇게 높이 외치자 사람 숲에서는 여러 가지 소리가 들려오고 가운데에는 감동하여 손뼉 치는 사람도 있었다.

 "옳다!"

 "고년 맹랑하다."

 "똑똑하다."

 같은 처지에 있으니만큼 그중에 모여 섰던 이웃집 창기들에게는 봉선이의 말이 뼛속까지 젖어 들어가서 그들은 감격한 끝에 길게 한숨도 쉬고 남몰래 눈물도 씻으면서 얕은 목소리로 각각 탄식하였다.

 "정말 우리는 사람이 아니다."

 "개마도 못한 천대를 받아오지만 않니?"

 "부모 형제 다 버리고 이것이 무슨 죄냐?"

 "몹쓸 놈의 세상 같으니."

 맡길 곳 없는 설움을 이제 이렇게 뭇사람 앞에서 마음껏 하소연한 봉선이의 속은 자못 시원하였다. 동시에 여러 사람 앞에서 한 번도 지껄여본 적 없고 남이 하는 연설 한마디 들어본 적 없는 무식하고 철모르던 그가 어느 틈에 이렇게 철이 들고 구변이 늘었는가를 생각하매 자기 스스로 은근히 탄복하지 않을 수 없었다.

그는 이를 악물고 높은 구변으로 계속하였다.

"우리는 이 천대를 더 참을 수 없다. 천치같이 더 속아 넘어갈 수 없다. 우리는 일제히 짜고 주인 놈과 싸웠다. 놈은 우리의 말을 한 마디도 안 들어주고 우리를 사흘 동안이나 굶기면서 됩데[12] 우리를 때리고 차고 죽일 놈 같으니. 지금 저 방에는 죽도록 얻어맞은 동무들이 피를 토하고 누워 있다. 저 방에, 저 방에."

하면서 가리키는 그의 손을 따라 사람들은 그쪽을 향하였다.

정신없이 지껄인 바람에 잠간 사라졌던 분이 이제 또다시 그의 가슴에 새삼스럽게 타올랐다. 그는 악을 다하여 소리소리 쳤다.

"주인 놈이 죽일 놈이다. 우리가 다시 일을 하나 봐라. 다시 이 짓을 하나 봐라. 우리는 벌써 너에게 매인 몸이 아니다. 깍정이 같은 놈. 다시 돈 벌어주나 봐라."

주인이 바로 눈앞에 있는 것처럼 그는 눈을 노리고 욕을 퍼부었다.

분통이 터져서 전신이 바르르 떨렸다.

"다시 일을 하나 봐라. 이놈의 집에, 이 더러운 놈의 집에 다시 있는가 봐라."

그는 이제 집 그것을 저주하는 듯이 터지는 분과 떨리는 몸을 문에다 갖다 탁 부딪쳤다.

문살이 부서지며 유리가 깨뜨려졌다.

미친 사람같이 그는 허둥지둥 다시 일어나 땅에서 돌을 한 개 찾아 들더니 '봉학루'라고 쓰인 문 위에 달린 붉은 등을 겨누었다.

다음 순간 뎅그렁하고 깨뜨려지는 홍등이 땅에 떨어지기가 무섭게 으싹 하고 조밥이 되어버렸다.

해끗한 유리 조각이 주위에 팍삭 날고 집 앞은 순식간에 암흑으로 변하였다.

잠시 숨을 죽이고 그의 거동을 살피던 사람들은 어둠 속에서 수물거리기 시작하였다.

"봉선아, 너 미쳤구나!"

"주인 놈을 잡아내라!"

"잘 깼다. 질내 이놈의 짓을 하겠니?"

"동맹 파업이다."

"잘했다!"

"요 아래 추월루에서도 했다드라!"

깨뜨려진 홍등. 어두운 이 문전을 중심으로 이 밤의 이 거리, 이 저자는 심히도 수물거리고 동요하였다.

마작철학 _{麻雀哲學}

1

 내리 찌는 복더위에 거리는 풀잎같이 시들었다. 시든 거리 가로
수(街路樹) 그늘에는 실업한 노동자의 얼굴이 노랗게 여위어가고
나흘 동안——바로 나흘 동안 굶은 아이가 도적질할 도리를 궁리
하고 뒷골목에서는 분 바른 부녀가 별수 없이 백동전 한 닢에 그
의 마지막 상품을 투매하고 결코 센티멘털리즘에 잠겨본 적 없던
청년이 진정으로 자살할 방법을 생각하고 자살하기 전에 그는 마
지막으로 테러리스트 되기를 원하였다.

 도무지가 무덥고 시들고 괴로운 해이다. 속히 해결이 되어야지
이대로 나가다가는 나중에는 종자도 못 찾을 것이다. 이 말할 수
없이 시들고 쪼들려가는 이 거리, 이 백성들 가운데에 아직도 약
간 맥이 붙어 있는 곳이 있다면 그것은 정주사네 사랑일까? 며칠

이나 갈 맥인지는 모르나 이 무더운 당장에 그곳에는 적어도 더위는 없다. 대신에 맥주 거품과 마작과 유흥이 있으니 내리 찌는 복더위에 풀잎같이 시든 이 거리, 서늘한 이 사랑에서는 오늘도 마작 판이 어우러졌던 것이다. 삼 간이 넘는 장간방[1]의 사이를 트고 아래윗방에 두 패로 벌인 마작 판을 싸고 전당포 홍전위, 정미소 심참봉, 대서소 최석사, 자하골 내시 송씨, 그 외에 정체 모를 수많은 유민들이 둘러앉아서 때 묻은 마작 쪽에 시들어가는 그들의 열정을 다져서 마작 판을 탕탕 울린다.

"펑!"[2]

"깡!"[3]

그러나 흥겨운 이 소리가 실상인즉 헐려가는 이 계급의 단조한 생활을 상징하는 풀기 없는 음성으로밖에는 들리지 않았다. 천 곳에 맥주 한 병씩을 걸고 날이 맞도록 세월없이 마작 판을 두드리는 그들의 기력 없는 생활의 자멸을 재촉하는 단말마적 종소리로밖에는 들리지 않았던 것이다.

"펑!"

"깡!"

"홀나!"[4]

양동이에 얼음을 깨트려 넣고 그 속에 채운 맥주를 잔 가득 나누고 마작 쪽이 와르르 흩어지니 판은 또다시 시작되었다.

"오늘이나 소식이 있을까."

판 한 모에서 대전하고 있던 정주사는 마작과는 관계없는 딴생각에 마음을 은근히 앓으면서 홍중(中) 쪽을 정성스럽게 모아들였다. 그는 끗수의 타산으로가 아니라 본능적으로 어쩐 일인지 홍중을 좋아하고 백(白)판을 극도로 싫어하였다. 홍중으로 방을 달면 길하고 백판으로 달면 흉하다는 이 비논리적 저 혼자의 원리에 본능적으로 지배를 받으면서 이것으로써 은근히 마음먹은 일을 점치던 것이다. 그 심리는 마치 연애에 빠진 계집아이가 이기든지 말든지 간에 남몰래 트럼프의 화투장을 정성껏 모아들이는 그 심리와도 흡사하였다.

정주사는 오늘도 아들의 편지를 고대하면서 홍중으로 방 짜기에 애를 썼다. 그러나 재수 없는 백판만 여러 쪽 들어오고 홍중은 판판이 한 쪽도 들어오지는 않았다. 그래도 그는 추근추근히 세 쪽이나 들어온 백판을 헐어 내버리면서도 수중에 한 쪽도 없는 홍중을 한 장 두 장 판에서 모아들이기에 헛애를 썼다.

결과는 방 달기가 심히 늦고 남이 벌써 "홀나!"를 부를 때에도 그는 방은커녕 엉망진창인 수많은 마작 쪽을 가지고 미처 주체를 못해서 쩔쩔매었다. 그러나 물론 그는 "홀나!"를 바라는 바도 아니요, 맥주를 아끼는 터도 아니었다. 다만 홍중으로 훌륭하게 방 한 번 달기가 원이었다. 그러나 종일 마작 판을 노려도 홍중은 안 들어오고 편지는 안 오고─그의 마음은 말할 수 없이 우울하였다.

"에, 화난다!"

마음 유하게 판에 앉았던 정주사도 나중에는 화가 버럭 나서 마작 쪽을 던지고 벌떡 자리를 일어났다.

"운송(정주사의 호), 요새 웬일이오?"

같이 놀던 친구들은 정주사의 은근한 심정은 모르고 그의 연패하는 것이 보기 딱해서 그의 손속⁵ 없는 것을 민망히 여겼다.

"최석사, 대신 들어서시오."

옆에서 바라보고 있던 최석사에게 자리를 사양하고 정주사는 윗목에 서 있는 넓은 침대에 가서 몸을 던지고 마작 소리를 옆 귀로 흘리면서 자기 스스로의 생각에 잠겼던 것이다——정주사의 사랑하는 외아들이 일확만금을 꿈꾸고 새 실업을 꾀하여 동해안으로 떠난 것은 벌써 작년 봄이었다. 대학을 마친 풋지식을 놀려두기보다는 아버지의 뜻을 이어 수년 전부터 동해안 일대에 왕성히 일어난 정어리업에 기울였던 것이다. 바다 일이라는 것이 항상 위험하기는 위험한 것이나 천여 석지기의 자본을 시세 좋은 정어리업에 들이밀면 만금이 금시에 정어리 쏟아지듯 쏟아질 것이다——고 생각한 그는 대번에 삼백 석지기에 넘는 옥토를 은행에 잡히고 이만여 원의 자본금을 낸 것이다.

십여 척의 어선과 어부를 사고 수십 채의 그물을 사고 해변에 공장을 세우고 기름 짜는 기계를 설치하고 공장 노동자와 수백여 명의 능률 노동자를 써가면서 사업을 시작하였던 것이다. 얼떨떨한 흥분과 모험감으로 일 년 동안을 계속하여 분주한 어기(漁期)를 지내놓고 연말에 가서 이익을 타산하여보았을 때에 웬일인지 예측과는 딴판으로 수지가 가량없이 어긋났다.

결국 이만여 원을 배와 공장에 곱게 깔아놓았을 뿐이요, 한 푼의 이익도 건지지는 못하였던 것이다. 그러나 첫술에 배부른 법 없는지라 첫 사업의 첫해인 만큼 모든 실패를 서투른 수단과 노련치 못한 풋지식의 탓으로 돌려보내고 금년에는 일 년 동안에 얻은 경험을 토대로 사업을 확대하여 또 삼백여 마지기의 옥토를 같은 은행에 잡히고 이만여 원을 내서 배를 늘리고 공장을 늘려서 한층 더 큰 규모로 일을 시작하였다. 그러나 뉘 알았으랴, 금해금이 단행되고 금융계와 모든 사업계에 침체가 오자 무서운 불경기의 조수는 별수 없이 정어리업에까지 밀려오고야 말았다.

물화 상통과 금전 융통의 길이 끊어지니 정어리의 시세는 대중 없이 폭락되었다. 닷 말들이 한 자루에 이 원 육십 전 하던 정어리가 금년에 들어와서는 일 원 삼십 전으로 폭락되고, 기름 한 통에 이원 팔십 전 하던 것이 금년에는 일 원 오십 전으로, 정어리 비료 한 관 시가(一貫時價) 오 원이 이원 오십 전으로──도대체 반값으로 폭락되었다. 이 대세는 도저히 막아내는 장사가 없었다.

정주사는 앞도 못 내다보고 공연히 사업을 확대한 것을 후회하였다. 그러나 저질러놓은 것을 이제 와서 한탄한들 무슨 소용이 있으리오. 흥하든 망하든 하던 데까지는 해보아야 할 것이다. 다만 한 가지 애처로운 것은 그의 아들의 고생하는 꼴이었다. 유약한 몸으로 편안한 집을 떠나 낯선 해변에 가서 폭양에 쪼여가면서 갖은 신고를 다하리라고 생각하매 아버지의 마음은 한시도 편한 적이 없었다. 자기 혼자 시원한 사랑에서 친구들과 맥주 내기 마작을 울리는 것이 죄스럽게도 생각되었다. 게다가 요사이는 어찌 된 일인지 아들에게서 한 장의 소식도 없었다.

이 어려운 시세에 고기라도 많이 잡혀야 할 터인데 과연 많이 잡히는지, 배와 공장에도 별 고장이 없는지, 더위에 몸도 성한지 모든 것이 퍽도 궁금하였다. 봄에 잠깐 집에 왔다 간 지 벌써 넉 달이나 되었으니 이 여름에 또 한 번쯤 다녀가도 좋으련만 이 바쁜 시절에 그것도 원하기 어려운 일이었다.

이래저래 정주사는 요사이 매우 걱정이다. 마작의 홍중을 모아 친구 몰래 은근히 점쳐보았으나 오늘도 역시 길괘는 얻지 못하였던 것이다.

침대에 누운 정주사는 괴로운 심사와 가지가지의 무거운 생각을 이기지 못하여 바로 누웠다 돌아누웠다 하면서 긴 한숨을 내쉬었다.

"펑!"

"홀나!"

어우러진 두 패의 마작 판에서는 마작 울리는 소리가 맹렬히 들렸다.

'밤이나 낮이나 모여서 펑들만 찾으니 우리네 살림에도 멀지 않아 펑이 날 것이다!'

침대 위에서 마작에 열중된 친구들을 내려다보는 정주사에게는 돌연히 이런 생각이 떠올랐다. 그 순간 가련한 친구들과 자기 자신의 자태가 머릿속에 전광적으로 번적였다.

'오, 악몽이다!'

정주사는 우연한 이 생각에 스스로 전율하고 불길한 환영을 떨쳐버리려고 애쓰면서 돌아누워 시선을 문득 푸른 하늘로 옮겨버렸다.

2

종일 동안 들볶아치던 포구는 밤이 되니 낮 동안의 소란과는 반비례로 심히 고요하였다. 하늘도 어둡고 바다도 어둡고 뾰족한 초승달이 깊은 하늘에 간드러지게 걸리고 언덕 위에 우뚝 서 있는 정어리 공장 사무소 창에서 흐르는 등불이 어두운 해변의 한 줄기의 숨소리와도 같다. 규칙적으로 몰려오는 파도의 소리가 쇄─쇄─ 들려올 뿐이다.

'정구태 온어(溫魚)[6] 공장 사무소'라고 굵게 쓰인 간판 달린 언덕 위의 공장 사무소 안에는 젊은 주인공이 등불을 돋워놓고 이슥하도록 장부 정리에 열중하고 있다. 옆방 침실에서는 공장의 감독 격으로 있는 최군과 서기 격으로 있는 박군의 코 고는 소리가 높이 들렸다. 코 고는 소리에 이끌려 건듯하면 저절로 내리감기는 두 눈을 비벼가면서 낮 동안의 피곤도 무시하여버리고 그는 장부 정리에 열중하였다. 장부의 숫자를 대조하여가는 동안에 정신도 차차 맑아갔다.

등불에 비치는 그의 얼굴은 검어 무뚝뚝하게 보였다. 그러나 그것도 원래 그런 것이 아니라 이태 동안이나 해변에 서서 바닷바람과 폭양을 쏘였으므로였다.

연전에 서울 있어서 카페에나 돌아다니고 기생들과 자동차나 몰고 할 때에는 그도 얼굴빛 희고 기개 높은 청년이었다. 그것이 두 해 여름이나 해변에서 그슬고 타고 하는 동안에 이렇게 몰라

볼 만큼 풍골이 변하였던 것이다. 카페에서 술 마시면 울고 기생 앞에서 발라맞추던[7] 연약하던 그의 성격도 껄끄러운 뱃사람들과 접촉하는 동안에 어느덧 굵직하고 거칠게 변하였던 것이다.

장부에 가늘게 적힌 숫자와 주판 위에 나타나는 액수를 비교하여가는 그의 얼굴은 차차 흐려지고 암담하여갔다.

"괴상한 일이다!"

까만 주판알을 떨어버리고 다시 놓고 또다시 놓아보아도 장부의 숫자와는 어림없이 차가 났다.

"이 수지의 차는 어데서 생겨났는가?"

이것을 궁리하기보다도 그는 먼저 이 너무나 큰 차이에 다만 입을 벌리고 놀랐다. 그러나 주판에 나타난 수는 엄연히 그를 노렸다.

작년 봄 사업을 시작하기 전에 조용한 그의 서재 책상 위에서 주판을 잘각거리고 장래를 응시하였을 때에 그의 얼굴에는 상기된 미소가 떠올랐다. 서재 책상 위에서 잘각거리는 주판은 미인의 눈맵시와도 같이 사람을 항상 황홀케 하는 법이다. 뜨거운 차에 혀를 꼬부리는 그의 얼굴에는 흥분된 혈색이 불그스름하게 빛났으니 주판의 까만 알이 화려한 그의 미래를 약속하였기 때문이다. 성공——일확만금, 사치한 문화주택, 피아노, 자가용 고급차 '하드손' 한 대, 당당한 청년 실업가, 화려한 꿈의 전당이 그의 머리 속에 끝없이 전개되었다.

그러나 주판의 농간을 그 어찌 알았으랴.

서재 책상의 주판은 그를 온전히 속여버리고야 말았던 것이다.

일 년 전에 그를 황홀케 하던 주판은 이제 이 해변 사무소에서 그를 비웃고 있다. 끝없이 화려하게 전개되던 꿈의 전당은 이제 그의 눈앞에서 와르르 헐어져버렸던 것이다. 그뿐 아니다. 파산, 몰락, 장차 닥쳐올 비참한 이 과정이 그의 눈앞을 캄캄하게 가렸다.

그는 장부와 주판을 던져버리고 책상에서 머리를 들고 몸을 펴서 교의에 징긋이 전신을 의지하였다. 눈앞에는 창밖으로 캄캄한 어둠만이 내다보였다.

'나의 앞길도 이렇게 어두우렸다!'

하는 생각에 잠겼는지 그는 뚫어져라 하고 어둠 속을 바라보았다. 그러나 결국 보이는 것은 어둠뿐이요 들리는 것은 늠름한 파도 소리와 옆방에서 나는 최군과 박군의 코 고는 소리뿐이었다. 일 년 전의 그 같으면 이 애타는 마음에 울었을 것이다. 그러나 이제 그는 못생기게 울지 않았다. 이것 하나가 바다에 와서 얻은 득이라면 득일까.

창밖에서 시선을 옮기고 그는 교의를 일어서서 담배를 태워 물고 잠 안 오는 울울한 마음에 사무소를 나왔다.

언덕을 내려와서 해변으로 걸어가는 그의 다리는 맥없이 허전허전하였다.

기울어진 초승달 밑에서 사만금을 집어삼킨 검은 바다는 탐욕의 괴물같이 이빨을 갈면서 그를 향하여 으르렁거렸다.

일순 그는 불쾌하여서 바다에서 몸을 돌려 포구를 향하였다. 잠들어 고요한 포구는 그를 대하여 으르렁거리지는 않았다. 그러나 거기에도 그의 '적'은 기다리고 있으니 그를 상대로 살아가는 수백 명의 부녀 노동자들과 공장 노동자는 임금 문제로 그와 다투었다.

그는 마지막으로 하늘을 우러렀다. 그러나 하늘 역시 그에게는 적이었다. 북으로 모여드는 검은 구름——언제 쏟아질지 모르는 위험한 날씨이니 한바탕 장황히 쏟아지기만 한다면 정어리가 바다에서 끓는다 하더라도 배는 낼 수 없는 터이다.

하늘을 우러러도 바다를 향하여도 포구를 대하여도 어느 것 하나 그에게 적 아닌 것이 없다. 그리고 이 모든 적의 배후에는 시세의 농간을 부리는 더 큰 괴물이 선웃음[8] 치고 있는 것을 그는 당장 눈앞에 보는 듯하였다. 이 모든 적을 상대로 싸워나갈 생각을 하니 앞이 아득하였다. 그러나 이제 이대로 주저앉을 수는 없는 터이니 싸울 데까지는 싸워보아야겠다고 그는 이를 갈고 '거룩한 결심'을 하였다.

촉촉한 모래를 밟으며 으슥한 해변을 거니는 그에게는 낮 동안에 무심하던 해초 냄새가 이제 새삼스럽게 신선하게 흘러왔다. 신선한 해초 냄새에 그는 문득 오래간만에 건강한 성욕을 느꼈다. 서울에 멀리 떨어져 있는 아내의 생각이 간절히 났다. 뒤를 이어 오랫동안 소식 안 보낸 아버지의 생각도 났다.

3

해변의 낮은 길고 북국의 바다는 쪽잎같이 푸르다. 푸른 바다를 향하여 반원형으로 열린 포구는 푸른 생활을 싣고 긴 하루 동안 굿을 하듯이 들볶아친다.

바닷물 찰락거리는 넓은 백사장——그곳은 포구 사람들의 살림터로 아울러 싸움터이니 거기에서 그들은 종일 동안 부르짖고, 땀 흘리고, 청춘을 허비하고, 죽음을 기다리고, 일생을 계산한다.

무거운 해와 건강한 해초의 냄새를 맡으면서 적동색으로 건[9] 수백여 명의 부녀 노동자는 백사장 군데군데에 떼를 짓고 정어리 배가 들어오기를 초조히 기다렸다. 배가 들어와야 그들에게는 할 일이 생기는 것이니 어부가 잡아들인 정어리를 그물코에서 따서 어장에까지 나르는 것이 곧 그들의 노동인 것이다.

"어째 배가 애이 들어오?"

"마——."

"저게 들어옵네. 우승기 날리며 배 들어옵네."

"옳소, 옳소!"

먼 수평선 위에 나타난 검은 일 점을 노리던 수백의 눈은 일시 빛나고 백사장에는 환희와 흰조[10]가 끓어올랐다.

검은 일 점이 그의 정체를 드러내놓기에는 꽤 긴 시간이 걸렸다. 거의 반시간이 넘어서야 그럴듯한 선체와 붉은 돛과 선두에 날리는 우승기가 차차 드러났다. 남풍에 휘날리는 붉은 돛을 감아 내리더니 배는 노를 저어 포구로 향하였다. 선두에는 우승기 외에 청기 홍기가 휘날렸다. 청기 홍기는 어획의 풍산을 의미하는 것이니 백사장에는 새로운 환희의 소리가 높이 났다.

"뉘 배요?"

"명팔이 배 애이요."

"우승기 달고 우쭐했소!"

"저―기 또 배 들어오."

"저거 애이요. 하나 둘 서 너……"

"야―."

수평선 위에는 연하여 검은 점이 나타나더니 그것이 차차 커지며 일정한 거리에 와서 일제히 돛을 내리고 굵은 노를 저으면서 역시 포구를 향하여 일직선을 그었다.

기다리던 배가 들어옴을 볼 때에 정구태 공장 사무소에서도 각각 출동의 준비를 하였다.

젊은 공장주도 어젯밤 우울은 씻어버린 듯이 새로운 기쁨을 가지고 밀짚모자를 쓰고 고무장화를 신었다.

박과 최를 거느리고 사무소를 나와 언덕을 내려왔을 때에 배는 쌍쌍이 뒤를 이어 포구 안에 일렬로 노를 저었다.

배는 말할 것도 없이 거의 모두 구태네 배였다. 그는 금년 봄에 사업을 확장할 때에 그의 영업 정책상 포구 안에 산재하여 있는 수많은 군소 어업자의 태반을 매수하고 배와 공장을 거의 독점하다시피 하여버렸던 것이다. 따라서 이 포구 안의 정어리 업자라면 정구태가 첫손가락에 꼽혔고 백사장에 모이는 주인 없는 수백여 명의 부녀 노동자들도 기실은 정구태에게 전속하여 있는 셈이었다.

"공장주 나옵네."

떠들고 뒤끓던 부녀 노동자들은 젊은 공장주를 위하여 길을 틔웠다.

그들 사이에는 형언하기 어려운 기쁨이 떠돌았다. 그것은 배가 들어오기 때문이다. 날마다 몇 차례씩 당하는 일이지만 이 기쁨만은 언제든지 변치 않고 일어나는 것이니 해변 사람 아니면 맛볼 수 없는 기쁨이다. 허연 고기를 배 속에 그득히 잡아 싣고 순풍에 돛을 달고 쌍쌍이 노를 저어 들어올 때 그것은 서로 이해관계는 다를지라도 뱃사람 자신들에게나 공장주에게나 부녀 노동자들에게나 똑같은 기쁨을 가져왔다. 생산의 기쁨이라고 할까—속일 수 없는 기쁨이다.

포구 안에 들어온 배가 차례차례로 해변 모래 기슭에 바싹 대었을 때에 그들은 벌떼같이 일제히 그리로 몰렸다.

검붉게 탄 웃통을 드러내논 뱃사람들은 배에서 내려서 뱃줄을 모래밭 기둥에 든든히 매놓고 모래 위에 부대 조각, 멱서리[11] 조각 등을 널찍하게 펴고 배와의 사이에 널판으로 다리를 놓고 그 위로 고기 달린 그물을 끌어내려 육지로 옮겼다. 한데 이은 여러 채의 그물이 한 줄에 달려 내려와서 부대 조각 위에는 허연 고기의 산을 이루었다. 이 고기 더미를 둘러싸고 부녀 노동자들은 그 주위에 각각 알맞은 곳을 차지하고 물동[12] 안에 원을 그렸다.

—부녀 노동자 가운데에는 열두어 살씩 먹은 소녀가 가장 많으나 그 외에 열 칠팔 세 되는 처녀도 있고 삼십을 넘은 부녀도 있고, 혹은 육십에 가까운 노파도 섞여 있었다. 그들은 순전히 일한 분량에 의하여 임금을 받는 것이니, 즉 그들은 대개 동무들과 몇 사람씩 어울리거나 혹은 두 모녀가 어울려서 함지에 고기를

따 담아 가지고 감독 있는 어장까지 날라서 큰 나무통에 한 통씩 채우는 데 대개 십오 전씩의 임금을 받으니 이것을 어우른 동무들과 똑같이 분배하는 것이다.

그러니 배가 잘 들어오고 고기가 잘 잡혀서 하루 종일 일하게 된다 하여도 한 사람 앞에 불과 몇십 전의 임금밖에는 배당되지 않는 것이다. 그러므로 순전히 이것으로 생활을 도모하여나가는 그들에게는 한 푼이 새롭고 아까운 것이다. 그들은 될 수 있는 대로 능률을 올려서 서로 다투어가면서 재치 있게 부랴부랴 일을 하는 것이다……

여섯 척의 배에서 내린 여섯 개소의 그물 더미로 각각 분배되니 수백여 명의 노동자는 거의 다 풀렸다. 백사장 위에 일렬로 뭉친 여섯 개의 떼는 꿀집을 둘러싼 여섯 개의 벌떼와도 흡사하였다.

그들은 이렇게 쉽게 여섯 개소로 뭉치기는 뭉쳤으나 일은 즉시 시작하지 않았다. 오늘은 일을 시작하기 전에 기어이 공장주와 다질 일이 있었으니 그것은 임금 문제였다. 이때까지 한 통 임금 십오 전씩 하던 것을 오 전을 내려 십 전씩을 공장주 측에서 며칠 전부터 굳게 주장하여 나중에는 어업 조합에까지 걸어서 결정적 시행을 보게 되었던 것이다. 정어리 시세가 떨어졌으므로라는 '당연한 이유'를 내세우나 이 '당연한 이유'가 부녀 노동자들에게는 곧 주림을 가져온다는 것을 공장주도 모르는 바 아닐 것이다. 그들은 하는 수 없이 며칠 동안 십 전 임금에 복종하여왔으나 그것으로 인하여 현저히 생활에 위협을 받는 그들은 더 참을 수 없어서 오늘은 공장주와 철저히 다져볼 작정이었다. 비록 아직 통일적 행동으로 동원되도록 조직은 못 되었으나 그들은 똑같은 항의를 다 같이 가슴속에 감추어 있었던 것이다.

"오늘은 한 통에 얼매요?"

그들은 공장주를 붙들고 임금 결정을 요구하였다.

"조합에서 작정한 것이 있지 않소. 십 전이오, 십 전."

젊은 공장주의 태도는 퍽도 뻑뻑하였다.

"십 전 아이 되오."

그들은 이구동성으로 항의하였다.

"이 무서운 세월에 십 전도 과하오."

"야 이 나그네, 십 전 통에 이 숱한 사람이 굶는 줄은 모르는가! 오 전 더 낸다고 당신네야 곧 굶어 죽겠슴나?"

"굶든지 마든지 조합에서 정한 것을 내가 어떻게 한단 말요."

"조합놈 새끼들 마사[13]놓겠다!"

수백 명은 일시에 소란하여지면서 분개하였다.

"자, 어서들 일이나 하시오."

"십오 전 아이 주면 아이 하겠소."

"일하기 싫은 사람들은 그만두시오."

"옳소! 그만두겠소꼬. 누가 꿀리나 두고 봅세. 야들아, 오늘은 일들 그만두어라!"

극히 간단하였다. 공장주의 거만한 태도에 분개한 그들은 둘러쌌던 원을 풀면서 벌떼같이 어지럽게 백사장에 흩어졌다.

"일하는 년들 썩어진다!"

집안 형편이 하도 딱해서 그런대로 여기서 일하여볼까 하던 부

68

녀들도 이 위협의 소리에 겁이 나서 자리를 비실비실 떠나버렸다.

노동자가 헤져버린 백사장에는 손대지 않은 여섯 개의 그물 더미가 노동자를 기다리면서 우뚝우뚝 서 있을 뿐이다.

그들의 집단적 행동에 공장주는 새삼스럽게 놀랐다. 이렇게 뻣뻣하게 나올 줄은 예측하지 못하였던 것이다. 그들을 다시 부르자니 같지 않고 그들 대신에 새 노동자를 불러들이자니 이 포구 안에서는 불가능한 일이요 그는 어쩔 줄 모르고 황망히 날뛰었다.

*

그날 저녁 야학은 다른 때보다 일찍이 끝났다.

맨 뒷줄에 앉아 하루 동안의 피곤을 못 이겨 공책 위에 코를 박고 있던 순야는 소란한 주위의 이야기 소리에 문득 눈을 떴다. 백여 명의 학생들——이라고 하여도 십여 명의 사내아이를 제하면 전부가 낮 동안에 해변에서 볶아치던 부녀 노동자이었다——은 공책을 덮고 자리에서 수군거렸다.

——우리는 왜 가난한가

——정어리 삯전 십 전 절대 반대

——……

국문으로 칠판 위에 크게 쓰인 이 토막토막의 글을 순야는 눈을 비벼가면서 공책 위에 공들여 베꼈다. 국문을 가제 깨친 그는 이 단순한 글줄을 읽고 쓰는 데 오 분이 넘어 걸렸다.

"그럼 이 길로 바로 장개 앞 해변으로들 모이시오."

순야가 칠판의 토막글을 다 베끼고 나자 강선생은 그들에게 이렇게 분부하였다. 그가 졸고 있는 동안에 무슨 이야기가 있었는지 별안간 장개 해변으로 모이라는 이 분부에 순야는 영문을 몰랐다. 그러나 소란한 이 자리에서 그는 어쩐지 알 수 없이 가슴이 울렁거렸다.

백여 명의 야학생들은 제각각 감동과 흥분을 가지고 교실을 나와 마당에 쏟아졌다. 그들은 한 사람도 빼놓지 않고 즉시 장개 해변으로 향할 생각이었다. 강선생의 명령이라면 절대로 복종이었다. 그만큼 그들은 어디서 들어왔는지 고향조차 모를 강선생을 퍽도 존경하고 사모하였다.

눈이 매섭고 영악한 한편에 강선생은 학생들에게는 극히 순하고 친절하고 의리가 밝았다. 어디로부터서인지 돌연히 이 포구에 나타난 지 벌써 일 년이 넘도록 그는 한 푼의 이해관계도 없는 수많은 그들을 모아놓고 충실히 글을 가르쳐주어왔다. 그는 어쩐지 조합 사람이나 면소 사람들과보다도 뱃사람이나 노동자들과 더 친하게 굴었다. 새빨간 표지의 툽툽한 책과 깨알 쏟듯 한 꼬부랑 양서를 열심으로 공부하는 반면에 그는 간간이 해변에 나와 바람을 쏘이며 이런 사람들과 오랫동안 여러 가지 이야기에 잠길 때가 많았다. 그리고 밤만 되면 학생들을 모아놓고 열심으로 글을 가르쳐주었던 것이다.

어느 모로 뜯어보든지 이런 촌구석에 와서 박혀 있을 사람이 아닌 이 정체 모를 강선생은 그들에게는 알지 못할 수수께끼였다. 그는 가령 말하면 젊은 공장주 정구태와 같이 이 포구로 돈 벌러

온 것은 아니다——그들 중에 어떤 사람은 아무 관련도 없으나 가끔 이렇게 강선생과 공장주를 비교하여보았다. 한 사람은 그들을 위하여주고 한 사람은 그들을 어르고 빼앗아 간다. 즉 강선생은 그들의 동무요, 정구태는 그들의 원수이라——고 그들은 생각하고 판단하여왔던 것이다.

——순야는 이제 이렇게 강선생에 대한 가지가지의 생각에 잠기면서 동무들과 휩쓸려 고요히 잠든 포구의 앞 모래밭을 지나 약 삼 마장가량 되는 장개고개로 향하였다.

"진선아, 이 밤에 장개에 가서 무스거 한다디?"

길 가운데서 순야는 동무에게 물어보았다.

"너 괴실(교실이라는 말)에서 선생님 말 아이 들었니. 정어리 삯전 올릴 운동을 한다드라."

"운동이 무스기야?"

순야는 '운동'이라는 말의 뜻을 몰랐다.

"정어리 뜯는 삯전을 요즈막에 십 전씩 아이 했니. 그것을 되로 십오 전씩으로 올려달라고 재주(공장주)와 괴섭(교섭)하기로 했단다."

"재주가 왜 장개에 있다니?"

"재주에게는 내일 말하기로 하고 오늘은 장개에 가서 우리끼리만 의론한단 말이다. 나래(이따가) 가보면 알 일이지."

동무의 설명에 순야는 이 밤에 장개로 가는 목적이 대강 짐작되었다. 그리고 아까 칠판에 쓰였던 토막글의 뜻도 알 듯하였다. '정어리 삯전 십 전 절대 반대'의 '절대 반대'라는 말을 그는 몰랐던 것이다. 이제 대강 그 뜻이 짐작되었던 것이다.

어지러운 발소리를 고요한 밤하늘에 울리면서 흥분된 일단이 장개고개를 넘어서니 먼 어둠 속에 장개의 작은 마을이 그럴 듯이 짐작되었다. 고개 밑 넓은 해변 모래밭에서는 붉은 횃불이 타올랐으니 그곳이 곧 그들의 목적하고 온 곳이다. 파도 소리 은은한 캄캄한 해변에 붉게 타오르는 횃불을 멀리 바라볼 때에 그들의 가슴은 이유 모를 감격에 울렁거렸다. 오늘 밤에는 파도 소리조차 유심히도 은은하다.

고개를 걸어 내려 모래밭까지 다다랐을 때에 그곳에는 벌써 횃불을 둘러싸고 백여 명의 동무들이 모여 있었다. 그들은 야학생들뿐이 아니라 낮 동안에 해변에 나와 같이 일하는 부녀 노동자들의 거의 전부가 망라되어 있었던 것이다. 강선생도 물론 벌써 와 있었고, 그뿐 아니라 역시 정구태 공장에서 일하는 군칠이와 중실이, 그 외 그들과 같이 일하는 여러 명의 남자 노동자들도 와 있었다. 전부 이백여 명이 넘는 그들은 횃불을 중심으로 모래밭 위에 첩첩이 둘러앉았다.

"올 사람 다들 왔소?"

바로 횃불 밑에 선 강선생은 좌중을 휘돌아보고 말을 이었다.

"밤이 이슥한데 미안은 하나 오늘 이곳까지 이렇게 모이게 한 것은 다른 것이 아니라 여러분에게 있어서 가장 시급하고 중대한 정어리 삯전 문제에 대하여 의론하고 앞으로 밟을 길을 작정하려는 생각으로였소."

이것을 서언으로 하고 그는 숨을 갈아 쉬더니 단도직입적으로 요건에 들어갔다.

"공장에서 일하는 분은 나중으로 밀고 정어리 따는 이들 중에 한 통 십 전에 반대하는 이들 손 들어보시오!"

말이 떨어지기도 전에 수많은 손이 한 사람도 남기지 않고 그들은 다 손을 들었고 가운데에는 두 손을 한꺼번에 든 사람도 있었다. 그럴 줄 모르고 강선생이 이 어리석은 질문을 한 것은 아니었다. 일하여나가는 순서상 그들의 다짐을 더 한 번 굳게 하려고 그렇게 질문한 것에 지나지 않았다.

"손들 내리시오."

"십 전 삯전에는 절대로 반대합시다. 대체 남의 사정 모르는 것은 재주이니 아무리 시세가 폭락하였다 할지라도 어디서 그 벌충을 못 대서 하필 가난한 노동자들의 간지러운 삯전을 줄여버리니 이 얼마나 다랍고 추접한 짓이오. 그의 욕심은 만금을 벌자는 무도한 탐욕이요 여러분의 욕심은 다만 그날그날 목숨을 이어가자는 정당한 요구가 아니오? 시세의 폭락도 그에게는 다만 만금을 못 벌게 하는 폭락이지만 오 전 삯전 내리는 것은 여러분에게는 곧 죽음을 가져오는 것이 아니오? 이 가련한 노동자의 사정은 못 살피고 가증스런 재주 편에만 가담하여 그의 말만 솔곳이 듣고 수백 명의 삯전을 멋대로 작정하는 어업 조합 놈들도 죽일 놈이오. 이것은 참으로 노동자의 이익을 위한 우리들의 조합이 아니기 때문이오. 여러분! 여러분은 재주와 같이 이 조합에도 철저히 대항하여야 되오!"

알아듣기 쉽게 말하자고 애쓰면서도 그는 이보다 더 쉽게는 말할 수 없었다. 그러나 이것으로써 족하였다. 그들의 가슴을 울리는 '아지'의 효과는 충분히 있었던 것이다.

"옳소!"

"강선생님 말이 맞았소!"

"십 전 반대, 십오 전 좋소꼬!"

그들은 비록 박수는 할 줄 몰랐으나 이런 찬동의 소리가 뒤를 이어서 맹렬히 들렸다.

"십 전 반대, 십오 전 찬성! 이 여러분의 요구를 실시케 하려면 여러분은 어떻게 하여야 되겠소?"

강선생은 이렇게 반문하여놓고 차근차근 그 방법을 설명하였다.

"이때까지 이왕 일하여준 것은 그만두고 내일로 즉시 여러분은 재주에게 이 요구를 들어달라고 담판하여야 할 것이오. 그러자면 여러분이 제각각 떠들기만 해서는 효과가 없으니 여러분 가운데에서 몇 사람의 대표를 추려서 그가 직접 재주에게 가서 정식으로 교섭을 하여야 할 것이오."

말이 끝나자 또 찬동의 소리가 뒤를 이어서 요란히 들렸다.

"그러나 여기에 한 가지 난관이 있으니 그렇게 정식으로 교섭을 하여도 재주가 요구를 안 들어주는 때에는 여러분은 어떻게 할 터이오?"

강선생은 침착하게 그들의 열정의 도를 시험하였다.

"안 들어주면 일을 아이 하겠소꼬!"

"재주 썩어지지!"

"조합을 마사놓겠소꼬!"

그들은 열렬하게 의기를 토하고 결심의 빛을 보였다.

"재주가 요구를 안 들어주면 일하지 않겠다는 분은 그 자리에 일어서보시오."

그의 말이 떨어지기가 바쁘게 이백 여 명의 노동자는 일제히 그 자리에 일어섰다. 물론 한 사람도 주저하는 사람은 없었던 것이다.

"손을 들고 맹세하시오!"

서슴지 않고 손들이 일제히 높이 들렸다. 이만하면 유망하다고 은근히 기뻐하는 강선생은 그들을 그 자리에 다시 앉히고 침착한 어조로 그들의 결심을 다졌다.

"여러분, 지금 이 자리에서 맹서하였소! 이 중에 한 분이라도 비록 굶어 죽는 한이 있을지라도 이 맹서를 어기면 안 될 것이오. 무릇 어떠한 사람과 대적할 때에는 일치와 단결의 힘이 필요한 것이오. 하나보다는 열, 열보다는 백, 백보다는 천——이렇게 수 많은 것이 한데 굳게 뭉치면 자기의 생각지 못한 큰 힘이 생기는 법이니 그 힘 앞에는 제아무리 강한 것이라도 필경은 몰려 넘어질 것이오. 여러분도 이것을 굳게 믿고 맹서를 어기지 말고 끝까지 버티어나가야만 여러분의 뜻을 이룰 것이오!"

횃불을 발갛게 받은 수백의 얼굴이 강선생의 말이 끝나기까지 조금도 긴장을 잃지 않고 결의와 맹서에 엄숙하게 빛났다.

——이렇게 하여 으슥한 이 해변에서는 포구 사람 잠자는 동안에 비밀 회합이 무사히 끝났던 것이다.

끝으로 강선생은 그들 속에서 네 사람의 교섭원을 뽑았다. 공장의 군칠이, 중실이, 부녀 측에서는 임봉네와 일순네——이 네 사람은 모든 사람의 환영 리에 기쁜 낯으로 책임을 맡았다. 내일 아침 배 들어오기 전에 네 사람은 다음의 세 가지 요구 조건을 가지고 재주와 직접 담판하기로 하였다.

一. 정어리 뜨는 임금 한 통에 십오 전씩 하소.

一. 기름 짜는 임금 육 두[14] 한 통에 십 전씩 하소.

一. 비료 가마니 묶는 임금 매개에 삼십 전씩 하소.

나중에 일어날 여러 가지 시끄러운 장해를 피하기 위하여 그들은 이 조목을 구두로 담판하기로 하고 요구서는 작성치 않았던 것이다.

질의를 다 마친 그들이 강선생을 선두로 긴 열을 지어 장개고개를 넘어 다시 포구로 향하였을 때에 밤은 어느덧 바다 멀리 훤한 새벽을 바라보았다.

*

이튿날 아침──.

포구 앞 백사장에는 일찍부터 수백의 부녀 노동자들이 모여 수물거렸다. 전날 밤의 피곤도 잊어버리고 그들은 이제 조마조마한 마음으로 공장 사무소로 담판 간 네 사람의 교섭위원과 공장주의 대답을 기다리고 있던 것이다.

백사장에 끌어올린 빈 배를 중심으로 혹은 배 속에 앉기도 하고 혹은 기대기도 하여 별로 말들도 없이 그들은 언덕 위의 공장 사무소만 한결같이 바라보고들 있었다.

강선생도 그들과 연락을 취하려고, 그러나 보기에는 아무 연락도 없는 듯이 혼자 떨어져서 해변을 거닐고 있었다.

"아즈바이네 나옵네!"

　언덕 위를 바라보고 있던 그들은 일시에 부르짖었다. 사무소를 나와 부지런히 해변으로 걸어 내려오는 네 사람을 바라보는 그들의 가슴에는 형언할 수 없는 감정이 떠올랐던 것이다.

"어찌 됐소?"

"무스기랍데?"

　해변에 다다르기가 바쁘게 네 사람을 둘러싸고 결과를 묻는 그들은 그러나 이미 불리한 결말을 짐작하였다.

"야, 과연 도모지 말을 아이 듣습데."

　중실이는 숨을 헐떡거리며 분개하였다.

"한 가지도 아이 들어줍든가?"

"들어주는 게 무스기요. 저는 모르겠다고 하면서 자꾸 조합에만 밉데."

　임봉네는 괘씸하여서 입에 거품을 품겼다.

　그러나 언덕 위에서는 조급하게 사무소를 나오는 공장주가 보였다. 그는 그러나 해변으로는 내려오지 않고 어디론지 포구 쪽으로 급하게 걸어갔다.

"어디엘 가는가. 이리 오쟁이코."

"마, 알 거 있소…… 엥가이 벨이 뿌릇 나야지. 그 자리에서 볼을 콱 줴박을까 했소."

　군칠이는 멀리 공장주를 향하여 헛주먹질을 하였다.

"그래 아즈바이네 무스기랬소? 모다 일 아니 하겠다고 했소?"

"야, 그러니 우리보고 무스기라고 하는고 하니 어전 공장 일은 그만두랍데."

공장주는 몇 사람 안 되는 공장 노동자쯤은 포구 안에서 즉시 새로 끌어 올 수 있다는 타산 아래에서 중실이와 군칠이 외 수 명의 공장 노동자를 전부 해고시킨 것이었다.

"일 있소? 일 아이 하면 그만이지!"

네 사람을 둘러쌌던 부녀 노동자들은 흩어지면서 제각각 수물거렸다.

"그러면 여러분, 여러분은 어젯밤에 맹서한 것같이 이 자리를 움직이지 말고 공장주가 여러분의 요구를 들어줄 때까지 한 사람이라도 결코 일을 하여서는 안 될 것이오. 그리고 이따 배 들어온 뒤에 몇 사람은 공장으로 가서 새로 들어올 노동자에게 우리의 뜻을 알리고 결코 일을 하지 말도록 권유하도록 할 것이오!"

강선생은 수물거리는 그들을 통제하고 그 자리에 그대로 진을 친 채 끝까지 공장주와 대항하기로 하였다.

그러는 동안에 아침 배가 들어왔다. 여러 척의 배는 전날에 떨어지지 않는 풍부한 수확을 싣고 쌍쌍이 들어와 해변에 매였다.

포구에 갔던 공장주는 다시 사무소에 가서 감독을 거느리고 해변으로 내려왔다.

그들의 뒤를 이어 주재소의 부장과 순사 세 사람이 역시 해변으로 따라 내려오는 것을 그들은 보았다. 그러나 그것은 무슨 일로인지 그들은 도무지 생각지 않던 영문 모를 일이었다.

"삯전은 여러 번 말한 바와 같이 단연코 한 푼도 올리지는 않겠으니 그런 줄들 알고 일하고 싶은 사람은 하고 싫은 사람은 그만두시오. 그것은 당신네 생각대로들 하시오."

백사장에까지 이른 공장주는 노동자들을 보고 비웃는 듯이 의기 있고 다구지게[15] 말하였다.

그러나 노동자들은 그것도 들은 체 만 체하고 다만 결의의 빛을 보일 뿐이요 요란하게 대꾸는 하지 않았다. 그것은 그의 말에 관심을 갖기보다도 더 시급한 일이 목적에 일어나고 있었기 때문이다――공장주를 따라온 부장과 순사는 말도 없이 강선생과 중실이, 군칠이, 임봉네, 일순네, 즉 네 사람의 교섭위원을 잡아끌었던 것이다.

"무엇 때문에?"

거기에는 아무 설명도 없이 그들은 자꾸 다섯 사람을 끌기만 하였다.

영문 모르게 장수를 빼앗기는 수백의 군중들은 불길한 예감에 겁내면서 이 장면을 둘러싸고 실랑이를 쳤으나 아무 소용도 없이 다섯 사람은 불의의 ×의 손에 끌려갈 뿐이었다.

그러나 그들에게는 이제 아까 공장주가 급한 걸음으로 포구로 향하던 뜻을 짐작할 수 있었다. 주재소에 가서 꿍꿍이수작[16]을 대고 모든 것을 꼬여 바친 공장주의 비열한 행동을 알아챈 그들은 이제 극도로 분개하였다.

"그놈 새끼 더러운 짓을 한다이."

"행세가 고약한 놈이오."

"그 썩어질 놈 쳐 죽이오!"

"공장을 마서버리오!"

격분에 타오르는 그들은 아무에게도 지휘는 안 받았으나 마치 지휘를 받은 듯이 두 패로 풀려 한 패는 해변 공장주에게로, 또 한 패는 언덕 공장 사무소로 맹렬히 밀려갔다. 너무도 격분된 그들은 분을 못 이겨 폭행에 나왔던 것이다.

감독의 제재도 아무 힘 없이 언덕 위에 밀린 파도는 사무소를 둘러쌌다.

"돌을 줍어라!"

"사무소를 마서라!"

그들은 좍 흩어졌다.

돌이 날았다.

사무소 유리창이 깨트려졌다.

빈 사무소 안에 와르르 밀려 들어간 그들은 책상을 깨트리고 장부를 찢어버렸다.

"조합으로 몰려가오!"

사무소 습격이 끝나자 그들은 또다시 일제히 어업 조합으로 밀려갔다.

거기서도 사무소에서와 똑같은 일이 일어났다. 돌이 날았다. 창이 깨트려졌다.

"썩어질 놈들, 처먹고 배때기가 부르니 한 통에 십 전이 무스기야."

"한 사람이 부자 되고 이 수백 명 사람은 굶어 죽어도 괘이찮단 말이냐."

돌연한 습격에 어찌할 바를 모르는 이사와 감독과 서기들은 조합 사무실 안에서 날아 들어오는 돌과 고함에 새우 새끼같이 오그라졌다.

그들은 다시 해변으로 발을 옮겼다. 그러나 요번에는 산산이 흩어지지는 않고 무의식간에 긴 행렬을 지었다. 전날 밤에 강선생을 선두로 장개고개를 넘어올 때 같은 긴 행렬을 지었던 것이다. 그들의 가슴은 이제 복수의 쾌감에 끓어올랐다. 다행히 주재소가 멀리 떨어져 있는 까닭에 그들은 별로 피해도 입지 아니하고 사무소와 조합을 습격하여 계획하지 않은 시위 행동을 즉흥적으로 보기 좋게 하였던 것이다. 행렬의 열정에 발맞추는 그들의 가슴은 높이 뛰었다.

해변에 이르렀을 때에 거기에는 동무들만 수물거리고 공장주와 감독은 어디로 뺐는지 보이지 않았다.

배에서 내린 허연 그물 더미가 모래 위에 여러 더미 노동을 기다리며 척척 무져[17] 있었다. 그러나 그들은 이제 노동을 제공하지는 않고 도리어 발길로 고기 더미를 박차버렸다. 요구가 관철되기 전에는 고기가 썩어지는 한이 있더라도 결코 노동을 제공하지는 않을 것이다. 발길에 차인 정어리가 햇빛을 받아 은빛으로 빛났다.

4

달포를 두고 내리 찌는 장마는 마침 오 년 이래의 기록을 깨트려버리고야 말았다. 집이 뜨고, 사람이 상하고, 마을이 흐르고, 백성의 마음이 불안하였다.

그러나 그것이 마작꾼에게는 아무 영향도 미치지 않았으니 재동 정주사 집에서는 이 긴 장마 동안 하루도 번기는 법 없이 낮상 밤상으로 마작이 울렸고 장마가 지나간 이제까지 변치 않고 계속되어왔던 것이다. 빈 맥주병이 가마니 속으로 그득그득 세 가마니를 세이고 아침마다 사랑마루에는 요리 접시가 어지럽게 널려 있었다.

그러나 정주사에게는 이 긴 장마가 스스로 다른 의미를 가졌으니 그는 장마와는 무관심으로 마작을 탕탕 울리기에는 마음이 허락지 않았다.

마작꾼과 떨어져 침대 위에 누워서 신문을 뒤적거리는 정주사의 가슴속은 심히 안타까웠다. 그것은 그러나 집이 뜨고 마을이 흐른 것을 슬퍼하여서가 아니라 보다 더 중한 이유로이니, 즉 시골서 경영하는 정어리업에 막대한 손해를 입었기 때문이었다. 달포지간의 장마는 고기잡이를 온전히 봉쇄하여버렸고 그 위에 폭풍우는 바다에 나갔던 다섯 척의 어선과 어부를 그림자도 남기지 않고 집어삼켜버렸던 것이다.

——어선 오 척 유실.

오늘 아침에 정주사는 아들에게서 이런 전보를 받았다. 다섯 척이면 여러 천 원의 손해이다. 그리고 달포 동안 고기잡이 못 한데서 생긴 손해 역시 막대할 것이다. 그나 그뿐인가. 그는 달포 전 장마가 시작되기 전에는 아들에게서 또 다음과 같은 전보를 받았던 것이다.

(○○는 入)[18]

짐작하건대 이 파업에서 생긴 손해 역시 적지 않을 것이다. 이 모든 손해 위에 폭락된 시세는 여전히 계속되니 이 일을 장차 어떻게 하면 좋을 것인가, 정주사는 기가 막혔다.

신문을 던지고 한숨을 지으면서 정주사는 드러누운 채 끙끙 속을 앓았다.

"홀나!"

마작 판에서는 흥겨운 소리가 나더니 뒤를 이어 요란한 휜소와 마작 흩어지는 소리가 들렸다. 마작 쪽은 잘그닥 잘그닥 하고 경쾌한 뼈 소리를 내면서 다시 쌓였다.

"운송, 내려오시오. 한 상 합시다."

최석사가 판에서 빠지자 심참봉은 침대 위의 정주사를 꾀었다.

"필경 망하기는 일반 아니오. 망해서 빌어먹게 될 때까지 짱이나 부릅시다그려!"

심참봉의 자포자기의 이 말은 정주사에게는 뼈저리게 들렸다. 역시 불경기의 함정에 빠져 여러 해 동안 경영하여오던 정미업을 마침내 며칠 전에 폐쇄하여버린 심참봉의 요사이의 태도와 언사에는 어두운 자포자기의 음영이 떠돌았었다. 그는 폭리를 바란

바 아니었으나 드디어 오늘의 파산을 보고 정미소의 문까지 닫쳐 버렸던 것이다. 이것은 곧 자기의 전도를 암시하는 듯도 하여서 정주사는 심참봉의 자포적 언사를 들을 때마다 가슴이 뭉클하였 던 것이다.

"내려오시오, 운송!"

"어서들 하시오."

정주사는 억지로 사양하여버리고 침대 위에서 돌아누웠다. 머 릿속에는 여전히 여러 가지 생각이 피어올랐다.

——규모 무섭던 심참봉이 드디어 저 꼴이 되고 말았다. 나의 앞 길은 며칠이나 남았을까. 멀지 않아 같은 꼴이 되어버릴 것이다. 아니 심참봉과 나뿐만이 아니라 쪼들려가는 우리의 앞길이 모두 그럴 것이 아닌가. 요사이 종로 네거리에 나서면 문 닫히는 상점 이 나날이 늘어감을 우리는 볼 수 있고, 손꼽는 큰 백화점에서도 종을 울리며 마지막 경매를 부르짖는 참혹한 꼴들이 보이지 않는 가. 그러나 다시 남촌으로 발을 돌릴 때에 거기에서 우리는 무엇 을 보는가. 그곳에는 그래도 활기가 있다. 큰 백화점이 더욱 번창 하여감을 본다. '히라나'와 '미쓰꼬시'의 대진출을 본다. 작은 놈 은 망해가고 큰 놈은 더욱 커지며 한 장사가 공을 이루매 만 명 병졸의 뼈 말리는 격으로 수만의 피를 뽑아 몇 놈의 살을 찌게 하 니 이것이 대체 무슨 이치인고.

정주사가 좀 센티멘털한 마음에 자기 자신을 비참한 경우에 놓 고 이리저리 뒤틀어 여기까지 생각하여왔을 때에 밖에서 별안간 대문 열리는 소리가 나며 낯선 젊은 양복쟁이 한 사람이 들어왔다.

정주사는 침대에서 벌떡 일어나고 마작하던 친구들도 조심스럽게 마작을 중지하였다. 맥주병이나 혹은 돈푼을 거는 관계상 그들은 낯선 사람을 경계하지 않으면 안 되었던 것이다.

"여기에 박태심이라는 사람 오지 않았소?"

양복쟁이는 마작놀이는 책하지 않고 마작하던 사람들을 둘러보며 이 개인의 이름을 불렀을 뿐이었다.

그러나 불리어 자리를 일어서는 박씨의 얼굴은 어쩐 일인지 금시에 빛이 변하였다. 그것을 보는 친구들도 알지 못할 불길한 예감을 느꼈다.

"나는 종로서에서 온 사람이오. 일이 좀 있으니 이 길로 바로 서에까지 같이 갑시다!"

양복쟁이는, 아니 형사는 어쩐 일인지 박씨를 날카롭게 노렸다.

평소에 말이 많고 선웃음 잘 치던 박씨는 이 자리에서 별안간 얼굴이 파랗게 질리며 입술이 부들부들 떨리는 것을 친구들은 똑똑히 보았다.

"무슨 일입니까?"

방 안에서 떨면서 주저하는 박씨를 형사는 다시 노렸다.

"무슨 일인지 가봐야 알지. 제가 진 죄를 제가 몰라? 괴악한 사기한[19] 같으니!"

파랗게 질린 박씨는 다시는 아무 말 없이 허둥지둥 두루마기를 걸치면서 뜰로 내려섰다.

그 잘 떠들던 박씨가 이제 고양이 앞에 쥐처럼 숨을 죽이고 형사의 앞을 서서 문을 나가는 것을 보는 친구들은 몹시 딱한 생각이 났다.

"대체 무슨 일일까?"

친구를 잃은 그들은 의아하고 불안한 가운데에서 친구의 일을 궁금히 여겼다.

'괴악한 사기한'이라니 그가 무슨 사기를 하였단 말인가. 하기는 며칠 전부터 그는 돈 백 원이 꼭 있어야 하겠다고 말버릇처럼 하여오기는 왔었다. 그리고 직업도 없고 수입도 없는 순진한 유민인 그가 대체 어떻게 나날이 살아왔는지 그것이 친구들에게는 한 수수께끼였었다. 오늘의 형사는 말하자면 이 수수께끼를 풀어낼 한 갈래의 단서이었던 것이다.

즉 기적적으로만 알았던 그의 생활의 배후에는 그 어떤 불순한 수단이 숨어 있었던 것을 그들은 알았던 것이다. 그들의 마음은 암담한 동시에 친구의 일이 자기들의 일과 다름없이 불안하여졌다. 사실 이 남아 있는 그들 가운데에 박씨와 같은 운명을 가진 사람이 또 있을지 없을지는 온전히 보증할 수 없는 일인 까닭이다.

"결국 마작꾼을 또 한 사람 잃었구나!"

심참봉의 자포적 탄식에는 헐려가는 이 계급의 운명이 역력히 반영되어 있는 듯하였다.

*

정주사는 그날 밤에 오래간만에 다방골 첩의 집을 찾아갔다. 비도 비려니와 이럭저럭 마음이 상해서 그는 이 며칠 동안 첩의 집과 발을 끊었던 것이다.

"왜 그동안 안 오셨어요?"

첩은 전날에 기생의 몸이었던 것만큼 아양과 애교를 다하여, 그러나 남편이 며칠 동안 자기를 버렸다는 것이 괘씸하여서 샐쭉하면서 정주사를 책하였다. 그러나 기실 속 심정으로는 퍽도 반가웠던 것이다. 그만큼 그날 밤 식탁에는 손수 그의 공과 정성을 다 베풀었다. 그의 어머니—인 동시에 어멈인—를 시켜서 사 온 고급 위스키 한 병까지 찬란한 식탁 위에 올랐던 것이다.

"오늘 보험회사에서 왔다 갔어요."

식탁 옆에 앉아 그에게 술을 따라 바치던 첩은 문득 생각난 듯이 일어나 의걸이[20] 서랍에서 한 장의 종잇조각을 집어내어 남편에게 보였다.

"다 귀찮다!"

종잇조각을 펴본 정주사는 그것을 다시 구겨 옆으로 던져버리고 술잔을 쭉 들이켰다. 그것은 '일금 팔십오 원'의 생명보험료 불입 고지서였다. 연전에 첩을 새로 얻었을 때에 그는 지금의 이 조촐한 와가[21] 한 채를 사서 모녀에게 맡기고 홋홋한[22] 살림을 따로 벌이는 동시에 첩을 끔찍이도 사랑하고 귀여워하는 마음에 비싼 보험료를 치르면서 첩을 생명보험에까지 넣어주었던 것이다. 그러나 그것도 지금 와서는 모두 그에게 귀찮았다. 사실인즉, 팔십오 원이란 돈도 그에게는 지금 아까웠던 것이다.

"술은 그만 하시고 일찍 주무시지요."

첩은 보험료에 관하여서는 더 말이 없이 얼근한 남편을 위로하면서 술상을 치웠다. 그리고 어머니는 건넌방으로 쫓고 안방에 두 사람의 잠자리를 툽툽하게 폈다.

정주사는 며칠 만에 처음으로 옷 벗은 첩의 몸을 품 안에 안았다. 흥분의 절정에서 눈을 가늘게 뜬 첩은 법열을 못 이겨서 그의 몸 밑에서 정열이 뱀같이 탄력 있게 굼틀거렸다. 그러나 정주사는 별로 신기한 기쁨과 새로운 흥분은 느끼지 않았다. 늘 맡던 그 살 냄새, 늘 느끼던 그 감촉, 늘 쓰던 그 기교, 그뿐이요, 그 외에 신기한 자극과 매력을 느끼지 못하였던 것이다.

두 사람에게만 허락된 이 절대의 순간에서도 정주사는 오히려 사업과 재산 생각에 마음을 빼앗겨버렸던 것이다. 심참봉의 밟아 온 길, 오늘 박태심이가 당하던 꼴, 그에게 닥쳐올 장래──술과 계집에 마음껏 취하여보리라고 마음먹었던 이 밤의 정주사는 이제 품 안에 아름다운 계집을 안은 채 이런 무거운 가지가지의 생각에 천 근 같은 압박을 한결같이 느꼈던 것이다.

여름이 지나고 가을도 깊어가니 고기잡이는 바야흐로 번창기에 들어갈 때이다. 늦은 가을의 도시기──그것은 여름 동안 해변에서 수백 리 떨어진 먼 바다에 흩어져 있던 정어리떼가 해변으로 와글와글 몰려 들어오는 때이니 정어리업자가 생명으로 여기는 일 년 중의 가장 중한 때이다. 모든 손해와 타격 가운데에서 한 줄기의 희망의 실마리를 붙이는 것도 곧 이때이다. 배 속에 퍼 담고 또 퍼 담아도 끊임없이 뒤를 이어 와글와글 밀려오는 고기떼, 그물이 모자라고 배가 모자라고 사람이 모자라는 판이니 해변 사람들의 흥을 가장 북돋우는 때이다. 그러나 대자연의 장난과 해

류의 희롱을 그 뉘 알랴. 무슨 바람 어떤 해류의 장난인지 이해의
바다는 도시기에 이르러도 고기떼를 해변으로 와글와글 밀어 들
이지는 않았다. 여러 해 동안 정들었던 정어리 영업자들을 바다
는 돌연히 배반하여버렸던 것이다. 바다는 푸르고 하늘은 유유하
고 파도는 찰락거리고——모두 여전하다마는 포구의 활기만은 여
전하지 않았으니 지나간 해의 가을같이 활기 있게 들볶아치지는
않았던 것이다. 언덕 위 공장에서는 가마가 끓고 고기가 짜이고
해변 모래밭에서는 정어리 뜯는 소리가 끓어오르기는 하였으나
그것은 도시기의 활기 그것은 아니었다.

　애타는 마음에 해변에 나가지 않고 공장 사무소에 앉은 채 해변
을 바라보는 공장주의 가슴에는 일 년 동안 받은 수많은 상처가
이제 또다시 생생하게 살아 나왔다.

　——시세 폭락, 폭풍우, 노동자들의 파업, 활기 없는 도시
기…… 그중에서도 폭풍우와 도시기의 천연적 대세에서 받은 상
처보다도 시세 폭락과 파업에서 받은 상처는 더욱 컸던 것이다.
강선생을 괴수로 일어난 수백 노동자의 파업에 공장주는 사업의
불리를 각오하면서도 세부득 한 걸음 물러섰던 것이다. 노동자들
의 단결이 굳었고 이 포구에서는 불시에 그들을 대신할 노동자들
을 끌어 오지 못하였기 때문이었다. 별수 없이 그들의 세 가지의
요구 조건은 벼락같이 관철되고 파업을 일으킨 다음 날부터 노동
은 다시 활기 있게 시작되었던 것이다. 그러나 그 공장주는 파업
에서 받은 경제적 타격을 애석히는 여기지 않았다. 그는 이제 파
업이라는 행동을 다른 의미, 다른 각도로 해석하게 되었던 것이

다. 수많은 노동자들의 단결에서 생기는 위대한 힘! (중략) 두려운 한편 부러운 힘이다……

또 한 가지 그의 가슴을 울리는 것은 시세 폭락의 배후에 숨은 농간의 힘이었다. 불같이 닥쳐온 어유 시가의 대중없는 폭락은 서구 '노르웨이' 근해에서만 잡히는 고래 기름의 풍족한 산액이 조선 정어리 기름의 수출을 압도하는 자연적 대세라느니보다 실로 일본에 있는 대자본의 회사 합동유지(合同油脂) 글리세린 회사의 임의의 책동인 것을 그는 알았던 것이다. 이 폭락 대책을 강구하기 위하여 도(道) 당국과 총독부 수산과에서는 각각 기술자를 보내어 실정을 조사시키고 정어리업 대표들을 참가시켜 어비 제조 간담회니 폭락 방지 대책 협의회니 등을 열었으나 결국 정어리업자들에게는 그럴듯한 유리한 결과는 지어주지 못하였던 것이다. 대재벌의 힘, 무도한 것은 이것이라고 그는 생각하였다. 노동자들이 그를 미워한 것같이 그는 이제 이 대재벌을 미워하였다. 노동자에게서 미움을 산 그는 실상인즉 대재벌의 손에 매여 있고 꿀려 있는 셈이었다. 위에서는 대재벌, 밑에서는 노동자의 대군, 이 두 힘 사이에서 부대끼는 그의 갈 길은 어디이던가. 위 아니면 밑, 이 두 길 중의 한 길을 취하여야 할 것이다. 그러나 새삼스럽게 윗길을 못 밟을 바에야 그의 길은 뻔한 길이 아닌가.

이렇게 명상에 잠기면서 한결같이 해변을 바라보는 공장주의 눈에서는 이제 눈물이 푹 솟았다. 그러나 그것은 감상의 눈물도 아니요, 분함의 눈물도 아니요, 감격과 희망의 눈물이었으니 해변에서 떼를 짓고 고함치며 노동하는 수많은 노동자들——그 속에서 그는 새로운 철학을 발견하였던 것이다. 그는 사업에 실패하였다. 그러나 그것이 이제 그다지 원통치는 않았다. 더 큰 마음과 넓은 보조로 앞길을 자랑스럽게 밟으려고 결심한 그가 이제 흘리는 눈물은 흔연한 감격의 눈물이었던 것이다. 그에게 바른길을 뙤어준[23] 이태 동안의 해변 생활, 그것은 대학에서 배운 사업의 이론과 비결 이상 몇 곱절 그에게 뜻있는 것이었다.

강선생! 그는 오래간만에 문득 강선생 생각이 났다. 모든 것을 집어치우고 오늘 밤에는 서울로 떠날 것이다. 떠나기 전에 강선생과 만나 이야기라도 실컷 해보겠다는 충동을 느낀 그는 이제 자리를 일어나 눈물을 씻고 사무소를 나갔던 것이다.

재동 사랑에서 한 사람 두 사람 줄어가는 마작꾼 숲에서 정주사가 흩어지는 마작 쪽에 '헐려가는' 철학을 절실히 느낀 것은 바로 이때였던 것이다.

프레류드
—여기에도 한 서곡이 있다

1

"나—한 사람의 마르크시스트라고 자칭한들 그다지 실언은
아니겠지. 그리고 마르크시스트라고 그러지 말라는 법, 없으렷다."

　중얼거리며 몸을 트는 바람에 새까맣게 그슬린 낡은 등의자가
삐걱삐걱 울렸다. 난마같이 어지러운 허벅숭이 밑에서는 윤택을
잃은 두 눈이 초점 없는 흐릿한 시선을 맞은편 벽 위에 던졌다.
윤택은 없을망정 그의 두 눈이 어둠침침한 방 안에서—실로 어
둠침침하므로—부엉이의 눈 같은 괴상한 광채를 띠었다.

　'그러지 말라'는 '죽지 말라'의 대명사였다.

　가련한 마르크시스트 주화는 밤낮 이틀 동안 어두운 방에 들어
박혀 죽음의 생각에 잠겨왔다. 그가 자살을 생각한 것은 오래되
었으나 며칠 전부터 그것은 강렬한 매력을 가지고 그의 마음을

전부 차지하였던 것이다. 그는 진정으로 자살을 꾀하였다. 첫째 그는 자살의 정당성을 이론화시키려고 애쓰고 다음에 그 방법을 강구하고, 그리고 가지가지의 자살의 광경을 머릿속에 그렸다.

자살의 '정당성'의 이론화——삶의 부정과 죽음의 긍정——이것이 가장 난관이었다. 그래도 많은 사람이 무조건으로 긍정을 하여왔을망정 한 사람도 일찍이 밝혀보지 못한 '인류 문화 축적의 뜻과 목적'을 그는 생각하였다. 인류 이전에 이 지구를 차지하였던 동물은 파충류(爬蟲類)였고 그 이전의 동물이 '매머드'였음은 학자의 증명하는 바이다. 이러한 역사에 비추어 보더라도 인류가 영원히 지구를 차지하고 있을 수는 없는 것이니 인류 다음에 올 고등 동물은 '캥거루'이라고 간파한 학자도 이미 있지 않은가. '캥거루'의 세상에서도 인류의 문화가 의연히 통용될 수 있을 것인가. 쌓이고 쌓인 인류 문화의 찬란한 탑은 자취도 없이 헐리어져버릴 것이다. 그때에 어디에 가서 인류 문화의 뜻과 간 곳을 찾을 수 있으리오. 문화의 탑——그것은 잠시간의 화려한 신기루에 지나지 못하는 것이다. 그 신기루를 둘러싸고 춤추고 애쓰는 것이 그것이 벌써 애달픈 노력이고 우울한 사실이 아닌가. 이렇게 주화는 생각하였다.

세상의 일만 가지 물상이 변증법적으로 변천하여가는 것은 사실이다. 그러므로 또한 혁명이 있은 후의 상태라고 결코 완전무결한 마지막의 상태는 아닐 것이니 티가 없다고 생각되는 그 상태 속에는 어느 결에 이미 모순이 포태되어 그것이 차차 자라서 다음의 혁명을 가져올 것이다. 결국 변천하고 또 변천하여 그칠 바를 모르는 것이니 최후의 안정된 절대의 상태라는 것을 사람은 바랄 수 없을 것이다. 이 또한 안타까운 사실이 아닌가. 그리고 어디까지든지 통일을 구하여 마지않는 사람은 이 그칠 줄 모르는 변천 가운데에서 공연한 헛수고에 피로하여버릴 것이다. 인류의 모든 움직임과 혁명을 조종하는 근본은 식과 색이니 이 단순한 동물적 충동에 끌려 보기 흉하게 날뛰는 사람들의 꼴, 이것이 또한 우울한 것이 아닌가. 이렇게도 주화는 생각하였다.

혁명과 문화의 뜻이 이미 이러하거늘 그래도 괴롬을 억제하고 바득바득 애쓰며 건설자의 한 사람으로서의 힘을 다하지 않으면 안 될 필요가 나변¹에 있는가. 그것은 밝히지도 못하고 세상 사람이 공연히 삶을 위한 삶을 주장하고 용기를 위한 용기를 외침은 가소로운 일이다. 사람은 왜 살지 않으면 안 되느냐? '장하고 거룩한' 문화를 세우려. 문화는 왜 세우느냐?—여기에는 대답이 없고 설명이 없다. 요컨대 문제는 '취미'의 문제요, '흥미'의 문제인 것이다. 사람은 삶에 '취미'를 가졌기 때문에 사는 것이다. 그러므로 삶에 '취미'를 잃은 때에는 죽는 것이다. 즉 삶도 죽음도 결국 '취미'의 문제이다. 삶에 '취미'를 가지거나 죽음에 취미를 가지거나 그것은 누구나의 자유로운 동등한 권리이다. 삶에 '취미'를 가지고 사는 사람이 죽음에 '취미'를 가지고 죽는 사람을 논란할 권리와 자격은 조금도 없는 것이다. 자살의 길을 패부의 길이라고 비난한다면 자살자의 입장으로서는 죽지도 못하고 질질 끌려가며 살려고 애쓰는 사람의 가련한 꼴이야말로 그대로가 바로 패부의 자태라고 비난할 수 있을 것이다. 자살이 삶의 도피라면 삶은 죽음의 도피가 아닌가. 어떻든 삶에 '흥미'를 잃은 때에 삶과 대립되는, 그러나 동등한 지위에 있는 죽음의 길을 취함은 극히 정당한 일이다. 그는 제삼자의 어리석은 비판을 초월하여 높게 서는 것이다.

마르크시즘과 자살. 마르크시즘은 삶 이후의 문제이다. 혹 삶이 마르크시즘 이전의 문제인 만큼 죽음도 마르크시즘 이전의 문제이다. 마르크시스트의 자살——결코 우스운 현상이 아니다. 비웃는 자를 도리어 가련히 여겨 자살한 마르크시스트의 얼굴이 창백한 웃음을 띠리라.

밤이 맞도록 날이 맞도록 이렇게 생각하고 되풀이하고 고쳐 생각하여 이틀 동안에 주화는 어떻든 처음부터 계획하였던 그의 얻고자 한 결론을 얻었다. 마르크시스트인 그가 무릇 마르크시즘의 입장과 범주와는 멀리멀리 떠난—— '마르크시스트'의 이름을 상할지언정 위하지는 못할 이러한 경지에서 방황하며 그의 요구하는 결론을 얻기 전에 뒤틀어서 꾸며냈던 것이다. 그러나 '스켑티시즘'과 '로맨티시즘'과 '소피즘'과 '니힐리즘'의 이 모든 것을 섞은 칵테일과 범벅 가운데에서 나온 그의 이론과 결론이 아무리 구부러지고 휘어진 것이었든지 간에 그의 마음은 이제 일종의 안정을 얻었다. 어지러운 머리 속과 어수선한 감정이 구부러졌든 말았든 간에 마지막의 통일을 내렸던 까닭이다. 혹은 그 일류의 칵테일의 향취에 취한 까닭일지도 모른다.

"나는 단연코 죽을 것이다."

어떻든 이 결론을 마지막으로 중얼거렸을 때에 주화의 창백한 얼굴에는 한 단락을 지은 뒤의 비장하고 침착한 표정이 떠올랐다.

마지막 작정을 하고 등의자에서 일어선 주화는 문득 책시렁[2] 위에 놓인 거울 속에 비친 그의 이지러진 용모에 새삼스럽게 놀라지 않을 수 없었다. 깎아내린 듯이 여윈 두 볼, 윤택 없는 두 눈, 그 자신 정이 떨어졌다. 이렇게 여위고서야 사실 죽는 것이 마땅할 것이다——고 그는 생각하였다. 벽 위에 붙인 마르크스의 초상이 가련히 여겨서인지 그를 듬짓이 내려다보았다. 주화는 그의 체면으로는 차마 정면으로는 마르크스를 딱 치어다보지 못하였다.

'마르크스도 지금의 나와 같이 마음과 물질에 있어서 이렇게까지 궁해본 적이 있었을까?'

하고 생각하였을 때에 그러나 주화는 별안간 불끈 솟아오르는 반감을 느꼈다. 그의 조상이요, 스승이요, 동지인 마르크스에 대하여 그는 전에 없던 반감을 이제 불현듯이 느꼈던 것이다.

신경질로 떨리는 그의 손은 어느 결엔지 벽 위의 초상을 뜯어 물었다. 다음 순간 마르크스의 수염이 한 사람의 제자의 손에서 가엾게도 쭉쭉 찢겼다.

"죽어가는 마지막 날에 이 호인인 아저씨에게 작별의 절을 못할망정 이렇게까지 참혹하게 그를 모욕할 필요가 있었을까."

찢어진 초상화의 조각조각이 어지러운 방바닥에 휘날려 떨어질 때 주화에게는 한 줌의 후회가 없을 수 없었다. 별안간의 그의 신경의 격동과 경솔한 거동을 책망하지 않을 수 없었다. 이렇게까지 히스테릭한 것도 결국 이 며칠 동안 굶었던 탓이 아닐까 하고 생각하니 그 자신의 가련한 신세에 눈물이 푹 솟았다.

눈을 꾹 감아 눈물을 떨어트려버리고 그는 가난한 책시렁에서 가장 값있는 『자본론』의 원서 두어 권을 빼어 들었다. 그가 대학에서 공부할 때부터 그를 인도하고 배양하여온 머리의 양식이 이제 그의 자살의 약값으로 변하는 것이다.

재학 시대의 유물인 단벌의 쓰메에리[3]를 떨쳐입고 책을 낀 채 주화는 어두운 방을 뛰어나갔다.

2

아무 미련도 남기지 아니하고 오랫동안 숭배하여오던 마르크스를 두어 장의 얇은 지폐와 바꾼 주화는 단골인 매약점에 가서 잠 안 옴을 칭탁하고 사기 어려운 '알로날' 한 갑을 손에 넣었다. '칼모린' '쥐약' '헤로인' '청산가리' '스토리키니네' '알로날'——병원에 있는 친구에게 틈틈이 농담 삼아 물어두었던 이 수많은 약 가운데에서 그는 '알로날'을 골랐던 것이다. 한 주먹 안에도 차지 않는 조그만 한 갑에 일 원 이십오 전(一圓二十五錢)은 확실히 과한 값이었으나 그것이 또한 영원의 안락을 가져올 최후의 만찬의 대상이라는 것을 생각하였을 때에 그는 두말없이 새파란 미소를 남기고 약점을 나왔다.

저무는 가을 저녁이 쌀쌀하게 임박하여왔다. 오랫동안 거리에 나오지 않았던 그에게는 지나쳐 신선한 가을이었다.

맑은 하늘에는 이지러진 달이 차게 빛났다. 오늘의 번화한 이

거리를 내려다보고 또한 내일의 폐허가 되어버릴 이 거리를 아울러 내려다볼 그 달이므로인지 몹시도 쌀쌀한 용모다——고 주화는 느꼈다.

어두운 방으로 돌아가 세상을 하직하기 전에 신선한 밤거리를 한 바퀴 돌아볼 작정으로 그는 번화한 거리에 막연히 발을 넣었다.

'어리석은 인간들의' 참혹한, 혹은 화려한 각가지의 생활상이 구석구석에 애달프게 빛났다. 거기에는 천편일률인 '습관'의 연속과 '평범한 철학'의 되풀이 이외의 아무것도 없다. 부르주아나 프롤레타리아나 그 모래 같은 평범 속에 '취미'를 느끼는 꼴들이 그에게는 한없이 어리석게 보였다.

찬란한 일류미네이션의 난사를 받는 거리에는 가뜬하게 단장한 계집들이 흐르고 밝은 백화점 안에는 여러 가지의 시설의 생활품과 식료품이 화려하게 진열되어 있으나 한 가지도 그를 끄으는 것은 없다. 라디오와 레코드가 양기롭게 노래하나 그의 마음은 춤추지 않았다. 죽기 전에 먹고 싶은 것은 없나? 하고 휘둘러보았으나 그의 마음은 '없다' 하고 확연히 대답하였다. 진열장에 얼굴을 바싹 대고 겨울 옷감을 고르고 섰는 아름다운 한 쌍의 부부의 회화도 그를 유혹하지는 못하였다.

"이 거리에는 한 점의 미련도 없다!"

결국 이렇게 결론한 그는 올라가던 거리를 중도에서 되돌아섰다. 찌그러진 나의 마음속에는 확실히 호장된 고집이 뿌리박고 있을는지는 모르나 적어도 지금의 나의 감정은 바른 것이다——고 주화는 마음속으로 중얼거렸다.

번잡한 거리를 나와 넓은 거리를 지나고 다시 좁은 거리거리를 빠져나온 그는 집으로 향하는 길에 역시 마지막으로 그가 일상 사랑하던 정동고개에 이르렀다.

"결국 나는 싸늘한 저 달과 동무하여야 할 것이다."

인기척이 없고 거리의 음향이 멀리 들리는 적막한 고개를 넘으면서 그는 다시 달을 치어다보았다. 차고 맑고 높은 달의 기개에 취하여서인지 그의 마음은 죽음의 나라로 길 떠나기 전의 맑은 정신, 고요한 심경 그것이었다.

별안간 그의 귀를 스치는 것이 있었다.

그것은 확실히 달려오는 발소리였다.

무심코 돌아섰을 때에 멀리서 고개를 달려오는 한 개의 동체가 있었다. 상반은 회고 하반은 검은 단순한 색채가 흐릿한 달빛 속을 급하게 헤엄쳐 올라오는 것이다.

주화는 그 자리에 문득 머물러 서서 그 난데없는 인물의 동향을 살폈다.

숨차게 고개를 헤엄쳐 올라온 색채는 주화의 앞에 바싹 달려들어 머물렀다. 스물을 넘을락 말락 한 가뜬한 소녀였다. 한편 팔에는 종이 뭉치를 수북이 들고 있었다.

"당신은 무엇입니까?"

낯모르는 소녀의 이 돌연한 질문에 주화는 가슴이 혼란하였다.

"무엇 무엇이라니요."

"형사 아니에요?"

"형사? 아니외다."

순간 약간 긴장이 풀린 듯한 소녀의 자태는 비상히 아름다웠다. 솟아 보이는 오뚝한 코와 굵은 눈방울이 높은 향기같이 달빛 속에 진동 쳤다. 거룩한 것을 대한 듯이 주화의 가슴속은 몽롱하게 빛났다.

"뒤에서 나를 쫓아오는 사람이 있으니 만나거든 이 고개를 곧 게 내려갔다고만 말해주세요."

".......?"

"그리고 미안하지만 이 삐라⁴를 이곳에 어지럽게 뿌려주세요."

소녀는 날쌔게 말하고 들었던 삐라 뭉치를 주화의 손에 넘겨주고는 길옆 긴 담 모퉁이 으슥한 곳에 부리나케 가서 숨어버렸다.

아름다운 소녀의 광채로 인하여 몽롱하여진 주화는 영문 모를 소녀의 분부와 거동에 다시 정신이 혼란하였다. 그러나 막연하나마 소녀의 신변에 위험이 있다는 것을 직각한 그는 소녀의 분부대로 삐라를 그곳에 난잡히 뿌리면서 소녀가 달려온 고개를 내려다보았다.

시커먼 두 개의 그림자가 날쌔게 뛰어 올라오는 것이 보였다.

주화는 시침을 떼고 돌아서서 그의 길을 태연히 걸어 내려갔다.

몇 걸음 못 가서 그는 고개를 뛰어 넘어온 두 사람의 사나이에 게 붙들렸다.

"뛰어가는 여자 한 사람 못 보았소?"

인상이 좋지 못한 한 사람의 사나이가 황급하게 물었다.

"이 길로 곧게 내려갑디다."

"이 삐라는 웬 것이야?"

"그 여자가 뿌리길래 주운 것이외다."

"이런 것 줍어서는 안 돼."

사나이는 거칠게 주화의 손에서 삐라를 빼앗았다. 그리고 주위에 흐트러진 삐라를 공들여 한장 한장──모조리 다 주워 가지고는 소녀의 간 곳을 찾아 언덕을 날래게 뛰어 내려갔다.

그러나 남은 한 사람의 사나이는 동료의 뒤를 좇지는 않고 그 자리에 머무른 채 주화를 날카롭게 노렸다.

"나는 서의 사람인데 자네 무엇 하는 사람인가."

그러리라고 짐작하지 못한 바는 아니었으나 이렇게 정면으로 당하고 보니 주화는 마음이 언짢고 불안하였다.

"별로 하는 것 없소이다."

"무직이란 말인가. 장차 하려는 일은 무엇인가."

"장차──죽으려고 하는 중이외다."

"죽어?"

형사는 주화의 대답이 그를 모욕하려는 농담인 줄로 알고 괘씸하다는 듯이 주화를 노렸다.

"가진 것 무어?"

"없소이다."

형사는 그의 손으로 주화의 주머니 속을 마음대로 뒤졌다. 옷 주머니 속에서는 몇 장의 명함이 나와 길바닥에 우수수 헤어지고 아랫주머니 속에서는 '알로날'의 갑이 나왔을 뿐이었다.

"무엇이야?"

"잠자는 약이외다."

"흠——."

형사는 무엇을 깨달은 듯이 '알로날'의 갑을 달빛에 비추어 보면서 질문을 계속하였다.

"아까의 그 여자와는 어떠한 관계가 있나?"

"관계라니요. 나는 그를 모릅니다."

"정말인가?"

"거짓말이 아니외다."

"그 여자가 어데로 갔나?"

"이 길로 곧게 내려갑디다."

"정말인가?"

"거짓말이 아니외다."

아까의 구조⁵ 그대로 시침을 떼고 대답한 것이 아무 부자연한 기색을 형사에게 보이지는 않았다.

그러나 그는 주화를 한참이나 찬찬히 다시 훑어보더니 나중에 제의하였다.

"더 물을 것이 있으니 잠깐 서에까지 같이 가야 돼."

그다지 마음에 쓰이지 않는 제의였다.

"물을 것이 있거든 여기에서 다 물어주시오."

"잠깐만 가."

그의 손을 붙들었다.

"죽을 사람이 서에 가서는 무엇 한단 말요."

손을 뿌리쳤으나 형사는 다시 그의 손을 든든히 잡아끌었다.

자살하기 전에 거리 구경을 나왔다가 마지막 이 고개에서 이 돌연한 변을 당하는 것이 주화에게는 뼈저린 희극으로밖에는 생각되지 않았다. 서로 끌려가는 것이 그로서 겁날 것은 없었으나 소녀에게 대하여 좀더 곡절을 알고 싶은 충동이 그의 뒤를 궁금하게 하였다. 아까 소녀가 주던 삐라의 내용은 대체 무엇인지 황급한 바람에 그것도 읽지 못한 자기의 경솔을 그는 책하였다. 형사에게 끌려 고개를 내려가는 주화는 몸을 엇비슥이 틀어 소녀가 숨어 있을 담 모퉁이를 멀리 흘긋흘긋 바라보았다.

아름다운 소녀의 자태가——어글어글한 눈방울이——오뚝한 코가——높은 향기같이 그의 마음속에 흘러왔다. 이 거리의 이 세상의 아무것에도 미련을 느끼지 않던 그의 가슴속에 이제 확실히 처음 본 그 빛나는 소녀에게 대한 미련이 길게 길게 여운의 꼬리를 진동시켰던 것이다.

3

호모[6]도 그 자신의 탓이 아니요, 전연 뜻하지 아니하였던 아름다운 처녀와의 우연한 교섭으로 인하여 애매한 사흘 동안의 검속 구류를 마친 주화는 나흘 되는 날 늦은 오후 C서를 나왔다. 물론 사흘 동안의 취조에도 불구하고 그에게서 우러나는 것은 아무것도 없었고 공연히 막연한 혐의에 사흘씩이나 고생하게 된 것이 그에게는 매우 애매한 것이었다. 그러나 그는 이 억울한 첫 경험을 그다지 분하게는 여기지 않았다. 이 첫 경험을 인도한 것은 아름다운 처녀였고, 그 아름다운 처녀의 자태는 그를 만난 첫 순간부터 주화의 가슴속에 빛나기 시작하였으니까. 처녀의 오똑한 코와 어글어글한 눈방울이 어두운 사흘 동안 높은 향기같이 그의 가슴속에 흘렀고 지옥같이 어둡던 그의 마음속을 우렷이 비치었다. 실로 그의 앞에 나타난 그 돌연한 등불로 인하여 그는 한 번 잃었던 삶에 대한 미련을 회복하였고 나흘 전의 무서운 악몽은 그의 마음속에서 자취도 없이 사라졌던 것이다. 그러므로 그는 억울한 사흘을 그다지 괴롭게 여기지는 않았기에 서를 나오는 이제 그의 마음은 명랑히 개고 그의 걸음은 스스로 가벼웠다.

"뜻하지 아니하였던 한 점을 중심으로 하고 고요히 열린 재생의 날─또한 아름답기도 하다!"

이렇게 중얼거리고 그가 아침에 취조실에서 그를 빈정거리며 '알로날'의 갑을 감추어버리던 형사의 시늉을 이제는 도리어 귀엽게 생각하며 서의 문을 나섰을 때에 쾌청한 가을 오후의 햇빛이 뜻하고서인지 그의 전신을 폭신히 둘러쌌다. 따뜻한 젖에 목이 메어 느끼는 어린아이와 같이 그는 따뜻한 햇빛에 전신이 느껴졌다. 며칠 전 차디찬 달빛 밑에서 죽음의 지옥을 생각하던 그의 마음은 이제 이 따뜻한 햇빛 밑에서 재생의 기쁨에 타오르는 것이다. 이 끔찍하고 신기한 마음의 변동에 그는 그 자신 놀라지 않을 수 없었다. 달빛과 햇빛만큼이나 차이가 큰 죽음과 삶의 사이를 수일 동안에 결정적으로 헤매던 움직이기 쉬운 그의 마음에 그는 놀라지 않을 수 없었다. 그만큼 또 그는 그때의 그의 감정은 어떠한 것이었든지 간에 쉽게 자살을 작정한 경망한 그의 이론과 생각을 꾸짖지 않을 수 없었다.

그러나 어떻든 이제는 재생의 햇빛이 그의 전신을 둘러쌌고 그의 마음은 기쁨에 뛰노는 것이다.

서의 앞을 떠나 거리를 걸어가던 주화의 눈에는 이제 거리의 모든 것이 일률로 신선하게 비치고 그의 마음의 백지 위에 새로운 뜻을 가지고 뛰놀았다.

"이 기쁜 마음으로 속히 나의 마음의 등불——그 처녀를 만났으면——."

며칠 전의 '니힐리즘'을 쏘아 죽이고 이제 새로이 '삶'에 대한 취미를 발연히 일으키는 햇빛 밑 '새로운' 거리거리를 걸어가는 그의 뛰노는 가슴속에는 아름다운 처녀의 자태가 유연히 솟아올랐다.

그러나 그 처녀의 사는 곳을 당장에 찾을 길이 없는 그는 우선 자기 숙소로 향할 수밖에는 없었다.

어수선한 뒷골목을 지나 주인집에 이르렀을 때 그는 그슬린 대문을 조용히 열고 들어섰다. 방세 밀린 주인을 행여나 만날까 두려워하면서 어둠침침한 방, 어지럽게 늘어놓은 방——방문을 연 순간 그는 정이 뚝 떨어지는 듯하였다. 명랑한 밖 일기에 비하여 얼마나 음울한 분위기인가. 이러한 어둡고 음울한 분위기 속에 들어박히고야 사실 죽음밖에는 생각할 것이 없으리라고 생각하매 그는 그가 나흘 전 마지막으로 죽음을 작정한 것은 실로 그의 사는 방이 어둡고 침침한 까닭이라는 것을 깨달았다. 어두운 방에 살게 된 것은 그에게 일정한 생활의 보증이 없는 까닭이요, 일정한 생활의 보증이 없음은 그에게 일정한 직업이 없고 그렇다고 부유한 계급에 속하지도 못하는 까닭이다. 결국 그가 결정적으로 자살을 꾀한 것은 그가 빈한한 계급에 속하고 그 위에 몸과 마음을 바쳐서 해나가는 일이 없는 까닭이었다. 즉 그가 삶에 '취미'를 잃은 것은 풍족한 생활에 포화(飽和)된 탓이 아니요, 실로 모든 물질에 있어서 극도로 빈궁한 까닭이었다는 것을 그는 깨달았다. 이 단순한 논리를 이제야 겨우 깨닫게 된 것이 그에게는 오히려 괴이한 일이었다.

침침한 방에 들어서니 어수선한 발밑에는 조각조각 찢어진 마르크스의 수염이 어지럽게 밟히었다.

그는 몸을 굽혀 나흘 전에 그의 손으로 쭉쭉 찢어버렸던 마르크스의 초상화를 조각조각 공들여 주웠다. 나흘 전에 신경질적 격분에 떨리던 그의 손은 이제 스승에 대한 죄송한 참회의 염에 떨렸다. 떨리는 손으로 그가 초상화의 조각을 한 조각 두 조각 주워가노라니 어지러운 휴지 가운데에서 문득 그의 시선을 끄는 한 장의 종이가 있었다.

날쌔게 집어 드니 한 장의 엽서였다. 서신의 내왕조차 끊인 지 이미 오래인 그에게 돌연히 어디서 온 편지일까 하고 들여다보니 표면에는 발신인의 씨명이 없고 이면 본문 끝에 '주남죽(朱南竹)'이라는 여자의 솜씨다운 가는 필적이 눈에 띄었다. 낯모르는 초면의 여성에게서 온 편지! 호기에 뛰노는 마음에 그의 시선은 서면의 글자를 한자 한자 탐내 훑어 내려갔다. 훑어 내려가는 동안에 그 미지의 여성의 정체가 요연히[8] 그에게 짐작되었다.

전날 밤 정동고개에서는 초면에 돌연히 실례가 많았습니다. 저 때문에 뜻하지 아니한 변을 당하시는 것을 담 옆에서 엿보고 있으려니 미안한 생각을 금할 수 없었습니다. 들어가서서 그다지 고생이나 안 하셨는지요. 나오시는 대로 한번 찾아와주시기를 바랍니다. 그날 밤 가신 뒤 한길 바닥에서 선생의 명함을 주웠고 그 속에서 선생의 주소를 발견하였던 까닭에 이제 사례 겸 두어 자 적어 올리는 터입니다.

×× 동 89——주남죽

"그가 주남죽이었던가. 주남죽!"

그는 너무도 기쁜 마음에 한참이나 엽서를 손에 든 채 다시 탐스럽게 한자 한자 내려 읽었다. 그리고 몇 번이나 몇 번이나 "주남죽!"을 부르며 속으로 그에게 감사하였다.

"주남죽. 고맙다."

돌연히 솟아오르는 기쁨에 그는 마침 자리를 뛰어 일어났다.

"이 길로 곧 찾아가볼 것이다."

엽서를 주머니 속에 집어넣고 초상화의 조각을 어지러운 방 속에 그대로 버려둔 채 그는 방을 뛰어나갔다.

저무는 석양의 거리를 급한 걸음으로 재촉하여 화동 길을 올라간 그가 좀 복잡한 골목을 이리저리 빠져서 목표의 번지를 찾고 보니 그슬린 대문의 낡은 집이었다.

두근거리는 마음으로 대문을 열었을 때에 바로 대문 옆 행랑방에서 십오륙 세의 단정한 소녀가 나와서 그를 맞았다.

"주남죽씨 계십니까?"

"안 계십니다."

"밖에 나가셨나요?"

"공장에서 아직 안 돌아오셨어요."

"공장에서요?"

"네. 요새 공장에 풍파가 생겨서 언니의 돌아오시는 시간이 날마다 이렇게 늦답니다."

"바로 그분이 언니가 되시나요?"

"그렇습니다."

그렇다면 어쩐지 전날 밤 달빛 밑에서 만난 짧은 순간의 기억이언만 그의 인상과 이 소녀의 용모와의 사이에는 콧날이며 눈방울이며 비슷한 점이 많음을 그는 쉽게 발견할 수 있었다.

소녀에게 대하여 돌연히 친밀한 느낌이 버썩 나서 그는 지나친 짓이라고는 생각하면서도 마침내 그들의 일신상에까지 말을 돌렸다.

"부모님도 이 댁에 같이 계신가요?"

"아니에요. 고향은 시골인데 우리 두 형제만이 올라와서 이 방을 빌려가지고 살아간답니다."

하며 소녀는 약간 주저되는 듯이 행랑방을 가리켰다. 그 태도가 몹시 귀엽게 생각되어서 주화는 미소를 띠며 소녀의 신상을 물었다.

"그래 학교에 다니시나?"

소녀는 부끄러운 듯이 고개를 숙이며

"아직 아무 데도 다니는 곳은 없어요."

"그럼 놀고 계시나?"

"시골에서 동맹 파업 사건으로 출학을 당하였지요. 그래서 집에서 놀고만 있기도 멋쩍어서 언니를 따라 올라온 것이지 별로 학교를 목적한 것은 아니에요."

"흠. 그러고 보니 어린 투사이시군."

부끄러워서 다시 고개를 숙이는 소녀의 귀여운 용모 가운데에 사실 장래의 투사를 약속하는 듯한 굳센 선이 흘러 있음이 그에게는 반갑고 믿음직하게 생각되었다.

소녀와의 몇 마디의 문답으로 하여 주화는 그 두 자매의 내력과 위인을 대강 짐작하였고 처녀의 처지와 방향을 한 가닥 두 가닥 알아가면 갈수록 그의 처녀에게 대한 애착과 희망은 더하여갈 따름이었다.

그러나 처녀도 없는 동안에 대문간에 오랫동안 서서 소녀와 너무 장황하게 문답하는 것도 떳떳한 짓이 아닌 듯하여 그는 명함한 장을 내서 소녀에게 주고 부탁하였다.

"언니가 돌아오시거든 이것을 드리고 찾아왔었다는 것을 말하여주시오."

말이 막 끝나자마자 그의 등 뒤에서 대문이 삐걱 열리며 단순한 색채가 가볍게 흘러 들어왔다.

"이제 오세요 언니."

하고 반갑게 맞는 소녀의 목소리를 듣지 않았을지라도 상반은 희고 하반은 검은 그 단순한 색채가 전날 밤 정동고개에서 만난 바로 그 색채임을 주화가 직각하지 못할 리 없었다. 그의 가슴속은 다시 몽롱히 빛나며 약간 후둑이는 것을 또한 억제할 수 없었다.

"손님이 찾아오셨어요."

소녀가 이렇게 고하기보다도 먼저 처녀는 벌써 주화를 인식하였던 것이다.

"주화씨예요!"

하며 반갑게 인사하는 처녀에게 주화도 고개를 숙이며 반갑게 답례하였다.

"주신 편지 감사히 받았습니다."

그러는 즈음 다시 대문이 열리며 처녀와 같이 와서 대문 밖에서 기다리고 섰는 듯한 삼십 줄을 훨씬 넘어 보이는 어른 한 분이 들어왔다.

"방으로 들어오세요."

한 걸음 먼저 방에 들어간 두 자매는 주화에게 들어오기를 청하였다.

"서선생님도 들어오세요."

처녀의 청에 응하여 중년의 어른은 서슴지 않고 방으로 들어가고 주화도 누차의 청을 거절하기 어려워서 마침내 방으로 들어갔다.

두 사람의 손님을 맞아들이니 좁은 방은 빽빽하였다. 그러나 주화는 그다지 협착한 느낌을 받지는 않고 도리어 넉넉하고 안온한 느낌을 받았다.

　두 손님에게 자리를 권하고 나중에 사뿐히 자리에 앉는 처녀는 두 사람에게 미소를 등분으로 던지다가 나중에 '서선생님'을 바라보며 입을 열었다.

　"이분이 바로 일전에 말씀한 그분예요."

　별안간 소개를 입은 주화는 어쩔 줄을 모르고 황급히 고개를 숙였다.

　"하, 그러신가. 이 자리에서 돌연히 만나게 되어 미안하외다."

　이렇게 겸손하게 답례한 '서선생'은 그의 성명을 통한 후

　"일전에는 얼마나 수고하셨습니까."

하며 그의 손을 청하여 굳은 악수를 하여주었다. 겸손한 서선생의 이 의외의 굳은 악수를 주화는 깊이 감사하지 않을 수 없었다. 동시에 그는 서선생들의 엄숙한 영토 안에 이미 한 걸음 들여놓은 듯한 엄숙한 느낌을 받았다.

　"얼마나 고생하셨어요?"

　처녀는 미소를 띠고 그의 며칠 동안의 구류를 위로하였다. 그러나 단 사흘의 고생을 가지고 이 아름답고 장한 처녀의 과한 치하에 대답하기에는 자못 겸연쩍어서 주화는 바른 대답을 발견치 못하였던 것이다.

　이럭저럭 십 분 동안이나 이야기가 어우러진 뒤였을까, 서선생은 시계를 내보더니 어조를 변하여가지고 처녀에게 말하였다.

　"자, 그럼 이만 가봅시다."

　"네."

처녀는 대답하고 미안한 듯이 주화에게 양해를 빌었다.

"요사이 공장에서 일이 터진 까닭에 동무 직공들을 조종해나가기에 매우 바쁘답니다. 모처럼 오셨는데 미안하지만 또 와주세요. 저도 쉬이 한번 가 뵙겠습니다."

뒤를 이어 서선생의 당부였다.

"앞으로 자주 만날 기회가 있었으면 좋겠소이다."

이 처녀의 사죄와 서선생의 당부가 그에게는 과분한 듯이 생각되어서 주화는 또 바른 대답을 발견하지 못하였다.

집을 같이 나와 뒷골목에서 서선생과 처녀에게 작별하고 혼자 거리를 걸어 내려오는 주화의 가슴속에는 아름다운 처녀의 자태가 더한층 빛나기 시작하였고 그의 행동이 처음 만난 서선생의 인상과 아울러 그의 마음속에 굳게 들어붙었던 것이다.

4

뜨거운 샘물같이 뒤를 이어 솟고 또 솟았다. 그득히 고여서는 양편 볼을 타고 줄줄 흘러내렸다. 붉은 피가 고여 있을 사람의 몸 어느 구석에 맑은 물이 이렇게 많이 고여 있을까 하고 의심하지 않을 수 없으리만치 그것은 쉴 새 없이 흘러내렸다. 어느덧 베고 누운 베개의 양편이 축축이 젖었다. 시력이 흐려져버린 눈앞에는 고향의 자태가 몽롱히 떠올랐다. 늙은 양친의 자태와 어린 누이 동생들의 자태가 번갈아 눈앞을 지나갔다. 그들의 구체적 자태는 눈물로 어지러워진 주화의 시각 앞에서 어느덧 가난한 계급 일반의 늙은 양친, 어린 누이동생들의 추상적 자태로 변하였다가 다시 주화 자신의 양친과 누이동생들의 구체적 자태로 변하였다. 눈을 부르대고² 그를 책망하는 공격적 태도가 아니요 빈곤과 쇠약에 쪼들려 단 하나 믿었던 한 사람의 자식이요 한 사람의 오빠인 주화 자신을 원망스럽게 바라보는 가련한 그들의 자태이므로 그것은 더욱 힘 있는 공격이요 그들의 무력한 화살이 주화의 가슴을 더욱 찌르는 것이다.

답답한 가슴을 쥐어뜯으려 할 때에 바른손에 꾸겨 들었던 고향 아버지에게서 온 편지의 한 구절이 다시 그의 눈에 띄었다.

"장차 주림이 닥쳐올 날도 앞으로 며칠 남지 않은 듯하다. 이제는 다만 매일과 같이 어린것들과 손 잡고 울밖에는 별도리가 없다는 것을 너도 짐작할 줄로 생각한다……"

단순한 사실의 기록이 기실은 무거운 호소의 쇠공이가 되어서 그의 전신을 내려치는 듯도 하다.

"세상에 가난한 어버이를 가진 것은 너 한 사람뿐이 아니다."

늘 들어오던 이 경계에도 불구하고 이러한 비색¹⁰한 처지에 놓이니 그에게는 오히려 가난한 어버이를 가진 것은 그 한 사람뿐인 듯한 느낌을 금할 수 없었다. 사실 몇 해 전부터 벌써 쇠운의 걸음을 떼어놓기 시작한 그의 집안이 그가 돌아가 보지 못한 여러 해 동안 얼마나 많이 기울어졌을까가 그에게는 아프게 짐작되었다.

그러나 대체 어떻게 하였으면 좋은가. 어떻게 하면 가련한 그의 집안을 건질 수 있을 것인가——를 생각하면 다만 눈앞이 캄캄하여질 뿐이다.

캄캄하여지는 눈에서는 여전히 눈물이 솟아 흘렀다. 흐르는 눈물 사이로 집안 식구들의 자태가 다시 한 사람 한 사람씩 희미하게 떠올랐다. 헐벗은 누이동생들의 이름을 하나씩 하나씩 불러보고 싶은 충동을 그는 느꼈다.

오래간만에——며칠 전 그가 죽음을 꾀하였을 때에도 집안에 대한 걱정과 절망적 염려가 그의 의식 속에 잠재하여 있지 않은 바는 아니었으나——끊어졌던 아버지의 편지를 문득 받으니 집안에 대한 걱정이 새로이 그의 말랐던 눈물을 푹 짜내던 것이다.

돌연히 고요한 그의 방문을 노크하는 가는 소리가 그의 귀를 스치지 않았던들 진종일 흐르는 그의 눈물은 어느 때까지나 그칠 바를 몰랐을 것이다.

벌떡 일어나서 눈물을 씻고 문을 여니 의외의 손님임에 그는 민저 놀랐다.

"참으로 뜻밖입니다."

"돌연히 찾아올 일이 있어서요——."

양기로운 미소를 띠며 들어오는 손님의 명랑한 표정을 주화는 이때까지 침울한 눈물을 흘리면서 누웠던 그 자신의 어지러운 표정으로 대하기가 부끄러워서 얼굴을 정면으로 들기조차 주저되었다.

"대단히 어지럽습니다."

방도 어지럽거니와 그의 주제도 어지러워서 그는 이렇게 변명하면서 얼굴을 돌려버렸다.

그러나 손님은 그의 표정을 날쌔게 살핀 듯하였다.

"너무 침울하게만 지내실 때가 아니지요."

좀 지나친 충고였지만 지나친 것이므로 주화에게는 그것이 더욱 친밀한 느낌을 가지고 고맙게 들렸다. 주화가 그를 만나는 것은 이것이 단 세번째임에 지나지 않았으나 주화의 어느 모를 관찰하고서인지 이렇게 믿음직한 말을 던져주는 것이 일전의 그의 행동과 아울러 주화에게는 말할 수 없이 고맙게 들렸다.

"지금 시절에 있어서 개인적 형편이 딱하지 않은 사람이 어데 있겠어요."

친밀한 손님──주남죽──은 주화의 괴로운 형편의 내용까지 짐작하였는지 한층 친밀한 어조로 그를 위로하며 말을 이었다.

"한 개인의 난관으로나 가정의 형편으로나 혹은 기타 여러 가지의 계루¹로 인한 번민을 가지지 않은 사람이야 없겠지요. 그러나 한 걸음 나가 그런 번민을 떨쳐버리고."

그에게 대하여서는 계몽적 언사에 지나지 않으나 남죽의 친밀한 충고이므로 그것은 주화에게 같잖게 들리지는 않고 도리어 고맙게 생각되었다.

"집안 형편이 하도 딱해서요."

"그러니까 더욱 용기를 내서서 나서야지요."

"작정은 벌써 하였으나 간간이 마음이 침울하여지는 것은 어쩔 수 없어요."

"든든한 신념으로 그것을 극복해가야지요."

알 맺힌 말을 주화는 속으로 은근히 기뻐하는 한편 감사히 여겼다.

"마음이 침울하신 것은 아마 일이 없는 까닭이겠지요."

"그런지도 모르지요."

"그러면 일을 좀 맡으세요. 사실 오늘 이렇게 돌연히 찾아온 것은 친한 부탁이 있어선데요."

"무슨 부탁입니까."

"들어주시겠지요."

무거운 시선으로 주화의 안색을 깊이 살피며 그는 가져왔던 책보를 조심스럽게 풀기 시작하였다.

근 오백 매나 될까. 도련[12]이 단정한 반지판대(半紙版大)의 종이 뭉치가 나왔다.

그것을 들어서 주화의 앞에 내놓았다.

"이것을 좀 처치해주셔야겠는데요."

"......"

좁은 지면에서 진한 먹 냄새가 신선하게 흘러왔다. 굵고 작은 활자의 나열과 그것이 가져오는 의미가 그의 시각을 쏘았다. 순간 박하를 마신 듯한 짜릿한 느낌을 받았다. 항상 이지러진 문자와 말살된 구절에 익어온 그의 시선이 이제 이렇게 처음으로 자유롭고 신선하고 완전한 문자를 대하니 찬란한 감동을 받지 않을 수 없었다. 사실 낱낱의 명사와 동사와 형용사에서 박하의 신선미가 흘러왔던 것이다.

"전일의 것과 성질은 비슷한 것예요."

116

"그날 밤 것 말씀이지요."

입으로 물을 뿐이요 주화의 시선은 지면에서 떨어지지 않았다. 감동에 타는 시선이 그것을 한줄 한줄 탐스럽게 흘러내려갔다.

"손이 부족하기에 할 수 없이 주화씨에게까지 청을 왔어요."

"고맙습니다."

하고 감사하기보다도 먼저 그런 일은 처음 당하는 터이라 주화는 가슴이 움칫하여짐을 깨달았다. 그러나 그렇게까지 그를 신뢰하여주는 것이 그에게는 끔찍이도 기쁘고 고맙게 생각되었다. 그들 자신 주화를 예민히 관찰하여 믿음직한 점을 발견한 탓도 탓이겠지만 전일 정동고개에서 그를 처음으로 만나던 때부터 그 후 그를 찾아갔을 때에 서선생과 같이 그를 친하게 대하여주던 일이며, 또 오늘 이렇게 친히 찾아와서 중한 일을 맡기는 것이며—이렇게까지 그를 믿어주는 것이 주화에게는 말할 수 없이 고마웠다. 그 고마운 마음에 무거운 임무에 대한 염려와 불안을 차버리고 주화의 가슴에는 대담한 감격이 솟아올랐다. 그러나 그의 마음에 단연한 결정을 준 것은 다만 이 대담한 감격뿐이 아니요 그의 마음속에 깊이 숨은 무거운 양심의 채찍이었으나 하여간 그는 돌아온 이 첫 책임을 기쁘게 승낙하였던 것이다.

"맡어보지요!"

듬직한 그의 승낙에 남죽은 무거운 미소를 던지며 감사를 표하였다. 어글어글한 두 눈—정동고개에서부터 그에게 깊은 인상을 준 그 두 눈이 기름진 윤택을 띠고 주화를 듬짓이 바라보았다. 아까의 수심과 눈물을 완전히 잊은 주화의 두 눈이 역시 감격에 빛나며 '동지'의 시선의 일직선상을 같이 더듬었다.

"오늘 밤에 꼭 처치해주세요."

"하지요!"

그날 밤이 깊어가기를 기다렸다가 주화는 드디어 그 일을 하여
버렸다.

예측지 아니한 열정이 솟아오름을 느꼈다.

맡은 구역은 넓고 달빛은 지나쳐 밝았다. 달빛에 끌리는 그림자
를 귀찮게 여겨 빌딩 옆으로 바싹 붙어 긴 거리를 달았다.[13]

날도 쌀쌀은 하였지만 첫 경험이라 가슴과 손이 가늘게 떨렸다.

그러나 장장을 알뜰히 붙이고 널어놓으면서 긴 거리를 훑어 달
으니 전신에는 진땀이 빠지지 흘러내렸다.

가끔 뒤를 돌려다 보며 일해놓은 뒷자취를 살펴볼 여유조차 없
도록 마음과 손이 바빴다.

일을 다 마친 것은 거의 삼경을 넘은 뒤였을까.

고요히 잠든 거리를 바쁜 걸음으로 달려서 집에 돌아왔을 때에
겨우 안심의 숨이 길게 새어 나왔다.

5

이튿날 오후 주화는 공장의 파업 시간을 대중하여 남죽을 집으
로 찾았다.

지난 밤 맡은 임무의 자취 고운 성과를 보고도 할 겸 또 다른 그 무슨 소식도 들을 겸.

그러나 공장에서 나올 시간이 훨씬 지났을 터인데도 남죽의 자태는 보이지 않고 전일과 같이 그의 동생이 그를 맞을 뿐이었다.

그 동생의 자태에도 전일과 같이 기뻐하는 기색은 없고 만면 침울한 기색이 돌고 있음이 주화에게는 이상스럽게 생각되었다.

방에서 혼자 울고 있은 듯한 침울한 기색——아니 두 볼에는 확실히 눈물 흔적이 고여 있음을 주화는 발견하였다.

"왜 울었소?"

"끌려갔어요."

"응?"

"이른 새벽에 몰려들 와서 언니를 끌고 갔어요——."

주화는 가슴이 뭉쿳하였다. "아차!" 하는 때늦은 탄식이 입을 새어 나왔다.

누이동생은 노여운 구조로 말을 이었다.

"저도 같이 끌려가서 종일 부다끼다가 이제야 겨우 나온 길예요. 언니는 언제 나올는지도 모르지요."

"무슨 일입니까."

"아마 어젯밤 ×문 사건인가 봐요."

"호——."

그러려니 짐작은 하였지만 이런 변을 당하고 보니 주화는 가슴이 내려앉으며 감정이 요동하였다.

"새벽에 들어가니 서선생님도 어느 결엔지 벌써 와 계시더군요."

"호——."

"일은 심상치 않은가 봐요."

주화의 불안은 더하여갔다.

"그다지 고생이나 하지 않았소."

"간단히 취조만 하더니 내보내더군요. 저야 그까짓 하루 동안이니 고생이라고 할 것이 있나요. 그러나 언니들은 아마도 좀 고생할 것 같애요."

"너무 걱정 마시오."

그러나 이렇게 위로하여주던 주화 자신 그들의 신변이 매우 걱정되었다.

우두커니 침울한 기색에 빠져 있던 소녀는 별안간 정신을 가다듬고 주화를 바라보았다.

"참, 얼른 가세요!"

"에?"

"여기에 오래 서 계시지 말고 얼른 집으로 돌아가세요."

"왜——왜요?"

"이곳은 위험 지대예요."

소녀는 황급한 구조로 설명하였다.

"아마 이 근처를 샅샅이 뒤지고 우리 집은 이 며칠 동안 감시할 것이에요. 아까 제가 서를 나올 때에도 오늘 우리 집에 오는 사람의 이름을 일일이 적어두라고 같지 않은 부탁을 하더군요. 이따쯤은 우리 집에다 '하리꼬미'[14]의 감시망을 베풀 것예요. 그러니 대단히 위험해요. 속히 이곳을 떠나시는 것이 좋아요……"

주화는 소녀의 충고를 요연히 양해하였다. 임박하여 있는 그 자신의 위험을 깨닫고 전신이 긴장되었다.

"가겠소."

"언니가 나오시면 일러드리겠으니 그때까지는 찾아오지 않으시는 것이 유리할 것 같애요."

"알았소. 고맙소."

소녀의 건재를 빌고 주화는 그곳을 떠났다.

별안간 골목쟁이에서 쑥 내달아 붙잡지나 않을까를 염려하며 빠른 걸음으로 골목골목을 빠져서 화동 거리에 나섰을 때에 그는 약간 침착한 의식을 회복하였다.

자신의 신변의 위험과 남죽들에게 대한 걱정으로 인하여 어수선한 그의 머리 속에는 지난밤의 그의 행동에 대한 사상이 이제 가달가달 풀려 나왔다.

지난밤의 사소한 그의 행동에 대하여 물론 '영웅적' 자랑을 느끼는 바는 아니었으나 자취 맑게 행한 그의 첫 임무에 대하여서 그는 일종의 기쁨과 쾌감을 느끼지 아니치 못하였다. 거대한 기계의 중추에는 참례치 못하였다 할지라도 그의 행동이 그 복잡한 작용 속의 한 조그만 나사의 작용은 되리라고 생각하매 흔연한 쾌감을 금할 수 없었다. 그리고 그에게 대한 남죽의 신뢰를 감사히 여기는 동시에 그들의 엄숙한 영토 안에 이미 한 걸음 완전히 들어선 듯한 느낌을 받지 않을 수 없었다. 날이 얇고 경력이 적은 그로서 물론 그 느낌은 지나친 자부(自負)일는지도 모른다. 그러나 적어도 그 영토 안에 들어설 줄은 잡은 것이요, 또 그가 그것을 애쓰는 것만은 사실임을 부정할 수는 없었다. 한 여자를 줄로 하여 그 줄을 더듬어서 엄숙한 세상 속에 들어가고 있는 현재의 과정을 부정할 수는 없는 것이다. 처녀를 처음 만났을 때에 그의 마음속에 비친 처녀의 뜻은 다만 그가 한 사람의 일꾼이라는 뜻과는 다른 것이었고 지금까지도 역시 그의 심정 속에 비치는 처녀의 인상과 인격 속에는 일면 그러한 뜻이 흘러 있는 것은 사실이나, 그러나 주화가 지금의 그의 과정에 이른 것은 다만 '그러한 뜻'의 시킨 바뿐이 아니라 그 배후에는 실로 그 자신의 잠을 깨인 양심의 명령과 지도가 엄연히 서 있던 것이다. 즉 말하자면 잠을 깨인 그의 양심이 처녀의 울리는 종소리를 듣고 벌떡 일어났던 것이다. 다시 말하면 양심의 불에 처녀가 기름을 부었던 것이다.

"여기에──."

그의 '서곡'이 있고 생애의 출발이 시작되었다고 주화는 생각하였나. '서곡'에는 여러 가지의 음조가 있을 것이다. 그 여러 가지의 음조 속에서 주화의 경우와 같은 것도 확실히 그 음조의 한 가지의 양식(樣式)이리라고 그는 생각하였다.

그렇다고는 하더라도 현재의 그의 심경과 수일 전 자살을 계획하던 때의 심경과의 사이에는 얼마나한 큰 변천과 차이가 있는가. 그 소양지판의 변천을 생각할 때에 그는 처녀의 공덕을 크다고 아니 할 수 없으며 그에게 대한 애착과 감사를 깊이 깨닫지 않을 수 없었다.

화동 길을 걸어 내려가 넓은 거리에 나선 주화의 머리 속에는 남죽에게 대한 걱정이 서리어 오르며 동시에 그의 앞에는 앞으로 닥쳐올 괴롬과 위험의 험한 길이 구불구불 내다보임을 깨달았다.

저무는 서편 하늘 일대는 때 아닌 노을이 뱉어놓은 붉은 피에 젖어 있었다. 붉은 피 속으로는 무거운 해가 몰락을 섭섭히 여기어 최후의 일순을 주저하고 있었다. 피투성이가 되어서도 뻔히 결정된 마지막 운명을 게두덜거리며[15] 다투고 있는 해의 꼴이 주화의 눈에는 흉측스럽게 비치었다.

내일의 여명은 찬란히 빛나리라! ──1월 7일 기(記)

돈豚

옛 성 모퉁이 버드나무 까치 둥우리 위에 푸르둥한 하늘이 얕게
드리웠다. 토끼우리에서는 하얀 양토끼가 고슴도치 모양으로 까
칠하게 웅크리고 있다. 능금나무 가지를 간들간들 흔들면서 벌판
을 불어오는 바닷바람이 채 녹지 않은 눈 속에 덮인 종묘장(種苗
場)¹ 보리밭에 휩쓸려 도야지²우리에 모질게 부딪친다.

우리 밖 네 귀의 말뚝 안에 얽어매인 암퇘지는 바람을 맞으면서
유난히 소리를 친다. 말뚝을 싸고도는 종묘장 씨돝(種豚)³은 시뻘
건 입에 거품을 품으면서 말뚝의 뒤를 돌아 그 위에 덥석 앞다리
를 걸었다. 시꺼먼 바위 밑에 눌린 자라 모양인 암퇘지는 날카로
운 비명을 울리며 전신을 요동한다. 미끄러진 씨돝은 게걸떡거리
며 다시 말뚝을 싸고돈다. 앞뒤 우리에서 응하는 도야지들 고함
에 오후의 종묘장 안은 들썩한다.

반시간이 넘어도 여의치 않았다. 둘러싸고 보던 사람들도 흥이

식어서 주춤주춤 움직인다. 여러 번째 말뚝 위에 덮쳤을 때에 육중한 힘에 말뚝이 와싹 무지러지면서[4] 그 바람에 밑에 깔렸던 도야지는 말뚝의 테두리로 벗어져서 뛰어 났다.

"어려서 안 되겠군."

종묘장 기수가 껄껄 웃는다.

"황소 앞에 암탉 같으니 쟁그러워서[5] 볼 수 있나."

"겁을 먹고 달아나는데."

농부는 날쌔게 우리 옆을 돌아 뛰어가는 도야지의 앞을 막았다.

"달포 전에 한 번 왔다 갔으나 씨가 붙지 않아서 또 끌고 왔는데요."

식이는 겸연쩍어서 얼굴이 붉어졌다.

"아무리 짐승이기로 저렇게 어리구야 씨가 붙을 수 있나."

농부의 말에 식이는 다시 얼굴을 붉혔다.

"빌어먹을 놈의 짐승."

무안도 무안이려니와 귀찮게 구는 짐승에 식이는 화를 버럭 내면서 농부의 부축을 하여 달아나는 도야지의 뒤를 쫓는다. 고무신이 진창에 빠지고 바지춤이 흘러내린다.

도야지의 허리를 맨 바를 붙들었을 때에 그는 홧김에 바를 뒤로 잡아 나꾸며[6] 기운껏 매질한다. 어린 짐승은 바들바들 뛰면서 비명을 울린다. 농가 일 년의 생명선——좀 있으면 나올 제일기 세금과 첫여름 감자가 나올 때까지의 가족의 양식의 예산의 부담을 맡은 이 어린 짐승에 대한 측은한 뉘우침이 나중에는 필연코 나련마는 종묘장 사람들 숲에서의 무안을 못 이겨 식이의 흔드는

매는 자연 가련한 짐승 위에 잦게 내렸다.

"그만 갖다 매시오."

말뚝을 고쳐 든든히 박고 난 농부는 식이에게 손짓한다. 겁과 불안에 떨며 허둥거리는 짐승을 이번에는 한결 더 든든히 말뚝 안에 우겨 넣고 나뭇대를 가로질러 배까지 떠받쳐 올려 꼼짝 요동하지 못하게 탐탁하게 얽어매었다.

털몸을 근실근실 부딪치며 그의 곁을 궁싯궁싯 굼도는 씨돝은 미처 식이의 손이 떨어지기도 전에 '화차'와도 같이 말뚝 위를 엄습한다. 시뻘건 입이 욕심에 목메어서 풀무같이 요란히 울린다. 깔린 암톹[7]은 목이 찢어져라 날카롭게 고함친다.

둘러선 좌중은 일제히 웃음소리를 멈추고 일시 농담조차 잊은 듯하였다.

문득 분이의 자태가 눈앞에 떠오른다. 식이는 말뚝에서 시선을 돌려 딴전을 보았다.

"분이 고것 지금엔 어데 가 있는구."

── 제이기분은 새뤄[8] 일기분 세금조차 밀려오는 농가의 형편에 도야지보다 나은 부업이 없었다. 한 마리를 일 년 동안 충실히 기르면 세금도 세금이려니와 잔돈푼의 가용 돈은 훌륭히 우러나왔다. 이 도야지의 공용을 잘 아는 식이다. 푼푼이 모은 돈으로 마을 사람들의 본을 받아 종묘장에서 가제 난 양도야지 한 자웅을 사놓은 것이 지난여름이었다. 기름이 자르르 흐르는 새까만 자웅을 식이는 사람보다도 더 귀히 여겨 가제 사 왔던 무렵에는 우리에 넣기가 아까워 그의 방 한구석에 짚을 펴고 그 위에 재우게까

지 하던 것이 젖이 그리워서인지 한 달도 못 돼서 수놈이 죽었다. 나머지의 암놈을 식이는 애지중지하여 단 한 벌의 그의 밥그릇에 물을 받아 먹이기까지 하였다. 물도 먹지 않고 꿀꿀 앓을 때에는 그는 나무하러 가는 것도 그만두고 종일 짐승의 시중을 들었다. 여섯 달을 기르니 겨우 암퇘지 티가 났다. 달포 전에 식이는 첫 시험으로 십 리가 넘는 읍내 종묘장까지 끌고 왔다. 피돈 오십 전이나 내서 씨를 받은 것이 종시 붙지 않았다. 식이는 화가 났다. 때마침 정을 두고 지내던 이웃집 분이가 어디론지 도망을 갔다. 식이는 속이 상해서 며칠 동안 일이 손에 잡히지 않았다. 늘 뾰로통해서 쌀쌀하게 대꾸하더니 그 고운 살을 한 번도 허락하지 않고 늙은 아비를 혼자 둔 채 기어코 도망을 가버렸구나 생각하니 분이가 괘씸하였다. 그러나 속 깊은 박초시의 일이니 자기 딸 조처에 무슨 꿍꿍이수작을 대었는지 도무지 모를 노릇이었다. 청진으로 갔느니 서울로 갔느니 며칠 전에 박초시에게 돈 십 원이 왔느니 소문은 갈피갈피였으나 하나도 종잡을 수 없었다. 이래저래 상할 대로 속이 상했다. 능금꽃 같은 두 볼을 잘강잘강, 씹어 먹고 싶던 분이인 만큼 식이는 오늘까지 솟아오르는 심화를 억제할 수 없었다.

"다 됐군."

딴전만 보고 섰던 식이는 농부의 목소리에 그쪽을 보았다. 씨돝은 만족한 듯이 여전히 꿀꿀 짖으면서 그곳을 떠나지 않고 빙빙 돈다.

파장 후의 광경이언만 분이의 그림자가 눈앞에 어른거리는 식이는 몹시도 겸연쩍었다. 잠자코 섰는 까칠한 암도야지와 분이의 자태가 서로 얽혀서 그의 머리 속에 추근하게 떠올랐다. 음란한 잡담과 허리 꺾는 웃음소리에 얼굴이 더한층 붉어졌다. 환영을 떨쳐버리려고 애쓰면서 식이는 얽어매었던 도야지를 풀기 시작하였다. 농부는 여전히 게걸떡거리며 어른어른 싸도는 욕심 많은 씨돝을 몰아 우리 속에 가두었다.

'이번에는 틀림없겠지.'

장부에 이름을 올리고 오십 전을 치러주고 종묘장을 나오니 오후의 해가 느지막하였다. 능금밭 건너편 양옥 관사의 지붕이 흐린 석양에 푸르뎅뎅하게 빛난다. 옛 성 어귀에는 드나드는 장꾼의 그림자가 어른어른한다. 성안에서 한 채의 버스가 나오더니 폭넓은 이등 도로를 요란히 달아온다. 도야지를 몰고 길 왼편 가로 피한 식이는 피뜩 지나는 버스 안을 흘끗 살펴본다. 분이를 잃은 후로부터는 그는 달아나는 버스 안까지 조심스럽게 살피게 되었다. 일전에 나남에서 버스 차장 시험이 있었다더니 그런 데로나 뽑혀 들어가지 않았을까 분이의 간 길을 이렇게도 상상하여보았기 때문이다.

'장이나 한 바퀴 돌아올까?'

북문 어귀 성 밑 돌 틈에 도야지를 매놓고 식이는 성을 들어가 남문 거리로 향하였다.

분이가 없는 이제 장꾼의 눈을 피하여 으슥한 가게 앞에 가서 겸연쩍은 태도로 매화분을 살 필요도 없어진 식이는 석유 한 병과 마른 명태 몇 마리를 사 들고 장판을 오르락내리락하였다. 한

동리 사람의 그림자도 눈에 띄지 않기에 그는 곧게 성밖으로 나와 마을로 향하였다.

어기죽거리며 도야지의 걸음이 올 때만큼 재지 못하였다. 그러나 이제 매질할 용기는 없었다.

철로를 끼고 올라가 정거장 앞을 지나 오촌포 한길에 나서니 장보고 돌아가는 사람의 그림자가 드문드문 보인다. 산모퉁이가 바닷바람을 막아 아늑한 저녁빛이 한길 위를 덮었다. 먼 산 위에는 전기의 고가선이 솟고 산 밑을 물줄기가 돌아내렸다. 온천 가는 넓은 도로가 철로와 나란히 누워서 남쪽으로 줄기차게 뻗쳤다. 저물어가는 강산 속에 아득하게 뻗친 이 두 줄의 길이 새삼스럽게 식이의 마음을 끌었다. 걸어가는 그의 등 뒤에서는 산모롱이를 돌아오는 기차 소리가 아련히 들린다. 별안간 식이에게는 이상한 생각이 들었다.

'이 길로 아무 데로나 달아날까.'

장에 가서 도야지를 팔면 노자가 되겠지, 차 타고 노자 자라는 곳까지 달아나면 그곳에 곧 분이가 있지 않을까, 어디서 들었는지 공장에 들어가기가 분이의 소원이더니 그곳에서 여직공 노릇하는 분이와 만나 나도 '노동자'가 되어 같이 살면 오죽 재미있을까. 공장에서 버는 돈을 달마다 고향에 부치면 아버지도 더 고생하실 것 없겠지. 도야지를 방에서 기르지 않아도 좋고 세금 못 냈다고 면소 서기들한테 밥솥을 뺏길 염려도 없을 터이지. 농사같이 초라한 업이 세상에 또 있을지. 아무리 부지런히 일해도 못살기는 일반이니…… 분이 있는 곳이 어디인가…… 도야지를 팔면 얼마나 받을까. 암퇘지 양도야지……

"앗!"

날카로운 소리에 번쩍 정신이 깨었다.

찬 바람이 획 앞을 스치고 불시에 일신이 딴 세상에 뜬 것 같았다. 눈 보이지 않고 귀 들리지 않고 잠시간 전신이 죽고 감각이 없어졌다. 캄캄하던 눈앞이 차차 밝아지며 거물거물 움직이는 것이 보이고 귀가 뚫리며 요란한 음향이 전신을 쓸어 없앨 듯이 우렁차게 들렸다. 우렛소리가…… 바닷소리가…… 바퀴소리가…… 별안간 눈앞이 환해지더니 열차의 마지막 바퀴가 쏜살같이 눈앞을 달아났다.

'앗 기차!'

다 지나간 이제 식이는 정신이 아찔하며 몸이 부르르 떨린다.

진땀이 나는 대신 소름이 쪽 돋는다. 전신이 불시에 비인 듯이 거뿐하다. 글자대로 전신은 비었다. 한쪽 팔에 들었던 석유병도 명태 마리도 간 곳이 없고 바른손으로 이끌던 도야지도 종적이 없다.

"아, 도야지!"

"도야지구 무어구 미친놈이지. 어데라구 후미끼리' 막 건너."

따귀를 철썩 맞고 바라보니 철로 망보는 사람이 성난 얼굴로 그를 노리고 섰다.

"도야지는 어찌 됐단 말이오."

"어젯밤 꿈 잘 꾸었지. 네 몸 안 치인 것이 다행이다."

"아니 그럼 도야지가 치었단 말요."

"다음부터 차에 주의해!"

독하게 쏘아붙이면서 철로 망꾼은 식이의 팔을 잡아 나꿔 '후미끼리' 밖으로 끌어냈다.

"아 도야지가 치었다니 두 번이나 종묘장에 가서 씨받은 내 도야지 암도야지 양도야지……"

엉겁결에 외치면서 훑어보았으나 피 한 방울 찾아볼 수 없다. 흔적조차 없다니—기차가 달룽 들고 간 것 같아서 아득한 철로 위를 바라보았으나 기차는 벌써 그림자조차 없다.

"한방에서 잠재우고 한그릇에 물 먹여서 기른 도야지, 불쌍한 도야지……"

정신이 아찔하고 일신이 허전하여서 식이는 금시에 그 자리에 폭 쓰러질 것도 같았다.

계절 季節

1

"천당에 못 갈 바에야 공동변소에라도 버릴까."

겹겹으로 싼 그것을 나중에 보에다 수습하고 나서 건은 보배를 보았다.

"아무렇기로 변소에야 버릴 수 있소."

자리에 누운 보배는 무더운 듯이 덮었던 홑이불을 밀치고 가슴을 헤쳤다. 멀쑥한 얼굴에 땀이 이슬같이 맺혔다.

"그럼 쓰러기통에라도."

"왜 하필 쓰러기통예요."

"쓰러기통은 쓰러기만을 버리는 덴 줄 아우――그럼 거지가 쓰러기통을 들쳐낼 필요가 없게."

건은 농담을 한 셈이었으나 보배는 그것을 받을 기력조차 없는 듯하였다.

"개천에나 던질 수밖에."

"이왕이면 맑은 물 우에 띄워주세요."

보배는 얼마간 항의하는 듯한 어조로 말 뒤를 재쳤다.[1]

"땅속에 못 파묻을 바에야 맑은 강물 우에나 띄워주세요."

"고기의 밥 안 되면 썩어서 흙 되기야 아무 데 버린들 일반 아니오."

하고 대꾸를 하려다가 건은 입을 다물어버렸다.

──보배에게서 문득 '어머니'를 느낀 까닭이다. 그것이 두 사람의 사랑의 귀치 않은 선물일망정──아직 생명을 이루지 못한 핏덩이에 지나지는 못할망정──몇 달 동안 배를 아프게 한 그것에 대하여 역시 어머니로서의 애정이 흘러 있음을 본 것이다.

유물론자인 건이지마는 구태여 그의 청을 거역하고 싶지는 않았다.

"소원대로 하리다."

하고 새삼스럽게 운명의 보를──다음에 보배를 보았다. 눈의 착각으로 보배의 여윈 팔이 실오리같이 가늘어 보였다. 생활과 병에 쪼들려 불과 일 년에 풀잎같이 바스러져버렸다. 눈과 눈썹의 원래 좁은 사이에 주름살이 여러 오리 잡혀졌다.

단칸의 셋방이 몹시 덥다. 소독용 알코올 냄새에 섞여 휘덥덥한 땀냄새가 욱신욱신하다. 협착한 뜰 안의 광경이 문에 친 발 속으로 아지랑이같이 어른거린다.

몇 포기의 화초에 개기름같이 찌르르 흘러 있는 여름 햇빛이 눈부시다. 커브로 도는 전차 바퀴 소리가 신경을 찢을 듯이 날카롭다.

"맑은 물에 띄우면 이 더위에 오죽 시원해할까."

보를 들고 일어서려 할 때 보배는 별안간 몸을 뒤틀며 괴로워한다. 또 복통이 온 모양이었다.

입술을 꼭 물었고 이마에는 진땀이 빠지지 돋았다. 눈도 뜨지 못하고 전신은 새우같이 꾸부러졌다.

"약이나 먹어보려우."

건은 매약을 두어 알 보배의 입에 넣어주고 물을 품겼다. 이불 위로 배를 문질러도 주었다.

한참 동안이나 신음하다가 보배는 일어나서 뒷문으로 나갔다. 몸이 무거운 것이다.

연일 연복한 약이 과한 모양이었다. 약이래야 의사에게 의논할 바 못 되므로 책에서 얻어들은 대로 위산과 피자기름을 다량으로 연복한 것이었다. 공교롭게 효험이 있어서 목적을 달하였으나 원체 다섯 달에 가까운 것이었으므로 모체가 받은 영향이 큰 모양이었다. 몸이 쇠약한 위에 복통이 심하였다. 다른 병이나 더 일키지 말았으면 하는 것이 지금 와서는 유일의 원이었다. 보배는 들어와 다시 요 위에 쓰러졌다.

"가슴이 아파요."

"설상가상으로."

"상할 대로 상하라지요. 어차피 반갑지 않은 인생!"

"눕구려."

보배의 표정이 얼마간 평온하여진 것을 보고 건은 운명의 보를 들고 거리로 나갔다.

전차에 올랐을 때에 차 안의 시선이 건에게로 쏠렸다. 알코올 냄새의 탓이거니 하고 시침을 떼고 자리에 걸터앉았으니 보 위에 모인 사람들의 시선이 쉽사리 흩어지지 않았다.

사람들은 이 보의 것을 무엇으로 생각할까.

가령 맞은편에 앉은 양장한 처녀의 앞에 이것을 갖다가 풀어 보인다면 그의 표정은 어떻게 변할까. 기겁을 하고 아우성을 치면서 달아날까.

도회란 속속으로 비밀을 감추고 있는 음침한 굴속이다.

다리 위에 섰을 때에 얼마간의 용기가 필요하였다. 사람들이 지나거나 말거나 건은 한 개의 돌멩이를 던지는 셈 치고 그것을 던지지 않으면 안 되었다. 털썩하고 물 위에 흐린 음성이 났다. 검은 보는 쉽사리 물속에 젖어버려 다음 순간에는 보의 위치와 모양조차 사라져버렸다. 슬픔도 두려움도 양심도 죄악의 의식도—아무 감정도 없었다. 목석같이 무감정한 그의 마음을 건은 도리어 의아하게 여겼다. 발을 돌릴 때에 마음은 한결 시원하였다. 몸이 자유로워진 것 같고 걸음이 가뿐하였다.

"두서없던 생활에 결말이 났다."

보배와의 일 년 동안의 생활도 끝났고 수년간의 그의 무위의 생활도 끝났다. 이것을 기회로 새로운 생활로—한 번 벗어났던 운동의 선 위로—돌아갈 수 있는 것이다. 바다를 건너간 동무들이 그를 부른 지 오래다. 지금에야 네 활개를 펴고 그들의 부름에 응할 수 있는 것이다.

　——건이 그것을 버린 지 삼 년이 넘었다. 어찌할 수 없는 커다란 시대의 움직임이었다. 그 역 한 시험이라고 생각할 수밖에는 없었다. 많은 동무들이 선 위에서 떨어졌다.

　그 세상에 가 있는 사람 외에는 거개 타락하여 일개의 시민이 되거나 그렇지 않으면 표변하여버렸거나 하였다. 그중에서 양심을 버리지 않는 사람이 어느 결엔지 바다를 건너 날쌔게 달아났다. 당시에는 갈 바를 몰라 마음이 설레던 것도 때를 지남을 따라 초조의 속에서도 차차 마음이 가라앉았다. 반년 동안이나 우물쭈물 지나는 동안에 그는 알맞은 사람을 얻어 잡지를 시작하게 되었다. 물론 그것이 마지막 목적은 아니었으나 그럭저럭 하는 동안에 마음의 안정도 얻고 한편으로 시세도 살피자는 뜻이었다.

　그러나 일 년도 지탱하지 못하고 잡지는 실패였다. 끌어낸 친구는 가엾게도 얼마 안 되는 자본을 완전히 소탕하여버렸다. 그마저 없어지니 건은 입에 풀칠할 도리조차 없어 가난과 불안의 구렁 속에서 헤맬 수밖에 없었다. 카페의 여급으로 있는 보배를 알게 되고 가까워진 것은 이런 때였다. 건은 보배를 원하였고 보배도 건을 구하였다. 반드시 연애가 아닌 것도 아니었으나 보배가 건을 구한 것은 그 역 당시 마음의 가난과 불만이 있었기 때문이었다.

　보배는 그때에 실연의 괴롬과 상처가 아직 온전히 사라지지 않은 중이었다. 학교 시대의 스승이요, 학교를 나와서는 애인이라고 믿었던 사람이 사랑의 유물까지 남긴 뒤 하필 사람이 없어 그의 동창의 동무를 이끌고 달아난 것이었다. 생각하면 한 사람의 부랑한 스승이 장기인 음악을 낚시 삼아 두 사람의 제자를 교묘하게 낚은 셈이었다. 학교를 마쳤을 뿐 인생에 미흡한 보배는 기막힌 생각에 무엇이 무엇인지 분별할 수도 없었다.

애인을 후려 간 상대자가 그의 친우임을 믿을 수 없었던 것이다. 소문을 옆 귀로 흘리며 얼마 동안은 몸부림치지 않으면 안 되었다. 이때부터 그는 비로소 인생에 눈뜨게 되었다.

눈물을 씻고 새로 분을 발랐다. 직업에서 직업으로 생활을 쫓는 동안에 가슴의 상처는 완전히는 아물지 않았을망정 옛 애인과 동무에게 대한 태도는 벌써 관대하고 무심한 것이었다. 그것보다도 날마다의 생활의 걱정과 쇠약하여가는 건강이 의식의 전부를 차지했다. 건을 알게 된 것은 이런 때였다. 같은 불여의[2]의 처지가 두 사람을 쉽사리 접근시켰고 감정의 소통이 마음의 문을 서로 열게 하였다. 두 사람은 단칸의 셋방에 만족하였다. 반드시 연애가 아닌 것도 아니었으나 말하자면 일종의 공동생활이었던 것이다. 건은 일정치 않은 수입을 보배의 것과 합자했다. 이것도 생활의 한 방편이요, 형식이니 생각하였다. 이러한 형식으로 모인 살림이기 때문에 보배가 옛 애인과의 소생을 유모에게 맡겨두고 그의 관심과 수입의 일부분이 그리로 들어간다 하여도 건에게는 아랑곳도 없는 노릇이요, 불쾌히 여길 필요도 없는 것이었다. 물론 보배 역시 건에게 대해 그것을 미안히 여기지는 않았다. 건은 이러한 공동생활 속에서도 끊임없이 앞을 내다보고 일을 생각하고 열정을 북돋우면 그만이었다. 공동생활은 말하자면 그가 다음 일의 실마리를 찾을 때까지 유숙하고 있으면 족한 정류장이었다. 그러기 때문에 두 사람의 애정의 산물이 생겼을 때에도 그것을 길러갈 욕망도 능력도 없는 두 사람은 합의의 결과 그 수단을 써서 그 노릇을 한 것이었다. 무사히 성사된 것만 다행이었다. 건은 이것으로 보배에게 대한 애정이며 지금까지의 무위의 생활이며를 청산한 셈이었다. 자유로운 몸으로 바다 밖에서 부르는 동무의 소리에 응하여 뛰어갈 수 있는 것이다.

*

백화점 지하층에 들러 보배의 즐겨 하는 음식을 사 가지고 돌아왔다.

'보배의 건강만 회복되었으면 시름을 놓으련만.'

걸음걸음 이런 생각을 하고 오던 터이라 건은 방문을 열었을 때에 놀라지 않을 수 없었다. 나갈 때에 누웠던 보배는 자리에 웅크리고 앉아서 괴로워하는 것이다. 요 위와 옷자락에는 피가 임리하여 있다.

"웬 피요."

몸서리를 치면서 소리를 쳤다.

"하혈이 이때 멈추지 않았단 말요."

"아니에요."

절망의 목소리.

"동맥을 끊었단 말이오."

138

대답하는 대신에 보배는 기침을 두어 번 하고 입 안에 고인 것을 뱉었다. 거품 섞인 피였다.

"아니……"

건은 몸을 주물트렸다. 보배는 이어서 입 안의 것을 두어 번 그릇에 뱉었다. 가는 핏방울이 옷섶에 튀었다. 얼굴은 도홧빛으로 불그레 상기되었다.

요동하는 보배의 몸을 눕히고 건은 급스럽게 방을 나갔다. 오랜 후에 그는 면목이 있는³ 의사를 데리고 왔다. 외출혈이 아니라 역시 폐에서 나온 것이었다. 출혈을 멈추게 하는 주사를 피하에 두어 대 놓은 후 정맥에 '야토코인'을 놓았다. 입이 무거운 의사는 아무 말도 하지는 않았으나 침착한 표정 그것이 무서운 선고였다.

'야토코인'을 오랫동안 맞혀야 할 것을 말하고 안정을 시키라는 충고를 남긴 후 보배의 혈담을 싸 가지고 의사는 가버렸다.

'기어코 올 것이 왔구나.'

하는 생각에 건은 도리어 엉거주춤하던 마음이 이상하게도 가라앉음을 느꼈다. 일란이 가고 다시 일란이 오는 기구한 운행을 막아낼 수 없는 것이다. 아직 극히 가벼운 증세라는 의사의 말을 빙탁하여 보배를 위로하고 간호에 힘쓸 뿐이었다. 공교롭게도 객혈은 쉽게 그치고 기침도 차차 가라앉고 열도 내리기 시작하였다. 일주일 동안을 정양⁴하니 안색도 회복되고 식욕이 늘었다.

일주일이 넘었을 때에 보배 다니는 카페에서는 사람이 왔다. 보배는 며칠 후부터 다시 나가겠다는 뜻을 품겨서 돌려보냈다.

"그 몸으로 어떻게 나간단 말요. 집어치우고 고향으로 돌아가는 수밖에는 없소."

건은 보배를 측은히 여겼다.

"이 주제를 하고 고향엔들 어떻게 돌아가요. 좁은 고장에 소문만 요란히 펴놓고 이제 이 꼴로 헤적헤적 돌아갈 수 있단 말예요."

"고향의 체면을 끄려서 무서운 곳에서 죽어야 한단 말요."

"……"

"별수 없소. 하루라도 속히 내려가도록 생각하우. 회복한 후에 다시 오면 좋지 않소."

한참 동안 말이 없다가 보배는

"나를 처치해놓고 가버리실 작정이지요. 동경 있는 동무에게서 편지 자주 오는 줄 알고 있어요."

"내 일이야 내 멋대로 처리하겠거니와 보배의 건강을 걱정해서 말요. 우리에게 무슨 다른 도리가 있소."

"……"

"날을 보아 하루 바다에나 갔다 옵시다. 몸이 웬만히 가뿐해지면 두말 말고 고향으로 가기로 하고."

건은 혼자 지껄이고 있는 동안에 보배의 눈에 고인 눈물을 보고 말을 끊어버렸다.

2

보배의 기분이 상쾌한 날을 가려 건은 인천으로 해수욕을 떠났다.

번잡한 곳이니 필연코 그 무슨 귀찮은 것을 만나게 될 듯한 예감도 있는 까닭에 보배는 그다지 마음에 쓰이지 않는 것을 억지로 건강도 시험하여볼 겸 끌어낸 것이었다.

거리에서나 차 속에서나 걱정했던 것보다는 비교적 굳건한 보배의 몸을 건은 기뻐하였다. 오늘이 보배와의 마지막 날이라는 은근한 생각이 있기 때문에 이날 보배에게 대한 애정이 평소보다 한층 두터움을 느꼈다. 보배의 건강이 웬만하다는 것만 증명되면 건으로서는 이 마지막 날에 더 바랄 것이 없는 것이다. 보배의 한 표정 한 거동이 모두 주의의 과녁이었다. 품속에는 며칠 전 동무에게서 온 급한 편지가 감추어 있는 것이었다.

여름의 해수욕장은 어지러운 꽃밭이었다. 청춘을 자랑하는 곳이요, 건강을 경쟁하는 곳이다. 파들파들한 여인의 육체──그것은 탐나는 과실이요, 찬란한 해수욕복──그것은 무지개의 행렬이다. 사치한 파라솔 밑에는 하얀 살결의 파도가 아깝게 피어 있다. 해수욕장에 오는 사람들은 생각건대 바닷물을 즐기고자 함이 아니라 청춘을 즐기고자 함 같다. 찬란한 광경이 너무도 눈부신 까닭에 건들은 풀밭을 떠나 사람의 그림자 없는 쪽으로 갔다.

더위를 견디기 어려워 건은 요 며칠 답답한 방 안에서 해수욕복을 입고 지났으나 바다에 잠겨보고 바다의 고마움을 짜장 느꼈다. 보배도 해수욕복으로 갈아입으니 치마를 입었을 때의 인상보다는 그다지 몸이 축나지 않았음을 알 수 있었다. 허리 아래는 역시 여자답게 활짝 펴져서 매력을 감추고 있는 것이다.

물속에 잠겼다 모래불에 나왔다 하는 동안에 건은 언제부터인지 얼마 떨어지지 않은 물속에서 농탕치고[5] 있는 여자를 보고 있었다.

명랑한 얼굴 탄력 있는 거동을 살피면서 처녀인가 아닌가를 마음속으로 점치며 보배와 비교도 하여보았다. 처녀의 감정은 어려운 노릇이겠으나 확실히 보배보다는 나이의 테두리가 한 고패 젊고 그의 인생도 그만큼 젊으리라고 생각하고 있는 동안에 여자는 이쪽을 보고 뛰어오는 것이다.

"보배! 언니!"

가까이 달려와서

"얼마 만요."

보배의 손을 쥐었다.

"옥련이오. 우연히 만나게 되는구려."

보배의 한마디에 건은 그 여자가 바로 공교롭게도 보배의 이왕의 사랑의 적수임을 깨달을 수 있었다. 다시 그를 훑어보았다.

"고생한다는 말을 저쪽에서 듣고 있었지요. 그러나 그렇게까지 사람을 몰라보시게 되었어요."

아무 속심사[6]도 없이 보이는 순진한 목소리다. 보배는 동하지 않는 태도였다.

"언제 나왔소."

"한 일주일 될까요."

"동경 재미는 어떱디까."

"재미가 있으면 나왔겠어요."

"아주 나왔단 말요."

"생각 같아서는 다시 들어갈 것 같지 않아요."

옥련은 숨김없이 대답한다.

"음악 공부는 집어치웠소."

"공부고 뭐고 허송세월하고 놀았죠."

"옥련이 나오는 날 난 공회당에서 오래간만에 고명한 독창을 듣게 될 줄 알았는데."

농담이 아니었다. 평소에 생각하고 있었던 것을 말했음에 지나지 않았다.

"작작 놀리세요. 호호호."

하얀 이빨이 신선하게 드러났다. 귀여운 얼굴이다.

"도회에 가서 걱정 없이 허송세월하는 것도 좋겠지."

"걱정 없이가 무어예요. 이래 보여도 고생 톡톡히 했어요."

"무슨 고생. 사랑 고생. 안방 고생."

"그야 언니의 고생에 비기면야 고생이랄 것도 없겠지만. 그래도 화수분이 아닌 이상에야 돈이 떨어져 곤란할 때두 있었고——."

"사랑에 끌려간 바에야 사랑만 있으면 그만이겠지."

"또 조롱이야."

옥련은 웃을 수밖에는 없었다. 허물 있는 몸인 것이다. 그러나 보배 자신은 미흡하고 나어린 동무를 측은히 여기면 여겼지 마음 속으로 미워하지는 않았다. 미묘한 관계에 있는 두 사람으로서 는 다따가[7] 만난 자리에 사이가 화목한 편이었고 피차에 말이 많 았다.

"조롱은 무슨 조롱. 고생했다는 얼굴이 전보다 더 푸냥해졌어."[8]

기어코 한마디 더 해 붙이고 요번에는 어조를 부드럽혀본다.

"같이 나왔어요."

옥련은 저쪽 모래밭을 턱으로 가리켰다. 보배도 그쪽을 보았다. 건도 그의 시선을 따랐다. 해수욕복을 입은 후리후리한 사내가 모래를 털면서 이쪽으로 걸어오는 중이었다.

"궐자[9]구나."

알아차린 순간 건은 어깨를 으쓱하였다. 흉측한 벌레나 본 듯한 떫은 표정이었다. 입에 도는 군침을 모래 위에 뱉었다.

이때 옥련은 처음으로 건의 존재를 발견한 듯이 그를 돌려다 보 면서 몸의 자세를 틀고 보배와 건을 나란히 볼 수 있는 위치에 앉 았다.

그러나 보배는 옥련에게 건을 자세히 관찰할 여유를 주지 않고 꽤 빠르게 또 이야기를 시작하였다. 물론 한편으로는 가까이 걸 어오는 사내 태규──사랑의 배반자에게 시선을 주고 싶지 않은 까닭도 있었다.

"돌아온 건 무슨 목적이오. 앞으로 어떻게 할 작정이냐 말요."

"작정이나 웬 있나요. 할 일 없으니까 차점[10]이나 하나 열어볼 생각예요."

"돈도 없다면서."

"피아노 한 대 남은 것 팔아버린다나요."

"흥 그것도 좋지."

앞에 사람의 그림자가 어른거린다. 태규가 와서 앞에 선 것이었다.

"보배. 오래간만요."

겸연쩍은 태도다.

"풍편에 소식은 듣고 있었지만."

보배는 고개를 돌리지 않았다. 딴 편을 향해 그의 인사를 옆 귀로 흘렸다.

건이 벌떡 일어서는 눈치였다.

보배가 얼굴을 돌렸을 순간에는 건은 태규의 볼을 보기 좋게 갈긴 뒤였다.

"벌레 같은 것…… 무슨 염치로 간실간실 눈앞에 나타나."

대항하려는 것을 건은 다리를 걸어 그 자리에 넘어뜨렸다.

"웬 놈야. 무례한 것—비신사적—."

"그 신사 측에 들고 싶지도 않다. 너 같은 것을 용납해두는 세상도 무던히는 관대한 셈야. 이 신사! 망할 신사!"

비슬비슬 일어서는 것을 붙들어서 바닷물까지 끌고 가 다시 딴쪽을 걸어 쓰러뜨렸다. 일어설 여유도 안 주고 물속에 잠긴 머리를 발로 지긋지긋 밟아 얼굴째 거꾸로 물속에 묻어버렸다.

"저이가 왜 저래. 다따가 모르는 사람을 무엇으로 여기고. 무례한 양반—."

옥련은 두 주먹을 흔들고 발을 구르면서 어쩔 줄을 모르는 모양이었다. 보배는 무감동한 표정으로 냉정하게 방관할 뿐이었다.

"신사! 힘의 맛이 어때."

물을 켜고 허덕허덕 일어나는 태규를 건은 다시 머리를 밟아 물속에 틀어박았다.

*

해변에서 한 걸음 먼저 여관으로 돌아온 건은 혼자 식탁을 마주하고 앉아 맥주를 마시면서 보배의 돌아오기를 기다렸다.

보배와의 마지막 날에 최후의 만찬을 성대히 할 작정으로 깨끗한 여관을 골라 사치한 식탁을 분부한 것이었다.

하녀가 가져온 두번째 병의 맥주를 따랐을 때에 보배가 돌아왔다.

"보배도 한결 몸이 가뿐해졌우."

건이 바다 이야기 요리 이야기를 너저분히 꺼냈다. 아무리 기다려야 낮에 해변에서 겪은 사건은 이야기하지 않는 까닭에 보배쪽에서 끄집어내지 않을 수 없었다.

"아까는 무슨 망령예요."

"무엇 나는 벌써 잊어버리고 있었구려."

건은 엉뚱하게 딴소리를 하였다.

"오래간만에 팔이 근질근질해서."

"그것으로 마음이 시원하단 말예요."

"시원하구말구. 보배는 시원치 않소."

뒤슬뒤슬[1] 웃고 나서 잔을 들었다.

"초면에 폭력을 쓰는 것은 어떨까요."

"나 역 궐자가 그다지 미운 것은 아니었으나 그때의 복잡한 감정은 그 방법으로밖에는 정리할 수 없었던 거요."

"원시인의 방법이 아닌가요."

"병든 현대에 있어서는 원시인의 방법에 가끔 시원한 경우가 많아."

팔을 내저으면서 힘을 자랑하는 듯이 웃었다.

"오늘 저녁은 특별히 부탁한 요리요. 실컷 먹고 푹 쉬고 내일 돌아갑시다."

저녁을 마친 후

"거리를 한번 휘 돌고 들어오리다."

하고 건은 자별스럽게 보배를 품 안에 안아보고는 여관을 나갔다. 새삼스러운 그의 거동을 수상히 생각하였다. 아니나 다를까 건은 종시 돌아오지 않았다. 보배는 요 위에서 궁싯거리면서 밤중에 여러 번 눈을 떠보았으나 돌아오는 기척은 없었다. 물론 밤이 훤히 밝은 후까지도.

*

쓸쓸한 하룻밤을 새우고 이튿날 아침 첫차로 보배는 서울에 돌아왔다.

섭섭한 느낌을 종잡을 수 없었다. 전에는 이런 적이 없었는데 생각하며 마음을 억지로 굳게 가지고 방에 돌아왔을 때에 구석에 늘 놓여 있던 트렁크가 눈에 띄지 않았다.

"기어코 혼자 가버렸구나."

더한층 쓸쓸한 것은 한쪽 벽에 밤낮으로 걸렸던 건의 잠자리옷이 사라졌음이었다.

물론 구석에 놓였던 몇 권의 책자도 간 곳이 없고 책상 위 종잇조각에는 연필 자취가 어지러웠다.

밤차로 돌아와 부랴부랴 짐을 꾸려가지고 지금 길을 떠나려고 하는 것이오. 보배를 이별하려면 이 수밖에는 없소. 정거장에서 작별하다가는 자칫하면 눈물을 흘리게 될는지도 모르니까. 그러나 지금에는 급하고 바쁜 생각뿐이오. 될 수 있는 대로 속히 고향으로 내려가시오. 간신히 구한 여비 속에서 이것을 떼어서 놓았소. 주사 값을 치르고 여비를 삼으시오. 품에 지녔던 시계—이것도 보배에게 주고 가겠소. 나의 앞으로의 생활에는 밤낮의 구별조차 없을 터이니 시계도 필요치 않을 것이오. 시계보고 틈틈이 생각이나 해주오. 나의 가슴은 지금 열정에 뛰놀고 있소. 나의 행동을 양해하여주시오. 차 시간이 바빠 이만 쓰겠소. 가서 또 편지할 날 있으리라 생각하오. 제발 몸 튼튼히 하시오.

건

앞에 놓인 봉투 속에서는 지폐 다섯 장과 끼쳐놓은 시계가 나왔다.

보배는 눈물이 돌았다. 뼈가 찌르르 아팠다. 평소에 무심히 지냈던 애정이 한꺼번에 솟아오르는 듯하였다.

'언제까지든지 같이 지낼 수 없었던가.'

가지가지의 기억이 머릿속을 피뜩피뜩 스쳤다. 무뚝뚝은 하였으나 굵은 애정으로 항상 보배의 마음을 녹여주었다. 태규와의 기억이 마음속에 남아 있지 않음에도 불구하고 건과의 기억이 가슴속에 굵게 맺히고 있음은 반드시 시간의 거리가 가까운 탓만은 아닌 것 같았다.

건이 버리고 간 헌 옷가지에 얼굴을 묻고 있으려니 어느 때까지라도 눈물이 나올 것 같다. 일어서서 방 안을 어정어정 걸었다 뜰에 나갔다 하였으나 쉽사리 마음은 개지 않았다.

3

이튿날 보배는 오래간만에 다니던 카페를 찾았다. 근무를 계속할 생각으로가 아니라 마지막 작별차로였다.

교섭을 마치고 아래층으로 나려왔을 때에 대낮의 카페 안에서 술 마시고 있는 태규를 만나 보배는 주춤하였다. 동무 여급들의 눈도 있고 하여 모르는 체하고 나가려고 하다가 기어코 불리고 말았다.

동무들 있는 앞에서 뿌리치고 나가기도 도리어 수상스러워질까 보아 순직하게 의자에 앉아버렸다.

"일전에는 실례가 많았소."

쌍까풀진 눈가에 불그스레한 술기운을 띤 태규는 보배를 보는 눈망울에 몹시 윤택이 있었다. 보배는 그 아름다운 눈을 보아서는 안 되겠다는 듯이 시선을 피하면서 무엇이 실례인가 하고 그가 말한 '실례'의 뜻을 생각하려고 애썼다.

"다따가 실례라니까 잘 모르겠죠."

태규는 보배의 표정을 살펴 가느다란 단장으로 두 손을 받치고 말을 이었다.

"하기야 모욕을 받은 것은 나니까 실례를 한 것은 보배들 쪽이겠지만 나는 그날 집에 돌아가 곰곰이 생각한 결과 역시 실례가 내 쪽에 있다고 판단한 것이오. 오랫동안 실례가 많았소."

두 팔 밑에서 단장이 휘준휘준 휘었다.

"낸들 보배를 근본적으로야 배반했겠소. 다만 그때의 감정에 충실하였던 거지. 새로운 감정 그대로 행동하였던 거요. 사람은 생각하면 변새[12] 많은 동물 같소. 원래가 늘 다른 것을—자유를 원하는 것이 사람의 본성이 아니겠소. 나는 구태여 과거의 행동을 합리화시키려고 하는 것도 아니요, 나의 행동의 정당성을 보배에게 주장하려는 것도 아니오. 원컨대 사람의 자유로운 행동이 그대로 바르게 용납되는 세상이야말로 마지막 이상이 아니겠소. 그런 세상에서는 나의 행동도 응낙될 것이오. 어떻게 말하면 보배에게는 잠꼬대같이 들릴 것이오. 나는 얼토당토않은 이상주의

자일는지도 모르오."

장황한 태규의 말을 새삼스럽게 들을 필요도 없이 보배는 딴 편
만 보고 있기에 그 자리가 심히 괴로웠다.

"저쪽에 있을 때에도 보배의 소문이 조각조각 들릴 때마다 마
음이 아팠고 적어도 늘 걱정만은 하고 있었던 것요."

보배는 귀찮아서 딴 편을 본 채 동무들과 몇 마디 말을 건네고
있었다. 태규는 단장을 놓고 술잔을 들어 보배에게도 권하였다.

보배는 물론 거절했다. 그러나 그 이상 더 권하지도 않고 태규
는 그의 잔을 마시고 일어섰다.

"오래간만에 한 곡조 쳐보고 싶구려."
하고 구석에 놓인 피아노 옆에 앉았다.

귀 익은 '세레나데'가 울렸다. 태규는 고개를 들고 창을 노리며
정서를 가지고 뜯는 모양이었다. 그러나 보배는 몇 해 전 같은 지
붕 밑에서 아침저녁으로 듣던 면면한 그 곡조를 이제는 무심히
옆 귀로 흘리는 것이었다. 일전에 해변에서 옥련이가 피아노를
팔아서 차점을 열겠다고 전하던 말이 생각났다. 보배는 이 얼토
당토않은 딴생각에 잠기면서 피아노에 열중하고 있는 몰락한 피
아니스트인 옛 애인의 뒷모양을 물끄러미 바라보았다.

곡조를 마친 후까지도 태규의 얼굴에는 그 무엇이 쉽사리 사라
지지 않았다. 술도 마시지 않고 여급들과 말도 없이 일어선 채 모
자를 쓰고 보배를 재촉하였다.

"나갑시다. 차마 보배 다니던 술집에 오래 있고 싶지는 않구려."

거리에 나왔을 때에

"해야 할 몇 마디 말도 있소."

거리의 한복판에서 실례를 할 수도 없어서 또 하는 수 없이 태규의 뒤를 따라 뒷골목 차점으로 들어갔다.

"어린것 잘 자라오."

의자에 앉자마자 이 소리였다.

"상관할 것 있어요."

"그렇게 매정하게 굴 것이야 있소. 나는 이 이상 더 보배에게 귀치 않게 굴자는 것이 아니오. 오늘 이 몇 시간만 거역 없이 나의 말과 생각을 존중히 해주구려."

차를 이르고 나서

"애정 문제는 별것으로 하드라도 어린것의 양육에 관해서야 내게도 책임이 있는 것이 아니오. 혼자 공연한 수고만 말고 내 청도 들어달란 말요."

"누가 책임을 지랬어요."

"내 청이래야 그다지 넉넉한 것은 못 되오마는."

속주머니를 들쳐 두툼한 봉투를 보배의 앞에 내놓았다.

"나중에는 또 다른 도리도 있을는지는 모르나 위선 지금에는 이것이 나의 기껏의 정성이니 받아주시오."

차를 가져온 보이가 간 뒤에 태규는 말을 이었다.

"또 한 가지 청—이것도 오늘 하루만의 청이니 거절하지 말고 들어주시오."

차를 한 모금 마시고 나서

"어린것을 한 번만 보여주시오."

생각하다가 보배는 한마디로 잡아떼었다.

"그럴 것 없어요. 이것도 받을 필요 없고."

봉투마저 그의 앞으로 밀쳐버렸다. 보배의 생각으로는 돈도 받아서는 안 되고 어린것도 보여서는 안 되었다. 이제 와서 그런 멋대로의 동정과 제의를 하는 것이 보배의 비위에 맞지 않는 것이다. 후회 동정──이런 것을 보배는 미워하고 배척했다.

여러 번의 간청에도 보배의 뜻은 종시 굽혀지지 않았다.

"만날 필요조차 없는 것을."

오늘 태규와 만나게 된 것까지 불쾌히 여기면서 차도 마시지 않고 차점을 뛰어나와버렸다. 태규가 행여나 쫓아오지나 않을까 해서 골목을 교묘히 빠져 재게 걸었다.

며칠 후 보배는 의외의 신문 기사를 보고 눈을 둥글게 떴다. 삼단의 굵은 제목이 태규의 사기 사건을 보도하였다.

──낭비에 궁한 결과 부동산의 문서를 위조하여 사기를 한 탓으로 검거되었다는 것이었다. '몰락한 음악가'니 '약혼의 피아니스트'니 하는 조롱의 문구가 눈에 띄었다. 보배는 그와의 과거에까지 캐여 올라가지 않은 것을 다행으로 여겼다. 사기까지 하게 된 형편에 일전에 양육비로 내놓던 돈은 대체 어떻게 해 변통한 것인가. 받지 않기 다행이었다고 보배는 생각하였다. 아마도 차점인가를 경영하기 위해 그 노릇까지 한 것 같은데 그러면 대체 옥련은 어떻게 되었을까. 태규를 잃은 옥련이라는 것은 생각할 수 없는 가엾은 존재임에 틀림없다. 옥련이 역시 나와 같은 길을 밟게 되지 않을까. 생각하는 보배의 마음은 여러 가지로 궁금하

였다.

"세상이란 헤아릴 수 없이 교묘하게 틀어져가는구나."

보배는 모르는 결에 한숨 비슷한 것을 내쉬었다.

4

몸이 괴로워서 보배는 다음 날부터 다시 자리에 누웠다. 아픈
데는 없었으나 어덴지 없이 몸이 노곤하였다. 주사는 계속하여
맞는 중이었다. 물론 객혈의 증세는 없었으나 다만 전신이 괴로
울 뿐의 정도였다.

이 생각 저 생각에 지쳐 무료히 누워 있으려니 편지가 왔다. 피
봉에 이름은 없었으나 건에게서 온 것이었다. 실종 후의 첫 편지
였다. 무료하던 차에——더구나 건을 생각하고 있던 차이므로 주
급하게 내려 읽었다.

보배 이것이 보배에게 보내는 첫 편지이고 혹은 마지막 편지
일는지도 모르오. 왜 그러냐 하면 앞으로는 자주 편지 쓸 기회
도 없을 듯하니까. 지금 이 편지를 쓰는 곳이 어디인 줄 아오.
지도에도 오르지 않은 대동경 동남쪽 구석에 있는 빈민굴이라
면 보배는 놀라겠소. 서울의 방을 무덥다고 여겼으나 이 방에
비기면 오히려 사치한 셈이었소. 단칸방에 사오 인의 동무가 살
고 있소. 벽이 떨어지고 다다미가 무지러진 것은 말하지 않더라

도 상상할 수 있을 것이오. 세상에서 제일 불결하고 누추한 곳을 머릿속에 떠올려본다면 족할 것이니까. 그러나 이 불결한 방과는 반대로 마음은 반드시 불행한 것이 아니오. 한없이 즐겁소. 피가 뛰논다——고 말하면 어린애 수작같이 들릴는지 모르겠으나 실상 옛날에 느낀 열정을 지금 다시 느끼고 있는 중이오. 날마다 보는 것——그것은 이 방에 떨어진 벽이 아니고 그 너머의 세상이오. 날마다 생각하는 것 그것은 반드시 먹고 입는 것에 대한 걱정만이 아니고 날마다 계획하는 것——그것은 적어도 일상생활을 떠난 앞날에 대한 것이오. 동무들은 아침에 나갔다가 새벽에 돌아오고 혹은 며칠씩 안 돌아오는 수도 있소. 피차에 만나면 웃는 법 없고 살림 걱정 하는 법 없고 잠자코 무표정한 얼굴로 맡은 일을 볼 뿐이오. 세상 사람들과는 혈족이 다른 감동 없는 무쇳덩이와도 같은 사람들이오. 그러나 그들 속에서 나는 얼마나 친밀한 애정과 굳은 신념을 느끼고 있는지 모르오. 굳게들 믿고 일해가는 것요. 이 이상 우리의 생활을 구체적으로 적는대야 보배에게는 흥미 없는 일일 것이오. 우리의 혈관 속에 굵게 맺히고 있는 열정만이라도 보배가 알아야 된다면 족하겠소. 내 말만 하다가 문안이 늦었소. 그동안 건강은 웬만치 회복되었소. 아직도 시골 안 갔으면 제발 속히 내려가시오. 만일 후일에 다시 만날 날이 있다 하더라도 그것은 보배의 건강이 있은 후의 일이 아니겠소. 내 충고 어기지 마시오. 문밖에 돌아오는 동무의 발소리가 나기에 이만 그치겠소. 여기 있는 동무들은 고향에나 동무에게 결코 편지 쓰는 법이 없소. 일도 바쁘거

니와 그러한 마음의 여유를 만들지 않는 것이오. 나는 여기에
온 후로는 서울서 겪은 일을 차차 잊어갈 뿐이오. 이만.

건

편지에는 물론 주소도 번지도 기록되지 않았다. 봉투에 찍힌 일
부인에 나타난 '후까가와'라는 흐릿한 글자로 보배는 건의 처소
를 막연히 짐작할 수 있을 뿐이었다. 읽고 나니 건이 느끼고 있는
열정이라는 것을 아련히나마 느낄 수 있었다. 건의 건강한 육체
굵은 감정이 새삼스럽게 생각났다. 나도 몸만 건강하다면 건이
하는 일 속으로 뛰어들어갈 수 있을까——얼토당토않은 생각도 하
여보았다.

괴로운 것도 잊어버리고 이모저모 건을 생각하고 있는 동안에
반날이 지났다. 저녁때 의외에도 뜻하지 않은 옥련이 돌연히 찾
아왔다.

"일전에 일러주신 번지를 생각하고 더듬어 왔죠."

두 마디째에 옥련은 다짜고짜로

"신문 보셨어요?"

"어떻게 된 일이오?"

"집에는 들어가지도 않고 방을 빌리고 있었죠. 별안간 습격이
에요. 요행히 저는 빠졌지만. 차점이고 무엇이고 다 틀렸어요."

"피아노 팔지 않게 됐구려."

"세상일이 왜 그리 잘 깨트러져요. 물거품 모양으로. 언니 앞으
로 어떻게 했으면 좋겠소."

소녀다운 형용이었으나 실감이 흘렀다.

보배는 결국 너도 나와 같은 운명을 밟게 되었구나 생각하며 미흡한 동무의 미래가 측은하게 내다보이는 것 같았다.

그가 간 후에 우울한 마음에 건의 일이 다시 생각났다. 별일이 없으면서도 또 한 번 읽고 싶은 생각이 나서 편지를 다시 펴 들었다.

산

1

나무하던 손을 쉬고 중실은 발밑에 깨금나무 포기를 들췄다. 지천으로 떨어지는 깨금[1] 알이 손 안에 오르르 들었다. 익을 대로 익은 제철의 열매가 어금니 사이에서 오드득 두 쪽으로 갈라졌다.

돌을 집어 던지면 깨금 알같이 오드득 깨어질 듯한 맑은 하늘. 물고기 등같이 푸르다. 높게 뜬 조각구름 떼가 해변에 뿌려진 조개껍질같이 유난스럽게도 한편에 옹졸봉졸 몰려들었다. 높은 산둥이라 하늘이 가까우련만 마을에서 볼 때와 일반으로 멀다. 구만 리일까. 십만 리일까. 골짝에서의 생각으로는 산기슭에만 오르면 만져질 듯하던 것이 산허리에 나서면 단번에 구만 리를 내빼는 가을 하늘.

산속의 아침나절은 졸고 있는 짐승같이 막막은 하나 숨결이 은

근하다. 휘엿한 산등은 누워 있는 황소의 등어리요 바람결도 없
는데 쉴 새 없이 파르르 나부끼는 사시나무 잎새는 산의 숨소리
다. 첫눈에 띄는 하얗게 분장한 자작나무는 산속의 일색.[2] 아무리
단장한대야 사람의 살결이 그렇게 흴 수 있을까. 수뿍 들어선 나
무는 마을의 인총[3]보다도 많고 사람의 성보다도 종자가 흔하다.
고요하게 무럭무럭 걱정 없이 잘들 자란다. 산오리나무 물오리나
무 가락나무 참나무 졸참나무 박달나무 사수래나무 떡갈나무 피
나무 물가리나무 싸리나무 고로쇠나무, 골짝에는 산사나무 아그
배나무 갈매나무 개옻나무 엄나무. 산등에 간간이 섞여 어느 때
나 푸르고 향기로운 소나무 잣나무 전나무 향나무 노가지나무—
걱정 없이 무럭무럭 잘들 자라는—산속은 고요하나 웅성한 아름
다운 세상이다. 과실같이 싱싱한 기운과 향기. 나무 향기 흙냄새
하늘 향기. 마을에서는 찾아볼 수 없는 향기다.

　낙엽 속에 파묻혀 앉아 깨금을 알뜰히 바수는 중실은 이제 새삼
스럽게 그 향기를 생각하고 나무를 살피고 하늘을 바라보는 것이
아니었다. 그런 것은 한데 합쳐서 몸에 함빡 젖어들어 전신을 가
지고 모르는 결에 그것을 느낄 뿐이다. 산과 몸이 빈틈없이 한데
얼린 것이다. 눈에는 어느 결엔지 푸른 하늘이 물들었고 피부에
는 산냄새가 배었다. 바심할 때의 짚북데기보다도 부드러운 나뭇
잎—여러 자 깊이로 쌓이고 쌓인 깨금잎 가랑잎 떡갈잎의 부드
러운 보료—속에 몸을 파묻고 있으면 몸뚱아리가 마치 땅에서
솟아난 한 포기의 나무와도 같은 느낌이다. 소나무 참나무 총중
의 한 대의 나무다. 두 발은 뿌리요 두 팔은 가지다. 살을 베이면

피 대신에 나무진이 흐를 듯하다. 잠자코 섰는 나무들의 주고받는 은근한 말을, 나뭇가지의 고갯짓하는 뜻을, 나뭇잎의 수군거리는 속심을, 총중의 한 포기로서 넉넉히 짐작할 수 있다. 해가 쪼일 때에 즐겨 하고 바람 불 때 농탕치고 날 흐릴 때 얼굴을 찡그리는 나무들의 풍속과 비밀을 역력히 번역해낼 수 있다. 몸은 한 포기의 나무다.

별안간 부드득 솟아오르는 힘을 느끼고 중실은 벌떡 뛰어 일어났다. 쭉 펴는 네 활개에 힘이 뻗쳐 금시에 그대로 하늘에라도 오를 듯싶다. 넘치는 힘을 보낼 곳 없어 할 수 없이 입을 크게 벌리고 하늘이 울려라 고함을 쳤다. 땅에서 솟는 산정기[4]의 힘찬 단순한 목소리다. 산이 대답하고 나뭇가지가 고갯짓한다. 또 하나 그 소리에 대답한 것은 맞은편 산허리에서 불시에 푸드득 날아 뜨는 한 자웅의 꿩이었다. 살진 까투리의 꽁지를 물고 나는 장끼의 오색 날개가 맑은 하늘에 찬란하게 빛났다.

살진 꿩을 보고 중실은 문득 배가 허출함을[5] 깨달았다. 아래편 골짝 개울 옆에 간직하여둔 노루고기와 가랑잎에 싸둔 개꿀이 있음을 생각하고 다시 낫을 집어 들었다. 첫 참 때까지에는 한 짐을 채워놓아야 파장되기 전에 읍내에 다다르겠고 팔아가지고는 어둡기 전에 다시 산으로 돌아와야 할 것이다. 한참 쉰 뒤라 팔에는 기운이 남았다. 버스럭거리는 나뭇잎 소리가 품 안에 요란하고 맑은 기운이 몸을 한바탕 멱 감긴 것 같다. 산은 마을보다 몇 곱절 살기 좋은가. 산에 들어오기를 잘했다고 중실은 생각하였다.

2

세상에 머슴살이같이 잇속 적은 생업은 없다.

싸우려 싸운 것이 아니라 김영감 편에서 투정을 건 셈이다. 지금 와 보면 처음부터 쫓아낼 의사였던 것이 확실하다. 중실은 머슴 산 지 칠팔 년에 아무것도 쥔 것 없이 맨주먹으로 살던 집을 쫓겨났다. 원통은 하였으나 애통하지는 않았다.

해마다 사경[6]을 또박또박 받아본 일 없다. 옷 한 벌 버젓하게 얻어 입은 적 없다. 명절에는 놀이할 돈도 푼푼히[7] 없이 늘 개 보름 쇠듯 하였다. 장가들이고 집 사고 살림을 내준다던 것도 헛소리였다. 첩을 건드렸다는 생뚱 같은 다짐이었으나 그것은 처음부터 계책한 억지요 졸색[8]의 등긁개 따위에는 손댈 염도 없었던 것이다. 빨래하러 갔던 첩과 동구 밖에서 마주쳐 나뭇짐을 지고 앞서고 뒤서서 돌아왔다고 의심받을 법은 없다. 첩과 수상한 놈팡이는 도리어 다른 곳에 있는 것을 애매한 중실에게 엉뚱한 분풀이가 돌아온 셈이었다. 가살스러운 첩의 행실을 휘어잡지 못하고 늘그막 판에 속 태우는 영감의 신세가 하기는 가엾기는 하다. 더욱 얼크러질 앞일을 생각하고 중실은 차라리 하직하고 나온 것이었다.

넓은 하늘 밑에서도 갈 곳이 없다. 제일 친한 곳이 늘 나무하러 가던 산이었다. 짚북데기보다도 부드러운 두툼한 나뭇잎의 맛이 생각났다. 그 넓은 세상은 사람을 배반할 것 같지는 않았다. 빈지게만을 걸머지고 산으로 들어갔다. 그 속에서 얼마 동안이나 견딜 수 있을까가 한 시험도 되었다.

박중골에서도 오 리나 들어간 마을과 사람과는 인연이 먼 산협이다. 산등이 평퍼짐하고 양지쪽에 해가 잘 쪼이고 골짝에 개울이 흐르고 개울가에 나무 열매가 지천으로 열려 있는 곳이다. 양지쪽에서는 나무하러 왔다 낮잠을 잔 적도 여러 번이었다. 개울가에 불을 피우고 밭에서 뜯어 온 옥수수 이삭을 구웠다. 수풀 속에서 찾은 으름[9]과 나뭇가지에 익어 시든 아그배와 산사로 배가 불렀다. 나뭇잎을 모아 그 속에 푹 파고든 잠자리도 그다지 춥지는 않았다.

이튿날 산을 헤매다가 공교롭게도 주영나무 가지에 야트막하게 달린 벌집을 찾아냈다. 담배 연기를 피워 벌떼를 어지러트리고 감쪽같이 집을 들어냈다. 속에는 맑은 꿀이 차 있었다. 사람은 살라고 마련인 듯싶다. 꿀은 조금으로도 요기가 되었다. 개와 함께 여러 날 양식이 되었다.

꿀이 다 떨어지지도 않은 그저께 밤에는 맞은편 심산에 산불이 보였다. 백일홍같이 새빨간 불꽃이 어둠 속에 가깝게 솟아올랐다. 낮부터 타기 시작한 것이 밤에 들어가서 겨우 알려진 것이다. 누에에게 먹히는 뽕잎같이 아물아물해지는 것 같으나 기실은 한 자리에서 아롱아롱 타는 것이었다. 아귀의 혀끝같이 널름거리는 불꽃이 세상에도 아름다웠다. 울 밑에 꽃보다도 비단결보다도 무지개보다도 맨드라미보다도 곱고 장하다. 중실은 알 수 없이 신이 나서 몽둥이를 들고 산등을 달아 오르고 골짝을 건너 불붙는 곳으로 끌려 들어갔다. 가깝게 보이던 것과는 딴판으로 꽤 멀었다. 불은 산등에서 산등으로 들러붙어 골짝으로 타 내려갔다. 화기가 확확 치쳐 가까이 갈 수 없었다. 후끈후끈 무더웠다. 나무뿌리가 탁탁 튀며 땅이 쩽쩽 울렸다. 민출한 자작나무는 가지가지에 불이 피어올라 한 포기의 산호수 같은 불나무로 변하였다. 헛되이 타는 모두가 아까웠다. 중실은 어쩌는 수 없이 몽둥이를 쓸데없이 휘두르며 불 테두리를 빙빙 돌 뿐이었다. 불은 힘에 부치는 것이었다.

확실히 간 보람은 있었다. 그슬려진 노루 한 마리를 얻은 것이다. 불 테두리를 뚫고 나오지 못한 노루는 산골짝에서 뱅뱅 돌다 결국 불벼락을 맞은 것이다. 물론 그것을 얻은 때는 불도 거의 다 탄 새벽녘이었으나 외로운 짐승이 몹시 가여웠다. 그러나 이미 죽은 후의 고기라 중실은 그것을 짊어지고 산으로 돌아갔다. 사람을 살리자는 산의 뜻이라고 비위 좋게 생각하면 그만이었다. 여러 날 동안의 호붓한 양식이 되었다. 다만 한 가지 그리운 것이 있었다. 짠맛—소금이었다. 사람은 그립지 않으나 소금이 그리웠다. 그것을 얻자는 생각으로만 마을이 그리웠다.

3

힘에 자라는 데까지 졌다.

이십 리 길을 부지런히 걸으려니 잔등에 땀이 내뱄다. 걸음을 따라 나뭇짐이 휘춘휘춘 앞으로 휘었다.

간신히 파장 전에 대었다.

나무를 판 때의 마음이 이날같이 즐거운 적은 없었다.

물건을 산 때의 마음도 이날같이 즐거운 적은 없었다.

그것은 짜장 필요한 물건이기 때문이다.

나무 판 돈으로 중실은 감자 말과 좁쌀 되와 소금과 냄비를 샀다.

산속의 호젓한 살림에는 이것으로써 족하리라고 생각되었다.

목숨을 이어가는 데 해어쯤이 없으면 어떨까도 생각되었다.

올 때보다 짐이 단출하여 지게가 가벼웠다.

거리의 살림은 전과 다름없이 어수선하고 지지부레하였다.[10] 더 나아진 것도 없으려니와 못해진 것도 없다.

술집 골방에서 왁자지껄하고 싸우는 것도 전과 다름없다.

이상스러울 것은 그런 거리의 살림살이가 도무지 마음을 당기지 않는 것이다. 앙상한 사람들의 얼굴이 그다지 그리운 것이 아니었다.

무슨 까닭으로 산이 이렇게도 그리울까 편벽된 마음을 의심도 하여보았다. 그러나 별로 이치도 없었다. 덮어놓고 양지쪽이 좋고 자작나무가 눈에 들고 떡갈잎이 마음을 끄는 것이다. 평생 산에서 살도록 태어났는지도 모른다.

김영감의 그 후의 소식은 물어낼 필요도 없었으나 거리에서 만난 박서방 입에서 우연히 한 구절 얻어듣게 되었다.

병든 등읅개 첩은 기어코 김영감의 눈을 감춰 최서기와 줄행랑을 놓았다. 종적을 수색 중이나 아직도 오리무중이라 한다.

사랑방에서 고시랑고시랑 잠을 못 이룰 육십 노인의 꼴이 측은하게 눈에 떠올랐다. 애매한 머슴을 내쫓았음을 뉘우치리라고도 생각되었다. 그러나 중실에게는 물론 다시 살러 들어갈 뜻도 노인을 위로하고 싶은 친절도 가지기 싫었다.

다만 거리의 살림이라는 것이 더한층 어수선하게 여겨질 뿐이었다.

산으로 향하는 저녁 길이 한결 개운하다.

4

개울가에 냄비를 걸고 서투른 솜씨로 지은 저녁을 마쳤을 때에는 밤이 적이 어두웠다.

깊은 하늘에 별이 총총 돋고 초생달이 나뭇가지를 올가미 지웠다.

새들도 깃들이고 바람도 자고 개울물만이 쫄쫄쫄쫄 숨 쉰다. 검은 산등은 잠든 황소다.

등걸불이 탁탁 튄다. 나뭇잎 타는 냄새가 몸을 휩싸며 구수하다. 불을 쪼이며 담배를 피우니 몸이 훈훈하다. 더 바랄 것 없이 마음이 만족스럽다.

한 가지 욕심이 솟아올랐다.

밥 짓는 일이란 머슴의 할 일이 못 된다. 사내자식은 역시 밭 갈고 나무하는 것이 옳은 것이다. 장가를 들려면 이웃집 용녀만 한 색시는 없다. 용녀를 데려다 밥일을 맡길 수밖에는 없다고 생각하였다.

용녀를 생각만 하여도 즐겁다. 궁리가 차례차례로 솔솔 풀렸다.

굵은 나무를 베어다 껍질째 토막을 내 양지쪽에 쌓아올려 단칸의 조촐한 오두막을 짓겠다. 펑퍼짐한 산허리를 일궈 밭을 만들고 봄부터 감자와 귀리를 갈 작정이다. 오랍뜰[11]에 우리를 세우고 염소와 도야지와 닭을 칠 터. 산에서 노루를 산 채로 붙들면 우리 속에 같이 기르고 용녀가 집일을 하는 동안에 밭을 가꾸고 나무를 할 것이며 아이가 나면 소같이 산같이 튼튼하게 자라렷다. 용녀가 만약 말을 안 들으면 밤중에 내려가 가만히 업어 올걸. 한번 산에만 들어오면 별수 없지——.

불이 거의거의 으스러지고 물소리가 더한층 맑다.

별들이 어지럽게 깜박거린다.

달이 다른 나뭇가지에 걸렸다.

나머지 등걸불을 발로 비벼 끄니 골짝은 더한층 막막하다.

어느만 때인지 산속에서는 때도 분별할 수 없다.

자기가 이른지 늦은지도 모르면서 나무 밑 잠자리로 향하였다.

낟가리같이 두두룩하게 쌓인 낙엽 속에 몸을 송두리째 파묻고 얼굴만을 빠끔히 내놓았다.

몸이 차차 푸근하여온다.

하늘의 별이 와르르 얼굴 위에 쏟아질 듯싶게 가까웠다 멀어졌다 한다.

별 하나 나 하나 별 둘 나 둘 별 셋 나 셋——.

어느 결엔지 별을 세고 있었다. 눈이 아물아물하고 입이 뒤바뀌어 수효가 틀려지면 다시 목소리를 높여 처음부터 고쳐 세곤 하였다.

별 하나 나 하나 별 둘 나 둘 별 셋 나 셋——.

세는 동안에 중실은 제 몸이 스스로 별이 됨을 느꼈다.

들

1

꽃다지, 질경이, 나생이, 딸장이, 민들레, 솔구장이, 쇠민장이, 길오장이, 달래, 무릇, 시금치, 씀바귀, 돌나물, 비름, 능쟁이.

들은 온통 초록 전에 덮여 벌써 한 조각의 흙빛도 찾아볼 수 없다. 초록의 바다.

초록은 흙빛보다 찬란하고 눈빛보다 복잡하다. 눈이 보얗게 깔렸을 때에는 흰빛과 능금나무의 자줏빛과 그림자의 옥색빛밖에는 없어 단순하기 옷 벗은 여인의 나체와 같던 것이──봄은 옷 입고 치장한 여인이다.

흙빛에서 초록으로──이 기막힌 신비에 다시 한 번 놀라볼 필요가 없을까. 땅은 어디서 어느 때 그렇게 많은 물감을 먹었길래 봄이 되면 한꺼번에 그것을 이렇게 지천으로 뱉어놓을까. 바닷물을 고래같이 들이켰던가. 하늘의 푸른 정기를 모르는 결에 함빡 마셔두었던가. 그것을 빗물에 풀어 시절이 되면 땅 위로 솟쳐 보내는 것일까. 그러나 한 포기의 풀을 뽑아 볼 때 잎새만이 푸를 뿐이지 뿌리와 흙에는 아무 물들인 자취도 없음은 웬일일까. 시험관 속 붉은 물에 약품을 넣으면 그것이 금시에 새파랗게 변하는 비밀——그것과도 흡사하다. 이 우주의 비밀의 약품——그것은 결국 알 바 없을까. 한 톨의 보리알이 열 낱으로 나는 이치는 가르치는 이 있어도 그 보리알에서 푸른 잎이 돋는 조화의 동기는 옳게 말하는 이 없는 듯하다. 사람의 지혜란 결국 신비의 테두리를 뱅뱅 돌 뿐이요, 조화의 속의 속은 언제까지나 열리지 않는 판도라의 상자일 듯싶다. 초록 풀에 덮인 땅속의 뜻은 초록 옷을 입은 여자의 마음과도 같이 엿볼 수 없는 저 건너 세상이다.

안들안들 나부끼는 초목의 양자는 부드럽게 솟는 음악. 줄기는 굵고 잎은 연한 멜로디의 마디마디이다. 부피 있는 대궁은 나팔 소리요, 가는 가지는 거문고의 음률이라고도 할까. 알레그로가 지나고 안단테에 들어갔을 때의 감동——그것이 봄의 걸음이다. 풀 위에 누워 있으면 은근한 음악의 율동에 끌려 마음이 너볏너볏 나부낀다.

꽃다지, 질경이, 민들레…… 가지가지 풋나물을 뜯어 먹으면 몸이 초록으로 물들 것 같다. 물들어야 될 것 같다. 물들어야 옳을 것 같다. 물들지 않음이 거짓말이다. 물들지 않으면 안 될 것 같다.

새가 지저귄다. 꾀꼬리일까.

지평선이 아롱거린다.

들은 내 세상이다.

2

언제까지든지 푸른 하늘을 우러러보고 있으면 나중에는 현기증이 나며 눈이 둘러빠질 듯싶다. 두 눈을 뽑아서 푸른 물에 채웠다가 라무네[1] 병 속의 구슬같이 차진 놈을 다시 살 속에 박아 넣은 것과도 같이 눈망울이 차고 어리어리하고 푸른 듯하다. 살과는 동떨어진 유리알이다. 그렇게도 하늘은 맑고 멀다. 눈이 아픈 것은 그 하늘을 발칙하게도 오랫동안 우러러본 벌인 듯싶다. 확실히 마음이 죄송스럽다. 반나절 동안 두려움 없이 하늘을 똑바로 치어다볼 수 있는 사람이란 세상에서도 가장 착한 사람이거나 그렇지 않으면 가장 용기 있는 악한이어야 할 것이다. 그렇게도 푸른 하늘은 거룩하다.

눈을 돌리면 눈물이 푹 쏟아진다. 벌판이 새파랗게 물들어 눈앞에 아물아물한다. 이런 때에는 웬일인지 구름 한 점도 없다. 곁에는 한 묶음의 꽃이 있다. 오랑캐꽃, 고들빼기, 노고초, 새고사리, 까치무릇, 대계, 마타리, 차치광이. 나는 그것들을 섞어 틀어 꽃다발을 겯기[2] 시작한다. 각색 꽃판과 꽃술이 무릎 위에 지천으로 떨어진다. 그것은 헤어지는 석류 알보다도 많다.

나는 들이 언제부터 이렇게 좋아졌는지를 모른다. 지금에는 한 그릇의 밥 한 권의 책과 똑같은 지위를 마음속에 차지하게 되었다. 책에서 읽은 이론도 아니요 얻어들은 이치도 아니요 몇 해 동안 하는 일 없이 들과 벗하고 지내는 동안에 이유 없이 그것은 살림 속에 푹 젖었던 것이다. 어릴 때에 동무들과 벌판을 헤매며 찔레를 꺾으러 가시덤불 속에 들어가고 소똥버섯을 따다 화로 속에 굽고, 메를 캐러 밭이랑을 들치며 골로 말을 만들어 끌고 다니노라고 집에서보다도 들에서 더 많이 날을 지우던──그때가 다시 부활하여 돌아온 셈이다. 사람은 들과 떼려야 뗄 수 없는 인연에 있는 것 같다.

자연과 벗하게 됨은 생활에서의 퇴각을 의미하는 것일까. 식물적 애정은 반드시 동물적 열정이 진한 곳에 오는 것일까. 학교를 쫓기고 서울을 물러오게 된 까닭으로 자연을 사랑하게 된 것일까. 그러나 동무들과 골방에서 만나고 눈을 기여³ 거리를 돌아치다 붙들리고 뛰다 잡히고 쫓기고──하였을 때의 열정이나 지금에 들을 사랑하는 열정이나 일반이다. 지금의 이 기쁨은 그때의 그 기쁨과도 흡사한 것이다. 신념에 목숨을 바치는 영웅이라고 인간 이상이 아닐 것과 같이 들을 사랑하는 졸부라고 인간 이하하는 아닐 것이다. 아직도 굳은 신념을 가지면서 지난날에 보던 책들을 들척거리다가도 문득 정신을 놓고 의미 없이 하늘을 우러러보는 때가 많다.

"학보, 이제는 고향이 마음에 붙는 모양이지."

마을 사람들은 조롱도 아니요 치사도 아닌 이런 말을 던지게 되

었고 동구 밖에서 만나는 이웃집 머슴은 인사 대신에 흔히

"해동지 늪에 붕어떼 많던가?"

고기 사냥 갈 궁리를 하거나 그렇지 않으면

"십리정 보리 고개 숙었던가?"

하고 곡식의 소식을 묻게 되었다.

마을 사람들보다도 내가 더 들과 친하고 곡식의 소식을 잘 알게
된 증거이다.

나는 책을 외우듯이 벌판의 구석구석을 샅샅이 외우고 있다.

마음속에는 들의 지도가 세밀히 박혀 있고 사철의 변화가 표같
이 적혀 있다. 나는 들사람이요 들은 내 것과도 같다.

어느 논 두덩⁴의 청대콩이 가장 진미이며 어느 이랑의 감자가
제일 굵다는 것을 알 수 있다. 새발고사리가 많이 피어 있는 진펄
과 종달새 뜨는 보리밭을 짐작할 수 있다. 남대천 어느 모퉁이를
돌 때 가장 고기가 흔하다는 것도 알게 되었다. 개리, 쇠리, 불거
지가 덕실덕실 끓는 여울과 미유기, 뚜구뱅이가 잠겨 있는 웅덩
이와 쏘가리, 꺽지가 누워 있는 바위 밑과——매재와 고들매기를
잡으려면 철교께서도 몇 마장을 더 올라가야 한다는 것과 쇠치네
와 기름종개를 뜨려면 얼마나 벌판을 나가야 될 것을 안다. 물 건
너 귀룽나무 수풀과 방치골 으름덩굴 있는 곳을 아는 것은 아마
도 나뿐일 듯싶다.

학교를 퇴학 맞고 처음으로 도회를 쫓겨 내려왔을 때에 첫걸음
으로 찾은 곳은 일갓집도 아니요 동무 집도 아니요 실로 이 들이
었다. 강가의 사시나무가 제대로 있고 버들숲 둔덕의 잔디가 헐

리지 않았으며 과수원의 모습이 그대로 남은 것을 보았을 때의 기쁨이란 형언할 수 없이 큰 것이었다. 고향을 그리워하는 마음이란 곧 산천을 사랑하고 벌판을 반가워하는 심정이 아닐까. 이런 자연의 풍물을 내놓고야 고향의 그림자가 어디에 알뜰히 남아 있는가. 헐리어가는 초가지붕에 남아 있단 말인가. 고향을 꾸미는 것은 사람이면서도 그리운 것은 더 많이 들과 시냇물이다.

3

시절은 만물을 허랑하게⁵ 만드는 듯하다.

짐승은 드러내놓고 모든 것을 들의 품속에 맡긴다.

억새풀 숲에서 새 둥우리를 발견한 것을 나는 알 수 없이 기쁘게 여겼다. 거룩한 것을——아름다운 것을——찾은 느낌이다. 집과 가족들을 송두리째 안심하고 땅에 맡기는 마음씨가 거룩하다. 풀과 깃을 모아 두툼하게 결은 둥우리 안에는 아직 까지 않은 알이 너덧 알 들어 있다. 아롱아롱 줄이 선 풋대추만큼씩 한 새알. 막 뛰어 나려는 생명을 침착하게 간직하고 있는 얇은 껍질——금시에 딸깍 두 조각으로 깨뜨려질 모태——창조의 보금자리!

그 고요한 보금자리가 행여나 놀라고 어지럽혀질까를 두려워하여 둥우리 기슭에 손가락 하나 대기조차 주저되어 나는 다만 한참 동안이나 물끄러미 바라보고 섰다가 풀포기를 제대로 덮어놓고 감쪽같이 발을 옮겨놓았다. 금시에 알이 쪼개어지며 생명이 돋아날 듯싶다. 등 뒤에서 새가 푸드득 날아 뜰 것 같다. 적막을 깨뜨리고 하늘과 들을 놀래며 푸드득 날았다! 생각에 마음이 즐겁다.

그렇게 늦게 까는 것이 무슨 새일까. 청새일까. 덤불지일까. 고요하게 뛰노는 기쁜 마음을 걷잡을 수 없어 목소리를 내서 노래라도 부를까 느끼며 둑 아래로 발을 옮겨놓으려다 문득 주춤하고 서버렸다.

맹랑한 것이 눈에 뜨인 까닭이다. 껄껄 웃고 싶은 것을 참고 풀위에 주저앉았다. 그 웃고 싶은 마음은 노래라도 부르고 싶던 마음의 연장인지도 모른다. 다시 말하면 그 맹랑한 풍경이 나의 마음을 결코 노엽히거나 모욕한 것이 아니요 도리어 아까와 똑같은 기쁨을 자아내게 한 것이다. 일반적으로 창조의 기쁨을 보여준 것이다.

개울녘 풀밭에서 한 자웅의 개가 장난치고 있는 것이다. 하늘을 겁내지 않고 들을 부끄러워하지 않고 사람의 눈을 꺼리는 법 없이 자웅은 터놓고 마음의 자유를 표현할 뿐이다. 부끄러운 것은 도리어 이쪽이다. 나는 얼굴을 붉히면서 대중없이 오랫동안 그 요절할 광경을 바라보기가 몹시도 겸연쩍었다. 확실히 시절의 탓이다. 가령 추운 겨울 벌판에서 나는 그런 장난을 목격한 일이 없다. 역시 들이 푸를 때 새가 늦은 알을 깔 때 자웅도 농탕치는 것이다. 나는 그 광경을 성내서는 비웃어서는 안 되었다.

보고 있는 동안에 어디서부터인지 자웅에게로 돌멩이가 날아들었다. 킬킬킬킬 웃음소리가 나며 두번째 것이 날았다. 가제나 몸이 떨어지지 않는 자웅은 그제야 겁을 먹고 흘금흘금 눈을 굴리

174

며 어색한 걸음으로 주책스러운 두 몸을 비틀거렸다. 나는 나 이외에 그 광경을 그때까지 은근히 바라보고 있던 또 한 사람이 부근에 숨어 있음을 비로소 알고 더한층 부끄러운 생각이 와락 나며 숨도 크게 못 쉬고 인기척을 죽이고 잠자코만 있을 수밖에는 없었다.

세번째 돌멩이가 날리더니 이윽고 호담스러운 웃음소리가 왈칵 터지며 아래편 숲 속에서 사람의 그림자가 덥석 뛰어나왔다. 빨래 함지를 인 채 한 손으로는 연해 자웅을 쫓으면서 어깨를 떨며 웃음을 금할 수 없다는 자세였다.

그 돌연한 인물에 나는 놀랐다. 한편 엉겼던 마음이 풀리기도 하였다. 옥분이었다. 빨래를 하고 나자 그 광경임에 마음속 은밀히 흠뻑 그것을 즐기고 난 뒤인 모양이었다. 그러나 나의 놀람보다도 옥분이가 문득 나를 보았을 때의 놀람——그것은 몇 곱절 더 큰 것이었다. 별안간 웃음을 뚝 그치고 주춤 서는 서슬에 머리에 이었던 함지가 왈칵 떨어질 판이었다. 얼굴의 표정이 삽시간에 검붉게 질려 굳어졌다. 눈알이 땅을 향하고 한편 손이 어쩔 줄 몰라 행주치마를 의미 없이 꼬깃거렸다.

별안간 깊은 구렁에 빠진 것과도 같은 그의 궁색한 처지와 덴 마음을 건져주기 위하여 나는 마음에도 없는 목소리를 일부러 자아내어 관대한 웃음을 한바탕 웃으면서 그의 곁으로 내려갔다.

"빌어먹을 짐승들."

마음에도 없는 책망이었으나 옥분의 마음을 풀어주자는 뜻이었다.

"득추 녀석쯤이 너를 싫달 법 있니. 주제넘은 녀석."

이어 다짜고짜로 그의 일신의 이야기를 집어낸 것은 그의 주의를 다른 곳으로 돌리자는 생각이었다. 군청 고원 득추는 일껏 옥분과 성혼이 된 것을 이제 와서 마다고 투정을 내고 다른 감을 구하였다. 옥분의 가세가 빈한하여 들고날 판이므로 혼인한 뒤에 닥쳐올 여러 가지 귀찮은 거래를 염려하여 파혼한 것이 확실하다. 득추의 그런 꾀바른[6] 마음씨를 나무라는 것은 나뿐이 아니었다. 마을 사람들은 거개 고원의 불신을 책하였다.

"배반을 당하고 분하지도 않으냐?"

"모른다."

옥분은 도리어 짜증을 내며 발을 떼놓았다.

"그 녀석 한번 해내줄까."[7]

웬일인지 그에게로 쏠리는 동정을 금할 수 없다.

"쓸데없는 짓 할 것 있니?"

동정의 눈치를 알면서도 시침을 떼는 옥분의 마음씨에는 말할 수 없이 그윽한 것이 있어 그것이 은연중에 마음을 당긴다.

눈앞에 멀어지는 그의 민출한 자태가 가슴속에 새겨진다. 검은 치마폭 밑으로 드러난 불그레한 늠츳한 두 다리―자작나무보다도 더 아름다운 것―헐벗기 때문에 한결 빛나는 것―세상에도 가지고 싶은 탐나는 것이다.

4

일요일인 까닭에 오래간만에 문수와 함께 둑 위에서 하루를 보낼 수 있었다. 날마다 거리의 학교에 가야 하는 그를 자주 붙들어낼 수는 없다. 일요일이 없는 나에게도 일요일이 있는 것이다.

바다를 바라볼 수 있는 둑에 오르면 마음이 활짝 열리는 듯이 시원하다. 바닷바람이 아직 조금 차기는 하나 신선한 맛이다. 잔디밭에는 간간이 피지 않은 해당화 봉오리가 조촐하게 섞였으며 둑 맞은편에 군데군데 모여선 백양나무 잎새가 햇빛에 반짝반짝 나부껴 은가루를 뿌린 것 같다.

문수는 빌려갔던 몇 권의 책을 돌려주고 표해두었던 몇 구절의 뜻을 질문하였다. 나는 그에게는 하루의 선배인 것이다. 돈독하게 뙤어주는[8] 것이 즐거운 의무도 되었다.

'공부'가 끝난 다음 책을 덮어두고 잡담에 들어갔을 때에 문수는 탄식하는 어조였다.

"학교가 점점 틀려가는 모양이다."

구체적 실례를 가지가지 들고 나중에는 그 한 사람의 협착한 처지를 말하였다.

"책 읽는 것까지 들키었네. 자네 책도 뺏길 뻔했어."

짐작되었다.

"나와 사귀는 것이 불리하지 않은가?"

"자네 걸은 길대로 되어나가는 것이 뻔하지. 차라리 그편이 시원하겠네."

너무 궁박한 현실 이야기만도 멋없어 두 사람은 무릎을 툭 털고 일어서 기분을 가다듬고 노래를 불렀다. 아는 말 아는 곡조를 모조리 불렀다.

노래가 진하면 번갈아 서서 연설을 하였다. 눈앞에 수많은 대중을 가상하고 목소리를 다하여 부르짖어본다. 바닷물이 수물거리나 어쩌나 새들이 놀라서 떨어지나 어쩌나를 시험하려는 듯이도 높게 고함쳐본다. 박수하는 사람은 수만의 대중 대신에 한 사람의 동무일 뿐이나 지껄이는 동안에 정신이 흥분되고 통쾌하여간다. 훌륭한 공부 이외 단련이다.

협착한 땅 위에 그렇게 자유로운 벌판이 있음이 새삼스러운 놀람이다. 아무리 자유로운 말을 외쳐도 거기에서만은 '중지'를 당하는 법이 없으니까 말이다. 땅 위는 좁으면서도 넓은 셈인가.

둑은 속 풀리는 시원한 곳이며 문수와 보내는 하루는 언제든지 다시없이 즐거운 날이다.

5

과수원 철망 너머로 엿보이는 철 늦은 딸기——잎새 사이로 불긋불긋 돋아난 송이 굵은 양딸기——지날 때마다 건강한 식욕을 참을 수 없다.

더구나 달빛에 젖은 딸기의 양자란 마치 크림을 끼얹은 것과도

178

같아서 한층 부드럽게 빛난다.

탐나는 열매에 눈독을 보내며 철망을 넘기에 나는 반드시 가책과 반성으로 모질게 마음을 매질하지는 않았으며 그럴 필요도 없었다. 그것이 누구의 과수원이든 간에 철망을 넘는 것은 차라리 들사람의 일종의 성격이 아닐까.

들사람은 또한 한편 그것을 용납하고 묵인하는 아량도 가지고 있는 것이다. 나는 몇 해 동안에 완전히 이 야취"의 성격을 얻어버린 것 같다.

흐뭇한 송이를 정신없이 따서 입에 넣으면서도 철망 밖에서 다만 탐내고 보기만 할 때보다 한층 높은 감동을 느끼지 못하게 됨은 도리어 웬일일까. 입의 감동이 눈의 감동보다 떨어지는 탓일까. 생각만 할 때의 감동이 실상 당하였을 때의 감동보다 항용 더 나은 까닭일까. 나의 욕심을 만족시키기에는 불과 몇 송이의 딸기가 필요할 뿐이었다. 차라리 벌판에 지천으로 열려 언제든지 딸 수 있는 들딸기 편이 과수원 안의 양딸기보다 나음을 생각하며 나는 다시 철망을 넘었다.

멍석딸기, 중딸기, 장딸기, 나무딸기, 감대딸기, 곰딸기, 닷딸기, 뱀딸기……

능금나무 그늘에 난데없는 사람의 그림자를 발견하자 황급히 뛰어넘다 철망에 걸려 나는 옷을 찢었다. 그러나 옷보다도 행여나 들키지나 않았나 하는 염려가 앞서 허둥지둥 풀 속을 뛰다가 또 공교롭게도 그가 옥분임을 알고 마음이 일시에 턱 놓였다. 그역 딸기밭을 노리고 있던 터가 아닐까. 철망 기슭을 기웃거리며 능금나무 아래 몸을 간직하고 있지 않았던가.

언제인가 개천 둑에서 기묘하게 만난 후 두번째의 공교로운 만남임을 이상하게 여기고 있는 동안에 마음이 퍽이나 헐하게 놓여졌다. 가까이 가서 시룽시룽[10] 말을 건 것도 그리 어색하지 않고 도리어 자연스러웠다. 그 역시 스스러워하지 않고 수월하게 말을 받고 대답하고 하였다. 전날의 기묘한 만남이 확실히 두 사람의 마음을 방긋이 열어놓은 것 같다.

"딸기 따줄까?"

"무서워!"

그의 떨리는 목소리가 왜 그리도 나의 마음을 끌었는지 모른다. 나는 떨리는 그의 팔을 붙들고 풀밭을 지나 버드나무 숲 속으로 들어갔다. 그의 입술은 딸기보다도 더 붉다. 확실히 그는 딸기 이상의 유혹이었다.

"무서워."

"무섭긴."

하고 달래기는 하였으나 기실 딸기를 훔치러 철망을 넘을 때와 똑같이 가슴이 후둑후둑 떨림을 어쩌는 수 없었다. 버드나무 잎새 사이로 달빛이 가늘게 새어들었다. 옥분은 굳이 거역하려고 하지 않았다.

양딸기 맛이 아니요 확실히 들딸기 맛이었다. 멍석딸기 나무딸기의 신선한 감각에 마음은 흐뭇이 찼다.

아무리 야취의 습관에 젖었기로 철망 너머 딸기를 딸 때와 일반으로 아무 가책도 반성도 없었던가. 벌판서 장난치던 한 자웅의 짐승과 일반이 아닌가. 그것이 바른가 그래서 옳을까 하는 한 줄기의 곧은 생각이 한결같이 뻗쳐오름을 억제할 수는 없었다. 결국 마지막 판단은 누가 옳게 내릴 수 있을까.

6

며칠이 지나도 여전히 귀찮은 생각이 머릿속에 뱅 돈다. 어수선한 마음을 활짝 씻어버릴 양으로 아침부터 그물을 들고 집을 나섰다.

그물을 후릴 곳을 찾으면서 남대천 물줄기를 따라 올라간 것이 시적시적 걷는 동안에 어느덧 철교께서도 근 십 리를 올라가게 되었다. 아무 고기나 닥치는 대로 잡으려던 것이 그렇게 되고 보니 불현듯이 고들매기를 후려볼 욕심이 솟았다. 고기 사냥 중에서도 가장 운치 있고 흥 있는 고들매기 사냥에 나는 몇 번인지 성공한 일이 있어 그 호젓한 멋을 잘 안다. 그중 많이 모여 있을 듯이 보이는 그럴듯한 여울을 점쳐 첫 그물을 던져보기로 하였다.

산속에 오목하게 둘러싸인 개울——물도 맑거니와 물소리도 맑다. 돌을 굴리는 여울 소리가 티끌 한 점 있을 리 없는 공기와 초목을 영롱하게 울린다. 물속에 노는 고기는 산신령이나 아닐까.

옷을 활짝 벗어부치고 그물을 메고 물속에 뛰어들었다. 넉넉히 목욕을 할 시절임에도 워낙 산골 물이라 뼈에 차다. 마음이 한꺼번에 씻겨졌다느니보다도 도리어 얼어붙을 지경이다. 며칠 내로 내려오던 어수선한 생각이 확실히 덜해지고 날아갔다고 할까. 그러나 그러면서도 마지막 한 가지 생각이 아직도 철사같이 가늘게 꿰뚫고 흐름을 속일 수는 없었다.

'사람의 사이란 그렇게 수월할까.'

옥분과의 그날 밤 인연이 어처구니없게 쉽사리 맺어진 것이 의심쩍은 것이었다. 아무 마음의 거래도 없던 것이 달빛과 딸기에 꼬임을 받아 그때 그 자리에서 금방 응낙이 되다니. 항용 거기에 이르기까지의 두 사람의 마음의 교섭이란 이야기 속에서 읽을 때에는 기막히게 장황하고 지루한 것이었는데 그것이 그렇게 수월할 리 있을까. 들복판에서는 수월한 법인가.

'책임 문제는 생기지 않는가?'

생각은 다시 술술 풀린다. 물이 찰수록 생각도 점점 차게 만들어간다.

물이 다리목을 넘게 되었을 때 그쯤에서 한 훌기 던져보려고 그물을 펴 들고 물속을 가늠 보았다. 속물이 꽤 세어 다리를 훌진다. 물때 낀 돌멩이가 몹시 미끄러워 마음대로 발을 디딜 수 없다. 누르칙칙한 물속이 적확히 보이지 않는다. 몇 걸음 아래편은 바위요 바위 아래는 소가 되어 있다.

그물을 던질 때의 호흡이란 마치 활을 쏠 때의 그것과도 같이 미묘한 것이어서 일종의 통일된 정신과 긴장된 자세를 요구하는 것임을 나는 경험으로 잘 안다. 그러면서도 그때 자칫하여 기어이 실수를 하게 된 것은 필시 던지는 찰나까지도 통일되지 못한 마음이 어수선하고 정신이 까닥거렸음이 확실하다. 몸이 휘뚱하고 휘더니 휭 하게 날아야 할 그물이 물 위에 떨어지자 어지럽게 흩어졌다. 발이 미끄러져 센 물결에 다리가 쏠리니까 그물은 손을 빠져 달아났다. 물속에 넘어져 흐르는 몸을 아무리 버둥거려야 곧추 일으키는 장사 없었다. 생각하면 기가 막히나 별수 없이 몸은 흐를 대로 흐르고야 말았다.

바위에 부딪혀 기어코 소에 빠졌다. 거품을 날리는 폭포 속에 송두리째 푹 잠겼다가 휘엿이 솟으면서 푸른 물속을 뱅 돌았다. 요행 헤엄의 술득이 약간 있던 까닭에 많은 고생 없이 허우적거리고 소를 벗어날 수는 있었다.

면상과 어깻죽지에 몇 군데 상처가 있었다. 피가 돋았다. 다리에는 군데군데 시퍼렇게 멍이 들어 있음을 보았다. 잃어버린 그물은 어느 줄기에 묻혀 흐르는지 알 바도 없거니와 찾을 용기도 없었다. 고들매기는 물론 한 마리도 손에 쥐어보지 못하였다.

귀가 메고 코에서는 켰던 물이 줄줄 흘렀다. 우연히 욕을 당하게 된 몸뚱아리를 훑어보며 나는 알 수 없는 부끄러움을 느꼈다. 별안간 옥분의 몸이——향기가 눈앞에 흘러왔다. 비밀을 가진 나의 몸이 다시 돌려 보이며 한동안 부끄러운 생각이 쉽게 꺼지지 않았다.

7

문수는 기어코 학교를 쫓겨났다. 기한 없는 정학 처분이었으나 영영 몰려난 것과 같은 결과이다. 덕분에 나도 빌려주었던 책권을 영영 뺏긴 셈이 되었다.

차라리 시원하다고 문수는 거드름 부렸으나 시원하지 않은 것은 그의 집안사람들이다. 들볶는 바람에 그는 집을 피하여 더 많이 나와 지내게 되었다. 원망의 물줄기는 나에게까지 튀어 왔다. 나는 애매하게도 그를 타락시켜놓은 안된 놈으로 몰릴 수밖에는 없다.

별수 없이 나날을 들과 벗하게 되었다. 나는 좋은 들의 동무를 얻은 셈이다.

풀밭에 서면 경주를 하고 시냇가에 서면 납작한 돌을 집어 물 위에 수제비를 뜨기가 일쑤다. 돌을 힘껏 던져 그것이 물 위를 뛰어가는 뜀 수를 세는 것이다. 하나 둘 셋 넷 다섯 여섯 일곱 여덟—이 최고 기록이다. 돌은 굴러갈수록 걸음이 좁아지고 빨라지다 나중에는 깜박 물속에 꺼진다. 기차가 차차 멀어지고 작아지다 산모퉁이에 깜박 사라지는 것과도 같다. 재미있는 장난이다. 나는 몇 번이고 싫지 않게 돌을 집어 시험하는 것이었다.

팔이 축 처지게 되면 다시 기운을 내어 모래밭에 겨루고 서서 씨름을 한다. 힘이 비등하여 승패가 상반이다. 떠밀기도 하고 샅바씨름도 하고 잡아 나꾸기도 하고 다리걸이 딴죽치기 기술도 차차 늘어가는 것 같다.

"세상에서 제일 장하고 제일 크고 제일 아름답고 제일 훌륭하고 제일 바른 것이 무엇이냐?"

되고 말고 수수께끼를 걸고

"힘이다!"

라고 껄껄껄껄 웃으면 오장육부가 물에 헹군 듯이 시원한 것이다. 힘! 무슨 힘이든지 좋다. 씨름을 해가는 동안에 우리는 힘에 대한 인식을 한층 새롭혀갔다. 조직의 힘도 장하거니와 그것을 꾸미는 한 사람의 힘이 크다면 더한층 아름다운 것이 아닐까.

8

문수와 천렵을 나섰다.

그물을 잃은 나는 하는 수 없이 족대를 들고 쇠치네 사냥을 하러 시냇물을 훑어 내려갔다.

벌판에 냄비를 걸고 뜬 고기를 끓이고 밥을 지었다.

먹을 것이 거의 준비되었을 때, 더운 판에 목욕을 들어갔다.

땀을 씻고 때를 밀고는 깊은 곳에 들어가 물장구와 가댁질[1]이다. 어린아이 그대로의 순진한 마음이 방울방울 날리는 물방울과 함께 하늘을 휘덮었다가는 쏟아지는 것이다.

물가에 나와 얼굴을 씻고 물을 들일 때에 문수는 다따가

"어깨의 상처가 웬일인가?"

하고 나의 어깨의 군데군데를 가리켰다.

나는 뜨끔하면서 그때까지 완전히 잊고 있던 고들매기 사냥과 거기에 관련된 옥분과의 일건이 생각났다.

어떻게 할까 망설이다가 그에게까지 기일 바 못 되어 기어코 고

기잡이 이야기와 따라서 옥분과의 곡절을 은연중 귀띔하여주게 되었다.

이상한 것은 그의 태도였다.

"명예의 부상일세그려."

놀리고는 걱실걱실 웃는 것이다.

웃다가 문득 그치더니

"이왕 말이 났으니 나도 내 비밀을 게울 수밖에는 없게 되었네 그려."

정색하고 말을 풀어냈다.

"옥분이. 나도 그와는 남이 아니야."

어안이 벙벙한 나의 어깨를 치며

"생각하면 득추와 파혼된 후로부터는 달뜬 마음이 허랑해진 모양이데. 일종의 자포자기야. 죽일 놈은 득추지. 옥분의 형편이 가엾기는 해."

나에게는 이상한 감정이 솟아올랐다. 문수에게 대하여 노염과 질투를 느끼는 대신에――도리어 일종의 안심과 감사를 느끼는 것이었다. 괴롭던 책임이 모면된 것 같고 무거운 짐을 벗어놓은 듯이도 감정이 가벼워지고 엉겼던 마음이 풀리는 것이다. 이것은 교활하고 악한 심보일까. 그러나 나를 단 한 사람으로 생각하지 않는 옥분의 허랑한 태도에 해결의 열쇠는 있다. 그의 태도가 마지막 책임을 져야 될 터이니까.

"왜 말이 없나? 거짓말로 알아듣나? 자네가 버드나무 숲에서 만났다면 나는 풀밭에서 만났네."

여전히 잠자코만 있으면서 나는 속으로 한결같이 들의 성격과 마술과도 같은 자연의 매력이라는 것을 생각하였다.

얼마나 이야기가 장황하였던지 밥 타는 냄새가 코를 찔렀다.

9

무더운 날이 계속된다.

이런 때 마을은 더한층 지내기 어렵고 역시 들이 한결 낫다.

낮은 낮으로 해두고 밤을——하룻밤을 온전히 들에서 보낸 적이 없다.

우리는 의논하고 하룻밤을 들에서 야영하기로 하였다.

들의 밤은 두려운 것일까. 이런 의문도 있었기 때문이다.

이왕 의가 통한 후이니 이후로는 옥분이도 데려다가 세 사람이 일단의 '들의 아들'이 되었으면 하는 문수의 의견이었으나 나는 그것을 일종의 악취미라고 배척하였다. 과거의 피차의 정의는 정의로 하여두고 단체 생활에는 역시 두 사람이 적당하며 수효가 셋이면 어떤 경우에든지 반드시 기울고 불안정하다는 의견을 가지고 있기 때문이다. 그러나 그것도 결국 나의 야성이 철저치 못한 까닭이 아닐까.

어떻든 두 사람은 들복판에서 해를 넘기고 어둡기를 기다리고 밤을 맞이하였다.

불을 피우고 이야기하였다.

이야기가 장황하기 때문에 불이 마저 스러질 때에는 마을의 등불도 벌써 다 꺼지고 개 짖는 소리도 수습된 뒤였다. 별만이 깜박거리고 바닷소리가 은은할 뿐이다.

어둠은 깊고 넓고 무한하다.

창조 이전의 혼돈의 세계는 이러하였을까.

무한한 적막. 지구의 자전 공전의 소리도 들리지는 않는 것이다.

공포——두려움이란 어디서 오는 감정일까.

어둠에서도 적막에서도 오지는 않는다.

우리는 일부러 두려운 이야기 무서운 이야기로 마음을 떠보았으나 이럴듯한 새삼스러운 공포의 감정이라는 것은 솟지 않았다.

위에는 하늘이요 아래는 풀이요——주위에 어둠이 있을 뿐이지 모두가 결국 낮 동안의 계속이요 연장이다. 몸에 소름이 돋는 법도 마음이 떨리는 법도 없다.

서로 눈만 말똥거리다가 피곤하여 어느 결엔지 잠이 들어버렸다.

단잠을 깨었을 때는 아침 해가 높은 후였다.

야영의 밤은 몹시 시원하였을 뿐이요, 공포의 새는 결국 잡지 못하였다

10

그러나 공포는 왔다.

그것은 들에서 온 것이 아니요 마을에서——사람에게서 왔다.

공포를 만드는 것은 자연이 아니요 사람의 사회인 듯싶다.

문수가 돌연히 끌려간 것이다.

학교 사건의 뒤맺이인 듯하다.

이어 나도 들어가게 되었다.

나 혼자에 대하여 혹은 문수와 관련되어 여러 가지 질문을 받았다.

사흘 밤을 지우고 쉽게 나왔으나 문수는 소식이 없다. 오랠 것 같다.

여러 가지 재미있는 여름의 계획도 세웠으나 혼자서는 하릴없다.

가졌던 동무를 잃었을 때의 고독이란 큰 것이다.

들에서 무료히 지내는 날이 많다.

심심파적으로 옥분을 데려올까도 생각되나 여러 가지로 거리끼고 주체스러운 일이다. 깨끗한 것이 좋을 것 같다.

별수 없이 녀석이 하루라도 속히 나오기를 충심으로 바랄 뿐이다.

나오거든 풋콩을 실컷 구워 먹이고 기름종개를 많이 떠 먹이고 씨름해서 몸을 불려줄 작정이다.

들에는 도라지꽃이 피고 개나리꽃이 장하다.

진펄의 새발고사리도 어느덧 활짝 피었다.

해오라기가 가끔 조촐한 자태로 물가에 내린다.

시절이 무르녹았다.

석류 石榴

1

혀끝에 뱅뱅 돌면서도 쉽사리 무엇인지를 생각해볼 수 없는 맛과도 흡사하다.

이윽고 석류였음을 깨달았을 때 재희의 마음은 무지개를 본 듯이 뛰놀았다. 옛 병풍 속의 석류의 그림이 기억 속에 소생되어 때를 주름잡고 눈앞에 떠올랐다. 어디서 흘러오는지도 모르게 그윽하게 코끝을 채는 그리운 옛 향기. 약 그릇이 놓이고 어머니가 앉았고 머리맡에 병풍이 둘러쳐 있었다. 약 향기가 어머니의 근심스러운 얼굴에 서리었고 병풍 속 나무에 석류가 귀하였다. 익은 송이는 방긋이 벌어져 붉은 알이 엿보이고 익으려는 송이는 막 열리려고 살에 금이 갔다. 그런 송이는 어린 기억과 같이 부끄러웠다.

오랫동안 까닭도 없이 몸이 고달프던 것이 이틀 전 학교도 파하기 전에 별안간 허리가 아프기 시작하였다. 숙성한 채봉이란 년이 너 몸 이상스럽지 않으냐 하며 꾀바르게 비밀한 곳을 띠어주었다.[1]

　웅크리고 앉아 있는 동안에 견딜 수 없이 배가 훌쳤다. 두려운 생각이 버쩍 들어 책보도 교실에 버린 채 집으로 돌아왔다. 밤에 자리 속에서 옷을 말아 내고 어머니 앞에 얼굴을 쳐들 수 없었다. 버들 같은 체질을 걱정하여 어머니는 간호의 시중이 극진하였다. 인생은 웬일인지 서글픈 것이었다.

　예나 이제나 일반이다. 지금에는 어머니도 없고 머리맡에 병풍도 없고 석류도 없다. 예를 그리워하는 생각만이 아름답다. 석류는 그윽한 향기다. 향기는 구름같이 잡을 수 없고 꺼지기 쉬운 안타까운 자취, 눈물이 돌았다. 가슴이 뻐근히 저리는 동안에 무지개는 꺼지고 석류는 단걸음에 옛날로 물러가버렸다. 애달픈 생각에 골이 아프고 신열이 높아졌다. 머리맡에 약이 쓰다. 약도 옛날 것이 한결 향기로웠던 것이다.

　체온계를 겨드랑에 낀 채 홀연히 잠이 들었다. 눈초리에 눈물 자취가 어지러운 지도를 그렸다.

　──그런 수도 있을까.

2

꿈이나 아닌가 하여 재희는 이야기책을 다시 쳐들었다. 한 편의 자서전적 소설이 그를 놀라게 하였다. 소설가 준보는 바로 학교 때의 그 아이가 아니었던가. 소설 속의 이야기는 바로 그들의 어릴 때 일이 아니었던가. 무지개를 본 듯이 마음이 뛰놀았다. 현혹한 느낌에 가슴이 산란하다.

소년은 동무들의 놀림을 부당하다고 생각하였다. 소문이 높아지면 높아질수록 소녀와의 거리는 도리어 멀어지는 것 같았다. 소년이 비석을 칠 때에는 소녀의 그림자는 안 보였고 소녀가 자세를 받을 때에는 소년은 그 자리를 물러났다. 느티나무 아래에서 술래잡기를 할 때에도 두 사람의 자태는 빛과 그림자같이 서로 어긋났다. 결국 손목 한번 탐탁하게 못 쥐어보고 소년은 점점 고집스러워만 졌다. 쥐알봉수²가 소녀에게는 도리어 가깝게 어른거렸다. 소락소락 말을 걸고 손을 쥐고 하는 것을 소년은 무척 부러워하고 미워하였다. 그렇게 못 하는 자기의 고집스러운 성질을 슬퍼하면서 동무들의 부당한 놀림을 억울하게 여길 뿐이었다.

재희가 준보에게 터놓고 다정히 못 굴었음을 뉘우치게 된 것은 그와 작별한 후였다. 채봉이가 자별스럽게 준보를 위함을 알고 마음이 편편치 못하였으나 그와 떨어지고 보니 그것도 쓸데없는 걱정임을 깨달았다. 준보를 마지막으로 본 것은 결국 느티나무 밑이었다. 몸에 급스러운 변화가 와서 어머니 앞에 부끄러운 생각을 하고 누워 있는 동안에 준보도 고달픈 병으로 학교를 쉬었다. 명예로운 졸업식에도 참가하지 못하고 준보는 병에서 일어나자 바로 서울로 공부를 떠난 까닭이었다.

그를 그리워하는 마음이 불현듯이 솟았다.

재회네 집안이 사정에 따라 서울로 옮겨 앉고 따라서 재회가 윗학교에 들게 된 것은 여러 해 후였으나 준보의 자태는 늘 마음속에 꿈결같이 우렷하였다. 그러나 오늘 소설가로서 눈에 뜨일 줄은 추측하지 못하였다.

병석에 눕게 된 오늘의 재회에게 준보의 출현은 그 무슨 묵시와도 같다. 생각에 마음이 산란하고 피곤하여졌다.

이야기책을 덮고 눈을 감았다. 문득 생각이 나 준보의 자태가 있는 학교 때의 옛 사진을 찾아낼까 하다가 귀찮은 심사에 단념하였다.

3

사치한 생각으로가 아니라 재회에게는 실질적으로 결혼이 불행하였다.

준보와는 대차적이던 옛날의 쥐알봉수와도 같은 성격의 사람을 구하게 된 것부터가 뼈저린 착오였다. 은행원이었다. 어머니를 여의고 그 위에 경영하던 회사에 파산까지 당한 불여의의 아버지를 위로하기 위하여 그의 뜻에만 소경같이 좇은 것이 비극의 시초였을까.

결혼은 글자대로 무덤이었다. 뒤넘군은 무덤 같은 커다란 뽕침을 가정에 남겨놓고 자취를 감추었다. 는실례를 차린 것도 개차반의 짓이었으나 더욱 거쿨진³ 것은 은행의 금고를 연 것이었다. 그의 실종은 해를 넘어도 자취가 아득하였다.

재희는 당초의 그의 무의지를 뉘우쳤다. 할 일 없는 시가에 더 있을 수도 없어 친가로 돌아오기는 왔으나.

더구나 친가에서는 하는 수도 없어 한 번 물러섰던 학교에서 다시 생활을 구하게 되었다. 학교는 꿈의 보금자리였다. 소년과 소녀들의 자태 속에 옛날의 그들의 모양을 비추어 볼 수 있음으로였다. 그림자 속에서 타는 가느다란 촛불의 청춘이라고 할까.

아버지는 쓸쓸한 집 안에서 돌부처같이 침묵하였다.

반백의 머리에 턱에 주름살이 접고 온종일 늙은 앵무만큼도 말이 적고 서툴었다. 돌같이 표정이 없고 차다.

개차반의 소행에 대하여서조차 한마디의 책도 없었다. 모든 것을 긍정하고 굽어만 보는 '조물주'의 의지와도 같이 엄연하였다. 하기는 개차반을 나무랄 처지가 못 되는 까닭이었을까. 그 자신 방불한 길을 걸어왔으니까.

4

재희의 인생의 기억은 네 살부터 시작되었다.

서울로 달아난 아버지는 네 해를 넘어도 돌아오지 않았다. 공부를 청탁함이었으나 어지러운 소문에 어머니는 기어코 뒤를 쫓기를 결심하였다. 물론 공방을 지킴을 측은히 여겨 시가 편에서 떼어준 것이었다. 좁은 가마 속에 재희도 같이 앉아 반 천 리 길의 서울 길을 서쪽으로 서쪽으로 여러 날이나 흔들렸다.

철교 없는 한강을 쪽배로 건넜다. 구유배로 나일 강을 건너는 격이었을까.

모든 것이 이끼 속에 묻혀 전설과 같이도 멀다. 가마이며 쪽배이다.

학교를 마치고 벼슬을 얻은 아버지는 깨끗하게 닦아놓은 도읍 사람이었다. 포천집과 젊은 꿈속에 있는 그에게 그들의 도착은 큰 놀람이었다.

포천집 폭살에 모처럼의 서울도 재희 모녀에게는 가시밭이었다. 주일의 예배당을 찾아 아름다운 찬미가 속에 위안을 발견하는 모녀였다. 담배 심부름을 나갔다가 한길에서 뱀 잡아 든 것을 보고 가엾은 짐승의 기괴한 아름다움에 취하여 정신없이 서 있는 재희였다.

공부 온 먼촌 일가의 국현이가 때때로 군밤을 가지고 와서 재희의 마음을 기쁘게 하였다. 인자한 국현이의 무릎 위와 따뜻한 군밤과——재희의 전기 속의 축복된 부분이요 아름다운 한 페이지였다.

그러나 네 살 적 인생은 모든 것이 이끼 속에 묻혀 전설과 같이도 멀다. 예배당의 찬미가이며 거리의 뱀이며 따뜻한 무릎이며 군밤이며.

굿은일이든 좋은 일이든 전설은 모두 아름다운 것이니 재희는 한번 서울을 떠나 다시 그곳을 바라볼 때 그것을 정확히 느꼈다. 솔가하여가지고 고향으로 떨어진 것은 늙은 부모를 마지막으로 봉양하자는 아버지의 뜻이었다. 낯선 적막 속에서 포천집은 눈을 감았다. 소생도 뒤를 이어 떠났다. 아버지는 마음을 가다듬고 지방의 속관으로 여생을 보내기로 하였다. 어머니도 비로소 안정을 얻었다. 재희는 학교에 들 나이에 이르렀다.

5

이야기를 좋아하는 마음은 어디서 오는 것일까. 재희는 글자를 깨친 지 얼마 안 되었음에도 서울 시대의 묵은 이야기책들을 끔찍이는 사랑하였다.

긴 가을밤에나 혹은 어머니나 그가 가벼운 병석에 있을 때에 그는 병풍 속 자리에 누워 신소설 『추월색』을 낭독하였다. 아름다운 이 공기는 모녀를 울리기에 족하였다. 정님이와 영창이의 기구한 운명의 축복은 한없이 눈물지어 어느덧 한 가락의 초가 다 진하면 새 가락을 켜놓고 운명의 다음 줄을 계속하여 읽곤 하였다. 어머니는 촛불과 같이 가만히 눈물지었다. 병풍 속 석류는 눈앞에 흐리고 머리맡 약 냄새는 근심스러웠다.

이야기 속의 장면으로 재희는 서울을 상상하기를 즐겨하였다.

그러므로 서울은 지극히 아름다운 것이었고 옛 기억은 전설과 같이 그리운 것이었다. 물론 자란 후 다시 서울을 보았을 때에는 이 소녀 시대의 아름다운 꿈은 그림자조차 찾아볼 수 없이 곱게 사라졌고——서울은 한갓 산만한 거리로 비치었다.

준보는 학교에서 가장 영리한 아이였다. 새까만 눈동자에 총기가 흘렀다. 시험 때에는 늘 선생들의 혀를 말게 하였다. 재희도 반에서 수석인 까닭으로 두 사람이 가까워진 것은 아니나 재희는 모인 총중에 준보의 모양이 안 보이면 마음이 적적해지게까지 되었다. 새 치마를 입거나 새 신을 신었을 때에는 누구보다도 먼저 그에게 보이고 싶었다. 선생에게 칭찬받는 것을 들으면 귀에 즐거웠다. 동무들의 요란한 놀림을 겉으로는 귀찮게 여겼으나 속으로는 도리어 기뻐하였다. 웬일인지 재희는 늘 『추월색』의 슬픈 이야기를 생각하였다. 준보를 생각할 때에 어린 마음에 으레 정임이와 영창이의 사실이 떠오르곤 하였다.

6

먼 산에 원족⁴을 갔을 때는 준보는 덤불 속을 교묘하게 들쳐 익은 으름을 송이송이 찾아다 재희에게 던졌다. 그러면서도 잔잔하게 말을 거는 법은 없이 늘 뿌루퉁하고 퉁명스러운 심술이었다. 새까만 눈방울이 한피같이 빛났다.

봄이면 학교에서는 산놀이를 떠났다. 제각기 헤어졌을 때 준보들은 바위 위에 진달래꽃을 꺾으러 갔다. 철은 일렀으나 이름 모를 새들이 잎 핀 버들가지에서 지저귀었다. 좁은 지름길을 걸어 바위 위에 이르렀을 때에는 준보와 재희의 한 패만이 남고 다른 측들은 한동안 그림자가 보이지 않았다. 산은 험하여 바위 아래는 푸른 강물이 어마어마하게 내려다보였다. 바위 코에 담뿍 몰린 한 떨기의 진달래가 마음을 흠뻑 당겼다. 재희의 원에 준보는 두려움도 잊고 날뜀을 냈다.

"내 손을 잡으렴."

바위 끝으로 기어가는 준보를 재희는 조마조마하게 바라보았다.

"일없다. 네 손쯤 붙들어야 소용없어."

"뽐내다 떨어질라."

"떨어지면 너 시원하겠지."

"녀석두 맘에 없는 소리만."

실쭉하고 돌아섰을 때 준보는 벌써 꽃 뿌리에 손이 갔다. 간신히 두어 대 꺾어 쥐고 다시 손이 갔을 때에 팔에 스쳐 돌멩이가 굴렀다. 겁을 먹고 몸을 츠스러치는 바람에 디뎠던 발이 빗나가자 무른 바위는 으스러지며 더한층 와르르 헐어져 떨어졌다. 서슬에 준보의 몸은 엎어지며 손을 빼 든 채 앞으로 밀렸다. 재희는 아찔하여 반사적으로 풀썩 쓰러지면서 두 손으로 준보의 발을 붙들었다. 이어 몸을 일으키고 힘을 다하여 간신히 끌어낼 수 있었다. 천행 준보는 떨어지지는 않았으나 대신 팔에 커다란 상처를 받았다.

"나 때문에 안됐구나."

"너 때문에 너 줄려고 꽃 꺾은 줄 아니."

"고집쟁이두."

걷는 동안에 속이 풀려서 몸을 기대리라고 생각하였으나 준보는 꼿꼿이 말도 없이 땅만 보고 걷는 것이 재희에게는 불만스러웠다.

준보를 서울로 보내게 되었을 때 그 불만은 한층 더 컸고 마음은 한갓 서글프기만 하였다.

7

관직의 한정이 찼을 때 아버지는 선조들의 묘만이 남은 실속 없는 고향을 헌 신같이 버리고 다시 솔가하여가지고 서울로 떠났다.

얼마 안 되는 축재로 아버지가 회사의 한몫을 맡게 되었을 때 재희는 윗 학교에 나아갔다.

준보의 자태가 마음속에 없는 바는 아니었으나 시달리는 동안에 새벽 별같이 차차 그림자가 엷어진 것은 사실이었다.

서울은 결코 전설의 서울이 아니었고 꿈의 거리가 아니었다.

거리도 서울도 그칠 바를 모르는 산문의 연속이었다.

재희의 청춘은 회색 장막에 새겨진 회색 글자의 내용이었다.

같은 병풍 속에서 이야기책을 같이 읽은 어머니를 잃은 것은 그대로 큰 꿈을 잃은 셈이었다.

재희가 학교를 채 마치기도 기다리지 않고 아버지들의 회사가 기울기 시작한 것도 결코 우연은 아니었다.

아버지의 얼굴은 금계랍[5]을 먹은 상이었다. 아무리 애쓰나 회복의 도리는 없는 듯하였다.

하는 수 없이 재희는 제단에 오르는 애잔한 양이었다.

학교를 나오기가 바쁘게 꿈도 꾸지 못하였던 곳에서 생활의 길을 구하게 되었다.

흡사 그 자신이 어린 시절을 보내던 곳과도 같은 어린 학교에서 어린아이들을 데리고 단조한 나날의 생활을 보내게 되었다. 그 속에서는 포부도 희망도 다 으스러져서 한 줌의 재로 변하였다.

그러던 차의 결혼이라 아버지는 부쩍 성화였다. 재희는 아버지를 가엾게 여기는 마음으로 자기의 뜻을 휘었다.

은행원이라고 도움이 되기를 바라던 것은 아니었다. 다만 아버지로서는 여러 가지로 불여의한 역경 속에서 한 가지씩이라도 집안일을 정리하자는 뜻이었다.

8

그러나 결혼은 글자대로 무덤이었다.

공칙하게[6] 회사도 파산이었다.

재희는 별수 없이 다니던 학교 앉던 의자에 다시 들어가 앉았다.

버둥질쳐야 어쩌는 수 없는 인생임을 깨달은 후이라 마음은 한결 유하여가지고 가라앉아갔다.

단조한 속에서 생기를 구하려 하였다. 으스러진 재 속에서 옛이
야기를 찾으려 하였다. 어린 합창을 힘써 희망의 노래로 들었다.
맑은 반의 소년과 소녀 갑남이와 애순이의 관계에서 어렸을 때의
꿈을 되풀이하려 하였다.

갑남이는 고집쟁이였다. 도화 시간임에도 도화지를 가져오지
않은 때 이유를 물어도 꾸중을 해도 돌같이 책상 앞에 웅크리고
앉아 말도 하는 법 없거니와 얼굴도 결코 쳐들지는 않는다. 완전
히 말을 잊은 아이 같다. 표정 하나 변하지 않고 검은 눈방울로
책상을 노리면서 한 시간을 보내는 수도 있다. 애순이는 다정한
소녀였다. 여벌이 있으면 반드시 한 장을 갑남이에게 나누어주었
다. 솔직하게 받을 때도 있으나 종시 고집을 세우고 안 받는 때도
있었다.

"받으렴."

"일없다."

"고집 피우다 꾸중 들을라."

"꾸중 들으면 시원하겠니?"

"녀석두 맘에 없는 소리만."

어쩌다 받게 되면 다음 시간에는 갑절을 가져다가 도로 갚곤 하
였다. 그 고집으로도 반대로 애순이가 가령 붓을 잊었을 때에는
자진하여 여벌을 빌려주었다.

갑남이는 가난하였다. 점심을 굶는 때가 많았다. 이상스러운 것
은 그런 때에는 애순이도 역시 점심을 굶는 것이었다. 애순이는
결코 갑남이같이 가난하지는 않았다. 점심이 없을 리는 없었다.

수상히 여겨 하루 재희는 점심시간이 끝나 교실이 비었을 때 은밀히 애순이의 책상 속을 살펴보았다. 놀란 것은 의젓하게 점심을 싸가지고 온 것이다. 다음 날 갑남이가 점심을 먹을 때에 애순이도 먹었으나 다음 날 갑남이가 굶을 때에 애순이도 굶었다. 물론 책상 속에는 점심이 있음에도 불구하고. 두번째 그것을 발견하였을 때 형언할 수 없는 경건한 느낌이 재희의 가슴을 쳤다. 한편 다쳐서는[7] 안 될 성스러운 것에 손을 다친 것 같아서 송구스러운 느낌이 마음을 죄었다. 가만히 애순이를 불러 이유를 들었을 때 문득 가슴이 저리고 눈시울이 더워졌다.

"갑남이가 안 먹으면 먹구 싶지 않아요."

재희는 그날 돌아오던 길로 이불 속에서 혼자 흠뻑 울었다. 그날같이 산 보람을 느낀 때도 적었다.

그 후로는 갑남이를 꾸짖기는커녕 두 아이를 똑같이 갑절 사랑하게 되었다.

자기들의 옛날이 그지없이 그리웠다.

9

산란한 심사에 몸이 유난히도 고달팠다.

재희는 학교를 쉬고 자리에 눕는 날이 많았다.

소설가로서의 준보의 이름을 발견한 것은 커다란 놀람이었다.

무지개를 본 듯이 마음이 뛰놀았으나 옛날을 우러러보는 동안에 정신이 무척 피곤도 하였다. 눈초리에 눈물 자취의 어지러운 지도를 그린 채 재희는 눈을 떴다.

체온계를 뽑으니 수은주가 높다. 신열이 나고 몸이 덥다.

고개를 돌리니 준보의 소설책이 다시 눈에 띄었다. 별안간 가슴이 찌르르하면서 눈물이 솟았다. 오장육부가 둘러 파이고 세상이 검은 구렁텅이 속으로 일시에 빠져 들어가는 듯하다. 그 쓰라린 빈 느낌에 목소리를 놓고 어엉 울고도 싶다. 저물어가는 짧은 햇발이 창 기슭에 노랗게 기울었다. 눈물에 젖어 베개가 축축하다.

메밀꽃 필 무렵

여름 장이란 애시당초에 글러서 해는 아직 중천에 있건만 장판은 벌써 쓸쓸하고 더운 햇발이 벌여놓은 전 휘장 밑으로 등줄기를 훅훅 볶는다. 마을 사람들은 거지반 돌아간 뒤요 팔리지 못한 나무꾼 패가 길거리에 궁싯거리고들 있으나 석유병이나 받고 고깃마리나 사면 족할 이 축들을 바라고 언제까지든지 버티고 있을 법은 없다. 츱츱스럽게 날아드는 파리 떼도 장난꾼 각다귀들도 귀찮다. 얼금뱅이[1]요 왼손잡이인 드팀전[2]의 허생원은 기어코 동업의 조선달을 나꾸어보았다.

"그만 걷을까?"

"잘 생각했네. 봉평 장에서 한번이나 흐붓하게 사본 일 있었을까. 내일 대화 장에서나 한몫 벌어야겠네."

"오늘 밤은 밤을 새서 걸어야 될걸."

"달이 뜨렷다."

절렁절렁 소리를 내며 조선달이 그날 산 돈을 따지는 것을 보고 허생원은 말뚝에서 넓은 휘장을 걷고 벌여놓았던 물건을 거두기 시작하였다. 무명 필과 주단 바리가 두 고리짝³에 꼭 찼다. 멍석 위에는 천 조각이 어수선하게 남았다.

다른 축들도 벌써 거진 전들을 걷고 있었다. 약빠르게 떠나는 패도 있었다. 어물장수도 땜장이도 엿장수도 생강장수도 꼴들이 보이지 않았다. 내일은 진부와 대화에 장이 선다. 축들은 그 어느 쪽으로든지 밤을 새며 육칠십 리 밤길을 타박거리지 않으면 안 된다. 장판은 잔치 뒷마당같이 어수선하게 벌어지고 술집에서는 싸움이 터져 있었다. 주정꾼 욕지거리에 섞여 계집의 앙칼진 목소리가 찢어졌다. 장날 저녁은 정해놓고 계집의 고함 소리로 시작되는 것이다.

"생원, 시침을 떼두 다 아네…… 충주집 말야."

계집 목소리로 문득 생각난 듯이 조선달은 비죽이 웃는다.

"화중지병이지. 연소 패들을 적수로 하구야 대거리⁴가 돼야 말이지."

"그렇지두 않을걸. 축들이 사족을 못 쓰는 것두 사실은 사실이나 아무리 그렇다군 해두 왜 그 동이 말일세. 감쪽같이 충주집을 후린 눈치거든."

"무어 그 애숭이가 물건 가지고 낚었나 부지. 착실한 녀석인 줄 알었더니."

"그 길만은 알 수 있나…… 궁리 말구 가보세나그려. 내 한턱 씀세."

그다지 마음이 당기지 않는 것을 쫓아갔다. 허생원은 계집과는 연분이 멀었다. 얼금뱅이 상판을 쳐들고 대어설 숫기도 없었으나 계집 편에서 정을 보낸 적도 없었고 쓸쓸하고 뒤틀린 반생이었다. 충주집을 생각만 하여도 철없이 얼굴이 붉어지고 발밑이 떨리고 그 자리에 소스라쳐버린다. 충주집 문을 들어서 술좌석에서 짜장 동이를 만났을 때에는 어찌 된 서슬엔지 빨끈 화가 나버렸다. 상 위에 붉은 얼굴을 쳐들고 제법 계집과 농탕치는 것을 보고서야 견딜 수 없었던 것이다. 녀석이 제법 난질꾼[5]인데 꼴사납다. 머리에 피도 안 마른 녀석이 낮부터 술 처먹고 계집과 농탕이야. 장돌뱅이 망신만 시키고 돌아다니누나. 그 꼴에 우리들과 한몫 보자는 셈이지. 동이 앞에 막아서면서부터 책망이었다. 걱정두 팔자요 하는 듯이 빤히 쳐다보는 상기된 눈망울에 부딪힐 때 결김에 따귀를 하나 갈겨주지 않고는 배길 수 없었다. 동이도 화를 쓰고 팩하게 일어서기는 하였으나 허생원은 조금도 동색하는 법 없이 마음먹은 대로는 다 지껄였다. 어디서 줏어먹은 선머슴인지는 모르겠으나 네게도 아비 어미 있겠지. 그 사나운 꼴 보면 맘 좋겠다. 장사란 탐탁하게 해야 되지, 계집이 다 무어야 나가거라 냉큼 꼴 치워.

그러나 한마디도 대거리하지 않고 하염없이 나가는 꼴을 보려니 도리어 측은히 여겨졌다. 아직도 서름서름한 사인데 너무 과하지 않았을까 하고 마음이 섬짓해졌다. 주제도 넘지 같은 술손님이면서두 아무리 젊다고 자식 낳게 되는 것을 붙들고 치고 닦아셀[6] 것은 무어야 원. 충주집은 입술을 쭝긋하고 술 붓는 솜씨도 거칠었으나 젊은 애들한테는 그것이 약이 된다나 하고 그 자리는 조선달이 얼버무려 넘겼다. 너 녀석한테 반했지. 애송이를 빨면 죄 된다. 한참 법석을 친 후이다. 담도 생긴 데다가 웬일인지 흠뻑 취해보고 싶은 생각도 있어서 허생원은 주는 술잔이면 거의 다 들이켰다. 거나해짐을 따라 계집 생각보다도 동이의 뒷일이 한결같이 궁금해졌다. 내 꼴에 계집을 가로채서는 어떡할 작정이었누 하고 어리석은 꼬락서니를 모질게 책망하는 마음도 한편에 있었다. 그러기 때문에 얼마나 지난 뒤인지 동이가 헐레벌떡거리며 황급히 부르러 왔을 때에는 마시던 잔을 그 자리에 던지고 정신없이 허덕이며 충주집을 뛰어나간 것이었다.

"생원 당나귀가 바를 끊구 야단이에요."

"각다귀들 장난이지 필연코."

짐승도 짐승이려니와 동이의 마음씨가 가슴을 울렸다. 뒤를 따라 장판을 달음질하려니 게슴츠레한 눈이 뜨거워질 것 같다.

"부락스런 녀석들이라 어쩌는 수 있어야죠."

"나귀를 몹시 구는 녀석들은 그냥 두지는 않을걸."

반평생을 같이 지내온 짐승이었다. 같은 주막에서 잠자고 같은 달빛에 젖으면서 장에서 장으로 걸어 다니는 동안에 이십 년의 세월이 사람과 짐승을 함께 늙게 하였다. 까스러진 목 뒤 털은 주인의 머리털과도 같이 바스러지고 개진개진 젖은 눈은 주인의 눈과 같이 눈곱을 흘렸다. 몽당비처럼 짧게 쓸리운 꼬리는 파리를 쫓으려고 기껏 휘저어보아야 벌써 다리까지는 닿지 않았다. 닳아 없어진 굽을 몇 번이나 도려내고 새 철을 신겼는지 모른다. 굽은 벌써 더 자라나기는 틀렸고 닳아버린 철 사이로는 피가 빼짓이 흘렀다. 냄새만 맡고도 주인을 분간하였다. 호소하는 목소리로 야단스럽게 울며 반겨한다.

어린아이를 달래듯이 목덜미를 어루만져주니 나귀는 코를 벌름거리고 입을 투르르거렸다. 콧물이 튀었다. 허생원은 짐승 때문에 속도 무던히는 썩였다. 아이들의 장난이 심한 눈치여서 땀 밴 몸뚱어리가 부들부들 떨리고 좀체 흥분이 식지 않는 모양이었다. 굴레가 벗어지고 안장도 떨어졌다. 요 몹쓸 자식들 하고 허생원은 호령을 하였으나 패들은 벌써 줄행랑을 논 뒤요 몇 남지 않은 아이들이 호령에 놀라 비슬비슬 멀어졌다.

"우리들 장난이 아니우. 암놈을 보고 저 혼자 발광이지."

코흘리개 한 녀석이 멀리서 소리를 쳤다.

"고 녀석 말투가."

"김첨지 당나귀가 가버리니까 왼통 흙을 차고 거품을 흘리면서 미친 소같이 날뛰는걸. 꼴이 우스워 우리는 보고만 있었다우. 배를 좀 보지."

아이는 앵돌아진 투로 소리를 치며 깔깔 웃었다. 허생원은 모르는 결에 낯이 뜨거워졌다. 뭇시선을 막으려고 그는 짐승의 배 앞을 가려 서지 않으면 안 되었다.

"늙은 주제에 암샘을 내는 셈야, 저놈의 짐승이."

아이의 웃음소리에 허생원은 주춤하면서 기어코 견딜 수 없어 채찍을 들더니 아이를 쫓았다.

"쫓으려거든 쫓아보지. 왼손잡이가 사람을 때려."

줄달음에 달아나는 각다귀에는 당하는 재주가 없었다. 왼손잡
이는 아이 하나도 후릴 수 없다. 그만 채찍을 던졌다. 술기도 돌
아 몸이 유난스럽게 화끈거렸다.

"그만 떠나세. 녀석들과 어울리다가는 한이 없어. 장판의 각다
귀들이란 어른보다도 더 무서운 것들인걸."

조선달과 동이는 각각 제 나귀에 안장을 얹고 짐을 싣기 시작하
였다. 해가 꽤 많이 기울어진 모양이었다.

*

드팀전 장돌이를 시작한 지 이십 년이나 되어도 허생원은 봉평
장을 빼논 적은 드물었다. 충주 제천 등의 이웃 군에도 가고 멀리
영남 지방도 헤매기는 하였으나 강릉쯤에 물건 하러 가는 외에는
처음부터 끝까지 군내를 돌아다녔다. 닷새만큼씩의 장날에는 달
보다도 확실하게 면에서 면으로 건너간다. 고향이 청주라고 자랑
삼아 말하였으나 고향에 돌보러 간 일도 있는 것 같지는 않았다.
장에서 장으로 가는 길의 아름다운 강산이 그대로 그에게는 그리
운 고향이었다. 반날 동안이나 뚜벅뚜벅 걷고 장터 있는 마을에
거지반 가까웠을 때 지친 나귀가 한바탕 우렁차게 울면——더구나
그것이 저녁녘이어서 등불들이 어둠 속에 깜박거릴 무렵이면 늘
당하는 것이건만 허생원은 변치 않고 언제든지 가슴이 뛰놀았다.

젊은 시절에는 알뜰하게 벌어 돈푼이나 모아본 적도 있기는 있
었으나 읍내에 백중이 열린 해 호탕스럽게 놀고 투전을 하고 하

여 사흘 동안에 다 털어버렸다. 나귀까지 팔게 된 판이었으나 애끊는 정분에 그것만은 이를 물고 단념하였다. 결국 도로아미타불로 장돌이를 다시 시작할 수밖에는 없었다. 짐승을 데리고 읍내를 도망해 나왔을 때에는 너를 팔지 않기 다행이었다고 길가에서 울면서 짐승의 등을 어루만졌던 것이었다. 빚을 지기 시작하니 재산을 모을 염은 당초에 틀리고 간신히 입에 풀칠을 하러 장에서 장으로 돌아다니게 되었다.

호탕스럽게 놀았다고는 하여도 계집 하나 후려보지는 못하였다. 계집이란 쌀쌀하고 매정한 것이었다. 평생 인연이 없는 것이라고 신세가 서글퍼졌다. 일신에 가까운 것이라고는 언제나 변함없는 한 필의 당나귀였다.

그렇다고는 하여도 꼭 한 번의 첫 일을 잊을 수는 없었다. 뒤에도 처음에도 없는 단 한 번의 괴이한 인연. 봉평에 다니기 시작한 젊은 시절의 일이었으나 그것을 생각할 적만은 그도 산 보람을 느꼈다.

"달밤이었으나 어떻게 해서 그렇게 됐는지 지금 생각해두 도무지 알 수 없어."

허생원은 오늘 밤도 또 그 이야기를 꺼집어내려는 것이다. 조선달은 친구가 된 이래 귀에 못이 박이도록 들어왔다. 그렇다고 싫증을 낼 수도 없었으나 허생원은 시침을 떼고 되풀이할 대로는 되풀이하고야 말았다.

"달밤에는 그런 이야기가 격에 맞거든."

조선달 편을 바라는 보았으나 물론 미안해서가 아니라 달빛에 감동하여서였다. 이지러는 졌으나 보름을 가제 지난 달은 부드러운 빛을 흐붓이 흘리고 있다. 대화까지는 칠십 리의 밤길 고개를 둘이나 넘고 개울을 하나 건너고 벌판과 산길을 걸어야 된다. 길은 지금 긴 산허리에 걸려 있다. 밤중을 지난 무렵인지 죽은 듯이 고요한 속에서 짐승 같은 달의 숨소리가 손에 잡힐 듯이 들리며 콩 포기와 옥수수 잎새가 한층 달에 푸르게 젖었다. 산허리는 온통 모밀밭이어서 피기 시작한 꽃이 소금을 뿌린 듯이 흐뭇한 달빛에 숨이 막힐 지경이다. 붉은 대궁이 향기같이 애잔하고 나귀들의 걸음도 시원하다. 길이 좁은 까닭에 세 사람은 나귀를 타고 외줄로 늘어섰다. 방울 소리가 시원스럽게 딸랑딸랑 모밀밭께로 흘러간다. 앞장선 허생원의 이야기 소리는 꽁무니에 선 동이에게는 확적히는 안 들렸으나, 그는 그대로 개운한 제멋에 적적하지는 않았다.

"장 선 꼭 이런 날 밤이었네. 객줏집 토방이란 무더워서 잠이 들어야지. 밤중은 돼서 혼자 일어나 개울가에 목욕하러 나갔지. 봉평은 지금이나 그제나 마찬가지나 보이는 곳마다 모밀밭이어서 개울가가 어디 없이 하얀 꽃이야. 돌밭에 벗어도 좋을 것을 달이 너무도 밝은 까닭에 옷을 벗으러 물방앗간으로 들어가지 않았나. 이상한 일도 많지. 거기서 난데없는 성서방네 처녀와 마주쳤단 말이네. 봉평서야 제일가는 일색이었지."

"팔자에 있었나 부지."

아무렴 하고 응답하면서 말머리를 아끼는 듯이 한참이나 담배를 빨 뿐이었다. 구수한 자줏빛 연기가 밤기운 속에 흘러서는 녹

왔다.

"날 기다린 것은 아니었으나 그렇다고 달리 기다리는 놈팽이가 있은 것두 아니었네. 처녀는 울고 있단 말야. 짐작은 대고 있었으나 성서방네는 한창 어려워서 들고날 판인 때였지. 한집안 일이니 딸에겐들 걱정이 없을 리 있겠나. 좋은 데만 있으면 시집도 보내련만 시집은 죽어도 싫다지…… 그러나 처녀란 울 때같이 정을 끄는 때가 있을까. 처음에는 놀라기도 한 눈치였으나 걱정 있을 때는 누그러지기도 쉬운 듯해서 이럭저럭 이야기가 되었네…… 생각하면 무섭고도 기막힌 밤이었어."

"제천인지로 줄행랑을 놓은 건 그다음 날이었다."[7]

"다음 장도막에는 벌써 왼 집안이 사라진 뒤였네. 장판은 소문에 발끈 뒤집혀 고작해야 술집에 팔려 가기가 상수라고 처녀의 뒷공론이 자자들 하단 말이야. 제천 장판을 몇 번이나 뒤졌겠나. 하나 처녀의 꼴은 꿩 궈 먹은 자리야. 첫날밤이 마지막 밤이었지. 그때부터 봉평이 마음에 든 것이 반평생을 두고 다니게 되었네. 평생인들 잊을 수 있겠나."

"수 좋았지. 그렇게 신통한 일이란 쉽지 않어. 항용 못난 것 얻어 새끼 낳고 걱정 늘고 생각만 해두 진저리 나지…… 그러나 늘 그막바지까지 장돌뱅이로 지내기도 힘드는 노릇 아닌가. 난 가을까지만 하구 이 생애와두 하직하려네. 대화쯤에 조그만 전방이나 하나 벌이구 식구들을 부르겠어. 사시장철 뚜벅뚜벅 걷기란 여간 이래야지."

"옛 처녀나 만나면 같이나 살까…… 난 거꾸러질 때까지 이 길

걷고 저 달 볼 테야."

산길을 벗어나니 큰길로 틔어졌다. 꽁무니의 동이도 앞으로 나서 나귀들은 가로 늘어섰다.

"총각두 젊겠다 지금이 한창 시절이렷다. 충주집에서는 그만 실수를 해서 그 꼴이 되었으나 섧게 생각 말게."

"처, 천만에요. 되려 부끄러워요. 계집이란 지금 웬 제격인가요. 자나 깨나 어머니 생각뿐인데요."

허생원의 이야기로 실심해 한 끝이라 동이의 어조는 한풀 수그러진 것이었다.

"아비 어미란 말에 가슴이 터지는 것도 같았으나 제겐 아버지가 없어요. 피붙이라고는 어머니 하나뿐인걸요."

"돌아가셨나?"

"당초부터 없어요."

"그런 법이 세상에."

생원과 선달이 야단스럽게 껄껄들 웃으니 동이는 정색하고 우길 수밖에는 없었다.

"부끄러워서 말하지 않으려 했으나 정말예요. 제천 촌에서 달도 차지 않은 아이를 낳고 어머니는 집을 쫓겨났죠. 우스운 이야기나 그러기 때문에 지금까지 아버지 얼굴도 본 적 없고 있는 고장도 모르고 지내와요."

고개가 앞에 놓인 까닭에 세 사람은 나귀를 내렸다. 둔덕은 험하고 입을 벌리기도 대근하여[8] 이야기는 한동안 끊겼다. 나귀는 건듯하면 미끄러졌다. 허생원은 숨이 차 몇 번이고 다리를 쉬지 않으면 안 되었다. 고개를 넘을 때마다 나이가 알렸다. 동이 같은 젊은 축이 그지없이 부러웠다. 땀이 등을 한바탕 쪽 씻어내렸다.

고개 너머는 바로 개울이었다. 장마에 흘러버린 널다리가 아직도 걸리지 않은 채로 있는 까닭에 벗고 건너야 되었다. 고의를 벗어 띠로 등에 얽어매고 반벌거숭이의 우스꽝스러운 꼴로 물속에 뛰어들었다. 금방 땀을 흘린 뒤였으나 밤 물은 뼈를 찔렀다.

"그래, 대체 기르긴 누가 기르구?"

"어머니는 하는 수 없이 의부를 얻어 가서 술장사를 시작했죠. 술이 고주래서 의부라고 전 망나니예요. 철들어서부터 맞기 시작한 것이 하룬들 편한 날 있었을까. 어머니는 말리다가 채이고 맞고 칼부림을 당하고 하니 집 꼴이 무어겠소. 열여덟 살 때 집을 뛰어나와서부터 이 짓이죠."

"총각 낫세론 동이 무던하다고 생각했더니 듣고 보니 딱한 신세로군."

물은 깊어 허리까지 찼다. 속 물살도 어지간히 센 데다가 발에 차이는 돌멩이도 미끄러워 금시에 훌칠 듯하였다. 나귀와 조선달은 재빨리 거의 건넜으나 동이는 허생원을 붙드느라고 두 사람은 훨씬 떨어졌다.

"모친의 친정은 원래부터 제천이었던가?"

"웬걸요. 시원스리 말은 안 해주나 봉평이라는 것만은 들었죠."

"봉평? 그래 그 아비 성은 무엇이구?"

"알 수 있나요. 도무지 듣지를 못했으니까."

그 그렇겠지 하고 중얼거리며 흐려지는 눈을 까물까물하다가 허생원은 경망하게도 발을 빗디뎠다. 앞으로 고꾸라지기가 바쁘게 몸째 풍덩 빠져버렸다. 허우적거릴수록 몸을 걷잡을 수 없어 동이가 소리를 치며 가까이 왔을 때에는 벌써 퍽이나 흘렀었다. 옷째 졸짝 젖으니 물에 젖은 개보다도 참혹한 꼴이었다. 동이는 물속에서 어른을 해깝게[9] 업을 수 있었다. 젖었다고는 하여도 여윈 몸이라 장정 등에는 오히려 가벼웠다.

"이렇게까지 해서 안됐네. 내 오늘은 정신이 빠진 모양이야."

"염려하실 것 없어요."

"그래 모친은 아비를 찾지는 않는 눈치지?"

"늘 한번 만나고 싶다고는 하는데요."

"지금 어디 계신가?"

"의부와도 갈라져 제천에 있죠. 가을에는 봉평에 모셔 오려고 생각 중인데요. 이를 물고 벌면 이럭저럭 살아갈 수 있겠죠."

"아무렴, 기특한 생각이야. 가을이랬다?"

동이의 탐탁한 등어리가 뼈에 사무쳐 따뜻하다. 물을 다 건넜을 때에는 도리어 서글픈 생각에 좀더 업혔으면도 하였다.

"진종일 실수만 하니 웬일이오, 생원."

조선달은 바라보며 기어코 웃음이 터졌다.

"나귀야. 나귀 생각하다 실족을 했어. 말 안 했던가. 저 꼴에 제법 새끼를 얻었단 말이지. 읍내 강릉집 피마[10]에게 말일세. 귀를 쫑긋 세우고 달랑달랑 뛰는 것이 나귀 새끼같이 귀여운 것이 있을까. 그것 보러 나는 일부러 읍내를 도는 때가 있다네."

"사람을 물에 빠치울 젠 딴은 대단한 나귀 새끼군."

허생원은 젖은 옷을 웬만큼 짜서 입었다. 이가 덜덜 갈리고 가슴이 떨리며 몹시도 추웠으나 마음은 알 수 없이 둥실둥실 가벼웠다.

"주막까지 부지런히들 가세나. 뜰에 불을 피우고 훗훗이 쉬어. 나귀에겐 더운물을 끓여주고. 내일 대화 장 보고는 제천이다."

"생원도 제천으로?"

"오래간만에 가보고 싶어. 동행하려나 동이?"

나귀가 걷기 시작하였을 때 동이의 채찍은 왼손에 있었다. 오랫동안 아둑시니같이 눈이 어둡던 허생원도 요번만은 동이의 왼손잡이가 눈에 띄지 않을 수 없었다.

걸음도 해깝고 방울 소리가 밤 벌판에 한층 청청하게 울렸다.

달이 어지간히 기울어졌다.

삽화 挿話

의외에도 재도 자신의 흉계[1]임을 알았을 때에 현보는 괘씸한 생각이 가슴을 치밀었으나 문득 돌이켜 딴은 그럴 법도 하다고 돌연히 느껴는 졌다. 그제서야 동무의 심보를 똑바로 들여다본 것 같아서 몹시 불유쾌하였다. 그날 밤 술을 나누게 되었을 때에 현보는 기어코 들었던 술잔을 재도의 면상에 던지고야 말았다.

"사람의 자식이 그렇게도 비루하여졌더냐."

"오, 오해 말게. 내가 무엇이기로 과장이 내 따위의 말에 따라 일을 처단하겠나. 말하기도 전에 자네의 옛일을 다 알고 있데. 항상 그렇게 조급한 것이 자네 병이야. 세상에 처해나가려면 침착하고 유유하여야 하네. 좀더 기다려보게나."

"처세술까지 가르쳐줄 작정이야?"

이어 술병마저 들어 안기려다가 현보의 손은 제물에[2] 주저앉아 버리고 말았다. 문득 재도의 위대한 육체가 눈을 압박해오는 까닭이었다. 아무리 발악한대야 '유유한' 그 육체에는 당할 재주가 없을 것 같았고 그 육체만으로 승산은 벌써 한풀 꺾인 것을 깨달았다. 서로 떨어져 있는 몇 해 동안에 불현듯이 늘어난 비대한 그 육체 속에는 음모와 권술과 속세의 악덕이 물같이 고여 있을 듯이 보였다. 그와 자기와의 사이에는 벌써 거의 종족의 차이가 있고 건너지 못할 해협이 가로놓여 있음을 알았다. 사람이 그렇게까지 변할 수 있을까 하고 느껴지며 옛일이 꿈결같이 생각되었다.

"아예 오해 말게. 옛날의 정이라는 것도 있잖은가."

"고얀 놈."

유들유들한 볼따구니를 갈기고 싶었으나 벌써 좌석이 식어지고 마음이 글러져서 싸움조차가 어울리지 않음을 느꼈다. 거나한 김에 도리어 다시 술을 입에 품는 동안에 가늠을 보았던지 마침 재도 편에서 먼저 자리를 벌떡 일어나서 무엇인지 핑계의 말을 남기고 자리를 물러섰다.

"음직한 것—."

또 한 수 꺾인 현보는 발등을 밟히고 얼굴에 침을 뱉기운 것 같아서 속심지가 치밀며 그럴 줄 알았더면 당초에 놈의 볼따구니를 짜장 갈겨두었더면 하고 분한 생각이 한결같이 솟아올랐다.

그제 와서는 모든 것이 뉘우쳐졌다. 무엇을 즐겨 당초에 하필 그 있는 곳으로 자리를 구하려고 하였던가. 옛날에 동무가 아니라 동지이던 그 우의를 의지한 것이 잘못이었고 둘째로는 그 자리를 알선하여준 옛 스승이 원망스러웠다. 아무리 앞길이 막히고 형편이 곤란하다 하더라도 구구하게 하필 그런 자리가 차례에 왔던가. 하기는 결과는 그제서야 알게 된 것이니 당초에야 짐작할 수도 없는 일이기는 하였으나 재도는 한방에서 일 보게 될 옛날의 동무를 거절하였던 것이다. 현보의 덮여진 전 일을 들추어내서 과장의 처음 의사를 손쉽게 뒤집어버린 것임을 현보는 늦게서야 깨달았던 것이다.

사람이 그렇게까지 변할 수 있을까——현보에게는 수수께끼요 신비였다. 그를 그렇게 만든 것은 무엇이었던가? 그의 여위었던 육체가 몰라보리만큼 비대하여진 것같이 그의 마음의 바탕 그것을 믿을 수 없으리만큼 뒤집어놓은 것은 대체 무엇이었던가——생각이 여기 이를 때에 현보는 현혹한 마음을 금할 수 없었다. 저지른 사건도 있고 하여 학교를 나오자마자 현보는 고향을 떠나 오랫동안 동경을 헤매었다. 운동 속으로 풀쑥 뛰어들어가지는 못하였으나, 그 가장자리를 빙빙 돌아치면서 움직이는 모양과 열정들을 관찰하여 간신히 양심의 양식을 삼았다. 물론 그를 그렇게 떠나보낸 것은 젊은 마음을 움켜잡은 시대의 양심뿐만이 아니라 더 가까운 그의 가정적 사정이었으니 일개의 아전으로 형편이 넉넉지 못한 데다가 그의 부친은 집 밖에 첩을 둔 까닭에 가정은 차고 귀찮아서 그 싸늘한 공기가 마침 현보를 쫓아 고향을 떠나게 하였던 것이다. 하기는 늘 그를 운동의 열정으로 북돋우게 한 것도 직접 동력은 그것이었던지 모른다. 그가 동경에서 상식을 벗어난 기괴한 생활을 하고 있는 동안 고향과는 인연이 전혀 멀었다. 그 아득한 소식 속에서 재도는 학교 시대에 현보와 등분으로 가지고 있던 똑같은 사회적 열정을 헌신짝같이 버리고 오로지 일신의 앞길을 쌓아 올리고 안전한 '출세'의 길을 열기에 급급하였다. 물론 시세의 급격한 변화가 의외에도 갑작스럽게 밀려온 까닭은 있다면 있었다. 철학과를 마친 재도는 철학을 출세의 장기로는 부적당하다고 여겨 다시 법과에 편입하여 삼 년 동안이나 행정의 학문을 알뜰히 공부하였다. 갑절의 햇수를 허비하고 쓸모 적은 학위를 둘씩이나 얻어서 '출세'의 무장을 든든히 했던 것이다. 고등문관 시험이 절대의 목표였으나 해마다 실패여서 아직껏 과장급에는 오르지 못하였으나 그러나 이미 수석의 자리를 잡아 이제는 벌써 합격의 날을 기다릴 뿐으로 되었다. 여기에 이르기까지에는 뼈를 가는 노력을 한 것이니 그 노력을 하는 동안에 인간의 바탕이 붉은 것에서 대뜸 검은 것으로 변하였다. 너무도 큰 변화이나 그러나 그의 마음에는 조금도 꺼릴 것이 없게 되고 세상 또한 그것을 천연스럽게 용납하게 되었다. 다만 오랫동안 갈라져 있게 된 현보에게만—피차의 학교 시대만을 알고 그사이에 시간의 긴 동안이 떨어졌던 현보에게만 그것은 놀라운 변화로 보였을 뿐이다. 중학교 시대부터 대학까지를 같이한 그사이의 가지가지의 이야기를 대체 어떻게 설명하면 옳은고 하고 현보는 마음속이 갈피갈피 어지러워졌다.

어린 때의 민첩한 마음을 뉘 것 할 것 없이 한 번씩은 다 끌어보는 것은 문학의 매력이다. 자라서 자기의 참된 천분의 길을 발견하고 하나씩 둘씩 떨어져 달아날 때까지는 그 부질없는 열정을 누구나 좀체 버리려고 하지 않는다. 현보와 재도 들도 그 예에서 벗어나지는 못하였다.

숙성한 셈이어서 중학교 이년급 때에 벌써 동인 잡지의 흉내를 내었다. 월사금을 발려가지고 모여들 들어 반지를 사고 묵사지를 사서는 제 식의 원고를 몇 벌씩 복사하여 책을 매어 한 벌씩 나누어 보는 정도의 것이었으나 그 얄팍한 책을 가지게 되는 날들은 장한 일이나 한 듯이 자랑스러운 마음을 얼굴에 드러내고들 하였다. 자연히 동인끼리는 친한 한패가 되어서 학교에서도 은연중에 뽐을 내고 다른 동무들의 놀림을 받고 그들과 동떨어지게 되는 것을 도리어 기뻐하였다. 잡지의 내용인즉은 대개 변변치 못한 잡지 쪽에서 훔쳐온 글줄이거나 간혹 독창적인 것이 있다면 유치하기 짝 없는 종류의 것이었으나 그렇게 모여든 기분만은 상 줄 만한 것이 있어 그것이 한 아름다운 단결의 실례를 보이는 때도 있었다. 잡지 첫 호 첫 장에 사진들은 실릴 수 없고 하여 각기의 필적으로 이름들을 적었으니 육칠 명 어지럽게 모여든 이름들 속에서 현보와 재도의 이름이 가장 큼직하게 눈에 띄었다. 자라서 의사도 되고 공학사로도 나가고 혹은 자취조차 감추어버리고들 한 가운데에서 현보와 재도만이 끝까지 인연을 가지게 된 것도 생각하면 기묘한 일이다.

　달의 차례가 돌아와 현보의 집에서 모이게 된 날 밤늦도록 일을 하다가 마침내 심상치 않은 장난이라고 노려본 현보의 아버지에게서 톡톡히 꾸중을 당하게 되었다. 한마디 거역하는 수 없이 그대로 못마땅한 얼굴로 헤어질 수밖에는 없었으나 책임을 느낀 현보는 그날 밤에 미안한 김에 술집에 들러서 동무들을 위로하게 되었다. 이것이 술을 입에 대게 된 시초였다. 얼근한 판에 현보는 부친의 무지를 비난하고 술버릇으로 소리를 높여 울었다. 심사 풀이로 다음 날부터 며칠 동안은 드러누운 채 학교를 쉬었다. 사흘 되는 날 재도에게서 그림엽서의 편지가 왔다. 고리키의 사진 뒤편에는 위안의 말과 함께 이 당대의 문호의 소식이 몇 자 적혀 있었다. 그 짧은 글과 사진은 현보에게는 말할 수 없이 아름다운 것이었다. 그 살뜰한 감격이 깨뜨려질까를 두려워하여 그 한 장의 엽서를 한 권의 책보다도 귀히 여겼다. 현대의 문호 고리키의 사적을 재도가 자기 이상으로 알고 있다는 것이 그에게는 한 큰 놀람이었고 귀한 그림을 아끼지 아니하고 보내주는 동무의 마음씨가 고마웠고 셋째로는 폐병으로 신음 중에 있다는 그 문호의 애달픈 소식이 웬일인지 문학으로 향한 열정을 한층 더 불 지르고 북돋았다. 다음 날부터는 곱절의 용기를 가지고 학교에 나갔다. 재도에게는 일종의 야릇한 사랑의 감정을 느끼게 되었다.

문학의 열정은 더욱 높아져서 그 후 동인 잡지가 부서지고 동무들이 다시 심상한 사이로 돌아가게 되어버린 후까지도 재도와 현보의 뜻은 한결같았고 사이는 더욱 친밀하여졌다. 동인 잡지가 없어지고 학년이 높아감에 따라 신문과 잡지에 투고하는 풍속이 시작되었다. 외단으로 실려진 시나 산문을 가지고 와서는 서로 읽고 비평하기가 큰 기쁨이었다. 투고 중에서 가장 보람 있고 듬직한 것은 신년 문예의 그것이었으니 재도들이 처음으로 그것을 시험한 것은 마지막 학년의 겨울이었다. 재도와 현보는 전에 동인 잡지에 한몫 끼었던 또 한 사람의 동무를 꾀여 세 사람이 그 장한 시험을 헛일 삼아 해보기로 작정하고 입학 시험 준비의 공부도 잠깐 밀어놓고 학교를 쉬면서 각각 응모할 소설들을 썼다. 추운 재도의 방에 모여 화롯불에다 손을 녹이면서 각각 자기의 소설들을 낭독한 후 격려하고 예측하고 한 그날 밤의 아름다운 기억을 배반하고 비웃는 듯이 소설들은 참혹하게도 낙선이고 다만 한 사람의 동무의 것이 선외가작으로 뽑혔을 뿐이었다. 재도와 현보의 실망은 컸다. 더구나 재도는 조그만 그 한 일로 자기의 천분까지를 의심하게 되었고 문학에의 열정에 큰 타격을 받은 것도 사실이었다.

그때에는 벌써 두 사람 사이에는 숨어서 술을 즐기는 버릇이 늘어서 화가 나는 때는 항상 더 좋은 기회가 되었다. 낙선의 소식을 신문에서 본 날 밤 현보는 단골인 뒷골목 집에서 잔을 거듭하면서 울분을 토하고 기염을 올리면서 화풀이를 하고 있었다.

"그까짓 신문쯤이 명색이 무어야. 신문에 안 실리면 소설 낼 곳이 없나."

거나한 김에 재도는 눈을 굴리며 식탁을 쳤다.

"현보 낙망 말게. 지금 있는 신문쯤에 연연한다면 졸장부. 참으로 위대한 문학과 지금의 신문과는 아무 관계도 없는 것이야. 현재 조선에 눈에 걸리는 소설가라고 한 사람이나 있나. 그까짓 신문쯤으로 위대한 작가를 발견할 수는 없단 말야."

현혹한 기염으로 방 안의 공기를 휘저어놓더니 현보의 무릎을 치며,

"홧김에라도 내 잡지 하나 기어이 해보겠네. 내 몫으로 차례진 백 석지기만 팔면 그까짓 조선을 한번 온통 휘저어놓지. 옹졸봉

졸한 소설가쯤이야 다 끌어다가 신문과 대거리해볼 테야. 신문의 권위쯤이 무엇이겠나. 자네 소설 얼마든지 실어줌세. 그때는 내 잡지에 실려야만 훌륭한 소설의 지표를 받게 될 것이니까. 가까운 데 것만 노려보고 대장부가 문학 문학 하고 외치는 것이 어리석은 짓이야. 낙담 말고 야심을 크게 가지세."

찬란한 계획에 현보는 눈이 부시고 정신이 얼떨떨하였다. 자라면 잡지를 크게 경영하여보겠다는 것이 그의 전부터의 원이기는 하였다. 앞으로 올 백 석지기가 있다는 것과 그것을 사용함이 온전히 그의 자유라는 것도 전부터 들어는 왔었다. 그러나 맹렬한 그 잡지의 열정도 결국은 자기의 문학의 욕심의 만족을 얻기 위한 것일 것이니 그의 그날 밤의 불붙는 희망은 문학에 대한 미련—따라서 낙망 이외의 아무것도 아니었음을 현보는 간파할 수 있었다. 확실히 그 무엇에 홀리었던 취중의 그날 밤이 지나고 맑은 정신의 새날이 왔을 때에 현보는 자기의 간파가 더욱 적중하였음을 깨달았다. 낙망하지 말라고 동무를 격려한 재도 자신의 문학에 대한 낙망은 컸던 것이다. 거의 근본적으로 절망의 빛을 보였다. 야심을 크게 가지라고 동무에게 권한 그 자신의 야심은 날이 지날수록에 간곳없이 사라졌다. 하기는 문학에 대한 야심이 차차 다른 것에 대한 그것으로 형상을 변하여 모르는 결에 그의 마음 속에서 점점 굵게 자라고 있었는지도 모른다.

문학은 사상과 혈족 관계가 가까운 듯하며 문학의 길은 사상의 길로 통하기 쉬운 것 같다.

재도와 현보가 중학을 마치고 예과를 거쳐 대학에 들어가게 되었을 때 다 같이 철학적 사색을 즐겨 하게 되었으며 시대의 사상에 민첩하였고 과외의 경제의 연구에까지 뜻을 두게 된 것도 전부터의 같은 혈연 관계가 시킨 것이 아니었을까? 약속이나 한 듯이 경제 연구회의 임원으로 함께 가입하여 그것이 마침 해산을 당하게 될 때까지 회원임을 지속한 것은 반드시 일종의 허영심으로 시대의 진보적 유행을 좇은 것만은 아니었다. 현보는 드디어 조그만 행동까지를 가지게 되었으니 당초에 문학을 뜻한 그로서 그것은 결코 당치 않은 헛길은 아니었다. 그러나 연구회의 와해는 시대의 변천의 큰 뜻을 가지어서 그 시기를 한 전기로 젊은 열정들은 무르게도 산지사방으로 흩어져버렸다. 재도의 오늘의 씨를 품게 한 것도 참으로 이때였다고 볼 수 있다. 그때의 재도와 오늘의 재도를 아울러 생각함은 마치 붉은 해를 쳐다보다가 그 눈으로 별안간 검은 개천 속을 들여다보는 것과도 같아서 머리가 혼란하여지는 것이다. 그때의 재도는 그때의 재도로 생각하는 수밖에는 없다.

대학 예과에서는 일 년에 두어 차례씩의 친목의 모임이 있었다. 가제 들어간 첫해 봄의 친목회는 다과를 먹을 뿐만의 것이 아니라 앞으로 발행할 조그만 잡지의 계획을 의논하여야 하는 것으로 일종 특별한 사명을 띤 것이었다. 의논이 분분하고 의견이 백출하여 자연 좌석이 어지럽고 결정이 늦었다. 여러 시간의 지루한 토론에 해는 지고 모두들 지쳐서 이제는 벌써 결정은 아무렇게 되든 속히 회합이 끝나기만 기다리는 지경에 이르렀다. 사람들이 모여서 한번 입을 열게만 되면 이론은 간단하면서도 말이 수다스러워짐은 어느 사회나 일반이어서 조그만 지혜가 솟으면 그것을 헤쳐 보이지 않고는 못 배기고 불필요한 말을 덧붙여서 자신의 존재를 알리고 싶어지고 쓸데없는 고집으로 정당한 말을 일부러 뒤집어보려고 하는 것이 거의 누구나의 천성이어서 잠자코만 있으면 밑진다는 듯이 반드시 그 어느 기회에 입을 한 번씩은 열어 보고야 만다. 그 어리석고 저급한 공기에 삭막한 환멸을 느끼며 무료한 하품들을 연발할 지경이었으나 별안간의 벽력같은 소리에 좌석은 문득 놀라지 않을 수는 없었다. 수다스러운 의논에 싫증이 난 한 사람이 홧김에 찻잔을 던져 깨뜨린 것이다. 뭇사람의 눈총을 받은 그 당돌한 학생은 엄연히 서서 누구엔지도 없이 고래 같은 목소리로 호통을 하였다.

"대체 이것이 무슨 꼴들인가? 요만한 일에 해가 지도록 의논이 분분해서 아직껏 해결이 없으니 그따위의 염량[3]들을 가지고 일을 하면 무슨 일을 옳게 할 수 있단 말인가? 냉큼 폐회하기를 동의한다."

돌연한 호담스러운 거동에 진행 중의 의논도 잠깐 중지되고 모두들 담을 떼우고 할 바를 몰라 잠시 그 무례한 발성자를 우두커니들 바라볼 뿐이었다. 지친 판에 통쾌한 한 대였고 동시에 주제넘은 한마디였다. 그 자신 홧김에 충동적으로 나왔을 것은 사실이나 그러나 또한 심중에 그 거동의 자랑스러운 의식이 없었을까. 사실 그는 그 간단한 거동으로서 제각각 '영웅'이 되어보려는 총중에서 가장 시기를 잘 낚아 효과적으로 손쉽게 '영웅'이 된 것이다. 확실히 행동 자체가 흐려진 분위기에 한 대의 주사의 효과는 있었으나 그 동기의 관찰이 좌중에 꼴사나운 인상을 준 것도 사실이었다. 더구나 초년급인 그는 하급생의 지위로서 상급생까지를 휘몰아 호통의 주먹을 먹인 셈이 되었다. 이윽고 상급생의 한 사람이 긴장된 장내를 헤치고 성큼성큼 앞으로 나가더니 분개한 꾸지람으로 아니꼬운 '영웅'을 여지없이 조겨놓았다.

"주제넘은 친구가 누구냐. 버릇없는 야만의 행동이라는 것이다. 거리에 나가 대로상에서나 할 일이지 어떻게 알고 이런 자리에서 그런 무지한 버르쟁이를 피우느냐. 누구를 꾸지람하자는 어리석은 수작이야. 일이 늦어지는 것은 아무의 탓도 아닌 것이다. 여럿이 일을 할 때에는 반드시 적당한 계제를 밟은 후에 결론에 이르는 것이니 쓸데없이 조급하게 구는 것은 예의를 모르는 어린애의 버릇에 지나지 못한다. 다시는 그런 버릇 없기를 동무로서 충고한다."

한마디의 대꾸도 없었다.

장내는 고요하고 긴장되어서 그 무슨 더 큰 것이 터질 듯 터질 듯한 무시무시한 침묵이 흘렀다. 좌중은 두번째의 통쾌한 자극에 침체되었던 무료를 깨우치고 시원한 흥분 속에서 목을 적신 셈이었다. 상급생의 의젓한 꾸지람도 물론 시원스러운 것이었으나 당초의 하급생의 통쾌한 거동의 자극이 너무도 컸던 것이다. 시비와 곡직은 둘째요 사람들은 솔직하게 두 가지의 자극 속을 헤매는 것이 사실이었다. 이런 때의 승패는 이치의 시비에보다도 완전히 행동의 자극에 달린 것이다. 승리는 뒤보다도 앞으로 기운 모양이었다. 더구나 꾸지람에 대하여 반 마디의 대꾸도 없이 고개를 숙이고 침착하게 주저앉은 것이 약한 것이 아니라 기실은 더 굳세다는 인상을 주어서 그 효과는 거의 만점이었다. 현보는 한편 자리에 앉아서 유들유들하고 뻔질뻔질한 그 동무의 뱃심을 놀라움과 신선한 감정 없이는 바라볼 수 없었다. 찻잔을 깨뜨린 그 무례한 '영웅'은 별사람 아니라 재도였다.

이 조그만 재도의 행사를 생각할 때 현보는 한 줄의 결론을 발견하지 않을 수 없었다. 호담스러운 호통을 하고는 결국 꾸지람을 당한 것이 마치 중학 때에 자신 있는 소설을 투고하였다가 결국은 낙선을 하여버린 그 경우와도 흡사하였다. 두 번 다 나올 때는 유들유들하게 배짱을 부리고 나왔다가 결국은 그 무엇에게 보기 좋게 교만을 꺾이고야 말았다. 그러나 그 당초의 뱃심만은 소락소락 꺾이지 않고 끝까지 지긋이 간직하고 있는 것이다. 그것이 그의 성격인 것같이 현보에게는 생각되었다. 그 배짱 속에 항상 야심이 숨어 있고 그 야심의 자란 방향이 오늘의 그의 길이 아니었던가.

호담스럽게 나왔다가 교만을 꺾인 예라면 또 한 가지 현보의 기억 속에 있었다.

대학 안에서의 연구회가 한창 성할 무렵이었다.

하루 저녁 예회 아닌 임시회를 마치고 늦은 밤 거리에 나왔을 때 재도는 현보와 함께 또 몇 잔을 거듭하게 되었다. 술이 웬만큼 돌았을 때 재도는 불만의 어조였다.

"오늘 S의 설화를 어떻게 생각하나. 자랑과 아첨과 교만에 찬 비루한 길바닥 연설 이상의 것이 아니야. 학문의 타락을 본 것 같아서 불쾌하기 짝 없었네. 대체 S라는 인간 자체가 웬일인지 비위에 맞지 않아. 혼자만 양심이 있는 척하고 안하무인이나 기실은 거만의 옷자락으로 앞을 가리웠을 뿐이 아닌가. 회 자체까지도 나는 의심하게 되네. 모이는 위인들에게서 자존심과 허영심을 제하면 무엇이 남겠나. 다른 사람과 구별되는 무엇이 있겠나. 마치 회원 아닌 사람과는 종족이 다른 척하는 눈꼴들이 너무도 사납단 말야. 사실 그 축에 섞여 회원 되기가 부끄러워. 자네는 어떤가. 그 유에서 빠질 수 있겠나."

쓸데없는 불쾌한 소리에 현보는 짜증을 발칵 내며 빈속에 들어간 술의 힘도 도와서 그의 손은 모르는 결에 재도의 볼을 갈기고 있었다. 갈기고 나서 문득 경솔함을 뉘우치게 되는 그런 거의 무의식중의 일이었다.

"자네 생각이 그르다는 것은 아니나 하필 그런 것을 생각하는 태도가 틀렸단 말이네. 그야 인간성을 말하랴면 그 누구 뛰어난 사람이 있겠나. 그러나 우리의 문제는 하필 그런 것이어야 하겠나. 그런 것만 꼬집어내다가는 까딱하면 옳은 길을 잃고 빗나가기 쉬우니까 말이네."

의아한 것은 재도는 그 이상 더 대거리하려고도 하지 않고 현보의 말에 반박도 하지 않고 잠시 잠자코 있었음이다.

"그럴까. 내 생각이 글렀을까. 그러나 그런 것이 의식에 떠오르지 않는다면 새빨간 거짓말이지. 이 문제가 더 중요한 문제일는지도 모르니까."

"또 궤변이야. 내용이 좀 비지 않았나. 그런 소리만 할 젠."

"주제넘은 실례의 말은 삼가게—회원이든 회원이 아니든 행동이 없는 이상 오십보백보가 아닌가. 회원이라고 굳이 뽐내고 필요 이상의 교만을 피울 것은 없단 말이야. 그 위인들 속에 장차 한 사람이라도 행동으로 나갈 사람이 있겠나. 내 장담을 두고 보게."

"고집두 어지간히는 피운다."

"자네 생각과 내 생각은 아마도 근본적으로 틀리는 모양이네. 마치 체질이 서로 틀리듯이."

현보가 그만 침묵하여버린 까닭에 말은 거기에서 끊어져버렸다. 재도의 괴망한 생각이 현보에게는 한결같이 위험하게만 생각되었다. 동무에게 볼을 맞으면서도 대거리는 하지 않으나 마음속에는 그의 독특한 배짱이 변함없이 서리어 있을 것이 현보에게는 분명히 들여다보였다.

그 후로 두 사람의 거리와 생활이 갈라지게 되었으므로 다정한 모임으로는 이것이 마지막이었으나 생각하면 재도의 마지막 한마디가 두 사람의 근본적 작별을 암시한 무의식중의 한 선언이었던 듯이도 현보에게는 생각되었다.

개살구

　서울집을 항용 살구나무집이라고 부르는 것은 바로 집 뒤에 아름드리 살구나무가 서 있는 까닭인데 오대 선조부터 내려온다는 그 인연 있는 고목을 건사할 겸 지은 집이언만 결과로 보면 대대로 내려오는 무준한 그 살구나무가 도리어 그 아래의 집을 아늑하게 막아주고 싸주는 셈이 되었다. 동리에서 제일 먼저 꽃피는 것도 그 살구나무여서 한창 제철이면 찬란한 꽃송이와 향기 속에 온통 집은 묻혀 무르녹은 꿈을 싸주는 듯도 하지만 잎이 피고 열매가 맺기 시작하면 집은 더한층 그 속에 묻혀버려서 밖에서는 도저히 집 안을 엿볼 수 없는 형세가 되었다. 살구나무집이라도 결국은 하늘 아래 집이니 그 속에 살림살이가 있을 것은 다 같은 이치나 그 살림살이가 어떠한 것이며 그 속에서는 허구한 날 무엇이 일어나는지 외따로 떨어진 그 집 안의 소식을 호젓한 나무 아래 사정을 동리 사람들이 알아낼 수는 없었다. 모든 것이 나무 속에 감추어져서 하늘의 별조차도 나무 아래 지붕은 고사하고 나무를 뚫고 속사정을 엿볼 수는 없었다. 푸른 열매가 익어갈 때 참살구 아닌 그 개살구의 양은 보기만 하여도 어금니에 군물[1]이 돌았다. 집안의 살림살이도 별수 없이 어금니에 군물 도는 그 개살구의 맛일는지도 모르나 그러나 그 살구를 훔치러 사람들은 집 뒤를 기웃거리기가 일쑤였다.

도시 함석집이라고는 면내[2]에서는 면소와 주재소 조합과 학교, 그러고는 서울집이어서 사치하기로는 기와집 이상으로 보였다. 장거리와 뒷마을과의 사이의 넓은 터전은 거의 다 김형태의 것이어서 그 한복판에다 첩의 집을 세웠다 한들 관계할 바 아니나 푸른 논 가운데 외따로 우뚝 서 있는 까닭에 회벽 함석지붕의 그 한 채가 유독 눈에 뜨이고 마음을 끌었다. 오대산에 채벌장이 들어서면서부터 박달나무의 시세가 한참 좋을 때에는 산에서 벤 나무토막을 실은 우찻바리[3]가 뒤를 이어 대관령을 넘었다. 강릉 주문진 항구에 부려만 놓으면 몇 척이든지 기선에 싣고는 철로 공사가 있다는 이웃 항구로 실어 나르곤 하였다.

오대산 속에 산줄기나 가지고 있던 형태는 버리는 것인 줄만 알았던 아름드리 박달나무 덕택에 순시에 돈벼락을 맞게 되었다. 논 섬지기나 더 늘리게 된 것도 그 판이었고 살구나무집을 세운 것도 그때였다. 학교에 돈백이나 기부하여 학무위원의 이름을 가졌고 조합의 신용을 얻어 아들 재수를 조합의 서기로 취직시킨 것도 물론 그 무렵이었다. 흰 회벽의 집이 야청[4]으로서밖에는 소용이 없다고 생각하였던 동리 사람들은 그 깎은 듯이 아담한 집

격식에 눈을 굴렸다. 뜰 안에 라디오의 안테나가 들어서고 유성기의 노랫소리가 밤낮으로 흘러나오게 되었을 때에는 혀를 말았다. 박달나무가 가져온 개화의 턱찌끼에 사람들은 온통 혼을 뽑히었던 것이다. 뒷마을 기와집 큰댁과 앞마을 살구나무집 작은댁과의 사이를 한가하게 어슬렁어슬렁 거니는 형태의 양을 사람들은 전과는 다른 것으로 고쳐 보기 시작하였다.

꿈속 같은 호사스러운 그 속에서도 가끔 변이 생겨 서울집은 두 번째 댁이었다. 첫댁은 집이 서기가 바쁘게 강릉서 데려온 지 해를 못 넘어 달밤에 도망을 쳐버렸다. 동으로 대관령을 넘어서 강릉까지는 팔십 리의 길이었다. 아침에 그런 줄을 알고 뒤를 쫓는대야 헛일이었으며 강릉에 친가가 있는 것이 아니라 온전히 뜬 사람이었던 까닭에 찾을 길이 막막하였다.

다른 사내가 있었다는 말도 듣기도 하여 형태는 영동을 단념해버리고 이번에는 앞대[5]를 생각하게 되었다. 서으로 서울까지는 문재 전재를 넘고 원주, 여주를 지나 오백 리의 길이었다.

이틀 동안이나 자동차에 흔들려서 첫 서울의 길을 밟은 지 거의 달포 만에 꽃 같은 색시를 데리고 첩첩한 산을 넘어 돌아왔다. 뜨물같이 허여멀쑥한 자그만하고 야물어진 서울 색시를 앞대 물을 먹으면 인물조차 그렇거니만 생각하면서 사람들은 자동차에서 내리는 그를 울레줄레 둘러쌌다. 하기는 그만한 인물이 시골에까지 차례지게 되기까지에는 상당한 물재의 희생이 있었으니 형태는 그번 길에 속사리 버덩의 일곱 마지기를 팔아버렸던 것이다. 들고나게 된 한 가호를 살려주고 그 값으로 외딸을 받아가지고 왔다는 소문이었다. 장안에서도 일색이었다는 서울집이 시골 와서 절색임은 물론이었고 마을 사람들은 마치 여자라는 것을 처음 보는 것과도 같이 탄복하고 수군들 거렸다.

첫번 강릉집의 경우도 있고 하여 형태는 단속이 무서웠다. 별수 없이 새장에 갇힌 새의 신세였다. 형태는 집안 재미에 마음을 잡고는 즐겨 하던 투전판에도 섞이는 법 없이 육중한 몸을 유들유들하게 서울집에 박혀 있는 날이 많았다. 검은 판장으로 둘러친 울과 우거진 살구나무와는 굳은 성벽이어서 안에서도 짐작할 수 없으려니와 밖에서 엿볼 수도 없었다. 그러나 단속이 심하면 심할수록 갇혀 있는 사람의 마음은 한층 허랑하게 밖으로 날아서 강릉집이 첩넘의 읍을 그리워하듯이 서울집 또한 영첩한 산을 넘어 앞대를 그리워하는 심정은 일반이었다. 집에 든 지 달포도 채 못 되어서 하룻밤은 별안간에 헛소동이 일어났다. 서울집이 집안에 없음을 깨닫고 형태가 황겁결에 도망이라고 외쳤던 까닭에 이웃 사람들은 호기심도 솟고 하여 일제히 퍼져 도망간 서울집을 찾으려 들었다. 마침 그믐밤이어서 마을은 먹을 뿌린 듯이 어두운데 각기 초롱에 불들을 켜가지고 웬만한 곳은 샅샅이 헤매었다. 어두운 속 군데군데에서 초롱불이 반딧불같이 움직이며 두런두런 말소리가 흘러왔다. 외줄 신작로를 동과 서로 몇 마장씩 훑어보고는 닥치는 대로 마을 안을 온통 뒤졌다.

뒷마을서부터 차례차례로 산기슭 수수밭 과수원을 들치고 앞으로 나와 성황[6] 숲에서는 느릅나무와 느티나무의 테두리를 샅샅이 살피고 거리를 사이로 아래위로 훑어보고는 냇가의 숲 속과 물레

방앗간을 뒤졌으나 종시 서울집의 자태는 보이지 않았다. 설레는 마음에 앞장을 서서 휘줄거리던[7] 형태는 홧김에 초롱을 던지고는 말도 없이 발을 돌렸다. 뒤를 따르는 사람들도 입맛을 다시면서 풀린 맥에 초롱을 내저으며 자연 걸음이 느려졌다. 아무래도 서쪽으로 길을 들었을 것이 확실하니 날이 밝은 후 강릉서 오는 자동차로 뒤를 쫓는 것이 상수라고 공론들이었다. 강릉집 때에 혼이 난 형태는 실망이 커서 그렇게라도 할 배짱으로 한시가 초조하였다. 담배들을 피우면서 웅얼웅얼 지껄이며 돌밭을 지나 물가에 이르렀을 때에 앞을 섰던 형태가 불시에 주춤하면서 걸음을 멈추고 어둠 속을 노렸다. 한 사람이 초롱불을 앞으로 휙 내밀었을 때 물속에서는 철버덩 소리가 나며 시허연 고래가 한 마리 급스럽게 숲 속으로 뛰어 들어갔다.

어둠 속에서도 유난스럽게 희고 퍼들퍼들한 몸뚱어리였다. 의외의 곳에서 그날 밤의 사냥에 성공하고 마을 길을 더듬어 올 때 모두들 웃음에 허리를 꺾을 지경이었다. 도망했다고만 법석을 한 서울집은 좀체 나오기 어려운 기회를 타서 혼자 시냇가에 목물을 나왔던 것이다. 벌써 일 년 전의 일이었으나 그 일이 있은 후로 형태는 서울집의 심중에 적이 안심되어 덮어놓고 의심하지는 않게 되었다. 집안사람들의 출입도 잦지 못한 집 안은 언제든지 고요하고 감감하여서 그 속에 무슨 일이 일어나며 변이 생기는지 알 도리가 없었다. 푸른 살구가 맺혀 그것이 누렇게 익어갈 때면 마을 사람들은 드레드레[8] 달린 누른 개살구를 바라보고 모르는 결에 어금니에 군물을 돌리곤 할 뿐이었다.

1

들에 보리가 익고 살구도 완전히 누런빛을 더하여갔다.

달무리가 있은 이튿날 아침 뒷마을 샘물터는 온통 발끈 뒤집혔다.

당초에 말을 낸 것은 맨 처음 물 이러 온 금녀였고 그의 말을 들은 것이 다음에 온 제천이었다. 제천이는 이어 온 춘실네에게 그것을 귀띔하고 춘실네는 괘사 옥분에게 전하고 옥분은 히히덕거리며 방앗집 새댁에게 있는 대로 털어버렸다. 간밤의 변사는 순식간에 입에서 입으로 온통 번설*되고야 말았다. 뒤를 이어 모여든 한 패는 물을 길어가지고는 냉큼 갈 줄을 모르고 물동이를 차례차례로 샘 전에 놓은 채 어느 때까지나 눈길을 흘끗거리면서 뒤숭숭하게 수군거렸다. 한번 말문이 터지면 좀체 수습하기 어려워서 있는 말 없는 말 주워섬기는 동안에 아침 시중이 늦어지는 줄도 모르고 횡설수설이었다. 새침데기이던 방앗집 새댁도 제법 말주머니여서 뒤에 오는 축들을 붙들고는 꽁무니가 무겁게 어느 때까지나 말질이었다.

'세상에 그런 법도 있을까. 집 안이 언제나 감감하길래 수상하다고는 노렸으나—하필 김서기일 줄야 뉘 알았을꼬. 환장이지 그럴 수가 있나. 무서워라.'

두 동이째 물을 이러 온 금녀는 아직도 우물터가 와글와글 뒤끓는 것을 보고 별안간 무서운 생각이 들었다. 처음으로 말을 낸 경

236

솔을 뉘우쳤으나 그러나 한번 낸 말을 다시 입 안으로 걷어들일 수는 없는 노릇이었다. 청을 받는 대로 간밤의 변을 몇 번이고 간에 되풀이하는 수밖에는 없었다. 되풀이하는 동안에 하기는 마음은 대담하여가고 허랑하여졌다.

'아마도 무엇에 홀렸던 게지. 아무리 달이 밝기로서니 아닌 밤에 살구 생각은 왜 나겠수. 살구 도적 간 것이 끔찍한 것을 보게 된 시초니.'

금녀가 하필 그 밤에 살구나무집 살구를 노린 것은 형태가 마침 며칠 전에 읍내로 면장 운동을 떠난 눈치를 알아챈 까닭이었다. 개궂은[10] 그가 출타한 이상 집을 엿보기쯤은 어려운 노릇이 아니었다. 논길을 살며시 숨어들어 살구나무에 기어올라 우거진 가지 속에 몸을 감추기는 여반장이었으나 교교하게 밝던 보름달이 공교롭게도 별안간 흐려지면서 누리가 금시에 캄캄하여간 것은 마치 무슨 조화나 붙은 것 같았다. 알고 보니 그날 밤이 월식이어서 그때 마침 온통 어두워진 하늘에서는 검은 개가 붉은 달을 집어 먹으려고 노리고 있는 중이었다. 모든 것이 물속에 빠진 듯이나 고요하고 어두운 가운데에서 길을 잃은 듯한 박쥐의 떼가 파닥파닥 날아들고 뒷산의 부엉이 소리가 다른 때보다 한층 언짢게 들렸다.

멀리서 달을 보고 짖는 개의 소리가 마디마디 자지러지게 흘러왔다. 지척을 분간할 수 없는 나뭇잎 속에서 금녀는 불길한 생각에 몸서리를 치면서 살구 생각도 없어지고 나뭇가지를 바짝 붙들었다. 변이라도 일어날 듯한 흉한 밤이었다. 하늘의 개는 붉은 달

을 입에 넣고 게웠다 물었다 하다가 드디어 온전히 삼켜버리고야
말았다. 천지는 그대로 몽땅 땅속에 묻혀버린 듯이 새까맣고 답
답하여졌다. 부엉이 울음도 개 짖는 소리도 어느 결엔지 그쳐진
캄캄한 속에서 금녀는 무서운 김에 팔 위에 얼굴을 얹고 차라리
눈을 감아버렸다. 눈을 감으면 한결 귀가 밝아져서 어느 맘 때는
되었는지 이슥한 속에서 문득 웅얼웅얼하는 사람의 속삭임이 들
렸다. 정신이 귀로만 쏠릴수록 말소리도 차차 확실해져서 바로
살구나무 아래편 뒤안[11] 평상 위에서 들려오는 것인 줄을 알았다.
방 안에는 등불이 켜지지 않았고 나무에 오르자 월식이 시작된
까닭에 당초부터 그 아래에 사람이 있는 줄은 몰랐던 것이다. 비
록 얕기는 하여도 굵고 가는 한 쌍의 목소리가 남녀의 목소리임
에는 틀림없었다. 여자의 목소리는 서울집의 것이라고 하고 남자
의 목소리는 누구의 것일까. 부엌일하는 점순이 외에는 남자의
출입이라고는 큰댁 식구들도 마음대로 못 하게 하는 형편에 아닌
밤에 서울집과 수군거리는 사내는 누구일까 하고 금녀는 무서움
도 잊어버리고 이번에는 솟아오르는 호기심에 정신을 바짝 차리
고 어둠 속을 노리기는 하나 워낙 어두운 데다가 나뭇잎이 우거
져서 좀체 분간하기 어려웠다. 무시무시하면서도 한편 온몸이 근
실근실하여서 침을 삼키면서 달이 밝아지기를 조릿조릿 기다렸
다. 이윽고 하늘개는 먹었던 달덩이를 옳게 삭이지 못하고 불덩
어리째로 왈칵 게워버리고야 말았다. 엉겼던 구름이 헤어지고 맑
은 하늘이 그 사이로 솟기 시작하자 달았던 불덩어리도 어느 결
엔지 온전한 보름달로 변하여갔다. 하늘의 변화를 우러러보던 금

녀는 어느 결엔지 환히 드러난 제 꼴에 놀라 움츠러들며 나무 아래를 날쌔게 나뭇잎 사이로 굽어보다가 별안간 기겁을 할 듯이 외면하여버렸다.

수풀 속에서 뱀을 만났을 때의 거동이었다. 뒤안에 내놓은 평상 위에 뱀 아닌 남녀의 요염한 꼴을 보았기 때문이었다. 처녀인 금녀로서는 처음 보는 보아서는 안 될 숨은 광경이었다. 그러나 더 놀라운 것은 그 남녀가 서울집과 조합의 김서기 재수란 것이다. 서울집의 소문은 이러쿵저러쿵 기왕부터 있기는 있어서 이제는 벌써 등하불명[12]으로 모르는 부처님은 남편 형태뿐이라는 소문은 소문이었으나 사내가 재수일 줄야 그 아무도 짐작하지 못한 바이며 그렇기 때문에 금녀의 놀람은 컸다. 너무도 어처구니가 없어 다시 한 번 무시무시 아래를 훔쳐보았으나 속일 수 없는 밝은 달은 사정이 없었다.

금녀는 그것을 발견한 자기 자신이 큰 죄나 진 것도 같아서 몸서리를 치면서 아비 아들의 기구한 인연을 무섭게 여겼다. 그들 둘이 아는 외에는 하늘과 땅만이 알 남녀의 속일을 귀신 아닌 금녀가 엿볼 줄이야 어찌 짐작인들 하였으랴. 하기는 그래도 달을 두려워함인지 뒤안이 훤히 밝아지자 남녀는 평상에서 내려와서 방 안으로 급스럽게 들어가는 것이었으나 어지러운 그 뒤꼴들을 바라볼 때 금녀는 다시 새삼스럽게 무서워지며 하늘이 벼락을 내린다면 바로 이런 곳이 아닐까 하고 머릿골이 선뜩하여져서 살구 생각도 다 잊어버리고 부리나케 나무를 미끄러져 내려왔다. 논길을 빠져 집까지는 거의 단숨에 달았다. 밤이 맞도록 잠 한숨 못 이루고 고시랑고시랑 컴컴한 벽을 바라볼 뿐 하늘과 땅만이 아는 속일을 알았다는 두려움이 한결같이 가슴속에 물결쳤다. 그러나 시원한 아침을 맞아 샘물터에서 동무를 만났을 때에는 엉켰던 마음도 적이 누그러져 허랑하게 그만 입을 열게 되었다. 하기는 그 끔찍한 괴변은 차라리 같이 알고 있는 것이 속 편한 노릇이지 혼자 가슴속에 담아두기에는 너무도 무서운 것이었다. 그날은 샘터도 별스러이 소란하여서 아침물이 지나고는 조금 빤하더니 낮쯤해서 또 한바탕 들끓고야 말았다. 꽤 먼 마을 한끝에서까지 길으러 가는 샘이므로 모이는 인물들도 허다한 속에 대개 아침 인물이 한두 사람씩은 끼어 있었다.

"사내가 그른가 계집이 그른고──하긴 그런 일에 옳고 그른 편이 있겠소만."

"터가 글렀어. 강릉집 때에두 어디 온전히 끝장이 났우. 오대를 내려온다는 그놈의 살구나무가 번번이 일을 치거든."

이렇게 수군거리는 패도 있었다.

"핏줄에서 난 도적이니 누구를 한하겠소만 면장 운동인가 무언가를 떠난 것이 불찰이지 버젓이 앉아 있는 최면장을 떼고 그 자리에 대신 들어앉으려니 그런 억지가 어디 있우. 박달나무 덕에 돈 벌고 땅 샀으면 그만이지 면장은 해 무엇 한단 말요. 과한 욕심 낸 죄로 하면야 싸지. 군수하고 단짝이라나. 이번 길에도 꿀한 초롱과 버섯 말이나 가지고 간 모양인데 쉬이 군수가 갈린다는 소문이니까 갈리기 전에 한몫 얻으려고 바싹 붙는 모양이야."

"애비보다두 자식이 못나고 불측한[13] 탓이 아니오. 장가든 지 불과 몇 달에 아내를 뚜드려 쫓더니 그 짓이란 말야. 춘천 가서 웃학교를 칠 년 만에 마친 위인이니 제구실을 할 수야 있겠소? 조합서기도 애비 덕에 간신히 얻어 한 것이 아니오."

"자식과 원수 된 것을 알면 형태는 대체 어떻게 할꼬."

샘물 둥지에는 돌배나무 한 포기 서 있었다. 돌팔매를 던져 풋배를 와르르 떨어서는 뜻 없이 샘물 속에 집어 던지면서 번설들이었다.

"이 자리에서만 말이지 까딱 더 번설들 맙시다. 형태 귀에 들어갔단 큰일 날 테니."

민망한 끝에 발설을 한 것이 춘실네였다. 그러나 저녁때도 되기 전에 또 점순에게 그것을 귀띔한 것도 춘실네였다.

서울집 부엌데기로 있는 점순은 전날 밤을 집에서 지내고 아침에 일찍이 나가 진종일 집에서만 일한 까닭에 그 괴변을 보지도 듣지도 못하였다. 다시 집으로 갔다가 저녁참을 대고 나올 때에 수수밭 모퉁이에서 춘실네를 만나 들으니 초문이었다. 재수는 전에 그에게도 한 번 불측한 눈치를 보인 일이 있어서 그의 버릇은 웬만큼 짐작은 하는 터였으나 역시 놀라지 않을 수는 없었다. 서울집을 극진히 여기는 점순은 그의 변이 번설되는 것을 민망히는 여겼으나 변이 변인 만큼 가만있을 수도 없어 그 걸음으로 다시 집에 들어가 남편 만손에게 전하고 내친걸음에 거리로 나가 가가[14] 보는 태인에게도 살며시 뀌어주었다. 태인과는 만손 몰래 정을 두고 지내는 사이였다.

태인은 가가에 모이는 사람들에게 한두 마디씩 지껄이게 되고 만손은 그날 저녁 형태네 큰사랑에 마을 가서 모이는 농군들에게 말을 펴놓게 되었다.

이렇게 하여 소문은 하루 동안에 재빠르게도 마을 안에 쫙 퍼지게 되었다. 이제는 벌써 당사자 두 사람과 출타한 형태만이 몰랐지 마을 사람은 모두——형태 큰댁까지도 사랑 농군에게서 들어 알게 되었다. 큰댁은 놀라기는 무척 놀랐으나 제 자식의 처신머리가 노여운 것보다도 서울집의 빗나간 행동이 더 고소하게 생각되었다. 염라대왕에게 서울집 속히 데려가기를 밤낮으로 비는 큰댁은 남편이 돌아와 어떻게 이 일을 조처할까에 모든 생각이 쏠리는 까닭이었다.

2

그날 밤은 열엿샛날 밤이어서 간밤같이 월식도 없고 조금 늦게는 떴으나 달이 밝았다.

샘터 축들은 공연히 마음이 달떠서 달밤을 잠자코 지내기 어려운 속에서 옥분은 드디어 실무죽한 금녀를 충충대서[15] 끌어내고야 말았다. 하룻밤 더 살구나무를 엿보자는 것이었다. 옥분은 금녀보다도 바라지고 앵돌아져서 금녀가 모르는 세상을 벌써 재빠르게 엿본 뒤였다. 오대산에서 강릉으로 우차를 몰아 재목을 실어나르는 박도령과는 달에 불과 몇 번밖에는 만날 수 없어서 그가 장날 장거리까지 내려오거나 그렇지 못하면 옥분이 윗마을 월정거리까지 출가 전의 눈을 훔쳐가지고 올라가지 않으면 안 되었다. 그런 때에는 대개 밭에 일하러 간다고 탈하고 근 오 리 길을 걸어 올라가 월정사에서 나오는 길과 신작로가 합하는 곳에서 박도령을 기다렸다가 조밭 머리나 개울가에 가서 묵은 회포를 이야기하곤 하였다. 나중에 어떻게 되리라는 계책도 서지 못한 채 다만 박도령의 인금만을 믿고 늘 두근거리는 마음에 위험한 눈을 훔치곤 하였다. 한 이태 더 몰아서 돈백이나 모이거든 강릉에 가서 살자고 번번이 언약을 하고 우차를 몰고 대관령 쪽으로 느릿느릿 걸어가는 뒷모양을 바라볼 때 번번이 가슴이 찌르르하였다. 거듭 만나는 동안에 남녀의 정이라는 것을 폭 안 옥분은 금녀와는 달라서 남녀의 세상에 유달리 마음이 쏠렸다.

금녀와 둘이 뒷마을을 나와 밭길을 들어갔을 때 한참 밝아서 옥수수 수염과 피마주[16] 대궁이 새빨갛게 달빛에 어리었다. 논둑에서 기다리고 있는 점순을 만나 한패가 되어서 지름길을 들어서 살금살금 살구나무께로 향하였다. 사특한 마음으로가 아니라 주인집 동정을 살펴서 잘 알고 있음이 부리우는 사람으로서 마땅한 일 같아서 점순은 저녁 시중이 끝나자 약조하였던 금녀들을 기다리러 논둑에 나와 앉았던 것이다.

말 없는 나무는 간밤이나 그 밤이나 같은 태도 같은 표정이었다. 금녀는 같은 나무에 두 번 오르기 마음이 허락지 않아 혼자 나무 아래에서 망을 보기로 하고 점순과 옥분을 올려 보냈다. 집에서는 유성기 소리가 쉴 새 없이 들리더니 판이 끝나도 정신없이 버려두어 판 갈리는 소리가 어느 때까지나 스르럭스르럭 들렸다.

나무 위에서 내려다보이는 집 안의 모양은 그 속에서 일할 때의 모양과는 퍽이나 달라서 점순은 모든 것을 신기한 것으로 굽어보았다. 평상 위에 유성기를 내놓고 금녀의 말과 틀림없이 서울집과 재수 단둘이 앉아 달 밝은 밤이라 월식의 괴변은 없으나 정답게 수군거리고 있는 것도 신기하였으나 열어젖힌 문으로 들여다보이는 방 안의 광경도 그 속에 있을 때와는 다르게 조촐하고 호화롭게만 보였다. 부러운 광경을 정신없이 내려다보는 동안에 점순은 이상하게도 다른 생각은 다 제쳐놓고 서울집 인물에 비겨 재수의 인금은 보잘것없고 그러므로 서울집을 훔친 재수는 호박을 딴 셈이요, 서울집으로서는 아깝다는 그 자리에 당치 않은 생각이 불현듯이 솟기 시작하였다. 언제인지 한 번은 경대 위에 금반지를 훔친 일이 있어서 즉시로 발각되어 호되게 야단을 듣고 집을 쫓겨난 일이 있었으나 그런 변을 당하여도 점순은 서울집을 미워는커녕 더욱 어렵게 여기고 높이고 싶었다. 사내가 그에게 반한 듯이 점순도 그에게 반한 셈이었다. 여자로 태어나 마을의 뭇사내들이 탐내 하는 그의 곁에서 지내게 되는 것을 다행으로 여겼다. 그러기에 한 번 쫓겨나면서도 구구히 빌어 다시 그 자리로 들어간 것이었다. 삼신할머니가 구석구석 잔손질을 해서 묘하게 꾸며 세상에 보낸 것이 바로 서울집이라고 점순은 생각하였다.

손발이 동자같이 작고 살결이 물에 씻긴 차돌같이 희었다. 콧날이 봉긋이 솟은 아래로 작은 입을 열면 새하얀 잇줄이 구슬을 머금은 것같이 은은히 빛났다. 점순이 아무리 틈틈이 경대 속의 분을 훔쳐서 발라도 그의 살결을 본받을 수는 없었다. 검은 살결과

걱실걱실한 체대와 큰 수족을 늘 보이는 것이건만 그에게 보이기
가 언제나 부끄러웠다. 열두 번 다시 태어난다고 하더라도 그의
몸맵시를 따를 수는 없을 것 같았다. 뒤안에 물통을 들여다 놓고
그 속에서 목물을 할 때 그 희멀건 등줄기를 밀어주노라면 점순
은 그 고운 몸뚱이를 그대로 덥석 안아보고 싶은 충동이 솟곤 하
였다. 여름 한때 새끼손가락 손톱에 봉선화 물이나 들이게 되면
누에 같은 손가락 끝에 붉은 꽈리 알을 띄운 것도 같아서 말할 수
없이 귀여운 감동을 자아내는 것이었다. 그 서울집이 재수 따위
의 손안에서 허름하게 놀고 있음을 내려다보노라니 점순은 아까
운 생각만 들었다. 즉시로 뛰어 내려가 그 자리를 휘저어놓고도
싶었다. 어느 때까지나 그대로 버려두기 부당한 속히 한바탕 북
새를 일으켜 사이를 갈라놓고 싶은 생각이 불현듯이 솟기 시작하
였다. 그대로 살며시 덮어만 둔다면 어느 때까지나 애매한 형태
에게까지 알려지지 않을 것이 한 되었다. 재수에게 대한 샘이 아
니라 참으로 서울집에 대한 샘이었다.

　그러나 점순이 그렇게 오래 걱정하지 않아도 좋은 것은 간밤 이
상의 괴변이 금시에 눈 아래 장면 위에 일어난 것이다. 세상에는
기묘한 일이 간간이 생기는 까닭인지 혹은 그 불측한 장면을 오
래도록 허락하지 않으려는 뜻인지 참으로 뜻하지 않은 어처구니
없는 일이 일어난 것이다. 그렇게라도 되지 않으면 형태에게 그
숨은 곡절은 알릴 길이 없었던 탓일까. 읍내에 갔던 형태가 별안
간 나타난 것이다.

　집을 떠난 지 여러 날 되기는 하나 하필 그 밤에 돌아오게 된 것

은 귀신이 알린 탓이라고밖에는 생각할 수 없었다. 하기는 어느 날 어느 때 그 자리에 당장 돌아올는지도 모르면서 유유하게 정을 통하고 있는 남녀가 어리석은지도 모른다. 정에 빠진 남녀는 어리석어지는 법일까?

다따가 방문에서 불쑥 솟아 뒤안 툇마루에 나선 것이 형태임을 알았을 때 옥분은 기겁을 하고 점순에게로 몸을 쏠렸다. 나뭇가지가 흔들리며 살구가 후둑후둑 떨어졌으나 나무 위로 주의를 보내기에는 뒤안의 형세는 너무도 급박하였다.

평상 위에 서로 기대앉았던 남녀는 화닥닥 자세를 바로잡으면서 물결같이 갈라졌다. 그 황겁한 거동 앞에 막아선 형태의 육중한 몸은 마치 꿈속의 무서운 가위 같아서 그 가위에 눌린 것이 별수 없이 두 사람의 꼴이었다. 움츠러들었을 뿐 쩍소리도 없는 데다가 형태 또한 바위같이 잠자코만 서서 한참 동안 자리는 고요할 뿐이었다. 검은 구름을 첩첩이 품은 채 천둥을 기다리는 무서운 순간이었다.

"대체 누구냐?"

지나쳐 상기된 판에 형태는 말조차 어리석었다. 하기는 재수가 아들임을 일순간 잊어버렸던지도 모른다.

"무엇들을 하고 있어?"

육중한 체대가 움직였을 때 서울집은 허둥허둥 평상에서 내려서 신을 신었다. 방으로 뛰어 들어가려고 툇마루 앞에 이르렀을 때 말도 없이 형태의 손에 머리쪽을 쥐였다. 새 발의 피였다. 한번 거세게 휘나꾸는 바람에 보잘것없이 폴싹 땅에 쓰러지고 말왔다.

형태의 손질을 아는 점순은 아찔하며 그 자리로 기를 눌리고 말았다. 그 밤으로 무슨 변이 일어날지를 헤아릴 수 없는 판에 나무에서 유유하게 주인집 변사를 내려다보기가 무서웠다. 한시가 바쁘게 옥분을 붙들어 먼저 내려 보내고 뒤이어 미끄러져라 하고 급스럽게 나무를 타고 내려섰다. 뒤안에서는 주고받는 말소리가 차차 똑똑해지고 금시에 큰 북새가 시작될 눈치였다. 간밤의 변괴보다는 확실히 더 놀라운 변고에 혼을 뽑힌 셋은 웬일인지 그 밤의 책임이 자기들에게도 있는 것 같아서 다시 돌아다볼 염도 못 하고 꽁무니가 빠져라 논길을 뛰어나갔다.

이튿날 아침 소문은 도리어 뒷마을에서부터 났다. 새벽쯤 해서 점순이 서울집으로 일을 하러 집을 나왔을 때 길거리에서 춘실네에게 간밤의 소식을 듣게 되었다. 재수는 당장에서 물푸레나무 가지로 물매를 얻어맞아 피를 흘리고 그 자리에 까무러쳐 쓰러진 것을 농군이 업어다가 뒷마을 집에 갖다 눕힌 채 아침까지 정신을 못 차리고 있다는 것이다. 전신이 부풀어 올라서 모습까지 변한 것을 큰댁은 걱정하여 울며불며 일변 약을 지어다가 달인다 푸닥거리 준비를 한다 집안은 야단이라는 것이었다.

궁금해서 두근거리는 마음에 점순은 부리나케 앞마을로 뛰어나가 닫힌 채로의 서울집 대문을 열고 들어섰을 때 집 안은 빈 듯이 고요하였다. 겁이 덜컥 나서 마루에 뛰어올라 의걸이 놓인 방 문을 열었을 때 예료[17]대로 놀라운 꼴이었다. 이불을 쓰고 누운 서울집을 벌써 운명이나 하지 않았나 하고 급히 이불을 벗겼을 때 살아 있는 증거로 눈을 뜨기는 하였으나 입에는 수건으로 자갈을 메웠고 볼에는 불에 덴 흔적이 끔찍하였다. 몸을 움짓움짓은 하면서 일어나지 못하는 것은 굵은 바로 수족을 얽어맨 까닭이었다. 바를 풀고 자갈을 뺐었을 때 서울집은 소생한 듯이 간신히 일어나 앉았다. 흩어진 머리와 상기된 눈과 어지러운 자태가 중병이나 치르고 일어난 병자 모양이었다. 이지러져 변모된 얼굴을 볼 때 점순은 눈물이 핑 돌았다.

"죄을 겼기로서니 이럴 법이 있나? 사람이 아니라 짐승이지."

이를 부드득 가는 서울집의 눈에도 눈물이 그렁그렁 어리었다. 구슬 같은 그 고운 얼굴이 벌겋게 데어서 살뜰하던 모습은 찾을 수도 없었다.

"사지를 결박하구 입을 틀어막구 인두루 얼굴과 다리를 지지네 나그려. 아무리 시굴 놈이기루서 그런 악착한 것 본 적이 있나. 제나 내나 사람은 매일반 마음은 다 각각이지 인두를 달군대야 사람의 마음이야 어찌 휘일 수 있겠나. 이런 두메에 애초부터 자청하구 올 사람이 누군가. 산 설구 물 설구 인정조차 다른데 게다가 허구한 날 안에만 갇혀 한 걸음 길 밖에도 못 나가게 하니 전중이[18] 생활인들 게서 더할까. 피 가진 사람으로서 어찌 고향인들 안 그립구 사람인들 안 아쉽겠나. 갇힌 새두 하늘을 그리워할려니. 내가 그른지 놈이 악한지 뉘 알랴만 내 이 봉변을 당하구 가만있을 줄 아나. 당장에 주재소에 가 고소를 하구 징역을 시키구야 말겠네. 그날이 나두 이곳을 벗는 날이야. 생각할수록 분하구 원통하구!"

입술을 꼬옥 무니 이슬 같은 눈물이 방울방울 솟아 상한 두 볼 위로 흘러내렸다. 점순도 덩달아 눈물이 솟으며 무도한 형태의 행실을 속으로 한없이 노여워하고 미워하였다. 만약 사내라면 그놈을 다구지게 해내고 싶은 생각도 들었고 간밤에 달려들어 말리지도 못하고 변이 일어난 줄을 알면서도 그 자리를 피해 간 비겁한 행동을 그지없이 뉘우치기도 하였다. 반드시 태인과 남편 만손의 사이에 든 자신의 처지를 생각하여서가 아니라 참으로 마음 속으로부터 서울집의 처지를 측은히 여겨서였다. 그러나 위로할 말을 몰라 다만 콧물을 들이켜면서 일상 쥐어보고 싶던 서울집의 고운 손을 큰 손아귀에 징긋이 쥐어볼 뿐이었다.

3

형태는 부락스러운 고집에 겉으로는 부드러운 낯을 지니나 속으로는 심화가 솟아올라 그 어느 때나 술기에 눈알을 붉게 물들이고는 장거리에서 진종일을 보내곤 하였다. 옆사람들의 수군거리는 눈치와 소문을 유하게 깔아버리고는 배포 유하게 거들거렸다. 화풀이로 면장 운동에 마음을 돌리는 수밖에는 없어서 술집에서 장구장을 데리고 궁리와 책동에 해 가는 줄을 몰랐다. 장구장은 기왕에 구장으로 있다가 최면장이 들어서자 떨어진 축이어서 형태가 면장을 하게 되면 다시 구장으로 들어앉자는 것이 그의 원이었고 두 사람이 공모하는 뜻도 거기에 있었다.

원래 면장 운동은 가제 시작된 것이 아니라 벌써 오래전부터의 형태의 책모하여오던 바였다. 박달나무로 하여 돈을 벌게 되자 마을에서 낯이 높아진 것이 그 원을 품게 한 근본 원인이었고 면장이 되면 윗마을과 뒷마을에 있는 소유의 전답에 유리하도록 마을 사람들의 부역을 내서 길과 도랑을 고쳐내겠다는 것이 둘째 희망이었다. 그러나 그보다도 더 절실한 원인은 최면장에 대한 감정이었으니 전에 역군을 다녔던 형태가 지벌이 얕다고 최면장에게서 은근히 멸시를 받고 있는 것과 아들 재수가 최면장의 아들 학구보다 재물이 훨씬 떨어지는 것을 불쾌히 여기는 편협심에서 오는 것이었다. 부전자전으로 자기가 글을 탐탁하게 못 배운 까닭으로 자식도 그렇게 둔재인가 하여 뒤치송할 재산은 있는데도 불구하고 재수가 단지 재주가 부실한 탓으로 춘천고등보통학교도 칠 년 만에야 간신히 마치고 나오게 된 것을 형태는 부끄러워하고 한 되게 여겼다. 한편 최면장의 아들 학구는 재수와 동갑으로 한 해에 보통학교를 마쳤으나 서울 가서 윗 학교를 마치고는 전문학교에까지 들어가게 되었다. 선비와 역군의 집안의 차이를 실제로 눈앞에 보는 것 같아서 형태로서는 마음이 괴로웠다. 최면장은 어려운 가운데에서 자식 하나만을 바라고 그에게 정성을 다 바쳤다. 몇 마지기 안 되는 땅까지 팔아버렸고 그 위에 눈총을 맞아가면서도 면장의 자리를 눅진히 보존해가는 것은 온전히 자식 때문이었다. 학구가 학교를 졸업할 때까지는 아무런 일이 있어도 그 자리를 비벼나갈 생각이었다. 그런 점으로서 형태와는 드러나게 대립이 되어도 하는 수 없는 노릇이었다. 그러나 그뿐이 아니었다. 참으로 무서운 최면장의 비밀을 형태는 손아귀에 움켜쥐고 있었다. 학비의 보충을 위하여 회계원과 짜고 여러 번째 장부를 고치고 공금에 손을 댄 것이었다. 면장 운동에 뜻을 둔 때부터 형태는 면장의 흠을 모조리 찾아내려고 하던 판에 회계원을 감쪽같이 매수하여 그에게서 공금 횡령의 비밀을 샅샅이 들추어냈던 것이다. 그런 눈치를 알아채었는지 어쨌는지 최면장은 모든 것을 모르는 체 다만 학구가 학교를 마칠 때까지를 목표로 시침을 떼는 것이었으나 형태는 형태로서 네 속 다 뽑아 쥐고 있다는 듯한 거만한 배짱으로 모든 수단이 다 틀리면 그 뽑아 쥔 비밀을 마지막 술책으로 쓰리라고 음특하게 벼르고 있었다. 하기는 그는 벌써 최면장이 좀체 속히 물러앉지 않을 줄을 짐작하고 이번 읍내 길에서도 군수에게 공금의 비밀을 약간 귀띔하고 온 터였다. 군수는 기회를 보아서 내막을 철저히 조사시켜 폭로시킨 후 적당한 조처를 하겠다고 언약하였다. 군수를 그만큼까지 후리기에는 상당히 물재도 들었으니 이번 길만 하여도 꿀과 버섯의 선사뿐이 아니라 실상은 논 한 자리까지 남몰래 팔았던 것이다. 군수의 일상 원이 일등 명기를 앞에 놓고 은주전자 은잔으로 맑은 국화주를 마시는 운치였다. 일등 명기야 형태의 수완으로도 어쩌는 수 없는 것이었으나 은주전자 은잔쯤은 그의 힘으로 족히 자라는 것이어서 이번 기회에 수백 금을 들여 실속 있는 한 쌍을 갖추어 준 것이었다.

군수가 사양치 않은 것은 물론이며 그렇게 여러 번째 미끼를 흐뭇이 들여놓고 이제는 다만 속한 결과를 기다리게만 되었다. 평생 원을 풀 수만 있다면 그 모든 미끼의 희생쯤은 그에게는 보잘 것없이 허름한 것이었다. 군수의 인품을 믿고 있는 것만큼 조만간 뜻대로의 결과가 올 것이 확실은 하였으나 될 수 있는 대로 그것이 속하였으면 하고 마음은 늘 초조하였다. 더구나 가정의 변이 생긴 후로는 어떠한 희생을 내서라도 기어이 뜻을 이루어야만 세상 사람들의 조롱과 웃음의 몇 분의 하나라도 설치[19]가 될 것이요, 지금까지 애써온 보람도 있을 것이며 맺힌 마음의 짐도 넌지시 풀어 부끄러운 집안의 변괴도 잊어버릴 수 있으리라고 생각되어 더욱 초조하였다. 술집에 자리를 잡고 허구한 날 거나하여서 충혈된 눈을 험상궂게 굴리곤 하였다.

장날 저녁이었다. 형태는 영월네 골방에서 장구장과 잔을 거듭하다가 마침내 최면장을 부르러 사람을 보냈다. 주석을 이용하여 마음을 떠보고 싸움을 거는 것이 요사이의 형태여서 장날과 평일도 헤아리지 않았다. 실상은 요사이 장구장을 통하여 혹은 직접으로 그의 비밀을 한두 사람씩에게 차차 전포시키는 중이었다. 민심을 소란케 하여 그를 배반하게 하자는 생각이었다.

최면장은 굳이 안 올 리가 없었으며 불과 두어 번 잔이 돌았을 때 형태는 차차 말을 풀어내기 시작하였다.

"정사에 얼마나 골몰한가. 덕택에 난 이렇게 술 잘 먹구 돈 잘 쓰구 태평하게 지내네만!"

돈 잘 쓴다는 말과 은근히 관련시키려는 듯이

"학구 공부 잘하나. 들으니 한다 하는 사상가라지. 최씨 집안에야 인물이구말구. 그러나 쓸데없는 걱정 같지만 주의니 무어니 할 때 단단히 단속하지 않으면 까딱하다 큰일 나리. 푸른 시절에는 물들기두 쉽구 저지르기두 쉬운 법이요 더구나 이게 무서운 시절 아닌가. 어련하겠나만 사귀는 동무 주의하라고 신신당부해 두게."

비꼬는 말인지 동정하는 말인지 속뜻을 알 수 없어 최면장은 대답할 바를 몰랐다. 장구장과의 틈에 끼여 어리뻥뻥할 뿐이었다.

"다 아는 형편에 뒤치송하기 얼마나 어렵겠소만 면장 이건 귓속말인데 사정두 딱하게는 되었소."

은근한 말눈치에 어안이 벙벙하여 있을 때 장구장은 입을 가까이 가져오며 짜장 귓속말로 무서운 것을 지껄였다.

"미안한 말 같지만 사직을 하려거든 지금이 차라리 적당한 시기인가 하오. 더 끌다가는 큰 봉변 할 것 같으니 말요."

면장은 뜨끔도 하였거니와 별안간 홍두깨같이 불쑥 내미는 불쾌한 말투에 관자놀이에 피가 바짝 솟아오르며 몸이 화끈 달았다.

"무슨 소리요?"

단 한 마디 짧게 퉁명스럽게 내쏘았다.

"노여워할 것이 아닌 것이 지금은 벌써 공연의 비밀이 되었소. 거리의 사람뿐이 아니라 멀리 읍내에까지두 알려져서 면내에서 모모 하는 사람들 사이에는 공론이 자자한 판이오."

"대체 무슨 소리란 말요?"

면장은 모르는 결에 얼굴이 불끈 달며 어성이 높아졌다. 구장은 반대로 이번에는 목소리는 낮추었으나 그러나 다음 마디는 천 근의 무게가 있는 것이었다.

"아마도 윤회계원의 입에서 말이 난 모양이오. 세상에서 누굴 믿겠소."

붉어졌던 면장의 낯은 금시에 새파랗게 질리며 입이 굳어지고 말문이 막혔다. 형태와 구장은 듬짓이 침묵하고 던진 말의 효과를 가늠 보고 있는 듯이 눈길을 아래로 향하였다. 불쾌한 침묵이었으나 그러나 면장은 즉시 침착을 회복하고 낯빛을 바로잡을 수 있었다. 설레지 않는 그의 어조는 막혔던 방 안의 공기를 다시 풀어버렸다.

"그만하면 말뜻을 알겠네만 과히 염려들 할 것은 없네. 일이라는 것이 나구 보아야 옳고 그른 것을 시비할 수 있는 것이지 부질없이 소문에 사로잡힐 것은 아니야. 난 나로서 충분히 내 각오가 있으니 염려들은 말게."

밉살스러우리만치 침착한 어조는 도리어 반감을 돋웠다. 형태의 말 속에는 확실히 은근한 뼈가 숨어 있었다.

"각오라니 무슨 각온지는 모르겠으나 일이 크게 되문 낭패가 아닌가. 들으니 읍에서는 군수두 쉬이 출장 와서 조사를 하리라는 소문인데 그렇게 되문 무슨 욕이 돌아올지 헤아릴 수나 있나. 일이 터지기 전에 취할 적당한 방책두 있지 않을까 해서 일르는 말이 아닌가."

마디마디 꼭꼭 박아대는 말에 면장은 화가 버럭 나서 드디어 고성대갈 호통을 하였다.

"일르는 말이구 무엇이구 다 그만둬. 그 속 다 알고 그 흉계 뉘 모르리. 군수를 끼구 책동하는 줄두 다 안다. 내야 어떻게 되든

254

어디 할 대루 해봐라."

"무엇을 믿구 큰소린구. 해보구말구 나중에 뉘우치지나 말게."

벌써 피차에 감출 것이 없어 속뜻과 싸움은 노골적으로 드러나게 되었다.

"뉘우칠 것두 없구 겁날 것두 없다. 무슨 술책을 써서든지 할 대루 해봐라."

면장은 붉은 낯에 입술은 푸르면서 육신이 부르르 떨렸다.

"이 사람 어둡기두 하다. 일이 벌써 어떻게 된 줄두 모르구 큰소리만 탕탕 하니."

"고얀 것들. 이러자구 사람을 불러냈어? 같지 않은 것들."

차려진 술잔을 밀쳐버리고 면장은 성큼 자리를 일어섰다. 형태의 유들유들한 웃음소리가 터지자 참을 수 없는 노염에 술상을 발로 차버리고 문밖으로 뛰어나갔다. 통쾌하다는 듯이 계획은 거의 다 성사되었다는 듯이 형태는 눈초리를 지그시 주름 잡고 구장을 바라보면서 한바탕 웃음을 쳤다.

면장 운동에는 차차 성공하여가는 형태지만 속은 늘 심화가 나고 찌뿌둥하여서 변괴가 있은 후로는 아직 한 번도 서울집에는 들어가지 않고 큰집이 아니면 거리에서 밤을 지내오는 것이었다. 은근히 기뻐하는 것은 큰댁이어서 아들이 앓아누운 것을 보면 뼈가 아프기는 하였으나 그러나 그것을 한 기회 삼아 한편 남편의 마음을 돌리기에 애쓰고 밖에 나가서는 일방 앓아누운 서울집의 치성을 드리기가 날마다의 행사였다. 속히 일어나라는 치성이 아니라 그대로 살며시 가버리라는 치성이었다. 밤이 어둑어둑만 해지면 남편 몰래 새옹[20]에 메[21]를 짓고 맑은 물을 떠가지고는 뒷동산 고목나무 아래나 성황 숲이나 개울가에 나가서 염라대왕에게 손을 모으고 비는 것이었다. 산귀신 물귀신 불귀신 귀신의 이름을 모조리 외우며 치마 틈에 만들어 넣었던 손각시[22]를 불에도 사르고 물에도 띄우고 땅에 묻고 하여 은근히 서울집의 앞길을 저주하였다. 원래 강릉집 때부터 치성을 즐겨 하여 강릉집이 기어이 실족이 된 것은 온전히 치성 덕이라고 생각하였다. 서울집이 오면서부터는 더욱 심하여서 어떤 때에는 오십 리나 되는 오대산에 가서 고산 치성도 드렸고 내려오던 길에 월정사에 들러 연꽃 치성도 드렸다. 이번의 서울집의 변괴도 재수의 허물로는 돌리지 않고 치성 덕으로 서울집에게로 내려진 천벌이라고 생각하였다. 내친걸음에 서울집을 영영 없애달라는 것이 치성할 때마다의 절실한 원이었다. 형태로서는 치성은 질색이어서 큰댁의 우매한 꼴을 볼 때마다 한바탕 북새를 일으키고야 말았다.

재수가 자리에서 일어나자 하루아침 가만히 도망을 간 것은 여름도 한참 짙었을 때 형태의 심중이 가지가지 일에 무덥게 지글지글 끓어오를 때였다. 한편 걱정되지 않는 바도 아니었으나 차라리 한시름 놓은 것 같아서 시원도 했다. 신통치도 못한 조합 서기쯤 그만두고 멀리 가버림이 마을 사람들의 기억에서도 사라질 것이요, 차차 죄를 벗는 길도 될 것으로 생각되어서 차라리 한시름 놓은 것 같았다. 다만 걱정되는 것은 불미한 생각을 일으키고 그 어느 구석에 가서 자진이나 하지 않았을까 하는 것이었다. 그 날 아침 집안은 요란하게 설레고 마을을 아래위로 훑으면서 헤매었다. 주재소에 수색원까지 내고 들끓었으나 그러나 그렇게까지 걱정할 것이 없은 것은 실상은 재수의 도망은 큰댁의 지시요 계책이었던 것이다. 그날 새벽 강에 나가 치성을 마친 큰댁은 아들을 속사리재 아래까지 불러내서 등대[23]하고 있다가 강릉서 넘어오는 첫 자동차에 태워서 앞대로 내보낸 것이었다. 거리에서 차를 타면 들킬 것을 염려하여 오 리 길이나 미리 나와 섰던 것이다. 전대[24] 속에 알뜰히 모아두었던 근 백여 소수[25]의 돈을 전대째로 아들에게 주면서 마을에서 소문이 사라질 때까지 어디든지 앞대로 나가 구경 겸 어느 때까지든지 바람을 쏘이라는 당부를 거듭하면서 운전수가 재촉의 고동을 몇 번이나 울릴 때까지 차전을 붙들고 서서 눈물겨운 목소리로 서러워하였다. 그러나 물론 집에 돌아와서는 그런 눈치는 까딱 보이지 않으며 집안사람에게 휩쓸려 도리어 아들의 간 곳을 걱정하는 모양을 보였다.

재수의 처치가 제물에 된 후로 파였던 형태의 마음 한구석이 파묻힌 것은 사실이었으나 그렇게 되면 서울집의 존재가 머릿속에 더한층 똑똑하게 떠올랐다. 그러나 그대로 어느 때까지 버려두는 수밖에 별다른 처리의 방책은 없었다. 한번 흠이 든 것이니 시원히 버려볼까도 생각하였으나 도저히 할 수는 없는 노릇임을 깨달았다. 속사리 버덩의 일곱 마지기를 팔아버린 것이 아까워서가 아니라 아무리 흠이 들었다고는 하더라도 아직도 그에게로 쏠리는 정을 끊어버릴 수는 없었다. 정이란 마치 헝클어진 실뭉치 같아서 한쪽을 끊어도 다른 쪽이 매이고 끊은 줄 알았던 줄이 다시 걸리고 하여서 하루아침에 칼로 벤 듯이 시원히 끊어버릴 수는 없는 노릇이었다. 포악스럽게는 굴었어도 아직도 서울집에 대한 정은 줄줄 헝클어져 그의 마음 갈피에 주체스럽게 걸리고 감기는 것이었다. 그 위에 세월이라는 것은 무서워서 처음에는 살인이라도 날 것 같던 것이 차차 분이 사라졌고 봉욕에 치가 떨리고 몸이 화끈 달던 것이 지금은 그것도 차차 식어가서 그대로 가면 가을에 찬 바람이 나돌 때까지는 분도 풀리고 마음도 제대로 가라앉을 것 같았고 일이 뜻대로 되어 면장으로나 들어앉게 되면 무서운 상처는 완전히 사라질 듯도 하였다. 다만 서울집의 마음이 자기의 마음같이 가라앉고 회복될까 하는 것이 의심이었다. 한때의 실책이었던지 그렇지 않으면 정이 벌어졌던 탓인지 그의 마음을 좀체 들여다볼 수는 없었다. 늘 밖을 그리워하는 눈치를 보아서는 마음속이 심상치 않은 것도 같았기 때문이다. 집에 누운 채 얼굴과 다리의 상처에는 약국에서 가져온 고약을 바르고 일변 보약을 달여 먹도록 시키기만 하고 형태는 아직 한 번도 들여다보지는 않았으나 서울집에 대한 의혹이 생길 때에는 불현듯이 정이 불꽃같이 타오르며 그를 만나고 싶은 생각이 유연히 솟아올랐다. 그럴 때에는 면장 운동보다도 오히려 더 큰 열정이 그를 송두리째 사로잡으며 서울집을 잃는다면 그까짓 면장은 얻어 해 무엇하노 하는 생각조차 들었다.

장미薔薇 병들다

  싸움이라는 것을 허다하게 보아왔으나 그렇게도 짧고 어처구니 없고──그러면서도 싸움의 진리를 여실하게 드러낸 것은 드물었다. 받고 차고 찢고 고함치고 욕하고 발악하다가 나중에는 피차에 지쳐서 쓰러져버리는──그런 싸움이 아니라 맞고 넘어지고 항복하고──그뿐이었다. 처음도 뒤도 없이 깨끗하고 선명하여 마치 긴 이야기의 앞뒤를 잘라버린 필름의 몇 토막과도 같이 신선한 인상을 주는 것이었다. 그 신선한 인상이 마침 영화관을 나와 그 길을 지나던 현보와 남죽 두 사람의 발을 문득 머무르게 하였는지도 모른다. 그러나 두 사람이 사람들 속에 한몫 끼여 섰을 때에는 싸움은 벌써 끝물이었다.

  영화관, 음식점, 카페, 매약점 등이·어수선하게 즐비하여 있는 뒷거리 저녁 때, 바로 주렴[1]을 드리운 식당 문 앞이었다. 그 식당의 쿡으로 보이는 흰 옷에 흰 주발모자를 얹은 두 사람의 싸움이었으나 한 사람은 육중한 장골[2]이요, 한 사람은 까무잡잡한 약질이어서, 하기는 그 체질에 벌써 승패가 달렸던지도 모른다. 대체 무엇이 싸움의 원인이며 원한의 근거였는지는 모르나 하루아침에 문득 생긴 분김이 아니요, 오래 두고두고 엉겼던 불만의 화풀이임은 두 사람의 태도로써 족히 추측할 수 있었다. 말로 겨루다 못해 마지막 수단으로 주먹다짐에 맡기게 된 것임은 부락스러운 두 사람의 주먹살에 나타났으니 약질의 살기를 띤 암팡진 공격에 한 번 주춤하였던 장골은 곱절의 힘을 주먹에 다져 쥐고 그의 면상을 오돌지게[3] 욱박았다.[4]

소리를 치며 뒤로 쓰러지는 바람에 문 앞에 세웠던 나무 분이 넘어지며 분이 깨뜨러지고 노간주나무가 솟아났다. 면상을 손으로 가려 쥐고 비슬비슬 일어서서 달려들려 할 때, 장골의 두번째 주먹에 다시 무르게도 넘어지고 말았다. 땅 위에 문질러져서 얼굴은 두어 군데 검붉게 피가 배고 두 줄의 코피가 실오리 같은 가느다란 줄을 그으면서 흘렀다. 단번에 혼몽하게 지쳐서 쭉 늘어졌음에도 불구하고 약질은 간신히 몸을 세우고 다시 한 번 개신개신 일어서서 장골에게 몸을 던지다가 장골이 날쌔게 몸을 피하는 바람에 겨뤄보지도 못한 채 또 나가쓰러지고 말았다.

한참이나 죽은 듯이 고요한 속에서 코만 흑흑 울리더니 마른 땅에는 금시에 피가 흘러 넓게 퍼지기 시작하였다.

"졌다."

짧게 한마디—그러나 분한 듯이 외쳤으니 그것으로 싸움은 끝난 셈이었다.

"항복이냐?"

장골은 능실도 하지 않고 마치 그 벅찬 힘과 마음에 티끌만큼의 영향도 받지 않은 듯이 유들유들하게 적수를 내려다보았다.

"힘이 부쳐 그렇지, 그리 쉽게 항복이야 하겠나."

"뼈다구에 힘 좀 맺히거든 다시 덤비렴."

"아무렴. 그때까지 네 목숨 하나 살려둔다."

의젓하고 유유하게 대꾸하면서 약질이 피투성이의 얼굴을 넌지시 쳐들었을 때 현보는 그 끔찍한 꼴에 소름이 끼쳐서 모르는 결에 남죽의 소매를 끌었다. 남죽도 현장에서 얼굴을 피하며 재촉을 기다릴 겨를 없이 급히 발을 돌렸다. 한참 동안 말이 없었다. 우연히 목도하게 된 그 돌연한 장면에서 받은 감격이 너무도 컸다.

강하고 약하고 이기고 지고——이 두 길뿐. 지극히 간단하다. 강약이 부동으로 억센 장골 앞에서는 약질은 욕을 보고 그 자리에 폭삭 쓰러져버리는 그 한 장의 싸움 속에서 우연히 시대를 들여다본 듯하여서 너무도 짙은 암시에 현보는 마음이 얼떨떨하였다. 흡사 약질같이 자기도 호되게 얻어맞고 피를 흘리며 쓰러져 있는 듯도 한 실감이 전신을 저리게 흘렀다.

"영화의 한 토막과도 같이 아름답지 않아요? 슬프지 않아요?"

역시 그 장면에서 받은 감동을 말하는 남죽의 눈에는 눈물이 어리어 보였다. 아름답다는 것은 패한 편을 동정함일까. 아름다운 까닭에 슬프고 슬프리만큼 아름다운 것——눈물까지 흘리게 한 것은 별수 없이 그나 누구나가 처하여 있는 현대의 의식에서 온 것임을 생각하면서 현보는 남죽을 뒤세우고 거리목 찻집 문을 밀었다.

차를 청해 마실 때까지도 현보와 남죽은 그 싸움의 감동이 좀체 사라지지 않아서 피차에 별로 말도 없었다. 불쾌하다느니보다는 슬픈 인상이었다. 슬픔으로 인하여 아름다운 것이었음을 남죽과 같이 현보도 느끼게 되었다. 그렇게까지 신경을 민첩하게 일으켜 세우게 된 것은 잠깐 보고 나온 영화 때문이었던지도 모른다.

영화관에는 마침 「목격자」가 걸려 있어서 우연히 보게 된 그 아름다운 한 편이 장면 장면 남죽을 울렸다.

전체로 슬픈 이야기였으나 가련한 주인공의 운명과 애잔한 여주인공의 자태가 한층 마음을 찔렀다. 억울한 혐의로 아버지를 여읜 어린 자식을 데리고 늙은 어머니가 어둡고 처량한 저녁에 무덤 쪽을 바라보는 장면과, 흐린 저녁때의 빈민가 다리 아래 장면과는 금시에 눈물을 솟게 하였다. 다리 아래 장면에서는 거지의 자동 풍금 소리에 집집에서 뛰어나온 가난한 구민들이 구슬픈 음악에 맞추어 춤을 추기 시작하였다. 요란한 소리를 듣고 순검이 달려와서 춤을 금하고 사람들을 헤칠 때 억울한 혐의로 아버지를 재판한 늙은 검사는 양심의 가책을 조금이라도 덜려고 가난한 사람들을 위해 항의를 하나 용납되지 못하고 사람들은 하는 수 없이 비슬비슬 그 자리를 헤어진다. 그 웅성거리는 측은한 꼴들이 실감을 가지고 가슴을 조였다. 어두운 속에서 남죽은 흐르는 눈물을 손수건으로 몇 번이고 훔쳐냈다. 눈물로 부덕부덕한 얼굴을 가지고 거리에 나오자 당면하게 된 것이 싸움의 장면이었다. 여러 가지의 감동이 한데 합쳐서 새 눈물을 자아내게 한 것이다.

하기는 남죽들의 현재의 형편 그것이 벌써 눈물 이상의 것이기는 하다. 두 주일 이상을 겪고 가제 나온 것이 불과 며칠 전이었다. 남죽은 현재 초라한 꼴, 빈 주머니에 고향에 돌아갈 능력도 없고 그렇다고 다른 도리도 없이 진퇴유곡의 처지에 있는 셈이었다.「목격자」속의 주인공들보다 조금도 나을 것이 없었다. 현보와 막연히 하루를 지우러 영화 구경을 나선 것도 또렷한 지향 없는 닥치는 대로의 길, 그 자리의 뜻이었다. 온전히 그날그날의 떠도는 부평초요, 키 잃은 배요, 목표 없는 생활이었다.

극단 '문화좌'가 설립되자마자 와해된 것이 두 주일 전이었다. 지방 공연이라는 점에 중점을 두려고 일부러 서울을 떠나 지방의 도회로 내려와 기폭을 든 것이었으나 그것이 도리어 화 되어 엄격한 수준에 걸린 것이었다. 인원을 짜고 각본을 선택하고 모든 준비를 마친 후 첫째 공연을 내려왔던 것이 그닷한 이유 없이 의외에도 거슬리는 바 되어 한꺼번에 몰아가버렸다. 거듭 돌아보아야 그럴 만한 원인은 없었고 다만 첩첩한 시대의 구름의 탓임이 짐작될 뿐이었다. 각본을 맡은 현보는 고향이 바로 그곳인 탓으로인지 의외에도 속히 놓이게 되고 뒤를 이어 남죽 또한 수월하게 풀리게 되었으나 나머지 인원들은 자본을 댄 민삼, 연출을 맡은 인수, 배우인 학준, 그 외 몇몇은 아직도 날이 먼 듯하였다. 먼저 나오기는 하였으나 현보와 남죽은 남은 동무들을 생각하고, 또 한 가지 자신들의 신세를 돌아보고 우울하기 짝 없었다. 하는 노릇 없이 허구한 날 거리를 헤매는 수밖에 없던 현보와 역시 별 목표 없이 유행가수를 지원해보았다 배우로 돌아서보았다 하던 남죽에게 극단의 설립은 한 희망이요 자극이어서 별안간 보람 있는 길을 찾은 듯도 하여 마음이 뛰고 흥이 나던 것이, 의외의 타격에 길을 꺾이고 나니 도로 제자리에 주저앉은 셈이었다. 파랗게 우러러보이던 하늘이 조각조각 부서져버리고 다시 어두운 구렁텅이로 밀려 빠진 격이었다.

현보의 창작 각본 「헐어진 무대」와 오닐의 번역극 「고래」의 한 막이 상연 예정이어서 남죽은 그 두 각본의 여주인공의 역할을 자기의 비위에 맞는 것으로 그지없이 자랑하였다. 예술적 흥분 외에 또 한 가지의 기쁨은 그런 줄 모르고 내려왔던 길에 구면인 현보를 칠 년 만에 뜻밖에 만나게 된 것이었다. 이 기우는 현보에게도 물론 큰 놀람이자 기쁨이었다.

극단의 주목을 보게 된 민삼이 서울서 적어 내려 보낸 인원의 열 명 속에 여배우 혜련의 이름을 발견하고 현보는 자기 작품의 주연을 맡은 그 여배우가 대체 어떤 인물일꼬 하고 호기심이 일어났을 뿐, 무심히 덮어두었던 것이 막상 일행이 내려와 처음으로 상면하게 되었을 때 그가 바로 남죽임을 알고 어지간히 놀랐던 것이다. 혜련은 여배우로서의 예명이었다. 칠 년 전에 알고는 그 후 까딱 소식을 몰랐던 남죽은 그런 경우 그런 꼴로 우연히 만나게 될 줄이야 피차에 짐작도 못 하였던 것이다. 지난날을 돌아보면서 그날 밤 둘은 끝없는 이야기와 추억에 잠겼다. 서울서 학교에 다닐 때 우연히 세죽 남죽 자매를 알게 된 것은 그들이 경영하여가는 책점 대중원에 출입하게 된 때부터였다. 대중원은 세죽이 단독 경영하여가는 것이었고 남죽은 당시 여학교에서 공부하는 몸으로 형의 가게에 기식하고 있는 셈이었다. 세죽의 남편이 사건으로 들어가기 전에 뒷일을 예료하고 가족들의 호구지책으로 미리 벌인 것이 소규모의 책점 대중원이었다. 남편의 놓일 날을 몇 해고 간에 기다려가면서 세죽은 적막한 홀몸으로 가가를 알뜰히 보면서 어린것과 동생 남죽의 시중을 지성껏 들어왔다. 남죽은 어린 나이에도 철이 들어서 가가에 벌여놓은 진보적 서적을 모조리 읽은 나머지 마지막 학년 때에는 오돌지게도 학교에 일어난 사건을 지도하다가 실패한 끝에 쫓겨나고 말았다. 학업을 이루지도 못한 채 고향에 내려갈 수도 없어 그 후로는 별수 없이 가가 일을 도울 뿐, 건둥건둥 날을 지우는 수밖에는 없었다. 소설을 닥치는 대로 읽어대고 아름다운 목청을 놓아 노래를 불러대곤 하였다. 목소리를 닦아서 나중에 성악가가 되어볼까도 생각하고, 얼굴의 윤곽이 어글어글한 것을 자랑삼아 영화배우로 나갈까도 꿈꾸었다. 그 시기의 그를 꾸준히 관찰할 수 있는 기회를 가졌던 현보는 그 남다른 환경에서 자라가는 늠출한 처녀의 자태 속에 물론 시대적 열정과 생장도 보았으나 더 많이 아름다운 감상(感傷)과 애끓는 꿈을 엿보았던 것이다. 단발한 머리를 부스스 헤뜨리고 밋밋하고 건강한 육체로 고운 멜로디를 읊조릴 때에는 그의 몸 그대로가 구석구석에 아름다운 꿈을 함빡 머금은 흐뭇한 꽃이었다. 건강한, 그러나 상하기 쉬운 한 송이의 꽃이었다. 참으로 아담한 꽃을 보는 심사로 현보는 남죽을 보아왔다. 그러나 현보가 학교를 마치고 서울을 떠날 때가 그들과의 접촉의 마지막이었으니 동경에 건너가 몇 해를 군 뒤 고향에 나와 일없이 지내게 된 전후 칠 년 동안 다만 책점 대중원이 없어졌다는 소문을 풍편에 들었을 뿐이지, 그 뒤 그들이 고향인 관북으로 내려갔는지 어쨌 는지, 남죽과 세죽의 소식은 생각해보지도 못했고 미처 생각에 떠오르지도 않았다. 그만한 여유조차 없는 것은 다른 사람의 생 각은커녕 자신의 생활이 눈앞에 가로막히게 되었고, 무엇보다도 현대인으로서의 자기 개인에 대한 생각이 줄을 찾기 어렵게 갈피 갈피로 찢어졌다 갈라졌다 하여 뒤섞이는 까닭이었다. 칠 년 후 에 우연히 만나고 보니 시대의 파도에 농락되어 꿈은 조각조각 사라지고 피차에 그 꼴이었다. 하기는 그나마 무대 배우로 나타 난 남죽의 자태에 옛 꿈의 한 조각이 아직도 간당간당 달려 있는 셈인지도 모르나 아담하던 꽃은 벌써 좀먹기 시작한, 그 어딘지 휘줄그러진 한 송이임을 현보는 또렷이 느꼈다.

시간을 보고 찻집을 나와 현보는 남죽을 데리고 큰 거리 백화점 으로 향하였다. 준구와 만나자는 약속이었다. 가난한 교원을 졸 라댐은 마치 벼룩의 피를 긁어내려는 격이었으나 그러나 현보로 서는 가장 가까운 동무이므로 준구에게 터놓고 남죽의 여비의 주 선을 비쳐둔 것이었다. 남죽에게는 지금 '살까 죽을까가 문제'가 아니라 「목격자」 속의 빈민들에게 거리의 음악이 필요하듯이 고 향으로 내려갈 여비가 필요하였다. 꿈의 마지막 조각까지 부서져 버린 이제 별수 없이 고향으로 내려가 몸도 쉬이고 마음도 가다 듬는 수밖에는 없었다. 고향은 넓은 수성평야의 한가운데여서 거기에는 형 세죽이 밭을 가꾸고 염소를 기르고 있다는 것이었다. 남편이 한 번 놓였다 재차 들어가게 된 후 세죽은 이번에는 고향에다 편편하게 자리를 잡고 책점 대신에 평야의 한복판에서 염소를 기르게 되었다는 것이다. 도회에 지친 남죽에게는 지금 무엇보다도 염소의 젖이 그리웠다. 염소의 젖을 벌떡벌떡 마시고 기운차게 소생됨이 한 가지의 원이었다.

몇십 원의 노자쯤을 동무에게까지 빌리기가 현보로서는 보람 없는 노릇이었으나 늘 메말라서 누런 '현대의 악마'와는 인연이 먼 그로서는 하는 수 없는 것이었다. 찻집이라도 경영해볼까 하다가 아버지에게 호통을 들은 후부터는 돈을 타 쓰기도 불쾌하여서 주머니에는 차 한 잔 값조차 떨어질 때가 있었다. 누구나 다 말하기를 꺼려 하고 적어도 초연한 듯이 보이려고 하는 '돈'의 명제가 요사이 와서는 말하기 부끄러우리만치 자나 깨나 현보의 머리를 차지하게 되었다. 그 '악마'에 대한 절실한 인식은 일종의 용기를 낳아서 부끄러울 것 없이 준구에게 여비 일건을 부탁하고 남죽에게는 고향 언니에게도 간청의 편지를 내도록 천연스럽게 일렀던 것이다.

그러나 막상 휘줄그레한 뽀라⁵ 양복에 땀에 젖은 모자를 쓴 가련한 그를 대하였을 때 현보는 준구에게 그것을 부탁하였던 것을 일순 뉘우쳤다. 휘답답한 그의 꼴이 자기의 꼴과 매일반임을 보았던 까닭이다.

그래도 의젓한 걸음으로 층계를 걸어 올라 식당에 들어가 두 사람에게 자리를 권하고 음식을 분부하고 난 후, 준구는 손수건을 내서 꺼릴 것 없이 얼굴과 가슴의 땀을 한바탕 훔쳐냈다.

"양해하게. 집에는 아이들이 들끓구 아내는 만삭이 되어서 배가 태산 같은데두 아직 산파도 못 댔네. 다달이 빚쟁이들은 한 두름씩 문간에 와서 왕메구리[6]같이 와글와글 짖어대구——어쩌다가 이렇게 됐는지 이제는 벌써 자살의 길밖에는 눈앞에 보이는 것이 없네⋯⋯ 별수 있던가. 또 교장에게 구구히 사정을 하구 한 장을 간신히 둘러 왔네. 약소해서 미안하나 보태 쓰도록이나 하게."

봉투에 넣고 말고 풀 없이 꾸겨진 지전 한 장을 주머니에서 불쑥 집어내서 현보의 손에 쥐여주는 것이다. 현보는 불현듯이 가슴이 찌르르하고 눈시울이 뜨거웠다. 손 안에 남은 부풀어진 지전과 땀 밴 동무의 손의 체온에 찐득한 우정이 친친 얽혀서 불시에 가슴을 죄인 것이다.

남죽은 새삼스럽게 고맙다는 뜻을 표하기도 겸연쩍어서 똑바로 그를 바라보지도 못하고 시선을 식탁 위에 떨어뜨린 채 손가락으로 머리카락을 오리오리 매만질 뿐이었다. 낯이 익지도 못한 여자의 앞에서까지 가릴 것 없이 집안 사정 이야기를 터놓고 하지 않으면 안 되는 가난한 시민의 자태가 딱하고 측은하고 용감하여서——그 순간 그 자리에서 살며시 꺼지고도 싶은 무거운 좌중의 기분이었다.

거리에 나와 준구와 작별한 뒤까지도 현보들은 심사가 몹시 울가망[7]하였다. 현보는 집에 돌아가기가 울적하고 남죽 또한 답답한 숙소에 일찍 들어가기가 싫어서 대중없이 밤거리를 거닐기 시작하였다. 동무가 일껏 구해준 땀내 나는 돈을 도로 돌릴 수도 없어 그대로 지니기는 하였으나 갖출 것도 있고 하여 여비로는 적어도 그 다섯 곱절이 소용이었다. 현보는 다른 방법을 생각하기로 하고 그 한 장 돈의 운명을 온전히 그날 밤의 발길의 지향에 맡기기로 하였다.

레코드나 걸고 폭스트롯[8]이나 마음껏 추어보았으면 하는 것이 남죽의 청이었으나 거리에는 춤을 출 만한 곳이 없고 현보 자신 춤을 모르는 까닭에 뒷골목을 거닐다가 결국 조촐한 바에 들어갔다. 솔내 나는 진을 남죽은 사양하지 않고 몇 잔이고 거듭 마셨다. 어느 결에 주량조차 그렇게 늘었나 하고 현보는 놀라고 탄복하였다. 제법 술자리를 잡고 얼굴을 붉게 물들이고 뭇 사내의 시선 속에서 어울려나가는 솜씨는 상당한 것으로 보였다. 술이 어지간히 돌았는지 체면 불고하고 레코드에 맞추어 몸을 으쓱거리더니 나중에는 자리를 일어서서 춤의 자세를 하고 발끝으로 달가락달가락 춤을 추는 것이었다. 현보 역시 취흥을 못 이겨 굳이 그를 말리지 않고 현혹한 눈으로 도리어 그의 신기한 재주를 바라볼 뿐이었다. 술은 요술쟁이인지 혹은 춤추는 세상의 도덕은 원래 허랑한 것인지 이해하기 어려운 것은 맞은편 자리에 앉았던, 아까 남죽의 귀에다 귓속말로 거리의 부량자[9] 백만장자의 아들이라고 가르쳐주었던 그 사나이가 성큼 일어서서 남죽에게 춤을 청하는 것이었고, 더 이상한 것은 남죽이 즉시 응하여 팔을 겯고 스텝을 밟기 시작한 것이다. 그것이 춤의 도덕인가 보다고만 하고 현보는 웃는 낯으로 한참이나 바라보고 있었으나 손님들의 비난의 소리 속에서 별안간 여급이 달려와서 춤은 금물이라고 질색하고 두 사람을 가르는 바람에 현보는 문득 정신이 들면서 이 난잡한 꼴에 새삼스럽게 눈썹이 찌푸려졌다. 남죽의 취중의 행동도 지나쳐 허랑한 것이었으나 별안간 나타난 부량자의 유들유들한 심보가 괘씸하게 느껴져서 주위에 대한 체면과 불쾌한 생각에, 책임상 비틀거리는 남죽의 팔을 끌고 즉시 그 자리를 나와버렸다. 쓸데없이 허튼 곳에 그를 끌어 온 것이 뉘우쳐도 져서 분이 좀체 가라앉지 않았다.

"아무리 부량자기로 생면부지에 소락소락──안된 녀석."

"노여하실 것 없는 것이 춤추는 사람끼리는 춤을 청하는 것이 모욕이 아니라 되려 존경의 뜻인걸요. 제법 춤의 격식이 익숙하던데요."

남죽의 항의에는 한 마디도 대꾸할 바를 몰랐으나 그러면 그 괘씸한 심사는 질투에서 나온 것이었던가? 그렇다면 남죽을 얼마나 사랑하고 있는 셈인가 하고 현보는 자신의 마음을 가지가지로 의심하여보았다.

"……참기 싫어요, 견딜 수 없어요──죄수같이 이 벽 속에만 갇혀 있기가. 어서 데려다주세요 떼에빗. 이곳을 나갈 수 없으면 ──이 무서운 배에서 나갈 수 없으면 금방 미칠 것두 같아요. 집에 데려다주세요, 떼에빗. 벌써 아무것두 생각할 수 없어요. 추위와 침묵이 머리를 가위같이 누르는걸요. 무서워. 얼른 집에 데려다주세요."

남죽은 남죽으로서 딴소리를──듣고 보니 오늘의 「고래」의 구절구절을 아직도 취흥에 겨운 목소리로 대로상에서 마치 무대에 서와 같은 감정으로 외치는 것이었다. 북극 해상에서 애니가 남편인 선장에게 애원하고 호소하는 그 소리는 그대로가 바로 남죽 자신의 절실한 하소연이기도 하였다.

"……이런 생활은 나를 죽여요. 이 추위, 무섬. 공기가 나를 협박해요. 이 적막. 가는 날 오는 날 허구한 날 똑같은 회색 하늘. 참을 수 없어요. 미치겠어요. 미치는 것이 손에 잡힐 듯이 알려요. 나를 사랑하거든 제발 집에 데려다주세요. 원이에요. 데려다주세요……"

이튿날은 또 하루 목표 없는 지난날의 연속이었다. 간밤의 무더운 기억도 있고 남죽에게 대한 말끔하게 청산하지 못한 뒤를 끄는 감정도 남아 있고 하여 현보는 오후도 훨씬 늦어서 남죽을 찾았다. 아직도 눈알이 붉고 정신이 개운하지 못한 남죽의 청을 들어 소풍 겸 강으로 나갔다.

서선 지방의 그 도회는 산도 아름다우려니와 물의 고을이어서 여름 한철이면 강 위에는 배가 흔하게 떴다. 나룻배 외에 지붕을 덩그렇게 단 놀잇배와 보트와 모터보트가 강 위를 촘촘하게 덮었다. 놀잇배에서는 노래가 흐르고 춤이 보여서 무르녹은 나무 그림자를 띄운 고요한 강 위는 즐거운 유원지로 변한다. 산 너머 저편은 바로 도회에서 생활과 싸움으로 들복닥거리건만 산 건너 이편은 그와는 별세상인 양 웃음과 노래와 흥이 지천으로 물 위를 흘렀다.

현보와 남죽도 보트를 세내서 타고 그 속에 한몫 끼어서 시원한 물세상 사람이 된 듯도 싶었다. 백양나무가 늘어선 위로 흰 구름이 뭉실뭉실 떠서 강 위에서는 능라도 일대의 풍경이 가장 아름다웠다. 현보는 손수 노를 저으면서 물결을 거슬러 올라가 섬께로 향하였다. 속을 헤아릴 수 없는 푸른 물결이 뱃전을 찰싹찰싹 쳤다.

"언니에게서 편지가 왔는데——요새는 염소 젖두 적구 그렇게 쉽게 노자를 구할 수 없다나요."

남죽은 소매 속에서 집어낸 편지를 봉투째 서너 조각으로 쭉쭉 찢더니 물 위에 살며시 띄웠다. 별로 언니를 원망하는 표정도 아니요, 다만 침착한 한마디의 보고였다.

"——며칠 동안 카페에 들어가 여급 노릇이나 해서 돈을 벌어볼까요?"

이 역 원망의 소리가 아니고 침착한 농담으로 들리긴 하였으나 그 어디인지 자포자기의 기색이 보이지 않는 것도 아니었다.

"차차 무슨 방법이든지 있을 텐데 무얼 그리 조급하게 군단 말요."

현보는 당치 않은 생각은 당초에 말살시켜버리려는 듯이 어세가 급하고 퉁명스러웠다. 그러나 고향을 그리는 남죽의 원은 한결같이 절실하였다.

"얼음 속에 갇혀 있으면 추억조차 흐려지나 봐요. 벌써 머언 옛일 같아요. 지금은 유월 라일락이 뜰 앞에 한창이고 담 위 장미는 벌써 봉오리가 앉았을걸요."

이것은 남죽이 늘 즐겨서 외는 「고래」 속의 한 구절이었으나 남죽의 대사는 이것으로서 그치는 것이 아니었다. 물 위에 둥둥 떠서 멀리 사라지는 찢어진 편지 조각을 바라보며 남죽의 고향을 그리는 정은 줄기줄기 면면하였다.

"솔골서 시작해서 바다 있는 쪽으로 평야를 꿰뚫은 흰 방축이 바로 마을 앞에 높게 내닫고 있어요. 방축이라니 그렇게 긴 방축이 어디 있겠어요. 포푸라나무가 모여 서고 국제 열차가 갈리는 정거장 근처를 지나 바다까지 근 십 리 장간을 일직선으로 뻗쳤는데 인도교와 철교 사이를 거닐기에두 이십 분이나 걸려요. 물 한 방울 없는 모래 개천을 끼고 내달은 넓은 둑은 희고 곧고 깨끗해서 마치 푸른 풀밭에 백묵으로 무한대의 일직선을 그은 것두 같수. 둑 양편으로 잔디가 깔린 속에 쑥이 나고 패랭이꽃이 피어서 저녁 해가 짜릉짜릉 쪼이면 메뚜기와 찌르레기가 처량하게 울지요. 풀밭에는 소가 누운 위로 이름 모를 새가 풀 위를 스치면서 얕게 날고 마을로 향한 쪽에는 조, 수수, 옥수수 밭이 연하여서 일하는 처녀 아이가 두어 사람씩은 보이죠. 여름 한철이면 조카 아이와 같이 염소를 끌고 그 둑 위를 거닐면서 세월없이 풀을 먹여요. 항구를 떠난 국제 열차가 산모퉁이를 돌아 기적 소리가 길게 벌판을 울려올 때, 풀 먹던 염소는 문득 뿔을 세우고 수염을 드리우고 에헤헤헤헤헤 하고 새침하게 한바탕 울어대군 해요. 마을 앞의 그 둑을——고향의 그 벌판을——나는 얼마나 사랑하는지 몰라요. 그리운지 모르겠어요."

남죽의 장황한 고향의 묘사는 무대 위에서와는 또 다르게 고요

한 강물 위를 자유롭게 흘러내렸다. 놀잇배에서 흘러나오는 레코
드의 음악이 속된 유행가가 아니고 만약 교향악의 반주였던들 남
죽의 대사는 마디마디 아름다운 전원 교향악으로 들렸을 것이다.

그의 '전원 교향악'에 취하였던 것은 아니나 그의 고향에 대
한——적어도 현재 이외의 생활에 대한 그리운 정이 얼마나 간절
한가를 느끼며 현보는 속히 여비를 구해야 할 것을 절실히 생각
하면서 능라도와 반월도 사이의 여울로 배를 저어 올렸다. 얕아
는 졌으나 센 물살을 거슬러 저으면서 섬에 오를 만한 알맞은 물
기슭을 찾았다.

"첫 가을이면 송이의 시절——좀 있으면 솔골로 풋송이 따러 가
는 마을 사람들이 둑 위를 희끗희끗 올라가기 시작하겠어요. 봉
곳이 흙을 떠받들고 올라오는 송이를 찾았을 때의 기쁨! 바구니
에 듬짓하게 따가지고 식구들과 함께 둑길을 걸어 내려올 때면
송이의 향기가 전신에 흠뻑 배이지요. 풋송이의 향기——「고래」
속의 라일락의 향기 이상으로 제겐 그리운 것예요."

듣는 동안에 보지 못한 곳이언만 현보에게도 그의 말하는 고향
이 한없이 그리운 것으로 생각되었다. 모랫바닥이 보이는 강가로
배를 몰아놓고 섬 기슭을 잡으려 할 때 배가 몹시 요동하는 바람
에 꿈에 잠겼던 남죽은 금시에 정신이 깬 모양이었다. 백양나무
가 늘어선 사이로 새 풀이 우거져서 섬 속은 단걸음에 뛰어들어
가고도 싶게 온통 푸르게 엿보였다. 발을 벗고 물속을 걷기도 귀
찮아서 남죽은 뱃전에 올라서서 한걸음에 기슭까지 뛰어 건너려
하였다. 뒤뚝거리는 배를 현보가 뒤에서 붙들기는 하였으나 원체

물의 거리가 먼 데다가 남죽은 못 미치는 다리에 풀뿌리를 밟은 까닭에 껑청 발을 건너자 배가 급각도로 기울어지며 현보가 위태하다고 느꼈을 순간 풀뿌리에서 미끄러지며 볼 동안에 전신을 물속에 채워버렸다. 현보가 즉시 신발째로 뛰어들어 그의 몸을 붙들어 일으키기는 하였으나 전신은 물에 빠진 쥐였다. 팔에 걸린 몸이 빨랫짐같이도 차고 무거웠다.

하루의 작정이 흐려지고 섬의 행락이 틀어졌다. 소풍이 지나쳐 목욕이 된 셈이나 물에 빠진 꼴로는 사람들 숲에 섞일 수도 없어 두 사람은 외따로 떨어져 섬 속의 양지를 찾았다. 사람들이 엿보지 못하는 호젓한 외딴 곳에서 젖은 옷을 대충 말리는 수밖에는 없었다. 현보는 신과 바지를 벗어서 널고 남죽은 속옷만을 남기고 치마저고리를 벗어서 양지쪽 풀 위에 펴놓았다. 차라리 해수욕복이나 입었던들 피차에 과히 야릇한 꼴들은 아니었을 것이나 옷을 반씩들 벗은 이지러진 자태——마치 꼬리와 죽지를 뽑히고 물벼락을 맞은 자웅의 닭과도 같은 허수한[10] 꼴들은 한층 우스운 것이었다. 더구나 팔다리와 어깨를 온전히 드러내고 젖어서 몸에 붙은 속옷 바람으로 풀밭에 선 남죽의 꼴은 더욱 보기 딱한 것이어서 그 자신은 그다지 스스러워 여기지 않음에도 현보는 똑바로 보기 어려워 자주 외면하지 않을 수 없었다.

별수 없이 그 꼴 그대로 틀어진 반날을 옷 말리기에 허비하고 해가 진 후 채 마르지도 못한 축축한 옷을 떨쳐입고 다시 배를 젓고 내려올 때, 두 사람은 불시에 마주 보고 껄껄껄 웃어댔다. 하루의 이지러진 희극을 즐겁게 끝막으려는 듯 웃음소리는 고요한 저녁 강 위에 낭랑하게 퍼졌다.

그 꼴로 혼자 돌려보내기가 가여워서 현보는 그길로 남죽의 숙소에 들른 채 처음으로 밤이 이슥할 때까지 같이 지내게 되었다. 뜻 속의 것이었던지 혹은 뜻밖의 것이었던지 그날 밤 현보는 또한 남죽과 모든 열정을 주고받았다. 그것은 반드시 한쪽만의 치우친 감정의 발작이 아니라 피차의 똑같은 감정의, 말하자면 공동 합작이었으며 그 감정 또한 우연한 돌발적인 것이 아니요 참으로 칠 년 전부터 내려오는 묵고 익은 감정의 합류였다. 늦은 밤 거리에 나왔을 때 현보는 찬란한 세상을 겪은 뒤의 커다란 피곤을 일시에 느꼈다.

일이 일인 만큼 큰 경험 후에 오는 하루를 현보는 집에 묻힌 채 가지가지 생각에 잠겼다. 묵은 감정의 합류라고는 하더라도 하필 그 시간에 폭발된 것은 이때까지 피차에 감정을 감추고 시험해왔던 까닭일까. 그런 감정에는 반드시 기회라는 것이 필요한 탓일까 생각하였다. 결국 장구한 시기를 두었다가 알맞은 때를 가늠보아 피차에 훔쳐낸 감정에 지나지 않았다. 사랑이라기에는 너무도 어처구니없는 것인지는 모르나 그러나 사랑이 아니라고 할 수도 없는 것이, 비록 미래의 계획이 없는 한 막의 애욕극이었다고는 하더라도 거기에 이르기까지는 오랜 시간의 양해가 있었던 것이라고 생각하였다. 남죽의 마음 또한 그러려니는 생각하면서도 현보는 한편 남자 된 욕심으로 남죽의 허랑한 감정을 의심도 하여보았다. 대체 지난 칠 년 동안의 그에게는 완전히 괄호 안의 비

276

밀인 남죽의 생활이 어떤 내용의 것이었을까 하는 것이었다. 그에게 있어서 간간이 생리의 정리가 필요하듯이 남죽에게도 그것이 필요하지 않았을까? 혹은 한 번쯤은 결혼까지 하였다가 실패하였는지도 모르며——더 가깝게 가령 그와 다시 만나기 전에 친히 지냈던 민삼과는 깊은 관계가 없었을까 하는 생각이 갈피갈피 들었으나 돌이켜보면 그렇게 그의 결벽하기를 원하는 것은 순전히 자기 자신의 지나친 욕심이며 그것을 희망할 자격은 자기에게는 없다는 것을 느끼게 되었다. 괄호 안의 비밀, 그의 눈에 비치지 않은 부분의 생활은 그의 계관할 바 아니며 다만 그로서는 자기에게 보여준 애정만을 달게 여기면 족한 것이라고 결론하면서 그의 애정을 너그럽게 해석하려고 하였다.

값으로 산 애정은 아니었으나 남죽의 처지가 협착한 만큼 현보는 애정에 대한 일종의 책임을 느껴서 그의 여비 일건을 더욱 절실히 생각하게 되었다. 그를 오래도록 붙들어둘 수 없는 이상 원대로 하루라도 속히 고향에 돌려보내는 것이 애정의 의무일 것같이 생각되었다.

여비를 갖춘 후에 떳떳이 만날 생각으로 그 밤 이후 며칠 동안은 남죽을 찾지 않았다. 여비를 갖춘대야 생판 날탕[11]인 현보에게 버젓한 도리가 있을 리는 없었다. 이미 친한 동무 준구에게 한 번 청을 걸어 여의치 못한 이상 다시 말해볼 만한 알맞은 동무는 없었으며 그렇다고 그의 일신에 돈으로 바꿀 만한 귀중한 물건을 지닌 것도 아니었다. 옳은 길이라고는 생각지 않았으나 별수 없이 남은 한 길을 취할 수밖에는 없었다. 진종일을 노리다가 사랑

문갑에서 예금 통장을 집어내기에 성공하였던 것이다. 은행과 조합의 통장이 허다한 속에서 우편 예금 통장을 손쉽게 집어내서 도장까지 위조하여 소용의 금액을 감쪽같이 찾아내기는 하였으나 빽빽한 주의 아래에서 그것에 성공하기에는 온 이틀을 허비하였다. 가정에 대한 그 불측한 반역이 마음을 괴롭히지 않는 바도 아니었으나 그만한 희생쯤은 이루어진 애정에 대한 정성과 봉사의 생각으로 닦아버리려고 생각하였던 것이다.

그 밤 이후 처음으로 만나는데 소용의 금액을 넌지시 내놓음이 받은 애정의 대상을 갚는 것도 같아서 겸연쩍기는 하였으나 그러나 한편 돈을 가진 마음은 즐겁고 넉넉하였다. 마음도 가뿐하고 걸음도 시원스럽게 현보는 오후는 되어서 남죽의 여관을 찾았다.

여관 안은 전체로 감감하고 방에는 남죽의 자태가 보이지 않았다. 원체 아무 세간도 없는 방인 까닭에 텅 빈 방 안을 현보는 자세히 살펴볼 것도 없이 문을 닫고 아마도 놀러 나갔으려니 하고 거리로 나왔다. 찻집과 백화점을 한 바퀴 돌고는 밤에 다시 찾기로 하고 우선 집으로 돌아왔을 때 뜻밖에 남죽의 엽서가 책상 위에 있었다.

연필로 적은 사연이 간단하게 읽혔다.

왜 며칠 동안 까딱 오시지 않았어요. 노여운 일 계세요. 여러 날 폐단만 끼친 채 여비가 되었기에 즉시 떠납니다. 아마도 앞으로는 만나 뵙기 조련치[12] 않을 것 같아요. 내내 안녕히 계세요. 남죽 올림.

돌연한 보고에 현보는 기를 뽑히고 즉시로 뒷걸음을 쳐서 여관으로 향하였다.

여러 날 안 왔다고 칭원을 하면서 무슨 까닭에 그렇게도 무심하고 급스럽게 떠나버렸을까? 여비라니 다따가 오십 원의 여비를 대체 어떻게 해서 구하였을까? 짜장 며칠 동안 카페 여급 노릇이라도 한 것일까——여러 가지로 생각하면서 여관에 이르러 다시 방문을 열어보았을 때 아까와 마찬가지로 텅 빈 것이었으나 그런 줄 알고 보니 사실 구석에 가방조차 없었다. 경솔한 부주의를 내책하면서 그제서야 곡절을 물어보러 안문을 들어서서 주인을 찾았다.

궂은일을 하던 노파는 치맛자락으로 손을 훔치면서 한마디 불어대고 싶은 듯도 한 눈치로 뜰 안에 나서며 간밤에 부랴부랴 거둬가지고 떠났다는 소식을 첫마디에 이르고는 뒤슬뒤슬 속 있는 웃음을 띠었다.

"그게 대체 여배우요, 여학생이오? 신식 여자들은 겉만 보군 알 수가 없으니."

무슨 소리를 하려는 수작인고 하고 그다지 반갑지는 않았으나 현보는 잠자코 있을 수만 없어서

"여학생으로두 보입디까."

되레 한마디 반문하였다.

"그럼 여배우군. 어쩐지 행동거지가 보통이 아니야. 아무리 시체[13] 여학생이기루 학생의 처신머리가 그럴까 했더니 그게 여배우

구료."

"행동이 어쨌단 말요."

"하긴 여배우는 거반 그렇답디다만."

말이 시끄러워질 눈치여서 현보는 귀찮은 생각에 말머리를 돌렸다.

"식비는 다 치렀나요."

그러나 그 한마디가 도리어 풀숲의 뱀을 쑤신 셈이었다. 노파의 말주머니는 막았던 봇살같이 한꺼번에 터져 나오기 시작하였다.

"식비 여부가 있겠수. 푸른 지전이 지갑 속에 불룩하던데. 수단두 능란은 하련만 백만장자의 자식을 척척 끌어들이는 걸 보문 여간내기가 아닌 한다 하는 난군입디다. 그런 줄 알구 그랬는지 어쨌는지 아마두 첫눈에 후려낸 눈친데 하룻밤 정을 줘두 부자 자식이 좋기는 좋거든. 맨숭한 날탕이든 것이 하룻밤 새에 지전이 불룩하게 쓸어든단 말요. 격이 되기는 됐어. 하룻밤을 지냈을 뿐 이튿날루 살랑 떠난단 말요."

청천의 벼락이었다. 놀랍고 어처구니가 없어서 노파의 입을 쥐어박고도 싶었으나 그러나 실성한 노파가 아닌 이상 거짓말도 아닐 것이어서 현보는 다만 벌렸던 입을 다물 수 없었다.

"백만장자의 자식이라니 누 누구란 말요?"

아마도 말소리가 모르는 결에 떨렸던 상 싶다.

"모르시오. 김장로의 아들 말이외다. 부량자루 유명한……"

현보는 아찔해지며 골이 핑 돌았다. 더 물을 것도 없고 흉측한 노파의 꼴조차가 불현듯이 보기 싫어져서 뒤도 돌아다보지 않고 허둥허둥 여관을 나와버렸다.

'그것이 여비의 출처였던가.'

모르는 결에 입술이 찡그려지며 제 스스로를 비웃는 웃음이 흘러나왔다. 김장로의 아들이라면 며칠 전 바에서 돌연히 남죽에게 춤을 청한 놈팡이인데 어느 결에 그렇게 쉽게 교섭이 되었던가. 설사 여비를 구하기 위한 수단이라고 하더라도 어둠의 여자와 다를 바가 무엇인가 생각할 때 무서운 생각에 전신에 소름이 쪽 돋으며 허전허전 꼬이는 다리에 그 자리에 쓰러져 울고도 싶었다.

남죽은 그렇게까지 변하였던가. 과거 칠 년 동안의 괄호 속의 비밀까지가 한꺼번에 눈앞에 보이는 듯하여 현보는 속았다는 생각만이 한결같이 들어 온전히 제정신 없이 거리를 더듬었다.

우울하고 불쾌하고──미칠 듯도 한 며칠이었다. 칠 년 전부터 남죽을 알아온 것을 뉘우치고 극단이고 무엇이고를 조직하려고 한 것조차 원 되었다. 속은 것은 비단 마음뿐이 아니고 육체까지임을 알았을 때 현보는 참으로 미칠 듯도 한 심정이었던 것이다. 육체의 일부에 돌연히 변조가 생기기 시작한 것은 다음 날부터였으나 첫 경험인 현보는 다따가의 변화에 하늘이 뒤집힌 듯이나 놀랐고 첫째 그 생리적 고통은 견딜 수 없이 큰 것이었다. 몸에는 추접한 병증이 생기며 용변할 때의 괴로움이란 살을 찢는 듯도 하여 이루 헤아릴 수 없었다. 세상에서 흔히 말하는 병이 바로 이것인가 보다고 즉시 깨우치기는 하였으나 부끄러운 마음에 대뜸은 병원에도 못 가고 우선 매약점에를 들렀다가 하는 수 없이 그

길로 의사를 찾았다. 진찰의 결과는 예측과 영락없이 들어맞아서 별수 없이 의사의 앞에서 눈을 감고 부끄러운 치료를 받기 시작하면서 찡그린 마음속에는 한결같이 남죽의 자태가 떠올랐다.

마음과 몸을 한꺼번에 속인 셈이나 남죽은 대체 그런 줄을 알았던가 몰랐던가. 처음에는 감격하고 고맙게 여겼던 애정이었으나 그렇게 된 결과로 보면 일종의 애욕의 사기로밖에는 생각되지 않았다. 칠팔 년 전 건강하고 아름다운 꿈으로 시작되었던 남죽의 생애가 그렇게 쉽게 병들고 상할 줄은 짐작도 할 수 없었던 것이다. 굳건한 꿈의 주인공이 칠 년 후 한다 하는 밤의 선수로 밀려 떨어질 줄은 생각할 수 없었던 것이다. 아담하던 꽃은 좀이 먹었을 뿐이 아니라 함빡 병들어 상하기 시작하지 않았던가. 책점 대중원 뒷방에서 겨울이면 화롯전을 끼고 앉아서 독서에 열중하다가 이론 투쟁을 한다고 아무나를 붙들고 채 삭이지도 못한 이론으로 함부로 후려대다가는 이튿날로 학교의 사건을 지도한다고 조금 출출한[14] 동무들이면 모조리 방에 끌어다가는 의론과 토의가 자자하던 칠 년 전의 남죽의 옛일을 생각할 때 현보는 금할 수 없는 감회에 잠기며 잠시는 자기 몸의 괴로움도 잊어버리고 오늘의 남죽을 원망하느니보다는 그의 자태를 측은히 여기는 마음이 끝없이 솟았다. 어린 꿈의 자라가는 것은 여러 갈래일 것이나 그 허다한 실례 속에서 현보는 공교롭게도 남죽에게서 가장 측은하고 빗나간 한 장의 표본을 본 듯도 하여서 우울하기 짝이 없었다.

부정한 수단을 써가면서까지 여비로 만든 오십 원 돈이 뜻밖에도 망측한 치료비로 쓰이게 된 것을 생각하고 그 돈의 기구한 운명을 저주하면서 답답한 마음에 현보는 그날 밤 초저녁부터 바에 들어가 잠겼다. 거기에서 또한 우연히도 문제의 거리의 부량자 김장로의 아들을 한자리에서 마주치게 된 것은 얼마나 뼈저린 비꼼이었던가. 반지르르하면서도 유들유들한 그 꼬락서니가 언제 보아도 불쾌하고 노여운 것이었으나 그러나 남죽 자신의 뜻으로 된 일이었다면 그도 하는 수 없는 노릇이며 무엇보다도 그 당장에서 그 녀석을 한 대 먹여서 꼬꾸라뜨릴 만한 용기와 힘 없음이 현보에게는 슬펐다. 녀석도 또한 그 자리로 현보임을 알아차리고 가소로운 것은 제 술잔을 가지고 일부러 현보의 탁자에 와 마주 앉으며 알지 못할 웃음을 띠는 것이다.

"이왕 마주 앉았으니 술이나 같이 듭시다."

어느 결엔지 여급에게 분부하여 현보의 잔에도 술을 따르게 하였다. 희고 맑은 그 양주가 향기로 보아 솔내 나는 진인 것이 바로 그 밤과 같은 것이어서 이 또한 우연한 비꼼으로밖에는 생각되지 않았다.

"……이렇게 된 바에 무엇을 속이겠소. 터놓고 말이지 사실 내겐 비싼 흥정이었었소. 자랑이 아니라 나도 그 길엔 상당히 밝기는 하나 설마 그런 흠이 있을 줄이야 뉘 알았겠소. 온전히 홀리운 셈이지. 그까짓 지갑쯤 털리운 거야 아까울 것 없지만 몸이 괴로워 못 견디겠단 말요. 허구한 날 병원에만 단기기두 창피하구, 맥주가 직효라기에 날마다 와서 켰으나 이 몸이 언제나 개운해질는지……"

술잔을 내고는 얼굴을 찡그리고 쓴웃음을 띠는 것을 보고는 녀

석을 해낼 수도 없고 맞장구를 칠 수도 없어서 현보는 얼떨떨할
뿐이었다.

　"……당신두 별수 없이 나와 동류항일 거요. 동류항끼리 마음
을 헤치구 하룻밤 먹어봅시다그려."
하면서 굳이 술잔을 권하는 것이다. 현보는 녀석의 면상에 잔을
던지고 그 자리를 일어나고도 싶었으나──실상은 웃지도 못하고
울지도 못할 난처한 표정대로 그 자리에 빠지지 앉아 있는 수밖
에는 없었다.

공상구락부 _{空想俱樂部}

"자네들 무얼 바라구들 사나."

"살아가자면 한 번쯤은 수두 생기겠지."

"나이 삼십이 되는 오늘까지 속아오면서 그래두 진저리가 안 나서 그 무엇을 바란단 말인가."

"그 무엇을 바라지 않고야 어떻게 살아간단 말인가. 말하자면 꿈이네. 꿈꿀 힘 없는 사람은 살아갈 힘이 없거든."

"꿈이라는 것이 중세기 적에 소속되는 것이지. 오늘에 대체 무슨 꿈이 있단 말인가. 다따가 몇백만 원의 유산이 굴러 온단 말인가 옛날의 씨사'에게같이 때 아닌 절세의 귀부인이 차례질 텐가. 다 옛날얘기지 오늘엔 벌써 꿈이 말라버렸어."

"그럼 자넨 왜 살아가나. 무얼 바라구."

"그렇게 물으면 내게두 실상 대답이 없네만. 역시 내일을 바라구 산다고 할 수밖에. 그러나 내 내일은 틀림없는 내일이라네."

"사주쟁이가 그렇게 말하던가. 관상쟁이가 그렇게 장담하던가."

"솔직하게 말하면——"

"어서 사주쟁이 말이든 무어든 믿겠나. 무얼 믿든 간에 내일을 생각하는 마음이야 일반 아닌가. 결국 그것 없이는 살아갈 수 없는 게니까. 악착한 현실에서 버둥버둥 허덕이지 말구 유유한 마음으로 찬란하게 내일이나 꿈꾸구 지내는 것이 한층 보람 있는 방법이야. 실상이야 아무렇게 되든 간에 꿈조차 꾸지 말라는 법이야 있겠나."

"그렇구말구. 꿈이나 실컷 꾸면서 지내세그려. 공상이나 실컷 하면서 지내세그려나."

"꿈이다. 공상이다."

이렇게 해서 좌중에 공상이란 말이 시작되었고 거듭 모이는 동안에 지은 법 없이 공상구락부라는 명칭까지 붙게 되었다.

구락부라고 해야 모이는 집이 따로 있는 것도 아니요, 부원이 많은 것도 아니요, 하는 일이 또렷한 것도 아닌——친한 동무 몇 사람이 닥치는 대로 모여서는 차나 마시고 잡담이나 하고 하는 정도의 것이었다. 다시 말하면 직업 없는 실직자들이 모여서 하는 일 없는 날마다의 무한한 시간과 무료한 여가를 공상과 쓸데없는 농담으로 지우게 된 것에 지나지 않는다. 공상구락부란 사실 허물없는 이름이었고 대개는 하루의 대부분의 시간을 찻집에 들어가서 식어가는 커피 잔을 앞에 놓고 음악 소리를 들어가면서 언제까지든지 우두커니들 앉아 있는 꼴들은——좌중의 어느 얼굴을 살펴보아도 사실 부질없는 공상의 안개가 흐릿한 눈동자 안에

286

서리서리 서리지 않을 때가 없었다. 꿈이란 눈앞에 지천으로 놓인 값없는 선물이어서 각각 얼마든지 그것을 집어 먹든 시비하는 사람은 없는 것이다. 그 허름한 양식으로 배를 채우려고 한 잔의 차와 음악을 구해서는 차례차례로 거리의 찻집을 순례하는 것이다. 솔솔 피어오르는 커피의 김을 바라볼 제 그 김 속에 나타나는 꿈으로 얼굴을 우렷이 아름답게 빛내는 것은 유독 총중에서 얼굴이 가장 뛰어나고 문학을 숭상하는 청해군뿐만이 아니었다. 어느 때부터인지 코 아래에 수염을 까무잡잡하게 기르기 시작한 천마군도 그랬고 비행사 되기를 원하는 유난히 콧대가 엉크런 백구군도 그랬고 총중에서 가장 몸이 유들유들한 운심도 또한 그랬던 것이다. 꿈이라면 남에게 질 것 없다는 듯이 일당백의 의기를 다 각각 가슴속에 간직하고는 의자에 깊숙이 몸을 잠그고 앉아서 음악에 귀를 기울이고 있는 네 사람의 자태를 그 어느 날 그 어느 찻집에서나 발견하지 못하는 때는 없었다.

"남양의 음악을 들으면 난 조그만 섬에 가서 추장 노릇을 하고 싶은 생각이 버쩍 생긴단 말야."

그 추장 노릇의 준비 행동으로 코 아래 수염을 기르는 것일까. 총중에서 누구보다도 가장 추장의 자격이 있다면 있을 천마는 음악에 잠기면서 꿈의 계획을 피력하는 것이다.

"세상에서 가장 이상적인 부락을 맨들겠네. 섬에는 물론 새 문화를 수입해서 각 부문에 전부 근대적 시설을 베풀고 한편으로는 농업을 힘써서 그 농업 면에도 근대화의 치장을 시키고, 농업 면과 공업 면이 잘 조화해서 조금도 어긋나고 모순되지 않도록 즉 부락민은 농사에 종사하면서도 도회 면에서 살 수 있도록——그러 구 물론 누구나가 다 일해야 하구 일과 생활이 예술적으로 합치 되도록 그렇게 섬을 다스려보겠네. 노동이 있을 뿐 아니라 예술 이 있고 음악이 있고 음악에 맞춰서 일이 즐겁고 수월하게 되는 부락——그 부락의 추장 노릇을 하고 싶은 것이 평생 원이야."

"그럴 법하긴 하나 원두 자네답게 왜 하필 추장 노릇이란 말인 가. 이왕 꿈이구 공상이라면 좀더 사치하고 시원스런 것이 없나. 공중을 훨훨 날라본다든지 하는 비행가 되기가 내겐 천상 원인 듯하네. 꿈이 아니라 가장 가능한 일인 것을 시기를 놓쳐버리고 나니 별수 없이 공상이 되구 말았으나."

백구는 천마를 핀잔 주듯이 말하면서 은연중에 자기의 공상을 늘어놓는 셈이었다.

"추장이니 비행가니 공상들두 왜 그리 어린애다운가. 어른은 어른답게 어른의 공상을 해야 하잖나."

청해의 차례이다. 다른 동무들과 달라 그다지 부자유롭지 않은 처지에서 반드시 취직 걱정도 할 것 없이 안온하게 지내가는 그 가 문학서를 많이 읽고 생활의 기쁨이라는 것을 유달리 느껴오는 탓일까. 그렇지 않으면 남보다 뛰어난 얼굴값을 하자는 수작일 까. 하필 하는 소리가.

"두고 보지 내 이십세기의 클레오파트라를 찾아내지 않고 두는 가. 세기의 미인 만대의 절색——그 한 사람을 위해서는 천 리 길 을 걸어도 좋고 만 리 길을 걸어도 좋은——그의 분부라면 그 당 장에서 이내 목숨 하나 바쳐도 좋은——그런 절색 내 언제나 구해

내구야 말걸. 이 목숨이 진할 때까지라도."

하는 것이다.

"찾아내선 어쩌잔 말인가. 지금 왜 절색이 없어서 걱정인가. 할리우드만 가보게. 클레오파트라 아니라 그 이상 몇몇 곱절의 이십세기의 일색들이 어항 속의 금붕어 새끼들같이 시글시글 끓을 테니. 가르보²나 서어러는 왜 클레오파트라만 못하단 말인가. 디트리히³나 콜베르두 몇 대 만에 태어나는 인물이겠구 아이린 던이나 로저스두 천 사람 만 사람 가운데의 한 사람인 인물이네. 요새 유명한 다니엘 다리외는 어떤가. 미인이 아니래서 한인가. 미인이 없는 것이 아니라 자네 차례에 안 가서 걱정이라네. 이 철딱서니 없는 동양의 똥 팡⁴ 같으니."

천마의 편잔에 청해는 가만있지 않는다.

"다리외나 로저스를 누가 미인이래서. 그까짓 할리우드의 여배우라면 자네같이 사족을 못 쓰는 줄 아나. 이 통속적인 친구 같으니. 참된 미인은 스크린 우에 있는 것이 아니라 더 다른 숨은 곳에 있는 것이라네."

"황당하게 꿈속의 미인만을 찾지 말구 가까이 눈앞에서부터— 자네 대체 미모사의 민자는 그만하면 발써 후리게 됐나 어쨌나. 민자쯤을 하나 후리지 못하는 주제에 부질없이 미인 타령은 무어야."

운심의 공격에 청해도 얼굴을 붉히면서 할 말을 모르는 것을 보면 미모사의 민자는 아직 엄두도 못 낸 눈치였다.

"어서 나와 같이 세계 일주 계획이나 하게. 이것이야말로 공상

이 아니라 계획이네. 세계를 일주해봐야 자네의 원인 절색두 찾
어낼 수 있지 찻집 이 한구석에 가만히 앉아서야 이십세기의 일
색을 외친들 다따가 코앞에 굴러 떨어지겠다. 내 뜻을 이루게 되
면 그까짓 세계 일주쯤이 무엇이겠나. 자네두 그때엔 한몫 끼여
주리. 자네 비위에 맞는 미인을 얼마든지 구할 수 있도록. 자네뿐
이겠나. 천마군의 추장의 꿈두 백구군의 비행가의 공상두 그때엔
다 실현하게 되리. 내 성공하는 날들만을 빌구 기다리구들 있게."

운심의 뜻이니 성공이니 하는 것은 그가 오래전부터 '꿈' 꾸고
생각해오던 광산의 일건이었다. 고향이 충청도인 그는 특수광 지
대인 고향 일대에 남달리 항상 착안해서 엉뚱하게도 광맥에 대한
욕망을 품고 있어온 지 오래였다. 물론 당초부터 광산을 공부한
것도 아니요, 전문적 지식을 갖추고 있는 것도 아니요, 다만 만연
히[5] 상식적으로 언제부터인지 그런 야심을 가지게 되었던 것이다.
서울에서 공부를 마치고는 그대로 눌러서 날을 지우게 된 그로서
공상구락부에서 꾸는 그의 꿈은 언제나 광산에 대한 애착이요 공
상이었다.

그러나 세상에 기적이라는 것이 있듯이 공상도 간간이 가다가
공상의 굴레를 벗어나서 실현의 실마리를 찾는 것인 듯하다. 아
마도 사람에게 공상이라는 것을 준 조물주의 농간이라면 농간이
아닐까. 운심은 다행일지 불행일지 그 조물주의 농간을 입어 그
의 공상의 현실과의 접촉점을 우연히도 찾게 되었던 것이다. 이
때부터 그의 공상은 참으로 공상 아닌 현실의 성질을 띠고 나타
나게 되었고 그뿐 아니라 동무인 세 사람에게도 그것이 영향이

되어 그들은 벌써 공상만이 아니라 공상을 넘어서의 찬란한 계획을 차차로 생각하게 되었던 것이다. 신기한 일이었다.

고향을 다녀온 운심의 손에 이상한 것이 들려 있었다. 알고 보면 그 일 때문에 일부러 시골 있는 동무에게서 편지를 받고 내려갔던 것이나 근처 산에서 희구한 광석을 주워 가지고 온 것이다. 여전히 공상의 안개가 솔솔 피어오르는 찻집 좌석에서 운심은 주머니 속 봉투에서 집어낸 그 광석을 내보이면서 설명하는 것이었다.

"돌멩이 속 틈틈에 거므스럼한 납덩어리가 보이잖나. 손톱 자리가 쑥쑥 들어가는 이것이 휘수연(輝水鉛)[6]이라는 것이네. 모립덴이라구 해서 경금속으로 요새 광물계에서 떠들썩하는 것인데 가볍기 때문에 비행기 제조에 쓰이게 되어 군수품으로 들어가거든. 시세가 버쩍 올라 한 톤의 시가가 육천 원을 넘는다네. 광석째로 판다구 해두 파센테지에 따라서 팔수록에 그만큼의 이익은 솟을 것이네. 고향에서 한 삼십 리 들어간 산속에서 발견한 것인데. 늘 유의하고 있던 동무가 내게 알려준 것이네. 한 가지 천운으로 생각되는 것은 실상은 들어본즉 애초에 어떤 사람이 그 산을 발견해가지고 일을 시작했다가 성적이 좋지 못하다고 단념하구 산을 버렸다는 것인데 아마도 그 사람은 휘수연의 광산이라는 것을 몰랐던 모양이구 알었어두 그때엔 시세도 없었던 모양이데. 버린 것을 줍지 말라는 법이야 있겠나. 별반 수고두 하지 않고 남이 발견한 것을 차지한 셈인데 꼭 맞힐 듯한 예감이 솟네. 희생을 당하더래두 집안을 홀두드려 파는 한이 있더래두 이 산만은 꼭 손을 대보구야 말겠네. 공상구락부의 명예에 걸어서래두 성공해 보겠네. 맞혀만 보게 자네들 꿈쯤은 하루아침에 다 이루게 될 테니."

좌중은 멍하니들 앉아서 찬란한 그의 이야기에 혼들을 뽑히고 있었다. 금시에 천지가 바뀌고 해가 서쪽에서 뜨게 된 듯도 한 현혹한 생각들을 금할 수 없었고 운심이란 위인을 늘 보던 한 사람의 평범한 동무를 새삼스럽게 신기한 것으로들 바라보는 것이었다. 오돌진 그의 육체 속에 그런 화려한 복이 숨어 있었던가 하고 눈이 부실 지경이었다.

그렇게 되고 보니 운심은 제법 틀이 생기고 태도조차 의젓해져서 거리를 분주하게 휘돌아치는 꼴조차 그 어디인지 유유한 데가 보였다. 위선 사사로운 몇 군데 광무소를 찾아 감정을 해보고 마지막으로 식산국 선광연구소에서 결정적 판단을 얻기가 바쁘게 지도와 인지를 붙여서 그 자리로 출원해버렸다. 당분간 시굴을 해볼 필요조차 없이 곧 본격적으로 채굴을 시작하려고 즉일로 고향에를 내려갔다. 땅마지기나 좋이 팔아서 천 원 돈을 만들자마자 부랴부랴 올라와서 속허원을 내서 광업권 설정을 하고 일 년 분 광구세까지 타산해놓고 앞으로 일주일이면 당장에 일을 시작하게까지 재빠르게 서둘러놓았던 것이다.

동무들은 그의 활동력에 놀라면서 그가 다시 고향으로 떠나려는 전날 밤 송별연을 겸해 모였을 때에 그의 초인적 활동을 칭찬하고 성공을 빌면서 새로운 인격의 탄생인 듯이도 그를 찬양하였던 것이다. 지금까지의 공상들이 더한층 현실성과 생색을 띠고 아름답게 빛났던 것은 물론이다. 백구는 그 자리에서 금시 한 사람의 비행가나 된 듯 비행기의 설화를 시작하는 것이다.

"속력이 무척 빠르고 원거리로 날 수 있는 것은 물론 군용기에 지나는 것이 없으나 민간에서 쓸 수 있는 특수기로라면 영국의 데 하비란드 코오멧 장거리 비행기 같은 것이 가장 튼튼한 것인데 사백사십팔 마력 최고 속도 한 시간에 삼백칠십육 키로——이만하면 세계 일주두 편히 되지. 이런 장거리 비행기가 아니라면 차라리 조그만 걸 가지구 가까운 곳에서 장난하기 좋은데 가량 불란서 시작한 부우 드 쉘이란 것이 있지 않은가 그것도 속력이 한 시간에 백 키로는 되거든."

"염려할 것이 있나 무엇이든지 뜻대로지."

운심은 얼근한 김에 술잔을 들고는 동무를 응원하는 것이다.

"세계 일주를 하거든 같이 맞서세나그려. 자네는 비행기로. 난 배로. 비행기로 일주일 동안에 세계를 일주한 기록이 천구백삼십삼년에 서지 않았나. 왜. 그러나 난 그런 급스런 일주는 뜻이 적은 것이라구 생각하네. 불란서 어떤 시인은 팔십 일 동안에 세계를 유람했구 세계 일주 관광선이란 것두 넉 달 만에 한 바퀴 유람들을 하구 하지만 그런 것은 재미가 덜할 것 같어. 이상적 세계 일주로는 역시 그 시조인 십육세기 마젤란의 격식이 옳을 듯하데. 삼 년 동안이 걸리지 않았나. 그는 고생하노라고 삼 년이나 지웠지만 나는 그 삼 년 동안을 각지에서 적당히 살면서 다니자는 것이네. 시절을 가려 적당한 곳을 골라서는 몇 달씩 혹은 한 철을 거기서 살고는 다음 목적지로 향하는 것이네. 그렇게 각지의 인정 풍속과 충분히 사귀고 생활을 즐기면서 다니는 곳에 참된 유람의 뜻이 있지 않나 하네. 가령 봄 한 철은 파리에서 지내고 여름은 생모리츠에서 지내고 가을은 티롤에서 겨울은 하와이에서 다시 부에노스아이레스에서 다음에 서전[7]에서——이렇게 해서 세계를 모조리 맛보자는 것이네."

"그 길에 제발 나두 동행하세나. 이십세기의 절색을 찬찬히 구해보게."

청해의 농담도 벌써 농담만은 아닌 듯 또렷한 환영이 눈앞에 보여와서 그는 눈동자를 빛내면서 술잔을 거듭 들었다.

"어떻든 내 자네들 구세주 되리, 공상구락부의 명예를 위해서래두. 그것이 동무의 보람이란 것이 아닌가."

운심은 어느덧 곤드레만드레 취해서 나중에는 혀조차 꼬부라지는 판이었으나 그래도 이튿날에는 말끔한 정신과 개운한 몸으로 동무들의 전송을 받으면서 늠름하게 출발의 첫걸음을 떼어놓았다. 고향에 내리기가 바쁘게 사람들을 모아 일을 시작하고 있다는 소식을 며칠 안 가 동무들은 듣게 되었다.

운심이 시골로 간 후 그에게서 소식은 자주 듣는다고 해도 아무래도 무료한 마음들을 금할 수 없었고 공상의 불꽃도 전과 같이 활활 붙지는 못했다. 세 사람이 찻집에 모여들 보아도 좌중의 공기가 운심이 있을 때같이 활발하지 못했고 생활의 경우가 갈린 이상 마음들도 서로 떨어지는 것 같아서 서먹서먹한 속에서 공상구락부의 명칭조차 그림자가 엷어가는 듯한 기색이었다. 그러는 중에 생긴 한 가지의 큰 변동은 천마와 백구가 뒤를 이어 차례차례로 직업을 얻게 된 것이었다. 물론 다따가 돌연히 된 것이 아니라 어차피 무엇이든지 일을 가져야 하겠기에 두 사람 다 은연중에 자리를 구해는 오던 중이었다. 그것이 공교롭게도 바로 이때 두 사람이 전후해서 천마는 신문사에 백구는 회사에 각각 자리를 얻게 되었던 것이다. 근무 시간을 가진 두 사람은 낮 동안 온전히 매여 지내는 속에서 자유로이 시간을 가지지 못하고 밤에 들어서야 겨우 박쥐같이 거리로 활개를 펴고 날았으나 피곤한 몸과 마음에 꿈을 꾸고 공상을 먹을 여가조차 줄어가던 것이다. 결국 세 사람을 잃은 청해 혼자만이 자유로운 몸으로 허구한 날 미모사에 나타나 민자를 노리면서 날을 지우게 되었다. 공상구락부란 대체 그만 없어지고 만 것일까 하는 생각은 세 사람의 가슴속에 다 각각 문득 솟는 때가 있었다.

하루는 청해가 역시 미모사에서 차 한 잔을 앞에 놓고 우두커니 앉아 있으려니 별안간 눈앞에 나타난 것이 의외에도 운심이었다. 놀라서 멍하니 바라보고 있는 동안에 운심은 막 시골에서 올라오는 길이네 하고 앞자리에 털썩 주저앉는다. 사실 광산에서 그대로 빠져나온 듯이도 촌스러운 허름한 차림이었다.

"자네 내 주머니 속에 지금 돈이 얼마나 들었는지 짐작하겠나."

운심은 빙그레 웃으면서 두두룩한 가슴을 두드려보았다. 물론 속주머니에 가득 찬 것이 돈이라는 뜻임이 확실하였다.

"이럴 것이 없네. 남은 동무들을 속히 모으게. 취직들 했다는 소리는 들었네만 오래간만에 얘기두 많어."

그날 밤으로 천마와 백구를 불러 네 사람이 오래간만에 한자리에 모여 편편하게 가슴을 헤치게 되었다.

"난 지금 운명의 희롱을 받고 있다구밖엔 생각할 수 없네. 일이 다구 시작은 했으나 이렇게 잘 필 줄은 몰랐구 너무도 어이가 없어 세상에 이런 수두 있나 이것이 정말일까 하는 생각이 하루에도 몇 차례씩 드네. 파기 시작한 지 얼마 안 돼서 소위 부광대(富鑛帶)[8]를 만났는데 하루에도 몇 톤씩 나오네나그려. 사람을 조롱하는 셈인지 어쩌는 셈인지 조물주의 조화를 알 수나 있겠나. 한편 즉시 시장으로 보내군 하는데 벌써 돈 만 원의 거래는 됐단 말이네. 난 지금 꿈을 꾸고 있는 셈이지 결코 현실 속에 살고 있는 것 같지는 않어. 이렇게 된 바에야 더욱 전력을 들일 수밖에 없는데 번 돈 전부를 넣어서 위선 완전한 기계 장치를 꾸미려고 하네. 이번엔 그 거래 겸 자네들과 놀 겸 해서 온 것이네만."

당사자인 운심 자신이 놀라는 판에 동무들이 안 놀랄 수는 없었다. 식탁 위 진미보다도 술보다도 눈앞의 명기들보다도 그들은 더 많이 운심의 이야기에 정신을 뺏긴 것은 사실이었다.

"우리들의 공상도 이제는 정말 실현할 날이 얼마 남지 않었네. 일이 되기 전에는 세계 일주니 비행기니 하는 공상이 아무래도 어처구니없는 잠꼬대같이 들리더니 지금 와서는 차차 현실성을 띠어가는 그 모양이 또 어처구니없게 생각된단 말이네. 세상에 사람의 일같이 알 수 없는 것이 있겠나. 땅속의 조화와 같이 사람의 일이란 참으로 알 수 없는 신비야."

"공상 공상 하구 헛소리루 시작된 것이지 사실 누가 이렇게 될 줄야 알었겠나. 지금 세상 그 어느 다른 구석에 이런 일이 또 한 가지 있으리라고는 도저히 생각할 수도 없네."

"제발 이 일이 마지막까지 참말 되어주기를——운심이 최후까지 성공하기를 동무들의 이름을 모아서 충심으로 비는 바이네."

모두들 다른 마음으로 동무를 찬미하고 술을 마시고 밤이 늦도록 기쁨을 다할 수는 없었다. 넘치는 기쁨은 마치 식탁 위에 �뺄[9] 새가 없는 술과 같이도 무진장이었다. 잔치는 하룻밤에 그치는 것이 아니었다. 이틀이 계속되고 사흘로 뻗혔다. 운심이 모든 준비를 갖추어가지고 다시 고향인 일터로 떠났을 때에야 동무들은 비로소 마음을 가라앉히고 공상의 고삐를 죄고 각각 맡은 직업으로 나가게 되었다. 공상이 실현되더라도 그때까지는 역시 사소한 맡은 일에 마음을 바침이 사람의 직분인 듯도 하다. 물론 직업이 없는 청해는 역시 자기의 맡은 일——미모사에 나가 다시 민자를 바라보게 되었던 것은 말할 것도 없다.

그러나 세상에 기적이라는 것이 간간이 가다가 생길 수 있는 것이라면 나타났던 기적이 꺼지는 법도 있을 수 있는 것이 아닐까. 운심은 이번의 자기의 성공을 설명하기 어려워서 사람의 일이란 알 수 없는 신비라고 탄식했고 자기의 경우를 운명의 희롱이나 아닌가 하고 의심도 했다. 그러나 그 의심과 탄식도 결국은 시간이 해결해주는 것일 것이며 그마따나 조물주의 농간에 맡기고 기다리는 수밖에는 없는 것이다.

참으로 사람의 일이 알 수 없는 것임은 두번째 나타난 운심의 자태를 보지 않고는 모를 일이었다. 운심이 내려간 지 달포나 되었을 때였다. 청해가 여전히 미모사에서 건들거리고 있을 때 오

후는 되어서 그의 앞에 두번째 나타난 것이 운심임을 보고 청해
는 놀라서 첫 번 때와 똑같이 멍하니 앉아 있었다. 그때의 청해의
한 가지의 변화라면 전번과는 달라 달포 동안 진을 치고 있는 동
안에 완전히 민자를 함락시켜 그를 수중에 넣고 뜻대로 휘이게
되었던 것이다. 때마침 민자와 마주 앉아 단 이야기에 잠겨 있던
판이다. 다따가의 동무의 출현에 사실 뜨끔하고 놀랐던 것이다.

"자넨 항상 기적같이 아무 예고두 없이 불쑥불쑥 나타나네그
려. 이번엔 또 무슨 재주를 피우려나."

전번과 똑같은 마치 산속에서 그대로 뛰어나온 길인 듯한 허름
한 차림임을 보고 청해는 농담을 계속했다.

"자네 내 주머니 속에 지금 돈이 얼마나 들었는지 짐작하겠나—
하고 왜 얼른 묻지 않나. 그 두두룩한 속주머니 속이 이번에두 지
전으로 그득 찼겠지. 자넨 아무리 생각해두 보통 사람은 아니야.
초인이야 영웅이야. 아니 수수께끼고 신비야."

그러나 운심은 첫 번 때와 같이 빙그레 웃지도 않으면서 동하지
않는 엄숙한 표정을 지닌 채 분부하는 듯 짧게 외쳤을 뿐이었다.

"동무들을 속히 모아주게."

한참이나 동안을 띄었다가 조건까지를 첨부했다.

"요전같이 굉장한 데를 고르지 말구 될 수 있는 대로 간단하구
조촐한 좌석을 잡아두게."

그날 밤 네 사람이 한자리에 모여 앉았을 때에도 물론 전번과
같이 좌중의 공기가 유쾌하지도 즐겁지도 않고 알 수 없이 무겁
고 서먹서먹한 것이었다. 물론 운심의 입이 천근같이 무거웠던

것이요, 그의 입이 떨어지기 전에는 아무도 감히 입을 열 수 없었던 까닭이다. 마치 제사의 단 앞에나 임한 듯 운심은 음식상을 앞에 놓고 간신히 무거운 입을 열었다.

"난 지금 운명의 희롱을 받고 있다구밖엔 생각할 수 없네."

별것 아닌 첫 좌석에서 말한 그 한마디였건만 그의 심상치 않은 태도에 긴장하고 있던 동무들은 그 말 속에서 첫 번에 들었던 것과는 다른 뜻을 민첩하게 직각할 수 있었던 것이다.

"자네들의 공상의 책임을 졌던 나는 지금 말할 수 없는 괴롬과 두려움을 느끼고 있는 중이네. 내 운명이라는 것이 이제야말로 참으로 얼마나 무서운 것인가를 느끼게 됐네."

숨들을 죽이고 잠자코만 있는 동무들은 별수 없이 그들의 예감이 적중된 셈이어서 더 듣지 않아도 결과를 넉넉히 짐작할 수 있었다. 운심의 그 이상의 말은 다만 자세한 설명으로밖에는 들리지 않았다.

"사람의 일이라는 것이 아무리 생각해두 그렇게 만만하게 잘될 리는 만무한 것이야. 그것을 똑똑히 알게 됐네. 소위 부광대라는 것도 그다지 큰 것이 못 돼서 일을 시작하자마자 얼마 안 돼서 벌써 광맥이 끊어져버린 것이네. 원래 휘수연의 광맥은 단층이 져서 찾기 어려운 것이라군 하는데 광맥이 끊어진 위와 아래를 아무리 파가두 줄기를 찾을 수가 없네그려. 아마도 지각의 변동이 몹시 심했던 것인 듯해서 기술자를 들여 아무리 살펴보아두 광맥의 단층이 정단층인지 역단층인지 수직단층인지조차도 알 수 없단 말야. 괜히 헛땅만을 파면서 하루에 기계와 인부의 비용이 얼마나 드는 줄 아나. 기계 장치니 뭐니 해서 거진 수만 원이나 들여놓고 이 지경을 만났으니 일을 중단할 수두 없는 처지요, 그렇다구 막대한 비용을 들여가면서 헛일을 계속할 수두 없는 것이구 첫째 벌써 그런 비용을 돌려낼 구녕조차 없어져버렸네. 어쨌으면 좋을는지 밤에 잠 한숨 이룰 수 있겠나. 물론 하소연할 곳조차 없는 것이구 이렇게 이런 좌석에서 자네들에게 얘기하는 것이 처음이네. 별수 없어 운명의 희롱을 받은 셈이지 다른 것 아니야."

긴 설명을 듣고도 동무들은 다따가 대답할 바를 몰랐다. 자기 일들만 같이 실망과 놀람이 너무도 커서 탄식했으면 좋을는지 동무를 위로했으면 좋을는지 격려했으면 좋을는지 금시에는 정리할 수 없는 어리뻥뻥한 심정이었다.

"사람의 일이란 알 수 없는 것이야. 당초에 그런 산을 발견할 줄도 모른 것이요, 발견하자마자 옳게 마칠 줄도 몰랐다. 그러던 것이 오늘 다따가 맥이 끊어질 줄도 누가 알았겠나. 모두가 땅속의 조화같이두 알 수 없는 것이야. 혹 앞으로 일을 계속하다가 다시 또 풍성한 광맥을 찾을는지도 모를 일이지만 아무리 애써봐두 벌써 일을 더 계속할 처지는 못 되는 것이네. 불가불 내일부터래두 모든 것을 던져버려야 하는데. 지금의 마음을 도저히 걷잡을 수는 없어."

"자네 일은 말할 수 없이 섭섭하고 가여운 것이어서 어떻다 위로할 수도 없으나——지금까지의 호의가 마음속에 배어서 고맙기 한량없네."

동무를 위로하는 천마의 가장 것의 말이 이것이었다.

"공상이란 물거품과도 같이 부서지기 쉬운 것! 사람의 힘으로 나 어찌 눈에 안 보이는 일을 헤아릴 수 있겠나. 부서지는 공상 깨지는 꿈——난 웬일인지 이 자리에서 엉엉 울고 싶네. 자네 자태가 너무도 안타깝게 보여서."

사실 백구의 표정은 금시 그 자리에서 울 것도 같은 기색이었다. 기생의 자태가 그의 옆에 없던들 탄할 것 없이 목소리를 놓았을는지도 모른다.

"민자를 후리기를 잘했지. 어차피 미인 탐구의 세계 일주의 길을 못 떠나게 될 바에는."

애수의 장면을 건지려는 듯이 청해는 모든 것을 농담으로 돌렸으나 그러나 그의 마음속도 따져보면 쓸쓸하지 않은 것이 아니었다.

"어떻든 오늘 밤 모임이 공상구락부로서는 최후의 모임 같은 느낌이 자꾸만 드네. 화려한 꿈이 여지없이 부서져버린 것이네."

운심의 그 한마디부터가 마지막 한마디인 듯한 생각이 나면서 비장한 최후의 만찬을 대하고 있는 듯도 한 감상이 동무들의 가슴속을 흐리게 해서 모처럼의 별미의 식탁도 그날 밤만은 흥이 없고 쓸쓸하였다.

그날 밤의 그 쓸쓸한 기억을 남겨놓고 운심은 다음 날 또다시 구름같이 사라져버렸다. 고향으로 간 것은 틀림없는 것이나 사업을 계속하는지 어쩌는지는 물론 알 바도 없었다. 구만리의 푸른 창공으로 찬란한 생각을 보내며 아름답게 피어오르는 구름을 잠깐 동안 잡았던 동무들은 순식간에 그 구름을 놓치고 한량없이 빈 허공을 바라보는 격이 되었다. 천마는 분주한 편집실 책상 앞에 앉았다가는 그 어떤 서슬에 문득 운심을 생각하고는 사라진 추장의 옛 꿈을 번개같이 추억하다가는 별안간 책상 위에 요란히 울리는 전화의 종소리로 인해 꿈에서 놀라 깨어가는 것이었고 백구 또한 무료한 회사의 책상 앞에 우두커니 앉아서는 까마득하게 사라진 비행기의 꿈을 황소같이 입 안에 되씹고 곱씹고 하는 것이었다. 청해 역시 잡았던 등불이나 잃어버린 듯 집에서 책을 읽은 때에나 미모사에서 차를 마실 때에나 운심을 생각하고는 풀이 없어지며 인생의 적막을 느끼곤 했다. 혹 가다가 토요일 밤 같은 때 세 사람이 찻집에서 만나게 되어도 그들은 생각과 일에 지쳐서 벌써 전과 같이 아름다운 공상의 잡담을 건네는 법도 없이 우울한 표정으로 찻집을 바라보면서 마음속으로는 인생의 답답함을 탄식하고 원망하였다.

"운심이 요새 어떻게 하구 지낼까."

"뉘 알겠나. 그렇게 되면 벌써 사람 일이 아니구 하늘 일에 속하는 것을. 하늘 일을 뉘 알겠나."

"우리 맘이 이럴 제야 운심의 심중은 어떻겠나. 꿈이라는 것이 구름같이 항상 나타났다가는 꺼져버리는 것이기에 한층 아름다운 것이긴 하나 운심의 경우만은 너무도 그것이 어처구니없구 짧았단 말이네."

"꿈이라는 것이 원래 사람을 실망시키기 위해서 장만된 것이 아닐까. 우리가 조물주의 뜻을 일일이 다 안다면야 웬 살 재미가 있구 꿈이 마련됐겠나."

쓸데없는 회화로 각각 답답한 심경을 말하고 그 무슨 목표를 잡으려고들 애쓰는 그들이었으나 날이 지나고 달이 지나도 종시 이렇다 하는 생활의 표식을 찾을 수는 없었던 것이다. 다만 나날의 판에 박은 듯도 한 일정한 생활의 범위와 지루한 되풀이가 있을 뿐이었다. 그러는 중에서도 은연중에 운심의 뒷일을 궁금히 여기는 그들에게 하루는 우연히도 한 장의 소식이 날아들었다.

뜻밖에 운심에게서 오는 한 장의 엽서를 받고 청해는 사연을 전할 겸 천마와 백구를 찾았던 것이다. 물론 기쁜 편지가 아니었고 궁금히 여기는 그의 곡절을 결정적으로 알렸을 뿐이었다. 내용은 간단했다.

"일을 더 계속해보았으나 이제는 완전히 실패임을 알고 모든 것을 던져버렸네. 그동안의 손해로 해서 얻은 것을 다 넣었을 뿐 아니라 되려 수만금의 빚으로 지금엔 벌써 목조차 돌리지 못하게 되었네. 이 자리로 세상을 하직하고 죽어야 옳을지 살아야 옳을지 지금 기로에 헤매고 있네. 수척한 내 꼴을 보면 모두들 놀라리. 아무래도 일을 다시 계속해볼 계책은 서지 않네. 두번째의 기적이 일어나기를 또 누가 바라겠나. 잘들 있게. 다시 못 만나게 될지 혹은 만나게 될지 지금 헤아릴 수 없네."

세 사람이 엽서를 낭독하고는 그 채 묵묵하니 말들이 없었다. 결국 기다리던 마지막 소식이 왔구나. 세상이 끝났구나 하는 생각이 각 사람의 가슴속에 서리어 있을 뿐이었다. 가엾구나 측은하구나 하는 감상의 여유조차 없는 그 이전의 절박한 심경이었다.

"운심은 죽을까 살까."

이어서 일어나는 감정이 이것이었다. 이 크고 엄숙한 예측 앞에서 동무들은 한 결심을 하지 않으면 안 되었다.

"죽어서는 안 돼. 전보래두 치세나."

세 사람은 황겁지겁 각각 전보도 치고 편지도 쓰고 하면서 그 절박한 순간에 있어서 문득 운심은 죽을 위인이 아니야 두고 보지 반드시 또 한 번 일어나서 그 광산으로 성공하지 않는가 편지 속에도 그것이 약간 암시되어 있지 않은가. 두번째 기적을 또 누가 바라겠나 한 속에 은근히 기적을 바라는 심정이 나타난 것이며 만나게 될는지 못 만나게 될는지 한 속에도 역시 만나게 될 희망이 은연중에 번역되어 있지 않은가. 운심은 죽을 위인이 아니야. 보통 사람 아닌 초인적인 성격이 반드시 그의 핏속에 맥 치고 있어——하는 생각이 돌면서 얼마간 기운들을 회복하고 마음을 놓게 된 것이었다.

"운심은 사네. 다시 광산을 시작해서 이번에야말로 크게 성공해서——우리들의 공상도 다시 소생돼서 실현될 날이 반드시 있으리."

절박한 속에서의 이 한 줄기의 광명을 얻어가지고는 세 사람은 그 자리에서 희망을 회복하고 그 한 줄기를 더듬어서 지난 꿈의 실마리를 다시 풀기 시작하면서 운심의 뒷일을 한결같이 빌고 축복하는 것이었다. 흐렸던 세 사람의 얼굴에 평화로운 기색이 나돌며 거리를 걸어가는 그들의 발자취 또한 개운한 것이었다.

해바라기

1

언제인가 싸우고 그날 밤 조용한 좌석에서 음악을 듣게 되었을 때 즉시 싸움을 뉘우치고 녀석을 도리어 측은히 여긴 적이 있었다. 나날의 생활의 불행은 센티멘털리즘의 결핍에서 오는 것이 아닐까. 사회의 공기라는 것이 깔깔하고 사박스러워서[1] 교만한 마음에 계책만을 감추고들 있다. 직원실의 풍습으로만 하더라도 그런 상스러울 데는 없는 것이 모두가 꼬불꼬불한 옹생원이어서 두터운 껍질 속에 움츠러들어서는 부질없이 방패만을 추켜든다. 각각 한 줌의 센티멘털리즘을 잃지 않는다면 적어도 이 거칠고 야만스러운 기풍은 얼마간 조화되지 않을까——아닌 곳에서 나는 센티멘털리즘의 필요라는 것을 생각하면서 모처럼의 일요일도 답답한 것이 되기 시작했다. 확실히 마음 한 귀퉁이로는 지난날의 녀석과의 싸움을 되풀이하고 있었다. 싸움같이 결말이 늦은 것은 없다. 오래도록 흉측한 인상이 마음속에 남아서 불쾌한 생각을 가져오곤 한다. 즉 싸움의 결말은 그 당장에서 나는 것이 아니라 오래도록 마음속에서 얼마든지 계속되는 것이다. 창밖에 만발한 화초 포기를 철망 너머로 내다보면서 음악을 들을 때와도 마찬가지로 나는 녀석을 한편 측은히 여겨도 보았다. 별안간 운해가 찾아온 것은 바로 그런 때였다.

제 궁리에 잠겨 있던 판에 다따가 먼 곳에서 찾아온 동무의 자태는 퍽도 신선한 인상을 주었다. 몇 해 만이건만 주름살 하나 없는 팽팽한 얼굴에 여전히 시원스러운 낙천가의 모습 그대로였다.

"싸움의 기억에 잠겨 있는 판에 하필 자네가 찾아올 법이 있나."

"싸움두 무던히는 좋아하는 모양이지."

"욕을 받구까지야 가만있겠나."

"싸웠으면 싸웠지 기억은 뭔가. 자넨 아직두 그 생각하구 망설이는 타입을 벗어나지 못한 모양이야. 몇 세기 전의 퇴물림²을. 개운치두 못하게 원."

"핀잔만 주지 말구——센티멘털리즘의 필요라는 건 어떤가."

"센티멘털리즘으로 타협하잔 말인가. 싸우면 싸웠지 타협은 왜. 싸움이란 결코 눈앞에서 화다닥 끝나는 게 아니구 길구 세월 없는 것인데 오랜 후의 결말을 기다리는 법이지 타협은 왜——."

"자네 낙관주의의 설명인가."

"낙관주의 아니면 지금 이 당장에 무엇이 있겠나. 방구석에 엎드려 울구불구만 있겠나."

운해는 더운 판에 저고리를 벗고 부채를 야단스럽게 쓰기 시작
했다.

"내 낙관주의의 설명을 구체적으로 함세——봄부터 어떤 산업
회사에 들어가 월급 육십 원으로 잡지 편집을 해주고 있네. 틈을
타서 영화회사 촬영대를 따라 내려온 것은 촬영 각본을 써주었던
까닭——."

간밤에 일행들과 여관에 들었다가 아침에 일찍이 찾아온 것은
묵은 회포를 이야기할 겸 내게 야외 촬영의 참관을 권하자는 뜻
이었다. 물론 이런 표면의 사정이 반드시 그의 낙관주의의 설명
은 아닌 것이요, 그것을 터놓고 이야기하는 그의 태도가 낙관적
일 뿐이다. 그의 처지를 설명하는 어조에는 오히려 일종의 그 스
스로를 비웃는 표정조차 있었던 것이요. 그런 그의 태도 속에 나
는 낙관의 노력의 자취를 역력히 보는 듯했다. 과거에 있어서도
문학의 세상과 인연이 없는 것은 아니어서 열정의 나머지를 기울
여 평론도 쓰고 문학론도 해오던 그였다. 영화에 손을 댄 것도 결
국은 막힌 심정의 한 개 구멍을 거기서 찾자는 셈이라고 짐작하
면 그만이다.

그가 쓴 각본 「부서진 인형」 속에 남녀 주인공이 강에서 배를
타다가 물속에 빠지는 장면이 있다는 것이다. 그 장면의 촬영을
보러 가자고 운해는 식모가 날라 온 차를 마시고 나더니 나를 재
촉한다. 물에 빠진 가엾은 남녀의 꼴을 보기보다도 내게는 나로
서 강에 나갈 이유가 있기는 있었다.

"올부터 모래찜을 시작했네. 어떤 때엔 매생이를 세내서 고기

두 더러 낚아보구, 일요일마다 강에 안 나가는 줄 아나. 오늘은 망설이던 판에 뜻밖에 이렇게 자네에게 끌리게 됐을 뿐이지."

"됐어. 모래찜과 낚시질과."

운해는 무릎을 칠 듯이 소리를 높였다.

"강태공의 곧은 낚시를 물에 드리우는 그 일밖엔 우리에게 오늘 무엇이 남았나. 금방 세상이 두 동강으로나 나는 듯 법석을 하구 비관을 할 것은 없어. 사람 있는 눈치만 나면 언제까지든지 웅크리고 엎드리는 두꺼비를 본 적이 있나. 필요한 건 다른 게 아니라 그 두꺼비의 재주라네."

듣고 보니 늠성하고 일어서는 그의 자태가 그대로 두꺼비의 형용이었다. 오공이 같은 체격이며 몽총한 표정이 바로 두꺼비의 인상임을 나는 신기한 발견이나 한 것처럼 바라보았다. 옷을 갈아입고 같이 집을 나섰을 때 나는 더욱 그를 주의해 바라보며 짜장 두꺼비를 느끼기 시작했다.

운해가 동무들과 함께 전주를 다녀온 것이 오 년 전이었다. 그가 막 전주서 올라왔을 때의 인상—그것이 내가 이 몇 해 동안 그에게서 받은 인상 중에서 가장 선명한 한 폭이기는 하나 그러나 그때의 인상이 반드시 전주로 가기 전의 파들파들한 열정 시대의 그것보다 초라한 것은 아니었으며 오늘의 그의 인상이 또한 과히 그때에 떨어지는 것도 아니다. 생각건대 이 두꺼비의 인상을 그는 열정 시대부터 벌써 육체와 마음속에 준비해가지고 오늘에 미친 것인 듯도 하다. 물론 다만 소질의 문제만이 아니요, 노력의 결과 (中略) 없는 오늘 그가 그의 유의 철학을 마음속에 세우게 되었으므로 인해서 짜장 두꺼비의 형용을 가지게 된 것으로써 설명할 수 있을 듯하다.

"석재 소식 자주 듣나."

거리에 나섰을 때 운해는 역시 같은 한 사람의 서울 동무의 이야기를 꺼냈다. 전주 시대부터 운해와 걸음을 같이한 나와보다도 물론 그와 더 절친한 사이에 있는 석재였다.

"녀석두 체질로나 기질로나 나와는 달라서 꼬물거리는 성질이거든. 요새 죽을 지경이지."

"두꺼비 되긴 어려운 모양인가."

"직업두 웬만한 건 다 싫다구 집에서 번둥번둥 놀구만 있으려니깐 하루는 부에서 나와서 방호단원으로 편입해버리지 않았겠나. 공교로운 일도 있지. 등화관제 연습 날 밤 불 꺼진 거리를 더듬고 걸으려면 방호단원들이 여기저기서 소리를 치면서 포도를 걸으라고 경계가 심하지 않은가. 나두 거리 복판을 걷다가 한 사람에게 호되게 꾸중을 받고 포도 위로 올라섰을 때 가로수 곁에 웅크리고 선 것이 누구였겠나. 어렴풋한 속에서도 그렇듯이 짐작되는 국방색 단원복과 모자를 쓴 것이 석재임을 알았을 때 얼마나 놀랐겠나. 자네에게 보이고 싶은 광경이었었네. 이튿날 벼락같이 찾아와서 하는 말이 단원복을 만드는 데 십오 원이 먹었는데 그 십오 원을 만들기 위해서 다따가 하는 수 없어 츨츨한 책을 뽑아 가지고 고물 서점을 찾았다나——."

운해는 껄껄 웃었으나 석재의 자태가 너무도 선명하게 눈앞에 떠오르는 바람에 목을 눌리는 것 같아서 나는 웃으려야 웃음이 나오지 않았다.

"정직한 대신 사람이 외통곬[3]이래서 마음의 괴롬이 한층 더하거든."

"나두 집에 두꺼비나 길러볼까."

농이 아니라 사실 내게는 운해의 탄력 있고 활달한 심지와 태도가 부러운 것이었다.

배로 강을 건너 반월도에 이르렀다.

강 위에는 수없이 배가 떴고 언덕과 섬에는 사람들이 들끓었다. 강 건너편에 운해의 일행인 촬영대의 일동이 오물오물 몰켜 있는 것이 보였으나 운해는 굳이 참견하러 갈 필요를 느끼지 않는 모양이었다.

섬의 풍경은 해방적이어서 사람들이 뒤를 이어 꼬여들건만 수영복을 입은 사람이 드물었다. 몸에 수건 하나 걸치는 법 없이 발가숭이째로 강에 뛰어들었다가는 기슭에 나와 모래 속에 몸을 묻고들 했다. 거개가 장골들이었다.

"저것두 내 부러운 것의 한 가지."

운해는 내 시선의 방향을 더듬으면서 이쪽저쪽에 지천으로 진열된 육체의 군상을 바라보았다.

"결국 저 사람들이 가장 잘 사는 사람들일는지두 모르네. 곰상 그리는 법 없이 날마다 고깃근이나 구워 먹구 모래찜을 하는 동안에 신경이 장작같이 무지러지거든."

그러나 굳이 모르는 그 사람들을 탄복할 것 없이 나는 운해 자신이 옷을 벗고 수영복을 갈아입었을 때 그의 장한 육체에 솔직하게 놀라지 않을 수 없었다. 목덜미가 떡메같이 굵고 배꼽은 한 치가량이나 깊은 듯하다. 그 어느 한구석 빈 데가 없이 옷을 입었을 때의 인상보다도 몇 곱절 충실하다.

"훌륭한걸!"

내 눈 안에 꽉 차는 그의 육체를 나는 그 무슨 탐탁한 물건같이도 아름답게 보았다.

"몇 관이나 되나."

"십팔 관이 넘으리. 저울에 오를 때마다 느끼니까."

"훌륭해. 그 육체 외에 더 바랄 것이 무엇이겠나. 자네 낙관주의라는 것두 결국은 그 육체에서 시작된 것인가 부네."

"육체가 먼전지 정신이 먼전진 모르나 요새 부쩍 몸이 늘기 시작한단 말야. 그렇다구 저 사람들같이 고기를 흔히 먹는 것두 아니네만, 월급 육십 원으로야 고긴들 마음대루 먹겠나. 결혼두 아직 못 하구 있는 처지에—."

결혼이란 말이 다다가 내게는 또 한 가지 신선한 인상을 가지고 들려왔다. 운해는 내 표정을 살피는 눈치더니 좀더 자세한 이야기가 있는 듯 자리를 내려서며 걷기 시작한다.

"실상은 오늘 자네에게 들리려고 한 중요한 이야기가 그 결혼의 일건이구, 오늘 이 당장에서 자네에게 그 약혼자까지 선뵈려는 것이네."

하면서 운해는 섬 위를 이쪽저쪽 살피는 눈치나 아직 그 약혼자가 나타나지는 않은 모양이었다. 금시초문의 그의 사정 이야기에 나는 정색하면서 그의 곁을 따라 걸었다.

"평생 독신으로 지낼 수도 없겠구 결혼하는 편이 역시 합리적이라구 생각한 까닭인데 아무래두 집 한 채는 장만해야 할 테니 삼천 원은 들 터——자네두 알다시피 내게든 돈 삼천 원이 있을 리 있나. 규수는 바로 이곳 사람으로 현재 여학교에 봉직하고 있는 중이지만 결혼하면 서울로 데려가야 할 터, 이것이 한 가지의 곤란이구 당초에 동무의 소개로 알게 된 것이나 워낙 거리가 떨어져 있는 까닭에 연애니 무어니 하는 감정적 과정이 아직 생기지두 못한 채 타성으로 질질 끌어 오늘에 이른 것인데 자네두 알다시피 내게 미묘하고 세밀한 연애의 감정이니 하는 것이 있을 리가 없구 무엇보다두 그런 쓸데없는 감정의 낭비를 극도로 경멸하는 내가 아닌가. 그런 까닭에 지금까지 약혼의 사이라는 형식으로 오기는 했으나 실상인즉 그를 아직두 완전히 모르고 또 이해도 못 하고 있다는 것이네. 연애니 뭐니 하구 경멸은 했으나 이런 어리석을 데가 있겠나. 지금 와서 결혼이 촉박하게 되니 비로소 불찰이 느껴지면서 마음이 황당해간단 말이네. 결말이 짜장 어떻게 되는지 해서 마음이 설레고 불안해간단 말야. 오늘두 사실은 자네와 한데 어울려 스스럽지 않은 분위기 속에서 그의 마음을 가늠도 보구 불안한 공기를 부드럽혀두 볼까 한 것이네. 자네에겐 폐가 되는지두 모르나 친한 사이에 허물할 것두 없을 법해서."

들고 보니 그가 나를 찾았던 이유의 속의 속뜻도 비로소 알려지고 그의 연애라는 것도 과연 그다운 성질의 유유한 것임을 느끼면서 나는 마음속에 생각하는 바가 많았다.

"낙관주의자두 연애에 들어선 초년병이네그려."

"너무 낙관했기 때문에 이제 와 이렇게 설레게 된 것인지두 모르지. 그러구 한 가지의 불안은——."

말을 끊더니 먼 하늘을 보며 빙그레 미소를 띠었다.

"그가 너무도 미인이라는 것이네."

"흠, 행복자야!"

"오거든 보게만 평양서두 이름이 높다데. 약혼자가 미인인 까닭에 느끼는 불안——자네 읽은 소설 속에 그런 경우 더러 없었나."

"연애에 성공하기를 비네."

모래 위를 두어 고패나 곱돌아 물가를 오르내리는 동안에 짜장 그의 약혼자가 나타났다. 멀리 보트를 저어 오는 것을 운해가 눈빠르게 발견하고 내게 띄워주었다. 배는 사람이 드문 물가를 찾아서 한 귀퉁이에 대었다. 운해가 쫓아가 그를 부축해서 내려주고는 한참 동안이나 서서 이야기가 잦더니 이리로 걸어오는 것이었다. 아닌 게 아니라 나는 별안간 눈이 번쩍 뜨이는 '이름 높은 미인'을 보고 인사하는 말조차 어색해졌다. 짙은 옥색 적삼 위에서 그의 눈과 코는 아로새긴 것같이 또렷하고 선명하다. 상스러운 섬의 풍속 속에서 그를 보기가 외람한 듯한 그런 뛰어난 용모였다.

"운해군에게서 말씀 들었습니다만 쉬이 경사를 보신다구요."

나로서는 용기를 다해서 한 말이었으나 그에게는 그닷한 영향도 안 준 듯

"글쎄요."

하고 고개를 약간 숙였을 뿐이었다.

글쎄요——이 말의 뜻을 생각하면서 두 사람의 모양을 바라볼 때 나는 그 속에 끼인 내 존재의 무의미한 역할을 깨닫기 시작했다. 운해의 부탁으로는 나도 한몫 끼어 스스럽지 않은 분위기를 만들고 불안한 공기를 부드럽혀달라는 것이었으나 두 사람의 모양을 바라볼 때 그것이 도저히 내 역할이 아님과 남의 연애 속에 들어가 잔말질을 함이 얼마나 쑥스러운 짓인가를 즉시 느끼게 되었다. 무엇보다도 그 약혼자가 결코 범상한 여자가 아님을 안 것이요, 그가 뿌리는 찬란한 색채와 자극이 너무도 큰 까닭에 그의 옆에 주책없이 머물러 있기가 말할 수 없이 겸연쩍던 것이다.

"잠깐 물에 잠겼다 올 테니 얘기들 하구 계시죠."

운해가 빌듯이 붙드는 것이었으나 굳이 그 자리를 사양하고 물가로 나갔다. 걸으면서도 머릿속에 새겨진 두 사람의 인상의 대조가 너무도 선명하게 마음을 괴롭혔다. 두꺼비와 공작——별수 없이 이것이다. 운해가 잘 아는 어색한 공기라는 것이 결국은 이 너무도 큰 대조에서 오는 것이요, 두 사람 사이의 비극——만약 그런 것이 온다고 하면——은 참으로 약혼자의 너무도 뛰어난 용모에서 시작된 것이라고밖에는 생각할 수 없다. 내가 그렇듯 탄복한 십팔 관을 넘으리라는 탐탁하고 훌륭하던 운해의 육체언만 약혼자의 맑은 자태와 비길 때 그렇게도 떨어지고 손색 있어 보임이 웬일인지를 알 수 없었다. 기울어진 대조에서 오는 불길한 암시를 떨어버리려는 듯 나는 물속에 텀벙 잠겨 깊은 곳으로 헤엄치기 시작했다. 모래 언덕에 앉은 두 사람의 자태가 차차 멀어지는 것을 곁눈질하면서 자꾸만 헤엄쳐 들어갔다.

밤거리에서 단둘이 술상을 마주 대했을 때 운해는 낮에 섬에서의 내 행동을 책하며 결국 단둘이 앉았어도 별 깊은 이야기를 못했다는 것을 고백하고는 눈치가 어떻더냐고 도리어 내게 자기들의 판단을 맡기는 것이었다.

"글쎄."

나는 어리뼁뼁해서 이렇게 적당하게 대답해두는 수밖에는 없었으나 대답하고 나서 문득 그 한마디가 바로 그의 약혼자가 섬에서 내게 대답한 같은 한마디였음을 깨닫고 놀라지 않을 수 없었다. 시대에 민첩한 낙관주의자도 연애에는 둔하고 불행한 것인가 하고 마음속으로 동무를 가엾게도 여겨보았다.

"막차로 일행들보다 먼저 떠나겠으나 자네 알다시피 이런 형편이니까 틈 있는 족족 내려는 오겠네. 즉 자네와 만날 기회두 많다는 것이네."

"부디 연애에 성공하구 속히 결혼하도록 하게."

축배인 양 나는 술잔을 높이 들어 그에게 권했다.

2

두어 주일 후였다. 일요일 오후는 되어서 운해는 두번째 나를 찾았다. 내가 그때까지 집에 머물러 있었던 것은 그의 방문을 예측하고 있었던 까닭이요, 그의 찾아온 목적까지도 짐작하고 있었던 것이다. 영화 각본의 책임자로 촬영대 일행과 온 것도 아니요, 그렇다고 약혼자와의 결혼 때문에 온 것도 아니었다. 결혼——은 커녕 가엾게도 그와 반대의 목적으로 온 것이다. 끝난 연애——놓쳐버린 연애의 뒷 소식을 알려온 것임을 나는 안다.

"자넨 무서운 사람이네. 자네 신경 앞에는 모든 것이 발각되구마는 것을 이제야 겨우 깨달았네. 그러면은 그렇다고 그때에 왜 그런 눈치 못 보여주었나. 솔직하게 일러만 주었던들 다른 방책이 있었을 것을."

두꺼비같이 털썩 주저앉더니 운해는 원망하듯 늘어놓는다.

"나두 민망해서 못 견디겠네만 그러나 일이 그렇게 대담하게 될 줄야 뉘 알았겠나."

"내가 비록 호인이기로 그렇게까지 눈치를 몰랐을까. 아침에 그 집에를 갔더니 되려 반가워하면서 내게 곡절을 물으려고 드는 것을 보니 집안사람들두 까딱 모르고 지냈나 부데."

"대담한 계획이야."

"영원의 여성 나를 인도해 가지는 못할지언정 나를 버리고 가다니 무서운 세상이다."

주의해 보니 운해는 벌써 술잔이나 기울이고 온 모양이었다. 슬픈 표정이라기보다는 울적한 낯에 거나한 기운이 돌고 있었다. 그의 그런 심정을 나는 이해할 수 있으며 그에게서 듣지 않아도 그의 사정을 거리의 소문으로 이미 잘 알고 있었던 것이다.

약혼자가 며칠 전에 달아난 것이다. 교직을 버리고 성악을 공부한다는 사람의 뒤를 따라서 동경으로 건너갔다는 것이다. 거리에

316

는 크게 소문이 나고 구석구석에서 이야깃거리가 되었다. 공작같이 찬란하던 그의 용모의 값을 한 셈이다. 소식을 들은 순간 나는 섬에서 느낀 예감이 적중한 것을 느끼고 한참 동안 가슴이 설렘을 어쩌는 수 없었다. 운해를 위해서는 그지없이 섭섭한 일이기는 하나 엄숙한 사실 앞에는 하는 수 없는 노릇이다. 운해와의 약혼을 표면으로 내세우고 그 그늘에서 참으로 즐기는 사내와 만나고 있었던 것이 짐작되며 섬에서의 그의 표정과 말투 속에 벌써 그것이 암시되어 있지 않았던가. 운해는 그것을 모르고 일률로 결혼의 길만을 생각하고 있었던 셈이다.

"내 사랑 끝났도다."

노래 조로 부르는 운해의 목소리는 그러나 반드시 비장한 것은 아니었다. 오장육부를 찌르고 뼈를 긁어내고——응당 그런 심경이어야 할 것이지만 운해의 경우는 반드시 그런 것이 아니고 그 어디인지 넉넉하고 심드렁한 태도조차 보였다.

"그러나 내 마음 편하도다."

사랑이 끝났으므로 참으로 그의 마음은 편한 듯도 보였다. 결국 연애도 그에게 있어서는 생활의 전부가 아닌 것일까. 그의 모든 생활의 다른 경우와 같이 간단하고 유유하게 정리할 수 있는 것일까——나는 그의 모양을 새삼스럽게 찬찬히 바라보았다.

밖에서 만찬을 같이하려고 함께 집을 나오자마자 운해는 다시 걸음을 돌리면서 나를 집으로 끌어들였다. 불란서어나 독일어 책을 빌려달라는 것이다.

"어학이나 시작하면 생활에 풀이 좀 날까 해서."

"기특하구 장한 생각이야."

나는 초보적인 독일어 책 몇 권을 뽑아 가지고 나와서 그에게 전했다.

"이히 바이스 니히트 바스 솔 에스 베도이텐 다아스 이히 소오 틀라우리히 빈!"

큰 거리에 나왔을 때 운해는 문득 언제 기억해두었던 것인지 하이네의 시인 듯한 한 구절을 외우는 것이었으나 노래의 뜻같이 반드시 슬픈 것이 아니요 그의 어조는 차라리 한시라도 읊는 듯 낭랑한 것이었다. 흥에 겨워 몇 번이고 거듭 외웠다.

"이히 바이스 니히트 바스 솔 에스 베도이텐 다아스 이히 소오 틀라우리히 빈!"

술이 고주가 된 위에 밤이 깊은 까닭에 이튿날 아침에 떠나보낼 생각으로 나는 운해를 집으로 끌고 왔다.

나란히 자리를 펴고 누웠으나 담배를 여러 개째 갈아 물어도 좀체 잠이 오지 않았다. 고요하기에 그는 이미 잠이 들었으려니 하고 운해 편을 바라보았을 때 감긴 눈 속으로 한 줄기 눈물이 흘러 귓방울[4]을 적시고 있는 것이다. 나는 가슴이 뭉클해지면서 얼굴을 반듯이 돌리고 말았다.

"자네 감상주의를 비웃었으나 오늘 밤은 내 차례네."

눈을 감은 채 목소리가 부드럽다.

"보배를——약혼자 말이네——내 얼마나 사랑했는지 아무두 모르리. 끔찍이두 사랑하기 때문에 어쩔 줄을 모르다가 결국 그를 놓치구야 말았네. 다른 그 누구와 결혼하게 되든지 간에 평생 그를 잊을 수는 없을 듯해."

"아직두 여자 생각하구 있었나. 술 취하면 눈물 나는 법이니."

농으로는 받았으나 그의 심중을 모르는 바는 아니었다.

"지금의 이 심중을 한마디로 표현할 수 없을까. 꼭 한마디로 자네 좀 생각해보게."

나는 궁싯거리면서 생각하려고 애썼다. 그의 슬픈 심경의 적절한 표현이라는 것을 찾으려고 무한히 애를 쓰면서 시간을 보내나 종시 그것이 떠오르지는 않는 것이다. 밤이 얼마나 깊었을까. 그러나 나는 그런 헛수고를 할 필요는 도무지 없었던 것이다. 애쓰는 나를 버려두고 운해는 혼자 어느 결엔지 잠이 들어 있었으니까. 눈물은 꿈에도 흘린 법 없듯 코 고는 소리가 점점 높게 방 안에 울렸다.

3

다음 일요일 나는 운해의 세번째의 자태에 접하게 되었다.

일주일 전과는 퍽도 다른, 아니 그 어느 때보다도 달라서 씻은 듯이 신선한 인상으로 나타났다. 쉴 새 없이 발전해가는 유기체라고 할까. 나는 사실 그의 번번의 자태에 눈을 굴리는 것이나 그날의 인상이란 그 어느 때보다도 신선하고 당돌해서——참으로 나는 놀라는 수밖에는 없었다.

그의 대담하고 거뿐한 차림차림부터가 내 눈을 끌기에 족했다.

그런 차림으로 기차를 타고 거리를 지나온 것일까. 마치 소년 선수같이 신선한 자태가 아닌가. 넥타이 없는 셔츠 바람에 무릎 위로 달롱 오르는 잠방이를 입고 긴 양말에 등산 구두 둥근 모자에 걸빵[5]을 진——별것 아니다. 한 사람의 등산객의 차림인 것이나 그것이 다른 사람 아닌 바로 운해군의 차림이기 때문에 물론 나는 신기하게 본 것이다. 손에 든 것도 자세히 보니 늘 짚는 단장이 아니고 피켈인 모양이었다.

"자넨 번번이 나를 놀래려구만 나타나나. 이다음엔 대체 또 어떤 꼴로 찾어올 작정인가."

"필요에 따라서야 무슨 옷인들 못 입겠나. 자네가 무례하다구 생각해주지 않는 것만 다행이네."

"필요라니 등산이 자네 목적 같은데 등산하러 평양까지 왔단 말인가."

"등산은 등산이래두 뜻이 달라. 자네 들으면 또 놀라리."

"그 륙색인지 한 것 속에는 무엇이 들었나."

걸빵을 내리더니 부스럭부스럭 봉투에 든 것을 집어냈다.

"놀라지 말게——광산으로 가는 길이네."

"광산!"

"중석 광산을 발견했어."

"미친 소리."

"자넨 눈앞에 보물을 두고두 방구석에서만 꼼질꼼질 대체 하는 것이 무엔가. 성천 있는 동무가 하루는 산에 나갔다가 이상한 돌을 줍어서 곧 내게로 보내지 않았겠나. 나두 그런 덴 눈이 좀 밝거든. 식산국 선광연구소와 그 외 사사로운 광무소 몇 군데를 찾아서 감정을 해보니 아니나 다를까 중석이라는 게네. 함유량두 상당해서 육십 퍼센트는 된다지. 부랴부랴 광산과 조사실에서 대장을 열람했더니 아직두 출원하지 않은 장소란 말이네. 그것을 안 것이 어제 낮, 실제로 한번 돌아보고 곧 올라가 출원할 작정으로 급작스레 밤차로 떠난 것이네. 형편에 따라서는 회사두 하루 이틀 쉴 생각이네."

봉투 속에서 나온 것은 몇 개의 까무잡잡한 돌멩이였다. 내 눈으로는 알 바도 없으나 납덩어리같이 윤택도 아무것도 없이 다만 은은하고 굳은 무게만을 가지고 있는 그것이 딴은 그 무슨 귀중한 뜻을 가지고 있으려니는 막연하나마 짐작되었다. 그의 흉내를 내서 나도 한 개를 집어 들고는 멋도 모르면서도 이모저모 살피기 시작했다.

"흰 것은 석영이네. 중석이란 원래 석영 맥에 붙어 있는 것이거든. 그 붙는 모양과 형식에도 여러 가지 구별이 있는 것이지만 어떻든 그 석영을 깨뜨리고래야 중석을 얻는 것이네."

운해의 설명도 내 귀에는 경 읽는 소리였다. 중석이란 명칭부터가 먼 세상의 암호로밖에는 생각되지 않았다.

"중석이란 대체 무엇 하는 것인가."

"자네 무지에는 놀라는 수밖엔 없어. 중석두 모르구 오늘 이 세상에 살아간단 말인가──텅스텐 말이네. 철물 중에서 가장 강하고 견고한 것이기 때문에 요새 군수품으로 쓰이게 된 것인데 시세가 어느 정돈지 아나. 한 톤에 평균 칠천 원이라네. 육십 퍼센트의 함유량이래두 사천 원이 되는 것이구 단 십 퍼센트래두 칠백 원은 생기거든. 중석광이라구 이름만 붙으면 시작해두 채산이 맞는다는 것이네. 그렇게 조선에만도 출원하는 수가 전에는 일년에 단 삼십 건이 못 되던 것이 요새 와서는 하루에 평균 삼십 건을 넘는다네. 지금 특수광 지대로 충청북도와 금강산을 세이나 평안남북도의 지경 일대두 상당하구 성천 같은 곳도 장차 유망하지 않은가 생각하네."

"자네의 풍부한 지식과 세밀한 조사에는 놀라는 수밖엔 없으나 성천이 유망하다면 자네 얼마 안 가 백만장자 되게."

그의 설명으로 나는 적지 않이 계몽이 되어 중석에 대한 일반 지식을 얻기는 했으나 어쩐 일인지 모든 것이 꿈속 일같이만 생각되었다.

"문제는——지금 가보려는 산 일대가 정말 중석광 지댄가 아닌가 동무가 줍은 이 돌이 윈처[6]에서 굴러 온 것이나 아닌가, 중석 지대라면 얼마나 큰 범위의 것인가 하는 것인데 전문가 아닌 내 눈으로 확실히야 알겠나만 가보면 짐작은 되리라고 생각하네. 참으로 유명한 것이라면 자네 말마따나 백만장자 될 날두 멀지 않네."

"제발 백만장자나 돼주게. 동무 가운데 한 사람쯤 백만장자가 있다구 세상이 뒤집힐 리는 없으니."

"오늘은 바빠서 이렇게 한가하게 할 순 없어. 자네에게 한 가지 청은——."

운해는 주섬주섬 돌덩이를 봉투에 넣어서 륙색 속에 수습하고는 나를 재촉했다.

"오후 차까지 아직두 몇 시간이 있으니 자네 아는 광무소에 가서 자네 눈앞에서 한 번 더 감정시켜보겠네. 앞장을 서서 광무소까지 안내를 하게."

여가가 있었던 까닭에 쾌히 승낙하고 같이 집을 나섰다.

오전의 산들바람을 맞으며 피켈을 단장 삼아 내저으면서 걸어가는 운해의 자태는 일종의 독특한 매력을 가진 것이었다. 옷맵시가 오돌진 육체에 꼭 들어맞아서 평복을 입었을 때의 두꺼비의 인상과는 또 달라 한결 거뿐하고 슬슬한 것이었다. 걷어 올린 소매 아래에 알맞게 탄 두 팔이 뻗치고 다리 아래가 훤히 터져서 보기에도 시원스러웠다. 무엇보다도 그 등산의 차림이야말로 그에게는 가장 잘 맞고 어울리는 차림인 듯도 했다. 그 차림으로 휘파람이나 한 곡조 길게 뽑으면서 걷는다면 도회의 가로수 아래에서의 오전의 풍경으로는 그에 미칠 것이 없을 듯했다.

나는 친히 아는 사람의 광무소를 찾았다. 거기서 내가 다시 놀란 것은 젊은 주인의 즉석에서의 판단에 의해서 그것이 상당히 우수한 중석광이요 함유량도 육십 퍼센트를 내리지는 않으리라는 확언을 얻은 것이다. 정확한 분석을 하려면 방아로 돌멩이를 찧고 가르고 해서 하루가 걸린다기에 그것을 후일로 부탁하고는 우선 그곳을 나왔으나 그 대략의 판단만으로도 그 자리에서는 족했고 나는 짜장 신기한 생각을 금할 수 없었던 것이다.

차 시간을 앞두고 식당에 들어갔을 때 또 한 번 그를 따져보았다.

"자네 정말 출원할 작정인가."

"오만분지 일 지도 다섯 장과 출원료 백 원 벼락같이 구해놓고 내려왔네."

더 묻지 말라는 듯이 큰소리였다.

"……뭘 그리 또 꼼질꼼질 생각하나. 군수공업으로 쓰인다니까 번민하는 모양인가. 아무결루 쓰이든 광석은 광석으로서의 일을 하는 것이네. 그렇게 인색하고 협착한 것은 아니니 걱정할 건 없어."

"……이왕이면 석재두 한몫 넣어주지."

"암 출원하게 되면 녀석 한몫 안 끼이게 될 줄 아나. 그렇지 않어두 일이 없어 번둥번둥하는 판인데 일만 되면 같이 산에 들어가 어련히 일 보게 안 될까. 녀석뿐이겠나. 짜장 성공하게 되면 자네게두 응당 한몫 노나주겠네. 자네 일상의 원인 극장두 지을 테구, 촬영소두 꾸밀 테구, 문인촌두 세울 테구, 문학상 제도두 맨들 테구……"

"잡기 전부터 먹을 생각만."

"기적이라는 것이 있을려면 있게 되는 것이네. 있게 되는 법이네."

"어서 남의 계획만 장하게 하지 말구 자네 월급 육십 원 모면할 도리나 생각하게――육십 원이 화 돼서 결혼두 못 하게 되지 않았나."

말하고 나서 나는 번개같이 뉘우쳤다. 무심히 던진 말이지만 결혼이라는 구절이 그의 마음의 상처를 다시 스칠 것은 당연하지 않은가.

"쓸데없는 소리에 밥맛없어진다."

그러나 운해로서는 사실 그것이 농이었음을 알고 나는 안심했다.

"결혼이구 보배구 벌써 그다음 날부터 잊어버리기루 했었네. 연애가 생활의 전부가 아닌 게구 결혼 문제 같은 것두 일생일대의 중대사라고는 생각지 않네. 하려면야 앞으로도 얼마든지 기회가 있을 테구, 되려 한 번 실패가 새옹마의 득실루 더 큰 행복을 가져올는지 뉘 아나."

반드시 그가 거짓말을 하고 있다고는 생각지 않았으나 보배 개인에게 대한 그의 특별한 심정을 묻지만 않는다면 대체로 그는 벌써 그 자신을 회복하고 바른 키를 잡은 것이 사실이었다.

"그까짓 연애가 다 무엔가. 속을 골골 앓구 눈물을 쫄쫄 흘리구."

사실 임박한 차 시간에 역에 나가 표를 사 가지고 폼에 들어갔을 때까지——그의 자태 속에서 지난날의 괴롬의 흔적이라고는 한 점도 찾아볼 수 없었다. 연애란 어느 나라 잠꼬대냐는 듯이 상쾌한 그의 모양에는 다만 앞을 보는 열정과 쉴 새 없이 그 무엇을 꾸며 나가려는 진취적 기력만이 보일 뿐이었다. 잠시도 쉬는 법 없이 기차 시간표를 세밀히 조사하면서 쓸데없는 잡스러운 밖 세상의 물건은 하나도 그의 주의를 끌지 않는 눈치였다.

차에 올라 창 옆에 자리를 잡은 그를 향해 나는 다시 한 번 축원의 말을 던졌다.

"부디 성공하게. 갈 때 또 들르게."

차가 움직이기 시작할 때 그는 모자를 벗어서 창밖으로 흔들어 보였다. 두루뭉수리 같은 그의 오돌진 머리가 그 무슨 굳센 혼의

덩어리같이도 보여올 때 짜장 그는 광산으로 성공하게 되지 않을
까 하는 찬란한 환상이 문득 가슴속을 스쳤다.

여수 旅愁

1

　미레유 발랭의 얼굴을 나는 대여섯 장째나 그리고 있었다. 결국 한 장도 만족스럽지는 않아서 새로운 목탄지를 내서는 또다시 그의 얼굴의 데생을 시험하는 것이었다. 내일부터 봉절'될 영화「망향」의 석간 신문지 속에 넣을 조그만 광고지의 도안이었다. 별이 총총히 빛나는 하늘을 배경으로 발랭과 가뱅의 얼굴을 그리고 그 속에 출연자의 스태프와 자극적인 광고문을 넣자는 고안이었으나 광고문은커녕 나는 발랭의 얼굴에서 그만 막혀버린 것이 좀체 운필이 뜻대로 되지는 않아 마음이 초조하고 답답해지기 시작했다.

　"여배우 얼굴 하나 가지구 벌써 몇 시간을 잡아먹나. 얼른 끝을 내야 인쇄소에 넘겨 저녁때까지에 박어내지 않겠나."

　맞은편에 책상을 마주 대고 앉은 동료는 나의 궁싯거리는 양이 보기 민망해서 기어코 자리를 일어선다.

"웬일인지 모르겠네. 그리다 그리다 이렇게 맥힐 법은 없어. 고 눈과 코가 종시 말을 들어야 말이지."

동료는 등 뒤로 돌아오더니 어깨 너머로 내 그림을 바라보며

"자네 벌써 발랭과 연앤가."

"연애라니."

"암 연애구말구. 그렇게 망설이는 자네 마음이 심상치 않어."

쓸데없는 말을 걸어온 까닭에 결국 망쳐버리고야 말았다.

"연애!"

스스로 비웃으면서 나는 붓을 던지고 그림을 두 조각으로 찢어 버리는 수밖에는 없었다. 그 깊은 눈과 불룩한 콧망울이 내 마음을 한꺼번에 잡으면서도 붓끝으로는 종시 표현할 수 없는 것이다. 참으로 연애인지도 모른다. 여러 해 동안 수많은 영화의 뭇 남녀를 그려왔어도 이번같이 마음이 뜨고 설레는 때는 없었다. 대체로 영화관 사무실에서 장구한 세월을 두고 그런 업에 종사해나가노라면 그 많은 자태 없는 화상에다가 그때그때 일종의 정을 느끼게 됨은 자연스러운 사실일는지도 모른다. 일상생활에서보다도 그림들을 상대로 꿈의 교통을 하게 되는 것이다. 그러나 이번 발랭의 경우와 같이 내 마음을 잡은 때는 드물었고 가령 디트리히를 그릴 때나 가르보를 그릴 때나 다리외를 그릴 때나 그 어느 때보다도 가슴이 뛰고 설렌다. 어제 낮에 본 「망향」의 시사의 구절구절——망명의 도적 페페 르 모코와 파리 여자 가비와의 위험한 연애의 장면장면이 가슴을 흔들면서 가비로 분장한 발랭의 자태

가 땅 위에 둘도 없는 염염한 꽃송이같이 무시로 눈앞에 어린다.

"연애. 발랭과의 연애! 어차피 우리는 그런 환상의 연애밖에는 하지 말라는 팔잔가 부다. 허수아비인 사진 쪽지와 연애니 무어니—다 귀찮다."

나머지 데생을 마저 찢어버리려 할 때 동료의 손이 와서 그것을 뺏어 들면서

"잔소리 말구 어서 여기다 광고문이나 적어 넣게. 별수 있나. 시간두 없는데 이대로 인쇄소에 돌릴 수밖에—."

시계를 바라보니 오후도 늦은 때이다. 석간이 돌 때까지는 광고지의 체재를 갖추어야 신문지 속에 끼여 배달이 될 것이다. 불과 몇 시간이 남았을 뿐이다. 나는 하는 수 없이 다시 붓을 들어 불만스러운 대로 이왕 그린 얼굴에다 색을 칠하고는 붓을 갈아 굵은 획으로 광고문을 쓰기 시작했다.

남쪽 고을 알제리에 전개되는 모코와 가비의 숙명적 연애! 세기의 경이 발랭의 출현. 새 시대의 디트리히 발랭을 보라! 이국 정서의 결정인 발랭—그는 오늘의 별이다

여기까지 적어 내려갔을 때 문득 사무실 옆 문간이 요란스러우면서 귀 선 목소리가 흘러왔다. 창밖으로 흘긋 눈을 돌리니 세르비안 쇼의 한 패들이었다. 내일부터 「망향」과 함께 막 사이에 출연하기로 계약이 된 외국인 어트랙션^{2}의 일단이었다. 거리에 나갔다가 무대 준비를 하러 들어옴인지 찬란한 한 남녀의 복색이 문

간에 환하게 어렸다.

2

　세르비안 쇼는 노래와 춤을 밑천 삼아 이곳으로 흘러든 가무단으로 반드시 세르비아 사람들로만 조직된 것이 아니라 십여 명 단원이 백계로인[3]을 주로 하여 폴란드 유태 헝가리 체코 등 각기 국적을 달리하고 가운데는 유러시안도 끼어 있는──마치 조그만 인종의 전람회를 이룬 혼잡한 단체였다. 그들의 노래와 춤이 그닥 놀라운 것은 못 되었으나 그들의 색다른 자태가 낯선 곳에서는 사람들의 눈을 끌기에 족했고 우리의 관주가 상당히 비싼 조건으로 그들과 선뜻 계약을 맺은 것도 그 점을 노려서였다. 한 시간가량씩 하루 두 번씩 출연에 대한 사례가 오백 원, 엿새 동안에 삼천 원이라는 것이 그들을 맞이하는 거의 최고의 대접이었으며 생각건대 만주 등지에서 일없이 뒹굴던 동호자들이 가지고 있는 재주들을 모아 일거에 탐탁한 벌이나 해보려고 멀리 외지로 원정을 나온 그들로서도 역시 재주보다는 자기들의 그 이국적 풍모를 미끼 삼아보겠다는 심리가 없지도 않을 듯하다. 조선을 한 바퀴 돌고 나서는 또 어디로 가려는지 그것은 알 바 없으나 어떻든 그들의 풋날리는 이국정서는 거리에서는 진귀한 것이어서 그들을 계약한 관주의 수완과 야심을 우리들 사무원도 절대로 찬성하는 바였다. 실상인즉 그들의 걸음은 벌써 두번째여서 지난가을에 왔

을 때에도 우리와 계약이 되어 의외의 호평으로 예상 이상으로
배를 불린 일이 있어서 이번에 관주의 마음이 두번째 혹한 것이
나 그들로서도 전번보다는 더욱 충실을 기하기 위해 여덟 사람밖
에 안 되던 단원이 네 사람을 더해 열두 사람의 상당히 흥성한 일
단을 이루었던 것이다. 두 사람의 처녀 마리와 일리나, 소년 소녀
미샤와 안나 외 네 사람이 처음 보는 얼굴이었으나 그 거창한 한
식구들을 바라볼 때 각각 얼마나 숨은 재주들을 감추고 있나 싶
어서 출연이 기대되었다. 무시로 외국 영화를 바라보고 그들 남
녀의 사진을 그리던 내게는 눈앞에 직접으로 노란 고수머리와 푸
른 눈을 보게 된 것이 한 가지 기쁨이었고 일상 품고 있던 이국정
서에 대한 갈증을 얼마간 축일 수도 있었다. 그들은 바로 어제 차
로 내려서 무대 뒤에 여장을 풀었을 뿐이나 새로 더한 네 사람 외
에는 모두 내게는 두번째의 구면이라 낯이 선 법이 가장 친밀하
게 대하고 말을 걸 수 있음이 또 하나의 기쁨이었다. 더구나 내게
는 하찮은 그림장이나 그려서 먹고사는 몸이기는 하나 외국어의
소양이 얼마간 있었던 까닭에 그들의 서투른 일어와 맞서는 것보
다는 여러 가지 외국어의 범벅으로 의사를 소통하는 편이 피차에
편한 노릇이어서 관주도 그들과의 교섭에 나를 내세운 셈이었고
그들 역 나를 의뢰하고 믿는 바 많았다. 이것이 내가 그들의 사정
을 남달리 깊게 관찰하게 된 원인이라면 원인이었다. 가령 조그
만 일이 있거나 원이 있어도 그들의 누구나는 반드시 사무실로
쫓아오거나 복도에서 나를 붙들고는 피차에 통함직한 말을 뒤섞
어 용건을 말하는 것이었다.

3

이날 이때에도 내가 막 광고지에 광고문을 적고 났을 때 문간과 복도에서 지껄지껄 요란하던 총중에서 한 사람이 문득 사무실 안으로 들어와 내 앞에 나타났으니 일행 중에서 춤으로는 으뜸 격에 가는 카테리나였다. 별안간 방 안이 환해진 것은 그의 누런 머리카락과 흰 살결과 사치한 차림차림으로만이 아니라 그의 손에 쥐인 한 묶음의 꽃으로 말미암음이었다.

간단히 인사의 말을 던졌을 때 카테리나는 방긋 웃으며 하는 말이 꽃을 꽂을 터인데 혹시나 남는 화병이 없느냐는 것이었다.

"화병? 화병쯤이야 있구말구."

나도 웃음으로 대답하면서 일어서서는 영화 잡지 신문 포스터 등이 어지럽게 쌓여 있는 책궤를 열고는 뒤적뒤적 묵은 화병을 찾아내는 것이었다.

요행 화병을 찾아서 책상 위에 내놓았을 때 카테리나는 기뻐하면서 메르시! 라고도 해보았다 하라쇼! 라고도 했다 하며 혼잡된 단어로 감사를 표한다. 내친걸음에 나는 플라스크의 물을 화병에 붓고 그 속에 꽃 꽂는 것을 도와줄 때 옆에 섰던 동료는 능청맞게 딴전을 보면서 나만이 알아들을 말로

"괜히 그림 속의 발랭에게 반해서 그러지 말구, 가까운 눈앞의 떡이나 후려보지그래. 발랭보다 어디가 못해. 오히려 나으면 낫지. 모습부터가 비슷하잖은가."

"실컷 놀려보게나."

"찬찬히 뜯어보라니까. 비슷한 바가 많잖은가."

그의 말로 새삼스럽게 깨달을 것도 없이 카테리나는 참으로 발
랭과는 같은 바탕의 미인이었다. 동그스름한 윤곽도 같으려니와
깊고 부드러운 눈매며 불룩한 콧망울이 발랭을 그대로 떼어 붙인
것도 같고 다만 다른 것이 있다면 입술이 엷고 두 볼이 팽팽해서
발랭보다는 조금 쌀쌀할 듯한 인상을 주는 점이 있다. 그러나 이
것이 반면에 다른 효과를 자아내서 그 냉정하고 침착한 속에 말
할 수 없이 으늑한 일종의 애수를 담은 것이었다. 눈앞을 깔아 보
고 그 어디인지 먼 곳을 생각하고 있는 듯한 기색이 눈과 볼에 나
타나서 그것이 알 수 없는 매력을 더한다.

꿈의 매력이라고도 할까—발랭에게도 그것이 없는 것은 아니
나 그의 남국적인 데 비해 카테리나의 그것은 북국적인 향기를 풍
겨 그와는 또 다른 힘으로 사람을 잡는다. 참으로 동료의 말마따
나 나는 가장 가까운 내 눈앞에 꿈의 대상을 보고 있는 셈이었다.

"어서 용기를 내서 한몫 대서보지. 이런 기회가 얼마든지 있는
것이 아닐 텐데—용기가 첫째야."

조롱인지 격려인지 동료가 뜨끔 눈짓을 하고는 인쇄소로 간다
고 내가 그린 광고지의 원고를 가지고 사무실을 나갔을 때 나도
꽃을 다 꼽은 꽃병을 카테리나의 앞으로 내밀었다.

"무대 옆방이 너무 침침해 꽃이나 꽂아놓아야 조화가 될 것 같
아서요."

그래서 사 온 꽃이라는 뜻이었다.

"그 방이 원래 어두워요. 창이 작은 까닭에 여름엔 덥고."

"좀 와보세요. 창을 떼야 할 텐데 떼어도 좋은지 어쩐지."

꽃병을 들고 나가면서 흘끗 눈을 돌리는 카테리나의 뒷모양을 바라보고는 마침 손에 일이 뻠했던 차이라 나도 그의 뒤를 따르지 않을 수 없었다.

오후의 두번째 영사가 시작되었던 까닭에 관 안으로 들락날락하는 관객으로 복도는 어지러웠다. 옆 복도를 종종걸음으로 들어가 무대 옆방에 이르렀을 때 활짝 열어젖힌 문 안으로 울긋불긋한 방 안의 모양이 들여다보였다. 좁은 방 안에서 어쩔 줄을 모르면서 트렁크들을 열고 무대의 상들을 내서 벽에 걸며 화장품 그릇을 책상 위에 놓고 하면서 복작거리는 것이 답답하게들 보였다. 처음 보는 초면의 처녀 그들이 아마도 새로 단원이 된 마리와 일리나일 듯 소년 소녀가 미샤와 안나일 듯하고는 그 외는 모두 구면이었다. 피아니스트인 스타호프, 수풍금을 울리는 크리긴, 기타를 타는 아킴, 북을 치는 이바노프, 바이올린을 켜는 피에르—모두가 나를 보고는 방긋이들 웃으면서 구면임을 그 스스로들 기뻐한다. 그 한 커다란 가족에 대한 반가움이 버쩍 솟으면서 나도 창께로 가서는 그들을 조력해서 한편 창을 떼어냈다. 답답하던 방이 한결 시원해진 것 같다. 카테리나를 비롯해서 모두들

"메르시! 스파시보!"

하면서 감사의 말을 던지는 것을 나는 아이같이 솔직하게 기쁜 것으로 들었다. 문득 등 뒤에 나타난 것은 일좌의 지배인 빅토르였다. 거리에서 막 돌아온 그의 얼굴에는 땀이 이슬 같고 뚱뚱한

몸집에는 늘 보이는 그 너그러운 웃음을 벙글벙글 띠고 있다.

"가스파딘 킴!"

하고 내게 손을 내미는 그의 등 뒤에는 그의 아내인 그라샤가 막 따라 들어오는 중이었다.

4

무대의 준비도 있고 한 까닭에 그날 밤 영화가 끝난 후 거의 열 시가 넘었으나 쇼의 일행은 전부 한 번 무대에 모이기로 되었다. 스크린 뒤편에 배경을 세워야 하고 그 옆으로 조그만 막을 층층으로 드리워야 하고——관객들이 헤어져버린 빈 홀에서 숨을 놓고 그들은 설렐 대로 설렜다. 나는 책임상 관의 대표자 격으로 남아서 피곤한 것을 무릅쓰고 그들과 동무하게 되었다. 조용한 속에서 꺼릴 것이 없이 못 박는 소리를 탕탕 내면서 며칠 후이면 다시 뜯어버려야 할 객지의 살림살이를 차려놓느라고 법석들을 하는 양이 내게는 엄숙하면서도 한편 애달프게 보였다. 좌중의 장골은 뚱뚱한 빅토르와 이바노프이어서 거센 일은 대개 그들이 앞서서 하는 것이었으나 그 아무 자리에 내놓아도 손색이 없을 늠름한 의장부들이 하필 할 일들이 없어서 낯선 외지 조그만 무대에 와서 하찮은 그 일들을 하고 있노 느껴지면서 웬일인지 인생의 애수라는 제목이 가슴속에 굵게 맺혀오는 것이었다. 의장부라면 그 두 사람이 아니라 조금 몸이 호리호리들은 하나 기타와 수풍금의

아킴과 크리긴도 유러시안인 바이올리니스트 피에르(독일 성에
동양의 피가 섞였다고 한다)도 미목이 수려하고 총명하게 보이는
의장부여서 그들이 어쩌다 그런 삼류급 예술가의 행세를 시작했
으니 말이지 그런 초라한 배경 속에서 벗어나서 의젓하고 소중한
사회의 자리에 앉혀본다면 넉넉히 그 위품을 보존해갈 만한 인품
들이다. 그런 그들로서 기껏 그 자리에서 못질을 한다 피아노를
끌어다 놓는다 의자의 위치를 작정한다 하는 것이 천하게만 보이
면서 인물들이 아까워 견딜 수 없다. 총중에서 제일가는 예술가
는 역시 스타호프일 듯 타고난 풍모가 가장 순수할 뿐 아니라 그
의 피아노의 실력도 그 정도의 무대에 내세우기는 아까울 만큼
높고 본격적인 것이었다. 실력 있는 피아니스트의 그날 밤 무대
에서 맡은 일은 악기의 소제였다. 피아노의 안과 밖을 닦고 갖은
장기를 내서 키의 음을 조절하는 그의 모양은 피아니스트라느니
보다도 한 사람의 공인의 자태였다. 그와 친한 것이 카테리나인
모양이어서 피아노 옆에 붙어 서서 잔손질을 돕는 것이 보기에도
다정한 풍경이었다. 그 앞을 어릿광대같이 어깻짓을 하면서 빙빙
도는 것이 그라샤, 단장 빅토르와는 나이로서 벌써 짝이 되어 비
록 몸은 작아도 중년의 올찬 태도 속에 일좌를 은연중에 누르고
있는 힘이 보인다. 밤불에 비추어져서 그런지 처음 보는 마리의
자태는 뛰어나게 아름다웠다. 카테리나와는 갑을을 나누기가 어
려울 정도의 용모로서 그보다도 도리어 젊고 수줍어하는 자태가
한층의 매력조차 더한다. 날씬한 맵시에다 부드러운 얼굴이 귀한
집 외딸의 품격을 띠었다. 그에게 비기면 일리나는 같은 나쎄이

면서도 용모가 수 단 떨어져 설레지 않고 잠자코 서만 있는 것이 흡사 인형같이만 보인다. 대체 무슨 재조를 감추었는지 조용한 모 양으로는 무대에서 관객을 놀라게 할 수 있을 것 같지도 않았다. 나어린 미샤와 안나의 한 쌍은 무대 한편 구석에 웅크리고 서서 는 서먹서먹한 눈매로 나를 바라볼 뿐이다. 어린 그들이 왜 그리 도 기운이 없을까 하면서 찬찬히 바라보니 둘 다 여윈 얼굴이 퍽 도 창백하다. 서리 맞은 새같이 웅크린 그들이 왜 고생을 하면서 어른들과 함께 무대에 서야 되는가. 측은히 여기는 내 눈초리를 짐작했는지 빅토르가 가까이 오더니 함께 그들을 바라보며

"남맨데 약해서 큰일 났어요. 무대를 좀더 흥성히 해볼 양으로 하얼빈서 특별히 구해냈는데 몸들이 어찌 가냘픈지 무대에서 쓰 러지지나 않을까 겁이 나오."

일단의 주인으로서 지당한 걱정이라고 생각되는 것은 그만큼 그들은 누구의 눈에도 잔약하게 보이는 것이다. 그들의 며칠 동 안의 무대 생활에 별탈이 없기를 축원하는 것은 참으로 거짓 없 는 나의 진정이었다.

거의 열한 시가 넘어서야 일들을 마치고 일행은 관을 나왔다. 나도 길이 같은 까닭에 그들이 유숙하고 있는 호텔 가까이까지 동행했으나 비단 소녀 소년뿐이 아니라 그들 전부에 대한 일종의 애감이 곡절 없이 가슴속에 솟으면서 그러므로 그들을 유달리 친 밀히 느끼게 되어 나의 걸음은 약간의 흥분조차 띠어갔다.

5

이튿날 오전 아직 개관하기 전에 무대에서 울리는 피아노 소리를 듣고 나는 사무소를 뛰어나갔다. 스타호프가 혼자 피아노 앞에 앉아 있었다. 아무도 나타나기 전의 한적한 시간을 연습에 열중하고 있는 중이었다. 요란한 재즈가 아니고 고요한 명곡임을 느끼고 나는 곧 파데레프스키의 「미뉴에트」임을 쉽게 깨달았다. 삼박자의 경쾌하면서도 애수를 띤 무도곡이 빈 홀을 사치하게 치장했다.

불도 안 켠 어둑스레한 홀 복판 의자에 검은 그림자를 보았다. 아무도 없을 줄 안 것이 웬 사람인고 하고 가까이 갔을 때 검은 웃옷을 걸치고 의자에 뚝 묻혀 앉은 카테리나였다.

"놀라라."

흘끗 고개를 돌리면서 오도깝스럽게⁴ 눈을 떴다.

"되려 내가 놀랐쇠다. 이렇게 혼자 우두커니 앉았다니."

별로 앉으라는 권고도 없었으나 나는 내 멋대로 옆 의자에 허리를 걸치면서

"조그만 음악회의 단 한 사람의 청중이란 말이죠."

"그래요. 스타호프의 예술을 가장 잘 이해하는 것이 나라면 나니까요."

"한 사람의 청중과 한 사람의 연주자와——대단히 아름다운 음악회요."

"스타호프는 저래 뵈어도 예술가라나요."

"상당히 능한 피아노인 줄을 나도 대강 짐작합니다만."

"우리 단원으로는 아까운 한 사람이에요. 큰 뜻을 가지면서도 기회를 못 잡아서 이렇게 방랑은 하나."

"송곳이 뾰족하면 어느 때나 염낭⁵을 뚫을 날 있겠죠."

"들으세요. 저 아름다운 터치와 감정의 바른 해석."

카테리나는 말도 채 못 마치고 음악 속에 정신을 빼앗겨갔다. 곡조는 다시 첫 대문의 모티프로 들어가 가벼운 리듬이 반복되었다. 어디선가 먼 곳에서 울려오는 것 같은 아련하고 애끓는 정서이다. 파데레프스키 자신의 연주를 레코드에서 늘 들었으나 지금 무대의 연주도 거의 명장의 재주를 쫓아감직한 것인 듯 느껴졌다. 자세를 바로하고 앉아 엄숙하게 뜯는 그 태도부터가 범인의 것은 아닌 듯싶었다.

곡조가 끝났을 때 그는 두 사람의 청중을 내려다보며 미소를 띠고 카테리나는 거기에 대답하는 듯이 박수를 울렸다. 나도 그를 본받아 박수를 한다는 것이 소리가 지나치게 커져서 앙코르인 줄 짐작했는지 스타호프는 또 한 곡조를 시작했다.

"오 쇼팽! 쇼팽의 왈츠."

카테리나는 뛸 듯이나 기뻐하면서 몸을 흔들었다. 나도 그 곡조를 대강은 짐작하는 터이었으나 쇼팽의 왈츠가 그들에게 그렇게도 큰 기쁨을 주는 것일까.

화려하면서도 슬픈 곡조이다. 동양적인 애수가 구절구절에 넘쳐흐른다.

"폴란드의 음악은 왜 저리도 모두 슬픈고. 파데레프스키도, 쇼팽도……"

중얼거린다는 것이 그만 소리를 치게 되었다.

"그래요 슬퍼요. 나라가 슬프니까 음악이 슬픈지 음악이 슬프니까 나라가 슬픈 것인지."

카테리나는 대답하고는 내 귀밑에다가 거의 입속말로

"스타호프도 폴란드 사람이에요."

"옳아 그래서……"

그의 음악이 그렇게 슬픈 이치를 터득한 것 같았다.

6

"바르샤바의 국립극장에서 세계적으로 이름 낼 날을 꿈꾼 적이 있었다나요. 한번 동쪽으로 흘러온 후로는 예술도 점점 타락해서 저, 모양이 됐죠. ……지금은 바르샤바는커녕 하루아침에 조국이 없어지지 않았어요. 스타호프의 꿈도 영원히 사라진 셈예요."

"흠……"

"우리 모두가 그렇지만 스타호프의 지난 경력을 생각하면 눈물이 나요."

나는 카테리나의 눈물을 보기를 두려워하는 듯 고개를 무대편으로 길쑥이 뽑았다. 작은 아침의 음악회는 아직도 끝날 줄 몰랐다.

홍행은 예측대로 대단한 인기여서 첫날부터 관내는 만원의 성황을 이루었다. 영화 「망향」이 시작되었을 때 홀은 빈자리가 없이 차서 문밖에는 만원사례의 붉은 간판을 내세우고 손님을 거절하는 수밖에는 없었다.

「망향」의 영사 다음에 어트랙션의 시간이었다. 영화가 반쯤 진행되었을 때 일행은 한 사람 두 사람씩 모여들기 시작했다. 무대 옆방에 들어가 행장을 풀고 조급하게 무대 화장을 시작하는 패들도 있었으나 거개 더운 김에 홀 안을 질숙그렸다 복도 의자에 주저앉다들 했다. 이바노프는 일리나와 한 짝인 듯 대개 동행하는 눈치였고 관 안에 들어오더니 복도에 놓인 소파에도 나란히 걸터앉았다. 짝이라면 그들은 맞춤인 짝이어서 뚱뚱한 몸집이며 불그스름한 얼굴이며가 남매인 양 비슷하게 보였다. 일리나는 몸집이 건장한 데다가 무뚝뚝하고 말이 적은 것이 도리어 애티가 나고 애잔해 보였다. 항상 번잡하게 말을 거는 것이 이바노프였다. 손바닥으로 부채질하는 시늉을 내면서 나를 보더니 꽃송이같이 입을 연다.

"아 덥다 현기증이 나면서."

그 무슨 불만같이도 들리기에 나는 내 고장을 변호하라는 듯이

"여름은 더우라는 법이 아니오. 어디나 일반으로."

이바노프는 만만히 휘어들지 않는다.

"그럴 리가 있나. 세상에서 안 더운 곳이 꼭 한 곳 있지. 송화강. 송화강은 아무리 복더위에도 시원하다나."

"왜 여기도 강이 있다우. 송화강보다 더 맑은 강이. 모두들 나

가 헤엄치고 놀고 하는 강이."

지껄이다가 나는 문득 그런 소리가 그에게는 무의미함을 느꼈다. 고향을 그리워하는 나그네에게 딴 고장의 자랑이 무슨 위안이 되랴. 차라리 고향의 회포에 잠기는 편이 그에게는 더 보람 있지 않을까.

"그러니까 고향이 하얼빈이란 말이죠 송화강 근처라면."

"내 고향은 치라. 학교도 다니다 농사도 짓다 군인으로도 뽑혔다가 지금은 이 노릇. 고향에 가서 살고는 싶으나 전과는 달라 지금은 아주 재미없는 곳이 됐다오. 하얼빈은 일리나의 고향. 고향이래도 이름뿐이지 부모를 다 여읜 곳이 무슨 고향이겠소. 일리나는 고아라오."

듣고 보니 그런지 얼굴을 쳐드는 일리나의 모양이 애처롭다. 허부룩한 머리조차가 돌보아줄 사람 없는 것이거니 생각하니 쓸쓸해 보인다. 그러나 일리나의 그 허부룩한 머리와 애티 나는 몸집이 쓸쓸한 것이라면 마리의 호리호리하고 가냘픈 자태는——그것은 대체 쓸쓸한 것이 아니란 말일까. 아킴과 함께 팔을 끼고 들어오는 뒤를 크리긴이 따라 들어온다. 세 사람 가운데서 유독 눈을 끄는 것이 마리였고 앞으로 다가오는 것을 똑똑히 보니 흰 얼굴에 푸른 눈이다. 먼 고향의 하늘빛인 푸른 눈으로 사람을 바라보는 마리의 자태는 쓸쓸한 것이 아니었던가. 세 사람의 한 패가 무대 옆방으로 들어가는 것을 보고 이바노프는

"마리의 아버지는 제정 시대의 육군 소장이었다오. 지금은 외딸을 저렇게 밖으로 버려둘 지경으로 하얼빈 뒷골목에서 답답한

나날을 보내지만 한때는 다 이름을 날리던 사람이라나요."

"그래 아버지를 구하려고 이번에 한몫 새로 끼여 나왔나요."

"아버지까지를 구하다니 자기 한 몸을 살리기가 간신인데. ……아킴도 저래 뵈어도 명문의 집안에 태어난 귀족의 아들이고 크리긴도 한때는 한다 하는 군인이었다오."

일리나만이 고아의 외로운 정경이 아니라 듣고 보면 그들 모두가 비슷한 처지였던 것이다. 그런 것을 들을 때 나는 좁던 내 마음의 세계가 조금씩 넓어짐을 깨닫게 되면서 모르던 정회를 그들과 함께 느낄 수 있는 것이었다.

7

"고향은 없어도 고향이 그리워요. 송화강은 이웃 사람들과의 단란의 곳이거든요. 얼른 이번 흥행이 끝나고 그곳에 가서 함께들 잠길 날을 생각해요."

그럴 것이라고 나도 이바노프의 감정을 그대로 품을 수 있었다.

영화가 끝나고 어트랙션이 시작되었을 때 홀 안은 조금의 여지도 없이 관객으로 찼고 박수가 파도같이 번거롭게 울렸다. 나도 지난해에 본 후로는 처음이라 두번째의 기대로 얼마간 흥분에 사로잡히면서 뒤편에 자리를 잡았다. 관주며 안내하는 아이들이며 관내가 총출동으로 들락날락하며 사무실의 동료도 내 옆에 앉아서 호기심에 눈을 똑바로 무대로 보낸다.

빅토르는 단장일 뿐이 아니라 무대에서도 한몫을 보아서 서투른 일어와 괘사스러운[6] 몸짓으로 틈틈이 나와서는 관객을 웃겼다. 그의 사회의 역할이 일단으로서는 확실히 중요한 부문으로 짐작되었으나 그만큼 그의 무대에서의 노력은 눈물겨우리만치 필사적이었다. 관객을 웃기고 끊임없는 흥을 돋위주는 곳에만 그의 생명이 있는 듯 보기에도 딱하리만큼 갖은 노력을 다했다. 우리의 흥미의 대부분도 사실 그에게 걸려 있었다.

피에르는 그의 양친 중에서 어느 편이 독일 사람인지는 모르겠으나 자그마한 몸에는 동양의 피가 더 세게 흐르고 있는 듯 눈매나 코 맵시가 부드럽고 연하다. 켜는 바이올린 소리도 부드럽고 가늘어서 애끓는 대문에나 이르면 빅토르는 그의 앞을 막아서면서

"먼 데 둔 아내 생각이 간절해서 바이올린 소리가 이렇게도 구슬프답니다."

하고 괘사를 피워서 관객을 웃기고 피에르의 얼굴을 붉혀주고 하는 것이었다.

빅토르와 피에르가 어릿광대같이 앞에서 설레는 뒤편에는 밴드의 패가 바른편에서부터 차례차례로 피아노의 스타호프, 수풍금의 크리긴, 기타의 아킴, 북 치는 이바노프의 차례로 늘어앉고 무대 복판에 마이크로폰을 세우고 마리와 그라샤가 번갈아로 나와서 노래 부르고 간간이는 크리긴과 아킴이 밴드 좌석에서 빠져나와 노래에 섞여 수풍금과 기타 독주를 했다. 빅토르의 아내인 그라샤는 노래도 춤도 온전하지 못하고 남편 모양으로 무대 위를 부질없이 건들거리는 넌덜꾼이요 마리의 노래도 대단한 것은 아

니었으나 가는 목소리로 아리랑을 부른 것은 확실히 장내의 인기를 한꺼번에 가로채게 되어 요란한 갈채로 두 번 세 번 무대 위에 불리게 되었다. 외국 소녀가 부르는 아리랑 타령이 왜 그리도 마음을 잡아 흔드는지 사실 나도 그 애끓는 곡조에는 눈물이 핑 돌 지경으로 가슴이 벅찼다. 그가 외국의 다른 어떤 노래를 부른대도 그토록 사람의 가슴을 뒤흔들지는 못했으리라고 생각한다. 아리랑 고개로 넘어가는 간들간들한 그의 푸른 눈은 그렇게 흔하게 어디서나 볼 수 없는 쓸쓸한 정감을 북돋우게 했다.

마리의 아리랑은 확실히 한 토막의 성공된 예술이었다.

그러나 그뿐 그에게서 더 신기한 재주는 볼 수 없었고 귀족의 후생인 푸른 눈의 처녀에게는 결국 외국의 그 한 곡조 노래가 단 하나의 준비된 예술인 모양이었다. 여러 번 앙코르를 받고 나오는 그의 모양을 카테리나는 무대 한구석에서 차라리 측은한 눈초리로 바라보는 듯도 했다. 물론 조롱도 아니요 시기도 아니겠지만 그의 냉정한 시선에는 확실히 한 줄기의 불만이 엿보이는 듯하다. 그만큼 카테리나의 무대에서의 노력은 성의 있고 열중된 것이어서 흡사 그 혼자가 일단의 운명을 짊어지고 동행의 체면을 살리기 위해 만신의 힘을 다하고 있음을 알았다. 카자크의 춤 헝가리의 춤을 비롯해서 다채한 의상을 차례차례로 갈아입고 나와서는 거의 무대를 휩쓸어가려는 듯 열정적으로 각가지의 춤을 추어댔다. 요란스러운 관중의 박수 소리와 함께 스스로의 열정으로 점점 피곤해가는 모양이 역력히 관객석으로 보여온다. 참으로 성의 있는 예술가는 카테리나 한 사람이었다.

8

그에게 비기면 일리나는 무대의 허수아비였다. 노래 한 곡조 부르는 법 없이 춤 한번 추는 법 없이 마치 벽의 꽃인 양 밴드 뒤편 막에 붙어 서서 한 송이의 치장의 역할밖에는 더 하지 않았다. 소년 소녀 미샤와 안나의 한 쌍 역시 대단한 재롱은 피우지 못하고 손을 잡고 탭을 밟는 것이 위태스럽게만 보였다. 그러면 그럴수록 무능한 그들까지를 긁어모아 쓸쓸한 무대를 번거롭게 하려는 그들의 마음씨가 내게는 아프게 흘러오면서 예술의 성과를 떠나서 그들의 속사정에 마음이 부드럽게 되는 것이었다.

한 시간 남짓한 무대가 그렇게도 피곤케 하는지 출연이 끝났을 때 그들의 수고를 말할 겸 무대 옆방을 들어서니 화장을 떤다 의상을 갈아입는다 하면서 볶아치는 그들의 얼굴에는 확실히 피곤의 빛이 보였다. 한판의 싸움을 하고 난 뒤와도 같을 법 싶었다.

"돼서 이 노릇도 못 해먹겠다 이젠."

빅토르는 수건으로 이마의 땀을 훔치면서 빙글빙글 겸연쩍게 웃어 보인다. 사십이 넘은 장년 신사의 절구통 같은 목덜미는 불그스름하게 상기되었고 손가락에까지 땀이 내밴 것이 보인다.

"사람을 웃기기가 세상에 얼마나 어려운 노릇이라구요."

"이곳 사람들은 돌부처요 샌님들이 돼서 좀처럼 웃어봐야 말이죠."

"그만큼 사람을 웃김은 상당한 예술가가 아니면 못 될 일이오.

346

나도 허리를 꺾다시피 했소."

내가 빅토르를 위로하고 있는 동안에 아킴은 마리를 스타호프는 카테리나를 각각 추어주고 위로해주는 눈치였다. 밤 출연까지에는 여러 시간의 여유가 있었다. 이바노프는 일리나를 데리고 누구보다도 먼저 어디론지 가고 뒤를 이어 빅토르 부처가 거리로 나간 후로는 남은 패들은 자유로운 시간을 어떻게 허비할까 망설이는 눈치였다. 스타호프에게 영화 구경을 권했을 때 그는 금시 찬성하고 카테리나와 함께 나를 따라 홀 안에 들어가 알맞은 자리를 잡고 앉았다. 마리와 아킴도 우리를 본받고 크리긴도 어느결엔지 우리들의 앞 아킴과 마리의 옆에 앉아 있는 것이었다.

「망향」은 벌써 퍽 많이 나가 알제리의 그 야릇하고 복잡한 거리의 묘사를 거처 파리의 여자 가비의 출연의 대목에 이르고 있었다. 가비로 분장한 발랭의 요염한 자태에는 거듭 보아도 다기를 수 없는 신선한 매력이 넘쳤다. 현실의 모든 것을 잊고 우리들은 가비의 매력으로 정신이 쏠렸다. 내게는 그 순간 카테리나의 생각도 없었다. 영화는 미처 숨도 갈아 쉴 새 없는 긴장한 박력을 가지고 차례로 페페와 가비의 상봉──두 사람의 약속──호텔에서의 가비의 불만──페페의 초조한 연정──정부의 질투──결심한 페페의 출발──의 대목으로 발전하다가 드디어 페페가 우연히 거리에서 가비를 만나는 장면에 이르렀다. 페페는 낙심하던 끝에 문득 만나자 말없는 감격 속에서 그를 이끌고 방에 이른다. 야릇한 방 페페의 정성 준비된 식탁 가비의 호기심 페페의 열정──두 사람의 사랑은 세상에서 제일가는 신기하고도 뜨거운 것이다. 가비의 두 눈은 별같이 탄다……

그 불타는 화면에서 문득 내 시선을 떼게 한 것은 몇 자리 앞에 앉은 아킴과 마리의 돌연한 거동이었다. 영화에서 감동을 받음인지 별안간 페페와 가비를 모방해서 그들의 열정을 연장시킨 것이다. 충동적으로 몸을 쏠리더니 번개같이 얼굴을 댄다. 어둠 속으로도 그 열광적인 자태는 또렷하게 눈에 띄었다. 그 순간 눈을 굴린 것은 나만이 아닐 듯싶다. 그들은 한참이나 있다가 얼굴을 뗐으나 몸은 그대로 가까웠다. 나는 영화에서는 벌써 마음이 떠서 두 사람만을 쏘아보게 되었다. 변괴는 뒤를 이어 일어났다.

두 사람의 거동을 보고서인지 옆에 앉았던 크리긴은 벌떡 자리에 일어섰다.

9

무죽거리다가 아킴들을 향해 무어라고 지껄이더니 마리의 손을 잡는 것이었다. 함께 밖으로 나가자는 눈치인 듯했다. 아킴이 대꾸하면서 엉거주춤 자리를 일어서서 실랑이를 치다가 관객의 눈을 끌 것을 두려워함인지 주저앉으니까 크리긴도 자리에 앉았다. 앉아서도 오고 가는 말이 한참이나 많은 모양이더니 이윽고 크리긴은 혼자 자리를 일어서서 사이 길을 지나 비틀비틀 밖으로 나가버렸다. 남은 아킴과 마리는 아까와는 다른 조금 불안한 듯한 기색으로 정신없이 지껄거린다. 마음을 가라앉히기에는 오랜 시

간이 걸리는 눈치였다. 크리긴은 다시 안 들어오고 두 사람은 수
군거리면서 벌써 영화는 보면 말면 하는 기색이었다.

　마리를 사이에 두고 아킴과 크리긴이 은연중에 대립하고 있는
눈치는 벌써 내게는 첫눈에 짐작된 것이었다. 두 사나이는 호리
호리한 몸맵시며 신경질로 보이는 기질이며가 흡사해서 마치 형
제인 듯한 인상을 준다. 이바노프의 말대로 아킴은 귀족의 후신
이요 크리긴은 훌륭한 군인이었었던 관계인지 아킴의 부드럽고
상냥한 데 비겨 크리긴은 그 어디인지 뻣뻣스럽고 억센 데가 보
이기는 하나 그러나 대체로 비슷한 풍격과 기질이 마리에게 대해
서도 같은 정감과 호의를 품게 한 듯하다. 연연한 목소리로 아리
랑을 부르던 마리의 온순한 마음씨가 두 사람에 대해서 선명하게
구별되지 못했던 까닭에 두 사람도 어리뻥뻥해서 함께 속을 태우
는 듯했으나 아킴과의 사이가 크리긴과보다도 현저하게 기울었던
것도 사실이다. 그것을 눈앞에 보는 크리긴의 심사가 안온할 리
는 없어서 두 사람에게 대해서 자연 눈에 모가 서는 것이 국외자
인 내게조차 확적히 보였다. 더구나 객지에 나와 헤매는 몸으로
따뜻한 여자의 정이 몸에 사무쳐서 그리울 것도 사실 일단이 도
착한 날부터 크리긴의 쓸쓸한 자태는 내 눈을 속일 수 없었다. 영
화 「망향」으로 하여 마음이 불시의 충동을 받았던지 기어코 그 당
장에서 두 사람에게 대한 감정이 터졌던 것인 듯하다. 아킴의 태
도가 지나쳐 노골적이었던 것만큼 크리긴의 딱한 심정도 추측하
기에 족하다.

　"사람들도 왜 하필 우리 앞에서 저 처신인고."

그 장면에서 받은 인상이 카테리나에게도 유쾌하지는 않은 듯 확실히 불만스러운 어조였다.

"아킴이 너무 허둥거리는 것 같아. 좋아지내는 건 자유지만 뭘 하필 보라는 듯이 크리긴의 앞에서 그럴 것이 있나. 안 보는 데서라면 또 몰라도…… 마리도 철이 좀 없고."

스타호프의 맞장구도 내게는 바른 것으로 들렸다.

"쓸쓸하기야 피차일반이지. 남의 눈을 자극시킬 법은 없을 텐데……"

마리의 거동이 크리긴만을 찌른 것이 아니라 카테리나 자기의 눈도 자극했다는 듯한 말투이다.

"두고 보지. 저들이 꼭 한 북새 일으키지 않나. 좀더 삼가지들 않고."

벌써 더 앉았을 경이 없어진' 듯 스타호프는 자리를 일어서고 카테리나도 그를 본받았다. 영화에서 흥미가 사라진 지는 벌써 오래였다. 나도 혼자 머무르기가 멋쩍어 앞에 앉은 아킴과 마리 한 짝만을 남겨두고 자리를 일어섰다.

관을 나와본댔자 별로 가야 할 신통한 곳도 없는 것 같기에 나는 그들과 더 이야기나 할 기회를 얻을까 해서 앞을 섰다.

"깨끗한 찻집을 아는데 어떠슈들."

"글쎄 심심도 한데."

스타호프와 카테리나는 선선하게 뒤를 따랐다.

단골로 다니는 '고향'이 가까웠고 요행 손님도 뜸했다. 오후의 참 때이라 차와 샌드위치를 분부하고 음악을 주문했다. 낯선 손님들을 대접하려는 듯 차이코프스키의 「호두 인형」이 흘러왔다. 흰 커튼 사이로 바람이 간들거리고 분의 종려나무 잎새가 숨 쉰 다. 두 사람은 조국의 음악 소리에 푹 잠긴 듯 잠시 말을 잊었다. 농민의 춤의 리듬이 흐를 때 스타호프는 차에 사탕을 넣으면서 침착하게 중얼거렸다.

"이번 흥행이 끝나면 난 북으로 갔다가 바로 구라파로 갈는지 모르오."

음악으로 구라파를 생각해냈다는 말인지 일단의 어수선한 사정 에 싫증이 났다는 말인지는 알 수 없으나 고향인 구라파에 대한 애수가 그의 가슴속에 서리어 있을 것은 확실했다. 비록 안 지가 며칠은 안 된다고는 해도 그의 말—보다도 그의 어조는 역시 내 게는 섭섭한 것이었다.

"카테리나도 가나요."

스타호프보다는 나는 카테리나 편을 보려고 애썼다.

"글쎄요. 전 어떻게 될는지……"

"카테리나 같은 여자가 얼마든지 있다면 나도 한 번은 구라파 를 찾고야 말 것이오."

지껄이고 나는 겸연쩍기도 해서 탁자에 시선을 떨어트렸다. 카 테리나도 웃음을 머금고 탁자 위를 보았다. 나는 손가락에서 찻 물을 찍어가지고 카테리나의 얼굴을 그리고 있었던 것이다. 찻잔 옆에서 그의 아름다운 데생이 역시 웃고 있었다.

구라파에 대한 애착을 나는 가령 구라파 사람이 동양에 대해서 품는 것과 같은 그런 단지 이국에 대한 그리움이라는 것보다도 한층 높이 자유에 대한 갈망의 발로라고 해석해왔다. 문화의 유산의 넉넉한 저축에서 오는 풍족하고 관대한 풍습이야말로 가장 그리운 것의 하나이다. 막상 밟아본다면 그 땅 역시 편벽되고 인색한 곳일는지는 모르나 그러나 영원히 마지막의 좋은 세상은 올 턱 없는 인간 사회에서 얼마간의 편벽됨은 면할 수 없는 사정인 것이요 실제로 밟아보지 않은 이상 그리운 마음이 뺄 수는 없는 것이다. 아무리 고집을 피우고 뻗디뎌도 간에 오늘의 세계는 구석구석이 그 어느 한 곳의 거리도 구라파의 빛을 채색하지 않는 곳이 없으며 현대 문명의 발상지인 그곳에 대한 회포는 흡사 고향에 대한 그것과도 같지 않을까. 지금의 내 심정은 구라파로 가고자 하는 스타호프의 회포와도 같은 것, 다 함께 일종 고향에 대한 정임에 틀림없다.

"구라파가 원이오. 그야 카테리나 같은 여자도 많지요. 물론 카테리나는 여기 꼭 한 사람밖에는 없지만."

스타호프는 카테리나에게 대한 존경을 표시하려는 듯 그와 나를 번갈아 보면서 웃는다.

"고향 타령은 왜 이리들 해요. 그러지 않아도……"

아닌 때 무시로 고향 생각을 되풀이하는 것이 카테리나에게는 도리어 서글픈 노릇인 모양이었다. 외국에서 고향을 말함은 금물이라는 어조이다.

"나는 지금 내 고향 속에 살면서도 또 다른 곳에 고향이 있으려니만 생각되는 건 웬일인지 모르겠소."

내게 이런 실토를 하게 한 것이 역시 그들과 같이 있게 된 그 분위기였다.

그들과의 교제가 내게는 결코 서먹서먹한 것이 아니요 도리어 정 붙고 즐거운 노릇이었다. 반드시 호기심과 숭배에서 오는 것이 아니라 그 역 일종 향수의 표현임을 나는 안다. 차이코프스키의 음악은 핏속에 사무쳐오고 탁자 위에 그린 카테리나의 얼굴이 말라가면 나는 손가락에 물을 찍어 가장 익숙한 운필로 또다시 그리기 시작하는 것이었다. 확실히 광고지 위에 미레유 발랭의 얼굴을 그릴 때 이상의 친밀한 감동이었다.

그날 밤 단골집에서 혼자 술을 마시면서도 나는 같은 정서에 잠기며 찻집에서 느낀 회포가 더욱 간절히 솟았다. 취흥에서 오는 감상도 겹쳐서 보통 때보다 감정이 한층 과장되었다. 마치 구라파가 지금 가까운 눈앞에 놓여 있는 듯이 그곳에 감이 가장 쉬운 노릇인 듯이 마음이 알 수 없이 대견했다. 긴하게 와서 술을 따라주고 정성을 보이는 유라조차도 내 눈에는 심드렁하게 보였다.

"어트랙션이 재미있다죠. 한번 가봐야겠는데. 미인이 많다는데 더러 좀 데리구 오세요."

"요새 이국정서 속에 흠뻑 잠겨 있는 셈이지."

"늘 원하던 터에 잘됐군요."

싫은 소리였던지도 모르나 나는 될 수 있는 대로 무관심한 태도를 지녔다. 유라는 나를 존경하고 내 마음의 지향을 오래도록 기다리고 있는 터였다. 내 마음은 그에게로 타오르려 하다가도 냉정한 반성과 원대한 희망을 일깨울 때 다시 식어지면서 유라의 심정을 안타깝게만 만들었다. 범상한 연애를 하다가 범상한 결혼을 하고 그것으로 말미암아 평생을 얽어매고 희생하기에는 내 이상이 허락지 않는다. 유라는 단지 직업이 초라할 뿐이었지 여자로는 출중한 인금이다. 내 값이 그보다 몇 곱절 윗길이라고는 생각지 않는다. 그러기 때문에 사실 나는 그 유혹을 이기기에 무한한 인내와 노력을 해온다. 쇼 일행의 출현은 내 마음을 한 번 더 매질하려는 의지의 채찍인 셈이었다. 여러 해 동안 공들여 모은 저금이 수천 원에 가까웠다. 그것이 점점 차가는 것이 더없는 기쁨이었고 내 결심을 더욱 조여주는 나사였다. 저금을 한정하고 나는 내 길 떠나는 날을 작정할 수 있을 터이니까 말이다.

"술이 과하지 않으세요."

"아 유쾌하다."

유라야 실망하든지 말든지 그의 심증이야 어찌 되었든지 나는 퍽 유쾌함을 막을 수 없었고 알 수 없는 희망이 취흥과 함께 도도히 가슴을 치밀었다.

11

어트랙션으로 말미암아 낮이나 밤이나 만원이었으나 내게는 변화 없는 같은 연기를 거듭 볼 흥미는 벌써 없었다. 연기에서 오는 흥미는 고사하고 단순한 재주를 가지고 관객을 끌고 나가려는 일행의 무한한 노력이 보기에 딱했다. 몇 번이고 같은 무대를 보고 그들의 밑천의 바닥을 긁어내고 그들의 전부를 알아버린다는 것이 잔인한 것같이만 생각되어서 부질없이 관객석에 앉는 버릇을 삼갔다. 그것이 가난한 그들을 사랑하고 존경하는 도리였던 것이다.

되풀이해서 오는 싫증은 그러나 나보다도 그들 자신이 몇 곱절이나 더 심각하게 느끼는 눈치였다. 신선한 풍미를 갖춘 식탁을 대할 때와 같은 항상 새로워지는 감격을 가지고 무대에 나가는 것이 아니라 깔깔한 모래를 씹으러 억지로 목을 끌려 나가는 셈이었다. 힘써 목소리를 높이고 몸을 너털거리고 웃음을 꾸미면서 그러는 속으로 그 모든 것을 의식하고 헤아림은 얼마나 그들을 피곤하게 할 것인가. 무대에서 뛰어나오면 땀을 흘리고 가슴을 헤치면서 말할 수 없이 노곤하고 싫증이 나는 모양들이었다. 그러나 무대 밖 생활 역시 단조해서 무대에서 받은 그 피곤을 풀어 줄 변화는 흔하게 없었다. 나날의 생활의 연구가 그들에게는 또한 한 가지의 난사인 모양이었다.

이틀이 지난 날 밤 무대가 끝난 뒤에 나는 스타호프에게서 함께 호텔로 안 가겠느냐는 청을 받았다. 무슨 신기한 수나 있느냐고 물으니까 밤마다 로비에서 심심파적으로 무도회를 연다는 것이었다. 호기심도 없지 않아 나는 사무실 일을 정리하고 그들과 걸음을 같이했다.

일행이 많은지라 호텔에서 방들은 각각 위층의 조그만 것을 차지했으나 밤이 늦은 후의 로비는 거의 그들의 독차지가 되었다. 구석으로 의자를 모니 가운데가 넓게 비었고 맥주들을 마시면서 그들만의 즐거운 한때였다. 축음기에 레코드를 걸고 곡조를 따라 번갈아들 일어섰다. 여자가 네 사람에 사내가 여섯 사람인 까닭에 아무래도 한꺼번에 일제히 일어설 수는 없었고 번번이 짝이 기울었다. 일리나는 대개 이바노프와 일어서고 그라샤는 빅토르와 겯고 하는 속에서 마리가 가장 인기가 높아 개개 한 번씩은 그에게 가서 춤을 비는 지경이었다. 아킴과 크리긴은 거의 경쟁이나 하는 듯 피에르도 그에게로 발이 향하고 빅토르도 간간이 아내 그라샤를 달래놓고는 마리에게로 손이 갔다. 아킴과 크리긴은 영화관에서 일이 있은 후 내게는 특히 눈에 띄게 된 두 사람이었으나 미묘한 신경의 갈등을 감추면서도 다른 눈앞에서는 지극히 평온한 자태를 꾸미려고 애쓰는 것이 속일 수 없었다. 내 눈에 그들보다도 더욱 기괴하게 비친 것은 빅토르였다. 두 사람 속에 끼여 마리를 상대로 확실히 그도 한몫을 보고 있음을 나는 그날 밤 적확히 깨달을 수 있었다. 아내 그라샤의 빛나는 눈도 벌써 그의 마음의 고삐를 붙들 수는 없는 모양이었다. 마리를 사이에 두고 그들 세 사람의 은근한 마음의 고백은 나를 놀라게도 하고 어지럽게도 했다.

카테리나의 호의로 나는 두어 번이나 그와 서투른 스텝을 밟게 되었다. 무대에서 발레가 훌륭한 만큼 그의 발 맵시는 고와서 나는 도리어 그의 부드럽고 가벼운 몸짓으로 리드를 당하고 있는 셈이었다. 그러기 때문에 스타호프가 내 춤을 비평해서 제법 됐다고 말하는 것은 순전히 카테리나의 덕이었던 것이다. 없는 재주에 흥만이 들어서 탱고와 왈츠가 즐기는 바였다. 나는 욕심스럽게 음악이 울릴 때마다 은근히 카테리나의 손이 비기를 바랐다. 세번째인가 그와 왈츠를 걸고 일어선 때였다. 느릿한 삼박자의 리듬으로 몸이 유쾌하게 요동하기 시작했을 때 문득 카테리나의 등 너머로 수선스러운 기색이 들렸다. 음악의 박자는 여전히 변치 않고 흐르건만 좌중의 리듬은 금시 깨트러지면서 몸이 뒤틀거리는 것이 벌써 춤의 분위기가 아니요 심상치 않은 변동이 일어나 있음을 알 수 있었다.

12

"염치들을 알게나. 이리떼와 다를 것이 무언가."

빅토르가 마리의 손을 낚으면서 소리를 높인 데서부터 동요가 시작되었다.

"오늘만이 날인가. 그렇게 욕심들을 부리게."

확실히 아킴과 크리긴에 대한 비난인 모양이었으나 비난이고 뚱딴지고 간에 그의 손에 잡혔던 마리는 벌써 그의 눈앞에서 흘려버리지 않았는가. 아킴이 그의 앞에 날쌔게 나서면서 마리와의 사이를 막아버린 것이다. 빅토르가 허수아비같이 서 있는 동안에 두 사람은 맞붙들고 슬금슬금 움직였다.

"다른 데가 아니라 눈 뽑을 세상이 바로 여기구나."

빅토르는 어이가 없어서 두 손을 버리고 초점 없는 시선을 하염없이 던졌다.

그러나 그것으로서 자리가 수습된 것은 아니었다. 아킴과 마리가 불과 몇 걸음을 디디지 않았을 때 그들은 크리긴으로 말미암아 같은 봉패를 당하게 되었다. 흡사 아킴이 빅토르에게 했던 것과 같이 크리긴은 별안간 아킴과 마리의 사이에 선 듯 들어서면서 두 사람을 갈라버린 것이었다. 농담도 아니요 장난도 아닌 것은 그의 표정으로 역력히 알 수 있었다. 그가 농으로 하는 것이 아니라면 아킴도 그것을 농으로 받을 리는 없어서 나긋나긋 휘던 몸이 금시 말뚝같이 뻣뻣해지면서 도리어 크리긴의 앞에 막아선 격이 되었다. 마리는 그 서슬에 슬그머니 손을 놓고 옆에 나서게 되었을 때 벌써 세 사람이 두 사람으로 정리되어 그 두 사람의 대립이 선하게 좌중에 드러나게 되었다. 내가 카테리나의 어깨 너머로 주의하기 시작한 것은 바로 그 장면부터였다. 춤추던 다른 사람들의 몸 자체도 그것을 목격하면서부터 이지러지기 시작했고 나도 서투른 발이 더욱 비틀거려짐을 느꼈다.

이윽고 나는 춤의 자세를 풀면서 카테리나의 손을 놓았고 이바노프와 일리나도 피에르와 그라샤도 각각 떨어지면서 몸을 돌린 것은 아킴과 크리긴 사이에 드디어 복닥질*이 일어난 까닭이었다.

"예의를 모르는 자이다."

라는 아킴의 고함에 크리긴도 발끈하면서

"욕심쟁이는 예의로 대할 수 없는 것이야."

고 대거리를 한 것이다.

"욕심쟁이건 무어건 왜 자꾸 남을 귀찮게 굴어."

"뭇사람 앞에서 혼자만 욕심을 부리는 것부터가 예의에 어긋난 짓이다."

하며 두어 마디 건네고 받고 하더니 누구 편에선지도 모르게 주먹을 건네자 금시 두 사람은 그 자리로 얼려붙은 것이었다.

"마리는 우리 단체의 여자이지 한 사람만의 차지는 아닌 것야."

"단체는 단체 사생활은 사생활이지 남의 속일까지가 아랑곳이냐."

"쓸쓸한 외지에서는 서로 겸손해야 하는 것이지 욕심은 결국 이기주의일 뿐이다."

"나는 마리를 사랑한다. 사랑에 무슨 연설이 필요한가."

"나도 마리를 남으로는 생각지 않는다. 내게도 내 이유가 있는 것이다."

한꺼번에 치고 박는 것이 아니라 피차에 할 말은 다 하면서 번갈아 치고 갚고 하는 싸움이었다. 기운과 결이 비등한 까닭에 쉽사리 끝장이 안 나고 질질 끌 모양이었다. 마리는 그 꼴이 보기 싫은 듯이 의자에 가 주저앉았고 다른 패들도 별로 두 사람을 말리는 법 없이 우줄우줄 섰기도 하고 앉기도 하는 속에서 혼자 약이 올라 설레는 것은 그라샤였다. 결국 두 사람의 싸움으로 되었으나 실상은 남편 빅토르도 그 속에 한몫 끼었던 셈이요 그야말로 장본인이라는 듯이 싸움과는 떨어져 남편을 못살게 쑤셔대는 것이었다.

"부끄러워하시오 당신도."

마리도 눈앞에 있고 한 판에 감정을 노골적으로 나타내지는 않았으나 은근히 남편을 노리는 두 눈에는 불이 철철 흘렀다.

"조금도 부끄러울 것이 없어."

"한식구의 어른으로 머리가 허예가지고 무슨 꼴이란 말요."

두 패로 갈라지려는 싸움을 보기 민망해서인지 스타호프는 빅토르 부처의 사이를 가르더니 아킴과 크리긴의 팔을 잡아 낚았다.

"무슨 꼴들이오. 우리 모두의 수치가 아니오."

13

보이들이 달려오고 카운터에까지 싸움의 기색이 알려진 까닭에 스타호프의 만류함이 차라리 한 기회가 되어 두 사람은 싸움의 흥을 잃어버린 모양이었다. 조그만 사사로운 일로서 뭇사람 앞에서 더구나 동족끼리도 아닌 다른 사람의 눈에까지 그런 꼴을 보이게 된 것을 즉시 뉘우친 눈치였다. 싸움의 흥분이 크지 않았던 것은 아니나 즉시 냉정하게 반성하게 되는 그들의 교양의 정도를 나는 살필 수 있었다. 그러나 뭇시선 앞에서 싸움을 멈추었을 뿐이지 두 사람의 반감이 서로 마음속으로 푸슥푸슥 타들어가고 있을 것도 사실이었다.

원래 그들의 싸움이 뿌리 깊은 적의에서 오는 것이 아니고 일종 애달픈 향수에서 온 것임이 사실이매 낯선 곳에서의 근심이 삐지 않는 한 마음이 개운하게 갤 리도 없어 우울의 긁어리가 쉽사리 사라지지 않음도 당연한 일일 것이다. 아킴과 크리긴이 각각 방으론지 올라간 후로는 로비의 공기는 쓸쓸한 침묵 속에서 견딜 수 없이 적막한 것이었다. 총중에서도 서성거리는 빅토르의 양은 마치 어린아이와도 같아서 어지러운 신경을 좀처럼 수습하지 못하는 모양이었다. 뚱뚱한 의장부의 체격으로 마음의 중심을 잃고 설렁거리는 모양은 한층 보기 딱했다.

이 밤의 싸움을 계기로 하고 일단에는 확실히 변화가 생기기 시작한 듯하다. 생활의 중추를 뺏긴 듯 통일이 없어지고 안정이 잃어졌다. 신경이 곤추선 데다가 울적한 심사까지가 겹쳐서 흡사 병든 기계같이 어긋나고 뒤틀리기 시작하는 것이 보였다.

이튿날 낮 무대 때의 빅토르의 전에 없던 심한 짜증은 전날부터의 심사의 폭발에서 왔음이 명확했다. 소년 소녀 미샤와 안나의 무대 솜씨가 물론 처음부터 설핀' 것이기는 했으나 그날 유독 빅토르가 어린 그들을 상대로 그렇듯 화를 낼 법은 없었다. 흰 복색을 하고 실크해트를 쓰고 탭을 추는 미샤의 주위에서 같은 소복을 하고 머리에 리본을 단 안나가 손을 잡고 맴을 돌았다. 가제나 푸른 안색에다가 소복을 하니 한층 애잔하게들 보이면서 무대를 휘돌아치는 가는 다리가 휘춘휘춘 휘면서 금시 그대로 쓰러질 듯이나 위태스럽게 보였다. 막 옆에 붙어선 빅토르는 그들에게서 시선을 옮기지 않으며 맥이 풀리려는 그들을 쉴 새 없이 격려하고 편달했다. 요행 쓰러지지 않고 몇 분 동안의 힘찬 연기를 마치고 무대를 들어가게 되면 그것으로 보고 있는 내게는 큰 성공이라고 느껴졌으나 빅토르의 눈에는 번번이 대단한 불만인 모양이었다. 기어코 두번째 「주정꾼의 춤」을 추고 옆방으로 들어섰을 때 빅토르는 소리를 높였다.

"너희들은 무대를 놀음터로 아는 모양이지. 그게 춤이냐 장난이냐. 수백 명이 보고 있는 속에서는 한 발자국도 소홀히 해서는 안 된다. 그건 연기가 아니고 놀음이요 장난이야."

마침 나는 그때 방 문간에 서서 아이들의 무대 모양을 잘 보고 있었던 까닭에 빅토르의 꾸지람이 부당한 듯이도 생각되었으나 그는 나를 그다지 주의하는 법도 없이 책망을 계속했다.

"무대에서 장난들을 치라고 너희들을 여기까지 데리고 왔겠니. 어른들의 애쓰는 꼴들이 보이지 않니. 다 같이 힘쓰는 속에서 일단의 생명이 간신히 지탱해나감을 보지 못할 리 없지."

"그만하면 걔들도 힘껏 최선을 다한 것이 아니오."

보기 민망해 내가 한마디 참견한 것이 빅토르를 더한층 노엽힌 결과가 되었다.

"아니오. 무대를 업수히 여긴 것이오. 꾀를 피운 것이오. 의지가지없는 측은한 몸이라고 우리 일단이 주워 올려준 호의를 잊어버린 것이오. 측은하다고 생각하지 않으면 누가 저런 애들을 데리고 다니겠소."

"측은하니까 그만치만 하는 것이 좋지 않소."

벨이 울리고 다음 무대의 시작을 고한 까닭에 피에르와 카테리나 들이 와서 빅토르를 만류하고 그의 출연을 알렸으나 고집스럽게 버티고서는 요지부동이었다.

"아이들이 불쌍할 뿐 아니라 우리 모두가 불유쾌하지 않소. 어서 그만두시오."

"불유쾌하다면 나같이 불유쾌한 사람이 또 어디 있소. 이까짓 일단쯤 오늘 이 자리로 헤쳐버려도 좋은 것이오."

미샤가 입술을 물고 뻣뻣이 섰을 때 소녀 안나는 맥이 풀렸는지 무릎이 휘면서 그 자리에 주저앉았다. 고개를 숙인 품이 눈물을 흘린 모양이었다.

밤 출연 때 미샤와 안나는 빅토르의 시선 앞에서 기를 잃고 더구나 맥을 못 추었다. 미샤는 그래도 사내꼬치라 다구지게 무대를 휘돌아쳤으나 안나는 너무도 겁을 먹은 데다가 몸까지 노곤한 듯 간신히 미샤의 손을 잡고 그의 주위에서 비슬거렸다. 눈에 보이는 이상으로 피곤한 모양이었다. 기어코 그는 그 힘찬 무대를 감당하지 못하게 되었던 것이다.

마지막 막까지 불과 얼마 안 두고 별안간 무대 도중에서 벨이 울리고 막이 내린 듯 관객석의 소란거리는 소리를 듣고 나는 사무실에서 뛰어나갔다. 홀에는 확실히 가벼운 동요가 일어나 있는 눈치였다. 무슨 일인고 하고 홀로 통하는 검은 막을 쳐들었을 때 관객의 한 사람이 마침 자리를 일어서 나오면서

"아이가 쓰러졌어요."

하고 고한다.

막은 내렸고 등불이 켜져 있다.

즉시 나와 무대 옆방으로 가는 복도를 걸어갈 때 마침 뛰어나오는 이바노프와 마주쳤다.

"쓰러졌다니요."

"안나가 무대에서 졸도했어요."

황겁지겁 더듬으며

"포도주를 곧 구할 수 없을까요."

"사 오죠."

이바노프의 걸음을 가로채서 나는 곧 되돌아서 밖으로 뛰어나갔다.

이웃 약국에서 약용 포도주 한 병을 사 들고 무대 옆방으로 뛰어 들어갔을 때 안나는 소파 위에 눈을 감은 채로 번듯이 누워 있었다. 안색이 누렇고 입술이 희다. 포도주를 거의 반 잔이나 먹여도 간신히 눈을 떴을 뿐이지 금시 퍼들퍼들 소생되지는 않았다. 단순한 빈혈증만은 아닌 듯싶었다.

"의사를 불러보는 것이 어떻소."

내친걸음에 내가 제의하는 수밖에 없었다.

14

"글쎄 빈혈증이라면 대개 기운을 차릴 텐데."

이바노프가 대답하면서 손으로 소녀의 골을 짚어본다. 머리맡
에서는 일리나가 앉아서 안나의 작은 손을 잡고 흡사 어머니나
누나처럼 부드러운 말을 걸고 있고 의자에는 미샤만이 앉아 있
다. 다음 막이 곧 이어 열린 까닭에 다른 축들은 소녀를 어루만지
고 앉았을 수만도 없어서 무대로 몰려나간 뒤이다. 설레던 방 안
이 별안간 비어진 것이 고요하기 짝 없는데 미샤는 말없이 앉았
고 일리나는 단 한 사람의 육친같이 소녀를 어루만지고 있고 이
바노프는 그 앞에 우두커니 서 있고——그 한순간의 방 안의 포즈
가 내게는 그지없이 쓸쓸한 것으로 보였다. 등불이 외롭고 벽에
걸린 각색의 의상들이 그림자같이 괴괴하다. 감상에 젖을까를 두
려워해서 나는 의사를 부르러 방을 나왔다. 전화를 건 것이 늦은
밤이라 거의 반시간이 넘어 밤무대가 다 끝났을 때에야 의사가
왔다. 설레는 속에서 진찰을 마쳤을 때까지도 안나는 쾌한 기색이
없었다.

"빈혈증만이 아니라 감기를 겸한 모양이오. 열이 대단히 높소."

듣고 보니 소녀의 얼굴은 불그스름하게 상기되었고 눈매에 정
기가 없다. 손을 쥐어보니 불덩이같이 단다.

"아직 무언지 확실히 진맥할 수는 없으나 극히 안정하게 해서
하룻밤을 지내보시오."

"무대 형편도 있고 하니 한시라도 속히 낫게 해야겠는데."

"내일이면 증세가 확실히 알아지리다. 그럼 곧 약을 처방해 보
내지요."

의사가 나간 뒤 빅토르는 자기 화를 못 이기는 듯이 골을 흔들

면서 무의미하게 주먹을 부르쥐곤 했다.

"왜 이리 모든 것이 내 뜻을 거슬리는고."

누구에겐지도 없이 짜증을 내면서

"아무나 얼른 자동차를 못 불러오는가."

말없는 속에서들 무대 의상을 갈아입고 차림들을 하고 있는 속에서 이바노프가 한 걸음 먼저 방을 나갔다. 묵묵히들 참으로 그것은 고집스러운 침묵이었다. 빅토르가 혼자 견딜 수 없이 악을 올리는 것이었다.

"어린것을 쓸데없이 왜 그리 꾸짖으라오 누가. 어른들의 허물을 아이들에게 씌우려고."

그라샤의 말이 채 끝나기도 전에 빅토르는 고함을 쳤다.

"시끄러워."

자동차가 왔을 때 안나를 태우고 일리나가 따라 먼저 호텔로 보내고 나머지 패들은 여전히 말없는 속에서들 뚜벅뚜벅 영화관을 나갔다.

이튿날 오전 나는 한 묶음의 꽃을 사 들고 호텔을 찾았다. 복도에서 처음으로 만난 피에르에게 안나의 병세를 물으니 고개를 절레절레 흔들며 대단히 근심스러운 표정이다.

"밤새도록 열이 사십 도를 내리지 않는구려."

"병명은 진단됐나요?"

"의사가 막 다녀간 뒤인데 아마도 말라리아인 모양이오."

"말라리아."

듣고 생각하니 딴은 무더운 여름철이라 감기로부터 학질이 도

섬이 첩경일 듯도 하다. 그러나

"그 어린것이 이 복더위에 학질을 앓고 어떻게 견디나요."

남의 일 같지 않게 걱정되었다.

"아무튼 열이 너무 높아요. 몸은 약한 데다가."

피에르의 근심 소리를 들으면서 나는 구름다리를 뛰어 올라갔다.

삼층 층계를 올라서 바로 모퉁이 방이 안나의 병실이었다. 열어
젖힌 문으로 서슴지 않고 들어서니 침대에 누워 있는 안나의 옆
에 미샤가 앉아 있고 빅토르와 그라샤 부부가 앞에 서서 무엇인
지 말다툼하고 있는 눈치였다. 다른 패들은 벌써 영화관으로 가
야 할 시간이 임박해 있는 까닭에 아래층 로비에들 모여 있고 빅
토르 부부만이 안나의 조처로 그 방에 남아 있었던 모양이었다.

확실히 흥분되어 있는 듯하면서도 빅토르는 내게 침착하게 감
사의 말을 던지고 꽃묶음을 받아서 탁자 위에 얹었다.

"지금 어떻게 했으면 좋을지를 몰라 서성거리고 있는 중이오.
아닌 때 병이 났으니 출연을 계속할 수도 없고 그만둘 수도 없고
참으로 진퇴유곡의 처지요. 오늘 위선 나는 부득이 극장으로 나
가야겠으므로 그라샤에게나 병시중을 맡길까 하는 중인데."

"딱하외다."

하면서 의자에 앉는 나를 안나는 침대에서 물끄러미 바라본다.
저녁 햇빛같이 애잔한 시선이다. 하룻밤 동안에 얼굴은 깎은 듯
이 핼쑥해지고 빛깔이 말갛다. 나를 보는 그의 눈 속에는 무슨 마
음이 숨어 있을까. 아마도 백지같이 흰 마음이리라. 하늘같이 맑
은 마음이리라.

"속히 그를 낫게 해줍소서."

소리를 높여서 효험이 난다면 그러고도 싶은 내 마음이었다. 일단 중에서 왜 하필 잔약한 그가 괴롬의 희생으로 뽑혀졌단 말일까.

"당신은 당신의 허물을 일곱 번 뉘우쳐도 부족해요."

문득 그라샤의 말이 터져 나온 것은 빅토르와의 말다툼의 계속인 모양이었다.

벌써 안나의 병과는 딴 문제로 그라샤의 감정은 남편에게 대해 적지 않이 격해 있는 것이었다.

"지금 이 자리에서 법석을 해야 무슨 소용이 있단 말요. 괜히 시끄럽기만 했지."

빅토르는 벌써 한 수 접혀서 될 수 있는 대로 말을 피하는 눈치였다.

"법석을 안 하고 될 노릇이오. 결과를 생각해보시오. 뉘 허물인가를 안다면 당신 맘이 그렇게 편편할 리는 없잖소."

"허물을 알면 그럼 대체 지금 여기서 어떻게 하란 말요."

"부끄러워하시오. 백번 부끄러워하시오. 책임을 진 사람으로서의 체면을 생각하시오."

무엇이 그다지도 견딜 수 없는지 그라샤는 사람의 앞임을 헤아리지 않고 제 스스로 핏대를 세우는 것이었다.

15

"그 잘난 계집애 하나 때문에 사족을 못 쓰면서 일단의 통일까지를 잃게 했단 말이오. 결국 어린것까지를 병들게 하고."

"쓸데없는 소리를 자꾸 늘어놓는다."

빅토르는 이마를 찌푸리면서 아찔하다는 듯이 손을 터나 그라샤는 여전히 고집스럽다.

"쓸데없긴 왜 쓸데없어요. 그래도 아직 그 맘을 버리지 못하나 보다."

빅토르는 질색을 하면서 내 앞을 부끄러워함인지 문밖으로 휙 나간다. 그라샤의 눈에는 병인도 아무것도 없는 모양이었다. 찰거머리같이 남편의 뒤를 따라 나가면서 오히려 목소리를 높였다.

"그래도 그년을 일단에서 안 쫓아낼 테요. 마리를 냉큼 처치하지 못한단 말요. 재주도 아무것도 없는 치마저고리를 이 이상 더 붙여두겠단 말요."

"시끄럽달밖엔."

그라샤의 발악을 들으면서 나도 미상불 놀랐다. 남편에 대한 장황한 충고가 결국 마리에게 대한 질투에서 나온 것이요, 그것을 그렇게까지 노골적으로 말해올 때 빅토르뿐이 아니라 국외자인 나까지도 사실 어안이 벙벙해졌다. 남편이나 아내나 그렇게까지 마음이 달뜨고 거칠어들 졌던가. 소녀의 병이 내외 싸움까지 불붙이게 되도록 그토록 일단의 평화는 이지러져버린 것임을 바라보고 있는 동안 문밖 복도에서는 한참 동안이나 부부의 격렬한 말소리가 오고 가는 눈치더니 별안간 툭하며 무엇인지 떨어지는 소리가 났다. 그라샤가 핸드백을 던진 모양이었다. 그토록 그는 냉정한 이지를 잃었던 것이었다.

나는 그들 사이에 끼인 내 처지가 괴로워서 소년과 소녀에게 한껏 부드러운 위안의 말을 남기고는 자리를 일어서는 수밖에는 없었다. 복도에서 으르고 섰는 부부의 앞을 지나기가 겸연했으나 빅토르에게는 그것이 도리어 도움이 된 모양, 그는 시간이 늦었음을 칭탁하고 내 뒤를 따라 내려왔다. 다른 패들은 벌써 나가버린 뒤였다. 결국 그라샤만을 간호로 남겨놓고 다들——빅토르까지도 나와 영화관으로 동행하게 되었다. 일상 다변하던 그였지만 그날만은 관에 이르기까지 한마디도 말이 없었다.

그날부터 무대는 물론 전에 없이 설핀 것으로 되기 시작했다. 소년 소녀의 한 쌍이 빠져서만이 아니라 전체로 단체의 공기가 늦추어지고 긴장이 풀려져서 모든 연기에 성의가 없어진 것이 명확하게 드러나 보였다. 밴드의 반주가 조화의 장단을 잃을 뿐이 아니라 노래를 해도 흥이 적고 춤을 추어도 흥이 줄어져서 흡사 단원 전체가 그 무슨 보이지 않는 요괴에게 사로잡힌 것과도 같았다. 출연을 시작한 지 며칠이 안 되는 때 무대의 계약이 채 끝나지도 못한 도중에서 그들의 의기가 그렇게까지 가라앉은 것이 보기에 딱할 뿐 아니라 그들을 계약한 관의 입장으로 보아도 불리한 것으로서 그럴 줄은 예측도 못 했던 관주는 의외의 변에 실망이 적지 않아서 부질없이 나를 따지고 내게 싫은 소리를 하며 했다. 나로서는 그런 관주의 잔소리를 그대로 일일이 일단에게 전할 수도 없는 터에 얼떨떨한 지경이었다. 오월동주로 이 사람 저 사람을 긁어모아서 된 일단의 성질로서 그런 부조화는 처음부터 약속되었다는 것일까. 소녀의 병으로 인해서 그렇게도 급작스러운 변화가 온다는 것은 아무래도 괴이하고 뜻밖의 일이었다. 그들을 맞이했을 처음의 일종의 감격과 흥미로 긴장되었던 나도 웬일인지 마음이 설레며 실망을 느끼기 시작했다. 실망은 동정으로도 변하고 서글픔으로도 변했다. 그들 단체의 운명은 마치 그들 한 사람 한 사람의 운명과도 같이 이유 없이 서글프고 애달픈 것이었다. 며칠전 찻집에서 스타호프들과 함께 들은 차이코프스키의 음악과도 같이 서글픈 것으로 나는 그들을 생각하게 되었다. 일단을 흔들기 시작한 변조와 함께 나의 이 느낌은 더욱 더해갔다. 반드시 나의 지나친 주관의 채색이 아니라 그들의 그 후락한 모양을 보고는 누구나가 똑같이 느낄 수 있는 인상이었다.

소녀의 병은 날이 지나도 차도가 없었으나 그 뒤를 잇는 듯 그러나 그보다 더 큰 일이 일단에 일어나게 되었다. 이튿날 오후 연기가 끝난 후 일차 호텔에들을 갔다가 밤 연기 시간을 대서 다시 영화관으로들 나왔을 때였다. 빅토르는 사무실로 나를 찾아오더니 적지 않이 황당한 어조였다.

"아킴과 마리를 못 보았소."

"왜 또 무슨 변이 있었단 말인가요."

유유한 내 반문을 빅토르는 초조하게 여기면서

"오후부터 두 사람의 자태가 안 보였단 말요. 이때까지 그런 법이 없었는데 저녁 식사에도 참례하지 않고 방에도 없고 그렇다고 지금쯤에 거리를 헤매고 있을 리도 없을 텐데."

16

"그럼 설마——."

"연기 시간까지 더 기다려보는 것이 어떻소."

"물론 기다려는 보지만 암만해도 수상하단 말요. 다시는 나타나지 않을 것 같은 예감이 자꾸만 들면서."

아킴과 마리의 두 사람은 밤 연기 시간까지도 물론 나타나지 아니해서 그날 밤 무대는 엉망이었다. 소년 소녀의 출연이 없는 데다가 아킴의 기타와 그나마 마리의 아리랑 타령이 빠지게 되니 연기의 차례는 흠뻑 줄어지고도 흥 없고 쓸쓸한 것이었다. 남은 단원들이 쓸쓸한 무대를 흥성하게 할 양으로 갖은 애를 다 써야 원체 사람의 수효가 부족함은 어쩌는 수 없는 모양이었다. 관객석 이 구석 저 구석에서 불만의 소리가 들리고 조롱의 고함이 터져 나올 때 단원들은 보기에 딱하리만치 겸연해서 얼굴을 붉히고들 했다. 그 모양으로는 같은 무대를 남은 며칠 동안이라도 옳게 지탱해나갈 성싶지는 않았다.

그러나 그런 무대 성적보다도 더 긴급한 것이 아킴과 마리 두 사람의 종적이었다. 대체 어디를 갔는고 어떻게 되었는고 해서 아마도 그날 밤이 새도록 일단의 걱정은 삐지 않은 모양이었다.

다음 날 오전 내가 소식을 물으러 호텔로 가기 전에 빅토르는 일찍이 영화관으로 나왔다.

"여기도 물론 소식이 없지요."

"막 호텔로 가려던 차였소."

"대체 웬일일 것 같소. 무슨 대책은 없으시오."

"경찰에 수색원을 내봄이 어떻소."

"창피만 했지 무슨 소용이 있겠소. 어디로 내뺐다면 벌써 수천 리는 갔겠소."

그날 하루도 물론 두 사람은 안 나타났고 그다음 날이 되어도 소식이 없어서 결국 두 사람은 실종한 것으로 단정되었다. 피차의 열정을 억제할 수 없어 어수선한 분위기를 빠져나가기 위해 손을 잡고 대담하게 사랑의 줄행랑을 놓은 것이다. 아마도 만주로나 들이뛰었을 것이다. 수중에 지닌 얼마간의 비용으로서 그어느 거리에서 두 사람만의 생활을 가질 것이다. 그것이 두 사람에게는 견딜 수 없는 향수에서 벗어나서 장해 많은 사랑을 이루는 단 하나의 방법이었을 것이다. 이 외지로 나오기 전에 두 사람의 사랑이 결정되었던 것이 아니라 낯선 곳에서 주물리는 동안에 사랑이 익고 불붙었을 것이다. 귀족의 후손이라는 아킴의 기름하고 하얀 얼굴과 후리후리한 키와 부드러운 표정이 떠오른다. 마리의 푸른 눈과 아리랑을 부를 때의 연연한 자태가 생각난다. 짝이라면 일행 중에서 가장 맞는 짝이다. 마리에게 다른 남자를 배치해보아도 어색하고 아킴에게 다른 여자를 짝지어본대도 맞지 않을 듯하다. 두 사람은 용모로 보나 기질로 보나 참으로 자연스럽게 들어맞는 선택을 피차에 한 것이다. 마음의 선택을 한 그들에게는 벌써 외지의 분위기는 견딜 수 없는 것이었고 따라서 당돌한 도피행도 그들로서는 극히 자연스러운 일이었을 것이다. 단체에 대한 책임이나 의리 같은 것은 사랑의 필요 앞에서는 사소한 일이었을지도 모른다.

그러나 자연스러운 그들의 행위가 반면에 의외로 큰 희생을 요구했으니 그것은 단체에 끼치게 된 불리보다도 참으로 크리긴과 빅토르 두 사람에게 던지게 된 불행이다. 빅토르가 조바심을 하고 안달을 하면서 두 사람의 종적을 찾으러 휘돌아치는 꼴에는 단의 책임자로서의 심정보다도 마리에게 대한 실망과 초조가 드러나 보이는 듯하다. 며칠 전 호텔 병실에서 그의 아내 그라샤가 마리를 냉큼 내쫓아달라고 고함을 쳤던 것이 그럴 필요조차 없게 제물에 해결이 되어 마리 쪽에서 마치 그 말을 엿듣기나 한 듯이 스스로 해결 짓게 된 것이 신통하다면 신통할까. 그라샤에게는 숨은 만족을 주었을 반면에 빅토르에게는 얼마나 큰 상처를 주었을까는 추측하기에 넉넉하다. 주체스러운 몸을 이끌고 휘돌아치는 빅토르의 양이 딱하기 짝 없는 것이었다.

그러나 빅토르보다도 한층 속이 타는 것은 크리긴이 아니었을까. 아킴과 같은 모습이기는 하나 신경질이요 빳빳스러운 그의 기질이 애태우고 맞서던 사랑을 뺏기고 얼마나 속이 휘둘리었을까. 말하는 법 없이 고함치는 법 없이 더욱 벙어리같이 침묵해가는 그의 마음속이 얼마나 울가망하고 답답한 것이었을까. 가령 나는 그의 옆을 지나는 길에 무어라고 한마디쯤 말을 걸어보려는 것이나 첫째 그의 시선을 잡을 수가 없는 것이다. 눈앞을 보지 않고 그 어디인지 먼 데를 보고 있다. 그리고 그 노리고 있는 한 가지 생각에 열중해 있음은 그 우악스러운 눈매와 모가 져 보이는 턱의 각도로 짐작할 수 있다. 아마도 마리일 듯한 그 한 가지 환영에 불같이 마음을 뺏기고 있는 것이다.

17

그날은 아침부터 비가 왔다.

나는 비를 무릅쓰고 며칠 변겼던 까닭에 일찍이 꽃을 사 들고 호텔로 안나의 병실을 찾았다.

하루 건너씩 열을 내는 소녀의 병이 아직 쾌하지는 못했으나 그날은 마침 열을 번기는 날이라 침대에 일어나 앉은 그의 얼굴은 괴롬의 빛 없이 개고 평온한 것이었다. 침대 옆에는 일리나가 앉아 안나와 미샤를 상대로 그림책을 뒤적거리면서 동무하고 있었다. 일리나는 비록 무대의 재주는 없으나 그렇게 아이들을 상대로 하고 있을 때에는 참으로 인자한 어머니나 누나라는 인상을 준다. 소녀는 일리나의 이야기에 정신을 뽑히고 잠시 육신의 괴로움도 잊은 듯했다. 탁자에는 깨끗한 쟁반에 약병들과 과일 접시가 놓이고 화병에는 꽃이 새로워서 그날 아침은 별스럽게도 근심 없는 즐거운 병실이라는 느낌이 났다. 다만 창밖에는 가는 비가 추근히 뿌리고 있는 까닭에 방 안이 조금 어두울까 한 것이 건뜻

하면 마음을 답답하게 하려고 했다. 그림책을 손가락질하며 설명에 열중하다가도 창밖에 시선을 보낼 때에는 일리나의 가슴속도 흐려지는 듯해서——다시 말하면 그는 그 흐려지는 마음을 바로잡기 위해서 그림책에 일부러 열중해 있는 것이라고도 보면 볼 수 있었다. 창밖은 바로 호텔의 후원으로서 백양나무와 벚나무 잎사귀를 흠뻑 적시고 있는 빗발이 회색의 실 다발같이 내다보인다.

"마리가 없어져서 쓸쓸들 하지요."

공연한 소리도 아닌 것같이 위로 겸사 말을 거니 일리나는 창에서 눈을 돌리지 않고 혼잣말을 중얼거린다.

"우리야 쓸쓸하지만 차라리 잘들 했지요. 더 묵어야 별수 없는 노릇이니."

"무대도 며칠 안 남았는데 그렇게 조급하게들 할 법이 있었나요."

"무대가 끝나도 단체와 같이 있으면 좀체 빠지기 어렵거든요. 뭇사람 속에 끼어 있노라면 옥신각신이 빼날 있어야지요."

"하긴 사랑에는 용기가 첫째긴 하지만."

"잘들 하고말고요. 하얼빈에는 마리의 아버지가 있고 아킴에게도 일가붙이가 있으니 거기 가면 활개도 펴고 말들도 편편할 테니까요."

"부럽단 말입니까."

"사실 부러워요."

창밖 볕발을 통해서 문득 바이올린 소리가 들리기 시작했다. 얄게 가라앉은 으늑한 멜로디가 흡사 나뭇잎 사이에서 솟는 듯이 빗발 속에서 생겨나듯이 바깥세상과는 완전히 구별되어서 깨끗한 음조 그대로 흘러왔다. 금시 어디선지도 모르게 솟아나온 한 줌의 영감과도 같은 것이었다. 한 줌의 영감같이 티끌 한 점 없이 순수하게 흘러와서는 그대로 마음을 오붓하게 둘러싸는 것이다.

"또「로맨스」──피에르는 집에서는 저 곡조밖에는 모르나 봐요. 사시장철 켠다는 게「로맨스」."

일리나의 말투는 감동의 어조가 아니라 확실히 불평의 표현이었다. 사실 베토벤의「로맨스」는 가라앉은 마음을 잡아 흔드는 것이었고 늘 듣는 일리나에게는 감동에서 드디어 불평으로 변한 것인 모양이었다.

"「로맨스」는 들어도 왜 저리 구슬픈 것일까요."

"뉘 아나요. 베토벤같이 청승맞은 음악가가 있을까. 로맨스가 왜 그리 슬퍼야 하는지."

탄식하는 일리나 앞에 더 머무르기도 구접스러운 노릇이기에 나는 그만 안나의 앞을 일어섰다. 일변해진 방의 분위기에도 견디기 어려웠던 까닭이다. 음악에 이끌리는 듯이 층 아래로 내려와 로비에 들어섰을 때 창 기슭에 피에르가 서서 바이올린에 정신이 없었다. 곡조는 첫 대문 반복되는 구절에 돌아와 구슬프게 계속되었다. 열어젖힌 창밖 백양나무에 비는 자꾸 내려 쏟고 날은 무겁고 어둡다. 아킴과 마리 두 사람 빠진 것이 왜 그리도 휑휑한지 나머지 사람들은 거의 다 모여 있건만 자리는 쓸쓸하기 짝 없다. 그 유난스럽게 소슬한 느낌은 모두들 말없이 웅숭그리고 앉은 그 자태에서 오는 것인 듯도 했다. 기어코 빅토르는 벌떡 자리를 일어나더니 피에르를 향해 고함을 쳤다.

"그래도 그만두지 못할까. 그 빌어먹을 놈의 곡조."

그러나 피에르는 못 들은 체 떨리는 활을 쉬이지 않았다.

18

내게는 음악이 슬프고 그들의 처지와의 관련이 애달플 뿐 아니라 며칠 안 가 그대로 작별하게 될 것이 서글펐다. 사오일 동안의 그들과의 교제가 비상히 마음에 배는 것이었고 더구나 예측하지 않은 가지가지 불행한 일의 목격이 더욱 그들에게 내 마음을 얽어놓게 하였다. 사랑의 갈등이니 부부의 싸움이니 소녀의 병이니 아킴들의 실종이니 하는 사건들이 없었던들 나는 다만 색다른 정서의 대상으로서 그들을 볼 뿐이었을 것이나 불행히 뒤를 거듭함을 따라 그들에게 대한 동감이 더욱 솟게 되고 마치 내 자신의 불행이나 당한 것처럼 마음속 깊이 그들의 자태가 새겨지게 되었다. 곡절 많던 그들의 무대도 앞으로 이틀이면 끝나고 따라서 관과의 계약도 끊어지는 것이다. 그들은 또 어디로 근심 많은 연주의 길을 계속할 것인가를 생각하면 이틀 후에 그들과 작별하게 될 것이 한없이 서글퍼진다. 결국 진진하게 한번 이야기하고 놀아보지도 못하고 어수선한 변화 속에서 흐지부지 헤어진다는 것이 얼마나 경없는 노릇인가. 애끊는 음악 소리를 듣노라니 그들 한 사람 한 사람이 전에 없이 친밀히 생각되면서 다시 한 번씩들 바라다보이는 것이었다.

스타호프와 카테리나 두 사람에게 대한 정이 나머지 사람들에게 대한 그것보다 좀더 두터웠던 것도 사실이었다. 더도 말고 두 사람에게 대해서라도 내 한껏의 친절을 마지막으로 베풀어서 작별의 기념을 삼을까 해서 나는 두 사람에게 오찬의 초대를 권해 보았다. 동료들의 앞도 있고 한 관계인지 처음에는 사양했으나 거듭 청해볼 때 그들 역시 내게 대해서는 좀더 정을 주어온 터이라 쾌히 대답하고 나와 함께 차 속에 앉았다. 비 오는 거리를 밟고 달리는 것도 한 가지 흥이라면 흥이었다. 특히 조선 음식이 소원이라기에 강으로 향한 조촐한 요정에 올라 강을 내려다보는 깨끗한 방에 앉게 되었다.

항용 서쪽 사람들은 딴 고장의 음식이나 절차에 대해 보수적이요 배타적인 것이나 두 사람은 모든 것을 신기한 것으로 보며 솔직하게 그대로를 받아들였다. 음식이나 의복이나는 순전히 풍토에서 차이가 생겼을 뿐이지 문화의 높고 낮음이 관계된 바 아닌 듯싶다. 비록 동쪽과 서쪽이 다르기는 하나 그러나 코와 입이 한 모양이듯 모든 음식 절차도 그 어디인지 근본적으로 근사한 데가 있는 것이다.

"오체니 브쿠우스노!"

"야 블리쉐 류블류……"

두 사람이 수저를 어색하게 쓰면서 찬탄을 마지 않음이 반드시 헛말로만 들리지 않아서 내게는 유쾌한 것이었다.

확실히 두 사람은 만족한 것같이 보였고 그 짧은 오찬의 시간은 즐거웠다. 그들에게 동양을 맛보였다는 기쁨이 마치 내가 서양을 맛보았을 때와도 마찬가지로 내게는 뿌리 깊은 것이었다.

식사를 마치니 낮이 조금 지났다. 출연 시간에는 아직도 두어 시간의 여유가 있었던 까닭에 관에 나가기도 이른 것 같아서 우리는 다시 호텔로 차를 몰았다. 문을 들어가 로비로 들어선 때였다. 사람들의 시선이 우리를 원망스럽게 보면서 망간 일어난 사건을 직각시키는 것이었다. 대체 무슨 조화로 어떻게 된 곡절로 단에는 또 거듭 변이 일어난 것이었을까. 이때까지 일어난 변만으로는 부족하다는 것일까. 일단의 운명은 더 기구해야 한단 말일까. 그 무슨 짓궂은 뜻이 있어서 그것이 단의 평화를 심술궂게 자꾸만 뒤흔들려고 하는 것과도 흡사하다.

무슨 이유론지 크리긴이 망간 검속을 당했다는 것이다. 부고등에게서 두 사람이나 나와서 의사도 잘 소통되지 못한 채 크리긴은 변을 당했고 빅토르도 책임상 따라갔다는 것이었다. 남은 두 사람들은 큰일이나 치고 난 뒤에 한식구들같이 불안한 얼굴들을 하고 근심스럽게 몰켜들 있었다.

돌연한 소식에 나도 미상불 놀라면서 혼자만 자유롭게 거리에 나가 있느라고 그 불행을 당하는 현장에 참례해 있지 못한 것이 미안한 것 같아서 살며시 의자에 가 앉았다.

"대체 무슨 일이었을까."

아무도 대답해주는 사람은 없다. 다만 일을 당한 것만으로 마음이 가득하고 더 여유가 없다는 듯한 눈치들이었다. 나도 빅토르가 돌아오기 전까지는 그들과 같이 말없이 앉아 있을 수밖에는 없었다.

빅토르가 돌아왔대도 크리긴의 검거의 이유에 관해서는 그 역 아무 수긍할 만한 조목을 밝히지 못하고 온 것이었다.

"무 무슨 혐의랍디까."

궁금해서 감질들을 내나 빅토르는 대답할 바를 모르는 모양이었다.

"무슨 혐의인지 말을 하니 알겠나."

"이유 없이 그럴 법이야 있소."

"전에 카자크병으로 있었던 것이 말썽되는 눈치인데 우리가 알다시피 그에게 지금 무슨 일을 칠 주변이 있단 말인가."

"카자크병의 장교 노릇을 했던 것이 지금에 와서까지 화 된다. 만주서 번번이 당하던 그 같은 혐의란 말이지."

"만주서 이곳으로 통지를 했나 보데. 행동을 감시하고 주의하라고. 어디를 가나 인젠 꼬리표를 단 죄수지 꼼짝달싹할 수 있는 줄 아나."

"속히 몸이나 받아 내오지 못했소."

"취조니 무어니 하고 아무래도 며칠 걸릴 눈치야."

"그럼 무 무대는 어떻게 하란 말인고."

"큰일이야."

19

빅토르는 두 손을 벌리면서 눈을 멀거니 뜨는 것이었다. 기운
없는 눈이 이제는 모든 것이 끝나고 마지막 고패에 이르렀다고
말하는 듯하다.

출연 시간이 임박해 있는 것이다. 그들의 일은 곧 내 일이요 관
의 일이다. 나는 잠자코만 있을 수 없어서 곧 빅토르를 끌고 영화
관으로 나갔다. 물론 놀라고 급한 것은 우리보다도 도리어 관주
편이었다. 그는 당장 눈앞에 낮 연기를 어떻게 하노 하고 황겁지
겁 설레면서 솔선해서 빅토르과 나와 세 사람이 함께 또 한 번 서
를 찾았다. 관주는 거리에서는 옷섶이 꽤 넓은 편이었고 더구나
그 방면과는 밀접한 교섭이 있어서 그의 말이 대단히 소중히 여
겨지는 때가 있었으나 그날만은 막무가내요 당국의 뜻은 의외로
완고했다. 영화관에는 벌써 어트랙션의 연기를 기대하는 수천
관객이 차 있어서 그들에의 약속을 저버릴 수 없다는 것을 누누
이 관주가 설명해도 헛일이었고, 그럼 이틀 동안만 모든 책임을
지고 몸을 맡아 내겠다고 장담을 해도 들어주지 않았다. 관주의
실망은 초조로 변하고 초조는 일단에 대한 분개로 변하는 것이
었다.

열두 사람 단원 중에서 거의 반이 크리긴까지 도합 다섯 사람이
빠지게 되었으니 아무리 곤추서는 재주가 있다고 하더라도 무대
는 계속할 수 없는 것이었다. 춤과 노래는 둘째 치고 첫째 밴드가

성립되지 않는다. 무대는 물론 중지되어서 나는 관주의 이름으로 확성기를 통해 관객들에게 백배 천배 간곡한 사과를 하고 스크린에는 어트랙션 대신에 창고에서 부랴부랴 찾아 내온 낡은 사진을 걸게 되었다. 관객들은 수물거리면서 불평들이 많았으나 사진이 이미 영사되게 되니 차차 가라앉아갔다. 가라앉지 않는 것은 관주였다. 서에서의 불성공이 원인이 되어서인지 그의 낯빛은 좋지 않고 드디어 일단에 대해서 싫은 소리를 늘어놓기 시작했다.

"이 꼴을 보자고 애초에 당신들과 비싼 약속으로 계약을 했겠소. 작년에 왔을 때에 호평을 받았던 호의로 모든 것을 굽혀서 이번에 특별히 맺은 것이 그래 결국 이 모양이 된단 말요."

"미안하외다. 모든 일이 알지 못할 사정으로 제물에들 일어나게 되니 낸들 어찌 그것을 막아내겠소. 우리도 사실 작년 요량만 댔던 것이 그만 어쩌다 뜻밖에 뒤틀려지면서 이 결과가 되는구려."

빅토르가 목소리를 부드럽히고 허리를 고분히 해서 거의 빌듯이 하는 것이나 관주의 마음은 즉시로는 풀리지 않았다.

"죽도 아니고 밥도 아니니 수천의 관중을 상대로 하고 있는 나로서 꼴이 됐단 말요. 신용도 신용이려니와 내 체면이 무어란 말요."

"그러게 이렇게 미안해하는 것이 아니오. 올은 대단히 불길한 해였소. 나그네의 길이 언젠들 그다지 행복스러울까만."

빅토르의 하소연이 어떤 것이든지 간에 관주에게는 관주로서의 배짱이 있었던 것이요, 무엇보다도 그는 상인인 것이다. 항상 주판을 머릿속에서 쩔그럭거리는 장사치인 것이다. 모든 거래에 있어서 이익이 주목인 것이었다.

"그럼 오늘로서 계약이 실상에 있어서 끊어지는 셈이니 약속한 액에서 이틀 분은 탕감해야 할 것이오. 알겠소."

그 말이 옳다는 것인지 야박하다는 것인지 빅토르는 말이 없이 한참이나 관주를 멀거니 바라보는 것이었다.

삼천 원의 약속에서 이틀 분을 제하니 이천 원이 채 차지 못했다. 장사하는 사람의 도덕으로서 그렇게 정확함이 물론 당연한 것이겠지만 관주로서는 어트랙션 대신에 묵은 사진을 집어내서 걸게 된 것이니 이익에 있어서는 일단과의 계약 해제로 인해서 받는 손해는 없었다. 일단의 처지를 생각해줄 아량을 가지려면 가질 수 있는 것이다. 일단으로서도 맡은 일에 대한 보수였으므로 결한 시간에 대해서는 배당을 요구할 처지가 못 되는 것이기는 하나 그러나 단지 수입을 목적으로 하고 외지로 흘러온 그들에게 있어 귀중한 것은 넉넉한 수입의 액수였다. 사실 금고에서 관주가 소절수[10]장을 집어내서 일금 이천 원을 적어서 빅토르에게 줄 때 그의 얼굴에 실망의 빛이 나타난 것보다도 옆에서 보는 나로서 일종의 섭섭한 느낌을 금할 수 없었다. 단돈 이천 원이 많은 식구를 거느린 그에게 결코 많은 액이 못 될 것이며 만약 그렇게 될 줄을 그가 애초에 예료했던들 그것을 바라고 이 먼 곳까지 나왔을 리도 없었을 것이다.

"이것도 무슨 인연인가 보오. 약소하나마 섭섭하게 생각지 말고 다음 기회에나 또 만날 수 있다면 얼마나 반갑겠소."

관주의 판에 박은 듯한 말을 그다지 반갑게도 여기지 않으며 소절수를 주머니 속에 수습하는 빅토르의 자태가 내 눈 속에 엉겨 붙는 듯도 하다. 이천 원! 며칠 동안 그들의 수고의 값이 이천 원인 것이다. 싸우고 병들고 도망하고 잡히고——그 수다스러운 희생의 값이 이천 원인 것이다. 그 모든 희생을 이천 원에 팔기 위해 그들은 일부러 이곳을 찾은 셈이다. 짧은 동안의 어수선한 일들을 생각할 때 빅토르의 가슴속에는 그 이천 원의 뜻이 얼마나 뼈저리게 맺혀질까가 넉넉히 추측되었다. 빅토르가 사무실을 나갈 때 나는 문득 가슴이 벅차지면서 자리를 벌떡 일어나 그의 뒤를 쫓았다.

"아니 그래 이것으로 모든 것이 끝났단 말요."

"그동안 여러 가지 일이 일어났고 폐가 많았소이다."

"그래 작별이란 말요. 이것으로 작별이란 말요."

"어처구니없게 됐소. 너무도 일이 어그러져서 지금 어쩌면 좋을지 모르겠소. 호텔에 가서 좀 생각을 해봐야겠소."

사실 그것으로 끝이었다. 계약이 끊어졌고 보수를 받았고——이제 벌써 할 일은 남지 않은 것이다. 극장과도 하직이요 이 고장과도 하직이다. 짐을 싸가지고 어디든지로 떠나는 것이 그들에게 남겨진 일인 것이다.

우울한 심사에 나는 더 호텔로 그들을 찾지도 않았으나 그날 밤 영화가 끝났을 때 일행들은 짐을 거두러 관으로 왔다. 무대 옆방에서 의상들을 거두어 트렁크 속에 수습한다 화장품 그릇들을 치운다 무대에서 막을 뜯어 건사한다 악기들을 살펴서 넣는다 하면서 며칠 전에 같은 그곳에서 같은 살림을 차려놓기에 열중했던 그들이 오늘은 그것을 헐고 뜯고 수습하기에 분주하다. 우두커니 서서 그 모양들을 바라보고 있으려니 눈앞이 아찔아찔해지면서 인간의 살림살이라는 것이 한없이 서글픈 것으로 어리었다. 살림살이는 왜 그런고. 그런 것이 살림살이인가. 변하고 불행하고 슬픈 것이 살림살이인가.

"정녕코들 떠난단 말요."

나도 모르게 소리를 지르니 이바노프가 쓸쓸하게 웃어 보인다.

"떠나는 게 우리의 일인가 보오. 왔다 떠났다 왔다 떠났다— 풀었다 쌌다 풀었다 쌌다."

"왜 왜 떠난단 말요. 왜 그리 어처구니없이……"

20

나는 감상 속에 잠기게 됨을 극력 경계는 했었으나 가슴이 빠지근해짐을 억제하는 수가 없었다. 아찔아찔한 내 눈앞에 별안간 카테리나가 와 섰다.

"스파시이보!"

감사의 말과 함께 내드는 것은 화병이었다. 꽃을 뽑아버린 빈 병이었다.

그가 처음 왔을 때 사무실로 꽃을 사 들고 와서 내게서 빌려 간 그 꽃병이 이제 다시 내 손으로 돌아온 것이다.

"잘 썼어요. 얼마나 방이 생색 있게 빛났던지 몰라요."

그대로 버려두든지 어쩌든지 하지 왜 그렇게 긴하게 꽃병을 들고까지 와서 상하기 쉬운 남의 기억을 일깨워주는고 하고 나는 카테리나의 목소리를 도리어 얄궂게 듣는 것이었다.

울적한 심사를 이길 수 없어 나는 기어코 밤늦은 거리를 걸어 유라에게로 갔다. 대중없이 취해 집으로 돌아온 것은 거의 새벽이 가까운 때였다. 괴로운 밤이었다. 날이 새어도 골은 여전히 무겁고 아프면서 세상사가 귀찮게만 생각되었다. 나도 이 기회에 저금을 찾아 가지고 어디로든지 내빼볼까 하는 생각조차 들면서 늦은 걸음으로 집을 나섰다. 관에 이르니 벌써 쇼 일행의 간판은 갈리었고 광고 창에 내놓았던 일행의 사진과 포스터도 뜯어버린 뒤였다. 새로 봉절될 영화의 스틸이 나붙었고 포스터가 장식되어서 일단의 출연은 벌써 먼 옛날의 기억인 듯 그들의 종적도 냄새조차도 관에서는 사라져버린 것이었다. 그 변화의 양을 보려니 별안간 가슴이 뭉클해져서 나는 그길로 바로 호텔로 향했다. 하룻밤 동안에 대체 어떻게들 되었는지 그 짧은 사이가 몹시 궁금했다.

늦은 아침때라서 그랬던지 늘 오붓이들 모여 있던 로비에는 설렁한 속에 이바노프와 스타호프의 자태만이 보였다. 여자들은 방에들 있고 빅토르는 아마도 외출한 모양이었다. 두 사람 다 나를 전에 없이 반기는 품이 그들 역시 작별이 섭섭한 마음에 한결 친밀함을 느낀 모양이었다. 일없이 피곤함을 느끼면서 나는 권하는 의자에 주저앉았다.

"언제들 떠나시오."

긴 이야기를 하다가 마지막 구절이나 이른 듯한 나지막한 어조여서 그랬던지 대답하는 스타호프도 한참 동안을 두었다.

"언제 떠날지도 의문이오. 뚝 떠나지도 못하게 된 것이 안나의 병은 아직도 완쾌되지 못했고 크리긴마저 저 모양이 됐으니 두 사람을 남겨두고야 떠나는 도린들 있소."

"진퇴양난이구려."

"빅토르는 또 한 번 사정을 해볼까 해서 서로 갔는데 웬걸 뜻대로 되겠소."

이바노프가 뒤를 받아서

"크리긴은 크리긴대로 두고라도 안나나 일어났으면 개운치나 않겠소."

"각각 따로따로 떠날 수도 없는 노릇이고 사실 어떻게 했으면 좋을지 모르는 중이오."

영화관과의 결말이 났을 뿐이지 단으로서의 정리는 아직 못 된 것이다. 떠난다는 것이 뜻뿐이요 사정은 아직도 뒤죽박죽이다. 삐지 않는 근심이 차례차례로 그들을 낫자루같이 얽어놓은 셈이었다. 어떻게 했으면 좋은지는 사실 그들도 나도 아무도 모르는 것이다.

안나를 생각하고 나는 마지막으로 삼층 병실을 찾았다. 거기에도 길 떠날 행장이 정돈되어 있다. 침대 밑에 커다란 트렁크가 놓여 있고 탁자 위도 말끔하게 건사되어 있다. 정리되지 못한 것은 안나의 병뿐이다. 몇 날 동안 밖날을 못 보고 병원에서만 구느라고 얼굴은 콩나물과 같이 멀겋다. 침대에서는 일어났으나 걸어앉은 그의 자태가 불면 날 듯이 해까워 보인다. 그와 동무하느라고 그런지 미샤도 홀쭉하게 축이 나 보인다.

그들을 보는 것도 그것이 마지막이라는 것이 웬일인지 거짓말만 같아서 나는 종시 단 한 마디의 알맞은 이별의 말도 못 걸고 방을 나왔다.

다시 로비에 들어섰을 때 스타호프는 방으로 갔는지 종적이 없고 이바노프가 혼자 고개를 숙이고 앉아 내 기척을 모르고 손장난을 하고 있다. 기겁할 듯이 놀란 것은 그의 손에 쥐인 것이 한 자루의 피스톨인 것이다. 나는 뜨끔하면서 쏜살같이 그에게로 달려갔다.

"아니 웬일이오."

"놀랄 것이 없소. 심심하기에 장난삼아 만지고 있는 것이오."

"장난에도 분수가 있지."

"나는 답답할 때 항용 이런 장난을 해요. 이건 내 마지막 위안이거든요. 울울해 못 견딜 때 이것을 생각하면 마음이 가라앉아요. 이 이상 가는 생각은 없으니까요."

주검을 생각할 때 마음이 가라앉는다는 그의 말을 나도 알 법하다. 주검을 생각해서밖에는 사람은 근심을 잊을 수 없는 것이다.

카테리나가 나타나지 않았던들 그는 종시 무기를 수습하지 않았을는지 모른다. 외출을 할 작정인지 화려하게 단장한 카테리나의 자태가 방 가운데 나타났을 때 이바노프는 황급하게 그것을 감추었다. 나도 비로소 마음을 놓았다.

"저금이나 찾아 가지고 나도 짜장 길이나 떠날까."

놀란 마음을 가라앉힐 겸 카테리나의 아름다운 모양을 바라보면서 나는 진심으로 중얼거려보았다.

하얼빈哈爾濱

호텔이 키타이스카야[1]의 중심지에 있자 방이 한길 편인 까닭에 창 기슭에 의자를 가져가면 바로 눈 아래에 거리가 내려다보인다. 삼층 위의 창으로는 사람도 자그마하게 보이고 수레도 단정하게 보이며 모든 풍물이 가뜬가뜬 그 자신 잘 정돈되어 보인다. 그러면서도 쉴 새 없는 요란한 음향은 어디선지도 없이 한결같이 솟으면서 영원의 연속같이 하루하루를 지배하고 있다. 이른 새벽 침대 속으로 들려오는 우유를 나르는 바퀴 소리에서 시작되는 음향이 점점 우렁차게 커지면서 밤중 삼경을 넘어 다시 이른 새벽으로 이어질 때까지 파도 소리같이 연속되는 것이다. 인간 생활에는 반드시 음향이 필요한 모양이다.

나는 이 삼층의 전망을 즐겨 해서 방에 머무르고 있는 대부분의 시간을 창가 의자에서 지내기로 했다. 아침 비스듬히 해가 드는 거리에 사람들의 왕래가 차츰차츰 늘어가려 할 때와 저녁 후 등불 켜진 거리에 막 밤이 시작되려 할 때가 가장 아침다운 때이다. 조각돌을 깔아놓은 두툴두툴한 길바닥을 지나는 마차와 자동차와 발소리의 뚜벅뚜벅 거친 속에 신선한 기운이 넘쳐 들리고 여자들의 화장한 용모가 선명하게 눈을 끄는 것도 이런 때이다. 그러나 반드시 또렷한 주의와 목적이 없이 다만 하염없이 그 어지럽게 움직이는 그림을 바라보는 것이다. 바라보는 동안에 번번이 슬퍼져감을 느낀다. 이유를 똑똑히 가리킬 수 없는 근심이 눈시울에 서리어진다. 인간 생활은 또 공연히 근심스러운 것인지도 모른다.

사실 나는 그 근심의 곡절을 따져낼 수 없는 것이 그 짧은 여행이 원래 걱정에서 시작된 것이 아니어서 고향에 불행을 두고 떠난 것도 아니요 눈앞에 불행이 놓인 것도 아닌 까닭이다. 마음에 드는 거리를 실컷 보고 입에 맞는 음식을 실컷 먹으면서 흡족할 때까지 소풍을 하면 그만인 것이요 또 그 요량으로 떠났던 여행인 것이나 마음은 반드시 무시로 즐겁지만은 않다. 호텔 아래편 식당에는 늙은 보이의 은근한 시중과 함께 기름진 버터며 노서아[2] 수프며 풍준한 진미가 준비되어 있는 것이나 그 깨끗한 식탁을 대하면서도 어딘지 없이 마음 한구석이 답답한 것은 웬일일까. 며칠 만에는 식당으로 내려가기조차 귀찮아서 방 보이에게 분부해 늦은 아침 식사는 대개 방에서 빵과 커피로 대신하게 되었다. 초인종으로 보이를 불러 그릇을 치우고는 다시 창에 가서 의자에 앉곤 한다. 한길에는 사람들이 훨씬 늘었다. 그 한 사람 한 사람의 가는 길과 목적을 뉘 알 수 있으랴. 나는 키타이스카야 거리를 사랑한다. 사랑하므로 마음에 근심이 솟는 것일까.

"왜 이리도 변해가는구 이 거리는. 해마다."

변해간다는 것이 안타까운 일이 아닐 수 없다는 듯 시선은 초점을 잃고 아득해간다.

지금 눈 아래의 거리는 사실 벌써 작년 여행에 본 그 거리는 아니다. 각각으로 변하는 인상이 속일 수 없는 자취를 거리에 적어간다. 오고 가는 사람들의 얼굴도 변했거니와 모든 풍물이 적지 않이 달라졌다. 낡고 그윽한 것이 점점 허덕거리며 물러서는 뒷자리에 새것이 부락스럽게 밀려드는 꼴이 손에 잡을 듯이 알려진다. 이 위대한 교대의 인상으로 말미암아 하얼빈의 애수는 겹겹으로 서리어가는 것이다.

"나는 이 변화를 보러 해마다 오는 것일까. 이 변화를 보러."

혼자 속으로 생각하자는 것이 그만 남에게 들려주는 결과가 되었다. 우연히 등 뒤에 나타난 사람이 있었던 까닭이다. 노크를 듣고 보이인 줄만 알고 콧소리를 질렀더니 살며시 들어와 선 것이 뜻밖에도 유라이다. 돌아다보고 나는 놀랐다.

"왜 놀라세요."

"너무도 의외여서."

"오겠다고 약속하지 않았어요."

"약속 받은 것은 나두 기억하지만. 아무리 약속을 했기로서니."

"말을 어기는 사람인줄 아세요. 밤까지 별로 일도 없고 해서 일찌감치 나서봤지요."

"하얼빈의 변화라는 것을 생각하구 있는 중인데——."

하며 다시 창을 향하니 유라도 의자를 끌어다가 탁자 맞은편에 앉는다.

"어쩌는 수 없는 일이죠. 될 대로 되는 수밖엔요."

철없는 무관심일까. 대담한 체관일까. 표정 없는 순간의 그의 눈이 아름답다. 슬픈 얼굴보다도 평온한 그 얼굴이 얼마나 더 효과적이었을까.

"보세요. 저 잡동사니의 어수선한 꼴을. 키타이스카야는 이제 는 벌써 식민지예요. 모든 것이 꿈결같이 지나가버렸어요."

유라는 판타지아에서도 으뜸가는 용모였다. 불끈 뜨는 커다란 눈이 간담을 서늘하게 하면서도 어디인지 어린 태가 드러나 보인 다. 몸도 작고 팔다리도 소녀같이 애잔하다.

"폴란드 태생인 어머니의 피를 받아서 그런지 나두 여기서는 외국 사람 같은 생각이 난답니다."

새빨간 드레스를 입고 볼에 새까만 점을 붙이고 의자에 앉은 그 의 모양은 밤 홀의 분위기와 꼭 어울리건만 그로서 보면 그 자신 도 또한 그 홀에서는 한 사람의 이국인이란 말일까. 그렇다고 듣 고 보면 딴은 그는 가령 무대 위에서의 노래나 무용이나의 짤막 한 연기를 고집스럽게 열심히 바라보는 버릇이 있다. 그럴 때의 그의 자태는 속일 수 없는 한 사람의 이국인의 그것이다. 조금 어 색스러우리만치 잠자코 앉아서 무대로 향한 눈동자에 주의보다는 명상을 담고 있는 모양은 참으로 그 자리에서는 서먹서먹하게밖 에는 보이지 않았다.

밴드가 울리면 한자리에 앉았던 리나와 끼고 일어나 춤을 추는 것이 여자끼리라 그런지 부드럽고 익숙하게 보이건만 나와 겨루게 되면 그만 발이 걸리고 몸이 끌리면서 주체스럽게 어긋나버린다. 반드시 내 춤이 어색한 까닭이 아니라 유라의 심중이 복잡한 탓이려니 생각한다. 복잡한 심서로는 주의의 방향을 어거[3]할 수 없는 모양이다.

유라가 잠깐 자리를 비운 새 리나가 묻지 않는 말로 동무의 비밀의 한 토막을 들려준 것은 대체 무슨 까닭이었을까.

"유라는 홀에서 독판 점잖은 척은 해도 실상은——."

"훌륭한 얼굴이 아니오. 기품이 있고 명상적인 것이."

"실상은 작년까지 니이싸에 있었다나요. 거리에선 다 알죠."

재빠르게 지껄이는 어조에 날카로운 적의가 편적임을 나는 놀랍게 여기며 리나의 얼굴을 쏘아붙인다. 리나는 조금도 동하는 기색 없이 담배 연기를 천장으로 뿜어 올린다. 나는 들을 말을 들었는지 안 들을 말을 들었는지 분간할 수 없어——순간의 놀람과는 반대로 마음은 즉시 침착하게 비어감을 느낀다.

니이싸는 결코 명예롭지 못한 곳이다. 유라의 몸에 찍혀진 그 지옥의 치욕의 표징은 평생을 가야 벗어질 날이 없을 것이다. 그런 치명상을 몸에 입지 않으면 안 되리만큼 절박했던 것인가.

"판타지아로서는 이같이 불명예로운 일은 없어요. 행여나 우리 모두를 유라와 같은 부류의 여자인 줄 생각들 할까 봐서 겁이 나요."

이런 리나의 불평이 그로 하여금 유라의 비밀을 털어놓게 한 것일까. 그의 어세는 의외에도 격하고 세다.

"그러나 리나와 유라는 누구보다두 친한 사이가 아니오."

"우정과 신분은 다른 것이니까요. 신분만은 서로 확적히 해두는 것이 옳지 않겠어요."

카바레는 즐거운 곳만도 아니다. 사람사람의 가슴 속에는 심리의 갈등과 감정의 거래가 거미줄같이 잘게 드리워 그것을 목도하고 경험함은 답답하고 피곤한 일이다. 더욱이 유라들의 일건에 관해서는 나는 결코 행복된 입장에 서 있다고는 생각할 수 없는 것이다.

유라가 나 같은 뜬 나그네를 그렇게 수월하게 찾아온 것을 구태여 그의 그런 허름한 신분의 탓이라고까지 생각할 필요는 없었고 다만 약속을 지키자는 그의 교양의 발로라고 여기면 그만이어서 함께 거리에 나왔을 때에도 나는 그와 나란히 선 것을 그다지 부끄러워할 것이 없었다.

키타이스카야를 강 쪽으로 걸어가다가 왼편으로 구부러져 들어간 비교적 한산한 부두구(埠頭區) 일대의 주택 지대를 거니는 것이 또한 나의 기쁨의 하나이다. 마당같이 넓은 한길에는 느릅나무의 열이 두 줄로 뻗혀 있고 양편의 주택은 대개가 보얀 계란빛으로 되어서 침착하고 고요한 뒷골목인 셈이다. 대체 느릅나무와 보얀 집과 교당의 둥그런 지붕과 종소리를 제한다면 하얼빈의 운치로는 남을 것이 무엇일까. 부두구의 가로수 그늘을 지나면서 집 문패의 노서아 문자를 차례차례 서투르게 읽어가는 것이 아이다운 기쁨을 자아내게 한다. 어느 집이나 넓은 뜰이 달렸고 나무와 화초가 화려하다. 옥수수와 강낭콩을 심은 뜰도 있어서 어느 고장에서나 전원의 풍경으로는 이에 미치는 것이 없는 모양이다.

"불란서 영사관예요."

수풀 속에 커다란 이층집이 들여다보이는 문간에 이르렀을 때 유라는 나의 주의를 일깨웠다.

규모가 클 뿐이지 집 모양이 사택과 다를 것 없는 것이 흥미를 끈다. 민주주의 문화의 표시인 것일까.

"변한 것은 키타이스카야뿐이 아니라 이 영사관두 어제와는 다르답니다."

"독일과의 싸움에 졌으니까 말이지."

"불국과의 연락이 끊어진 까닭에 돈두 안 오고 통신두 막히구 해서 영사의 가족들은 요새 와선 생활조차 곤란이라나요. 자동차를 팔았느니 지니구 있는 보석까지를 넘겼느니──신문은 가지가지의 소식을 전해요."

"세상은 변하라구 생긴 모양이야."

불란서 영사관을 몇 집 지나놓고가 또 바로 화란(和蘭)[4] 영사관이다. 규모는 조금 작으나 나뭇가지 사이로 들여다보이는 조촐한 집이 그 구역에서는 제일 단정한 듯하다. 화단에는 새빨간 샐비어가 한창 찬란하게 피어 있다. 그러나 철문에 자물쇠가 걸려 있음은 웬일인가.

"아주 폐쇄해버렸단 말인가."

"폐쇄한 셈이죠. 관원들은 뒤꼍 한 칸으로 살림을 줄이곤 거의 전채'를 어떤 회사에서 빌려주었다니까요."

"영사관이 셋집이 됐다."

닫혀진 절문 속을 한참이나 물끄러미 바라보다가 나는 유라와 함께 천천히 그 앞을 떠났다.

머릿속이 아찔해지면서 느릅나무의 푸른 잎새가 눈 속에 엉겨붙을 듯이 압박해온다. 수수께끼나 풀고 있는 듯 오후의 골목은 고요하다. 깨끗하게 정돈된 한길 위에 우리들의 발소리만이 저벅저벅 울린다.

나는 혼란한 머릿속을 수습하노라고 잠시 침묵을 지키는 수밖에는 없었다. 순간의 착각에서 깨어난 듯이 나는 내 육신이 제대로 멀쩡한 것을 새삼스럽게 신기하게 느낀다. 한길도 수풀도 집들도 제대로 늘어서 있다. 있던 모양대로 그대로 있는 것이다.

"유라두 혹 그런지──난 가끔가다 현재라는 것에 대해 커다란 놀람과 의혹이 솟군 하는데."

"현재가 왜 이런가 하구 말이죠."

유라도 내 마음속에 떠오르고 있는 생각의 정체를 옳게 살핀 모양이었다.

"가령──이 한길은 왜 반드시 이렇게 났을까──집들은 왜 하필 이런 모양일까──이 거리는 왜 꼭 지금 같은 규모로 세워졌을까──하는 생각……"

"키타이스카야는 왜 지금같이 변하구 불란서 영사관은 왜 저 모양이 되구 했나 말이죠."

"더 가까이──손가락은 왜 하필 다섯 가락일꼬 네 가락이면 어떻구 여섯 가락인들 어떻단 말인구——얼굴에만 두 눈이 박히지 말구 뒤통수에 하나 더 있든들 어떻단 말이구——배꼽이 옆구리에 붙으면 왜 못쓸까. 내 머리는 왜 검구——유라의 눈은 왜 푸른지……"

나는 얼마든지 내 의혹의 예를 들 수 있다. 눈에 보이는 것 귀에 들리는 것이 생각하기에 따라서는 내게는 모두 수수께끼인 것이다.

"학자들은 진화의 법칙으로 설명하구 필요의 이치를 따지지만 ——손가락이 여섯인들 그다지 거추장스럽구 불필요할 것이 무언구. 그따위 옅은 설명보다두 내가 알구 싶은 건 창조의 진의—— 무슨 까닭으로 하필 현재의 이 우연한 결정이 있게 되었는가——현재가 이미 우연일 때 현재와 다른 우연의 결정을 생각할 수 없을까——내 머리가 노래졌대두 좋은 것이구 이 행길이 남쪽으로 났대두 무방한 것인 걸 다만 우연한 기회로 말미암아 다르게 결정된 까닭에 지금의 이 머리 이 행길로 변한 것이 아닐까——그러기 때문에 지금보다 다른 세상이라는 것을 생각할 수 있는 것이구 생각하지 않고는 견딜 수 없는 것이구……"

"당신은 무서운 회의주의자예요. 그러니까 언제나 그런 우울한 얼굴을 지니구 있죠."

"나는 지금 왜 이곳으로 여행을 왔구 유라는 왜 나와 걷구 있구……"

"너무 어려운 것을 생각하면 마음이 안타까울 뿐이죠 괜히. 사람의 힘에 부치는 것을 생각함은 자연에 대한 반역이 아닐까요.

괴로운 마음은 그 반역에 대한 벌이겠죠."

유라는 마치 타이르는 듯도 한 부드러운 목소리다.

문득 고개를 드니 먼 맞은편 나무 사이에 교회당의 둥근 지붕이 솟아 보인다. 그 의젓하고 엄숙한 자태는 전지전능자의 위엄을 보이자는 것일까. 지붕 위의 높이 솟은 십자가는 회의주의자인 나를 꾸짖고 있는 것일까.

송화강 가로 나가 긴 둑을 걸어 요트 구락부에 이르러 펙 파러에 앉으니 넓은 강이 바로 눈 아래에 무연하게 열린다.

파러에는 식사하는 손님들이 거의 꼭 차 있고 홀 안 부대에서는 벌써 오후 여섯 시가 되었는지 밴드의 음악이 흘러나온다. 나는 그 음악을 하얼빈의 큰 사치의 하나라고 아까워한다. 식사하는 사람들이 그 음악을 대단히 여기는 것 같지도 않고 첫째 그것을 이해하고 즐기는 사람이 몇 사람이나 될까. 차이코프스키의 실내악은 개 발에 편자같이 어리석은 군중의 귀를 무의미하게 스치면서 아깝게도 흐른다. 하얼빈은 이런 사치를 도처에서 물같이 흘리고 있다.

보이에게 음식을 분부하고 음악에 귀를 기울이고 있을 때 유라는 내가 지니고 온 쌍안경으로 강 위와 건너편 태양도의 구석구석을 샅샅이 정탐하고 있다. 이곳저곳에다 정신없이 초점을 맞추면서 연방 미소를 띤다.

굉장한 것을 발견했다고 히히덕거리며 한 곳을 손가락질하고 쌍안경을 내게 주는 것이나 그의 눈과 내 눈은 시력이 다른 까닭에 나는 내 눈에 맞도록 초점을 다시 조절하지 않으면 안 된다. 눈에 대고 함부로 나사를 돌리노라면 두 개의 렌즈 속에 혹은 태양도의 붉은 지붕이 들어오고 베란다에 나앉은 가족들이 들어오고 물에서 헤엄치는 남녀의 자태도 어리어 온다. 강 위를 닫는 유람선 이층에는 사람들이 빽빽이 붙어 섰고 기슭에 댄 조그만 어선소에는 평화로운 부부의 자태가 보인다. 남편이 낚시질하는 한편에서 수영복을 입은 아내는 책을 읽고 있다. 책의 작은 활자가 바로 내 손에 쥐여 있는 듯이 똑똑히 비치어온다. 아내가 문득 고개를 돌린 것은 남편이 고기를 낚았다고 소리를 친 까닭이다. 뱃전에 흰 고기가 푸득푸득 뛰면 부부는 미소와 흥분으로 고요하던 배 속에 한동안 생기가 넘친다. 이 단란의 풍경은 아무리 오래 보아도 싫지 않다. 아마도 이날 강에서는 제일가는 풍경이었으리라.

쌍안경으로 그토록 히히덕거리고 기뻐하던 유라언만 보이가 날라다가 식탁 위에 늘어놓는 음식 그릇을 보고 그다지 반가워하지 않음은 웬일이었을까.

각각 접시에다가 음식을 노나놓고는 포크를 드는 대신 여전히 담배를 피운다. 맥주 잔을 권해도 간신히 입술에 대는 정도로 들었다가는 놓는다.

"이런 진미가 입에 맞지 않는다니. 이 집 요리는 하얼빈서두 유명하다는데."

혼자만 식도를 움직이기가 미안해서 이렇게 말하면 유라는

"도무지 식욕이 없답니다."

"담배를 너무 피우니까 그렇지."

"담배를 피워서 식욕이 없는 것이 아니라 식욕이 없으니 담배 밖엔 피울 것이 없어요."

카바레에서도 그는 담배가 과했다. 잠시도 쉬지 않고 무시로 연기를 뿜는 것이다. 손가락 끝이 익은 누에같이 노랗다.

"어서 그런 소리 안 할 테니——음식을 많이 먹구 몸 좀 주의해요. 그 팔목의 꼴이 무어요. 황새같이 가느니."

"몸이 좋아져선 뭘 하게요."

종시 접시에 노나 담은 음식의 반도 못 치우는 그의 식량이다.

파러를 나와 문간에서 모자를 찾을 때 나는 늙은 보이에게 은전 한 닢을 쥐여주다가 문득 어디선가 본 얼굴 같아서 고개를 갸웃거리면서 뜰로 내려섰다.

"옳지 스테판. 어쩌면 저렇게 스테판과 같은 얼굴일까."

그 늙은 보이는——이름이 무엇일까, 흔한 이완이나 안톤일까——모습이 스테판과 흡사한 것이다. 스테판은 판타지아의 변소를 지키는 늙은 보이이다. 손님의 손에 물을 부어주고 수건을 빌려주는 보이이다.

하얼빈에는 왜 이다지도 도처에 늙은 보이가 많으며 그들의 얼굴이 또한 비슷비슷한 것인가. 불그스름한 바탕에 주름이 거미줄같이 잡히고 머리카락이 흰 것이 모두가 스테판 같고 이완 같고 안톤과 흡사하지 않은가——생각하면서 나는 스테판의 얼굴을 떠올려보았다. 취한 손님이 비틀비틀 변소에서 나와 수도 앞에 서면 스테판은 빙글빙글 웃으며 가까이 와 컵에 준비해두었던 물을 손에 끼얹어주고 손에 들었던 수건을 내민다. 손님이 손을 훔치고 날 때면 다시 빙글빙글 웃으며 얼굴을 똑바로 본다. 그 웃음에는 뜻이 있다. 돈푼을 던져달라는 것이다. 그렇게 알고 보면 그 웃음을 띤 얼굴이 원숭이같이 교활하고 불쾌하게 여겨지는 것이나 그러나 그렇게 해서 모은 돈이 하룻밤의 그의 필요한 수입이 됨을 생각할 때 미워할 수만도 없는 것이다. 하얼빈의 수많은 보이들 중에서도 스테판같이 천하고 가엾은 사람은 없을 법하다. 내게 그토록 강렬한 인상을 주게 된 것도 그 까닭일지 모른다.

뜰에는 초록이 신선하고 화단이 깨끗해서 제물로 휴게소를 이루었다. 흰 벤치가 놓여 있는 나무 그늘로 가서 유라와 함께 걸어앉으면서도 나는 스테판의 인상을 떨어버릴 수가 없다. 스테판을 생각하면 한 가지 미안한 일이 있었던 까닭도 있다.

"난 스테판에게 조그만 죄를 진 게두 같구려."

내 말에 유라는 내 얼굴을 듬직이 바라보면서

"그날 밤에 팁을 좀더 못 주었던 것 말이죠. 그 말씀을 벌써 몇 번 되풀이하시는 셈예요. 하룻밤에 한 번 두 번 그만이지 어떻게 번번이야 주겠어요."

"그래두 스테판은 그것을 바라는 표정이던데."

몇 번째 출입이었던지 나는 잔돈이 없었던 까닭에 그의 미소에 대답할 수 없었던 것이다. 지전 한 장을 덥석 주지 못했던 것은 확실히 나의 인색한 탓이라고 해도 할 수 없는 것이 지전 한 장쯤이 그의 그 은근한 태도에 대해서는 그다지 과하고 불필요한 보수는 아니었을 것이니 말이다. 나는 확실히 지전을 아꼈던 것이다. 없는 잔돈을 찾다가 그만 부끄럽게도 그의 앞을 비슬비슬 물러서는 수밖에 없었다. 생각할수록 미안한 일이었다.

"암마를 줘도 좋기는 하겠지만 어디 세상에 그렇게 관대한 손님이 있어요."

유라는 나를 위로하려고 애쓰는 눈치인 듯도 하다. 그러나 그가 전하는 스테판의 신세 이야기는 도리어 더한층 내 마음을 울리게 되었다.

"하긴 스테판은 그렇게 푼푼이 모아서 본국으로 갈 노자를 만들고 있답니다. 한 푼이라도 더 긴하긴 하죠."

"본국으로."

"그는 소비에트로 가야 하구 가기를 원하구 있어요."

"흐음. 그럼 변소에서 버는 한푼 한푼이 십만 리 먼 길을 주름잡는 한 킬로 한 킬로의 찻삯이 된단 말이지."

"그렇게 그는 평상의 꼭 한 가지 그 원을 위해서는 어떤 비굴한 웃음이든지 띠지 않을 수 없어요."

"그럼 난 더 미안한 셈이 되게."

"스테판의 꿈은 먼 곳에 있답니다. 눈앞에는 아무것두 없어요."

"유라의 꿈은?"

나는 뒤미처 물으려다가 그만 입을 다물고 강^{6}을 내다보았다. 누런 탁류가 아득하게 넓고 무수한 배가 혹은 움직이고 혹은 서 있다.

나는 문득——밑도 끝도 없이 문득,

'스테판은 혹시나 유라의 아버지나 아닐까.'

하고 느끼자 공연히 내 스스로 그 당돌한 생각에 놀라면서 고개를 돌려 유라를 보았다.

역시 강을 바라보고 있던 유라는 그 내 거동을 눈치 챔인지 얼굴을 돌려 함께 나를 본다. 나는 그의 복잡한 마음속을 그 시선만으로는 읽을 길이 없다. 그는 그 수심스러운 눈을 보낼 곳이 없는 듯 다시 강으로 던지면서

"강을 바라보면 저는요——."

들릴락 말락 목소리가 가늘다.

"언제나 죽고 싶은 생각뿐예요."

"주 죽다니."

나는 모르는 결에 목소리를 높이면서 황새같이 가는 그의 팔목을 새삼스럽게 바라본다.

"아예 그런 위험한 생각은——."

하면서 생각하니 유라야말로 나보다도 몇 곱절 윗길 가는 회의주의자였던 것이다. 무시로 담배만을 먹고 식욕이 없고 황새같이 여윈 그는 속으로 죽음을 생각하고 있었던 것이 아닌가.

"죽다니 아예 그런."

거듭 외는 내 말투는 죽음을 생각함은 도리어 사치한 생각이라는 것, 사람은 아무리 발버둥쳐도 사는 수밖에는 도리가 없다는 뜻을 표시하자는 것이었으나 유라가 받은 뜻은 무엇인지를 알 길이 없다. 그렇다고 다시 죽음을 장황하게 설명함은 내 맡은 일도 아닐 법하다.

"마지막 판에는 언제나 그걸 생각하곤 해요. 그것만이 즐거운

일이에요."

　내가 내 딴의 생각에 잠겨 있듯 유라도 역시 그 자신의 생각의 껍질 속에 잠겨 있는 것이다. 그 껍질 속으로는 국외의 다른 사람은 도저히 비집고 들 길이 없다. 죽음 이외의 무슨 말로 대체 나는 그를 위로할 수 있는 것일까.

　파러에서는 여전히 답답한 음악이 들려오고 강은 저녁빛 속에 점점 흐려간다. 사람을 싣고 섬으로 건너가는 이층의 유람선이 저무는 속에서는 먼 세상의 것같이 아득하게 보인다.

산협 山峽

공재도가 소금을 받아 오던 날 마을 사람들은 그의 자랑스럽고 호기로운 모양을 볼 양으로 마을 위 샛길까지들 줄레줄레 올라갔다. 새참 때는 되었을까 전노리[1]가 지난 후의 깨나른한[2] 육신을 잠시 쉬이고 싶은 생각들도 있었다. 마을이라고는 해도 듬성한 인가가 산허리 군데군데에 헤일 정도로밖에는 들어서지 않은 펑퍼짐한 산골이라 이쪽저쪽의 보리밭과 강낭밭에서 흰 그림자들이 희끗희끗 일어서서는 마을 위로 합의나 한 것같이 모여들 갔다.

"소가 두 필에 콩 넉 섬을 싣구 갔었겠다. 소금인들 호북히 받아 오지 않으리."

"반반으로 바꿔두 두 섬일 테니 소금 두 섬은 바위보다두 무겁거든. 창말[3] 장에서 언젠가 한 번 소금 섬을 져본 일이 있으니까 말이지만."

"바닷물루 만든다던가. 바다가 멀다 보니, 소금은 비상보다 귀한 걸 공서방도 해마다 고생이야."

봄이 되면 소금받이의 먼 길을 떠나는 남안리[4] 농군들이 각기 소 등어리에 콩 섬을 싣고 마을 길에 양양하게들 늘어서는 습관이던 것이 올해는 거반 가까운 읍내에 가서 받아 오기로 한 까닭에 어쩌다 공재도 한 사람이 남아버렸다. 원주 땅 문막은 서쪽으로 삼백 리나 떨어진 이웃 고을의 나루였다. 양구더미[5]를 넘고 횡성 벌판을 지나 더딘 소를 몰고는 꼭 나흘의 길이었다. 양구더미를 넘는 데만도 너끈히 하루가 걸리는 데다가 굼틀굼틀 구부러져 들어가는 무인지경의 영은 깊고 험준해서 울창한 참나무 숲에서는 대낮에도 도적이 났다. 썩은 아름드리나무가 정정히 쓰러져 있는 개울가의 검게 탄 자리는 도적이 소를 잡아먹은 곳이라고 행인들은 무시무시해서 머리털을 솟구면서 수군거렸다. 문막 나루 강가에는 서울서 한강을 거슬러 올라온 소금 섬이 첩첩이 쌓여서 산골에서 나온 농군들과의 거래로 복작거리고 떠들썩했다. 대개가 콩과 교환이 되어서 이 상류 지방에서 바뀌어진 산과 바다의 산물은 각기 반대의 방향으로 운반되는 것이었다. 흥정이나 잘돼서 후하게 받은 소금 짐을 싣고 다시 양구더미를 무난히 되돌아 넘어 멀리 자기 마을의 산골짝을 바라보게 될 때 재도는 비로소 숨을 길게 뽑았다. 내왕 열흘이나 걸리던 먼 길에서는 번번이 노독을 얻었고 육신이 나른히 피곤해졌다. 소금받이는 수월한 노릇이 아니었다.

강낭밭에서 풀을 뽑고 있던 안중근이 삼촌의 마중을 나가려고 호미를 던지고 골짜기로 내려와 사람들 틈에 끼었을 때에는 산 너머 무이리까지 마중 갔던 재도의 사촌 아우 공재실은 한 걸음 먼저 산길을 뛰어 내려오면서 얼마간 흥분된 낯빛이었다.

"자네들두 놀라리. 내 세상에 원—삼백 리나 되는 문막 길을 가서 재도가 무얼 실어 오는 줄들 아나."

"소 두 필에 산더미 같은 소금 바리를 싣고 오겠지 별것 싣구 오겠나. 소 등어리가 부러져라구 무거운 소금 섬으로야 일 년을 먹고두 남겠지."

"두 두 필이었겠다 확실히. 그 두 필의 소가 한 필이 됐다면 이 건 대체 무슨 조화일 건가. 그리구 그 한 필의 잔등에두 무엇이 타구 오는 줄 아나?"

"소금 섬 대신에 그럼 금 항아리나 싣구 온단 말인가?"

"금 항아리. 또 똥 항아리래라. 사실 똥 든 항아리를 싣구 오는 폭밖에는 더 돼? 열흘 동안이나 왼처를 건들거리구 제일 바쁜 밭 일의 고패를 버리구 떠나서 원 그런 놈의 소갈머리라니."

대체 무슨 곡절이길래 재실이 이렇게 설레누 하고들 있는 판에 바로 당자인 재도의 자태가 산길 위에 표연히 나타났다. 음—옳 지—들 하고 입을 벌리면서 사람들은 눈알을 굴렸다. 하필 소의 고삐를 끌고 느실느실 걸어오는 재도의 모양은 자랑스러운 것인 지 낙심해하는 것인지 짐작했던 것보다는 의젓한 데다가 끌고 오 는 소 허리에는—한 사람의 여인이 타고 있는 것이다. 먼눈에도 부유스름하게 흰 단정한 자태이다. 가까워옴을 따라 얼굴 모습이 차차 뚜렷이 드러날 때 사람들은 모르는 결에 수선들 거리며 소 곤소곤 지껄이기들 시작했다. 재도는 여인을 위로나 하는 듯 연해 처다보면서 무언지 은은히 말을 던지는 꼴이 가깝게 보니 낙심해하는 것이 아니라 역시 자랑스러워함을 알 수 있었다. 조그만 소금 섬이 여인의 발 아래에 비죽이 내다보인다.

"새로 얻은 색시라나. 사십 중년에 두 번 장가라니 망령두 분수가 있지 암만해두 마을 사람을 웃길 징조야."

재실은 좀 여겨들으라는 듯이 좌중을 휘둘러보면서 눈에 핏대를 세우고 빈정거린다.

"그럼, 기어코 소원 성취네그려. 첩 첩 하구 잠꼬대같이 외이더니. 자식 없는 신세가 돼보면 무리는 아니렷다. 송씨의 몸에서나 생긴다면 몰라두 후이 없는 것같이 서운한 일은 없거든."

이렇게 재도의 편을 드는 것은 같은 자식 없는 설움의 강영감이었으나 그런 심정은 도대체 재실의 비위에는 맞지 않았다.

"지금부터래두 큰댁의 몸에서 늦내이로 생길지두 모르는 일이거니와 첩의 몸에서라구 어김없이 있으리라구는 누가 장담하겠나. 생겼댔자 그게 자라서 한몫을 볼 때까지 애비가 세상에 붙어나 있겠나?"

"증근이 너 삼촌댁 하나 더 생겼다구 좋은 모양이지. 너두 올해는 장가들 나이에—네 색시하구 젊은 삼촌댁하구 까딱하면 바꿔잡을라."

"삼촌댁이구 쥐뿔이구 내 소는 어떻게 된 거야. 남의 황소를 끌구 가더니 지져 먹은 셈인가."

씨름으로는 면내에서 증근을 당하는 사람이 없었다. 단옷날 창말서 열리는 대회에서는 해마다 상에서 빠지는 적이 없었고 지난

해에는 황소 한 마리를 탔다고 이름이 군내에 떨쳤다. 그 황소를 빌려 가지고 떠날 때 애걸복걸하던 삼촌이 지금 터무니없이 맨손으로 돌아오는 것이다.

"황소와 색시와 바꿨단 말인가. 그럴 법이. 그게 어떤 황손데. 나와 동무하구 나와 잠자구 내가 타구 하던 것을 갖다가——지금 어디서 내 생각을 하구 있을꾸."

"이런 말버릇이라니. 삼촌댁을 그렇게 소홀히 여기면 용서가 없어. 소가 다 무어게. 씨름에서 이기면 또 얻을걸. 사내자식이 언제면 지각이 들꾸."

핀잔을 받고 증근은 쑥 들어갈 수밖에는 없었으나 삼촌이 사람들과 지껄지껄하고 있는 동안 슬며시 소 잔등에 눈을 보냈다가 구슬같이 말간 색시의 행동에 그만 마음이 휘황해지면서 눈이 숙어졌다. 저렇게 젊은 색시가 왜 삼촌댁이 되는구 생각하니 이상스러운 느낌에 공연히 마음이 송송거려져서 이게 여간한 일이 아니구나 얼른 삼촌댁에도 일러주지 않으면 하고 총중을 빠져나와 단걸음에 집으로 달려갔다.

뒤안 베틀에서 베를 짜고 있던 삼촌댁 송씨는 곡절을 듣고 뜨끔해 놀라는 눈치더니 금시 범연한 태도로 조카 증근을 듬짓이 내려다보았다.

"삼촌은 입버릇같이 언제나 나를 돌소[6] 돌소 하고 욕 주더니 그예 계집을 데리구 왔구나. 내가 돌손지 삼촌이 병신인지 뉘 알랴만 나두 자식을 원하는 마음이야 삼촌에게 지겠니. 아무리 속을 태워두 삼신할머니가 종시 원을 들어주지 않는구나. 첩의 몸에서

자식이나 생기는 날이면 나는 이 집을 하직하는 날이야. ……앞
대 여자는 인물두 좋다는데."

"그렇게 고운 여자두 세상에 있나 싶어. 달같이 희멀건 게……"

"어디 보구나 올까. 마중 안 나왔다구 또 삼촌께 책을 듣기 전
에."

한숨을 지으면서 송씨가 틀에서 내려서 앞뜰까지 나섰을 때 골
방에서 삼을 삼고 앉았던 늙은 시모는 무슨 일이냐고 입을 벙긋
벙긋했다. 증근이 큰 소리를 질러 곡절을 말해도 귀도 안 들리고
말도 못 번기는 노망한 노파는 안타까워서 손만 휘휘 내저었다.

논길을 걸어 내려오는 행렬을 보고 송씨는 휘황한 느낌에 눈이
숙어졌다. 소를 탄 색시의 자태는 사람들 위로 우뚝 솟아서 높고
그 발 아래편에 남편과 마을 사람들이 줄레줄레 달려서 누구나가
슬금슬금 색시의 모양을 우러러보는 것이었다. 소 목에 단 방울
소리가 떨렁떨렁 울리는 속으로 사람들의 말소리가 지껄지껄 들
리는 것이 흡사 잔칫집 행렬이었다. 내 혼례 때에두 저렇게 야단
스럽진 못했겠다 눈을 감구 가마를 탔을 뿐이지 저렇게 자랑스럽
지는 못했겠다. 송씨가 그런 생각에 잠겨 있을 때 증근은 또 제
생각에 잠겨 내가 씨름에서 황소를 타 가지구 돌아올 때두 저렇게
야단스러웠던가 마을의 젊은 축들이 뒤에서 떠들썩하고들 따라왔
을 뿐이지 저렇게 의젓하지는 못했던 것 같다──고 작년 일을 생
각하고 있었다. 따뜻한 볕을 잠뿍 받으면서 흔들흔들 가까워오는
색시의 자태를 바로 눈앞에 바라보았을 때 그것이 꿈이 아니고
짜장 생시의 일임을 깨달으면서 송씨는 아찔해짐을 느꼈다.

이튿날은 잔치라고 마을의 여자란 여자는 죄다 재도의 집에 모여들었다. 인가가 듬성한 마을 어느 구석에 사람이 그렇게도 흔하게 박혔던지 마당과 부엌과 방에 그득들 넘쳤다. 급하게 차리느라고 대단한 잔치도 아니었으나 그래도 국수 그릇과 떡 조각에 기뻐들 하면서 사내들은 탁주 잔에 거나해지면서 각시의 평론으로들 왁자지껄했다. 송씨는 어제날의 놀람과 탄식은 씻어버린 듯 범상한 낯으로 부지런히 서둘렀다. 큰댁 앞에서 새 각시의 인물을 한정 없이 출 수도 없어서 여자들은 기연미연한 말솜씨로 그 자리를 얼버무려 넘겼다. 저녁 무렵은 되어 외양간에 짚과 멍석을 펴고 신방이 차려질 때까지도 돌아가려고들은 안 하고 외양간 빈지⁷ 틈으로 첫날밤의 풍습을 엿볼 양으로 눈알을 굼실굼실 굴리며들 설렜다. 소의 본성을 본받아 잘 낳고 잘 늘라는 뜻이기는 했으나 그 당돌한 첫날밤의 풍습에 색시는 얼굴을 붉히며 서슴거리는 것을 여자들은 부끄럽긴 무에 부끄러워서 소같이 튼튼한 아들을 낳아서 공씨 일문의 대를 이어야만 장한 일인데라고 우겨서 외양간 안으로 밀어 넣는 것이다. 늙은 신랑이 이도 겸연쩍은 듯이 고개를 숙이고 그 뒤를 따라 들어간 후 빈지를 닫고 나니 사내들은 주춤주춤들 헤어져 혹은 집으로 가고 혹은 다시 사랑으로들 밀렸으나 여자들은 찹찹스럽게 외양간 주위를 빙빙 돌면서 젊었을 시절의 꿈들을 생각해내서는 벙글벙글 웃고 킬킬거리면서 수선들을 떨었다.

"얼른들 와 좀 봐요. 촛불이 꺼졌어."

"공서방두 복 있는 사람이야. 평생에 두 번씩이나 국수를 먹이구 그 둘째 각시는 천하일색이니, 죽어서 다시 저런 일색으로 태어난다면 열두 번 죽어도 한이 없겠다."

"여자는 인물보다두 그저 자식내이를 잘하구야. 큰댁은 왜 색시 때 일색이 아니었나?"

"큰댁두 속 무던히 상하겠다. 여식이래두 하나 났드라면 이런 꼴 안 봤을 것을. 어 어디를 갔는지 아까부터 까딱 자태가 안 보이니."

송씨는 남모르는 결에 집을 나와 뒷골 우물 둔지에 와 있었다. 칠성단에 정한 물을 떠놓고 그 앞에 무릎 꿇고 요 십 년째 아침저녁 한 번도 번긴 적이 없는 기도를 올리고 있었다. 눈을 감고 합장하고 정성을 다해 치성을 드리는 단정한 얼굴이 어둠 속에 희끄무레 솟아 보인다.

"아침이나 저녁이나 이 자리에 무릎 꿇고 합장하구 삼신님께 비옵는 건 한 톨의 씨를 이 몸에 줍소사고 인자하신 삼신님께 무릎 꿇고 합장하구 아침이나 저녁이나……"

웅얼웅얼 외는 목소리는 산속에 울리는 법도 없이 샘을 둘러싸고 있는 키 높은 갈대밭으로 꺼져 들어가면서 그 소리에 화하는 것은 얕은 도랑물 소리뿐이었다. 집 안의 요란한 인기척도 밭 건너편에 멀고 금시 어둠 속에 삼신의 자태가 우렷이 나타날 듯도 한 고요한 골짜기였다. 사시나무와 자작나무 잎새도 오늘 밤만은 살랑거리지도 않는다.

"……오늘은 혼인날에 요란히 기뻐하는 속에 내 마음 한층 쓰라리구 어지럽사오니 가엾은 이내 몸에두 여자의 자랑을 줍사 공가에 내 핏줄을 전하게 하도록 합소사구 삼신님께 한결같이……"

모았던 손을 풀고 손바닥을 비비면서 조용조용 일어섰다가는 엎드리면서 단 앞에 절을 한다. 항아리 속에 준비했던 백 낱의 콩 알을 한 개씩 헤면서 백 번의 절을 시작했다. 일어섰다가는 엎드리고 일어섰다가는 엎드리고 하는 그 피곤을 모르는 가벼운 거동이 점점 짙어지는 어둠 속에 사라지고는 나중에는 산신령의 속삭임과도 같은 웅얼웅얼하는 군소리만이 아련히 남았다. 외양간의 첫날밤의 거동보다도 한층 엄숙한 밤 경영이었다.

이렇게 남몰래 마음을 바수는 것은 송씨 한 사람뿐이 아니라 재도의 종제 재실과 그의 아내 현씨도 잔칫집 뒷설거지를 대충 마치고 삼밭 하나 사이에 둔 자기들 집으로 돌아왔을 때 처음으로 조용히 자기들의 처지를 돌보게 되었다.

"꼴이 다 틀린걸. 이렇게 될 줄은 몰랐다."

재실은 한숨과 함께 중얼거리면서 일득이 놈은 자는가 하고 아랫방을 내려다보고 어린 외아들이 때 아닌 잔치 등쌀에 피곤해 잠들어 있는 것을 보고는 다시 아내에게로 고개를 돌렸다.

"일이야 될 대루 됐지. 철없는 외자식을 양자로 주군 무얼 믿구 살아간단 말요."

"또 덜된 소리. 누가 주구 싶어서 주나. 이 살림 꼬락서니를 생각해보면 알 일이지."

재실의 심보라는 것은 일득이를 큰집에 양자로 들여보내서 대를 잇게 하고 그 덕에 어려운 살림살이를 고쳐보자는 것이었다.

부근 일대의 전토와 살림을 독차지하다시피 해서 재도가 마을에서 일등 가는 등급인 데 비기면 근근 집 한 채밖에는 지니지 못하고 몇 자리의 형의 밭을 소작해서 지내가는 재실의 처지는 고달프기 짝 없는 것이었다. 당초부터 그렇게 고달팠던 것이 아니라 조부 때에 분재를 받아 두 대째 온전히 지켜오던 가산을 재실은 한때의 허랑한 마음으로 읍내에서 노름에 정신을 팔고 창말서 장사를 하노라고 홍청거리다가 밑을 털어버린 것이었다. 다시 형의 앞에 나타날 면목조차 없었으나 목숨이 원수라 몇 자리의 밭을 얻어 생애를 다시 고쳐 시작하는 수밖에는 없었다. 마음을 갈아 넣었다고는 해도 어려운 살림에 시달리노라니 심사가 흐려지는 때도 많아서 형에게 후손 없는 것을 기회 잡아 외아들 일득을 종가로 들여보낼 계책이었던 것이다.

"형두 당초에는 그 요량으로 있었던 것이 웬 바람인지 알 수가 없어. 인물에 반했는지 원. 소 한 필과 바꿨더니 소금 대신에 계집을 사 온 셈이지. 젊은 대장장이의 여편넨데 그 녀석 소가 탐이 나서 여편네를 팔게 됐다나."

"뭐 뭐요. 소와 여편네를 바꾸다니. 계집도 계집이지 아무리 살기가 어렵기로 원 세상에 별일도 다 많지."

"후일 시비가 있어두 해서 사내는 쪽지를 다 써주었다니까 정말두 거짓말두 없어. 대장장이 여편네래두 앞대 여자는 인물이 놀랍거든. 녀석 지금쯤은 필연코 후회가 나렸다."

"숫색시가 아니래두 핏줄만 이으면 그만이야 그만이겠지. 양자를 들이긴 제발 제발 싫다구 하던 판에."

416

"그래 이 집 꼴은 무어람. 일득이를 준다구 해두 아래윗집에서 영영 못 보게 될 처지두 아니구 내년 봄에는 창말 사숙에나 읍내 학교에두 넣어야 할 텐데——일 다 틀렸지. 남의 밭을 평생 부치면서야 헤어날 재조 있나."

재실이 밤 패는 줄을 모르고 궁리해보아야 하릴없는 노릇 재도의 속심은 처음부터 빤한 것이었다. 큰댁 몸에서는 벌써부터 그른 줄을 알고 첩의 몸에서라도 자식을 얻어보겠다고 벼르던 것이 이번 거사로 나타났던 것이다. 만약에 혈통이 끊어지는 일이 있다면 선조에 대해서 다시없는 죄를 지는 셈이 되는 까닭이었다.

조부의 대에 어딘지 북쪽 땅에서 이 산골로 옮아 왔을 때에도 아무것도 가지지 못한 맨주먹에 족보 한 권만은 신주같이 위해 가지고 있었다. 족보의 계도에 의하면 공문일가는 근원을 멀리 중국 창평 땅에 두고 만고의 성인을 그 선조로 받들고 있다고 기록되어 있었다. 기록한 옛 성인의 후손이라는 바람에 마을 사람의 공경과 우대를 한 몸에 모으고 부지런히 골짝과 산허리의 땅을 일구기 시작한 것이 자수 성공으로 당대에 수십 일 갈이의 밭과 여러 섬지기의 논을 장만하고 부근 일대의 산까지를 손안에 잡아서 마을에서는 일등 가는 거농이 되었다. 한번 일군 가산은 좀해 흔들리지 않아서 두 아들을 낳고 이 고을에서의 삼 대째 재도의 대에 이르게 되매 집안은 더욱 굳어졌다. 불미한 재실만이 두 대째 잘 이어온 재산을 선친이 없어진 것을 기회로 순식간에 탕진해버리는 것을 종형 재도는 아픈 마음으로 바라보고 있었다. 아니나 다를까 재실이 알몸으로 마을에 돌아왔을 때는 전토는 벌써 남의 손에 들어간 후였다. 비위 좋게 외아들의 양자 봉양을 궁리해왔으나 재도는 처음부터 마음이 당기지 않았다. 삼 대나 걸려 알뜰히 장만한 토지를 길이길이 다스려가려면 아무래도 제 핏줄이 필요하다고 생각하고 있었다. 자기 한 몸이 없어진 후 행여나 재산이 다른 사람 손으로 넘어가게 되어 선조의 무덤을 돌보는 자손도 없이 그 제사를 게을리 하게 된다면 사람의 자식 된 몸으로서 그보다 죄스러운 일은 없다고 생각하고 있었다. 일정한 땅에 목숨을 박고 그곳을 다스리게 됨은 그것을 다음 대에 물려주자는 뜻이라는 것을 굳게 믿고 있었다. 될 수만 있으면 먼 타관에서 인연을 구해 왔으면 하고 해마다 봄이 되어 소금받이를 떠날 때마다 그 궁리이던 것이 문막 나루터는 산에서 자란 그의 눈을 혹하기에 넉넉했다. 어쩌다가 올해는 바로 그 소원이 이루어진 것이었다.

혼례가 지나 며칠이 되니 새 각시는 집일이 익어서 서름서름해하는 법도 없이 부지런히 일을 거들었다. 부엌에서 큰댁과 나란히 서서 심상하게 지껄거리며 거짓말같이 화목해하는 모양을 남편 재도는 만족스럽게 바라보았다. 시모와 남편을 섬김에 조금도 소홀이 없도록 하려고 하는 조심성스러운 마음씨도 그를 기쁘게 하기에 넉넉했다. 누가 부르기 시작했는지 원주집이라고 불리게 되어서 이 칭호는 마을 사람들에게 일종 그리운 느낌을 주었다. 원주는 근방에서는 제일 개화한 읍이었다. 문명의 찌꺼기가 원주집을 통해서 이 궁벽한 두메에까지 튀어온 것이다. 원주집은 세수를 할 때 팥가루 대신에 비누라는 것을 썼고 동그란 갑에 든 향내 나는 분가루는 정말 장에서 파는 매화분 따위는 아니었다. 무명지에는 가느다란 쇠반지를 꼈고 시모의 눈 닿지 않는 곳에 숨어서는 뒤안 같은 데서 흰 권연을 태웠다. 엽초밖에는 모르는 마을 사람들에게 그 향기는 견딜 수 없이 좋아서 사랑에 머슴을 살고 있는 박동이는 증근을 추켜서는 그 하얀 권연 한 개를 제발 제발 빌곤 했다.

재도의 누이의 아들 안증근은 삼십 리쯤 되는 산 너머 마을에 출가했던 누이가 죽은 후 남편마저 그 뒤를 좇아 떠나게 되니 의지가지없는 신세에 하는 수 없이 삼촌의 집에 몸을 부치게 되었다. 가까운 혈육이기는 하나 성이 다른 조카를 내 자식으로 들일 의사는 없으나 송씨가 물을 찌워 기른 보람이 있어 어느 결엔지 늠름한 장정으로 자라나 머슴과 함께 밭일을 할 때에는 어른 한몫을 넉넉히 보았다. 안씨 문중의 몇 대조이던지 조상에 산속에서 범을 만나 등어리에 발톱 자국을 받았을 뿐 맹수의 허리를 안아서 넘어뜨린 장골이 있었다는 이야기를 어릴 때부터 들어온 증근은 자기도 그 장골의 피를 받았거니 하고 팔을 걷어 힘을 꼬나보곤 했다. 어릴 때부터 익어온 송씨를 백모라고 부르기는 당연하고 자연스러웠으나 생판 초면인 젊은 원주집을 향해서는 쑥스러운 생각이 먼저 들면서 아무리 해도 같은 말이 입으로 나오지 않을뿐더러 자기의 황소와 바꾸어 왔다는 생각을 하면 화가 나는 때조차 있었다. 날이 지날수록 송씨는 기운을 못 차리면서 진종일 안방에 박혀 있거나 그렇지 않으면 베틀에 올라서 북을 덜거덕거리면서 길쌈내이로 날을 보내곤 했다. 그 쓸쓸한 자태가 증근의 가슴을 에는 듯도 해서 원주집 잔소리나 삼촌의 책망을 받을 때마다 백모를 막아주고 싶은 생각뿐이었다.

어느 날 저녁 무렵 증근이 나뭇짐을 지고 돌아와 보니 부엌에서는 백모와 원주집이 한바탕 겨루고 있었다. 저녁 준비로 그릇들이 어지럽게 놓인 부엌 바닥에 산발한 머리채를 마주 잡고 떠들썩하고 노려댔다. 아침저녁으로 시중을 들러 오는 현씨는 어쩔 줄을 모르고 서성거리면서 아궁 밖에 기어 나온 불 끄트머리도 건사하지 못하고 일득아 얼른 가서 삼촌들을 데려오지 못하고 무얼 하니 하며 쉰 목소리로 어린것을 꾸짖을 뿐이었다. 누가 소처럼 일하려구 이 두메로 왔다던 넌 종일 베틀에만 올라 엎드리구 있으니 물을 긷구 여물을 끓이구 부엌 설거지를 하구 혼잣손으로 이 큰 살림을 어떻게 보란 말이야 하고 원주집이 입술을 파랗게 떨면서 소리를 치는 것을 보면 일이 고되다는 불평인 듯싶었다. 호강하자는 첩이드냐 잘난 체 말구 너두 시달려봐야 두메 맛을 아느니라 나두 놀구만 있는 게 아닌데 일끝마다 남의 맘을 꼭꼭 찌르는 이 가사리 같으니 하고 백모도 대꾸하면서 한데 얼려서는 함께 나무 검불 위에 쓰러졌다. 찬장을 다친 바람에 기명들이 왈그렁 뎅그렁 바닥에 쏟아졌다. 넌이 돌소[8]면서 심술은 고작이지 큰댁이라구 장한 체 나둥그러진 건 너지 누구야 이럴 줄 알았으면 누가 이 산골로 올까 삼백 리나 되는 이 두메산골로. 이 말에 백모는 불같이 발끈 달아서 잇몸에서 피를 뱉으면서 무엇이 어쩌구 어째 또 한 번 지껄여봐라 또 한 번 그 혓바닥을 빼버릴 테니 소리소리 지르며 법석을 치기는 했으나 제 분에 못 이겨 제 스스로 탁 터지고야 말았다. 돌소라는 말같이 그에게 아픈 욕은 없었다. 더 싸울 기력도 잃어버리고 자기 설움으로 흑흑 느껴 우는 소리를 듣고 시모가 방문턱까지 기어 나와 그 아닌 꼴들에 놀라 입을 벙긋벙긋 열면서 손을 내저으나 흥분된 두 사람에게는 벌써 어른의 위엄도 헛것이었다. 증근이 쫓아 들어가서 두 사람을 헤쳤을 때에는 널려진 부엌 바닥도 볼만은 했지만 산발하고 옷을 찢고 피를 흘린 두 사람의 꼴은 차마 보기 어려운 것이었다. 현씨도 덩달아 울면서 코를 훌쩍거렸다.

그날 밤 송씨의 자태가 없어진 채 늦도록 나타나지 않았다. 원주집만을 달래고 있던 재도도 비로소 웬일인가 하고 집안은 또 설레기 시작했다. 베틀에도 없고 방앗간에도 없다면 대체 어디로 간 것일까 하고 재도와 증근은 물론 재실 부부와 박동이까지도 나서서 초롱에 불을 켜 들고 샘물 둔지로부터 뒷산을 더듬어도 안 보인다. 점점 불안해져서 패를 노나가지고 묘지 근처와 골짜기 개울가를 샅샅이 찾아보기로 했다. 증근은 혼자서 어둠 속에 초롱을 휘저으면서 행여나 나뭇가지에 드리운 식은 시체를 만나면 어쩌누 겁을 잔뜩 집어먹고 슬금슬금 통물방앗간 안을 엿보았을 때 깊은 구석 볏섬 앞에 웅크리고 앉은 백모의 모양을 보고 주춤 뒷걸음질을 쳤다. 마음을 다구지게 먹고 달려가 보니 나뭇가지에 목은 안 맸을 망정 꼼짝 요동 안 하고 눈을 감은 채 숨결이 가쁜 모양이다. 조그만 항아리가 구르고 독한 간수 냄새가 코를 찔렀다. 소금 섬 아래에 받쳐두었던 항아리의 간수를 먹은 것임을 알고 증근은 끔찍한 짓두 했지 하고 황망히 설레면서 무거운 몸을 일으켜 등에 업고 급히 방앗간을 나왔다. 건너편 뒷산 허리에 번쩍번쩍 움직이는 초롱불들이 보였으나 소리를 걸지 않고 잠자코 논두덩 길을 걷고 있으려니 몸더위로 등어리가 후끈해 오면서 그 무릎 아래에서 이십 년 동안이나 양육을 받아온 백모를 이제 자기 등어리에 업게 된 것을 생각한즉 이상스러운 느낌이 생기면서 알 수 없이 잔자누룩해지는' 마음에 엉엉 울고도 싶었다.

"……그게 즈 중근이냐?"

밤바람에 얼마간 정신을 차렸는지 백모는 가느다란 목소리로 간신히 지껄였다.

"왜 아직 목숨이 안 끊어졌을까. ……돌소 돌소 하지만 난 돌소가 아니야. 아무에게두 말할 수는 없지만 알구 보면 삼촌이 불용이란다. 무이리 무당이 내게 가만히 뙤어주었어."

"아주머니야 왜 나쁘겠수. 원주집의 소갈머리가 글렀지. 앞대서 왔다구 독판 잘난 척하구 툭하면 쌈을 걸군 하면서."

"원주집이 아일 낳을 줄 아니? 두구 보렴. 삼촌이 불용이야. 다 삼촌의 허물이야. 아무두 그런 줄 모르니 태평이지. ……아이구 가슴이야 배야. 아마두 밸이 끊어졌나 부다. 이렇게 뒤틀릴 젠. 으으으응……"

"맘을 든든히 잡수세요. 세상이 다 알게 될 일이니."

간수가 과했던 까닭에 송씨는 몹시 볶이고 피를 토하며 자리에 눕게 된 것이 반달가량이 지나니 차차 누그러지는 날씨와 함께 의외에도 속히 늠실하고 일어나게 되었다. 허전허전해는 하면서도 별일 없었던 듯이 시치미를 떼고 원주집과 심상하게 지껄이면서 일을 거드는 품이 또다시 평온한 날로 돌아가는 듯이도 보였으나 뒷동산 밤꽃이 피기 시작할 무렵은 되어 송씨에게는 이로 쇠약한 몸 걱정이 아니라 한꺼번에 마음을 잡아 흔들고 속을 뒤집히게 하는 일이 생겼다. 어느 결엔지 원주집이 몸이 무거워진 듯 음식도 잘 받지 아니하고 게울질[10]만 하면서 자리에 눕는 날이 많아진 것이었다. 설마 그럴 수야 있을까 하고 마음을 태평히 먹고 있었던 것만큼 송씨는 벼락이나 맞은 듯 정신이 휘둘리면서 멍하니 한자리에 주저앉아 일어날 기맥조차 없어지는 때가 있었다. 현씨가 달래면 간신히 일어나서 원망하는 듯이 하늘을 우러러보는 그 초췌한 자태는 차마 볼 수 없어서 재실은 하루는 창말서 용하다는 점쟁이 한 사람을 데리고 왔다. 반백이 된 수염을 드리운 판수는 정한 상 위에 동전을 굴리고 산죽 가지를 놓고 하면서 음성을 판단하고 사주를 풀어 길흉을 점쳤다. 괘가 좋소이다 걱정할 것이 없어 하고 한참 후에 감은 눈을 끔적거리고 비죽이 웃으면서 결과를 고했다. 길한 날을 받아 동쪽으로 칠십 리를 가 백 날 동안 고산 치성을 드리면 그날부터 서조가 있어 옥 같은 동자를 얻는다는 괘외다. 길사는 빠를수록 좋은 법이니 하루라도 속히 내 말을 좇으소. 판수는 자랑스러운 낯으로 수염을 쓰다듬었다. 지금까지 아무 관상쟁이도 사주쟁이도 안 하던 말을 이렇게도 수월하게 쏟아놓을 제는 필연코 팔자에는 있나 보다고 송씨는 반생 동안 그날같이 반가운 적이 없었다. 판수의 한마디로 순간에 병도 떨어진 듯이 기운이 나면서 기쁜 판에 정성을 다해 판수를 대접했다. 돈 열 냥과 쌀 한 말을 짊어지고 판수는 벙글벙글하는 낯으로 재실에게 끌려 창말로 돌아갔다.

뜻밖인 길보에 남편인 재도도 반갑지 않지도 않은 듯 여러 가지로 길 떠날 준비를 거든다. 택한 날에는 외양간의 거동도 치른 후 기쁜 낯으로 아내를 떠나보냈다. 동쪽으로 칠십 리를 간 곳에는 이름난 오대산이 있고 그 중허리에 유명한 월정사가 있었다. 석 달분 양식에다 기명과 옷벌까지도 소등에 싣고 증근은 기쁘게 백모를 동무해 떠났다.

송씨들이 떠난 후 농사가 바쁜 때이라 집안은 어지럽고 복작거리기는 했으나 큰댁과의 옥신각신이 뺀 것만으로도 원주집은 시원해서 아무 데서나 권연을 푹푹 피우면서 기할 것 없이 내로라고 활개를 폈다. 재실의 한 집안이 죄다 오다시피 해서 일을 거드는 까닭에 부엌일도 송씨와 으릉대고 있었을 때같이 고된 것은 아니었고 송씨 앞에서는 어려워하는 현씨도 원주집과는 허름한 생각에 뜻을 잘 맞추어주는 까닭에 모든 것이 탈 없이 되어나갔다. 단지 밭일이 너무 고되어서 조밭에 풀 뽑기 삼밭에 손질 논에 갈 꺾기 등으로 손이 부족해 재도와 박동이는 죽을 지경이었으나 고대하고 있던 증근은 의외에도 빠르게 떠난 지 열흘 만에 돌연히 돌아와서 장정들을 반갑게 했다. 떠날 때보다는 풀이 죽어서 맥이 없어 보임은 필연코 노독의 탓이거니 생각하고 어떻던가 먼 길이라 되지 박동이가 물으면 돌아다보지도 않고 경없는 듯이 딴전을 보는 것이었다.

"산 산 하니 오대산같이 큰 산이 있을까. 아름드리 박달나무와

참나무가 빽빽히 들어서서 낮에두 범이 나올 지경이여. 절에는
불공 온 사람들이 득실득실 끓어서 산속이래두 동네와 진배없구.
스님이 여러 가지로 돌보아주는 덕으로 방도 한 칸 얻고 새벽 첫
닭이 울 때 일어나서 새옹에 메를 지어 가지구는 불당에 올라가
부처님 앞에 백 번 절을 한다나. 백 번씩 백 날 백일 불공을 드린
대. ……내가 아는 건 그것뿐이야."

"타관 물 먹더니 너 아주 어른 됐구나. 올 때 진부 장터 봤겠지.
강릉 가는 신작로가 나서 창말보다두 크다는데."

"크구말구. 신작로는 한없이 곧게 뻗친 위를 우차가 늘어서구
자동차가 하루에두 몇 번씩 달아난다네. 자동차 첨 보구 뜨끔해
서 길가에 쓰러졌다네. 돼지같이 새까만 놈이 돼지보다두 빠르게
달아나거든. 우레 같은 소리를 지르면서. ……세상이 넓지. 마당
같은 넓은 길을 걷구 있노라면 이 산골로 다시 돌아올 생각이 없
어져. 어디든지 먼 데루 내빼구 싶으면서."

"너 말두 늘구 생각두 엉큼해졌구나. 수작이 아주 어른이야. 어
느 결엔지 어른 됐어. 목소리까지 굵어진 것이."

박동이가 어깨를 치는 바람에 정신없이 지껄이던 증근은 주춤
하면서 몸을 비틀고 외면한 채 밭 있는 쪽으로 달아났다. 그 뒷모
습을 바라보며 정말 녀석이 달라졌어 전에는 저렇게 수줍어하고
어색해하지 않더니 얼굴도 좀 빠진 것이 하고 박동이는 모를 일
이라는 듯 고개를 갸웃거렸다.

단오절도 올해는 증근에게는 그다지 신명 나는 것이 아니어서
억지로 끌려 나가 씨름을 해도 해마다 판판이 지우던 적수에게

보기 좋게 넘어가 황소를 타기는커녕 신다리[11]에 멍까지 들었다.
박동이는 그 꼴이 보기 딱해서 제 무릎을 치면서 저런 놈의 꼬락
서니 봐라 정신이 번쩍 나게 좀 때려줄까 부다 하고 홧김에 벌떡
일어서기까지 했다. 이날 증근은 생전 처음으로 장판 술집에 들
어가 대중없이 술을 켜고 잠뿍 저물어서야 집으로 돌아왔다. 삼
촌 재도가 너 요새 웬일이냐 잔뜩 주럽이 들어[12] 기운을 못 차리는
것이 말 못 할 걱정이나 있느냐고 물어도 대답도 없이 고개를 숙
인 채 어두운 길을 더듬어 뒷산으로 올라가버렸다. 밤새도록 돌
아오지 않더니 이튿날 낮쯤은 돼서 햇개만 한 노루 새끼 한 마리
를 가슴에 부둥켜안고 너슬너슬 내려왔다. 산에서 밤을 새운 것
이었다. 한잠을 자려고 싸리나무 수풀 속으로 들어갔을 때 마침
그 자리가 노루 집이어서 놀란 새끼들이 소리를 치면서 껑청껑청
뛰어 났다는 것이었다. 어둠 속을 쫓아가서 기어코 한 마리를 잡
아 안고 숲 속에서 하룻밤을 새웠다는 것이다. 잃어진 새끼를 찾
는 어미 노루의 울음소리가 밤새도록 골짜기에 울렸다고 한다.
증근은 그날부터 뜻밖에 노루 새끼로 말미암아 얼마간 기운을 차
린 듯 사람의 새끼보다두 귀엽거든 잘 먹여서 기를 테야, 하고 외
양간 옆에 조그만 울을 꾸민다 싸리 잎을 뜯어다 먹인다 하면서
반나절을 지우곤 했다. 겁을 먹고 비슬비슬하던 노루도 점점 사
람을 가리지 않으며 저녁때쯤 되니 싸리도 잘 받아먹게 되었다.

일에서 돌아온 박동이는 그 꼴을 보고 어이없어서 산에서 자는
녀석이 어디 있니 밤새도록 얼마나 걱정을 했게 책망하면서

"씨름에 진 녀석이 노루 새낀 무어야. 노루보단 소를 타 오진

못하구. 이까짓 노루 새끼를 무엇에 쓰겠게."

"짐승을 다쳤다간 그냥 두지 않을 테다. 네까짓 게 열 번 죽었다 나봐라 이렇게 귀엽게 태어날까."

"분이보다두 귀여우냐. 가을에는 잔치를 지내구 임서방의 사위가 될 녀석이 언제까지나 그렇게 지각없는 짓만 할 테냐. 분이 얼굴을 넌 아직 똑똑히는 못 보았겠다. 여름이 되면 건너 산에 딸기를 따러 갈 테니 밭이랑에 숨었다가 가만히 여겨보렴. 첫눈에 홀딱 반할라."

"잔소리 작작해. 분이를 누가 얻는다든. 그렇게 탐나거든 왜 네 색시나 삼으렴."

"두메 놈이 큰소리한다. 욕심만 부리면 누가 장하다든. 그렇지 않으면 맘에 드는 사람 따로 생겼니. 너 요새 눈치가 수상하더구나. ……어디 좀 만져보자. 얼마나 컸나. 언제 색시를 얻게 되겠나."

"이 미친 녀석이. 이놈이 지랄이야."

박동이가 데설데설[13] 웃으면서 희롱 삼아 손을 벌리고 달려드니 증근은 얼굴이 새빨개져 뒤로 물러서면서 금시 울상이었다. 망신 주면 이놈 너 죽일 테다 떨리는 손으로 진정 낫을 쥐어 드는 것을 보고는 박동이도 실색해서 이번에는 자기 편에서 되도망을 쳤다. 살기를 띤 증근이의 눈을 보니 소름이 치고 겁이 났다.

산골의 여름은 빨라서 모가 끝난 후 보리를 거두어들이고 나니 골짜기에는 초목이 울창해지고 산에는 나무가 우거져 한결 답답하게 되었다. 옥수수 이삭에서는 붉은 수염이 자라고 삼은 사람의 키를 훌쩍 넘게 되어서 마을은 깊은 그림자 속에 잠기고 공씨 일가는 밤나무와 돌배나무 그늘에 온통 덮일 지경이었다. 장마가 져서 큰물이 난 후로는 볕이 따갑게 쪼이기 시작해서 마을 사람들은 쉴 새 없는 일에 무시로 땀을 철철 흘렸다. 재실은 피곤할 때에는 모든 것이 성가시고 귀찮아서 밭둑에 하염없이 앉아서는 생각에 잠기곤 했다. 원주집이 몸이 무겁다면 벌써 일득이에게 소망을 걸 수도 없게 되어서 앞으로의 근 반생 동안을 어떻게 고 달프게 지낼 것인고 하고 눈앞이 막막해졌다. 차라리 다 집어치 우고 금전판[14]엘 가든지 그렇지 않으면 앞대에 가서 뜬벌이[15]를 하 든지 하는 것이 옳겠다고 박동이와 마주 앉아서는 한없는 궁리에 잠겼다. 아내 현씨는 그런 남편의 심중을 헤아릴 까닭도 없어서 큰집에 박혀서는 원주집과 부산하게 서두를 뿐이었다. 재도는 장마 때 터지는 봇살을 막느라고 덤비다가 흙탕물 속에서 가시를 밟은 것이 덧나 부은 발로 꼼짝 못하고 누워 있던 것이 바쇠[16]를 달궈서 지진다 풀뿌리를 이겨서 바른다 하는 동안에 차차 낫기 시작해 지금에는 일어나 걸어 다니게까지 되었다. 달포 동안 방에 번듯이 누워 점점 불러가는 원주집의 배를 바라보는 것은 더 없는 기쁨이기는 했으나 다시 일어나 근실거리는 두 팔로 몰킨 일을 시작하는 것도 또 없는 기쁨이었다. 밭 속에서 혹은 산 위에서 멀리 집 안에 움직이고 있는 아내의 모양을 바라보는 것도 흥 겨운 일이었다.

홍이 과해서 하루는 아닌 변이 생기고야 말았다. 수상한 아내의 모양을 보고 황겁지겁 산을 뛰어내린 것이었다. 건너 산골짜기에

칡넝쿨을 뜯으러 가 있었던 재도에게는 점심이 지나고 사내들은 밭으로 나간 후에 조용한 집 안이 멀리 내려다보였다. 문득 안뜰에 조그만 그림자가 움직이더니 주위를 살피는 듯 슬금슬금 안방으로 들어가는 것을 보고 그것이 박동이인 줄을 알았을 때 뒤켠 조밭에 가 있어야 할 녀석이 아닌 때 무슨 까닭일꾸 하고 재도는 숨을 죽이고 바라보았다. 한참이나 있다가 박동이가 늠실하고 방에서 나오는 뒤로 원주집이 권연을 물고 따라 나오는 것을 보고는 재도는 눈이 뒤집힐 듯 노기가 솟아 부르르 육신을 떨면서 지게도 칡넝쿨도 내버린 채 허둥지둥 골짜기를 뛰어내렸다.

아내를 믿고 지내오지 않은 것은 아니었으나 한번 의심하기 시작하니 환장이나 할 듯이 마음이 뒤집히는 것이었다. 둘이 아무리 방패막이를 해도 마음이 듣지를 않아서 물푸레나무 가지로 번갈아 물매를 내리나 아내는 청하길래 적삼을 잡아 매주고 내친김에 권연을 한 개 주었다는 것 이상으로는 입을 열지 않았다. 나중에는 도리어 짜증을 내면서 이렇게 욕을 받으려면 차라리 고향으로 나가겠노라고 주섬주섬 세간을 거두는 것이었다. 그래도 재도는 노여움이 풀리지 않아서 기어코 여물을 써는 작두 날에다 박동이의 목을 밀어 넣고 다짐을 받을 때 박동이는 비로소 손을 빌고 눈물을 흘리면서 고했다. 사실은 그렇게 허물을 지은 듯이 보여서 원주집에다 억울한 죄를 씌워 그를 집에서 내쫓자는 계책이었다는 것 그 계책에 재도가 옳게 걸려왔다는 것 그 모든 계책은 재실의 뜻과 지칭에서 나왔다는 것이었다. 재도도 놀랐지만 원주집도 그런 흉책 속에 감쪽같이 옭혀 들어갔음을 알고 어이가 없어서 못된 녀석들 하고 이번에는 박동이를 책하기 시작했다. 재도는 겨우 마음이 가라앉으면서 밤낮 남모를 궁리에만 잠겨 있던 재실이 녀석이니 그럴 법도 하겠다고 박동이를 시켜 곧 불러보았으나 재실은 그렇게 될 줄을 예료하고서인지 밭에도 집에도 자태가 보이지 않았다.

그날부터 종시 집에 돌아오지 않았다. 아마도 어느 금전판이나 먼 앞대로나 간 것이려니 생각할 수밖에는 없었던 것이 며칠 후 창말로 장보러 갔다 온 사람 말을 들으면 술집에서 여러 날이나 곤드레만드레 뒹굴고 있더니 깊은 산에 가 치성을 드리고 삼을 찾아보겠다고 하루는 표연히 홍정리 심산으로 들어가겠다는 것이었다. 삼을 캐서 단번에 천금을 쥐자는 생각이지만 그런 바르지 못한 심청머리에 삼신산의 불사약이 그렇게 수월하게 눈에 뜨일 줄 아나 하고 재도는 도리어 측은히 여겼다. 남편을 잃어버린 현씨의 설움은 남모르게 커서 갤 줄 모르는 눈자위를 벌겋게 해가 지고는 어린것을 데리고 큰집에 들어박히다시피 했다. 박동이는 재실의 입바람에 당치 않은 짓을 했던 것이 겸연해서 이도 여러 날 동안이나 창말로 빙빙 돌면서 돌아오지 않는 것을 왕사는 왕사로 하고 바쁠 때 그대로 둘 수만도 없다고 재도가 손수 가서 데려온 까닭에 다시 사랑에서 거처하게 되었다.

이 의외의 변에 누구보다도 놀라고 겁을 먹은 것은 증근이였다. 삼촌이 박동이의 목을 자르겠다고 작두 날 아래에 넣고 금시 발로 밟으려던 순간을 생각만 해도 몸서리가 치고 무릎이 떨렸다. 일상 때에 용하기만 하던 삼촌이 그렇게도 담차고 무서운 사람이던가 싶었다. 견디기 어려운 무더운 날 백낮이면 나무 그늘에 쉬면서 흡사 재실이 하던 것과 같이 하염없이 생각에 잠기곤 했다. 한층 마음이 서글프게 된 것은 하루아침 우리 속에 기르던 노루가 달아났음이다. 길이 들었다고만 여기고 우리 빈지를 빼꼼히 열어놓은 것이 마당 앞을 어정대는 줄만 알았더니 어느 결엔지 뒷산으로 날쌔게 달아나버린 것이었다. 울화가 나서 일도 잡히지 않는 동안에 더위도 가고 여름도 지났을 때 월정사에서 송씨가 돌아왔다. 백일 불공의 효험이 있어 석 달이나 되는 무거운 몸으로 나타났다. 증근은 반가운지 두려운지 가슴이 떨리기만 하는 바람에 이날부터 산에서 어두워진 다음에야 내려왔다.

원한을 풀고 돌아온 송씨의 소문이 마을에 자자해지자 사람들은 창말 판수의 공을 신기하게 여기고 금시에 아들 복을 늘이게 된 재도의 팔자를 부러워들 했다. 아들 없음을 누가 한할까 창말 판수에게 점치면 그만인 것을 하고 여자들은 지껄거렸다. 재도는 지금 같아서는 세상에 더 부러운 것이 없어 얼굴에 웃음을 머금고 사람들의 말시답[17]을 하기에 겨를이 없었다. 마당 앞에 서서 터 아래로 골짜기까지 뻗친 전토 전토를 바라보면서 자자손손이 그를 잘 다스려 먼 후세까지 일가가 번창해 조상의 이름을 날릴 것을 생각하면 지금 눈을 감아도 한이 없을 듯싶었다. 다시 시작된 두 아내의 옥신각신을 말리기는 남편으로서 두통거리였으나 큰 기쁨 앞에서 그것도 대단한 일은 아니었다. 작은집이 거만하게 배짱을 부리면 큰집도 질 사람이 어디 있느냐는 듯 펀둥펀둥 게으름을 부리면서 앙알거리는 두 사람의 자태를 차라리 대견한 낯으로 바라보는 때도 있었다.

그해 가을은 예년에 없는 풍년이 들어 추수는 어느 때보다도 흡족했다. 마당에는 볏단과 조단의 낟가리가 덤덤이 누른 산을 이루었고 뒤줏간에는 잡곡이 그득 재어졌다. 낱이 굵은 콩도 여러 섬이 되어서 내년 봄 소금받이에도 흔하게 싣고 갈 수 있을 것이다. 밤 대추의 과실도 제사에 쓰고도 남으리만치 뜯어 들였고 현 씨는 마을 여자들과 날마다 먼 산에 가서는 서리 맞은 머루 다래 돌배에다 동백을 몇 광주리고 따 왔다. 집 안에는 그 열매 냄새와 함께 잘 익은 오곡 냄새가 후끈후끈 풍기고 두 사람의 아내는 부를 대로 부른 배에 진종일 머루를 먹었다. 반년 동안 신고한 덕이라고는 해도 배를 두드리며 지낼 한가한 겨울이 온 것을 생각할 때 재도는 몸을 흐뭇이 적시어주는 행복감에 마음이 깨나른해짐을 느꼈다. 이 가장 행복스러울 때 불행도 왔다. 그 불행이 오려고 그때까지의 행복이 준비되어 있었던지도 모른다. 어이없는 커다란 불행이 재도에게는 그렇게밖에 여겨지지 않았다. 안온하던 마음이 뒤집힐 듯 번져지면서 한 몸의 불운을 통곡하고 싶었다.

밭에서 남은 조단을 묶고 있을 때 뒷산에 참새 모는 소리가 요란히 나면서 증근이 숨이 가쁘게 뛰어와서 전하는 말이 웬 타관 놈 같은 낯모를 사내가 와서 원주집과 호락호락 말을 걸고 있다는 것이었다. 그것이 제 아내를 찾으러 문막서 온 대장장이일 줄이야 꿈에나 알았으랴. 마당으로 내려와 행장을 한 그 젊은 사내를 물끄러미 바라보는 동안에 재도의 안색은 푸르게 질리면서 입까지 더듬어졌다.

"당신두 놀라겠지만 처를 찾으러 왔소이다. 공연한 짓을 하구 얼마나 뉘우쳤는지. 동네를 안 대준 까닭에 이곳을 찾느라구 큰 고생을 했소. 문막을 떠난 지가 한 달이 넘었는데 군내를 구석구석 모조리 들칠 수밖엔 있어야죠."

"지금 새삼스럽게 그게 무슨 소린가. 사람들 보구 있는 속에서 작정한 일이 아닌가."

"소와 사람을 바꾸다니 그런 데가 세상에 어디 있겠수. 사람들한테서 내가 얼마나 욕을 받구 조롱을 받았는지 소는 그 뒤 얼마 안 가 죽었구. 값을 치러드리죠. 장만해 가지고 왔으니."

"쪽지는 무엇 때문에 썼나. 지장까지 도두라지게 찍구. 여기 다 있어. 재판소엘 가도 누가 옳은가 뻔한 일이야."

"그땐 여편네와 싸운 후라 내가 환장했었어유. 바른 정신으로 야 누가 지장을 찍겠수."

"지금 와서 될 말인가. 반년 동안이나 한집에서 같이 산 사람을 지금 와서."

"아무래두 데려가야겠어요. 우리끼리 정하기 어려우면 여편네 더러 정하라구 그러죠. 도로 가든지 여기 있든지."

사내는 자신 있는 듯이 여자 편을 보았으나 지난날의 아내는 반드시 그 뜻을 받아들이려고 하는 것도 아니었다. 변변치 못하고 게으른 대장장이에게 시집가 몇 해 동안에 맛본 신고란 이루 헤아릴 수 없었다. 그렇다고 그 자리에서 재도에게 두말없이 몸을 맡길 수도 없는 노릇 그도 난처한 경우에 서게 되어 그 의외의 변에 재도와 함께 안색이 푸르게 질리고 벙어리같이 입이 열리지 않았다.

"나두 차차 자식 생각두 나구요. 내 자식 내 얻어 가는 데야 무슨 말 있겠수. 제 핏줄이야 아문들 어떻게 한단 말요."

"누 누구 자식이라구. 농이냐 진정이냐. 괜히 더 노닥거리다간 큰일 날라."

"거짓말인 줄 아시우. 쪽지를 쓸 때엔 벌써 두 달째 됐을 때라우. 아이 어미에게 물어보시우 어디──나 같은 죄인은 천하에 없어요."

"머 멋이라구. 머. 대체 그게. 놈이……"

재도는 금시에 피가 용솟음치며 앞뒤 분별을 잃고 사내의 옷섶을 쥐어 잡는 동안에 원주집은 고개를 숙인 채 한마디도 없이 안으로 뛰어 들어가버렸다. 이게 대체 무슨 일이란 말인구 하고 재도는 사내를 때려눕힐 기력도 없이 제 스스로 그 자리에 쓰러질 듯도 했다. 모든 것이 꿈이었구나 하고 미칠 듯이 마음이 뒤집혔다.

등신같이 허전허전한 몸으로 이튿날 사내와 함께 창말로 재판을 갔으나 주재소에서도 면소에서도 낡은 쪽지를 펴들고 두 사람을 바라볼 뿐 그 괴이한 사건을 쉽사리는 마르지 못했다. 한 사람의 아내를 누구에게 돌려보냄이 옳을지 바른 재판을 하기가 어려웠다. 고개를 갸웃거리면서 반나절을 궁리해도 좋은 판결이 안나서 두 사람은 실망할 뿐이었다. 급작히 결말이 나지 않을 듯함을 알고 대장장이는 창말에 숙사를 정하고 날마다 조르러 오기 시작했다. 재도는 기운을 못 차리고 살고 있는 성싶지도 않았다. 송씨에게만 희망을 걸기로 하고 아이는 단념한다고 해도 한번 맺어진 원주집과의 인연을 끊기는 몸을 에는 것보다도 아픈 일이었다. 원주집도 같은 느낌 같은 생각이었으나 자식의 권리를 주장하는 전남편에 대한 의리도 있고 해서 한숨만 짓고 있는 동안에 사내의 위협이 날로 급해짐을 어쩌는 수 없어 잠시 몸을 풀 때까지 창말에서 사내와 함께 지내기로 했다. 방 한 칸을 빌려서 궁색한 대로 조그만 살림을 차리게 되었다. 아내의 뜻이라면 하는 수 없는 노릇이라고 재도는 잠자코 있는 수밖에는 없었으나 저러다 몸이나 푼 후엔 그대로 눌러 술장사를 하지 않나 두구 보게 사내 두 벌써 고향으로 나가기가 싫다구 창말에 눌러 있을 작정인 모양인데 하고들 사람들의 수군거리는 것을 듣고는 치가 떨려서 견딜 수 없었다. 원주집이 창말로 떠나는 날 그래도 그동안 정이 든 현씨는 작별의 눈물을 흘리고 박동이도 논둑까지 걸어 나오면서 왜 이리 사람 일이 변하는고 싶어서 눈시울이 뜨거워졌다. 삽시간에 일어난 변화를 생각하고 재도는 세상일 알 수 없다고 스며드는 가을바람에 목이 메어졌다. 흡족한 추수도 넓은 전토도 지금엔 그다지 마음을 즐겁게 하는 것이 못 되었다. 빈방에 앉으니 장부답지 못하게 눈물이 솟았다.

그러나 그것으로도 부족한 듯 재도에게는 참으로 가을바람은 살을 에는 듯 모질었고 몸과 마음을 한꺼번에 쓸어 눕힐 날이 기다리고 있었다. 내 몸의 서글픔을 깨닫고 건질 수 없는 쓰라림에 통곡하게 될 날이 기다리고 있었다.

원주집이 간 후 집안이 쓸쓸해지고 손도 부족해진 탓으로 재도는 중근에게 봄부터 말이 있던 임서방의 딸 분이를 짝지어주려고 했으나 증근은 고집스럽게 사절하면서 종시 말을 안 듣는 것이었다. 겨울 동안 매 사냥도 하고 창애[18]로 꿩이나 족제비를 잡아서 농사보다도 사냥으로 살아가는 임서방은 고달픈 살림살이에서 한 사람이라도 좋으니 얼른 식구를 떨어버렸으면 하는 생각으로 함 속에는 단벌의 치마저고리까지 준비해주어 가지고 잔칫날만 기다리고 있었던 것이 증근의 고집스러운 반대를 알고 적지 않이 황당해했다. 분이가 낙망해서 딴 짓이나 하지 않을까 괜한 걱정까지 얻어가지고 아내와 마주 앉으면 밤낮으로 그 이야기뿐이었다. 증근이만큼 장골이고 민첩하고 무슨 일을 시키든지 한몫을 옳게 보는 총각은 마을에는 없었다. 왜 싫단 말이냐 네 주제엔 과하단다 바느질은 물론 길쌈으로도 마을에서 분이를 당하는 처녀가 없는데 재도도 임서방에게 말을 주었던 터에 좀 황당해서 조카를 책망해도 증근은 여전히 쇠귀에 경 읽기였다. 밤에 사랑에 아무도 놀러 오는 사람이 없고 박동이와 단둘이 마주 앉아서 새끼를 꼴 때 증근은 문득 손을 쉬이고는 재실 아저씨는 지금 어디 가 있을까 동삼 한 뿌리만 캐면 그 한 대로 돈벼락을 맞으렸다. 나두 아무 데나 가봤으면 마당같이 넓은 신작로가 그립구나 동으로 가면 강릉이요 서으로 가면 서울인데 아무 데두 좋으니 가구 싶어 하면서 중얼거렸다. 너 재실이같이 내뺄 작정이구나 그래서 분이 두 안 얻겠단 말이지. 박동이가 가늠을 보면 증근은 그렇다고도 그렇지 않다고도 말하지 않고 멍하니 잠자코만 있었다. 그럴 때의 그 근심을 띤 부드러운 눈동자에 박동이는 말할 수 없는 감동을 받으면서 그렇게 고운 눈은 지금까지 본 적이 없었던 것같이 느껴졌다.

임서방이 사윗감으로 증근을 원하는 이유가 또 하나 있었다. 사냥의 재주가 자기도 못 미치게 놀라웠던 까닭이었다. 같은 눈 속에 창애를 고여놓을 때에도 증근에게는 남모를 특수한 묘리가 있는 듯 모이를 다는 법이며 창애를 묻는 법이며 꿩이 흔하게 내릴 듯한 자리를 겨냥 대는 법을 임서방은 오랜 경험으로도 알아낼 수가 없었다. 해마다 잡아들이는 꿩의 수효는 임서방보다도 훨씬 많았다. 증근은 그것을 장에서 팔아다가는 한겨울 동안 모으면 돼지 한 마리 살 값이 되었다. 그런 증근에게 자기의 묘리까지도 가르쳐주어 그 고장에서 제일가는 사냥꾼을 만들겠다는 것이 임서방의 원이었다. 그해 겨울만 해도 증근은 뜻밖에 큰 사냥을 해서 임서방을 놀랬을 뿐이랴 마을 사람들을 탄복시키게 되었다. 홍정리로 넘어가는 산비탈에 함정을 파고 커다란 곰 한 마리를 잡은 것이었다. 홍정리 산골에서 곰이 간간이 산을 넘어와서는 밭곡식을 짓무지르고 가는 것을 알면서도 창말서 포수가 몰이꾼을 데리고 와도 한 번도 옳게 쏘지는 못했다. 증근은 여러 날이 걸려 거의 우물 깊이나 되는 함정을 파고 그 뒤에 검불을 덮어두었을 뿐으로 그 사나운 짐승을 여반장으로 잡은 것이었다. 곰 다니는 길을 잘 살펴두었던 것이요 함정 위에는 옥수수 이삭을 묶어서 달았다. 실족을 한 짐승은 깊은 함정 속에서 밤새도록 구슬프게 울었다. 아침에 증근은 사람을 데리고 커다란 돌을 함정 속에 굴려 떨어뜨려서 짐승의 한 목숨을 끊었다. 마을은 그날 개벽이나 한 듯이 요란하게 떠들썩들 했다. 죽은 짐승을 끌어내 집 마당까지 들어왔을 때 십 리나 되는 무이리 꼭대기에서까지 농군들이 몰려왔다. 조상에 범과 싸워서 이긴 장사가 있었다더니 그 후손은 곰을 잡았구나 하면서들 반나절을 요란들이었다. 곰은 당일로 창말 소장사가 사다가 도수장에서 헤쳐본 결과 커다란 웅담이 나왔다고 증근은 거의 소 한 필 값을 받았다. 곰 한 마리 잡는 편이 일 년 농사짓기보다도 낫다고 남안리 젊은 축들은 부러워들 했다.

증근의 자태가 사라진 것은 그날부터였다. 흥정이 잘됐으니 성애술[19] 한턱 쓰라고들 졸라도 그날만은 한 모금도 술을 안 먹고 눈이 희끗희끗 날리는 장판을 오르내리면서 집으로 갈 생각은 안 하더니 그길로 사라져버렸다. 여러 날이 지나도 안 돌아왔다. 기어이 내뺐구나 신작로로 나서 필연코 강릉이나 서울로 갔으렷다. 박동이는 마치 기다리고 있던 당연한 일이 온 것같이 별반 놀라지도 않고 맥이 없어 보였다. 오랫동안 궁리하고 있었던 계획이요 그 때문에 이것저것 준비하고 있는 눈치도 박동이는 대강 눈치 채고 있었다. 곰을 잡아서 노자를 만든 것이 좋은 기회가 되었을 뿐이다. 곰을 못 잡았다면 아마도 꿩 사냥이 끝날 때까지 기다렸을 것이다. 박동이는 사랑에서의 가지가지의 이야기와 눈치를 생각해내면서 그렇다고는 해도 어릴 때부터 정들여온 마을을 왜 지금 와서 버리지 않으면 안 되었을까 남모르는 사정이 있으련만 거기에 대해서는 까딱 한마디도 못 들었음이 한 되게 여겨졌다.

송씨는 방 안에 누운 채로 증근의 실종에 대해서는 한마디도 말이 없었다. 남편이 사연을 말하면서 무엇을 걱정하구 무엇이 불만이구 무엇 때문에 집이 싫어졌는지 도대체 알 수가 없다고 의심쩍어할 때 송씨는 얼굴빛도 동하지 않고 묵묵히 벽 쪽으로 돌아눕더니 괴로운 듯 신음하면서 옷소매에 얼굴을 묻어버렸다. 오대산에서 돌아왔을 때부터 그렇게 경없어하구 수심이 있어 보였는데 알 수 없는 일이야 혹시나 눈치 채지 못했느냐고 나다분히[20] 곱씹어 말하는 것이 귀찮은지 송씨는 벌떡 자리를 차고 일어나서는 일도 없는데 부엌으로 나가버렸다. 그런 아내의 거동조차 알 수 없는 것이어서 제기 집안이 모두 이렇게 화를 내구 틀어지니다 내 죄란 말인가 하고 재도 자신까지 화를 내는 것이었다.

겨울도 마저 가 그해가 저물려 할 때 원주집은 창말 한 칸 셋방에서 여식을 낳았다. 재도는 그다지 감동도 보이지는 않았으나 그래도 산모의 수고를 생각하고는 쌀과 미역을 지고 가서 위로하기를 잊지 않았다. 변변치 못한 대장장이는 별반 벌이도 없이 허송세월하느라고 나날의 양식조차 걱정이 되어서 재도의 베푸는 것을 사양하려고도 하지 않았다. 이 꼴이다가는 짜장 이제 술장사나 하는 수밖에는 없으렷다 하고 재도는 원주집의 신세가 가여워졌다. 이제는 벌써 큰댁의 몸밖에는 희망을 걸 데가 없었다. 무어니 무어니 해도 조강지처만이 나를 저버리지 않누나 하고 느지막이 깨닫게 되었으나 그 깨달음조차 자기를 저버릴 줄이야 어찌 알았으랴.

원주집보다는 석 달이 떨어져 다음 해 춘삼월 날씨가 활짝 풀리기 시작했을 때 송씨도 몸을 풀었다. 창말 판수가 장담한 것같이 옥 같은 동자였다. 이날 재도는 아랫마을 강영감 집에서 암소가 새끼를 낳는다는 바람에 불려 가 있었다. 이해 소금받이에는 그 집 소를 빌려 갈 작정이었다. 박동이가 달려와서 고하는 바람에 소를 돌볼 겨를도 없이 집으로 뛰어갔다. 햇볕이 짜릿짜릿 쪼이는 첫 참 때는 되었을 때 갓난애의 목소리라고는 할 수 없는 굵은 울음소리가 마당 안에 가득히 넘쳐흘렀다. 모이를 쪼던 수탉들이 시뻘건 맨드라미를 곧추세우고 그 울음소리에 귀를 기울이고 있는 듯도 한 정경이었다. 대강 손익음이 있는 현씨가 산모 옆에서 몽실몽실한 발가숭이를 기저귀에 받아내는 한편 부엌에서는 노망한 늙은 어머니가 벙글벙글 웃으면서 서투른 솜씨로 불을 때면서 미역국을 끓이고 있었다. 중년을 잡아서의 초산인지라 아내는 정신을 잃은 듯이 짚단 위에 나른히 누워 있었으나 현씨의 말에 의하면 초산인 푼수로는 비교적 수월해서 모체에는 별 탈이 없다는 것이었다. 아이가 이렇게 크구야 잘 익은 박덩이 한 개의 무게는 되니. 현씨의 말에 재도는 저절로 얼굴이 벌어졌다. 애비보다 열곱 윗길이다 동네에서 제일가는 장골이 되렷다 기쁘겠다고 충충대는 바람에 웬일인지 거짓말 같은데 이렇게 끔찍한 복이 정말일까 하늘에서 떨어진 것같이 지금 와서 이런 복덩어리가 굴러들다니 꼭 거짓말만 같어 하고 재도는 아이같이 지껄였다. 경사 든 날에 쓸데없는 말을 하는 법이 아니라우 정말이구말구 요런 몽실몽실한 애기가 요게 왜 정말 핏줄이 아니겠수 불공을 드린 효험이 있어서 삼신할머니가 주신 거지 받은 이상은 정성껏 공들여 길러야만 해. 현씨는 익숙한 말씨로 일러 듣기면서 삼신께 바치는 삼신주머니라고 흰 무명 자루에 정미 한 되를 넣어서는 벽 구석에 걸어두었다.

재도는 늦게 얻은 그 외아들을 만득이라고 이름 짓고 마을로 돌아다니면서 자랑스럽게 외곤 했다. 강영감들의 지시로 하루는 사랑에 사람들을 청하고 득남 턱을 차렸다. 돼지까지 잡고 혼례 때 잔치에 밑지지 않게 놀랍다고 얼굴들을 불그레 물들여가지고 칭찬들이 놀라웠다. 글줄이나 읽은 축들은 적선지가에 필유여경[21]이라고 외면서 칭송을 하면 재도는 마음이 흡족해서 짜장 앞으로는 경사도 더러는 있어야 할 때라고 독판 착한 사람인 양 스스로 느껴졌다. 그러나 그런 기쁨도 삽시간에 꺼지고 무서운 날이 닥쳐왔다.

사월이 되니 재도는 문막으로 소금받이를 떠나려고 빌려 온 소를 걸려도 보고 섬에 콩도 돼 넣고 하면서 문득 원주집을 생각해보곤 하는 때였다. 산후 한 달이 되어 간신히 일어나 앉게 된 아내가 어느 날 무엇을 생각했는지 또 간수를 먹은 것이었다. 일상 때에 늘 걱정스러워하던 태도와 두번째의 그 과격한 거동으로 재도는 비로소 심상치 않은 아내의 괴롬을 살피고 문득 무서운 고비에 생각이 이르렀다. 그러나 그것을 밝혀볼 겨를도 없이 겨우 달이 넘은 아이가 돌연히 목숨을 끊었다. 아내가 다시 소생되어 난 것쯤으로는 채울 수 없는 커다란 상처를 주었다. 그 하루살이 같은 목숨을 받은 내 자식을 바라보고 한편 겨우 한 달로서 어미로서의 생애를 마치고도 그다지 슬퍼하는 양이 없이 차라리 개운해하는 듯이 누워 있는 아내를 바라보는 동안에 재도에게는 어찌된 서슬엔지 문득 한 가지 무서운 의혹이 솟아올랐다. 어미가 말하는 것같이 정말 병으로 급히 목숨을 버린 것일까 하는 밑도 끝도 없는 당돌한 생각이 솟자 그 자리로 슬픔도 사라지면서 무서운 느낌에 소름이 쪽 끼치면서 정신없이 방을 뛰어나와버렸다. 그 무서운 것에 닥치지 말자는 요량이었다. 닥쳤다가는 그 자리로 목숨이 막혀 쓰러질 것도 같았다. 소 등어리에 콩 섬을 싣고 그길로 문막을 향해 마을을 떠났다. 어느 해와도 다름없는 같은 차림이기는 했으나 지난 한 해 동안의 번거로운 변동을 치르고 난 오늘의 심중은 찢어질 듯이 아팠다. 한시도 참고 있을 수가 없는 까닭에 길을 뚝 떠난 것이다. 다른 해와 다름없이 올해도 또 소금을 받아 가지고 돌아올 것인가. 재도 자신에게도 그것은 모를 일이었다.

"무슨 까닭으로 올엔 이렇게 담 떨어지는 일만 생길까. 꼭 십 년 감수는 했어. 이 집은 대체 어떻게 된단 말인구. 사내꼬치라군 없는 이 집은. ……일찍이 애비래두 돌아왔으면 좋으련만."

방에 송씨와 단둘이 남게 된 현씨는 거듭 당하는 괴변에 등골수라도 얻어맞은 듯 혼몽한 정신에 입을 벌리기도 성가셨다.

"내가 얼른 죽어야 끝장이 나련만 이 목숨이 왜 이리두 질긴지 끊어지지 않는구료. 지금 와선 목숨이 원수 같어."

송씨는 혼잣말같이 중얼거리고는 동서의 손목을 꼭 쥐면서 애끓는 눈으로 그를 바라본다.

"……우리끼리니 말이지만—동세 세상에 나같이 악독한 년은 없다우. ……동세가 들으면 이 자리에서 기급을 하구 쓰러질 것 같어서 말할 수가 없구료."

현씨도 윗동서의 손을 같이 뿌듯이 잡으면서 말하지 않아도 다 안다는 듯도 한 침착한 낯으로

"쓸데없는 말은 지껄이지 않는 것이 좋을지 몰라. 내 생각하구 있는 것과 같을는지두 모르니깐."

"……동세. 저 자식은 잘 죽었다우. 세상에 이 집 가장같이 불쌍한 사람은 없어. ……저 자식은—저 자식은 남편의 자식이 아니었어."

"그만둬요. 말하지 않아두 다 안다니깐. 증근이 내뺀 곡절이며 며며 다 알아요."

"알구 있었수. 동세. 불륜의 씨로 가장을 기쁘게 할래두 소용이 없나 부. 팔자에 없는 건 어쩌는 수 없나 봐. 난 죄 많은 계집이오. 왜 얼른 벼락이 떨어져 이 목숨을 차가지 않는지 이상해 죽겠구료. 그렇게 되기만을 기다리고 있는데……"

말하다 말고 쓰러져 탁 터져버렸다. 현씨도 젖어오는 눈썹을 꾹 짜면서 동서의 애꿎은 팔자에 가슴이 휘답답해왔다.

소를 몰고 뒤도 돌아보지 않고 소금받이를 떠난 재도의 심중에 번쩍인 무서운 생각도 이와 같은 것이었을까. 아내의 입으로 굳이 듣지 않아도 다 느끼고 있었던 까닭에 더 파묻지도 않고 황망히 집을 버리고 마을을 떠난 것이었을까.

며칠이 되어 재도의 소문이 마을에 퍼지자 젊은 축들은 모여서서

"올에두 작년처럼 또 소 잔등에 젊은 색시를 얻어 싣구 올까."

"그 성품으로 다시 이 마을에 발을 들여놓을 줄 아나. 근본 있

는 가문이더니 단지 하나 후손이 없는 탓으로 재도두 고생이 자심해."

"그럼 그 집은 대체 어떻게 된단 말유. 알뜰히 장만한 밭과 산과 소 돼지는 다 어떻게 된단 말유."

하고들 남의 일 같지 않게 궁금해하는 것이었다.

풀잎

─시인 월트 휘트먼을 가졌음은 인류의 행복이다.

1

"세상에 기적이라는 게 있다면 요 며칠 동안의 제 생활의 변화를 두구 한 말 같애요. 이 끔찍한 변화를 기적이라구밖엔 뭐라구 하겠어요."

부드러운 목소리가 어딘지 먼 하늘에서나 흘러오는 듯 삼라만상과 구별되어 귓속에 스며든다.

준보는 고개를 돌리나 먹 같은 어둠 속에서는 그의 표정조차 분간할 수 없다. 얼굴이 달덩어리같이 훤하고 쌍꺼풀진 눈이 포도알같이 맑은 것을 며칠 동안의 인상으로 그러려니 짐작할 뿐이다. 실과 사귄 지 불과 한 주일이 넘을락 말락 할 때다.

"그건 꼭 내가 하구 싶은 말요. 지금 신비 속에 살고 있는 것만 같아요. 이런 날이 있을 줄을 생각이나 해봤겠수. 행복은 불행이 그렇듯 아무 예고두 없이 벼락으로 닥쳐오는 모양이죠."

"되레 걱정돼요. 불행이 뒤를 잇지 않을까 하는. 그만큼 행복스러워요."

"행복이구 불행이구 사람의 뜻 하나에 달렸지 누가 무엇이 우리들을 어떻게 할 수 있단 말요. 사람의 의지같이 무서운 게 세상에 없는데."

"그 말이 제게 안심과 용기를 줘요. 웬일인지 자꾸만 겁이 났어요. 낮과 밤이 너무두 아름다워요. 모든 게 요새는 꼭 우리 둘만을 위해서 마련돼 있는 것만 같구먼요."

방공 연습이 시작된 지 여러 날이 거듭되어 밤이면 거리는 등화관제로 어둠 속에 닫혀졌다. 몇 날의 밤의 소요를 계속하는 두 사람은 외딴 골목을 골라 걸으면서 단원들의 고함을 들을 때 마음의 거슬리는 것이 없지는 않았으나 평생의 중대한 시기에 서 있는 준보에게는 그 정도의 사생활의 특권쯤은 그나지 망발이 아니리라고 생각되었다. 하물며 낮 동안에 일터에서 백성으로서의 직책과 의무를 다했다면야 그만큼의 밤의 시간은 자유로워도 좋을 법했다.

아내를 잃은 지 채 일 년을 채우지 못했으나 그 한 해 동안의 적막이 준보에게는 지난 반생의 어느 때보다도 크고 쓰라린 것이었다. 사랑 속에 있으면서 때때로 느끼는 적막감은 오히려 사치한 감정이요, 사랑을 잃었을 때 비로소 사람은 사랑이라는 것이 단순한 추상적인 용어가 아님을 절실히 느끼게 된다. 야심이며 희망이며 청춘의 모든 욕망을 가리고 바치고 걸러서 마지막으로 쳇 바퀴 속에 남는 것이 역시 사랑임을 새삼스럽게 느낀 듯도 했다. 준보에게 사랑이 없는 것은 아니었다. 쉴 새 없이 뒤를 이어 그 무엇이 앞에 나타나고 생활 속에 스며들기는 했으나 그 전부가 반드시 사랑이라고만도 할 수는 없었다. 사랑으로까지 발전하기 전에 선 채로 끝나버린 적도 있었고 단순한 감상적인 경우도 있었고 또 일시의 허물에 지나지 않는 때도 있었다. 동무들이 그를 염복가¹라고 부러워하는 그런 의미의 행복감의 연속 속에서 살아 왔다고는 생각되지 않았다. 아내를 잃은 후만 해도 지난날의 어느 때보다도 인물들은 가장 많이 나타나서 그 짧은 일 년이 다른 때의 십 년 맞잡이는 되게 풍성풍성 했으나 마음속을 파고드는 한 줄기 쇠사슬 같은 쓸쓸한 심사는 어쩌는 수 없었다. 현재의 만족감 이상으로 가버린 아내에게 대한 슬픔과 뉘우침이 큰 까닭이었다. 결국 준보는 그를 둘러싼 화려하고 다채하게 장식된 분위기 속에서 단 한 사람 아내를 사랑해왔다고 할까. 비늘구름 같은 자자부레한² 꿈의 조각들을 허다하게 가슴속에 가지면서도 단 하나 아내에게 사랑을 길러오고 북돋아왔음을 아내를 잃은 후에야 비로소 자각하게 된 셈이다. 아내의 추억 속에서 남은 반생을 살아야겠다는 순교자다운 경건한 마음을 먹어본 적도 없지는 않았으나 준보의 체질과 기질로는 필경은 당치 않은 길만 같아서 역시 다음 숙명을 기다리는 희망이 그 어디인지 마음 한 귀퉁이를 흐르고 있었다. 사랑을 얻는 것도 잃는 것도 다 같이 하나의 숙명적인 인연이다. 아내를 대신할 만한 정성과 열정이 아무 때나 작정된 때에 반드시 차려져 오려니 하는 기대가 없다면 사실 살인

적인 그 한 해의 고독은 견디어올 수 없었을는지도 모른다. 헐어
진 가정을 쌓아서 새로운 생활을 설계해야 하고 고독을 다스려서
보다 높은 사업을 이루어야 함이 인간 경영에 주어진 영원한 과
제인 까닭이다. 자멸의 길을 버리고 창조의 길을 찾아야 함이 인
류의 행복을 가져오는 까닭이다.

　다음 숙명을 준보는 실에게서 발견했다고 생각했다. 너무도 빠
르고 이른 발견인지는 모르나 발견이란 원래 그렇게 당돌하고 돌
발적인 것이다. 실 이전에 나타난 뭇 인물 중에서 숙명의 대상을
보지 못하고 띄엄띄엄 몇 고비를 넘어가서 하필 실에게서 그것을
찾아낸 것도 숙명의 숙명 된 까닭일 듯싶었다. 애써 말한다면 간
아내가 가졌던 인상의 그 어떤 향기를 그에게서 맡은 까닭이라고
나 할까. 그 어디인지 구석구석 방불한 곳이 있어서 그것이 모르
는 결에 준보의 마음을 끌어당긴 모양이었다. 불과 며칠에 감정
이 통하고 정서가 합하고 생각과 취미가 맞음을 알았다. 걸어드
는 피차의 걸음이 무섭게도 빨랐다. 술래잡기의 술래같이 왈칵
서로 부딪혀서 이마가 맞닿았을 때 깜짝들 놀라면서 그 며칠 동
안의 순식간의 변화를 기적이니 신비니 하고들 느끼는 수밖에는
없었던 것이다. 두 사람에게 다 기적이요 신비요 꿈이요——사랑
이란 그런 것인지도 모른다.

　"세상에서 꼭 한 사람 제일 존경할 수 있는 분을 찾자는 것이
오늘까지의 저의 노력이었어요. 복잡하다면 복잡할까, 지난날은
제겐 오늘 이 목표에 이르기까지의 오랜 방랑 생활이었다구두 할
수 있어요. 그 방랑이 오늘 끝났어요. 선생을 만나자 생애가 새로

시작됐어요."

"당신같이 날 존경하는 사람두 난 드물게 봤소. 세상 사람들은 흔히 서로 좋다는 말만들을 하는데 그 위에 존경할 수 있다는 것은 사랑에 한층 빛을 더하는 것이라구 생각해요."

공회당 앞 언덕길을 몇 차례나 오르내리며 지척을 분간할 수 없는 어두운 거리를 눈앞에 짐작만 하면서도 두 사람의 마음속은 점점 밝아가고 빛나갔다. 사랑의 길은 의론하지 않아도 제물에 옳게 찾아진다. 그렇게 해서 두 사람이 며칠 동안에 찾아낸 길은 지도에도 오르지 않았을 지금까지 걸어본 적도 없던 여러 갈래의 숨은 길이었다. 좁은 골목을 들어서 주택 지대를 올라서니 바로 서기산 뒤턱이었다. 아직 낙엽지지 않은 나무들이 지름길 양편에 늘어서 어두운 속에서 한층 으슥하고 깊은 느낌을 준다. 산 위 주택에서 새어 나오는 한 줄기의 창의 등불이 두 사람의 마음을 상징하는 듯 따뜻하고 포근하다.

"커다란 한이 있어요. 왜 선생을 더 일찍이 못 만났던가 하는, 제일 처음 만난 어른이 선생이었더면 얼마나 더 행복스러웠겠어요. 지난날의 상처를 생각하면 몸에 소름이 돋군 해요."

나무 그늘 아래에 이르자 실은 준보에게서 팔을 뽑고 몸을 떼면서 가늘게 한숨을 쉬는 것이 들렸다. 준보도 대강 말의 뜻을 짐작할 수 있어서 그 역 자기의 상처에 손이 닿는 것도 같은 일종의 야릇한 감정이 솟았다.

"난 그런 소리 듣기를 좋아하지 않는데. 괜히 다 아문 허물을 다시 따짝거릴³ 필요가 있을까."

"좋아하시든 안 하시든 한 번은 모든 것 다 들어주세야죠. 무지의 행복을 저두 잘 알아요. 그러나 정작 필요한 건 지식을 거친 이해와 달관이 아닐까요."

"과거를 말한다면 피차일반이지 누군 샘 속에서 솟아 나온 동잔가요."

"선생님이 그렇게 이해하시는 것과 똑같이야 어디 세상이 봐요. 항상 오해와 악의를 더 많이 준비해 가지고 있는 세상인데요."

"무엇이 귀에 들리든 지금의 내 열정을 지울 힘이 없음을 장담해두 좋아요. 난 거저 이 열정만을 가지구 모든 것과 항거해볼라구 해요."

그러나 실은 조심조심 한 꺼풀씩 자기의 과거를 벗기기 시작했다. 시련이나 받는 선량한 교도와도 같이 준보는 마음을 다구지게 먹고 굳은 몸을 약간 떨고 있었다.

실은 열아홉 살까지의 명예롭지 못한 직업 시대의 사정을 말하고 다음 세 사람의 이름을 들면서 각각 세 경우를 이야기했다. 대략 거리의 소문으로 스쳐 들은 재료를 좀더 자세히 고백한 것이었으나 준보는 침착한 태도에도 불구하고 그것을 듣는 동안 커다란 용기가 필요했다. 실업가와 문학청년과 사회주의자의 세 사람이 다 같이 실의 애정을 요구한 것은 인간으로서의 특권인 것이니 누가 만류할 수 있었으랴만, 다만 슬프다면 준보가 그들보다 뒤져서 실을 알게 된 사실이었을까. 깊은 원시림 속에 아무도 모르게 맺힌 한 송이의 과실을 누가 원하지 않으랴만 세상은 도대체 복잡하다. 번거로운 곳이다. 원시림 속에 과실이 어느 때까지나 눈에 안 뜨이고 몸을 마칠 리는 없는 것이다. 준보에게 필요한 것은 열정과 용기였다. 용기――지금까지 그는 사랑에 이것이 필요한 것임을 모르고 지내왔다. 오늘 그것을 알아야 할 날이 온 것이다. 그의 인생은 한 테두리 몫을 더한 셈이다.

"생각하면 울구만 싶어요. 왜 하필 인생이 그렇게 시작됐을까요."

실은 짜장 울려는 듯 나무 그늘 속으로 뛰어들더니 나무에 등을 기대고 고요히 섰다. 준보가 가까이 갔을 때 왈칵 몸을 던져오면서 코를 마셨다. 쥐이는 손이 몹시 차다.

"불쾌하셨으면 용서하셔요. 그러나 실상 지난 그것들은 아무것두 아니었어요. 사랑이 이렇다는 것은 오늘이야 처음 알았어요. 전 아무두 사랑하진 않았어요. 오늘 나서 처음으로 사랑을 알았어요. 이 말을 믿어주세요."

"걱정할 게 없어요. 오늘의 당신을 사랑했지 누가 지난 경력을 사랑했나요. 오늘의 그 얼굴과 교양과 취미를 사랑하고 인격을 존중히 하는 것이지 누가 지난날을 캐자는 것인가요."

"인제 세상이 둘의 새를 알고 펄쩍들 뛰구 와글와글 끓으면 어떻게 하시겠어요. 그땐 제가 싫어지겠죠."

"사랑두 세상 눈치 봐가면서 해야 되나. 세상을 좀 멸시하면선 못 살아가나. 난 남의 비위만 맞추면서 사는 사람이 못 되는데."

실은 슬픈 속에서도 얼마간 마음이 놓이고 용기를 회복했는지 준보의 뜻대로 다시 팔을 걸고 길을 더듬어 내렸다. 거리는 여전히 어두우나 공습 해제의 틈을 타서 등불이 군데군데 비치어 약간 훤해졌다가는 다시 어두워지곤 했다. 흡사 두 사람의 마음속 같이 한결같지 못한 밤이었다.

"내가 지금 사랑하는 게 음악가 이외의 무엇이란 말요. 동경 가서 공부하는 음악학도를 사랑하는 것이지 지난 이력이 내게 아랑곳이란 말요. 원래 당신이 내 앞에 나타날 때 그런 자격 이외의 무엇으로 나타났게."

여학교가 있고 기숙사가 있고 교회당이 있고 병원이 있는 조용한 둔덕 골목길을 들어섰을 때 준보는 실의 심정을 좀더 즐겁게 낚아보고 싶었다.

"이 알량한 음악가. 괜히 온전한 음악가로 여기셨다가 되레 실망이나 마셔요."

"날 처음에 유혹해낼 때 음악의 이름을 빌지 않구 어쨌소. 「토스카」를 들으러 오라구 전화가 왔을 때 내가 얼마나 놀란 줄 이우."

준보가 웃는 바람에 실도 따라서 웃게 되어 그 웃음으로 말미암아 엉겼던 마음이 활짝 풀려지는 것도 같았다. 여학교 기숙사에서인지 문득 피아노 소리가 들려온 것도 그 한때의 호흡을 맞추어주는 셈이 되어서 개어가는 두 사람의 감정의 반주인 양 싶었다. 마음의 거리와 같이 몸의 거리도 밤의 힘을 빌려 가까울 대로 가까웠다.

「토스카」와 「라보엠」과 「마담 버터플라이」 등의 가극의 신판을 새로 구했으니 들으러 오지 않겠느냐는 뜻의 전화를 실에게서 받던 날 준보는 의외의 소식에 당황해서 반날 동안 그 생각으로 머릿속이 가득 차 있었다. 그때까지 실을 만난 것이 서너 번, 그의 부드럽고 밝은 인상을 가슴속에 간직해두었을 뿐이던 준보에게는 문득 한 줄기의 당돌한 직각이 솟으면서 그것이 마음을 억세게 지배하게 되었다. 전화를 건 것은 아무 편이래도 좋은 것이다. 두 사람의 준비된 감정에 불을 지른 것이 실이었다는 것이 조금 잔 접한 준보에게 도리어 용기를 주는 결과가 되었던 것이다.

실의 형이 경영해나가는 찻집 한구석에서 그날 밤 두 사람은 가 극의 신판을 듣는 것이 아니라 음악과는 먼 이야기에 정신이 없 었다.

"다따가 전화를 걸어서 놀라셨죠. 동료들은 뭐라구 그러지들 않아요. 학교래서 그런지 전화 걸기가 거북했어요. 여자가 먼저 딜렁딜렁 나서는 걸 두렵다구 생각하시지 않았어요."

"기뻤죠. 제가 못 거는 걸 먼저 걸어주셔서. 물론 놀라기두 하 구요."

"어쩌면 그렇게 한 번두 가게에 안 내려오셨어요. 속으로 얼마 나 은근히 기다렸게요. 뵌 지 한 달이 넘었거든요. 전 그래두 행 여나 먼저 전화 주시지나 않나 하구 생각하구 있었죠. 그 바람에 동경두 이렇게 늦었어요. 내일 떠난다, 모레 떠난다, 별러만 오면 서 여름휴가로 나왔다가 늦은 가을까지 이게 무슨 꼴인지 모르겠 어요."

"옳아 참, 동경 가서 공부하시는 학생이죠. 음악 공부쯤 아무 데선 못 하나요."

"음악 공부쯤 그만두면 어떤가요──하구는 못 물으셔요."

"그럴 용기와 결심이 준비됐다면야."

"경우에 따라선요."

다음 날 호텔에서 만찬을 같이한 것을 시초로 이곳저곳에서 식사를 함께하는 날이 늘어갔다. 하루 저녁 실은 처음 선사로 책 한 권을 가지고 왔다. 도스토예프스카야 부인이 기록한 『남편 도스토예프스키의 회상』이었다. 준보는 아직 읽지 못한 그 책의 뜻을 여러 가지로 짐작하다가 그들 부부의 사이의 이해가 컸고 남편에게 대한 부인의 사랑이 깊었다는 실의 설명을 들으면서 그 선물의 의미를 대강 알아채었다. 한편 실의 문학적 교양에 준보는 차차 눈을 굴리기 시작했다.

"선생님의 소설 대개 다 읽었어요. 제 마음의 세상이 얼마나 넓어졌는지 모르겠어요. 생활 감정두 꼭 제 비위에 맞구요. 유례니, 관야니, 미란, 세란, 단주, 일마, 나아자, 운파, 애라—인물들의 모습이 지금 눈앞에 선히 떠올라요."

"그런 변변치 못한 이름들을 기억하지 말구 좀더 고전 속의 중요한 인물들을 알아두는 편이 뜻있지 않을까요."

"중요한 인물들이라는 게 뭐예요. 베아트리체니 헬렌이니 햄릿이니 그레첸이니, 왜 하필 그런 인물들만이 중요한가요. 제게는 어쩐지 일마니 미란이니 운파니 하는 이름들이 더 가깝고 친밀하게 들려오는데요."

"어쩌면 그렇게 고전 문학에 횅하단⁴ 말요. 음악가가 아니구 문학가인 것처럼. 그럼 하나 물을까요. 알리사, 알리사는 어때요. 비위에 맞아요, 안 맞아요."

"멘탈 테스튼가요. 알리사——난 매운 여자는 좋아하지 않아요. 아마도 지드의 인물들 중에서 제일 싫은 것이 알리사일까 봐요."

"그럼 쇼샤는. 마담 쇼샤."

"토마스 만 말이죠. 마담 쇼샤는 아마두 알리사와는 대차적인 인물일 것이에요. 좀 허랑한 데가 있기는 하나 알리사보다야 훨씬 인간적이죠. 그럼 문학 시험은 이만 하세요. 그러다 제 짧은 밑천이 봉이 빠지겠어요."

"나를 점점 놀래게만 하자는 셈이지. 고전에서 현대 문학까지 그렇게 통달할 줄야 어찌 알았겠수. 문학을 안다는 게 인간으로서 얼마나 중요한 일인지 모르는데. 문학을 알구 모르는 건 하늘과 땅만큼이나 차가 있는데."

"너무 지나치게 평가하셨다 괜히 점점 실망이나 마세요. 그저 애써 공부할 작정이에요. 제겐 욕심이 많답니다. 뭐든지 알구 싶어요. 선생님과 어울릴 수 있을 정도의 교양을 가지구 싶어요."

실의 결심을 장하다 생각하며 그의 철저한 마음의 준비에 준보는 짜장 놀라는 수밖에는 없었다.

2

아내를 잃었을 뿐이 아니라 가지가지의 불행을 겪은 묵은 집을 떠나려고 벼른 지 오래이던 준보는 마침 이때를 전후해서 교외의 새집으로 이사를 하게 되었다. 새집에서는 마음도 갈아지고 생활도 새로워지리라는 기대가 모르는 결에 그를 재촉했던 것이다.

대충 정돈이 되고 마음을 잡기 시작했을 때 비로소 실은 카네이션의 꽃묶음을 들고 찾아왔다. 층계로 된 포치를 올라서 도어를 열고 마루방에 들어왔을 때 코트를 벗어서 의자에 걸치더니,

"꼭 아파트의 방 같아요. 이렇게 넓고 높은 게—."

벽에 걸린 액 속의 데생을 쳐다보고 책장의 책들을 훑어보면서 속히 의자에 걸어앉을 염은 안 하고 책상 위 화병을 찾아서는 서슴지 않고 새 풀과 단풍 가지를 뽑아내더니 대신 파라핀지에 싸 가지고 온 카네이션을 꽂았다.

"꽃가게에 새로 나왔게 사 가지구 왔어요. 좋아하세요. 전 이 흰 것과 붉은 것과 분홍빛의 각각 그 뜻을 안답니다. 흰 것은— 난 애정에 살구 있어요구. 붉은 것은—난 당신의 사랑을 믿어요. 분홍은—난 당신을 열렬히 사랑해요."

준보가 부엌에 나가 포트에 커피를 달여 들고 들어오려니 실은 피아노 앞에 앉아 악보 없이 쇼팽의 야곡인지를 울리고 있는 중이었다. 오랫동안 적막하던 검은 기계체가 오래간만에 우렁찬 음향으로 방 안을 화려하게 장식했다. 음악 속에서 비로소 책들도 그림도 꽃도 생기를 띠고 기쁨에 젖어 있는 듯싶었다. 그러나 실은 음악에서도 곧 물러나서 의자를 갈아 앉으면서,

"황송해요. 손수 이렇게 끓여 가지구 오실 법이 있나요. 내일부터라두 와서 거들어드리구 싶어요. 그럴 수만 있다면 얼마나 좋겠어요."

"불편은 하나 독신자의 특권을 좀더 향락해보는 것두 좋을 것

같아서요."

"애기들은 다 어쩌구 있어요. 주미와——수미와 언제인가 부인 잡지에 실린 가족사진으로 기억했었어요. 얼마나 쓸쓸들 하겠어요."

"저쪽 방에서 잘들 놀구 잘들 공부하구 하죠. 쓸쓸한 속에서 그 애들두 배우는 게 많은 것예요. 자라서 독립할 때 누구보다두 굳센 사람 되겠죠."

"아버지의 사랑두 크시겠지만 얼른 따뜻한 어머니의 애정 속에서 어항 속의 금붕어같이 흐뭇하게 젖어 살아야죠. 남의 일 같지만 않게 가엾어서 못 견디겠어요."

유리잔에 그득 담은 커피를 마시면서 실의 커다란 눈동자는 다시 희망에 빛나기 시작했다.

"다음번에 올 적엔 버터를 갖다 드릴게요. 미국 선교사들이 들어갈 때 팔고 가는 걸 여남은 폰드 사둔 게 있어요. 두 폰드들이 커다란 통이 아직두 대여섯 개 언니의 집 냉장고 속에 있다나요. 갖다 드릴게 문덕문덕 많이 발러 잡수셔요. 얼른 저만큼 살이 붙게요."

"난 원래 살이 붙지 말라는 마련인 것 같은데."

"두구 보세요. 제가 꼭 살찌게 해드릴게. 치밀한 일과표를 짜구 합리적인 생활 설계를 세우거든요. 음식과 운동과 오락과 공부와——과학적인 방법 아래에서 성공하지 않을 리가 없어요. 불과 일 년이 못 가 이렇게 되게 해드릴게요."

두 손으로 커다란 테두리를 짜면서 과장된 형용을 하는 것이 준보에게는 더없이 신시어하게 들려서 마음을 울렸다. 진심으로 건강을 걱정해줌같이 알뜰한 사랑의 표현이 없다. 실의 정성을 준보는 말끝마다 잡으면서 거기에 정비례해서 깊어가는 스스로의 애정을 느끼는 것이었다. 준보가 피아노 앞에 앉아서 바이어 교칙본을 펴놓고 간단한 곡조를 울릴 때 실이 뒤로 돌아와서 등 너머로 고음부를 짚으니 곡조는 듀엣을 이루어서 곱절의 우렁찬 화음으로 울렸다. 간단한 곡조의 듀엣은 아름다운 것이다. 간단하므로 서툴므로 아름다운지도 모른다. 준보의 목덜미에 실은 따뜻한 숨을 부으면서 준보가 밟는 페달에 맞추어 행복감을 호흡하였다.

"절 왜 좋아하세요. 어디가 좋아서 사랑하세요."

사랑하는 사람끼리는 으레 이 어리석은 질문을 되풀이하는 법인가 보다.

"음악을 하니까! 문학을 공부하므로? 왜 좋으세요. 말씀해보세요."

"거저 좋은 것이지 사랑에 이유와 조건이 무에 있겠수. 실례의 말이지만 누가 그리 알량한 음악가구 끔찍한 문학가라구 여기는데요. 그런 모든 것을 떠나서 단지 인간으로서 사랑할 수 있는 것이죠."

"물론 저두 그 말이 듣구 싶었어요. 문학을 좋아하지 않는다구 절 좋아하지 않으셨다면——생각만 해두 무서운 일예요."

"나를 사랑하는 덴 그럼 조건이 있었수. 글줄이나 쓴다구? 학교에서 어학 마디나 가르친다구?"

"제게두 마찬가지로 소설가가 아니래두 좋았구 교수가 아니래두 상관없구——아니 들에서 밭 가는 지애비였던들 제 맘이 움직이지 않았겠어요. 그야 서로 교수구 소설가구 음악가구 문학소녀의 한 것이 보다 좋기는 하지만 그렇지 않단들 왜 사랑이 없었겠어요. 조건두 이유두 없구 거저 맹목적인 것——그런 것만이 참사랑이라구 생각해요. 조금 낡은 투지만요. 조건은 사랑이 있은 후에 천천히 오는 문제가 아닐까요."

"또 한 가지 알어두어야 할 것은——난 가난하다는 것. 지금두 가난하지만 앞으로두 커다란 유산이 굴러들 가망이 지금 같아선 옅다는 것. 따라서 세속적인 뜻으로 당신을 행복하게 하기는 어려우리라는 것."

"제가 사치와 호사를 원한다면 벌써 제 한 몸 처치했지 왜 이때이날까지 기다리구 있었겠어요. 제 나이가 벌써 사분지 일 세기를 잡아먹었는데요. 이래 뵈어두 제게두 이상두 있고 안목두 보통 사람과는 다르답니다. 조건 조건 하시니 선생께 요구하는 조건이 꼭 한 가지 있다면 그건——언제까지든지 절 사랑해줍소서 하는 것. 결코 한눈을 파시지 말구 평생 저만을 생각해주셔야 할 것예요."

"그야 물론이지 그까짓 게 다 조건인가. 한눈을 팔다니 누가 그렇게 장난꾼이랍디까."

"말 마세요. 거리의 소문으로 죄다 알구 있어요. 대단한 염복가시라구요. 그러나 전 그걸 그리 슬퍼하진 않아요. 이왕이면 여자에게두 인기가 있는 것이 좋죠. 촌촌거리구 평생에 연애 한 번두 못 차려지는 그런 사내라는 건 생각만 해두 진저리가 나요. 실례지만 한 가지 물을게 노여워 마시구 대답해주세요──."

악보의 페이지를 번기니 다음 곡조는 알레그로다. 그 빠른 멜로디를 내기에 분주해서 두 사람의 마음은 반은 음악 속에 뺏기어 들어갔다.

"로테와의 관계는 어떻게 하겠어요. 그 유명한 병오생의 로테 말예요. 말끔히 청산되셨나요."

이미 거리에 소문까지 흘리게 된 사건이라면 준보도 반드시 뜨끔해할 것은 없었다. 사실 그 일건을 생각할 때나 말할 때 준보는 벌써 충분히 침착한 태도를 지닐 수 있었던 것이다.

"로테라면 내가 베르테르인 셈이게요. 그러나 실상은 그와 반대다. 차라리 내가 베르테르의 불행을 가질 수 있었다면 더 행복스러웠으리라구 생각해요. 너무두 어려운 경우였어요. 그렇다구 고르디우스의 마디를 끊을 알렉산더의 장검두 가지지 못했었구 그러는 동안에 차차 그의 성격의 결함을 발견하게 된 것은 차라리 다행이었죠. 사람이 너무 거세구 사교라면 조석두 잊어버리구 정신없이 허둥거린단 말예요. 슬퍼서 울었다던 날 금시 버얼겋게 화장을 하구 옷을 갈아입구 사내들과 마주 앉아 노닥거리는 걸 예의라구 생각하는 버릇──그 한 가지 경우로 나는 그를 철저히 멸시할 수 있었어요. 조선의 가난한 집에 태어났으면서두 마치 구라파의 복판에나 살구 있는 듯이 착각하구 그걸 교양이요 예의라구 생각하는 그 그릇된 태도 그것이 내 맘을 차차 식혀주었어요. 대단히 행복스러운 결말이라구 할 수 있죠. 짜장 베르테르의 설움을 가졌더라면 어떡할 뻔했게요."

"제발 전 그렇지 않았으면요. 병오생이 아니니까 염려는 없어 두요. 그러나 성격두 사랑으로 정복할 수 있는 것이 아닐까요."

"정복했다구 생각하는 건 착오일 때가 많아요. 선천적인 근성이라는 건 아무것에두 굴하는 법 없이 언제나 한 번은 정직한 자태를 나타내는 것이니까요."

"그러길 잘했죠. 안 그랬더라면 제 존재가 말살을 당했게요."

질투의 감정을 아직은 차곡차곡 포개서 가슴속에 간직해두었는지 어쨌는지 비교적 담박한 실의 태도였다.

"또 하나 묻겠어요. 동경에 있는 여류 화가 그에게선 요새두 편지가 오나요. 이것두 거리에서 소문으로 들었습니다만."

흡사 하나씩 하나씩 대답을 밝혀가는 학동의 방법과도 다르다. 준보에게는 교사로서의 엄정한 태도를 요구하는 셈이었다.

간 아내의 후배인 그 화가는 준보가 불행을 당하자 우연히 편지를 띄우기 시작한 것이 드디어 대단한 정성과 애정을 먹과 종이에 부탁해서 보내오게 된 것이었다. 같은 여학교의 선배인 아내에게 대한 흠모와 존경이 그대로 준보에게로 고삐를 돌린 셈이었다. 준보는 편지와 사진만을 받았을 뿐 아직 접해보지 못한 그 새로운 인격을 머릿속에 그려보면서 일종 야릇하고 안타까운 심사였다. 편지에 나타난 인품과 교양과 열정으로만은 전 인격의 인상을 옳게 잡기 어려웠던 까닭이다. 한 줄기 어렴풋한 꿈과 희망을 주고받으면서 이상스러운 사귐이 근 반년 동안 계속해왔건만 직접 감각의 문을 통하지 못한 그 가상적인 사랑은 두 사람 사이에 바다와 강산의 먼 거리를 두고는 종시 활활 타오르지 못한 채 조금의 발전도 없이 침체되고 있었던 것이다. 한여름 동안 공을 들여 제작한 작품을 가을에 제전에 출품했다가 낙선은 됐으나 그다지 낙담은 하고 있지 않는다는 소식을 전해온 것을 일기로 하고 웬일인지 편지가 금시 딸꾹질을 시작한 것처럼 끊어지기 시작했다. 준보가 실과의 교섭을 가지게 된 것이 바로 이 무렵을 전후해서였다.

"우리들의 소문을 들었는지 어쨌는지 요새는 도무지 소식이 없어요. 하긴 하나씩 하나씩 제물에 해결되어가는 것이 편한 노릇이긴 하지만."

"어떤 분예요. 사진과 편지 언제 한번 뵈여주세요. 고우시겠지. 저보담 젊구 지저분한 과거두 없을 테구."

"언젠가의 편지엔 고향과 가정과 현재의 형편 이야기를 하군 반생 동안 적어온 일기가 참회의 연속이라구 했었으니 원 무슨 뜻이었던지. 남이 지내온 날을 자기가 아니고야 누가 똑바로 알겠수. 사람의 가슴속같이 복잡하구 신비로운 것이 없는데."

"제가 만약 나타나지 않았더라면 그이와 맺게 됐겠죠. 똑바로 말씀하세요. 그러구 보면 모든 게 거저 인연만 같아요."

"결말이 어떻게 됐을지를 누가 알겠수. 사람은 앞일을 아무것두 헤아릴 수는 없는데 사랑에 먼 거리같이 금물은 없다구 생각해요. 모르는 동안에 금시 눈앞에 무엇이 일어나 있는지 알 길이 있어야죠. 가을에 이곳까지 스케치 여행을 나오겠다구 벼르던 그에게 행여나 불길한 변이나 일어나지 않았으면 하구 원해요."

"그림과 음악과——어느 편을 더 좋아하세요. 음식을 좋아하시는 건 알아두 그림두 좋아하시죠. 그렇죠."

"뭐요. 그건. 게정⁵이란 말요. 실이두 게정을 부릴 줄 아나. 실이
—실리이—바보. 바보두 그런 쓸데없는 감정의 노예가 되나."

실은 문득 피아노를 멈추더니 그 자세대로 준보의 등에 왈칵 전
신을 의지해버리고 말았다. 준보는 앞으로 쓰러지려는 몸을 바로
세우고 어깨 너머로 넘어온 실의 두 손을 잡았다.

"다 잊어버려주세요. 저 이외의 것은 죄다 이 머리 속에서 지워
주세요. 저의 꼭 하나 바라는 조건이 그것예요. 자 약속하세요.
앞으론 평생 한눈을 팔지 않겠다구. 저만을 생각하겠다구."

3

사랑은 왜 두 사람만의 뜻과 주장으로서 족한 것이 못 될까. 두
사람 사이에 세상이라는 쓸데없고 귀찮은 협잡물이 끼어 들어옴
을 알았을 때 준보는 움찟해지며 불쾌한 느낌이 전신을 스쳐 흘
렀다.

실과 약속을 한 지 불과 며칠을 넘지 않아 준보는 친구 윤벽도
의 방문을 받은 순간 직각적으로 신경을 건드리는 것이 있었다.

"자네 요새 무엇을 하구 있었나. 거리는 자네들 소문으로 온통
발끈 뒤집혔으니."

기쁠 때나 슬픈 때나 신변에서 가장 가까이 돌면서 허물없는 사
귐을 맺어오는 그 친우의 말이라면 대개는 귀를 기울여오는 사이

였건만 이번 경우만은 웬일인지 그 첫마디가 벌써 준보의 마음에 섬뜩하게 울려오는 것이었다.

"뭣 말인가. 우리들의 사랑 말인가."

"사랑은 다 뭐야. 신중하게 사람을 가려가면서 사랑을 하든지 어쨌든지 하지 사람이 왜 그리 자기 몸을 아낄 줄을 모르나. 옥씨의 집안이 어떻구 과거가 어떤 줄이나 알구서 그러나."

"알구말구. 아니까 더욱 사랑하게 됐네. 자넨 집안과 과거만을 알았지 본인의 인격과 교양과 기품은 모르는 모양이지. 나는 과거를 사랑하는 것이 아니라 현재의 인격을 사랑하는 것이네. 풍부한 교양에 접하면 자네쯤은 땅을 치구 부끄러워해야 하리."

준보는 웬일인지 버럭 항거하고 싶은 생각이 솟아 어세를 높여 보았다.

"말하는 꼴이 벌써 새가 깊어진 모양 같네만 자네 생각만 옳다구 하지 말구 세상의 의견에두 한 번은 귀를 기울여봐야 히쟎겠나. 결혼까지 간단 말을 듣고 나두 놀랐네만 거리에서 만나는 동무마다 한 사람이나 찬성하는 이가 있을 줄 아나. 다들 입들을 벌리구 입맛을 다실 뿐이지. 자네는 예술가니까 독창 정신을 실생활에두 살려서 상식을 무시하구 남 안 하는 괴이한 짓두 해보구 때로는 괜히 속세에 반항두 하구 싶은 충동을 느끼는 줄을 짐작하네만 평생의 중대한 일을 그렇게 경솔히 작정해서야 쓰겠나."

"소태를 먹어두 제멋인데 왜 남의 일을 가지구 걱정들을 하라나. 도대체 난 세상의 말이라는 걸 일종의 저널리즘이라구밖엔 생각하지 않네. 자넨 진정으로 나를 위해서 걱정하는 줄을 아네만은 자네가 거리에서 만나는 열 사람이면 열 사람이 다 결국은 경박한 가십쟁이밖에는 못 된단 말야. 부질없이 남의 말 하기 좋아하구 농하기 좋아하구 헐기 좋아하는 저널리스트 이상의 무엇인 줄 아나. 실없는 그것들의 말을 일일이 들어선 할 수 있나. 파리떼같이 와글와글 끓게 내버려두는 수밖엔. 아무 말이 귀에 들려와두 뜨끔하지 않네."

"자네들이 그만큼 유명하다는 걸 알아야 되네. 자네나 옥씨나 구석쟁이에 숨어 있는 사람이라면 세상에서 문제나 삼겠나. 화젯거리가 될 만하니까 화제를 삼는 것이 아닌가. 따라서 자네의 책임두 성립되는 것이네. 사회에 이름이 있다는 건 벌써 개인의 자유 행동에 그만큼 구속을 받구 책임을 져야 한다는 것야. 개인만의 개인이 아니구 사회를 위한 개인이야. 사실 자네를 아끼는 건 나 혼자만이 아니네. 어떤 동무는 심지어 흉계를 써서 자네들의 연애를 방해하자구까지 하데만 야속하다구 여기지 말구 그런 우정을 고맙게 받아보게."

벽도는 준보에게 입을 열 기회와 여유를 주지 않고 혼자만 앞을 이어갔다.

"자네네 학교 학생들에게 자네 인기를 떠보지 않았겠나. 어학만의 강의를 받기가 아까워서 자네에게 수신의 교수까지를 청하겠다구 교장이 교섭 중이라네. 그렇듯 자네를 존경하는 제자들의 기대두 저버려서야 되겠나. 여러 가지로 자네 책임은 크단 말이야."

"자네두 문학을 한다는 사람이 생각이 왜 그리두 범용하구 옹색한가. 사랑엔 인물 차별과 지경이 없다는 걸 실물로 교육할 수 있다면 얼마나 더 인간적인 교육이 될 수 있다는 건 생각해보지 못하나. 한 사람의 인물에 대한 소문과 진실이 얼마나 다르다는 것, 사람은 누구나 일반이라는 것, 사랑은 자유롭다는 것, 행복은 주위 사람들의 시비에도 불구하고 당사자들의 의지로 창조할 수 있다는 것 ─ 이 많은 교훈을 난 말없이 다만 한 번의 행동으로써만 사람에게 가르칠 수 있는 것이네. 학생들은 혼연히 이 교육을 받을 것이요, 그 인간적인 영향과 효과두 백 권의 수신서를 읽는 것보다 나으리. 자네들의 상식 이상으로 이것은 참으로 건전한 생각이라는 걸 알아두게. 그리구 자네 내일부터 문학을 그만두게나. 문학은 인간 되자구 하는 것이지 심심파적으로 숭상하는 건 아니니까."

"자네의 귀에 아무리 경을 읽어야 소용 있겠나. 벌써 굴레를 씌울 수 없는 뛰어난 말이니. 그럼 어서 행복될 도리나 설계하게나. 행여나 장래라두 내게 와 왜 그때 더 말려주지 않았던구 하구 뉘우치지나 말구."

준보의 굳은 결의에는 벽도도 하는 수 없이 한 수 꿀려 활을 거두는 것이었다. 충고는커녕 되레 톡톡히 설교를 받은 셈이 되어 얼떨떨한 심사를 금할 수 없는 모양이었다.

"다시 이 일엔 더 참견 말구 거리에서 쓸데없이 번설을 하구 노닥거리는 녀석이 있거든 그 비굴한 얼굴을 바라보면서 자네두 행여나 그런 유가 아닐꾸 하구 반성하구 슬퍼해보게나."

그러나 벽도가 그 자리에서 그렇게 만만히 꿀렸다고 생각한 것은 준보의 오산이었다. 한 수 두 수 동무를 생각하는 그의 애정은 깊어서 충고의 손은 실에게까지 뻗쳤던 것이었다. 다음 날 밤 준보가 가게 이층에서 실을 만났을 때 웃음을 잊은 얼굴에 커다란 눈이 깜박거리지도 않고 동그랗게 노염을 품고 있었다.

"아이 분해."

혀를 차면서 윗입술이 갸웃이 삐뚤어지는 것이었다.

"어제 벽도씨가 제게 와서 무어란 줄 아세요."

"벽도가? 흠 적극적 활동을 시작한 모양이군."

"이 땅의 예술가 준보 죽이지 말라구요. 준보는 한 사람의 차지가 아니구 사회에 소속한 사람이라구요. 어이구 무서운 소리. 누가 선생을 후려차 가지구 먼 세상으로 내뺀단 말인가요. 제게로 오신다고 글 한 줄 못 쓰게 되구 세상에서 매장을 당한단 말인가요. 모든 책임을 제게만 씌운단 말예요. 대체 그이가 무엇이게 우리들 일에 그렇게 발벗구 나서는 것일까요."

"근본은 착하구 정직한 사람인데 진정으로 생각해준다는 것이 말이 원체 투박스러워서 그런 인상을 주게 되나 부우. 그래 뭐라구 대답했수."

"다짜고짜로 그 말인데 대답을 어떻게 해요. 거저 멍하니 입만 벌리구 있었죠. 선생의 건강이 염려되는데 각별히 내조의 공을 이룰 자신이 있느냐는 등 제가 편지를 전문학교 교수보다도 잘 쓴다구 선생이 칭찬하셨다는데 그 정도의 교양에 안심해서는 안 된다는 등 별별 말이 많았어요. 거저 저 하나 죽일 사람 됐죠. 거리에서 건둥거리는 보통 여자로밖엔 알아주지 않는 것이 분해 못 견디겠어요."

"편지 잘 쓰는 건 잘 쓰는 거지 실력에두 에누리가 있을까. 이름만 전문학교 선생이랍시구 사실 편지 한 장 옳게 못 쓰는 위인이 얼마나 많게. 웬일인지 난 그런 떳떳치 못한 조그만 사회적 사실에 대해서두 노여워지면서 항의하구 싶은 생각이 솟군 해요. 편지의 실력뿐이 아니라 당신이 일상 쓰는 말에 대해서두 그 아름다운 용어와 발음을 효과 있게 살리려구 비상한 주의와 노력을 하는 것을 난 무엇보다두 높게 평가하려구 해요. 내가 간혹 이상스런 형용사를 쓸 때 그것을 곧 되물어가지구 기억하려구 하는 기특한 생각——세상 사람이 소홀히 여기구 주의할 줄 모르는 그런 조그만 각오에서부터 나날이 아름다운 생활은 창조되어나간다구 생각해요. 벽도가 무어라구 하든지 간에 충분한 자신을 가져두 좋아요."

"일들두 없지 왜들 남의 일에 간섭인지 모르겠어요. 거 보세요. 세상이 시끄러우리라구 걱정했더니 아니나 다를까요."

준보의 위로로 실은 자신과 용기를 회복해 우울한 속에서 다시 웃음을 머금고 어느 날보다도 도리어 즐거운 밤이었으나 외부의 간섭은 그것으로 끝난 것은 아니었다. 거리의 소문은 해와 악의 테두리를 겹겹으로 더해서 두 사람을 둘러싸고 시끄러운 포위진을 각각으로 조여들었다. 몇 날이 건너지 못해 실은 한층 흥분된 표정으로 준보의 방문을 두드렸다. 커다란 눈이 깜박거리지 않고 조그만 입이 침묵하면서 잠시는 가제 온 신부같이 의자에 잠자코만 있었다.

"……오늘 길에서 옛날 동무 명주를 만났더니 또 그 소리를 하 겠나요. 남편에게서 들었다는데 자기들 총중에선 죄다들 알구 화 젯거리가 됐대요. 그 남편은 벽도씨에게서 들었다나요. 왜 그리 번설들일까요."

"놀랄 것두 없잖우. 세상이 한꺼번에 발끈 뒤집힌대두 이제야 겁날 것이 없는데."

"말이 우습잖아요. 제가 일반에게 그런 인상을 줘 뵈는지 너무 사치하니까 가정생활에 부적당하리라고요. 오래오래 원만하기를 기대하기가 어려우리라구요. 자기들보다두 몇 곱절 더 생각하구 각오를 가진 줄은 모르구 웬 아랑곳인지들 모르겠어요. 자기들보 다 못한 사람인 줄만 아나 부죠."

"이 기회에 애무하게 남을 발가벗겨놓구 멋대로들 난도질을 하 는 모양이지."

"외딴 섬에나 가 살구 싶어요. 이렇게 시끄러울 줄 몰랐어요."

"불유쾌한 세상이구 귀찮은 인심이야. 우리 시나 한 줄 읽을 까."

준보는 뒤숭숭한 잡념을 떨쳐버리려는 듯 쇄락하게 자리를 일 어서서 실의 손을 이끌고 책장 앞으로 갔다.

"맘이 성가실 때는 시를 읽는 게 첫째라우. 난 벌써 여러 해째 그 습관을 지켜오는데 세상에 시인같이 정직하구 착한 종족이 있 을까. 그 외엔 모두 악한이요 도적인 것만 같아요. 시인의 목소리 만이 성경과 같이 사람을 바로 인도하구 위로해주거든요. 무얼 읽을까. 하이네? 셸리? 예이츠?"

책꽂이를 한층 한층 손가락으로 더듬더니 두둑한 책 한 권[6]을
뽑아냈다.

"휘트먼은 어때요. 오래간만에 휘트먼을 읽어볼까요. 예이츠들
과는 다른 의미로 좋은 시인이죠. 그는 한 계급의 시인이 아니라
전 인류의 시인이에요. 아무와도 친하게 이야기하구 똑같이 사랑
하는 가장 허물없는 스승이에요. 월트 휘트먼——인류가 아마두
예수 다음에 영원히 기억해야 할 꼭 하나의 이름이 이것예요. 나
는 그를 읽을 때 용기가 솟구 희망이 회복되군 해요."

"고요한 목소리로 한 구절 읽으세요. 눈을 감구 들어볼게요."

준보가 앉은 의자 발밑에 실은 그대로 주저앉으면서 준보의 무
릎에 손바닥을 놓고 그 위에 사붓이 얼굴을 얹었다. 준보가 야트
막한 목소리로 천천히 임의의 구절구절을 낭독하기 시작할 때 실
은 짜장 눈을 감고 시의 세상 속으로 이끌려 들어가는 것이었다.

……

태양이 그대를 버리지 않는 한 나는 그대를 버리지 않겠노라.
파도가 그대를 위해서 춤추기를 거절하고 나뭇잎이 그대를
위해서 속살거리기를 거절하지 않는 동안,
내 노래도 그대를 위해서 춤추고 속살거리기를 거절하지 않
겠노라.

나는 그대에게 한 가지 약속을 하노라——그대가 나를 만났기
에 적당한 준비를 하기를 나는 요구하노라.

470

내가 올 때까지 성한 사람 되어 있기를 요구하노라.

그때까지 그대가 나를 잊지 않도록 나는 뜻 깊은 눈초리로 그
대에게 인사하노라.

"좋아요. 참 좋아요. 저를 위해서 쓴 것만 같아요. 어머니보다
두 인자해요. 태양이 그대를 버리지 않는 한 나는 그대를 버리지
않겠노라. 저두 휘트먼을 좀더 일찍 알았다면 더 행복스러웠을
것을요."
　실은 얼굴을 벙긋이 들고 준보를 쳐다보면서 입 안에 그뜩 젖을
머금은 어린아이와도 같이 행복스러운 얼굴이었다. 준보는 실의
머리 위에 한 손을 얹고 페이지를 들척거렸다.
　"휘트먼을 가지게 된 것은 인류의 행복이에요. 가십만을 일삼
는 거리의 소소리패[7]들에게 휘트먼을 읽혀드렸으면 얼마나 좋을
까요."

여인, 앉은 여인, 걷는 여인—혹은 늙고 혹은 젊고
젊은이는 아름다우나—늙은이는 젊은이보다 더 아름다워라.

"그의 눈에는 모든 것이 다 아름답구 고르구 평등하구 사랑스
럽지 하나나 추하구 밉구 차별진 것이 있나요. 예수같이 인자하
구 바다같이 관대해요. 또 한 수 여자를 노래한 것—."

나는 여성의 시인이며 동시에 남성의 시인이니라.

나는 말하노라, 여자 됨은 남자 됨과 같이 위대한 것이라고.

또 말하노라, 남자의 어머니 됨같이 위대한 것은 없노라고.

"더 읽으셔요. 자꾸자꾸 읽으셔요. 종일 들어두 싫지 않겠어요. 밥같이 암만 먹어두 싫지 않겠어요. 속세의 번거로움을 떨쳐버리구 휘트먼 한 권만을 가지구 단둘이 어딘지 모를 먼 고장에 가서 살 수 있다면 오죽이나 좋을까요."

하면서 한숨짓는 실의 목소리는 그대로가 한 구절의 시를 읽는 것과도 흡사했다.

영웅이 이름을 날린대도 장군이 승전을 한대도 나는 그들을 부러워하지 않았노라.

대통령이 의자에 앉은 것도 부호가 큰 저택에 있는 것도 내게는 부럽지 않았노라.

그러나 사랑하는 사람들의 우정을 들을 때 평생 동안 곤란과 비방 속에서도 오래오래 변함없이

젊을 때에나 늙을 때에나 절조를 지키고 애정에 넘치고 충실했다는 것을 들을 때 그때 나는 머리를 숙이고 생각하노라.

부러워서 못 견디면서 황급히 그 자리를 떠나노라.

낭독이 끝난 후까지도 실은 얼굴을 들려고 하지 않고 같은 자세로 무릎 위에 엎드리고 있는 것을 준보는 감동에 젖어 있는 것이

거니만 생각한 것이 문득 머리를 드는 서슬에 눈에 어린 눈물 자국을 보고 가슴이 짜릿해졌다.

"왜 운단 말요."

책을 놓고 두 손으로 무릎 사이에 그의 얼굴을 받들어 끄니, 실은 아이와도 같은 무심한 눈동자로 멍하니 준보를 쳐다본다.

"너무두 행복스러워서요. 휘트먼의 시두 좋거니와 이렇게 선생님과 마주 앉아 시를 읽게 된 것이 얼마나 행복스러운지 아마두 한평생의 추억거리가 될 것예요. 세상에 가지가지 행복두 많겠지만 여기에 지나는 행복이 또 있을 것 같지는 않아요. 자꾸 울구만 싶어요."

하면서 다시 글썽글썽 눈물이 새로워지는 것을 보고는 준보는 거의 충동적으로 그의 얼굴을 가까이 잡아끌었다.

"이 행복감을 고이고이 길러서 언제까지든지 끌고 나갑시다. 세상의 장해가 아무리 크다구 하더래두 용감스럽게 그것을 뛰어넘어 갑시다. 그것이 꼭 하나 우리의 작정된 길이니까요."

손등으로 눈물을 훔치는 사랑하는 사람의 자태란 얼마나 아름다운 것이었던가.

4

민주빈의 등장은 윤벽도의 그것과는 스스로 성질이 달라서 준보들의 마음속에 한 줄기의 빛을 던졌다고 하면 던졌을까.

신문의 지방판의 기사를 맡아 쓰고 있는 주빈은 그 직책의 성질과 준보들의 일건을 누구보다도 먼저 알고 있을 처지에 있으면서도 까딱 그 눈치를 보이지 않는 것은 은근한 그의 성격의 탓이라고 할까.

"하긴 나두 사실 첨엔 놀랐어요. 형이 그렇게 대담한 줄은 몰랐거든요. 그야 문학을 일삼으시니까 생각이 남보다는 다르시겠지만 결혼을 한대두 거저 무난하구 순결한 경우를 택하신 줄 알았지 이렇게 문제의 파도 속에 즐겨서 뛰어드실 줄은 몰랐어요."

주빈은 준보의 눈치를 보면서 신중하게 입을 열었다.

"순결이란 대체 무어요. 마음을 떠나서 순결만의 순결을 찾음은 뜻 없는 일이라구 생각해요. 참으로 훌륭한 마음 앞에는 몸의 희생쯤 문제가 아닐 것예요. 벽도의 말을 들으면 모두들 반대라는데."

"전 반드시 그렇지두 않습니다만. 모든 문제 다 깔아버리구 아름다운 이와 결혼한다는 다만 그 조건만으로두 좋지 않아요. 사람에겐 기질의 타입이 있다구 생각하는데, 가령 벽도군과 나와는 전연 대차적인 입장에 있는 것 같구 가깝다면 아마 내가 형과는 제일 근사한 타입일 것예요. 연애니 결혼이니 하는 것두 결국은 그의 그 성격의 타입이 작정하는 것이 아닐까요. 옥씨만 한 인물과 미모라면 다른 조건 다 희생해두 좋구말구요. 그 점에서 난 찬성이구 형의 그 자유로운 심정과 태도에 여러 가지로 반성되구 줏대 없는 내 마음에 매질해보군 했어요. 막상 내가 그런 경우에 처했다면 혹시 주저했을지두 모르니까요. 마음의 자유대로 행동

할 수 있구 행동해서 조금두 꺼리지 않는다는 것이 여간 장하구 존경할 만한 일이 아니에요."

"형은 그렇게 말해두 대부분의 세상 사람들은 존경은커녕 얼마나 비웃는지 몰라요. 결국 난 세상을 아직두 퍽 야만스런 곳이라구 생각해요. 참으로 정직한 판단이 없이 편견과 말썽으로 부화뇌동하구 경솔하게 떠들썩하는 그런 버릇이 있어요. 세상이 그렇게 우매하다는 것과 내가 내 뜻을 존중히 하는 것과는 물론 별문제이지만."

준보는 주빈의 이해에 대해서 이렇게 대답하고 바로 며칠 전에 겪은 조그만 변을 문득 생각해내면서 그것을 붙여 말하고 싶었다.

——준보는 벌써 거리낄 것 없이 실과 함께 거리를 걷고 교외로 산보도 나가는 것이었으나 그날 늦은 오후의 영화를 보고 관을 나오는 때였다. 빽빽이 쏟아지는 인총 사이에 피곤한 몸을 맡기고 제물에 한길로 밀려나와 골목을 벗어났을 즈음 두 사람은 어느 결엔지 뭇시선의 대상이 되어 있음을 몰랐다. 그 많은 총중에서 왜 하필 유독 그들만이 무대 위의 배우같이 사람들의 눈을 끌었을까를 생각하면 불쾌하기 짝 없는 것이었으나 문득 귀익은 발음 소리를 듣고 비로소 정신을 차린 두 사람이었다. 뒤편에서 웅얼웅얼 자기들의 이름을 외는 것임을 알았다. 목소리는 점점 커지더니 드디어 또렷이 들릴 정도로 가까워졌다.

"아나. 저기 준보와 옥실이라네."

확실히 그렇게 들렸다. 그러나 그 자리로 경망하게 고개를 돌릴 수도 없어 모르는 체하고 걸어가는 동안에 그들의 회화는 두 사람을 둘러쌀 지경으로 요란해졌다.

"인전 제법 대담들 하지. 내로라구 보라는 듯이 끼구들 다니니."

"대담한지 철면핀지 모르겠네. 허구많은 경우 다 두고 왜들 하
필 세상을 이렇게 떠들썩하게 해놀꾸."

"남이야 아무러거나 말거나 왜들 떠들썩들 하라나, 떠들썩하는
편이 어리석지, 남이야 아무 멋을 부리건 말건."

두 사람을 옹호하는 듯하면서도 기실 악질의 야유인 것을 쉽사
리 느낄 수 있었다.

"옥실이와 준보가 결혼을 할 테면 하랬지 뭐가 어떻게 됐단 말
인가. 음악가와 소설가이기로서니 그렇게 법석들을 할 법이야 있
나."

두 사람의 이름을 커다랗게 외치면서 옆을 스치는 후리후리한
청년을 옆눈으로 보았을 때 준보는 문득 피가 용솟음치면서 눈이
화끈 달았다. 청년도 흘끗 두 사람을 곁눈질하더니 즉시 자기들
끼리만의 의미를 가진 복잡한 미소를 띠었다.

"다정다한한 남녀들이라 미상불 부럽기두 해. 세상을 한번 요
란하게 하는 것두 자랑스런 일이 아닌가."

조롱과 야유에 넘치는 그 말에 준보는 드디어 견딜 수 없어서,

"버릇없는 것들."

하고 몸을 불끈 솟구었으나 실이 민첩하게 팔을 붙들어 끌면서,

"참으세요. 그들에게두 말의 자유가 있잖아요. 우리에게 행동
의 자유가 있듯이."

하고 도리어 길옆으로 피해 서는 동안에 소소리패는 여전히 고개

476

를 흘끗들 거리면서 두 사람을 스쳐 지나고 말았다.

이상스러운 것은 준보는 순간 눈앞이 화끈 다는 듯하더니 웬일 인지 금시 노염이 풀리면서 실의 손목을 꼭 쥐게 된 것이었다. 그의 유유한 마음씨에 감동하고 냉정한 이지에 경의를 표하고 싶었던 것이다. 실의 원만한 인격으로 말미암아 그 시각으로 외부의 수난쯤은 솔곳이 잊어버리게 된 것을 준보는 더없이 행복스러운 것으로 여겼다. 실과의 행복 앞에서는 버릇없는 후리후리한 청년도 세상의 야유도 조롱도 그림자가 흐려지면서 먼 곳으로 비슬비슬 멀어지는 것이었다.

주빈은 가느다란 눈 가장자리에 주름을 잡으면서 그 조그만 에피소드를 듣고 나더니,

"그러나 세상이란 완고한 것 같다가두 실상은 의외로 무른 것 예요. 결국 가장 센 것은 개인의 의지라구 생각해요. 거저 내 뜻대로 나가는 것——그것이 제일 좋은 방법이요 훌륭한 태도죠. 청년들에게 야유를 당한 후에 즉시 사랑의 행복을 느낀 것을 생각해봐요. 그 행복 이상으로 값나갈 무엇이 세상에 있겠나를."

"의론한 법두 없구 내 일 나 혼자 처리하려구 하는데 모두 괜히 한몫씩 참여하려구들 드는구료. 끝까지 세상과 싸워볼 작정이에요. 필경 누가 못 배겨나나 보게."

"하긴 벽도군은 서울로 원병을 청하러 갔다나요. 혼자 힘으론 부치니까 서울의 동무를 죄다 역설해서 일대 반대 운동을 일으키겠다구. 샅바 끈을 단단히 졸라매셔요. 괜히 까딱하다 넘어지지 말게요."

또 새로운 소식에 준보는 귀가 뜨이면서 주빈의 괴덕스러운[8] 목소리로 자연 웃음이 터져 나왔다.

"벽도두 열정가야. 동무를 진정으로 위한다면 그만한 밸은 있어야지. 세상은 재미있는걸. 점점 재미있어가는걸. 사람들은 이 맛에 사는 것이 아닐까."

주빈이 전한 말이 헛소리가 아님은 그가 다녀간 지 이틀 만에 준보는 서울서 온 의외의 편지 한 장을 받게 된 것이었다. 준보가 기왕부터 알고 있는 한 사람의 직업여성으로부터 온 충고의 편지였으니 그것이 벽도의 월병 운동의 제일착의 첫소리였던 셈이다. 아마도 벽도가 술을 먹으러 가서 비분한 장광설을 한 결과 사연을 듣게 된 그가 동감 찬성하고 드디어 편지를 띄운 것이라고 추측되었다. 서면은 대단한 달필로 여러 장을 들어서 준보의 생각이 미흡하고 행동이 그릇되었음을 지적한 것이었다.

현재의 쓸쓸한 심경을 살필 수는 있지만 평생의 중대사를 어떻게 그렇게 소홀히 작정하느냐—소중한 몸을 아낄 줄 모르고 왜 그리 천하게 굴리느냐—당신 마음을 그토록 당긴 그 여자의 매력을 미워해야 할는지 존경해야 할는지 모르겠다. 동무들이 대단히 걱정하는 걸 민망해서 볼 수 없다. 이 자리로라도 뛰어가서 만류하고 싶으나 먼 길에 그럴 수도 없으니 두 번 세 번 신중히 생각해서 처리해라……

대강 이런 뜻의 걱정을 적었는데 웬일인지 황겁지겁 설렌 듯한 그의 자태가 눈앞에 보여오는 것 같아서 준보는 픽 웃어버렸다.

"괜히들 설레누나. 공연히 필요 이상으로 안달들이구나. 세상

478

이 금시 뒤집힌 거나 같이."

준보야말로 그 원래의 간섭을 미워해야 할는지 존경해야 할는지 모르면서 반 천 리 길이나 일부러 가서 겨우 그런 졸병을 통해서 첫 화살을 보내게 한 벽도의 수고가 또 한 번 생각났다. 편지를 그대로 꾸깃꾸깃해서 휴지통에 넣으려다가 준보는 문득 돌려생각하고 다시 편지를 곱게 펴 들었다.

"이대로 두었다가 실에게 보이자. 그의 감회가 어떤지 누구의 태도가 더 의젓한지 달어나 보자."

5

편지를 보고 실은 그다지 분개도 하지 않고 도리어 허물없는 웃음을 띠었다.

"글두 명문이구 글씨두 잘 썼구. 그러나 웬 아랑곳일까 주제넘게. 그 여자의 매력이라니 다 무어야 망칙하게."

웃은 것은 마음으로부터 웃은 것은 아니었다. 역시 한 줄기 섭섭한 감정이 그의 눈썹 위에 흐르고 있음을 보고 준보는 그런 것을 보인 것이 뉘우쳐도 졌다.

"자꾸만 이렇게 반대들이 일어나면 필경은 곰곰이 반성하시구 제가 싫어지겠죠. 아무리 굳은 마음인들 왜 주위의 지배를 안 받겠어요."

"쓸데없는 소리 또 한다. 그러라구 편지를 뵈었던가. 그 자리로 찢어버리구 안 뵈일 수도 있었는데."

"이대로 솔곳이 죽구만 싶어요. 행복스런 동안에 죽어버리는 것이 제일 아름다울 것 같아요. 앞으로 또 무엇이 올까를 생각하면 진저리가 나요."

"되려 고소해하는 것들 많게. 그것들 보기 싫어서두 오래 살아야 하잖우. 소문두 한때지 언제까지나 남을 쫓아오겠수, 마음을 크게 담차게 먹어요."

준보도 사실 가끔 마음의 평온함을 잃곤 했으나 실의 앞에서는 또 의젓하게 그를 격려하고 위로하는 입장에 서지 않으면 안 되었다. 휘트먼의 시집을 찾아내서 다시 읽기도 하고 서투른 피아노의 합주를 하기도 하고 말없이 의자에 앉고 실은 그 무릎 아래에 앉아서 손을 마주 잡고 어느 때까지나 그 소박한 행복감에 잠기기도 했다.

거리의 소문은 언제면 완전히 꺼져버리려는지 주일이 거듭되고 달이 넘어도 조그만 도전과 걱정거리는 삐지 않았다. 준보가 학교에서 별안간 요란스럽게 울리는 수화기를 잡으면 면목은 있으나 그다지 귀 익지 않은 여자의 목소리가 두 사람의 사건을 비웃는 듯 야유해왔고 거리에서 간혹 동무들과 술좌석을 같이하면 입술을 비죽들 거리면서 누구나 한 촉의 화살을 준보에게 던지려고 대기하고 있는 것이었다. 그들을 둘러싸고 있는 그런 험악하고 적의에 넘치고 있는 분위기 속에서 마음은 도리어 단련되고 굳어져가는 것도 사실이었다. 누가 못 견디나 보자 하는 앙심이 생기면서 사면초가의 외로운 속에서 끝까지 항거해보려는 결의가 솟을 뿐이었다.

보라는 듯이 떳떳이 거리를 다니고 교외를 소요하는 심정 속에
도 그런 대항 의식이 숨어 있다고도 하지 않을 수 없었다. 고집스
럽게 바라들 보고 빈정거리는 사람들의 시선들을 목석같이 무시
해버리고 두 사람은 두 사람만의 길을 꼿꼿이 걸었다. 두 사람만
의 세계를 그렇게 성벽같이 주위와 구별해서 지키면서 그것으로
서 도리어 밖 세상까지 또 지배하려고 함은 행복스러운 일이었
다. 그 성벽 속에서는 단 두 사람만의 세계이므로 사랑과 이해는
한층 굳어져가고 밖 세상을 지배하려 함에는 커다란 자랑과 교만
이 상반하는 까닭이었다. 내 몸의 실력이 충실할 때 밖에 대해 교
만함은 유쾌한 일이다. 그 내면에서 솟아 나오는 유쾌한 느낌을
지우고 보충하려는 것이었다.

산속 길을 걸으며 낙엽을 밟고 강을 굽어보고 짙어가는 가을을
관상할 때 실은 다시 장래의 생활 설계를 치밀하게 세웠다. 하루
에 몇 시간씩 책 읽고 음악 연습하고 아이들을 지도하겠다는 것,
찻그릇은 어떤 것을 쓰고 요리는 어떻게 만들겠다는 것까지를 찬
찬히 계획했다. 그렇게 희망에 넘치는 실의 얼굴은 또 어느 때보
다도 빛나고 아름다운 것이었다.

"세상이 정 시끄럽구 말썽이거든 우리 촌에 나가 염소나 기르
구 닭이나 쳐요, 네."

실의 이런 제의도 또한 기특하고 아름다운 것이다. 여자의 포부
와 각오가 항상 더 원대하고 굳은 것일까.

"좋구말구. 속세에 그렇게 연연해할 것두 없는데 남은 반생을

차라리 전원의 목가 속에서 살 수 있다면 그 역 좋구말구요."

"소와 돼지까지를 기를 수 있다면 더욱 좋겠어요. 일 년 먹을 햄을 맨들어두구 소는 젖을 짜구요. 소가 잘되면 버터 제조업을 시작해두 좋죠. 집에서 손수 버터를 맨들어 먹을 수 있는 처지── 전 이걸 인간 생활의 최대의 이상이라구 생각하구 있어요."

"어디 이상을 실현해봅시다그려. 과히 어렵지 않다면야."

가랑잎이 발 아래에 요란스럽게 울리는 수풀 사이에서 헌칠한 나뭇가지 너머로 푸른 강물을 내려다보고 그 너머 마을의 인가들을 세면서 전원의 명상에 잠김은 그것이 실현되든 안 되든 단지 그것만으로도 행복스러웠다.

초가을부터 시작된 두 사람의 사이는 두어 달을 지나는 동안에 모든 장해를 넘어 더욱 깊어가서 흡사 시절의 걸음과 발을 맞추려는 듯도 했다. 시절이 깊어가면 갈수록에 영혼들도 맑아가고 그 열정을 가다듬어갔다. 날이 으슬으슬해가고 공기가 차감을 따라 산속을 거니는 날이 적어지고 방 속에서 꿈과 설계에 빠지는 날이 늘어갔다. 첫서리가 허옇게 내려 땅을 덮은 날 실은 조금 조급하게 설렜다.

"정신없이 늑장을 대구 있느라구 이 옷주제' 좀 보세요. 거리에선 벌써들 겨울옷들을 입기 시작했는데 아직두 이게 첫가을의 차림 아녜요. 옷벌이란 옷벌은 전부 동경에 두었거든요. 얼른 가서 첫째, 옷을 가져와야겠어요."

"그렇소. 지금 남은 일은 꼭 한 가지밖엔 없소. 얼른 동경 들어가서 짐을 가지구 나올 것."

"참으로 무서운 변화예요. 다시 들어가 공부를 계속할 줄 알았지 누가 짐을 꾸리게 될 줄 알았던가요. 여름휴가로 나왔다가 꼭 두 달 동안에 이 기적이 오구 말았어요."

"되려 섭섭한 것두 같죠. 커다란 변화란 아무리 그것이 행복된 것이래두 한 줄기 섭섭한 느낌을 주는 법인데."

"짐이 좀 많아요. 피아노, 축음기, 의장, 침대, 옷, 레코드, 책. 옳게 꾸려서 부치려면 아마두 두 주일은 걸릴 것예요. 두 주일 동안 안녕하시구 그리구──한눈 파시지 마세요."

언제나 그것이 걱정인 모양이었다. 준보는 번번이 그것을 대답하기가 실없어서 눈에 웃음을 머금고 실의 귓불을 지그시 끌어당겼다.

"이 걱정쟁이 같으니, 누굴 칠면조나 카멜레온으로 아나 부다."

"저 없는 동안에 모두들 충충대서 마음을 변하게 하문 어떻게 해요. 정말 걱정예요. 전 그렇게 되면 죽을걸요 뭘."

"어서 내 염려 말구 당신 마음의 고삐나 든든히 잡아둬요. 행여나 대중없이 놓여나지나 말게."

"인전 그만둬요 그런 소리. 듣기만 해두 소름이 끼쳐요."

지난 두 달 동안의 변화와 수많은 굴곡을──행복과 불행의 가지가지를 반성하면서 벌써 그것이 과거가 되고 추억이 된 것이 신기해서 견딜 수 없었다. 뭇 인물들의 왕래와 미묘한 인심까지를 아울러 생각할 때 두 사람이 꾸며놓은 그 조그만 한 폭의 역사가 또한 인간 생활의 장한 한 페이지로 여겨졌다. 그 한 폭을 주추로 하고 앞날의 발전이 훤하게 내다보이는 것이 두 사람의 마음을 한량없이 밝게 해주었다. 스스로의 운명을 스스로들 개척해 가는 용기 앞에는 하나의 확고한 결정이 있을 뿐이었다. 미래에 속하되 미래가 아닌 결정이었다.

삼한이 풀리고 사온이 시작되는 날 드디어 실은 동경으로 길을 떠나게 되었다.

날마다 학교로 오는 전화가 그날은 특별히 아침 일찍이 왔다.

"오늘 떠나게 될는지두 모르겠어요. 안녕히 계셔요."

실은 역에서 보냄을 받기를 좋아하지 않는 성질에 떠나는 날짜의 결정을 언제나 확적히 작정하지 않고 흐려오던 것이었다. 세상에 작별같이 마음 성가신 일이 없어서 역에서 마주 보고 눈들을 붉히면 도저히 떠날 용기가 생기지 않는다는 것이었다. 언제나 떠나게 되면 말없이 가만히 떠나겠다고 하던 것을 생각하고 그날 아침 전화로 준보는 혹시 이날이 아닌가 설레면서 물었다.

"몇 시에 떠난단 말요. 몇 시에."

"모르겠어요. 떠날지 안 떠날지 모르겠어요. 아이들 데리구 얼마나 고생하시겠어요. 제발 몸 주의하세요. 병원에 자주 다니시구 많이 잡수시구요. 제발 제발 건강하세요."

열 번 백 번 듣는 이 몸에 대한 주의가 번번이 마음을 울리는 것이었다. 조급하게 차 시간을 거듭 묻고 되물었으나 종시 대답이 없는 전화는 끊어졌다.

떠나도 필연코 밤이려니 생각하고 준보는 학교를 일찍이 나와 그를 보낼 약간의 준비를 갖추어가지고 저녁 무렵은 되어 가게로 전화를 거니 그의 언니의 대답이 이미 세 시 차로 떠났다는 것이었다. 준보는 한참이나 우두커니 서서 실망이 컸으나 생각하면 실의 말마따나 그편이 되레 성가시지 않고 개운하거니 하고 마음을 눅여도 보았다.

밤에 가게로 내려가니 언니는 금시 장난을 하고 난 아이같이 빙그레 웃으면서 말했다.

"기어코 가만히 떠나고 말았어요. 그 애 성질이 원래 그래요. 여럿이 나가면 결국 울구불구 해서 못 떠나구 만답니다. 잠시 적적은 하시겠으나 그동안 건강하실 테니 되려 안심이라구 기뻐두 해요. 서울 가서 제 심부름을 보군 바로 동경 들어가기로 했어요. 서울서나 동경서 장거리 전화를 걸겠다구요."

"이젠 전화나 기다리는 수밖엔요. 무사하게나 다녀온다면 더 바랄 것이 없죠. 날짜의 길흉을 몹시 가리더니 오늘이 그럼 대안 날인가요."

"그렇답니다. 삼벽 대안이에요. 이것 보셔요."

하면서 가리키는 벽의 패력을 바라보니 조그만 글자가 그렇게 짐작되었다.

'떠나두 대안, 돌아와두 대안, 대안날 제발 무사태평하구 만사 형통하소서.'

축원의 말을 마음속에 외면서 준보는 두 주일 동안 만나지 못할 실의 자태를 머릿속에 떠올려보았다. 달덩어리같이 흰한 얼굴과 포도 알같이 맑은 눈이 분명하게 뚜렷이 떠올랐다. 맑은 목소리가 아울러 귀에 울려왔다.

"……제발 몸 주의하세요. 병원에 자주 다니시구 많이 잡수시구요. 제발 제발 건강하세요."

실의 육체와 영혼의 한 방울 한 방울이 한 점 빈틈없이 준보의 속에 그대로 살아 있었다. 준보는 그것을 마음과 육체를 가지고 역력히 느끼는 것이었다.

낙엽을 태우면서

    가을이 깊어지면 나는 거의 매일과 같이 뜰의 낙엽을 긁어모으지 않으면 안 된다. 날마다 하는 일이언만, 낙엽은 어느덧 날고 떨어져서 또다시 쌓이는 것이다. 낙엽이란 참으로 이 세상의 사람의 수효보다도 많은가 보다. 삼십여 평에 차지 못하는 뜰이언만, 날마다의 시중이 조련치 않다. 벚나무 능금나무──제일 귀찮은 것이 벽의 담쟁이다. 담쟁이란 여름 한철 벽을 온통 둘러싸고 지붕과 연돌의 붉은빛만을 남기고 집 안을 통째로 초록의 세상으로 변해줄 때가 아름다운 것이지 잎을 다 떨어뜨리고 앙상하게 드러난 벽에 메마른 줄기를 그물같이 둘러칠 때쯤에는 벌써 다시 지릅떠[1] 볼 값조차 없는 것이다. 귀찮은 것이 그 낙엽이다. 가령 벚나무 잎같이 신선하게 단풍이 드는 것도 아니요, 처음부터 칙칙한 색으로 물들어 재치 없는 그 넓은 잎이 지름길 위에 떨어져 비라도 맞고 나면 지저분하게 흙 속에 묻혀지는 까닭에 아무래도 날아 떨어지는 족족 그 뒷시중을 해야 한다.

벚나무 아래에 긁어모은 낙엽의 산더미를 모으고 불을 붙이면 속에 것부터 푸슥푸슥 타기 시작해서 가는 연기가 피어오르고 바람이나 없는 날이면 그 연기가 얕게 드리워서 어느덧 뜰 안에 가득히 담겨진다. 낙엽 타는 냄새같이 좋은 것이 있을까. 가제 볶아낸 커피의 냄새가 난다. 잘 익은 개금² 냄새가 난다. 갈퀴를 손에 들고는 어느 때까지든지 연기 속에 우뚝 서서 타서 흩어지는 낙엽의 산더미를 바라보며 향기로운 냄새를 맡고 있노라면 별안간 맹렬한 생활의 의욕을 느끼게 된다. 연기는 몸에 배서 어느 결엔지 옷자락과 손등에서도 냄새가 나게 된다. 나는 그 냄새를 한없이 사랑하면서 즐거운 생활감에 잠겨서는 새삼스럽게 생활의 제목을 진귀한 것으로 머릿속에 떠올린다. 음영과 윤택과 색채가 빈곤해지고 초록이 전혀 그 자취를 감추어버린 꿈을 잃은 헌출한 뜰 복판에 서서 꿈의 껍질인 낙엽을 태우면서 오로지 생활의 상념에 잠기는 것이다. 가난한 벌거숭이의 뜰은 벌써 꿈을 배기에는 적당하지 않은 탓일까? 화려한 초록의 기억은 참으로 멀리 까마득하게 사라져버렸다. 벌써 추억에 잠기고 감상에 젖어서는 안 된다. 가을이다! 가을은 생활의 시절이다. 나는 화단의 뒷자리를 깊게 파고 다 타버린 낙엽의 재를——죽어버린 꿈의 시체를——땅속 깊이 파묻고 엄연한 생활의 자세로 돌아서지 않으면 안 된다. 이야기 속의 소년같이 용감해지지 않으면 안 된다.

전에 없이 손수 목욕물을 긷고 혼자 불을 지피게 되는 것도 물론 이런 감격에서부터이다. 호스로 목욕통에 물을 대는 것도 즐겹거니와, 고생스럽게 눈물을 흘리면서 조그만 아궁이로 나무를 태우는 것도 기쁘다. 어두컴컴한 부엌에 웅크리고 앉아서 새빨갛게 피어오르는 불꽃을 어린아이의 감동을 가지고 바라본다. 어둠을 배경으로 하고 새빨갛게 타오르는 불은 그 무슨 신선하고 신령스러운 물건 같다. 얼굴을 붉게 데우면서 긴장된 자세로 웅크리고 있는 내 꼴은 흡사 그 귀중한 선물을 프로메테우스에게서 막 받았을 때의 그 태곳적 원시의 그것과 같을는지 모른다. 나는 새삼스럽게 마음속으로 불의 덕을 찬미하면서 신화 속 영웅에게 감사의 마음을 바친다. 좀 있으면 목욕실에는 자욱하게 김이 오른다. 안개 깊은 바다의 복판에 잠겼다는 듯이 동화(童話)의 감정으로 마음을 장식하면서 목욕물 속에 전신을 깊숙이 잠글 때 바로 천국에 있는 듯한 느낌이 난다. 지상 천국은 별다른 곳이 아니라, 늘 들어가는 집 안의 목욕실이 바로 그것인 것이다. 사람은 물에서 나서 결국 물속에서 천국을 구하는 것이 아닐까?

물과 불과——이 두 가지 속에 생활은 요약된다. 시절의 의욕이 가장 강렬하게 나타나는 것은 이 두 가지에 있어서다. 어느 시절이나 다 같은 것이기는 하나, 가을부터의 절기가 가장 생활적인 까닭은 무엇보다도 이 두 가지의 원소의 즐거운 인상 위에 서기 때문이다. 난로는 새빨갛게 타야 하고, 화로의 숯불은 이글이글 피어야 하고, 주전자의 물은 펄펄 끓어야 된다.

백화점 아래층에서 커피의 낱을 찧어가지고는 그대로 가방 속에 넣어 가지고 전차 속에서 진한 향기를 맡으면서 집으로 돌아온다. 그러는 그 내 모양을 어린애답다고 생각하면서 그 생각을 또 즐기면서 이것이 생활이라고 느끼는 것이다.

싸늘한 넓은 방에서 차를 마시면서 그제까지 생각하는 것이 생활의 생각이다. 벌써 쓸모 적어진 침대에는 더운 물통을 여러 개 넣을 궁리를 하고 방구석에는 올 겨울에도 또 크리스마스트리를 세우고 색 전기로 장식할 것을 생각하고 눈이 오면 스키를 시작해볼까 하고 계획도 해보곤 한다. 이런 공연한 생각을 할 때만은 근심과 걱정도 어디론지 사라져버린다. 책과 씨름하고 원고지 앞에서 궁싯거리던 그 같은 서재에서 개운한 마음으로 이런 생각에 잠기는 것은 참으로 유쾌한 일이다.

책상 앞에 붙은 채 별일 없으면서도 쉴 새 없이 궁싯거리고 생각하고 괴로워하고 하면서, 생활의 일이라면 촌음을 아끼고 가령 뜰을 정리하는 것도 소비적이니 비생산적이니 하고 멸시하던 것이 도리어 그런 생활적 사사(些事)³에 창조적 생산적인 뜻을 발견하게 된 것은 대체 무슨 까닭일까. 시절의 탓일까 깊어가는 가을이 벌거숭이의 뜰이 한층 산 보람을 느끼게 하는 탓일까.

도시와 유령

* 『노령근해』, 동지사, 1931.

1 버덩 높고 평평하며 나무는 없이 풀만 우거진 거친 들.

2 노리(のり, 糊) '풀'을 뜻하는 일본어.

3 도수장(屠獸場) 고기를 얻기 위하여 소나 돼지 따위의 가축을 잡아 죽이는 곳. 도살장.

4 동묘(東廟) 동관왕묘(東關王廟). 관우(關羽)의 영(靈)을 모신 묘 가운데 서울 동대문 밖에 있는 사당.

5 고지기 관아의 창고를 보살피고 지키던 사람.

6 정전(正殿) 왕이 나와서 조회(朝會)를 하던 궁전. 경복궁의 근정전, 창덕궁의 인정전이 있다.

7 짜장 과연 정말로.

8 신장대 무당이 신장(神將)을 내릴 때에 쓰는 막대기나 나뭇가지.

9 간잎 좌우로 나누어진 간의 한쪽 부분. 모양이 잎사귀와 같다.

10 땡삐 '땅벌'의 방언.

11 시구문 시체를 내가는 문.

12 달랭이 실을 감아서 북 안에 넣는 속이 빈 막대기. 또는 그 막대기에 실을 감은 것.

13 여차직하다 '여차하다'의 잘못.

14 헐수할수없다 어떻게 해볼 도리가 없다. 매우 가난하여 살아갈 길이 막막하다.

15 경홀하다 말이나 행동이 가볍고 탐탁하지 않다.

16 어사무사하다 생각이 날 듯 말 듯 하다.

17 임리(淋) 피, 땀, 물 따위의 액체가 흘러 흥건한 모양.

18 애매하다 아무 잘못 없이 꾸중을 듣거나 벌을 받아 억울하다.

깨뜨려지는 홍등

* 『이효석 전집』, 창미사, 1983.

1 히야까시(ひやかし) 값만 물어보는 것. 희롱.

2 청루(靑樓) 창관(娼館). 창기(娼妓)나 창녀들이 있는 집.

3 저자 '시장(市場)'을 예스럽게 이르는 말.

4 나어리다 나이가 어리다.

5 미심하다 일이 확실하지 않아 늘 마음을 놓을 수 없다.

6 징긋이 '지그시'의 잘못.

7 다다미(たたみ, 疊) 마루방에 까는 일본식 돗자리.

8 재없이 틀림없이.

9 야기(夜氣) 밤공기의 차고 눅눅한 기운.

10 채질 채찍질.

11 얼리다 '어르다'의 뜻. 요구에 응하거나 말을 잘 듣도록 그럴듯한 방법으로 구슬리다.

12 됩데 '도리어'의 방언.

마작철학

* 조선일보, 1930. 8. 9~8. 20.

1 장간방(長間房) 가운데 벽이 없이 탁 트인 긴 방.

2 펑 마작에서 상대방이 났을 때, 내가 패를 헐어서 3패를 한 단위로 묶는 것.

3 깡 마작에서 같은 패 네 장을 독립적으로 써먹기 위해 묶는 것.

4 홀나(和) 마작에서 모든 조합(組合)이 끝나, 패가 완전히 조립된 상태.

5 손속 노름할 때에, 힘들이지 않아도 손대는 대로 잘 맞아 나오는 운수.

6 온어(魚) '정어리'의 잘못.

7 발라맞추다 말이나 행동을 남의 비위에 맞게 하다.

8 선웃음 우습지도 않은데 꾸며서 웃는 웃음.

9 걸다 불, 볕, 바람 따위에 거칠어지고 빛이 짙어지다.

10 훤조(喧) 시끄럽게 지껄이며 떠듦. 훤화(喧譁).

11 멱서리 짚으로 날을 촘촘히 결어서 만든 그릇의 하나.

12 물동 물이 흘러 내려가지 못하고 한곳에 괴어 있도록 막아놓는 둑.

13 마스다 일정한 대상을 부수거나 깨뜨리다. 낡은 제도나 생활양식 따위를 없애버리다.

14 두(斗) 말. 곡식, 액체, 가루 따위의 분량을 되는 데 쓰는 그릇.

15 다구지다 '다부지다'의 방언.

16 꿍꿍이수작 남에게 드러내 보이지 아니하고 어떤 일을 꾸며 속을 알 수 없는 엉큼한 수작.

17 무지다 '모으다'의 방언.

18 (○○는 入) 전보의 내용 부분. ○표 한 두 글자는 원본에서 판독 불가능한 부분임. 맥락으로 보아 유실된 고깃배 일부는 돌아왔다는 의미인 듯하다.

19 사기한(詐欺漢) 사기꾼.

20 의걸이 위는 옷을 걸 수 있고, 아래는 반닫이로 된 장. 의걸이장.

21 와가(瓦家) 기와집.

22 홋홋하다 딸린 사람이 적어서 매우 홀가분하다.

23 띠다 '뜯기다'의 잘못. 모르는 사실을 깨달아 알도록 암시를 주다. 튀기어서 좀 움직이게 하다.

프레류드

* 『동광』, 1931. 12~1932. 2. prelude. 예고, 서두, 머리말. 전주곡, 서막.

1 나변(那邊) 어느 곳 또는 어디.

2 책시렁 서가(書架).

3 쓰메에리(つめえり, 詰襟) 깃의 높이가 4센티미터쯤 되게 하여, 목을 둘러 바싹 여미게 지은 양복. 학생복으로 많이 지었다. '깃닫이' '깃닫이 양복'으로 순화.

4 삐라(びら) '전단(傳單)'의 잘못. 선전이나 광고 또는 선동하는 글이 담긴 종이쪽.

5 구조(口調) '어조(語調)'의 북한어.

6 호모(毫毛) 매우 가는 털이라는 뜻으로, 아주 근소함을 비유적으로 이르는 말.

7 발연하다 왈칵 성을 내는 태도가 세차고 갑작스럽다.

8 요연하다 분명하고 명백하다.

9 부르대다 남을 나무라기나 하는 듯이 거친 말로 야단스럽게 떠들어대다.

10 비색 운수가 꽉 막힘.

11 계루(係累) 다른 일이나 사물에 얽매어 당하는 괴로움.

12 도련(刀鍊) 종이 따위의 가장자리를 가지런하게 베는 일.

13 닫다 빨리 뛰어가다.

14 하리꼬미(はりこみ, 張り み) 잠복하여 감시함.

15 게두덜거리다 굵고 거친 목소리로 자꾸 불평을 늘어놓다.

돈

* 『해바라기』, 학예사, 1939.

1 종묘장(種苗場) 식물의 씨앗이나 모종, 묘목 따위를 심어서 기르는 곳.

2 도야지 '돼지'의 방언.

3 돌 '돼지'의 방언.

4 무지러지다 물건의 끝이 몹시 닳거나 잘리어 없어지다. 중간이 끊어져서 두 동강이 나다.

5 쟁그랍다 보거나 만지기에 소름이 끼칠 정도로 조금 흉하거나 끔찍하다.

6 나꾸다 '낚다'의 방언.

7 암 '암돼지'의 잘못.

8 새뤄 새로워.

9 후미끼리(ふみきり, 踏切り) 건널목.

계절

*『이효석 단편선』, 박문서관, 1941.

1 재치다 '재우치다'의 북한어. 빨리 몰아치거나 재촉하다.

2 불여의(不如意) 일이 뜻과 같이 잘되지 아니함.

3 면목이 있다 서로 만나면 인사나 할 정도로 알고 있다.

4 정양(靜養) 몸과 마음을 안정하여 휴양함.

5 농탕치다 남녀가 함께 음탕한 소리와 난잡한 행동으로 놀아나다.

6 속심사 '속마음'의 북한어.

7 다따가 난데없이 갑자기.

8 푸낭하다 생김새가 좀 두툼하다.

9 궐자(厥者) '그'를 낮잡아 이르는 말.

10 차점(茶店) '다방(茶房)'의 북한어.

11 뒤슬뒤슬 되지못하게 건방진 태도로 행동하는 모양.

12 변새 달라지는 모양.

산

*『성화』, 조선문인전집 제9권, 삼문사, 1939.

1 깨금 '개암'의 방언. 개암나무의 열매. 모양은 도토리 비슷하며 껍데기는 노르스
름하고 속살은 젖빛이며 맛은 밤 맛과 비슷하나 더 고소하다.

2 일색(一色) 뛰어난 미인.

3 인총 한곳에 많이 모인 사람의 무리.

4 산정기(山精氣) 산에 서려 있는, 생기 있는 기운.

5 허출하다 허기가 지고 출출하다.

6 사경 새경. 머슴이 주인에게서 한 해 동안 일한 대가로 받는 돈이나 물건.

7 푼푼하다 모자람이 없이 넉넉하다. 옹졸하지 아니하고 시원스러우며 너그럽다.

8 졸색(拙色) 아주 못생긴 용모. 또는 그런 용모의 여자.

9 으름 으름덩굴의 열매.

10 지지부레하다 모두가 보잘것없이 변변하지 아니하다.

11 오랍뜰 '오래뜰'의 방언. 대문이나 중문 안에 있는 뜰.

들

*『성화』, 조선문인전집 제9권, 삼문사, 1939.

1 라무네(ラムネ) '레모네이드'의 일본식 표기. 레몬 즙에 물, 설탕, 탄산 따위를 넣어 만든 음료.

2 겯다 풀어지거나 자빠지지 않도록 서로 어긋매끼게 끼거나 걸치다.

3 기이다 어떤 일을 숨기고 바른대로 말하지 않다.

4 두덩 우묵하게 들어간 땅의 가장자리에 약간 두두룩한 곳.

5 허랑하다 언행이나 상황 따위가 허황하고 착실하지 못하다.

6 꾀바르다 어려운 일이나 난처한 경우를 잘 피하거나 약게 처리하는 꾀가 많다.

7 해내다 상대편을 여지없이 이겨내다.

8 원문에는 '띄워주는'으로 되어 있다.

9 야취(野趣) 자연의 아름다움에서 느끼는 흥취.

10 시룽시룽 경솔하고 방정맞게 까불며 자꾸 지껄이는 모양.

11 가댁질 아이들이 서로 잡으려고 쫓고, 이리저리 피해 달아나며 뛰노는 장난.

석류

*『이효석 단편선』, 박문서관, 1941.

1 띠어주다 귀띔하다.

2 쥐알봉수 잔꾀가 많고 약은 사람을 놀림조로 이르는 말.

3 거쿨지다 몸집이 크고 말이나 하는 짓이 씩씩하다.

4 원족(遠足) '소풍'으로 순화.

5 금계랍(金鷄蠟) '염산키니네'를 달리 이르는 말. 키니네를 염산에 화합시켜 만든 바늘 모양의 흰 가루. 맛이 쓰고 물과 알코올에 녹는다. 해열 진통제로 쓴다.

6 공칙하다 일이 공교롭게 잘못된 상태에 있다.

7 다치다 몸이나 물건을 건드리다.

메밀꽃 필 무렵

* 『이효석 단편선』, 박문서관, 1941. 1936년 10월 『조광』에 발표할 당시 제목은 '모밀꽃 필 무렵'이었음.

1 얼금뱅이 얼굴이 얼금얼금 얽은 사람을 낮잡아 이르는 말.

2 드팀전 예전에, 온갖 피륙을 팔던 가게.

3 고리짝 고리. 고리버들의 가지나 대오리 따위로 엮어서 상자같이 만든 물건. 주로 옷을 넣어두는 데 쓴다.

4 대거리 상대편에게 언짢은 기분이나 태도로 맞서서 대듦. 또는 그런 말이나 행동.

5 난질꾼 술과 색에 빠져 방탕하게 놀기를 잘하는 사람.

6 닦아세우다 꼼짝 못하게 휘몰아 나무라다.

7 날이었다 『조광』 발표본에는 '날이였나'로 되어 있고 박문서관본에는 '날이었다'로 되어 있다. 이본들 중 '날이렸다' '날이었나?'로 표기된 것은 오류이다.

9 대근하다 견디기가 어지간히 힘들고 만만하지 않다.

9 해깝다 '가볍다'의 방언.

10 피마 다 자란 암말.

삽화

* 『해바라기』, 학예사, 1939.

1 휼계(譎計) 남을 속이는, 간사하고 능청스러운 꾀.

2 제물에 저 혼자 스스로의 바람에.

3 염량 선악과 시비를 분별하는 슬기.

개살구

* 『성화』, 조선문인전집 제9권, 삼문사, 1939.

1 군물 '군침'의 잘못.

2 면내 이 작품의 배경인 강원도 평창군 진부면 관내를 말한다. 봉평면 남안리에서 태어난 이효석은 뒤에 진부면 하진부리로 이사했고, 그의 부친이 한때 진부면 면장을 지낸 바 있다.

3 우챗바리 짐을 가득 실은 우차(牛車).

4 야청 '독야청청(獨也靑靑)'의 뜻.

5 앞대 어떤 지방에서 그 남쪽의 지방을 이르는 말.

6 성황(城隍) '서낭'의 원말. 서낭신이 붙어 있다는 나무.

7 휘줄거리다 자꾸 휘젓고 다니면서 우쭐거리다.

8 드레드레 물건이 많이 매달려 있거나 늘어져 있는 모양.

9 번설(煩說) 너저분한 잔말. 떠들어 소문을 내는 것.

10 개궂다 '짓궂다'의 방언.

11 뒤안 '뒤꼍'의 방언.

12 등하불명(燈下不明) 등잔 밑이 어둡다는 뜻으로, 가까이에 있는 물건이나 사람을 잘 찾지 못함을 이르는 말.

13 불측(不測)하다 생각이나 행동 따위가 괘씸하고 엉큼하다.

14 가가 '가게'의 원말.

15 충충대다 마음이 움직이게 충동질하다.

16 피마주 '피마자'의 방언.

17 예료(豫料) 예측(豫測).

18 전중이 징역살이하는 사람을 속되게 이르는 말.

19 설치(雪恥) 설욕(雪辱).

20 새옹 놋쇠로 만든 작은 솥. 배가 부르지 아니하고 바닥이 편평하며 전과 뚜껑이 있다. 흔히 밥을 지어서 그대로 가져다가 상에 올려놓는다.

21 메 제사 때 신위(神位) 앞에 놓는 밥.

22 손각시 '꼭두각시'의 방언.

23 등대(等待) 미리 준비하고 기다림.

24 전대(纏帶) 돈이나 물건을 넣어 허리에 매거나 어깨에 두르기 편하도록 만든 자루. 주로 무명이나 베로 폭이 좁고 길게 만드는데 양 끝은 트고 중간을 막는다.

25 소수 몇 냥, 몇 말, 몇 달에 조금 넘음을 나타내는 말.

장미 병들다

*『해바라기』, 학예사, 1939.

1 주렴(珠簾) 구슬 따위를 꿰어 만든 발.

2 장골(壯骨) 기운이 세고 큼직하게 생긴 뼈대. 또는 그런 뼈대를 가진 사람.

3 오돌지다 '오달지다'의 잘못. 허술한 데가 없이 야무지고 알차다.

4 욱박다 '윽박다'의 잘못. 을러대어 몹시 억누르다.

5 뽀라 포럴poral. 가는 심지실과 굵은 장식실을 강한 꼬임을 주어 하나로 엮어 만든 실을 사용하여 평직으로 짠 천.

6 메구리 '개구리'의 방언.

7 울가망 근심스럽거나 답답하여 기분이 나지 않음. 또는 그런 상태.

8 폭스트롯fox-trot 1910년대 초기에 미국에서 시작한 사교춤곡. 또는 그 춤. 2분의 2 박자 또는 4분의 4 박자의 비교적 빠른 템포의 곡이다. 트롯trot.

9 부량자 불량자(不良者). 행실이나 성품이 나쁜 사람.

10 허수하다 짜임새나 단정함이 없이 느슨하다.

11 날탕 아무것도 가진 것이 없음. 또는 그런 사람.

12 조련하다 만만할 정도로 헐하거나 쉽다.

13 시체(時體) 그 시대의 풍습 · 유행을 따르거나 지식 따위를 받음. 또는 그런 풍습이나 유행.

14 츨츨하다 보기에 싱싱하여 질이 좋다. 씩씩하여 보기 좋다.

공상구락부

*『이효석 단편선』, 박문서관, 1941.

1 씨사 로마의 군인 · 정치가 카이사르(Caesar, Julius: B. C. 100~B. C. 44). 크라수스 · 폼페이우스와 더불어 제1차 삼두 정치를 수립하였으며, 갈리아와 브리타니아에 원정하여 토벌하였다. 크라수스가 죽은 뒤 폼페이우스마저 몰아내고 독재관이 되었으나, 공화 정치를 옹호한 카시우스롱기누스, 브루투스 등에게 암살되었다.

2 가르보 그레타 가르보(Greta Garbo, 1905~1990). 1920~30년대 영화계에서 가장 매혹적이고 인기 있었던 여배우.

3 디트리히 마를렌 디트리히(Marlene Dietrich, 1901~1992). 독일 출신 여배우 겸

가수.

4 똥 팡 돈 후안Don Juan. 중세 민간 전설에 나오는 바람둥이 귀족의 이름. 여자를 유혹하였다가 버리고 죽이는 엽색 행위를 거듭하다가 성직자에게 처형을 당하였다고 한다.

5 만연하다 어떤 목적이 없이 되는대로 하는 태도가 있다.

6 휘수연석(輝水鉛石) 몰리브덴의 황화물로 이루어진 황화 광물. 육방 정계에 속하는 판(板) 모양 또는 비늘 모양의 결정을 이루며 연한 회색을 띠고 금속광택이 있다. 페그마타이트 또는 열수 광상(熱水鑛床) 따위에서 나며 몰리브덴의 중요한 원광으로 쓰인다.

7 서전(瑞典) '스웨덴'의 음역어.

8 부광대(富鑛帶) 광맥이 풍부한 지대.

9 삐다 괸 물이 빠지거나 잦아져서 줄다.

해바라기

* 『해바라기』, 학예사, 1939.

1 사박스럽다 성질이 보기에 독살스럽고 야멸친 데가 있다.

2 퇴물림 윗사람이 쓰다가 물려준 물건. 퇴박맞은 물건. 퇴물(退物).

3 외통굣 외곬으로만 통하는 곳.

4 귓방울 '귓불'의 잘못.

5 걸빵 '멜빵'의 방언.

6 왼처 '외처(外處)'의 잘못. 본고장이 아닌 다른 곳.

여수

* 『황제』, 박문서관, 1943.

1 봉절 '개봉(開封)'의 잘못.

2 어트랙션attraction 극장에서 손님을 끌기 위해 짧은 시간 동안에 상연하는 공연물.

3 백계 러시아인 1917년 러시아 혁명 때 혁명을 반대한 러시아인의 한 파(派). 혁명 당시 좌익적인 파가 붉은색을 그들의 상징으로 삼은 데 대하여, 보수적인 반대파는 흰색을 그들의 상징으로 삼았기 때문에 이렇게 불렸다.

4 오도깝스럽다 경망하게 덤비는 태도가 있다.

5 엽낭 두루주머니. 허리에 차는 작은 주머니의 하나. 아가리에 주름을 잡고 끈 두 개를 좌우로 꿰어서 홀치며, 위는 모가 지고 아래는 둥글다.

6 괴사스럽다 변덕스럽게 익살을 부리며 엇가는 태도가 있다.

7 경없다 '경황없다'의 잘못.

8 복닥질 여러 사람이 모여 떠들썩하고 복잡하여서 정신을 차릴 수 없게 하는 일.

9 설피다 짜거나 엮은 것이 거칠고 성기다. 솜씨가 거칠고 서투르다.

10 소절수(小切手) 은행에 당좌 예금을 가진 사람이 소지인에게 일정한 금액을 줄 것을 은행 따위에 위탁하는 유가 증권. '수표'로 순화.

하얼빈

* 『문장』, 1940. 10.

1 키타이스카야 하얼빈 시내 러시아인 상점이 늘어선 중심가. 현재 중국 흑룡강성 하얼빈시의 중앙 대가(大街)로서 서구풍의 건물들이 많이 남아 있다.

2 노서아(露西亞) '러시아'의 음역어.

3 어거 수레를 메운 소나 말을 부리어 모는 일. 거느리어 바른길로 나가게 함.

4 화란(和蘭) '네덜란드'의 음역어.

5 전채 '온채'의 잘못. 집, 이불, 가마 따위의 전체.

6 강 '송화강'을 말한다.

산협

* 『춘추』, 1941. 5.

1 전노리 농사철 들에서 일할 때 점심과 저녁 사이에 먹는 새참. '젠노리'라고도 함. 강릉, 진부, 봉평 지역에서 사용하는 독특한 용어로서, 점심 전에 먹는 새참은 '첫참'이라 한다.

2 깨나른하다 몸을 움직이고 싶지 않을 만큼 나른하다.

3 창말 강원도 평창군 봉평면 창동리를 말한다. 창동리의 별칭으로서 봉평면 면소 재지이다.

4 남안리 평창군 봉평면 소재의 마을 이름. 이효석이 태어난 마을로서, 현재 그 생 가가 남아 있다. 창말과 인접해 있음.

5 양구더미 강원도 평창군 봉평면과 횡성군 둔내 사이에 있는, 태기산 자락의 고개

이름. 영동고속도로가 나기 전 봉평 주민들은 이 고개를 넘어 횡성 둔내 쪽으로 왕래하였다.

6 돌소 새끼를 낳지 못하는 소. 石牛. 『춘추』 발표본 원문에는 '둘소 돌소'로 혼기 (混記)되고 있고 이 부분도 '둘소'로 되어 있으나, '돌소'로 바로잡음.

7 빈지 널빈지. 한 짝씩 끼웠다 떼었다 할 수 있게 만든 문. 흔히 가게에서 문 대신 쓴다.

8 돌소 여기서는 아이 못 낳는 여자. 즉 석녀(石女)를 의미한다.

9 잔자누룩하다 소란하거나 시끄럽지 아니하고 진정되어 잔잔하다.

10 게욱질 '구역질'의 방언.

11 신다리 '넓적다리'의 방언.

12 주럽이 들다 살림 형편이 넉넉하지 못하여 깔끔하지 못한 옷차림을 하거나 궁기가 흐르는 초라한 얼굴 모습이 되는 것을 의미한다.

13 데설데설 성질이 털털하여 꼼꼼하지 못한 모양.

14 금전판 금점판. 예전에, 주로 수공업적 방식으로 작업하던 금광의 일터.

15 뜬벌이 고정된 일자리가 아닌 어쩌다 생긴 일자리에서 닥치는 대로 일을 하고 돈 따위를 버는 일.

16 바쇠 '바소'의 잘못. 곪은 데를 째는 침. 길이 네 치, 너비 두 푼 반가량이고 양쪽 끝에 날이 있다.

17 말시답 '말대꾸'의 잘못.

18 창애 짐승을 유인해서 잡는 덫의 하나.

19 성애술 흥정을 도와준 대가로 대접하는 술.

20 나다분하다 자질구레한 물건들이 어수선하게 마구 널려 있어 갈피를 잡을 수 없다.

21 적선지가에 필유여경(積善之家 必有餘慶) '착한 일을 많이 쌓아온 집안에는 반드시 경사가 있다'는 뜻.

풀잎

*『춘추』, 1942. 1.

1 염복가(艶福家) 아름다운 여자가 잘 따르는 복이 많은 사람.

2 자자부레하다 '자질구레하다'의 방언.

3 따짝거리다 손톱이나 칼끝 따위로 조금씩 자꾸 뜯거나 진집을 내다.

4 횅하다 무슨 일에나 막힘이 없이 다 잘 알아 환하다.

5 게정 불평을 품고 떠드는 말과 행동.

6 책 한 권 문맥으로 보아 그 책은 미국 출신의 유명한 시인 W. 휘트먼(Walt Whitman, 1819~1892)의 시집 『풀잎 Leaves of Grass』이다. 초판(시 12편 수록)이 1855년, 제6판(시 393편 수록)이 1881년에 나온 이 시집은 휘트먼의 생애 유일한 시집이다. 본문에 인용된 시들은 모두 이 시집에 실렸다.

7 소소리패 나이가 어리고 경망한 무리.

8 괴덕스럽다 말이나 행동이 실없고 수선스러워 미덥지 못하다.

9 옷주제 옷을 입은 모양새.

낙엽을 태우면서

* 『조선문학독본』, 조선일보사, 1938.

1 지릅뜨다 고개를 수그리고 눈을 치올려서 뜨다. 눈을 크게 부릅뜨다.

2 개금 '개암'의 방언.

3 사사(些事) 조그마하거나 하찮은 일.

이효석 소설과, 식민지 작가의 '문화적 정체성' 문제
——초기 작품에서 「산협」까지

서준섭

1. 식민지 근대 작가의 '이방인' 의식과 '문화적 정체성'의 문제——이효석 소설과 문화

이효석(1907~1942)은 1930년대 초에 '동반자 작가'로 출발하여 독자적인 소설 세계를 창조한 소설가로서 그의 작품들은 몇 가지 점에서 주목할 만하다. 첫째, 그의 소설은 1930년대 초기의 진보주의적 문학에서 점차 탈이념적인 순수문학으로 이행해 간, 당시 문단 전체의 동향과 우여곡절을 단적으로 대변해준다. 둘째, 그는 경성제대 영문과 출신 작가로서 대학에서 배운 영문학에 바탕을 둔, 서구적인 지식과 교양을 쌓아 이를 자신의 창작 생활의 지속적인 자양분으로 삼았던 작가이다. 셋째, 일제 말기 한국을 대표하는 작가로서 여러 편의 일본어 소설을 발표한 작가이다. 생애 말기에 발표한 몇 편의 일본어 소설은, 조선인과 일본인의 결혼 문제, 조선 문화의 미(美), 민족주의 등의 이슈를 다루고 있어 주목된다. 이효석 문학은 복합성을 띠고 있다. 스스로 '문학의 진폭이 넓은 문학'을 옹호, 실천하고자 하였다. 그래서 그의 소설 읽기는 단일성을 넘어서는 유연하고 복합적인 관점을 요구한다. 그의 문학 전체를 제대로 읽고 재평가하기 위해서는 단순한 문학을 넘어서는, '문학 개념을 포함한 문화 개념'을 적극적으로 고려하는 것이 바람직할 것이다.

'문화' 개념이 이효석 소설의 전반을 이해하는 데 유력하고 중요한 개념이라고 보는 이유는 다음과 같다. 1) 이효석의 소설 창작의 태도는, 대학 영문과에서 학습을 통해 배운 서구의 근대 지식과 교양은 물론, 졸업 후 독서와 견문을 통해 획득한 지식을 창작에 적극 활용한다는 의미에서의 교양주의에 속하는 것이라 할수 있다. 이때 교양이란, 인간의 지 · 정 · 의의 각 부분을 균형 있게 개발하는 과정과 그 과정에서 익힌 일체의 지식 체계를 의미한다. 교양주의적 작가는, 지식과 교양을 창작의 바탕으로 삼는다는 점에서, 삶의 바닥에서의 풍부한 경험과 문학적 재능을 결합하여 창작에 활용하는 '행동파 작가'나, 창작과 사회적 실천을 연결하고자 하는 '사회운동파 작가'와 서로 구분되는 점이 있다. 2) 지적 연마와 관련된 교양이란, '지적 · 심미적 개발의 일반적 과정, 문화예술, 특정한 집단의 삶의 방식, 의미화를 통한 실천' 등을 총칭하는 용어인 '문화'의 개념과 상통하는 용어이다.[1] 소설

---

1 '문화' 개념에 대해서는 존 스토리, 『문화 연구와 문화 이론』, 박모 옮김, 현실문화연구, 1994, 제1장 참조.

을 포함한 문학은, 크게 보면 문화 활동의 일부라 할 수 있지만, 이효석의 소설 작품과 문화는 아주 밀접하게 결합되어 있다. 그의 작품 중에는 당시의 문화예술에 대한 관심을 적극적으로 표현한 작품이 여러 편에 달하고, 작중 인물의 주인공으로서 '예술가' 가 자주 등장하며, '문화비평가'가 주인공으로 등장하는 경우도 있다. 게다가 작가로서 그는 서양 음악 애호가였고, 미술·연극·영화·의상·골동품·현대 스포츠(등산, 스키) 등 당시 문화의 움직임에 두루 관심이 깊었다. 3) 식민지 제국대학 출신 작가였던 이효석은, 대학에서 배운 근대 서구 문화와 조선의 낙후된 문화 현실, 외국 문화와 자국 문화, 식민지 근대 문화와 조선 문화 사이에서 혼란을 겪었는데, 그 혼란과 갈등은 그의 작품 속에 생생하게 나타나 있다. 그는 식민지 문화에 대한 적극적인 발언을 한 것은 아니지만, 그의 작품에 나타나는 낭만적 심미주의, '구라파주의'로부터 '조선주의'로 점진적으로 이행하는 과정은, 식민지 근대 작가로서 그의 문화적 정체성의 혼란과 그 극복 과정, 즉 민족의 전통문화 속에서 자아의 정체성을 발견해가는 과정이라 할 수 있다. 만주 여행 후에 쓴 『벽공무한』과 그의 일본어 소설은 특히 그가 어떻게 자신의 문화적 정체성을 재정립하게 되는가를 들여다보는 데 중요한 텍스트이다.

이효석의 소설에 나타나는 자기 정체성의 문제는 이중적인 것이었다. 앞에서 언급한 식민지 근대 작가로서 직면했던 문화적 정체성의 문제 외에, 그에게는 자신의 독특한 전기적 사실과 관련된 또 하나의 자기 정체성의 문제가 놓여 있었다. 강원도 봉평

출신인 그는 다섯 살 때 모친과 사별하였고, 부친은 곧 재혼하였다.[2] 모친의 사별과 이후 계모와의 불화는 그에게 평생 동안 큰 상처를 안겨주었던 것 같다. 평양 시절에 쓴 산문에서 스스로 강원도 영서 고향(평창군 봉평)에 대해 다음과 같이 고백하고 있다.

고향의 정경이 일상 때 마음에 떠오르는 법 없고 고향의 생각이 자별스럽게 마음을 눅여준 적도 드물었다. 그러므로 고향 없는 이방인 같은 느낌이 때때로 서글프게 뼈를 에이는 적이 있었다.[3]

어머니의 죽음에 따른 '고향 상실감, 고향 부재감(이방인 의식)'은 그의 문학의 저류를 이루는 중요한 원천이다. 그의 소설에 나타나는 낭만적 심미주의, 떠도는 작중 인물에 대한 남다른 관심(유랑 의식의 표현) 등의 이면에는 그의 이러한 이방인 의식, 즉 정체성의 혼란, 귀속감의 위기 문제가 깊숙이 자리 잡고 있다. 어린 시절에 겪은 어머니의 죽음과 이에 따른 고향 상실감, 이방인 의식은, 식민지 근대 작가로서 그의 문화적 정체성의 혼란과 그 극복 문제와 관련된, 평생 동안의 창작 활동 전반에도 깊은 영향을 주고 있다. 이 점은 그의 글쓰기를 이해하는 데 특히 유념해야 할 중요한 사실이다. "선생의 나신 집이 지금 어떻게 되었습니까?"라는 문예지의 설문에, 그는 "힐렸는지 남았는지 알 수 없습니다"고 답하고 있다.[4] 이로 보면 계모(부모)와의 불화로 인해 오

2 이상옥, 『이효석』, 민음사, 1992, p. 220 참조.
3 「영서의 기억」(1936), 『새롭게 완성한 이효석 전집』(이하 전집) 7, 창미사, 2003.

랫동안 고향 집에 발길을 아예 끊었던 것 같다. 전기적 사실을 중심으로 볼 때, 그의 소설 창작 행위는 이 고향 상실감의 문학적 표현이자 이에 따른 욕망의 대리 성취 형식이며, 동시에 그 상실감의 극복 과정이라 할 수 있다.

이러한 이중적인 의미에서 자기 정체성의 혼란은 이효석의 소설을 이해하는 데 결코 간과할 수 없는 중요한 요소이다. 그의 소설은, 여러 가지 우여곡절을 겪으며 그 잃어버린 고향, 혼란한 문화적 정체성을 회복하고 되찾아가는 상상적인 언어활동이자 창조적인 과정이라 볼 수 있다. 그는 소설을 '생활의 창조'라고 말하고 있다.[5] 모든 문학 행위는 언어를 통해 자아를 구축하는 행위, 자아의 정체성을 정립·증명하고, 나아가 이를 사회 속으로 확대·실천해가는 과정이라 할 수 있는데, 여기서 중요한 것은 그 정체성이 미리 주어진 고정불변의 실체가 아니라는 점이다. 그것은 글쓰기 즉 언어에 의해 부단히 구성되고 재구성되는 가운데 그 언어들(작품들) 속에 암암리에 복합적인 그 모습을 드러내는 것이다. 한 작가의 문화적 정체성의 문제는 시간의 변화와 사회적 조건의 변화에 따라 부단히 갱신, 확장, 재구성되는 가운데 점진적으로 구성되는 것이다. 그의 작품들을 정독하는 가운데 그 실상을 어느 정도 이해할 수 있다. 이효석의 경우가 바로 그렇다.

---

4 「설문」(1936), 전집 6, p. 308.

5 「설화체와 생활의 발명」, 전집 6.

2. 동반자 작가 시대의 '이국취미'와 「마작철학」의 의미

　이효석의 문학 활동은, 초기의 서울(경성) 시대(1931년의 작품 집 『노령근해』로 대표되는 동반자 작가 시절), 중간의 함경북도 경 성농업학교 교사로 재직하던 시기(1932~1936. 4.「돈」「산」「들」 과 같은 탈정치적 작품 발표)를 거쳐, 평양 시대에 이르러 그 전성 기를 맞는다. 숭실전문학교 문과 교수, 대동공업전문학교 교수로 재직했던 이 시대(1936. 5~1942. 5)에 이르러 그는 비로소 「메밀 꽃 필 무렵」을 비롯한 '영서 삼부작,' 사회운동가의 후일담을 다 룬 「장미 병들다」, 장편 『화분』('구라파주의'를 표현한 작품)과 『벽공무한』, 그리고 「은빛 송어」「가을」「은은한 빛」 등의 일본어 소설을 계속 발표하여 작가로서 명성을 얻는다. 이 평양 시대는 부단한 모색과 변화의 시기로서, 그의 대표작이 씌어진 시대이 다. 아울러 작가들이 조선어로 소설 쓰기가 점차 어려워지는 위 기의 시기이자, 자신의 문화에 대한 사유를 적극적으로 표현하는 생애의 가장 중요한 시기이기도 하다. 1942년 5월 평양에서 결핵 성 뇌막염으로 사망하기까지, 생애의 대표적인 작품들이 모두 평 양 시대에 씌어졌다.

　어머니를 잃고, 평창군청 소재지 초등학교를 마친 그는, 혼자 경성제일고보에 유학한다. 그 자신의 회고에 의하면 이때부터 문 학 서적에 파묻혀 지내다시피 하였다.[6] 이후 경성제대에 진학, 대 학 시절에 습작을 발표한다. 경성제대 영문과 학생이었던 그가 어떻게 좌익 이념에 관심을 갖고 동반자 작가가 되었는지는 확실하지 않다. 작가의 청년기를 소재로 한 소설 「삽화」에 이념 서적을 공부하는 '독서회'가 등장하는 것으로 보아, 그는 대학 시절 동료들과 독서회를 만들고 이를 통해 사회과학 서적을 공부한 것 같다. 그의 이념은 서적을 통해 습득된 것이지만, 그것은 그가 당시 식민지 지식인의 지적 조류에 민감하게 반응하고 있었음을 말해준다. 첫 작품집 『노령근해』(1931)에는, 사회적 빈궁의 문제(「도시와 유령」), 사회 혁명가(「노령근해」), 러시아 등에 대한 그의 이념적 관심과 동경이 잘 나타나 있다. 그러나 전체적으로 소설로서는 소박한 작품들이어서, 작가로서 습작기의 수준을 보여주는 작품집이라 할 수 있다. 특히 몇몇 작품에는 러시아와 러시아 여인에 대한 낭만주의적 동경, 이국취미가 표현되기도 한다. 이 이국취미가 러시아, 그것도 아름다운 러시아 여인과 관련되어 있어 이채롭다. 그의 이념은 그러나 문학적으로 형상화되지 못하고 낭만주의적 차원, 추상적 차원에 머물고 있다. 학습과 교양에 바탕을 둔 소박한 작품이다.

그가 초기에 동반자 작가의 일원이었다는 평판에 어느 정도 걸맞은 작품을 찾자면 「깨뜨려지는 홍등」(1930)과 「마작철학」(1930)을 들 수 있다. 이 두 작품은 창작집에 수록되어 있지 않다. 앞의 작품은, 주인의 강압과 착취에 저항하는 '홍등가 여성의 동맹 파업'을 다룬 것이다. 동맹 파업이 등장한다는 점에서 이채로

---

6 「나의 수업시대」(1937), 전집 7.

운데, 이 주제는 뒤의 작품에서 다시 한 번 본격적으로 다루어진다. 동해안 정어리 기름 공장 노동자의 파업을 전면에 내세운 작품이 「마작철학」이다. 이 작품에서 이 파업은 노동 현장의 파업으로서 노사 간의 갈등과 그 폭발이라는 집단적 성격을 띠고 있다. 그러나 '마작으로 소일하는' 경성 재동 정주사와, 동해인 항구(이 항구는 '청진'으로 추정됨)에서 배로 정어리를 잡아 어유(魚油) 생산 공장을 경영하는 그의 아들(船主이자 공장주이다)의 두 축에서 서술되는 이 소설은, 파업만을 다루고 있지는 않다. '정어리 가공 공장 노동자의 파업, 폭풍우로 인한 어선 유실, 어유의 시세 폭락' 등 삼중고를 겪으면서 고난 속에서 공장주가 현실을 정확히 인식해가는 일 년간의 이야기이다. "그러나 그 공장주는 파업에서 받은 경제적 타격을 애석히는 여기지 않았다. 그는 이제 파업이라는 행동을 다른 의미, 다른 각도로 해석하게 되었던 것이다." 그것은 "시세 폭락의 배후에 숨은 농간의 힘"에 대한 자각이다.

어유 시가의 대중없는 폭락은 서구 '노르웨이' 근해에서만 잡히는 고래 기름의 풍족한 산액이 조선 정어리 기름의 수출을 압도하는 자연적 대세라느니보다 실로 일본에 있는 대자본의 회사 합동유지(合同油脂) 글리세린 회사의 임의의 책동인 것을 그는 알았던 것이다. 이 폭락 대책을 강구하기 위하여 도(道) 당국과 총독부 수산과에서는 [······] 실정을 조사시키고 정어리업 대표들을 참가시켜 어비 제조 간담회니 폭락 방지 대책 협의니 등을 열었으나 결국 정어리업자들에게는 그럴듯한 유리한 결과는 지어주지 못하였던 것이다. 대재벌의 힘, 무도한 것은 이것이라고 그는 생각하였다. 〔……〕 위에서는 대재벌, 밑에서는 노동자의 대군, 이 두 힘 사이에서 부대끼는 그의 갈 길은 어디이던가. 위 아니면 밑 〔……〕 그러나 새삼스럽게 윗길을 못 밟을 바에야 그의 길은 뻔한 길이 아닌가.

노동자의 힘에 대한 자각과, 국내 어유 생산가 폭락의 이면에서 작용하고 있는 일본 국내 대기업의 농간에 대한 인식이다. 국내 시장의 이면에는 식민지 제국의 대자본과 권력이 놓여 있다는 인식이 그것이다. 이 작품은 특히 사용자 측에서 결국 파업과 대자본의 힘을 알아간다는 이야기이다. 따라서 노동자 시선의 일반적인 계급문학과 다르다. 노사 문제를 보다 근본적으로 파악하고자 하는 작가의 '식민지 현실과 그 배면에서 작동하는 거대 권력'에 대한 인식을 표현한 것이다. 그 점에서 이채롭고 중요한 작품이며 일본 자본주의의 모순을 그리고자 한 소설이다. 이 작품의 성향은 좌파적이나, 그의 다른 작품 「프레류드」는 무기력에서 벗어나 행동으로 나서고자 하는 청년 '마르크스주의자'가 등장한다는 점에서 특기할 만하다.

동반자 작가 시절 그의 대표작은 「마작철학」이며, 그 수준은 습작 수준을 넘어선 어느 정도 본격적인 것이었다. 이 작품에는 동해안 정어리 기름 공장 노동자의 생활상이 잘 나타나 있다. 그가 평양 시대에 발표한 '영서 삼부작'의 하나인 소설 「개살구」에는, 작가의 분신이라고 할 수 있는, 도시에서 유학하는 '사상가'인 아들과 그의 부친인 '시골 면장'(이효석의 부친 이시후는 한성사범 출신으로서, 강원도 평창군 진부면 면장을 지냈다)이 등장한다(새 면장을 뽑는 선거에서 서로 경쟁자가 된 지역의 벼락부자가, 면장에게 "아들이 한다는 주의자라지"라고 말하면서 꼬투리를 잡고 위협하는 이야기이다). 그는 이후에도 '주의자들의 뒷이야기'를 다룬 후일담 문학에 지속적인 관심을 보이고 있다. 이로 보면, 이효석의 이념은 단순한 허상이 아니라 어느 정도 그 실체를 지녔던 것으로 보아야 할 것 같다. 이념의 내면화와 새로운 길의 모색은, 그의 이후 소설들을 이해할 수 있는 중요한 열쇠이다.

3. 현실 도피, 떠돎, 소설의 해체
──일제의 사상 통제와 첫번째 문학적 전환

1931년 만주사변과 계급문학 단체 '카프' 검거 사건은 당시 문단에 큰 충격파를 던져주었다. 정치적 이념을 표방하는 문학은 더는 불가능해졌다. 이효석은 이런 문화적 분위기에 민감하게 반응, 지금까지의 현실주의 문학에 대한 관심으로부터 도피한다. 이 도피는 과거 문학과의 인식론적 단절과 방향의 전환으로 나타난다. 서울을 떠나 함경도 경성에서 쓴 「돈(豚)」(1933)은 그 현실 도피의 첫번째 작품이라는 의미를 지닌다. 좋아하는 처녀와 결혼하여 행복하게 살고 싶어 하는 시골 노총각이, 기르는 돼지 수를 늘리기 위해 '종묘장에서 돼지 교미(수정)'를 시키며, 그 현장에서 자신과 분이의 성적 결합 장면을 상상하는 이야기이다. 이 성적인 장면은 작품 전면에 그려져 있다. 총각이 그 교미 장면을 보면서 분이와의 애욕에 가득 찬 상상에 빠지는 장면에는, 동물적인 성적 욕망이 적나라하게 표출되고 있다. 이 작품의 의미는 다른 데서 찾아볼 수 있다. 주인공의 사랑하는 처녀에 대한 욕망과, 돼지를 길러 이루고자 하는 모든 꿈이 '기차 건널목에서 돼지가 기차에 치여 죽는' 그 순간 사라진다는, 꿈의 상실이 주목된다. 이 장면에 나오는 '기차'는 근대의 힘을 표상한다. 모든 욕망은 이 '기차' 앞에서 한갓 환상이라는 상실감이, 이 작품의 숨은 의미이다. "한쪽 팔에 들었던 석유병도 명태 마리도 간 곳이 없고 바른 손으로 이끌던 도야지도 종적이 없다."

「들」은 「돈」에 나타난 상상적 애욕의 현실화를 다루고 있다. 남녀가 '들에서 정사를 벌이는' 이야기이다. '들'은 도시, 마을에서 멀리 떨어진 시골의 대자연의 일부로서, 그 바깥에는 현실 사회가 있다. 작중 인물은 현재 이 자연 속에 도피해 들판을 어슬렁거린다. 그 바깥 사회(학교)에서는 '동맹 휴학'과 그것을 지도하는 주인공의 후배가 있지만, 그것은 한낱 배경처럼 처리된다. 작가의 인식은, 공포는 들이 아니라 마을 사람에게 있다는 인식이다. "그러나 공포는 왔다. 그것은 들에서 온 것이 아니요 마을에서— 사람에게서 왔다. 공포를 만드는 것은 자연이 아니요 사람의 사회인 듯싶다. 문수가 돌연히 끌려간 것이다. 학교 사건의 뒤맺이인 듯하다." 작가의 다른 작품 「산」에서 이 자연은 사회에서 패배한 인물의 귀의처로 그려지기도 한다. 이 작품은 머슴살이 칠 년인데 주인의 첩을 건드렸다는 트집을 잡혀 할 수 없이 산으로 들어와 지내는 머슴 이야기이다. 산속 대자연의 "그 넓은 세상은 사람을 배반할 것 같지는 않았다." 작품의 한 구절이다.

이 시기 작품의 공통점은 저 「마작철학」의 세계로부터 자연과 성(性)의 세계로 도피하고 있다는 점이다. 작품이 서사보다 묘사에 치중하고 있고, 그 스타일이 지극히 수필적이라는 사실도 주목된다. 동반자 작가 시절의 소설에는 있던 서사의 해체라 할 수 있다. 이 해체 현상은 이 시기 작품의 중요한 특성이다. 그의 소설은 문제적 인물의 이야기를 주축으로 하는 서사 대신 묘사에 치중할 뿐 아니라, 그 언어 표현에 주안점을 두는 식으로 변화한다. 그리고 시정(市井)의 풍속, 젊은이들의 애정 풍속 쪽으로 관심을 옮겨 간다.

평양 시대는 이 전환이 다양하게 모색된 시기이다. 1938년에 발표된 「장미 병들다」 「해바라기」는 '후일담 문학'으로서 주목할 만한 작품이다. '떠돎, 유랑'의 주제가 나타나고 있다는 점에서 그렇다.

「해바라기」는 옛 친구 운해와의 세 번의 만남에 대한 이야기이다. 친구는 현재 경성 잡지사에서 일하는, 과거의 사회운동가이다. 그는 전주 사건('카프' 검거 사건) 후 감옥에서 나와 새로운 생활을 모색하고 있다("전주를 다녀온 것이 오 년 전이었다"). 그가 어느 날 영화 촬영 팀을 따라 평양으로 올라왔고, 화자는 그 영화의 각본(제목이 '부서진 인형'이다)을 쓴 바 있다. 뒤에 화자를 만났을 때 그는 약혼자와의 결혼 실패를 말하면서 이제 '광산일'에 몰두하고 있다고 말한다. 친구는 화자에게, 성공하면 화자가 바라 마지않는 '극장, 촬영소, 문인촌, 문학상 제도' 등을 위해 돈을 쓰겠다고 말한다. 이 작품은 실패를 거듭하면서도 새로운 생활을 모색하는 강인한 성격의 인물을 그리고 있고, '문화 예술'에 대한 관심이 적극 표현되고 있다는 점에서 주목된다. 작품의 주도적 인물은 문화·예술계에 종사하는 인물이다. 작중 인물인 친구 이야기는 세태적인 것이지만, 작중 인물 모두 작가 자신의 분신이라 할 수 있다. 말하자면 이념의 길이 막힌 시대의 변화에 따라 새로운 길(문학)을 모색하고자 한 작가 정신을 표현한 작품으로 읽을 수 있다. 작가의 사상 전환을 드러낸 작품이라 볼 수도 있다.

「장미 병들다」는 '극단의 해체'로 거리를 떠도는, 한때 운동권이었던 남죽이라는 연극 배우(배우 역시 예술계 종사자이다)의 이야기이다. 이 작품의 의미는 다음 몇 가지로 요약된다. 첫째는 "시대의 파도에 농락되어 꿈은 조각조각 사라지고 피차에 그 꼴이었다"는 시대 인식이다. 둘째는 그녀가 주연을 맡았던 작품(유진 오닐의 「고래」)의 대사를 외는 장면, 즉 "참기 싫어요, 견딜 수 없어요──죄수같이 이 벽 속에만 갇혀 있기가. 어서 데려다주세요 떼에빗. 이곳을 나갈 수 없으면──이 무서운 배에서 나갈 수 없으면 〔……〕 집에 데려다주세요"에 나타난, '고통스러운 현실과 그 현실 견디기'이다. 셋째는 순수한 이념의 타락과 변질, 병듦이라는 인식이다. 여배우는 성병을 옮기며 떠돌고 있다.

두 작품은 모두 정신적 안정을 얻지 못하고 떠도는 인물을 다루고 있다. 작중 인물의 '떠돎, 유랑'은 두 작품에 나타나는 중요한

516

모티프이다. 이 모티프는 이후의 작품에서도 반복, 변주되고 있는데(「메밀꽃 필 무렵」「여수」, 장편『화분』등), 이 유랑 모티프는 그의 작품의 중요한 모티프이다. 이것은 앞에서 언급한 그의 이방인 의식(실향 의식)과도 긴밀히 결합되어 있다. 이 점은 반드시 기억할 필요가 있다. 1930년대 후반의 문학적 분위기와 그 자신의 이방인 의식이 중첩되어 있는 것이 평양 시대 작품의 '유랑' 의식이다.[7]

4. '구라파주의,' 이국 문화에 대한 동경과 그 귀결
   —— 예술가들의 심미적 생활과 떠돌이 타자를 통한
   자기 정체성의 인식

평양 시대 작품 중에서 장편『화분』(1939)은 예술계 인물들을 통해 특히 이효석의 낭만적 심미주의, '구라파주의'가 적극 표현되고 있어 주목되는 작품이다. 아름다움과, 아름다운 예술의 세계를 동경하면서 이를 찾아 떠도는 일군의 젊은 예술가들의 방황과 일탈 이야기를 통해 표현되는, 작가의 낭만적 심미주의 태도는 당시 이효석의 정신세계를 단적으로 드러내고 있다. 한자리에 모여 각자의 공상을 이야기하는 사람들을 그린 단편 「공상구락

---

7 백지혜는 최근 이와 다른 관점에서, 그의 소설에 나타나는 '여행'의 모티프에 착안한 주목할 만한 연구 성과를 내놓고 있다. 백지혜, 「이효석 소설에 나타난 '여행'의 의미 연구」, 서울대 석사학위 논문, 2002. 8.

부」는 그 배경을 추론해 볼 수 있는 작품이다. 이 작품은 변함없는 일상성과 따분한 현실 속에서 '공상으로 소일하고 있는 인물들의 이야기'를 다룬 작품이다. 일상의 따분함, 정신적 부재감, 결핍감——이를 견디고 극복하기 위한 방편으로서, 각자 엉뚱하고 몽상적인 이야기를 상상하고 함께 모여 공상을 나누는 사람들의 이야기가 바로 「공상구락부」이다. '공상'과 심미적 낭만주의 사이에는 차이가 있지만, 공상을 주제로 한 이 작품은 작가의 심미적 낭만주의의 근본적 동기가 무엇인지 짐작하게 해준다. 공상과 마찬가지로, 아름다움에 대한 상상과 추구 역시 변함없는 일상성에 그 기반을 두고 있다고 해야 할 것이다. 이 시기는 아름다움을 추구하고 꿈꾸며, 심미적 생활을 영위하는 예술가들의 일상생활을 다룬 작품이 크게 증가하고 있다. 스스로 서양 음악(베토벤, 모차르트 등 축음기 음악), 영화, 미술 등에 깊은 관심을 기울이기 시작하는 시기도 이즈음이다. 그가 다루는 예술의 세계는 다분히 서구적인 현대 예술인데 그중에서도 음악은 작품 창작의 중요한 동기이자 주제로 나타난다. 『화분』에서 본격화되는 음악의 주제는, 「여수」『벽공무한』(장편)에까지 지속된다. '구라파주의'는 이 예술 특히 음악과 관련되어 있다. 『화분』의 작중 인물 영훈은 작곡가로서 정신적인 구라파주의자이다. 작가는 영훈의 생각을 다음과 같이 서술하고 있다.

그의 구라파주의는 곧 세계주의로 통하는 것이어서 그 입장에서 볼 때, 지방주의와 같은 깨지지 않은 감상은 없다는 것이다. 진리나 가난한 것이나 아름다운 것은 공통되는 것이어서 부분이 없고 구역이 없다. [……] 같은 진리를 생각하고 같은 사상을 호흡하고 같은 아름다운 것에 감동하는 오늘의 우리는 한구석에 사는 것이 아니요 전 세계 속에 살고 있는 것이다.[8]

이 '구라파주의'는 일종의 구라파 문화 중심주의와 관련된 세계관으로서, 구라파의 문화, 구라파의 아름다움을 숭상하는 문화적 태도를 의미한다. 인용 부분은 구라파주의가 '진리, 아름다움'과 관련되는 '보편주의'이자 '세계주의'와도 상통한다는 믿음을 드러내고 있다. 이 진술은 작중 인물의 사상이지만, 동시에 이에 대한 작가의 생각을 간접적으로 표현한 것이라 볼 수 있다. 경성제대 영문과 교양주의에서 출발한 그의 문학은 우여곡절을 거친 끝에 이제 '구라파적인 문화와 가치는 인류의 보편적인 것'이라는 생각에 도달하고 있음을 볼 수 있다. 근대 합리주의, 근대 음악(예술)이 특히 유럽에서 비롯된 것이라 할 때, 이 사상은 타당한 점이 있다. 근대의 학술, 문예는 구라파에서 비롯된 점이 많다. 문제는 그것이 너무 편중된 문화 의식의 산물, 다시 말해 구라파 중심주의의 의미를 지니고 있다는 점이다. 게다가 작가의 이런 생각은 다분히 식민지 제국대학의 교육과 학습을 통해 습득된 것으로서, 국가와 민족 간의 '문화적 차이'를 충분히 고려하지 않은 일반론이라는 문제점이 있다. 뒤에 그가 만주 여행을 통해 '조선

8 전집 4, p. 169.

의 미'를 재인식하면서 이에 대한 적극적인 관심을 표현한 소설을 쓰게 된다는 사실은 주의를 요한다. 이 구라파주의는 그의 서구적 교양의 산물로서 그 자신의 '실향 의식, 이방인 의식' '유랑 의식'과 무관하지 않다. 말하자면 일상생활 속에서 의지할 수 있는 사상이라든가, 정신적 안정감을 부여하는 한편 나날의 생활에 어떤 생기를 불어넣을 수 있는 문화 환경이 현실 속에 부재하고 있다는 정신적 부재감, 결핍감이 구라파주의라는 명칭으로 표출된 것이라 할 수 있다. 당시 조선은 구라파가 아니며 따라서 구라파주의는 '먼 곳에 대한 동경의 한 형태'라는 점에서, 작가의 낭만주의적 문학 태도의 한 변형태라 할 수 있다.

심미적 낭만주의의 일종인 '구라파주의'는 그의 작품에서 '이국 또는 이국 문화에 대한 동경'의 감정으로 표현되기도 한다. 단편 「여수(旅愁)」(1939)는 이 동경이 작중 인물(주인공)의 시선을 통해 직접적으로 표현되고 있는 작품이다. 이 단편의 주인공(극장에서 그림을 그리는 '화가')은 자신의 '이국에 대한 관심'이 "단지 이국에 대한 그리움이라는 것보다도 한층 높이 자유에 대한 갈망의 발로"라고 설명한다. 그리고 이것은 '고향에 살면서도 또다른 고향에 대한 그리움과 비슷하다'고 덧붙이고 있다. 안주할수 없는 현실, 답답하고 부자유한 현실에서 비롯되는 새로운 세계와 자유에 대한 작가의 갈망이 이국에 대한 동경으로 나타나는 것이다. 이 '자유'라는 단어는 역으로 현실의 부자유를 의미한다. 이 역시 작가 자신의 지식과 관련된 교양주의의 산물이라 보아야할 것이다.

이 작품에서 또 한 가지 주목되는 것은, 주인공 자신의 '정신적 떠돌이' 의식이, 떠돌이 가무단 단원들이 지니고 있는 유랑 의식, 애수의 정조와 함께 표현되고 있다는 점이다. 이 단편의 의미는 '이국적 타자(러시아 가무단)'를 통해 떠도는 자의 애수를 발견, 이를 내면화하고 있다는 데서 발견된다. 이 타자가, 떠돌이 러시아인을 주축으로 한 다국적 예술가로 구성된 '가무단'이라는 사실에 작품의 독특성이 있다. 그들은 개봉 영화 「망향」의 막간에 공연을 하기 위해 평양에 왔다. 범죄를 저지르고 타국에서 떠도는 영화 「망향」의 주인공과, 영화의 막간에 공연하는 떠돌이 가무단과 이들 바라보는 주인공 모두에게는 정신적 고향을 상실한 자들의 '애수'의 정서가 묻어나고 있다. 평양으로 흘러온 그 가무단을 만나면서 주인공이 그들에게서 어떤 정신적 유대감을 발견하고, 그 자신도 그들처럼 어딘가로 떠나고 싶다고 말하는 것도 이와 무관하지 않다. 「여수」는, 고향(어머니)을 잃고 '이방인'처럼 객지에서 떠도는 작가 자신의 복합적 심리가 그 특유의 이국취미와 함께 드러나면서, 작가의 내면에 잠복되어 있던 애수의 정서가 슬쩍 노출된 작품이라 할 수 있다. 이 작품에 나타나는 '이국 문화에 대한 관심과 여행에의 꿈'은, 작가 자신의 이국취미, 낭만적 심미주의의 한 변형이라 해석된다. 그 이면에는 조선의 문화적 낙후성과 새로운 세계에 대한 그리움, 고향 상실감, 영문학을 공부한 작가로서의 외국 문화 체험에 대한 욕망 등이 숨겨져 있다. 주인공은 이 가무단에 각별한 관심을 가지고, 이들과 만나 피부색과 문화가 다른 그들의 문화, 그 단원 하나하나의 이야기에 매료된다. 작품의 귀결은 실상 그들은 떠돌이 예술가 집단이라는 것, 그들은 그들대로 내부 갈등과 많은 고민이 있다는 것, 생활의 곤궁함을 견디고 있다는 것 등이지만, 중요한 것은 작품에 숨겨진 작가의 '향수'와 유랑 의식이다. 작가는 러시아 가무단이라는 타자를 통해 타국의 문화에 대한 관심과, 고향 상실감에 빠져 있는 자신의 정신적 상황을 재확인하고 안주할 수 없는 자신의 심리 상태와 문화적 유랑 의식을 드러내고 있다.

이효석이 만주 여행 체험 직후에 쓴 장편 『벽공무한』(발표 당시 제목 「창공」, 1940)은, 몇 가지 점에서 중요한 의미를 지니고 있는 작품이다. 1) 외국 문화를 직접 체험한 것을 바탕으로 씌어진 작품이다. 그의 해외 여행 경험은 만주국 여행(1939년 여름 그는 처음으로 신경과 하얼빈을 여행했다. 일본이나 서구의 국가 여행은 하지 않았다) 외에는 없다. 2) 벽안의 러시아 여성과 결혼하여 함께 귀국한다는 이야기가 등장한다. 그의 이전 작품 속에 '리시아 여성'에 대한 낭만적 동경(초기작 「북국사신〔私信〕」), 백계 '러시아인의 별장촌'과 그들의 이국적 문화에 대한 각별한 관심(함경북도 임명면 소재의 '주을 온천' 지역에 있는 이 별장촌은 「성화」 『화분』 등의 작품 배경으로 등장한다), 백계 '러시아 가무단'에 대한 문학적 관심(「여수」) 등이 나타나 있었던 사실에 비추어 볼 때, 이 '러시아 여인과의 결혼' 이야기가 함축하는 의미는 여러모로 시사적이다. 3) 만주라는 타국의 문화 경험을 통해 자기 자신의 문화를 재인식·재발견하는 과정이 나타나 있는 작품이다. 작중 주인공이 하얼빈에서 만나 결혼해 살기 위해 함께 귀국하는 이 러시아 여인(고아의 신분, '나아자'라는 이름의 카페 댄서)은 조선에 오면서 "조선말과 온돌을 배우겠다"는 결심을 말하고 있다. 이것은 '조선 문화'에 대한 작가 자신의 새삼스러운 관심을 드러낸 것으로 읽을 수 있다.

작가는 1940년(여름) 두번째로 만주를 여행하고, 이 작품과 단편 「하얼빈」(1940)을 발표하는데, 이 작품들을 고비로 이후 작품에는 종전 작품에 나타났던 '이국취미, 외국 문화에 대한 낭만적 동경, 구라파주의' 등이 더는 등장하지 않는다는 사실은 특기할 만하다. 이효석은 두번째 만주 여행 후에 쓴 글에서, "식당에서 들은 어떤 악사의 차이코프스키 음악"을 언급하면서 이렇게 쓰고 있다. "이것이 유럽적인 것인가. 또는 어느 곳의 것인가. 그런 따위는 전혀 상관이 없다. 이 땅에 뿌리내려 살아 있는 것을 지키고 키우는 것. 이는 정말이다." 그리고 만주에서 연주했던 어떤 유명 바이올린 연주자 이름을 거론하면서, 그가 "만주에서 〔……〕 자기의 바이올린도 만주인이 켜는 호궁(胡弓)의 기법 앞에서는 면목 없다고 말한 모양인데, 이를 단지 익살 이상의 것으로 푸는 것도 지장이 없으리라. 〔……〕 '만주'는 이런 호궁조차 더욱 소중하게 해야 할 터이다. 이것이 진짜로 만주를 키우는 근거인 까닭에."⁹ '만주의 호궁'에 대한 작가의 이 같은 시선은, 그에게 '타자의 문화'를 통한 자신의 문화적 정체성에 대한 재인식과 상통하는

9 이효석, 「새로운 것과 낡은 것―만주 기행 단상」, 일본어 산문, 김윤식 옮김, 1940. 김윤식, 『일제 말기 한국 작가의 일본어 글쓰기론』, 서울대학교 출판부, 2003, p. 295.

것이다. 한 가지 덧붙이자면, 만주 여행 직후에 쓴 만주 체험 작품들은, 이후 그의 일본어 소설에 나타나기 시작하는 조선 문화(조선의 전통적 음식, 옷, 풍속, 조선의 미, 옛 유물 등)의 재인식, 재발견과 이에 대한 적극적 관심 표현을 예고하고 있다는 사실이다.

『벽공무한』은, 신문사의 만주 '하얼빈 교향악단' 초청 공연 일을 맡아 만주, 하얼빈으로 가 그 일을 성사시키는 문화비평가 이야기이다. 여기에서도 음악에 대한 작가의 애호벽과 낭만적 심미주의의 흔적이 나타나고 있다. 주인공은 귀국해 '새 생활을 설계'하면서, 삶의 터전을 아름답고 풍요롭게 가꾸어줄 '음악원' 건립 계획 일에 동참하고자 한다. 이 작품에서 주인공은 하얼빈의 카페 댄서인 러시아 여자의 아름다움에 매료되고, 하얼빈 교향악단의 연주 솜씨에 경탄을 금치 못하고, 특히 그 단원의 하나인 러시아 출신 늙은 단원의 연주 솜씨가 출중함을 강조하고 있다. 문화비평가 주인공이 그들에게 특별한 관심을 표명하는 것은 그들이 훌륭한 예술가라는 점 때문인데, 특히 무희 나아자와 늙은 악사에 이끌리는 것은 그들이 하얼빈 시민의 소수파(아웃사이더), 정신적 떠돌이라는 사실에 기인한다. 이 작품의 중요한 의미는, 「여수」와 마찬가지로, 작가가 타자 또는 타국의 문화를 통해 자기의 문화적 정체성을 재인식하는 과정을 보여주고 있다는 점이다. 주인공은 러시아인 무희 나아자를 두고 이렇게 쓰고 있다.

그리고 나아자—그는 쭉정이가 아니던가. 그 역 쭉정이에 틀림없는 것이다.

"그럼 나는 무엇일까."

일마는 자기 또한 하나의 쭉정이임을 알았다. 〔……〕 쭉정이끼
리이기 때문에 나아자와도 결합이 되었다. 쭉정이는 쭉정이끼리
한 계급이다.[10]

이 '쭉정이'라는 의식은 간단히 말해 일본의 식민지인 만주국에
서 러시아인이든 조선인이든 떠돌이 예술가란 모두 그 주인공이
아니라 빈껍데기에 불과하다는 것이다. '알맹이'는 누구일까. 작
가는 정작 여기에 대해서 침묵하지만, 당시 일제가 '왕도낙토, 오
족(五族)협화'라는 통치 이데올로기로 만주를 정치 · 문화적으로
지배하고 있었던 사실로 미루어 볼 때, '알맹이'는 그곳에 진출한
일본인이거나 만주국 정치 권력과 결탁한 그곳 재산가들이 아닐
까. 중요한 것은 조선과 비슷한 처지에 있는 만주(하얼빈)라는 타
자의 문화 체험을 통해 자신의 처지를 '쭉정이'로 인식하는 자기
인식 자체이다. 이 쭉정이로서의 자기 인식은 만주와 만주의 전
통 악기인 '호궁'에 대한 재인식으로 이어지고 있다. 이는 그 자
신의 문화적 정체성의 문제와도 이어지는 것이라 해석된다.

이효석 소설쓰기에서 이 두 번의 만주 여행 체험은 각별한 의미
를 지니고 있다. 위에서 언급한 바와 같이, 그는 그곳에서 만난
떠돌이 러시아 여자(나아자)와 결혼을 하기로 하고 함께 귀국하
는 조선 청년 이야기를 담은 『벽공무한』을 창작하였다. 이것은 그

---

10 『벽공무한』, 전집 5, p. 129.

의 재출발, 즉 오랫동안 혼란스러웠던 문화적 정체성을 재인식하는 계기로 작용한다. 그의 문학 전개 과정에서 보면 이는 동반자 문학로부터의 전환 이후 그의 문학의 두번째 전환을 의미한다. 단편 「돈」이 첫번째 전환을 보여주는 작품이라면, 『벽공무한』, 「하얼빈」(1940)에 이르는 만주 여행 후의 작품은 그 두번째 문학적 전환에 해당한다. 두번째 만주 여행 후에 발표된 단편 「하얼빈」은 그간의 하얼빈의 변화된 모습과, 그 변화의 의미에 대한 작품이다. 이 역시 타국의 문화 변화를 통해 몇 가지 점에서 작가 자신의 미묘한 내면세계의 변화를 드러내고 있어 주목된다. 첫째, 구라파 전쟁에서 독일에게 패배한, 하얼빈 주재 "불란서의 영사관, 화란 영사관이 폐쇄"된 사실을 목격하고, 작가는 작중 인물을 통해 이것은 현재의 "우연"이라고 말하면서, "현재가 이미 우연일 때 현재와 다른 우연의 결정을 생각할 수 없을까"라고 말하고 있다. 이는 그의 역사의식을 드러낸 것이다. 둘째, 카페에서 만난 여급 유라(그녀는 나아자와 비슷한 처지의 이방인이다)와 그곳서 일하는 러시아인 노인과의 만남을 통해 이들의 갈데없는 처지에 동정한다. 유라는 그 노인이 "본국으로," "그는 소비에트로 가야 하구 가기를 원하구 있어요"라고 전해준다. '본국 귀환'은 타국에서의 이방인 생활의 청산을 의미한다. 셋째, "식민지"라는 표현이 등장한다. "보세요. 저 잡동사니의 어수선한 꼴을. 키타이스카야(하얼빈의 중심가, 러시아인 거리—인용자)는 이제는 벌써 식민지예요. 모든 것이 꿈결같이 지나가버렸어요." 이 대목에 나오는 '식민지'라는 표현 속에는 그 속에서 비굴하게 생을 영위하는 작중 화자(러시아 여급 유라)의 자굴감이 숨겨져 있다. '식민지'라는 단어가 나타난다는 사실은 특기할 만하다. 작가 자신의 현실 인식, 자의식의 투영으로 보아야 한다. 그는 하얼빈의 변화된 풍경 속에서 식민화가 날로 심화되는 조선의 현실을 보고 있다. 뒤에서 다시 언급하는 바와 같이, 작가는 만주 체험을 바탕으로 이즈음 일본어 소설 「가을(秋)」(1940)을 쓰면서, 거기서 잃어버린 '고향'에서의 어린 시절의 기억과 그 고향에 대한 형언할 수 없는 향수(그리움)를 표현하고 있다. 「가을」의 화자는 '북만주'의 외딴 방에 혼자 앓아누워 떠나온 '남쪽의 고향'에 대한 간절한 향수를 토로한다.

요컨대 '만주 여행'은 이효석의 소설쓰기에서, 자신의 문화적 정체성, 식민자의 문화를 피식민자에게 일방적으로 강요하는 식민지 문화 현실('신사 참배 거부'로, 그가 몸담고 있던 평양 숭실전문학교가 당국에 강제 폐교된 것이 1940년이다. 그는 대동공업전문학교로 직장을 옮긴다)뿐만 아니라, 잃어버린 작가의 고향을 재인식하는 중요한 계기로 작용하고 있다. 그의 만주 체험은 그의 창작 생활의 중대한 고비를 이루고 있다. 만주 기행을 전후하여 그는 영서 삼부작을 썼고, 이후 일본어 소설을 쓰면서 문화적 정체성의 문제를 작품 속에서 보다 적극적으로 표현, 탐구하기 시작한다.

5. 잃어버린 기억과의 대면, '이방인' 의식의 극복, 그리고 '조선의 생활 문화'에의 관심 — '영서 삼부작'과 만주 여행 후의 단편

이효석의 문학적 생애에서 두 번의 만주 여행은 지금까지의 그의 문학 생활의 중대한 전환점을 이룬다. 이를 전후하여 '영서 삼부작'과 일련의 일본어 소설이 발표된다. 비록 그 사용 언어는 다르지만, 이 양자의 문학 세계는 서로가 서로를 비추는 듯한 상호 긴밀한 관계를 맺고 있다. 간단히 말하면 오랫동안 잃어버린 기억과의 대면을 통해 고향 상실감, 이방인 의식을 극복해가면서 자신의 문화적 정체성을 재구성해간다. 이 문화적 정체성의 재구성 과정에서 일본어 소설이 차지하는 비중이 적지 않다. 이것은 그가 사용 언어에 상관없이 자신의 문학적 관심사를 지속적으로 탐구하고, 이를 여러 작품 속에서 구현하고자 했음을 의미하는 것이다. 그가 일본어 소설 독자를 상대로 작품 속에서 자신의 문화적 정체성 구성 작업을 지속했다는 사실은 특기할 만하지만, 이 작업은 결코 갑자기 이루어진 것이 아니다. 여기에는 영서 삼부작 작업이 전제되어 있다는 사실을 반드시 기억할 필요가 있다.

「메밀꽃 필 무렵」(1936), 「개살구」(1937)에서 「산협」(1941)에 이르는 '영서 삼부작'을 개관하기 전에 일본어 소설 「은은한 빛」(1940) 주인공의 다음 발언을 보자.

"[……] 치즈와 된장. 자넨 어느 게 구미에 맞던가? 만주 등지를 일주일 넘게 여행하고 집에 돌아왔을 때, 뭐가 제일 맛있던가? 조선 된장과 김치 아니었나? 그런 걸 누구한테 배운단 말인가? 체질의 문제네. 풍토의 문제인 거지. 자네들의 그 천박한 모방주의만큼 같잖고 경멸할 만한 건 없다네."[11]

'음식(된장) · 체질 · 풍토' 등의 단어가 등장하고 있는 이 진술은, 종전의 이국취미, 구라파주의를 기억하는 독자로서는 이효석의 획기적 변화를 시사하는 것이라 하지 않을 수 없다. 작중 화자는 음식 문화 즉 생활 문화의 체질론, 풍토론을 주장하면서 조선인의 독특한 생활 문화는 학습, 모방에 의한 것이 아니라 그 체질, 풍토와 관련된 오랜 전통 속에서 형성된 것이라는 것이다. 이 진술은 만주 여행 이후 그가 타국의 문화 경험을 통해 자국의 전통문화를 재인식하고 있음을 드러내지만, 이런 인식은 갑자기 나타난 것은 아니다. 이전부터 발표해온 자전적 소설 영서 삼부작 쓰기를 통해 점진적으로 형성된 것이다. 즉 타국 문화를 통해 자신의 문화 전통을 재인식하는 한편, 오랫동안 잃어버렸던 과거 기억을 되살려 그것을 창조적으로 재구성하는 소설쓰기 작업을 지속하면서 이를 통해 자신의 문화적 정체성을 재구성하게 된 것이다. 그의 소설에 등장하는 '생활 문화 풍토론'은 이 양자의 상호 작용의 결과라 할 수 있다. 그런 점에서 영서 삼부작은 그의

---

11 「은은한 빛」, 김남극 엮음, 송태욱 옮김, 『은빛 송어』, 해토, 2005, pp. 56~57.

소설 쓰기에서 아주 중요한 의미를 지니고 있다. 이 계열의 작품을 정독하지 않고서는 이후의 일본어 소설을 제대로 이해하기 어렵다.

영서 삼부작은 이효석이 고향에서 성장하면서 체험한 사실에 바탕을 둔 작품이자 가족과 고향의 이야기이다. '고향 상실감, 이방인 의식'에 빠져 있던 그가 뒤늦게 오랫동안 잊고 있던 고향 이야기, 자전적 이야기를 주제로 작품을 쓰기 시작했다는 사실은 특기할 만하다. 작가로서 그 자신 고향 이야기, 자전적 이야기를 작품화하는 작업을 기피해왔기 때문이다. 그의 소설을 보면, 그 배경이 대체로 도시로 설정되어 있어 시골의 이야기가 적고, 작중 인물에서도 대체로 젊은이들이 주축으로 설정되어 있어 어른이나 노인이 거의 등장하지 않는다. 작중 인물로서 '아버지, 어머니'가 등장하는 경우는 거의 없다. 영서 삼부작은 시골을 그 배경으로 삼으면서 비로소 이 '아버지'가 등장하고 있다. 이 사실은 그가 이 작품들을 통해 비로소 그 아버지로 표상되는 '가족, 집, 핏줄, 고향, 조선의 전통적 생활 문화' 등의 이슈를 자신의 작품 세계 속에 수용하기 시작함을 의미한다.

I. 「메밀꽃 필 무렵」

이 작품은 이효석의 고향인 강원도 영서 지방(봉평)의 시골 장터를 떠돌았던 장돌뱅이의 사랑 이야기를 낭만적 · 시적 문체로 묘사한 작품이다. 이 작품은 여러 가지 논의가 가능한 작품이지만 이 글의 주제와 관련해 볼 때 특히 다음과 같은 의미를 지니고 있다. 첫째, 고향에서 자주 본 '떠돌이 장돌뱅이'의 이야기를 다루고 있다. 둘째, 자신의 잃어버린 정체성을 찾아 객지의 길 위를 떠도는 사람들(허생원, 동이)의 이야기이다. 셋째, 이런저런 사연으로 서로 헤어진 한 가족의 이야기, 즉 이산가족이 각자의 처지에서 그 헤어진 가족(옛사랑)을 찾는 이야기이다. 아버지는 헤어진 옛사랑을, 아들은 얼굴 모르는 아버지를 찾고 있는데, 작품의 결말에서 그 만남의 가능성이 암시된다. 넷째, 등장인물 속에 작가 자신의 고아 의식이 투영되어 있는 작품이다. "아비 어미란 말에 가슴이 터지는 것도 같았으나 제겐 아버지가 없어요. 피붙이라고는 어머니 하나뿐인걸요"(작중 인물 동이의 말). 이 말 속에 작가의 숨겨진 고아 의식이 선명히 드러나 있다.

이 단편은, 작중 인물 허생원의 처지에서 보면 옛사랑(이제는 아들을 둔 어머니가 되었다)과 아들 찾기 이야기지만, 동이의 처지에서 보면 헤어진 아버지, 지금은 없는 아버지 찾기 이야기이다. 아들의 상처와 그 자신의 아버지에 대한 숨겨진 욕망은, 그 아버지의 욕망과 서로 엇갈리지만, 이야기의 진행에 따라 서로 접근한다. 아버지가 "아둑시니 같은 눈"을 떠 동이가 '왼손잡이'라는 사실을 깨닫는 순간에, 그리고 동이가 물에 빠진 허생원을 등에 업고 장을 걸어가는 순간에 두 욕망은 하나가 된다. 그 순간은 허생원과 동이의 모든 갈등들이 일시에 해소되는 시적 비전의 순간으로 승화된 상태로 표현되고 있다. 이효석의 평양 시대 대표작의 하나로 손꼽히는 이 작품은, 그의 고향 이야기이기는 하지만, 자신의 가족이나 고향 사람들(정주민)의 이야기를 다룬 것은 아니다. 그곳 장터를 떠도는 장돌뱅이를 소재로 하고 있을 뿐이다. 그러나 깨어진 행복, 흩어진 가족, 그들의 안타까운 사정을 다룬 작품이라는 점, 작가의 고아 의식이 작중 인물을 통해 투영되고 있는 작품이라는 점에서 주목된다. 작가는 이 소설에서 고향의 풍물(장터 풍경, 메밀꽃 등)을 드러내면서, 우회적으로나마 자신의 잃어버린 기억, 행복하지 못한 가족 관계, 숨겨진 고아 의식, 아버지에 대한 복합적 심리 등을 드러내면서 이와 정직하게 대면하고자 한다. 기억과, 기억 속의 상흔의 창조적 재구성 작업은 자신의 정체성 문제를 작품 속에서 이제 본격적으로 다루기 시작함을 의미한다.

II. 「개살구」

이 작품은 평창군 진부면 면 소재지를 배경으로 한 소설이다. 이효석 일가는 봉평에서 살다가 진부(진부면 하진부리)로 이주한 사실이 있다. 이 작품은 작가의 아버지가 작중 인물의 모델로 등장하는 소설이라는 점에서 주목되는 작품이다. 작품 속의 '최면장'이 바로 아버지이다.

최면장은 어려운 가운데에서 자식 하나만을 바라고 그에게 정성을 다 바쳤다. 몇 마지기 안 되는 땅까지 팔아버렸고 그 위에 눈총을 맞아가면서도 면장의 자리를 눅진히 보존해가는 것은 온전히 자식 때문이었다.

「개살구」는 시골 농사꾼 김형태가 벌채로 큰돈을 벌어 둘째 첩 (서울집)을 얻더니, 나중에는 면장 자리까지 욕심내서 갖가지 술책을 동원하여 라이벌인 현직의 최면장까지 곤경에 빠뜨린다는 이야기이다. 최면장은 서울 유학 중인 아들 학비 뒷바라지를 감당하다 못해 '공금'에 손을 댄, 약점을 지닌 인물로 그려진다. 형태는 아들의 '사상적 성향'을 두고 최면장 면전에서 노골적으로 빈정대기도 하는데, 사상가 아들을 둔 면장이 마치 죄인처럼 곤욕을 치르는 것으로 서술되고 있어 이채롭다. 아버지에 대한 기억이 드러나는 작품이지만, 어머니에 대한 이야기는 나오지 않는다.

III. 「산협」

이효석 일가는 그 조부대에 함경도 함흥(함주군 동천면)에서 강원도 영서 일대로 이주, 정착하였다. 이 사실은 「산협」의 주인공 (공재도)을 통해서도 서술되고 있다. "조부의 대에 어딘지 북쪽 땅에서 이 산골로 〔……〕 족보 한 권만은 신주같이 위해 가지고 있었다. 〔……〕 한번 일군 가산은 좀해 흔들리지 않아서 두 아들을 낳고 이 고을에서의 삼 대째 재도의 대에 이르게 되매 집안은 더욱 굳어졌다."

작고하기 일 년 전, 그러니까 생의 말기에 발표된 「산협」은 고향의 기억을 통한 자기 자신과의 정직한 대면이라는 의미를 지닌다. 삼부작 중에서 「개살구」가 이제 가장이 된 작가의, 아버지의 사랑에 대한 재인식이라면, 「산협」은 잃어버린 영서의 고향(고향 상실감)과 집을 되찾는 이야기로 읽을 수 있다. 「개살구」에는 모친 사후 재혼했지만 자신의 서울 유학 생활을 뒷바라지한 아버지에 대한 안쓰러움과 그리움이 나타나 있고, 「산협」에는 떠나온 고향 산골에 대한 형언할 수 없는 그리움이 숨겨져 있다. 특히 고향 산골 주민들의 풍속을 생생하게 재현한 「산협」은 '영서 삼부작'의 백미이자 이효석 문학 전체 중에서도 그의 기억의 가장 깊은 곳을 상상적으로 재구성한 작품에 해당된다. 무대는 바로 이효석 자신의 생가가 있는 마을(창말, 강원도 봉평면 창동리)로 설정되어 있다. 이는 그가 생애 말기에 삶의 뿌리인 고향과 정면으로 대면하고 이를 통해 고향 상실감을 극복하고 있음을 의미한다.

　1) 삼 대나 걸려 알뜰히 장만한 토지를 길이길이 다스려가려면 아무래도 제 핏줄이 필요하다고 생각하고 있었다. 〔……〕 일정한 땅에 목숨을 박고 그곳을 다스리게 됨은 그것을 다음 대에 물려주자는 뜻이라는 것을 굳게 믿고 있었다.

　2) 밤 대추의 과실도 제사에 쓰고도 남으리만치 뜯어 들였고 현 씨는 마을 여자들과 날마다 먼 산에 가서는 서리 맞은 머루 다래 돌배에다 동백을 몇 광주리고 따 왔다. 집 안에는 그 열매 냄새와 함께 잘 익은 오곡 냄새가 후끈후끈 풍기고 두 사람의 아내는 부를 대로 부른 배에 진종일 머루를 먹었다.

　인용한 첫째 부분은 이 소설의 주제가 바로 '핏줄, 땅, 제사, 집' 등의, 조선인이라면 누구나 생각하게 마련인, 모든 논리를 떠난 전통적인 생활 문화, 풍속과 관련된 문제들에 있음을 잘 보여주고 있다. 둘째 부분은 시골 가을철의 풍성한 수확물에 대한 것으로서 특히 영서 지방 농경 사회의 생활 문화를 생생하게 보여주고 있다. 이 작품은 아들을 얻기 위해 '소'를 팔아, 아무런 허물이 없는 조강지처를 두고 '첩'을 얻어들인 거농 공재도와, 그 일가가 일 년 동안 벌이고 겪는 여러 가지 이야기를 다루고 있다.

어릴 때 어머니와 사별하고 계모가 들어오면서 가족 관계에 불화가 생겨, 고향 집에 발길을 끊다시피 하면서 생겨난 작가 자신의 '고향 상실감, 이방인 의식은 이 영서 삼부작을 통해 거의 극복되기에 이른다. 이후 소설에서 고아 의식, 이방인 의식은 더 나타나지 않는다. 그는 「산협」을 발표하기 한 해 전에 쓴 일본어 소설에서 이렇게 고백하고 있다.

그렇게까지 미워하고 원망하며 온갖 애상(愛想)을 다한 끝에 등지고 나온 고향이었습니다. 이제 와서 왜 이다지도 연정을 금할 수 없는 걸까요? 저에게는 무엇 하나 좋은 고향이 아니었습니다. 가난하고 초라한 가운데 짓밟혀——두 번 다시 돌아오지 않겠다고 분노와 결의에 불타 떠나온 고향이 아니었던가요. 그때의 굳은 마음이 이제 와서 왜 이렇게 맥없이 배반당하는 것일까요? [……] 고향에 대한 뿌리 깊은 집착을 원망해야 하는 것일까요?[12]

12 「가을」(1940), 앞의 책.

이 작품에는 고향에 대한 향수와 "동심으로 돌아가게 하는" 가을철 꽈리, 음식, 약과, 김치, 조선 옷 등에 대한 그리움이 절절한 필치로 토로되고 있다. "10년도 넘게 타향에 있어서 그런지 미각은 고향의 음식이라도 되면 사실 치사할 정도로 예민해지는 것을 어쩔 수가 없습니다." "하루속히 고향으로 돌아가고 싶습니다." 작품 속에 나오는 구절이다. 서구식 교양, 근대적 풍경의 도시, 이국취미, 근대 서구 문화 쪽으로 향했던 그의 시선과 관심, 취향은 이제 '고향, 시골, 토착민, 전통적 생활 문화' 속으로 귀환한다.

만주 여행 이후에 쓴 작품 「은은한 빛」에 등장하는 그의 '생활 문화 풍토론'은, 이런 맥락에서 제기된 것이다. 단절된 기억의 회복, 실향 의식의 극복 과정을 거치면서 비로소 등장한 것이다. 영서의 기억이 생생하게 드러나 있는 「가을」은, 영서 삼부작처럼 자전적 요소가 강한 작품이다. 작가의 잃어버린 기억, 성장 과정에서 어느새 단절된 전통적인 생활 문화에 대한 감각의 회복 과정을 보여주는 작품이다. 영서 삼부작과 그의 다른 작품을 함께 고려해 보면 '모든 소설은 자서전의 일종'이라는 오래된 명제를 재확인할 수 있다. 이효석의 소설은 또한 '주체는 언어에 의해 구성된다'는 사실, '한 작가의 문화적 정체성은 미리 주어진 고정된 실체가 아니라 언어에 점진적으로 구성되는 것'이라는 사실을 생생하게 보여주고 있다.

6. 식민지 작가의 문화적 정체성 문제와, '문화적 차이'를 인식하기 — 이효석의 일본어 소설

문학적 주체는 '언어에 의해 구성된다'는 명제는 이효석의 소설 전반을 이해하는 데 중요한 명제이다. 그 언어는 작품마다 차이가 있으며, 작품의 세계도 그렇다. 언어에 의해 구성되는 작가의 문화적 정체성의 문제도 마찬가지라고 말할 수 있다. 정체성이란 고정불변의 실체가 아니라, 시간과 처지와 계기에 따라 점진적으로 구성되며, 자체의 변증법을 갖는 것이다. 따라서 시기에 따라 다른 모습으로 구성될 수 있고 다른 양상으로 표현될 수 있는 가변적이고 열려 있는 복합적인 것이라 할 수 있다. 식민지 교양주의 작가 이효석의 소설이 보여주는 비단일성은 그렇게 이해할 수 있다. 이국취미, 낭만주의를 거쳐 '문화의 풍토론'에 이르는 그 작품 쓰기는, 그가 겪었던 문화적 정체성에 대한 혼란과 문화적 정체성의 모색의 과정이었다고 보아야 한다. 여기서 구라파주의의 극복과 전통적 생활 문화의 재인식과 그 재인식을 통한 그의 문화적 정체성 정립 노력이 나타나고 있다고 해서 그가 이제 확고한 문화적 정체성을 획득하게 되었다고 보는 것은 피상적인 견해이다. 왜냐하면 그의 글쓰기는, 자신의 생활 방식을 피식민자에게 강요하는 식민지의 문화적 상황에 놓여 있었고, 일단 구성한 자기 정체성의 문제는 그 속에서 끝없이 흔들릴 수밖에 없기 때문이다. 특히 생애 말기에 쓴 그의 일본어 소설에는, 일본어 창작이라는 새로운 상황에 직면했던 식민지 작가의 문화적 곤경, 특히 '내선일체'의 이데올로기 속에서 문학 생활을 영위해야 했던 작가로서의 심리적 갈등이 잘 나타나 있다.

1939년부터 생애 말기까지 쓴 그의 일본어 소설들은, 복합적인 맥락에서 읽어야 그 의미가 분명히 드러난다. 1) 영서 삼부작을 포함한 그가 쓴 동시대의 작품 전체의 맥락, 2) 「가을」(1940, 일본어), 「산협」(1941, 조선어)으로 대표되는 그가 쓴 이중어 글쓰기의 맥락, 3) 동시대의 '국민문학'론, 당시 여러 한국 작가들의 일반적인 '이중어 글쓰기'의 맥락,[13] 4) 당시 그가 처했던 사회 · 문화적 상황(『국민문학』의 창간, 한국 작가들의 전시 체제 동원, 대동아 공영권, 내선일체 등의 이데올로기에 대한 협력 요구) 등을 아우르는 종합적인 시각에서 읽기를 요구한다. 일본어로 작품을 쓴다는 것은 조선어로 쓰는 것과 다르기는 하나, 이효석의 일본어 소설은 1)과 2)의 관점에서 읽어도 그 의미를 이해할 수 있다. 영서 삼부작과 일본어 소설 사이의 거리가 아주 가깝기 때문이다(「가을」의 경우가 특히 그렇다). 일본어로 썼지만 영서 삼부작의 연장선상에서 집필된 작품이라 할 수 있다. 잃어버린 '동심'을 거의 온전히 회복하고 있음을 보여주는 작품이다.

그러나 우연히 발굴한 고구려 보검의 가치 문제를 다룬 「은은한 빛」, 일본 여자와의 결혼 문제라는 까다로운 주제(이 주제는 이른바 내선일체와 관계 깊다)를 다룬 「엉겅퀴의 장」은 세심한 검토

---

13 이에 대해서는 윤대석, 『식민지 국민문학론』, 역락, 2006 및 김윤식, 앞의 책 참조.

를 요구하는 작품이다. 그가 생의 말기에 이런 작품을 쓰지 않을 수 없었던 사실은, 그가 당시 작가로서 스스로 모색하고 정립하고자 해왔던 문화적 정체성의 문제가 아직도 여전히 혼란 속에 있으며, 따라서 이를 지속적으로 생각하지 않을 수 없는 상황에 처해 있었음을 증명해준다. 그가 쓴 일본어 소설 중에서도 큰 비중을 차지하는 이 두 작품은, 간단히 말해 지금까지 언급해온 작가의 문화적 정체성의 문제를 다른 식으로, 즉 '일본인·일본 문화라는 타자와의 관계, 신체제(내선일체) 문화'라는 당시의 재미없는 문화적 분위기 속에서 재구성하고 있는 중요한 사례라 할 수 있다.

「은은한 빛」(『文藝』, 1940)은 우연히 손에 넣어 귀하게 생각하는 '고구려 보검'을, 그것을 알아보고 사겠다고 나선 일본인 박물관장과, 그것을 팔아 땅을 사고자 하는 아버지 모두의 끈질긴 요구를 물리치고, 결국 마지막까지 그것을 온전히 보전한다는 이야기이다. 여기에는 그 '칼'이 고구려 시대의 유물로서, 자신에게는 결코 돈으로 환산할 수 없을 정도로 가치 있고 귀한 것이라는 주인공 자신의 신념(이 '칼'은 강인한 정신의 상징이라 할 수 있다)이 크게 작용하고 있는 것으로 되어 있다. 골동품의 일종인 그 칼의 수집과 그에 대한 주인공의 애착은 일본인 관장으로 대변되는 일본인 골동품 수집가들에게 배운 것이지만(일본인들은 당시 조선의 골동품 수집 붐을 일으킨 장본인이다), 주인공의 옛 문화 유물에 대한 관심과 그 옛 유물에 대한 가치관은 이 작품을 쓰면서 갑자기 형성된 것이 아니다. 앞에서 이미 살펴본 바와 같이 그것은 우여곡절이 많았던 오랜 소설쓰기를 통해 재인식하게 된 그 자신의 문화적 정체성의 인식 문제와 관계 깊다. 그는 이미 조선의 생활 문화, 음식, 옷, 전통적 풍속 속에서 문화적 정체성을 재발견하고 있었다. 이 작품은 이런 맥락에서 이해할 수 있다. 즉 이 작품에 등장하는 '고구려 보검'은 작가 자신의 문화적 정체성, 정신적 뿌리에 대한 하나의 상징이라는 의미를 지닌다. 그 골동품을 타인, 그것도 '일본인'에게 판다는 것은 자신의 정체성 자체를 부정하는 행위나 다름없다. 이효석이 새삼스레 '된장' 이야기를 하면서 '생활 문화 풍토론, 체질론'을 강조하는 것은 그런 맥락에서 이해할 수 있다. "치즈와 된장. 자넨 어느 게 구미에 맞던가? [⋯⋯] 그런 걸 누구한테 배운단 말인가? 체질의 문제네. 풍토의 문제인 거지. 자네들의 그 천박한 모방주의만큼 같잖고 경멸할 만한 건 없다네."

그러나 이 작품이 그것을 읽을 일본인 독자(일본어 해독자)를 염두에 두고 쓴 작품이라는 사실은 주의를 요한다. 그는 자신의 작품이 조선인 아닌 일본인 독자라는 사실을 알고 있고, 더구나 조선어 아닌 일본어로 소설을 쓰고 있다는 사실을 자각하고 있었음이 분명하다. 영서 삼부작과 「하얼빈」과 같은 작품을 통해 볼 때 그는 일본어로 소설을 쓸 수밖에 없는 자신의 처지를 자각하고 있었다. 이런 점에서 이 작품을 보면, 이 보이지 않는 문화적 타자를 통해 자신의 문화적 정체성, 자신의 사상을 조선어로 쓸 때보다 더 분명한 어조로 표현하고 있음을 발견할 수 있다. 그의 평양 시대 작품에서 작가의 사상이 이 작품처럼 분명히 표현된 것은 찾아보기 어렵다. 작중 인물을 통해 표현된 작가의 이 사상은 조선주의, 민족주의라 할 수 있다. 이 사실은 그가 조선어 아닌 일본어로 작품을 쓰면서 자신이 조선인이라는 사실과 조선인으로서의 문화적 정체성을 분명히 드러내고자 했음을 말해준다. 즉 타자(일본인)와의 관계 속에서 그 타자의 문화와 자신 사이의 문화적 차이를 분명히 드러내고 이 차이를 통해 자신의 정체성을 재인식하고자 했던 것으로 이해된다.

조선인 남자와 일본인 여자의 결혼 문제를 다룬 「엉겅퀴의 장」(『國民文學』, 1941)에서도 양자 사이의 '문화적 차이'가 표현된다. 두 사람이 서로 사랑하면서도 끝내 결혼에 이르지 못하는 데는 여러 이유가 있으나, 가장 중요한 것은 양자의 생활과 두 사람의 체질 속에 암암리에 밴 그 문화적 차이 때문이다. 당시 한일 간의 국제 결혼이라는 주제는, 그 당사자인 개인을 넘어서는 문화적인 문제였다. 일제 말기 이른바 '내선일체'를 위해 식민 당국이 양국민 사이의 결혼을 권장했다는 사실에 비추어 보면, 이 주제는 문화적인 수준을 넘어서는 정치적인 이슈라고도 할 수 있다. 보기에 따라서는 아주 껄끄러운 이 문제를 취급하면서, 이효석은 양자의 문화적 차이를 내세워 이 문제를 간단히 처리한다. 결혼에서 전통적 관습을 중시하는 남자의 부친의 반대, 함께 사는 남자 외의 남자를 만나는 여자의 행동 등이 그 결혼의 장애 요소로 등장하지만, 그 근본적 요인은 양쪽(조선인과 일본인)의 생활·관습·문화의 차이에 있음이 드러난다.

또 하나의 단편 「봄옷(春衣裳)」(『週刊朝日』, 1941)은 이 두 작품

보다 가벼운 주제를 다루고 있다. 아름다움 즉 작가의 미의식을 내세우고 있어 이채롭다. 일본 여성도 조선 여성처럼 아름답다, 일본의 전통 옷, 조선의 한복은 모두 아름답다, 일본인의 혈통을 이어받은 여성이 그 한복을 입은 것은 아름답다——이런 식이다. 그래서 여기에 등장하는 인물들은 출신이 다르지만 서로 사이좋게 지내는 것으로 그려진다. 일본 여성의 아름다움은 작품 「송어」에서도 재현되고 있는 문제이다. 그런데 그의 일본어 소설에 등장하는 한복의 아름다움〔美〕은 그의 소설이 이미 발견해놓은 것(「가을」), 즉 자신의 문화적 정체성의 일부를 이루는 것이다. 그는 조선 작가로서 당시의 '식민지 국민문학'에 대해 이렇게 말하고 있다.

새로운 정열을 담은 모든 문학이 훌륭한 국민문학일 것이며, 아무리 시국에 적절한 표어를 나열하거나 부르짖어대거나 할지라도 관조(觀照)가 깊지 못하고 연소(燃燒)가 희박한 것은, 국민문학이라는 명칭을 값하지 못할 뿐이다.[14]

세기의 동향이 그 어떤 것이든 간에 조선 작가에게 주어진 과제는 별수 없이 자기 앞의 현실을 그리는 그것뿐이다.[15]

이효석의 이러한 진술은 양가적이자 이중적이다. '국민문학' 담

---

14 「새로운 국민문예의 길」, 『국민문학』, 1942. 4.
15 「문학과 국민성」, 매일신보, 1942. 3.

론에 참여한다는 것은 그것을 부정할 수 없는 현실로 받아들인다는 뜻이고, 그 담론에 참여하면서 거기서 그 국민문학을 자기식으로 해석하면서 '내선일체론'에 떨어지지 않는 자신의 독특한 '차이'를 만들어낸다는 것은 식민 당국이 요구하는 문학의 길을 걷지는 않겠다는 뜻이다. 여기서 그의 지식과 교양주의는 여전히 빛을 발한다. 이렇게 볼 때 「은은한 빛」은 그의 글쓰기 태도 면에서 이례적인 작품이라 할 수 있다. 그의 사상적 신념, '문화적 조선주의, 민족주의'를 암암리에 표출한 작품이기 때문이다. 이 작품은 그의 문학이 그 안에 어떤 강한 정신, 강직함을 숨기고 있었음을 암시해준다. 그는 다른 작품에서 조선인과 일본인의 결혼 문제를 거듭 다루면서, 양자의 '혈통'이 아닌 '혈액형의 동일성' 문제를 내세우고 있음을 볼 수 있는데(일본어 장편 『초록의 탑』), 이것은 그가 여전히 관변적인 내선일체나 국민문학론과 그 나름대로 일정한 거리를 두고자 했음을 말해준다. 이런 사실은 같은 경성제대 출신이었던 유진오, 최재서의 일제 말기의 문학적 태도와 이효석의 경우를 서로 비교해보면 한층 분명해진다. 이들 모두가 일제 말기에 이르러 문화적 정체성의 위기, 주체의 분열 위기에 직면하게 되지만, 이효석은 다른 작가들에 비해 자신의 문화적 정체성을 비교적 끝까지 수호하고자 했던 작가라는 사실은 충분히 인식되어야 한다. 물론 대부분의 일제 말기 작가들이 그러했듯 그의 작품에도 문화적 정체성의 위기, 양가감정, 식민지 작가로서의 이중 의식 등이 나타나 있다. 그러나 그는 일부 연구자들이 오해하듯, '일제의 파시즘에 동조, 협력했던 작가'는 결코 아니다. 이효석 소설의 지속적 주제의 하나가 바로 식민지 작가의 문화적 정체성의 문제였다는 사실은 재인식되어야 한다.

이효석은 근대 작가의 문화적 정체성이 끝없이 흔들렸던 식민지 시대에 그 문화적 혼란 자체를 소설로 표현하면서 문화적 정체성의 문제를 소설을 통해 지속적으로 모색했던 작가이다. 그의 작품에 나타나는 이방인 의식, 고향 상실감, 사회주의 이념, '구라파주의,' 생활 문화 풍토론, 조선주의 등은, 부분적으로 그 자신의 전기적 사실에서 비롯되는 것이기도 하지만, 크게 보면 경성제대 출신 작가로서 성장하면서 그가 당시에 직면했던 여러 수준의 일본 식민주의 문화와 관계가 깊다. 그가 쓴 여러 소설들은 이 문화적 혼란 속에서 부단히 문화적 정체성을 모색, 탐구하면서 언어를 통해 구성해가는 그 과정을 생생하게 드러내 보여주고 있다는 점에서 주목된다.

이효석 소설의 전개에서 특히 평양 시대의 작품은 중요한 의미를 지니고 있다. 만주 여행 체험과 그곳에서의 견문은 타국의 문화를 통해서 자신의 문화적 처지를 재인식할 수 있는 계기가 되었고, 영서 삼부작은 단절된 기억의 회복과 이를 통한 이방인 의식의 극복과 '집, 땅, 토착 문화'의 재인식을 가능하게 하였다. 이 과정에서 그는 지금까지의 정신적 고향 상실감, 구라파주의에서 벗어나 조선인의 생활 문화의 전통과 공동체의 역사를 재발견, 재인식하게 된다. 「하얼빈」 「메밀꽃 필 무렵」 「개살구」 「산협」 등의 작품, 「가을」에서 「은은한 빛」에 이르는 일제 말기의 일본어 소설들은, 그의 소설쓰기와 문화적 정체성의 탐구의 대응 관계를 이해하는 데 아주 중요한 작품이다. 그가 생애 말기에 쓴 일본어 소설들은 당시 그의 조선어 소설의 연장선상에서 씌어진 것들로서 그 관계는 상호 보완적인 것이다. 이들 작품은 함께 읽을 때 그 의미가 더욱 분명히 드러난다. 일제 말기 그의 이중어 글쓰기 작업에서 일본어 소설이 차지하는 비중은 크다. 일본어 소설을 제외하고서는 그의 문학 전반을 제대로 이해하기 어렵다.

이효석의 소설 『벽공무한』에 등장하는 주인공이 '문화비평가'라는 사실은 동시대의 문화를 비판적인 시선에서 다루기 시작하고 있음을 암시한다. 그는 만주국이라는 타자의 문화를 통해 자신의 문화를 재인식하고자 한다. 그는 자신의 문화론을 정식화한 적이 없다. 그러나 일제 말기에 본격화되는 그의 문화적 상상력의 도달점은 '생활 문화 풍토론, 생활 문화 체질론'이라 할 수 있다. 조선주의, 민족주의와도 상통하는 이런 사유(사상)가 일본어 소설 속에서 비로소 선명한 표현을 얻고 있다는 사실은 주목할 만하다. 그의 일본어 소설들은 문화적 정체성의 혼란과 그 극복 문제를 지속적인 문학적 과제로 삼았던 작가 자신의 오랜 모색의 결실이자, 일제 말기의 신체제와 새로운 문화적 정체성의 위기 속에서 글쓰기를 지속할 수밖에 없었던 그 자신의 정신적 위기의식의 표현이라는 이중적 의미를 지닌다. '국민문학'론의 수용과 거리두기, 일본인과 조선인의 문화적 차이를 부각시키기는 그의 일본어 글쓰기의 중요한 전략이었다. 이효석은 이 전략을 통해 그 자신의 문화적 정체성의 문제를 부단히 표현하면서 그 시대를 견뎌나갔던 것으로 평가된다. 이효석은 식민지 근대 작가의 문화적 정체성의 문제를 글쓰기의 중심 과제로 삼았던, 식민지 근대 작가 중에서 여러모로 문제적인, 중요한 작가이다.

작가 연보

1907년(1세) 2월 23일 강원도 평창군 봉평면 창동리 273번지에서 출생(경성제일고보 학적부). 아버지 이시후(본관 전주), 어머니 강홍경(충주 출신). 이효석 일가의 봉평과의 인연은 그의 조부 대에 가족이 함경도 함주군 동천면(함흥)에서 강원도 봉평 일대로 이주해 살면서 비롯된 것임.

1910년(4세) 부친이 서울에서 교편을 잡고 있어 모친과 함께 서울로 이주.

1912년(6세) 가족과 함께 봉평으로 하향, 서당에 다니며 한문 공부.

1914년(8세) 평창의 평창공립보통학교 입학(4월).

1920년(14세) 평창공립보통학교 졸업(3월), 서울의 경성제일고보(현 경기고 전신)에 입학. 이때 학적부 주소가 평창군 진부면 하진 부리 196번지로 되어 있음. 장남 이우현의 증언으로는 11세 (1917년)에 평창군 진부면으로 이주했다고 함. 오늘날의 진부면 호적에 나타난 하진부리 142번지는 6·25 이후 호적 재정리 때의 착오일 가능성이 있음.

1925년(19세) 처음으로 매일신보에 시「봄」(1. 18), 단편「여인(旅人)」(2. 1) 발표. 경성제일고보 우등으로 졸업(3월), 경성제국대학(현 서울대학교의 전신) 예과 입학(4월), 예과 재학 시 신문 및 교내 잡지에 시, 단편 다수 발표.

1927년(21세) 예과를 거쳐 법문학부 영길리문학과(英吉利文學科, 현재의 영문과)에 진학.

1928년(22세) 단편「도시와 유령」(『조선지광』, 7월)을 발표하면서 동반자 작가로 활동 시작.

1929년(23세) 단편「기우」(『조선지광』, 7월), 「행진곡」(『조선문단』, 6월), 시나리오「화륜(火輪)」(중외일보) 발표.

1930년(24세) 경성제국대학 졸업(3월), 졸업 논문은 "The Plays of J. M. Synge." 단편「깨뜨려지는 홍등」(『대중공론』, 4월), 「추억」(『신소설』, 5월), 「상륙」(『대중공론』, 6월), 「마작철학」(조선일보, 8. 9~8. 20), 「북국사신(北國私信)」(『신소설』, 9월), 「약령기(弱齡記)」(『삼천리』, 9월) 발표.

1931년(25세) 시나리오「출범시대」(동아일보, 3. 3~4. 1), 단편「노령근해」(『대중공론』, 6월) 발표.「도시와 유령」등 8편의 단편소설이 수록된 첫 창작집『노령근해(露領近海)』(동지사, 6월) 발간. 단편「오후의 해조」(『신흥』, 7월), 「프레류드」(『동광』, 12월~1932년 2월) 발표. 함북 경성(鏡城) 출신의 이경원(나진고등여학교 졸업)과 결혼(7월). 일본인 은사의 소개로 총독부 도서

과에 잠시 취직하였다가 그만두고 부인의 고향 함북 경성으로 내려감.

1932년(26세) 단편 「북국점경(北國點景)」 「오리온과 능금」(『삼천리』, 3월) 발표. 함북 경성농업학교에 영어 교사로 취직. 장녀 나미(奈美) 출생.

1933년(27세) 장편 『주리야(朱利耶)』(『신여성』, 3월. 미완) 발표. 이무영 · 유치진 · 김기림 · 이태준 · 정지용 · 조용만 · 김유영 · 이종명과 함께 서울 거주 문인들이 중심이 된 순수문학 단체 구인회(九人會) 창립(8월). 시골에 있던 이효석은 곧 탈퇴(1934년경). 단편 「돈(豚)」(『조선문학』, 10월) 발표.

1934년(28세) 단편 「마음의 의장(意匠)」(매일신보, 1. 3~1. 8), 평론 「낭만, 리얼 중간의 길」(조선일보, 1월), 단편 「일기」(『삼천리』, 11월), 「수난」(『중앙』, 12월) 발표.

1935년(29세) 차녀 유미 출생(2월), 단편 「계절」(『중앙』, 7월), 중편 「성화(聖畵)」(조선일보, 10. 11~10. 31), 단편 「수탉」(『삼천리』, 11월) 발표.

1936년(30세) 단편 「분녀」(『중앙』, 1~2월), 「산」(『삼천리』, 3월), 「들」(『신동아』, 3월), 「천사와 산문시」(『사해공론』, 4월), 수필 「6월에야 봄이 오는 북경성」 발표. 평양 숭실전문학교 교수로 취임(5월). 단편 「인간산문」(『조광』, 7월), 「석류」(『여성』, 8월), 「고사리」(『사해공론』, 9월) 발표. 수필 「청포도의 사상」(조선일보, 9월), 단편 「모밀꽃 필 무렵」(『조광』, 10월), 수필 「고요한 '동'의 밤」(『조광』, 12월) 발표.

1937년(31세) 단편 「낙엽기」(『백광』, 1월), 「성찬(聖餐)」(『여성』, 4월), 평론 「현대적 단편소설의 상모(相貌)」(조선일보, 4월), 단편 「삽화」(『백광』, 6월), 평론 「기교 문제」(동아일보, 6월) 발표. 장남 우현 출생. 수필 「주을(朱乙)의 지협(地峽)」(『조광』, 8월), 단편 「개살구」(『조광』, 10월), 중편 「거리의 목가」(『여성』, 10월 ~1938년 4월), 산문 「나의 수업 시대」(동아일보, 7월) 발표.

1938년(32세) 단편 「장미 병들다」(『삼천리문학』, 1월), 「막(幕)」(동아일보, 5. 5~5. 14), 「공상구락부」(『광업조선』, 9월), 「부록」(『사해 공론』, 9월), 「소라」(『농민조선』, 9월), 「해바라기」(『조광』, 10월), 「가을과 산양(山羊)」(『야담』, 12월), 수필 「낙엽을 태우면서」 (『조선문학독본』, 조선일보사, 12월 간행) 발표.

1939년(33세) 단편 「여수(旅愁)」(『조광』, 1월), 장편 『화분』(『조광』, 1월 연재 시작), 단편 「산정(山精)」(『문장』, 2월) 발표. 단편집 『해 바라기』(학예사, 2월 간행, 문고판, 「돈」 등 단편 8편 수록) 출간. 작품집 『성화(聖畵)』(삼문사, 4월 간행. 「성화」 「개살구」 등 10편 의 소설과 「청포도의 사상」 등 5편의 수필 수록) 출간. 단편 「황 제」(『문장』, 7월), 「향수」(『여성』, 9월) 발표. 장편 『화분』(인문사, 9월) 출간. 단편 「일표(一票)의 공능(功能)」(『인문평론』, 10월), 희곡 「역사(歷史)」(『문장』, 12월) 발표. 「은빛 송어」(『外地評 論』, 2월. 일본어 작품), 「春香傳來演の頃」(『금융조합』, 1월. 일 본어 작품), 「물위」(『금융조합』, 9월. 일본어 작품), 「대륙의 껍 질」(경성일보, 9. 15~9. 19. 일본어 작품), 「북만주 소식」(『朝鮮 及滿洲』, 11월. 일본어 작품). 차남 영주 출생, 숭실전문학교의 폐교로 그 후신인 대동공업전문학교 교수로 취임. 제1차 만주 (중국) 여행(여름).

1940년(34세) 평론 「조선적 성격의 반성」(동아일보, 1월), 「문학 진폭 옹호의 변(辯)」(『조광』, 1월) 발표. 장편 『창공』(매일신보, 1. 25~ 7. 2. 뒤에 『벽공무한』으로 개제) 연재. 산문 「노마(駑馬)의 10년」 (『문장』, 2월), 일문(日文) 단편 「은은한 빛」(일본 잡지 『文藝』, 7월), 단편 「하얼빈」(『문장』, 10월) 발표. 『초록의 탑』(국민신 보, 1. 7~4. 28. 일본어 장편소설), 「주을소묘(朱乙素描)」(『文 化朝鮮』, 1940), 「유도(柳都) 소식」(경성일보, 5월~9월. 일본어 작품). 「一票の功能」(경성일보, 4. 10. 일본어 작품), 「가을(秋)」 (『朝鮮畵報』, 10월. 일본어 소설), 「새로운 것과 낡은 것: 만주 여행 단상」(만주일일신문, 11. 26~11. 27. 일본어 작품). 부인 사망, 뒤이어 차남 영주 사망. 두번째 만주(중국)여행(여름).

1941년(35세) 단편 「라오콘의 후예」(『문장』, 2월), 「산협」(『춘추』, 5월) 발표. 창작집 『이효석 단편선』(박문서관, 5월 간행, 문고판. 「모 밀꽃 필 무렵」 등 9편 수록) 출간. 장편 『벽공무한』(박문서관, 8월) 간행. 일문 단편 「엉겅퀴의 장(章)」(『國民文學』, 11월) 발표. 「봄옷(春衣裳)」(『週刊朝日』, 5. 18. 일본어 작품), 「낭하(廊下) 에서」(『금융조합』, 8월. 일본어 작품).

1942년(36세) 단편 「일요일」(『삼천리』, 1월), 「풀잎」(『춘추』, 1월), 평 론 「문학과 국민성」(매일신보, 3월) 발표. 평양 기림리에서 결 핵성 뇌막염으로 사망(5월 25일). 부친이 강원도 진부면 하진 부리 논골에 매장(부친도 약 1년 후 사망). 「엽서 설문조사, 개인적으로 국어로 문학을 할 때의 신념은?」(『綠旗』, 3월. 일본어 작품), 「겨울여행」(『조광』, 3월. 일본어 작품), 「오월의 하늘」(『신세대』, 5월. 일본어 작품). 유고 단편 「서한」(『조광』, 6월) 발표됨.

1943년 유고 단편 「만보(萬甫)」(『춘추』, 7월), 「황제」(김종한 일역, 『국민문학』, 8월) 발표. 작품집 『황제』(박문서관, 3월 간행, 「향수」 등 작품 6편 수록) 출간. 유고 수필 「수목(樹木)에 관하여」(『朝鮮畵報』, 4월. 일본어 작품).

1959년 서울대학교에서 문리대 문학회 주최로 '효석문학의 밤' 개최 (5월 9일). 『효석전집』(전 5권, 춘조사, 6월) 간행.

1971년 『효석문학전집』(전 5권, 성음사) 간행.

1973년 유족에 의해 하진부리에서 장평리 영동고속도로변으로 묘지 이장(4월).

1980년 영동고속도로변 태기산에 강원도민의 후원으로 '가산 이효석 문학비' 건립.

1983년 장녀 이나미에 의해 『이효석 전집』(전 8권, 창미사, 10월) 간행 (1~7권이 시·소설·희곡·시나리오·수필·평론 등 약 220편에 이르는 이효석의 작품집이고 제8권은 이효석 작품론임).

1998년 장평리 묘소 부근 영동고속도로 확장 공사로 유족에 의해 경기도 파주 공원묘지로 묘지 이장(9월).

1999년 효석문화제 위원회 주최로 봉평에서 제1회 '효석문화제' 개최 (8월 27일).

2000년 평창군 '이효석문학관' 개관(9월 7일).

2003년 『새롭게 완성한 이효석 전집』(전 8권, 창미사) 간행.

2005년 『은빛 송어—이효석 일본어 작품집』(김남극 엮음, 송태욱 옮김, 해토) 간행.

▌작품 목록

1. 시

작품명	발표지	발표 연도
봄	매일신보	1925. 1. 18
겨울 시장	청량 3호	1926. 3. 16
겨울 식탁	〃	1926. 3. 16
겨울 숲	〃	1926. 3. 16
거머리 같은 마음	〃	1926. 3. 16
야시(夜市)	학지광	1926. 5
오후	〃	1926. 5
저녁때	〃	1926. 5
6월의 아침	청량 4호	1927. 1. 31
마을 숲에서	〃	1927. 1. 31
집으로 돌아가자	〃	1927. 1. 31
하나의 미소	〃	1927. 1. 31
빨간 꽃	〃	1927. 1. 31
노인의 죽음	〃	1927. 1. 31
님이여 어디로	문우 5호	1927. 11
살인	〃	1927. 11

2. 단편소설

작품명	발표지	발표 연도
여인(旅人)	매일신보	1925. 2. 1
황야	〃	1925. 8. 2
누구의 죄	〃	1925. 8. 23
나는 말 못 했다	〃	1925. 9. 13
달의 파란 웃음	〃	1926. 1. 1
홍소	〃	1926. 1. 10
맥진(驀進)	〃	1926. 1. 24
심요(心要)	〃	1926. 2. 7
노인의 죽음	〃	1926. 2. 14
가로(街路)의 요술사	〃	1926. 4. 4
주리면……―어떤 생활의 단편	청년 66호	1927. 3
도시와 유령	조선지광 79호	1928. 7
행진곡	조선문예 2호	1929. 6
기우(奇遇)	조선지광 85호	1929. 6
노령근해	조선강단	1930. 1
깨뜨려지는 홍등	대중공론	1930. 4
추억	신소설 3호	1930. 5
상륙	대중공론	1930. 6
마작철학	조선일보	1930. 8. 9~8. 20
약령기(弱齡記)	삼천리	1930. 9
북국사신(北國私信)	신소설 5호	1930. 9
하얼빈	삼천리	1930. 9
오후의 해조(諧調)	신흥 5호	1931. 7
북국통신	삼천리	1931
프레류드	동광 28~30호	1931. 12~1932. 2
북국점경(北國點景)	삼천리	1932. 3
오리온과 능금(林檎)	〃	1932. 3
6월에 피는 능금꽃	삼천리 34호	1933. 1
돈(豚)	조선문학 3호	1933. 10

작품명	발표지	발표 연도
수탉	삼천리	1933. 11
가을의 서정 (1941년 博文書館 판『이효석 단편선』 수록 시「독백」으로 개제)	〃	1933. 12
마음의 의장(意匠)	매일신보	1934. 1. 3~1. 8
일기	삼천리 56호	1934. 11
수난	중앙 14호	1934. 12
풍토기(風土記) ("부득이한 사정으로 게재치 못함"이 라는 社告만 나와 있음)	개벽	1934. 12
돈(재수록)	삼천리 60호	1935. 3
성수부(聖樹賦)	조선문단 24호	1935. 7
계절	중앙 제3권 제6호	1935. 7
성화(聖畵)	조선일보	1935. 10. 11~10. 31
데생	〃	1935. 12. 25
산	삼천리 69호	1936. 1
분녀(粉女)	중앙	1936. 1~2
들	신동아 53호	1936. 3
천사와 산문시	사해공론 12호	1936. 4
인간산문	조광	1936. 7
석류	여성 5호	1936. 8
고사리	사해공론 17호	1936. 9
모밀꽃 필 무렵	조광 12호	1936. 10
낙엽기	백광 1호	1937. 1
노령근해(재수록)	사해공론 22호	1937. 2
성찬(聖餐)	여성 13호	1937. 4
마음에 남는 풍경	조선문학 속간 10호	1937. 5
삽화	백광 6호	1937. 6
개살구	조광	1937. 10
거리의 목가	여성 19~25호	1937. 10~1938. 4
장미 병들다	삼천리문학 1호	1938. 1

작품명	발표지	발표 연도
겨울 이야기	동아일보	1938. 3
막(전 6회)	〃	1938. 5. 5~5. 14
공상구락부	광업조선	1938. 9
부록	사해공론	1938. 9
영라(蜻蛉)	농민조선	1938. 9
해바라기	조광	1938. 10
가을과 산양	야담 36호	1938. 12
화분(花粉)	조광	1939. 1~
산정(山精)	문장 1호	1939. 2
황제	문장 증간호 7호	1939. 7
향수(鄕愁)	여성 42호	1939. 9
일표(一票)의 공능(功能)	인문평론 1호	1939. 10
사냥	미상	
여수(旅愁)(전 20회)	동아일보	1939. 11. 29~12. 28
은빛 송어(일본어 소설)	외지평론	1939. 2
괴로운 길	삼천리	1940. 7
은은한 빛(일본어 소설)	문예(일본 잡지)	1940. 7
소복과 청자(일본어 소설)	미상	
하얼빈	문장 19호	1940. 10
秋(일본어 소설)	조선화보	1940. 10
라오콘의 후예	문장 23호	1941. 2
산협	춘추 4호	1941. 5
春衣裳(일본어 소설)	주간조일	1941. 5. 18
엉겅퀴의 장(章)(일본어 소설)	국민문학 1호	1941. 11
일요일	삼천리	1942. 1
풀잎	춘추 12호	1942. 1
황제(김종한의 일역)	국민문학 9호	1942. 8
만보(萬甫)	춘추 30호	1943. 7

3. 장편소설

작품명	발표지	발표 연도
주리야(朱利耶) (미완성)	신여성	1933. 4
화분(花粉)	인문사	1939
綠の塔(일본어 소설)	국민신보	1940. 1. 7~4. 28
창공 (총 148회 연재, 1941년 단행본으로 간행 시 『벽공무한』으로 개제)	매일신보	1940. 1. 25~7. 28
벽공무한	박문서관	1941

4. 작품집

책제목	발행처	발행 연도
노령근해 (도시와 유령, 기우, 행진곡, 추억, 북국점경, 노령근해, 상륙, 북국사신 등 8편 수록 단편집)	동지사	1931
해바라기 (돈, 삽화, 수난, 장미 병들다, 신정, 막, 부록, 해바라기 등 8편 수록 단편집)	학예사	1939. 2. 9
성화	삼문사	1939
이효석 단편선	박문서관	1941
황제 (향수, 산정, 일표의 공능, 황제, 역사, 여수 등 6편 수록 단편집)	박문서관	1943

5. 희곡 · 시나리오

작품명	발표지	발표 연도
역사(희곡)	문장	1939. 12
화륜(火輪)	중외일보	1929
출범시대	동아일보	1931. 2. 28~4. 1
애련송(哀戀頌) (평양 해락관에서 상영)		

6. 수필 · 평론

작품명	발표지	발표 연도
신년삼원(新年三願)—1930년도 문단 에 대한 희망과 건의	조선강단 3호	1930. 1
시나리오에 관한 술어	동아일보	1930. 2. 24~2. 25
포부고 말고	대중공론	1930. 3
존 밀링턴 싱의 극 연구	〃	1930. 3
「깨뜨려지는 홍등」의 평을 읽고	중외일보	1930. 4. 23~4. 24
서점에 비친 도시의 일면상	조선일보	1930. 11. 14
초설(初雪)	해방	1931. 1
과거 1년간의 문예	동광	1931. 12
첩첩자(喋喋子)를 질타함—비판 신년호 소재 '문단일침(文壇一針)' 일부에 나타난 이갑기군의 과민을 적고(摘告)함	비판 10호	1932. 2
3일간	삼천리	1932. 5
소포클레스로부터 고리키까지	조선일보	1933. 1. 26~1. 27
무풍대—문인의 이십 시대 회상 중	삼천리	1933. 3
북위 42도	매일신보	1933. 6. 3
최정희씨에게, 장덕조씨에게	〃	1933. 6. 3
'리얼' · 꿈—문학수첩 1, 2	〃	1933. 8. 31~9. 1
묘사 · 관념—문학수첩 3, 4, 5	〃	1933. 9. 2~5

작품명	발표지	발표 연도
단상의 가을	동아일보	1933. 9. 20
창작 활동의 왕성과 비평의 천재를 대망	조선일보	1933. 10. 4
낭만 · 리얼 · 중간의 길	〃	1934. 1. 13
이등변삼각형의 경우	월간매신	1934. 9
두 처녀상	〃	1934. 9
근독단평(近讀短評)	중앙	1934. 9
설화체와 생활의 발명	조선중앙일보	1935. 7. 12
여름 삼제(三題)	중앙	1935. 8
작품 해부도—추등독서(秋燈讀書)	조선일보	1935. 9. 18
즉실주의의 길로—민족문학이냐 계급문학이냐	삼천리	1935. 10
지협(地峽)의 가을 —전람회/이국촌/산식당	조선일보	1935. 10. 5~10. 18
12월과 나	학등	1935. 12
산양(인생 스케치)	동아일보	1936. 1. 11
내가 꾸미는 여인—순진한 정미(情美)를 느끼게 하는 '블랑슈' 급의 여인	조광	1936. 2
북국춘신(상 · 중 · 하)—이야기의 빈곤/시절의 빈곤/빈곤 속의 준비	동아일보	1936. 3. 19~3. 21
발발이	중앙	1936. 4
6월에야 봄이 오는 북경성의 춘정	조광 제2권 제4호	1936. 4
소재의 빈곤	조선문학	1936. 5
바다로 열린 녹대(綠帶) —그리운 녹향(綠鄕)	동아일보	1936. 6. 24
제작과 시절	신동아 56호	1936. 6
동해의 여인(麗人)	신동아	1936. 7
모기장	중앙	1936. 7
뛰어들 수 없는 거울 속 세계	조선일보	1936. 7. 10
수상록	조선문학	1936. 8

작품명	발표지	발표 연도
그때 그 항구의 밤—C항의 일착	조광	1936. 8
생활과 화단(花壇)	조선일보	1936. 8. 26
상송 도토오느	조광	1936. 9
청포도의 사상	조선일보	1936. 9. 29
처녀해변의 결혼	여성	1936. 9
가을의 탐승처(探勝處)	조광	1936. 10
사랑하는 까닭에—에게 보내는 글발	여성	1936. 10
생활의 기록—바다로 간 동무에게	조광	1936. 10
근실한 편집 내용—창간 1주년 기념 각계 각사의 축사	〃	1936. 11
영서(嶺西)의 기억	〃	1936. 11
고요한 '동'의 밤	〃	1936. 12
전원교향곡의 밤	여성	1936. 12
출세작의 로맨스—실없는 출발	풍림	1936. 12
나의 10년 계획	조광	1937. 1
사온사상(四溫肆想)	조선일보	1937. 2. 17~2. 20
인생관	조광	1937. 3
남창영양(南窓迎陽)	〃	1937. 4
호텔 부근	사해공론	1937. 4
화춘의장(花春意匠)	조선일보	1937. 5. 4~5. 8
쇄사(鎖事)	백광 5호	1937. 5
에돔의 포도송이	여성	1937. 5
기교 문제	동아일보	1937. 6. 5
시를 찾는 마음	조선문학	1937. 6
나의 수업 시대 —작가의 올챙이 때 이야기	동아일보	1937. 7. 25~7. 29
인물보다 자연이 나를 더 반겨주오	〃	1937. 7. 30
늪의 신비	조광	1937. 7
주을(朱乙)의 지협	〃	1937. 8
해초 향기 품은 청춘의 태풍	동아일보	1937. 8

작품명	발표지	발표 연도
관북의 평야는 황소 가슴 같소	동아일보	1937. 8. 8
마치 빈민굴에 사는 심정	조선일보	1937. 8. 18
인물 있는 가을 풍경	조광	1937. 9
구도 속의 가을(상·하)	동아일보	1937. 10. 17~10. 19
지성 옹호와 작가의 교양—평론가 대 작가 일문일답 중 박치우와	조선일보	1938. 1. 1
나의 10년 계획	조광	1938. 1
내 집의 화분—국화분	〃	1938. 1
작가 단편 자서전	삼천리문학	1938. 1
미른의 아침	〃	1938. 1
남방 비행 기타	삼천리	1938. 1
건강한 생명력의 추구—비속하게 감상함은 독자의 허물	조선일보	1938. 3. 6
현대적 단편소설의 상모(相貌) —진실의 탐구와 시의 경지	〃	1938. 4. 7~4. 9
채롱—시골/소설/영화/우유/향연	〃	1938. 4. 28~5. 5
시를 찾는 마음	〃	1938. 6
서구 정신과 동방 정취—육체문학의 전통에 대하여(상·하)	〃	1938. 7. 31~8. 2
단편소설—문화 강좌	조광	1938. 8
문사가 말하는 명영화	삼천리	1938. 8
금년은 무방도—우리 집 척서법(滌署法)	여성	1938. 8
스크린의 여왕에게 보내는 편지 —Miss 다니엘 다류	조광	1938. 9
일기 일절	동아일보	1938. 9. 16
들	조선문인전집	1938. 9
임학수(林學洙) 신저(新著) —팔도풍물시집	조선일보	1938. 10. 16
낙엽을 태우면서	조선문학독본 (조선일보사 발행)	1938. 12

작품명	발표지	발표 연도
낙랑다방기(樂浪茶房記)	박문 3호	1938. 12
문운 융성의 변	조광	1939. 1
포화된 배열	〃	1939. 1
수선화	여성	1939. 1
서책 추천	〃	1939. 4
鳥と花(日)	국민신보	1939. 4. 3
인물 시험	매일신보	1939. 4. 4
만습기(晚習記)	〃	1939. 5. 19
느티나무 아래—김동인씨에게	여성	1939. 5
유경식보(柳京食譜)	〃	1939. 6
학생에게 추천하는 서적	학우구락부	1939. 7. 1
내 소년 시대의 꿈 —나는 무엇이 되려 했나	조광	1939. 8
마리아 막달라	매일신보	1939. 8. 3
소하일기(銷夏日記)	〃	1939. 8. 7~8. 10
상하의 윤리	문장 제1권 제8호	1939. 9
大陸の皮(日)	경성일보	1939. 9. 15~9. 19
외국 문학 전공의 변 2 —새로운 방법과 계시를	동아일보	1939. 10. 29
첫 고료—작가 생활의 회고	박문 12호	1939. 10
야과찬(野果讚)	매일신보	1939. 10
고도기(古陶器)	조선일보	1939. 11. 7
애완	〃	1939. 11. 8
애상(哀傷)	〃	1939. 11. 9
R의 소식	조광 49호	1939. 11
북만주 소식(日)	朝鮮及滿洲	1939. 11
창작 여담—「화분」을 쓰고	인문평론 제1권 제3호	1939. 12
금년의 수확	조광	1939. 12
조선적 성격의 반성—연두송	동아일보	1940. 1. 9

작품명	발표지	발표 연도
신년 연두서	조광	1940. 1
문학 진폭 옹호의 변	조광 52호	1940. 1
계절의 낙서	신세기	1940. 1
이성 간의 우정	여성	1940. 2
노마(駑馬)의 10년	문장 제2권 제2호	1940. 2
괴로운 길	삼천리	1940. 7
산협의 시	조선일보	1940. 7. 30
화초	인문평론	1940. 8
화초	조광	1940. 9
조선문학상을 준다면	〃	1940. 9
오식(誤植)	박문 20	1940. 9
서울 개조안	삼천리	1940. 10
新しさと古さ(日)	만주일일신문	1940. 11. 26~11. 27
「화분」과 「창공」	조광	1940. 12
주을 가는 길에	삼천리	1940. 12
신체제하의 여(余)의 문학 활동 방침 —국민의 마음 훈련 과정	〃	1941. 1
유진오 작 「봄」	인문평론 14호	1941. 1
한식일	신세기 제3권 제3호 27	1941. 6
명작 읽은 작가 감회 —북경호일(北京好日)	삼천리	1941. 7
초향암(草香庵)으로	〃	1941. 7
녹음의 향기(장미/사랑/소설)	조광	1941. 8
비상(非常)의 추(秋)와 나의 독서	매일신보	1941. 9. 7
사랑의 판도(版圖)	춘추	1941. 11
소요(逍遙)	삼천리	1941. 12
생활과 창조	매일신보	1942. 1. 30
세월—작금 인물 왕래	조광	1942. 1
문학과 국민성—한 개의 문학적 각서	매일신보	1942. 3. 3~3. 6

작품명	발표지	발표 연도
冬の旅(日)	조광	1942. 3
新しい國民文學の道は—私はかう 考へている(日)	국민문학	1942. 4
독서	춘추	1942. 5
五月の空(日)	신세대	1942. 5
풍년가 보던 날 밤—전시 작가 일기	대동아	1942. 5
서한	조광 80호	1942. 6
화초	신천지 19호	1947. 9
내가 지금 중학생이라면?	미상	
'미라구리'의 노래—오월의 불만(상)	동아일보	미상
강의 유혹—오월의 불만(하)	〃	미상

7. 설문 및 좌담회

작품명	발표지	발표 연도
1935 연두(年頭) 문답록	중앙	1935. 1
산타클로스는 무엇을 가져오나	여성	1936. 12
평양 문인 좌담회	백광 1호	1937. 1
현대작가 창간 고심 합담회	사해공론	1937. 1
문인과 여성·문인과 부부	여성	1937. 2
5개 항의 문답	조광	1937. 2
5개 항의 설문	〃	1937. 3
설문 1, 2, 3	〃	1938. 6
만문만답(漫問漫答)	〃	1939. 1
만문만답	〃	1939. 2
선생께서는 신여성과 구여성을 무엇으로 구별하시렵니까	여성	1939. 3
내 지방의 특색을 말하는 좌담회 —평양 편(효석은 대동강전 교수 자격으로 참석)	조광	1939. 3

작품명	발표지	발표 연도
서책 추천	여성	1939. 4
여백 문답	조광	1940. 2
여백 문답	〃	1940. 4
신문소설과 작가의 태도	〃	1940
여백 문답	〃	1940. 8
今後如何に書くべきか(日)	국민문학	1942. 1

8. 번역물

작품명	발표지	발표 연도
밀항자 1, 2(케럴드 와코니시 작)	현대평론	1927. 9~
기원후 비너스	신흥 3호 (曉晳 필명 사용)	1930. 4

* 이 목록은 『새롭게 완성한 이효석 전집 7』(창미사, 2003) 권말의 작품 목록을 참고하여 작성했으며, 여기에 누락된 소설 작품은 보완하였음.

** 이효석의 일본어 작품은 大村益夫, 布袋敏博 엮음, 『근대조선문학일본어작품집』(전 9권, 東京: 綠陰書房, 2001)에 수록되어 있으며, 최근 그 대표작을 번역한 『은빛 송어 — 이효석 일본어 작품집』(김남극 엮음, 송태욱 옮김, 해토, 2005)이 간행되었음.

참고 문헌

강유정, 「환멸의 이율배반—이효석론」, 『현대문학』, 2007. 2(이효석 탄생 100주년 특집).

김윤식, 「병적 미의식의 양상—이효석의 경우」, 『한국근대문학사상 비판』, 일지사, 1978.

──────, 『일제 말기 한국 작가의 일본어 글쓰기론』, 서울대 출판부, 2004.

김윤식 · 정호웅, 『한국소설사』, 문학동네, 2000.

방민호, 「자연과 자연 쪽에서 조명한 사회와 역사—이효석 소설에 나 타난 공간의 새로운 음미」, 탄생 100주년 기념 문학제 심포지 엄 자료집, 대산문화재단, 2007. 5.

백지혜, 「이효석 소설에 나타난 '여행'의 의미 연구」, 서울대 석사학위 논문, 2002.

서준섭, 『한국 모더니즘 문학 연구』, 일지사, 1988.

서준섭, 「이효석 소설에 나타난 고향과 근대의 의미」, 『한국 근대문학과 사회』, 월인, 2000.

유종호 엮음, 『이효석』, 지학사, 1985.

윤대석, 「1940년대 국민문학 연구」, 서울대 박사학위 논문, 2006.

─── , 『식민지 국민문학론』, 역락, 2006.

이경훈, 「하르빈의 푸른 하늘, 『벽공무한』과 대동아공영」, 『문학 속의 파시즘』, 삼인, 2001.

이상옥, 『이효석─문학과 생애』, 민음사, 1992.

─── , 「이효석의 일어 작품들」(해설), 김남국 엮음, 송태욱 옮김, 『은빛 송어─이효석 일본어 작품집』, 해토, 2005.

이주형, 「일제 강점시대 말기 소설의 현실 대응 양상」, 『한국 근대소설 연구』, 창작과비평사, 1995.

이혜경, 「「산협」 연구」, 『현상과 인식』, 1981년 봄호.

임종국, 「이효석론」, 『친일문학론』, 평화출판사, 1966.

정명환, 「이효석 또는 위장된 순응주의」, 『한국 작가와 지성』, 문학과지성사, 1978.

정한모, 『현대작가연구』, 범조사, 1959.

조남현, 「유진오와 이효석의 거리」, 『한국현대문학사상논구』, 서울대 출판부, 1999.

호테이 도시히로, 「일제 말기 일본어 소설 연구」, 서울대 석사학위 논문, 1996.

홍재범, 「이효석 소설 연구」, 서울대 석사학위 논문, 1994.

한국문학전집을 펴내며

오늘의 한국 문학은 다양한 경험과 자산에서 비롯된 것이지만, 그중에서도 우리 앞선 세대의 문학 작품에서 가장 큰 유산을 물려받고 있다. 그럼에도 우리는 가끔 우리의 문학 유산을 잊거나 도외시한다. 마치 그것 없이는 살아갈 수 없는 소중한 물을 쉽게 잊고 사는 것처럼 그동안 우리는 우리가 이루어놓은 자산들을 너무 쉽게 잊어버리고 있었는지도 모르겠다. 인기 있는 외국 작품들이 거의 동시에 번역 출판되고, 새로운 기획과 번역으로 전 세계의 문학 작품들이 짜임새 있게 출판되고 있는 요즈음, 정작 한국 문학 작품들을 체계적으로 정리하지 못하고 있었다는 점을 최근에 우리는 깊이 반성하게 되었다. 그리고 이러한 때늦은 반성을 곧바로 '한국문학전집'을 기획하는 힘으로 전환하였다.

오늘의 시점에서 '한국문학전집'을 기획한다는 것은, 우선 그동안 양적으로나 질적으로 괄목할 만한 수준에 이른 한국 문학 연구 수준을 반영하는 새로운 시각이 전제되어야 할 것이다. 그리고 '우리 것을 지키자'는 순진한 의도에서가 아니라, 한국 문학이 바로 세계 문학이 되는 질적 확장을 위해, 세계 문학 속에서의 한국 문학의 정체성을 찾는 일을 간과해서는 안 될 것이다.

이번 기획에서 우리가 가장 크게 신경 썼던 점은 크게 두 가지이다. 하나는, 그동안 거의 관습적으로 굳어져왔던 작품에 대한 천편일률적인 평가를 피하고 그동안의 평가에 대한 비판적 평가와 더불어 새로운 평가로 인한 숨은 작품의 발굴이었다. 그리하여 한국 문학사를 시기별로 구분하여 축적된 연구 성과들 위에서 나름대로 중요한 작품들을 선별하는 목록 작업에 가장 큰 공을 들였다. 나머지 하나는, 그동안 여러 상이한 판본의 난립으로 인해 원전 텍스트가 침해되고 있는 심각한 상황을 고려하여 각각의 작가에게 가장 뛰어난 연구자들을 초빙하여 혼신을 다해 원전 텍스트를 확정하였다는 점이다.

장구한 우리 문학사의 주옥같은 작품들을 한자리에 모아, 세대를 넘고 시대를 넘어 그 이름과 위상에 값할 수 있는 대표적인 한국문학전집을 내놓는다. 이번에 출간되는 한국문학전집은 변화된 상황과 가치를 반영하는 내실 있고 권위를 갖춘 내용으로 꾸며질 것이며, 우리 문학의 정본 전집으로서 자리매김해 한국 문학의 전통을 계승하고 발전시키는 데 기여하고자 한다. 이 기획이 한국 문학의 자산들을 온전하게 되살려, 끊임없이 현재성을 가지는 살아 있는 작품들로, 항상 독자들의 옆에 있게 되기를 기대한다.

㈜문학과지성사

01 감자 김동인 단편선

최시한(숙명여대) 책임 편집

수록 작품 약한 자의 슬픔 / 배따라기 / 태형 / 눈을 겨우 뜰 때 / 감자 / 광염 소나타 / 배회 / 발가락이 닮았다 / 붉은 산 / 광화사 / 김연실전 / 곰네

극단적인 상황과 비극적 운명에 빠진 인물 군상들을 냉정하게 서술해낸 한국 근대 단편 문학의 선구자 김동인의 대표 단편 12편 수록. 인간과 환경에 대한 근대적 인식을 빼어난 문체와 서술로 형상화한 김동인의 주옥같은 작품들을 만날 수 있다.

02 탈출기 최서해 단편선

곽근(동국대) 책임 편집

수록 작품 고국 / 탈출기 / 박돌의 죽음 / 기아와 살육 / 큰물 진 뒤 / 백금 / 해돋이 / 그믐밤 / 전아사 / 홍염 / 갈등 / 먼동이 틀 때 / 무명초

식민 치하 빈궁 문학을 대표하는 최서해의 단편 13편 수록. 식민 치하의 참담한 사회적 현실을 사실적으로 전해주는 작품들. 우리 민족의 궁핍한 현실에 맞선 인물들의 저항 정신과 민족 감정의 감동과 울림을 전한다.

03 삼대 염상섭 장편소설

정호웅(홍익대) 책임 편집

우리 소설 가운데 서울말을 가장 풍부하게 살려 쓴 작품이자, 복합성 · 중층성의 세계를 구축하여 한국 근대 장편소설의 대표작으로 꼽히는 염상섭의 『삼대』. 1930년대 서울의 중산층 가족사를 통해 들여다본 우리 근대의 자화상이다.

04 레디메이드 인생 채만식 단편선

한형구(서울시립대) 책임 편집

수록 작품 논 이야기 / 레디메이드 인생 / 미스터 방 / 민족의 죄인 / 치숙 / 낙조 / 쑥국새 / 당랑의 전설

역설과 반어의 작가 채만식의 대표 단편 8편 수록. 1920~30년대의 자본주의적 현실 원리와 민중의 삶을 풍자적으로 포착하는 데 탁월했던 채만식. 사실주의와 풍자의 절묘한 조합으로 완성한 단편 문학의 묘미를 즐길 수 있다.

05 비 오는 길 최명익 단편선

신형기(연세대) 책임 편집

수록 작품 폐어인 / 비 오는 길 / 무성격자 / 역설 / 봄과 신작로 / 심문 / 장삼이사 / 맥령

시대를 앞섰던 모더니스트 최명익의 대표 단편 8편 수록. 병과 죽음으로 고통받는 인물 군상들을 통해 자신이 예감한 황폐한 현대의 징후를 소설화한 작가 최명익. 너무나 현대적이어서, 당시에는 제대로 평가받을 수 없었던 탁월한 단편소설들을 만난다.

06 사하촌 김정한 단편선

강진호(성신여대) 책임 편집

수록 작품 그물 / 사하촌 / 항진기 / 추산당과 곁사람들 / 모래톱 이야기 / 제3병동 / 수라도 / 인간단지 / 위치 / 오끼나와에서 온 편지 / 슬픈 해후

리얼리즘 문학과 민족 문학을 대표하는 김정한의 대표 단편 11편 수록. 민중들의 삶을 통해 누구보다 먼저 '근대화의 문제'를 문학적으로 제기하고 예리하게 포착한 작가 김정한의 진면목을 본다.

07 무녀도 김동리 단편선

이동하(서울시립대) 책임 편집

수록 작품 화랑의 후예 / 산화 / 바위 / 무녀도 / 황토기 / 찔레꽃 / 동구 앞길 / 혼구 / 혈거부족 / 달 / 역마 / 광풍 속에서

한국적이고 토착적인 전통 세계의 소설화에 앞장선 김동리의 초기 대표작 12편 수록. 민중의 삶 속에 뿌리 내린 토착적 전통의 세계를 정확한 묘사와 풍부한 서정으로 형상화했던 김동리 문학 세계를 엿본다.

08 독 짓는 늙은이 황순원 단편선

박혜경(인하대) 책임 편집

수록 작품 소나기 / 별 / 겨울 개나리 / 산골 아이 / 목넘이마을의 개 / 황소들 / 집 / 사마귀 / 소리 / 닭제 / 학 / 필묵장수 / 뿌리 / 내 고향 사람들 / 원색오똑이 / 곡예사 / 독 짓는 늙은이 / 황노인 / 늪 / 허수아비

한국 산문 문제의 모범으로 평가되는 황순원의 대표 단편 20편 수록. 엄격한 지적 절제와 미학적 균형으로 함축적인 소설 미학을 완성시킨 작가 황순원. 극적인 사건 전개 대신 정적이고 서정적인 울림의 미학으로 깊은 감동을 전한다.

09 만세전 염상섭 중편선

김경수(서강대) 책임 편집

수록 작품 만세전 / 해바라기 / 미해결 / 두 출발

한국 근대 소설의 기념비적 작품인「만세전」, 조선 최초의 여류화가인 나혜석의 삶을 소설화한「해바라기」, 그리고 식민지 조선의 현실을 담아내고 나름의 저항의식을 형상화하기 위한 소설적 수련의 과정을 단적으로 보여주는「미해결」과「두 출발」수록. 장편소설의 작가로만 알려진 염상섭의 독특한 소설 미학의 세계를 감상한다.

10 천변풍경 박태원 장편소설

장수익(한남대) 책임 편집

모더니스트 박태원이 펼쳐 보이는 1930년대 서울의 파노라마식 풍경화. 근대 자본주의 사회의 이데올로기와 일상성에 대한 비판에 몰두하던 박태원 초기 작품의 모더니즘 경향과 리얼리즘 미학의 경계를 넘나드는 역작. 식민지라는 파행적 상황에서 기형적으로 실현되던 근대화의 양상을 기층 민중의 생활에 초점을 맞춰 본격화한 작품이다.

11 태평천하 채만식 장편소설

이주형(경북대) 책임 편집

부정적인 상황들이 난무하는 시대 현실을 독자적인 문학적 기법과 비판의식으로 그려냄으로써 '문학적 미'를 추구했던 채만식의 대표작. 판소리 사설의 반어, 자기 폭로, 비유, 과장, 희화화 등의 표현법에 사투리까지 섞은 요설로, 창을 듣는 듯한 느낌과 재미를 선사하는 작품. 세태풍자소설의 장을 열었던 채만식이 쓴 가족사소설의 전형에 해당한다.

12 비 오는 날 손창섭 단편선

조현일(홍익대) 책임 편집

수록 작품 공휴일 / 사연기 / 비 오는 날 / 생활적 / 혈서 / 피해자 / 미해결의 장 / 인간동물원초 / 유실몽 / 설중행 / 광야 / 희망 / 잉여인간 / 신의 희작

가장 문제적인 전후 소설가 손창섭의 대표 단편 14작품 수록. 병적이고 불구적인 인간 군상들을 통해 전후 사회 현실에서의 '절망'의 표현에 주력했던 손창섭. 전쟁 그리고 전쟁 이후의 비일상적 사태를 가장 근원적인 차원에서 표현한 빼어난 작품들을 선별했다.

13 등신불 김동리 단편선

이동하(서울시립대) 책임 편집

수록 작품 인간동의 / 흥남철수 / 밀다원시대 / 용 / 목공 요셉 / 등신불 / 송추에서 / 까치 소리 / 저승새

「무녀도」의 작가 김동리가 1950년대 이후에 내놓은 단편 9편 수록. 전기 작품에 이어서 탁월한 문체의 매력, 빈틈없는 구성의 묘미, 인상적인 인물상의 창조, 인간에 대한 깊이 있는 통찰이라는 김동리 단편의 미학을 다시 한 번 경험할 수 있는 기회이다.

14 동백꽃 김유정 단편선

유인순(강원대) 책임 편집

수록 작품 심청 / 산골 나그네 / 총각과 맹꽁이 / 소낙비 / 솥 / 만무방 / 노다지 / 금 / 금 따는 콩밭 / 떡 / 산골 / 봄·봄 / 안해 / 봄과 따라지 / 따라지 / 가을 / 두꺼비 / 동백꽃 / 야앵 / 옥토끼 / 정조 / 땡볕 / 형

고단한 삶을 살아가는 순박한 촌부에서 사기꾼에 이르기까지 다양한 삶의 모습을 문학 속에 그대로 재현한 김유정의 주옥같은 단편 23편 수록. 인물의 토속성과 해학성, 생생한 삶의 언어와 우리 소리, 그 속에 충만한 생명감을 불어넣은 김유정 문학의 정수를 맛본다.

15 소설가 구보씨의 일일 박태원 단편선

천정환(성균관대) 책임 편집

수록 작품 수염 / 낙조 / 소설가 구보씨의 일일 / 애욕 / 길은 어둡고 / 거리 / 방란장 주인 / 비량 / 진통 / 성탄제 / 골목 안 / 음우 / 재운

한국 소설사상 가장 두드러진 모더니즘 작품으로 인정받는 「소설가 구보씨의 일일」을 비롯한 박태원의 대표 단편 13편 수록. 한글로 씌어진 가장 파격적이고 실험적인 작품으로 주목 받은 박태원. 서울 주변부 중산층의 삶이라는 자기만의 튼실한 현실 공간을 구축하여 새로운 소설 기법과 예술가소설로서의 보편성을 획득한 작품들이다.

16 날개 이상 단편선

김주현(경북대) 책임 편집

수록 작품 12월 12일 / 지도의 암실 / 지팡이 역사 / 황소와 도깨비 / 공포의 기록 / 지주회시 / 동해 / 날개 / 봉별기 / 실화 / 종생기

근대와 맞닥뜨린 당대 식민지 조선의 기념비요 자화상 역할을 하는 이상의 대표 단편 11편 수록. '천재'와 '광인'이라는 꼬리표와 함께 전위적이고 해체적인 글쓰기로 한국의 모더니즘 문학사를 개척한 작가 이상. 자유연상, 내적 독백 등의 실험적 구성과 문체로 식민지 근대와 그것에 촉발된 당대인의 내면을 예리하게 포착해낸 이상의 문제작들을 한데 모았다.

17 흙 이광수 장편소설

이경훈(연세대) 책임 편집

한국 최초의 근대 장편소설 『무정』을 발표하면서 한국 소설 문학의 역사를 새롭게 쓴 이광수. 『흙』은 이광수의 계몽 사상이 가장 짙게 깔린 작품으로 심훈의 『상록수』와 함께 한국 농촌계몽소설의 전위에 속한다. 한국 근대 문학사상 가장 많이 연구되고 있는 작가의 대표작답게 『흙』은 민족주의, 계몽주의, 농민문학, 친일문학, 등장인물론, 작가론, 문학사 등의 학문적·비평적 논의의 중심에 있는 작품이다.

18 상록수 심훈 장편소설

박헌호(성균관대) 책임 편집

이광수의 장편 『흙』과 더불어 한국 농촌계몽소설의 쌍벽을 이루는 『상록수』. 심훈의 문명(文名)을 크게 떨치게 한 대표작이다. 1930년대 당시 지식인의 관념적 농촌 운동과 일제의 경제 침탈사를 고발·비판함으로써, 문학이 취할 수 있는 현실 정세에 대한 직접적인 대응 그리고 극복의 상상력이란 두 가지 요소를 나름의 한계 속에서 실천해냈고, 대중적으로도 큰 호응을 불러일으킨 작품이다.

19 무정 이광수 장편소설

김철(연세대) 책임 편집

20세기 이래 한국인이 가장 많이 읽고 가장 자주 출간돼온 작품, 그리고 근현대 문학 가운데 가장 많이 연구의 대상이 된 작가 이광수의 대표작 『무정』. 씌어진 지 한 세기가 가까워오도록 여전히 읽히고 있고 또 학문적 논쟁의 중심에 서 있는 『무정』을 책임 편집자의 교정을 충실하게 반영한 최고의 선본(善本)으로 만난다.

20 고향 이기영 장편소설

이상경(KAIST) 책임 편집

'프로문학의 정점'이자 우리 근대 문학사의 리얼리즘의 확립을 결정적으로 보여주는 이기영의 『고향』. 이기영은 1920년대 중반 원터라는 충청도의 한 농촌 마을을 배경으로 봉건 사회의 잔재를 지닌 채 식민지 자본주의화가 진행되어가는 우리 근대 초기를 뛰어난 관찰로 묘사한다. 일제 식민 치하 근대화에 대한 문학적·비판적 성찰과 지식인의 고뇌를 반영한 수작이다.

21 까마귀 이태준 단편선

김윤식(명지대) 책임 편집

수록 작품 불우 선생／달밤／까마귀／장마／복덕방／패강랭／농군／밤길／토끼 이야기／해방 전후

'한국 근대소설의 완성자' '단편문학'의 명수. 이태준은 우리 근대 문학의 전개 과정에서 결코 간과할 수 없는 역할을 담당했던 작가 가운데 한 사람이다. 문학의 자율성과 예술성을 상실하지 않으면서도 현실 문제에 각별한 관심을 보여주었던 그의 단편은 한국소설사에서 1930년대를 대표하는 것으로 인정받고 있다.

22 두 파산 염상섭 단편선

김경수(서강대) 책임 편집

수록 작품 표본실의 청개구리／암야／제야／E선생／윤전기／숙박기／해방의 아들／양과자갑／두 파산／절곡／얼룩진 시대 풍경

한국 근대사를 증언하고 있는 횡보 염상섭의 단편소설 11편 수록. 지식인 망국민으로서의 허무적인 자기 진단, 구체적인 사회 인식, 해방 후와 전후 시기에 대한 사실적 증언과 문제 제기를 포함한 대표작들을 통해 횡보의 단편 미학을 감상한다.

23 카인의 후예 황순원 소설선

김종회(경희대) 책임 편집

수록 작품 카인의 후예／너와 나만의 시간／나무들 비탈에 서다

인간의 정신적 순수성과 고귀한 존엄성을 문학의 제일 원칙으로 삼았던 작가 황순원. 그의 대표작 가운데 독자들의 가장 많은 사랑을 받은 장편소설들을 모았다. 한국전쟁을 온몸으로 체득하면서 특유의 절제되고 간결한 문장으로 예술적 서사성을 완성한 황순원은 단편에서와 마찬가지로 변함없는 감동의 세계를 열어놓는다.

24 소년의 비애 이광수 단편선

김영민(연세대) 책임 편집

수록 작품 무정／소년의 비애／어린 벗에게／방황／가실／거룩한 죽음／무명／꿈

한국 근대소설사와 이광수 개인의 문학 세계에서 중요한 의미를 갖는 단편 8편 수록. 이광수가 우리말로 쓴 최초의 창작 단편 「무정」, 당시 사회의 인습과 제도를 비판한 「소년의 비애」, 우리나라 최초의 서간체 소설인 「어린 벗에게」, 지식인의 내면적 갈등과 자아 탐구의 과정을 담은 「방황」, 춘원의 옥중 체험을 바탕으로 씌어진 「무명」 등 한국 근대문학의 장르와 소재, 주제 탐구 면에서 꼼꼼히 고찰해야 할 작품들이다.

25 불꽃 선우휘 단편선

이익성(충북대) 책임 편집

수록 작품 테러리스트／불꽃／거울／오리와 계급장／단독강화／깃발 없는 기수／망향

8·15 해방과 분단, 6·25전쟁으로 이어지는 한국 근현대사의 열병을 깊이 있게 고찰한 선우휘의 대표작 7편 수록. 평판작 「불꽃」과 「깃발 없는 기수」를 비롯해 한국 근현대사의 역동성과 이를 바라보는 냉철한 작가의식이 빚어낸 수작들을 한데 모았다.

26 맥 김남천 단편선

채호석(한국외대) 책임 편집

수록 작품 공장 신문 / 공우회 / 남편 그의 동지 / 물 / 남매 / 소년행 / 처를 때리고 / 무자리 / 녹성당 / 길 위에서 / 경영 / 맥 / 등불 / 꿀

카프와 명맥을 같이하며 창작과 비평에서 두드러진 족적을 남긴 작가 김남천. 1930년대 초, 예술운동의 볼셰비키화론 주장과 궤를 같이하는 「공장 신문」「공우회」, 카프해산 직후 그의 고발문학론을 담은 「처를 때리고」「소년행」「남매」, 전향문학의 백미로 꼽히는 「경영」「맥」 등 그의 치열했던 문학 세계의 변화를 일별할 수 있는 대표작 14편 수록.

27 인간 문제 강경애 장편소설

최원식(인하대) 책임 편집

한국 근대 여성문학의 제일선에 위치하는 강경애의 대표작. 일제 치하의 1930년대 조선, 자본가와 농민·노동자의 대립 구조 속에서 농민과 도시노동자가 현실의 문제를 해결하고자 하는 주체로 성장하는 과정과 그들의 조직적 투쟁을 현실성 있게 그려낸 작품. 이기영의 『고향』과 더불어 우리 근대 소설사에서 리얼리즘 소설의 수작으로 꼽힌다.

28 민촌 이기영 단편선

조남현(서울대) 책임 편집

수록 작품 농부 정도룡 / 민촌 / 아사 / 호외 / 해후 / 종이 뜨는 사람들 / 부역 / 김군과 나와 그의 아내 / 변절자의 아내 / 서화 / 맥추 / 수석 / 봉황산

카프와 프로문학의 대표 작가 이기영. 그가 발표한 수십 편의 단편소설들 가운데 사회사나 사상운동사로서의 자료적 가치가 높으면서 또 소설 양식으로서의 구조미를 제대로 보여주는 14편을 선별했다.

29 혈의 누 이인직 소설선

권영민(서울대) 책임 편집

수록 작품 혈의 누 / 귀의 성 / 은세계

급진적이고 충동적인 한국 근대의 풍경 속에 신소설이라는 새로운 서사 양식을 창조해낸 이인직. 책임 편집자의 꼼꼼한 텍스트 확정과 자세한 비평적 해설을 통해, 신소설의 서사 구조와 그 담론적 특성을 밝히고 당시 개화·계몽 시대를 대표하는 서사 양식에 내재화된 일본적 식민주의 담론을 꼬집는다.

30 추월색 이해조 안국선 최찬식 소설선

권영민(서울대) 책임 편집

수록 작품 금수회의록 / 자유종 / 구마검 / 추월색

개화·계몽시대의 대표적인 신소설 작가 3인의 대표작. 여성과 신교육으로 집약되는 토론의 모습을 서사 방식으로 활용한 「자유종」, 구시대적 인습을 신랄하게 비판한 「구마검」, 가장 대중적인 신소설 가운데 하나로 꼽히는 「추월색」, 그리고 '꿈'이라는 우화적 공간을 설정하여 현실 비판의 풍자적 색채가 강한 「금수의의록」까지 당대의 사회적 풍속과 세태의 변화를 민감하게 반영한 작품들을 수록했다.

31 젊은 느티나무 강신재 소설선

김미현(이화여대) 책임 편집

수록 작품 안개 / 해방촌 가는 길 / 절벽 / 젊은 느티나무 / 양관 / 황량한 날의 동화 / 파도 / 이브
변신 / 강물이 있는 풍경 / 점액질

1950, 60년대를 대표하는 여성 작가 강신재의 중단편 10편을 엄선했다. 특유의 서정
적인 문체와 관조적 시선, 지적인 분석력으로 '비누 냄새' 나는 풋풋한 사랑 이야기
에서 끈끈한 '점액질'의 어두운 욕망에 이르기까지, 운명의 폭력성과 존재론적 한계
를 줄기차게 탐문한 강신재 소설의 여정을 한눈에 볼 수 있는 기회다.

32 오발탄 이범선 단편선

김외곤(서원대) 책임 편집

수록 작품 일요일 / 학마을 사람들 / 사망 보류 / 몸 전체로 / 갈매기 / 오발탄 / 자살당한 개 / 살
모사 / 천당 간 사나이 / 청대문집 개 / 표구된 휴지 / 고장난 문 / 두메의 어벙이 / 미친 녀석

손창섭·장용학 등과 함께 대표적인 전후 작가로 꼽히는 이범선의 대표작 14편 수록.
한국 현대사의 비극에 대한 묘사를 바탕으로 하면서도 잃어버린 고향, 동양적 이상향
에 대한 동경을 담았던 초기작들과 전후의 물질적 궁핍상을 전통적 사실주의에 기초
해 그리면서 현실 비판적 성격을 강하게 드러낸 문제작들을 고루 수록했다.

33 메밀꽃 필 무렵 이효석 단편선

서준섭(강원대) 책임 편집

수록 작품 도시와 유령 / 깨뜨려지는 홍등 / 마작철학 / 프레류드 / 돈 / 계절 / 산 / 들 / 석류 / 메
밀꽃 필 무렵 / 삽화 / 개살구 / 장미 병들다 / 공상구락부 / 해바라기 / 여수 / 하얼빈산협 / 풀잎 /
낙엽을 태우면서

근대 작가의 문화적 정체성이 끊임없이 흔들렸던 식민지 시대, 경성제대 출신의 지식
인 작가로서 그 문화적 혼란기를 소설 언어를 통해 구성하고 지속적으로 모색했던 이
효석의 대표작 20편 수록.

34 운수 좋은 날 현진건 중단편선

김동식(인하대) 책임 편집

수록 작품 희생화 / 빈처 / 술 권하는 사회 / 유린 / 피아노 / 할머니의 죽음 / 우편국에서 / 까막잡
기 / 그리운 흘긴 눈 / 운수 좋은 날 / 발 / B사감과 러브 레터 / 사립정신병원장 / 고향 / 동정 /
정조와 약가 / 신문지와 철창 / 서투른 도적 / 연애의 청산 / 타락자

한국 근대 단편소설의 형식적 미학을 구축하고 근대적 사실주의 문학의 머릿돌을 놓
은 작가 현진건의 대표작 21편 수록. 서구 중심의 근대성과 조선 사회의 식민성 사이
에서 방황하는 지식인의 내면 풍경뿐만 아니라, 식민지 조선의 일상을 예리하게 관찰
함으로써 '조선의 얼굴'을 담아낸 작가 현진건의 면모를 두루 살폈다.

35 사랑 이광수 장편소설

한승옥(숭실대) 책임 편집

춘원의 첫 전작 장편소설. 신문 연재물의 제약에서 벗어나 좀더 자유롭고 솔직한 그
의 인생관이 담겨 있다. 이른바 그의 어떤 장편소설보다도 나아간 자유 연애, 사랑에
관한 작가의 생각을 엿볼 수 있는 작품. 작가의 나이 지천명에 이르러 불교와 『주역』
등 동양고전에 심취하여 우주의 철리와 종교적 깨달음에 가닿은 시점에서 집필된, 춘
원의 모든 것.

36 화수분 전영택 중단편선

김만수(인하대) 책임 편집

수록 작품 천치? 천재?/운명/생명의 봄/독약을 마시는 여인/화수분/후회/여자도 사람인가/하늘을 바라보는 여인/소/김탄실과 그 아들/금붕어/차돌멩이/크리스마스 전야의 풍경/말 없는 사람

1920년대 초반 자연주의, 사실주의적 색채가 강한 작품 세계로 주목받았던 작가 전영택의 대표작선. 이들 작품에서 작가는, 일제 초기의 만세운동, 일제 강점기하의 극심한 궁핍, 해방 직후의 사회적 혼돈, 산업화 초창기의 사회적 퇴폐상에 대한 자신의 경험을 소박한 형식 속에 담고 있다.

37 유예 오상원 중단편선

한수영(동아대) 책임 편집

수록 작품 황선지대/유예/균열/죽어살이/모반/부동기/보수/현실/훈장/실기

한국 전후 세대 문학의 대표 작가 오상원의 주요작 10편을 묶었다. '실존'과 '행동'에 초점을 맞춘 그의 작품은, 한결같이 극한 상황에 처한 인간 존재의 의미를 묻는 데 천착하면서 효과적인 주제 전달을 위해 낯설고 다양한 소설적 실험을 보여준다.

38 제1과 제1장 이무영 단편선

전영태(중앙대) 책임 편집

수록 작품 제1과 제1장/흙의 노예/문 서방/농부전 초/청개구리/모우지도/유모/용자소전/이단자/B녀의 소묘/O형의 인간/들메/며느리

한국 농민문학의 선구자로 평가받는 이무영의 주요 단편 13편 수록. 이들 작품에서 작가는, 농민을 계몽의 대상이 아닌, 흙을 일구는 그들의 삶을 통해서 진실한 깨달음을 얻는 자족적 대상으로 바라본다. 이무영의 농민소설은 인간을 향한 긍정적 시선과 삶의 부조리한 면을 파헤치는 지식인의 냉엄한 비판 의식이 공존하고 있다.

39 꺼삐딴 리 전광용 단편선

김종욱(세종대) 책임 편집

수록 작품 흑산도/진개권/지층/해도초/GMC/사수/크라운장/충매화/초혼곡/면허장/꺼삐딴 리/곽 서방/남궁 박사/죽음의 자세/세끼미

1950년대 전후 사회와 60년대의 척박한 삶의 리얼리티를 '구도의 치밀성'과 '묘사의 정확성'을 통해 형상화한 작가 전광용의 대표 단편 15편 모음집. 휴머니즘적 주제 의식, 전통적인 서사 형식, 객관적이고 냉철한 묘사 태도, 짧고 건조한 문체 등으로 집약되는 전광용의 작품 세계를 한눈에 살필 수 있는 계기.

40 과도기 한설야 단편선

서경석(한양대) 책임 편집

수록 작품 동경/그릇된 동경/합숙소의 밤/과도기/씨름/사방공사/교차선/추수 후/태양/임금/딸/철로 교차점/부역/산촌/이녕/모자/혈로

식민지 시대 신경향파·카프 계열 작가로서 사회주의 리얼리즘 문학을 추구한 작가 한설야의 문학적 특징을 잘 드러내는 단편 17편을 수록했다. 시대적 대세에 편승하며 작품의 경향을 바꾸었던 다른 카프 작가들과는 달리 한설야는, 주체적인 노동자로서의 삶을 택한 「과도기」의 '창선'이 그러하듯, 이 주제를 자신의 평생 과제로 삼아 창작에 몰두했다.

41 사랑손님과 어머니 주요섭 중단편선

장영우(동국대) 책임 편집

수록 작품 추운 밤 / 인력거꾼 / 살인 / 첫사랑 값 / 개밥 / 사랑손님과 어머니 / 아네모네의 마담 /
북소리 두둥둥 / 봉천역 식당 / 낙랑고분의 비밀

주요섭이 남녀 간의 애정 문제를 주로 다룬 통속 작가로 인식되어온 것은 교정되어야
마땅하다. 그는 빈민 계층의 고단하고 무망(無望)한 삶을 사실적으로 재현하는 데 탁
월한 기량을 보였으며, 날카로운 현실인식과 객관적 묘사의 한 전범을 보여주었고 환
상성을 수용함으로써 보다 탄력적인 소설미학을 실험하기도 하였다.

42 탁류 채만식 장편소설

우찬제(서강대) 책임 편집

채만식은 시대의 어둠을 문학의 빛으로 밝히며 일제 강점기와 해방기의 우리 소설사
를 빛낸 작가다. 그는 작품활동 전반에 걸쳐 열정적인 창작열과 리얼리즘 정신으로
당대의 현실상을 매우 예리하게 형상화했다. 특히 『탁류』는 여주인공 초봉의 기구한
운명의 족적을 금강 물이 점점 탁해지는 현상에 비유하면서 타락한 당대의 세계상을
여실하게 드러내주고 있다.

43 벙어리 삼룡이 나도향 중단편선

우찬제(서강대) 책임 편집

수록 작품 젊은이의 시절 / 별을 안거든 우지나 말걸 / 옛날 꿈은 창백하더이다 / 여이발사 /
행랑 자식 / 벙어리 삼룡이 / 물레방아 / 꿈 / 뽕 / 지형근 / 청춘

위험한 시대에 매우 불안하게 살았던 작가. 그러나 나도향은 불안에 강박되기보다 불
안한 자유의 상태를 즐기는 방식으로 소설을 택한 작가였다. 낭만적 환멸의 풍경이나
낭만적 동경의 형식 등은 불안에 대한 나도향 식 문학적 향유의 풍경으로 다가온다.

44 잔등 허준 중단편선

권성우(숙명여대) 책임 편집

수록 작품 탁류 / 습작실에서 / 잔등 / 속습작실에서 / 평대저울

한국 근대소설사에서 허준만큼 진보적 지식인의 진지한 자기 성찰을 깊이 형상화한
작가는 없었다. 혁명의 필연성을 기꺼이 인정하면서도 혁명과 해방으로 인해 궁지와
비참에 몰린 사람들에 대해 깊은 연민과 따뜻한 공감의 눈길을 던진 그의 대표작 다
섯 편을 한데 모았다.

45 한국 현대희곡선

유치진 함세덕 오영진 차범석 이근삼 최인훈 이현화 이강백 이윤택 오태석

이상우(고려대) 책임 편집

수록 작품 토막 / 산허구리 / 살아 있는 이중생 각하 / 국물 있사옵니다 / 옛날 옛적에 훠어이 훠
이 / 카덴자 / 봄날 / 오구─죽음의 형식 / 심청이는 왜 두 번 인당수에 몸을 던졌는가

한국 현대희곡 100년사를 대표하는 작품 열 편. 1930년대부터 1990년대까지 각 시
기의 시대정신과 연극 경향을 대표할 만한 희곡들을 골고루 선별하였고, 사실주의 희
곡과 비사실주의희곡의 균형을 맞추어 안배하였다.

46 혼명에서 백신애 중단편선

서영인 책임 편집

수록 작품 나의 어머니/꺼래이/복선이/채색교/적빈/낙오/악부자/정현수/학사/호도/어느 전원의 풍경—일명·법률/광인수기/소독부/일여인/혼명에서/아름다운 노을

일제강점기 한국문학을 대표하는 여성 작가이자 사회운동가인 백신애의 주요 작품 16편을 묶었다. 극심한 가난과 봉건적 인습의 굴레에 갇힌 여성들의 비극, 또는 그로부터 벗어나고자 하는 의지를 섬세한 필치와 치열한 문제의식으로 그려냈다. 그의 소설을 통해 '봉건적 가족제도와 여성의 욕망'이라는 해묵은 주제가 오늘날에도 여전히 풀리지 않는 과제로 존재하고 있음을 알게 된다.

47 근대여성작가선
김명순 나혜석 김일엽 이선희 임순득

이상경(KAIST) 책임 편집

수록 작품 의심의 소녀/선례/돌아다볼 때/탄실이와 주영이/경희/현숙/어머니와 딸/청상의 생활—희생된 일생/자각/계산서/매소부/탕자/일요일/이름 짓기/딸과 어머니와

일제강점기 한국문학을 대표하는 여성 작가들의 주요 작품 15편을 한 권에 묶었다. 근대 여성의 목소리로서 여성문학은 봉건적 가부장제에서 벗어나고자 개인으로서 여성의 자유로운 선택을 가로막는 온갖 질곡에 저항해왔다. 여성이 봉건적 공동체를 벗어나 개성을 찾아 나서는 길은 많은 경우 가출, 자살, 일탈 등으로 귀결되었지만, 그럼에도 여성 자신의 힘을 믿으면서 공동체의 인습에 저항하고 새로운 공동체를 지향하는 노력이 있었다. 여기에 식민지라는 조건 속에서 민족의 해방은 더 큰 과제이기도 했다. 이 책에 실린 여성 작가의 작품들은 신여성의 이러한 꿈과 현실, 한계를 여실히 드러내 보여준다.

48 불신시대 박경리 중단편선

강지희(한신대) 책임 편집

수록 작품 계산/흑흑백백/암흑시대/불신시대/벽지/환상의 시기/약으로도 못 고치는 병

여성의 전쟁 수난사를 가장 탁월하게 그려낸 작가 박경리의 대표 중단편 7편 수록. 고독과 절망의 시대를 살아내면서도 현실과 타협하지 못하는 결벽성으로 인간의 존엄을 고민했던 작가의 흔적이 역력한 수작들이 담겼다.